Harper
Collins

Kassandra Montag

Die Welt nach der Flut

Roman

Aus dem Englischen von
Urban Hofstetter

HarperCollins

HarperCollins®

FSC
MIX
Papier
FSC® C083411

1. Auflage: Januar 2020
Deutsche Erstausgabe

Originaltitel: »After The Flood«
erschienen bei: William Morrow, an imprint of HarperCollins *Publishers*, US

Published by arrangement with
HarperCollins *Publishers* L.L.C., New York

Umschlaggestaltung: semper smile Werbeagentur, München
Umschlagabbildung: Paladin12, mycteria / shutterstock
Design der Landkarte: Nick Springer / Springer Cartographics LLC
Zitat Günter Grass aus: Günter Grass.
Rede vom Verlust © Steidl Verlag, Göttingen, 1992
Lektorat: Rainer Schöttle
Satz: GGP Media GmbH, Pößneck
Printed in Germany
Dieses Buch wurde auf FSC®-zertifiziertem Papier gedruckt.
ISBN 978-3-95967-357-0

www.harpercollins.de

Für Andrew

Nur was gänzlich verloren ist,
fordert mit Leidenschaft endlose Benennungen heraus,
diese Manie, den entschwundenen Gegenstand
so lange beim Namen zu rufen, bis er sich meldet.

Günter Grass

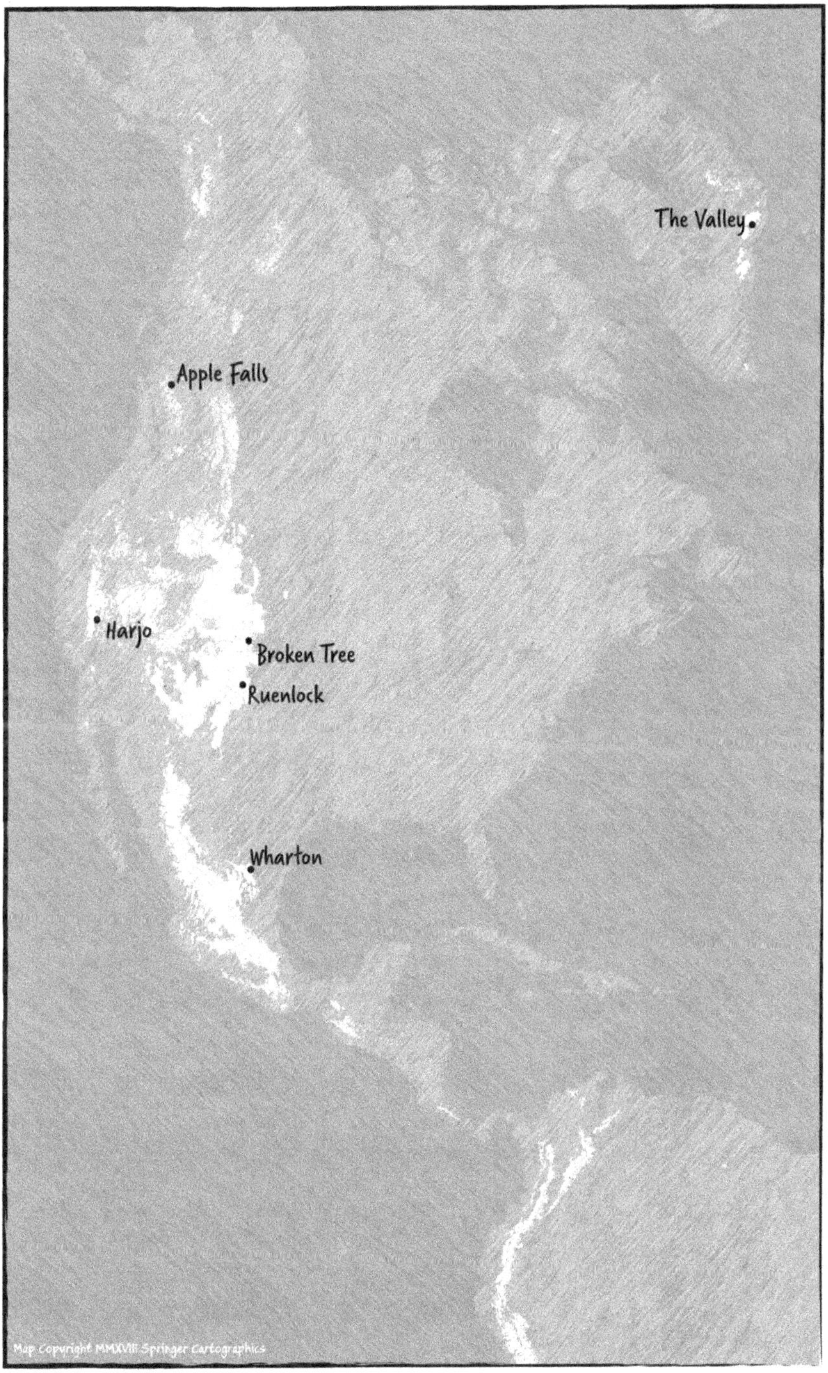

The Valley
Apple Falls
Harjo
Broken Tree
Ruenlock
Wharton
Map Copyright MMXVIII Springer Cartographics

Prolog

Kinder glauben, wir würden sie erschaffen, aber das stimmt nicht. Sie existieren bereits vorher, an irgendeinem anderen Ort, außerhalb von Raum und Zeit. Und wenn sie zur Welt kommen, erschaffen sie uns. Sie erschaffen uns, indem sie uns zuerst einmal zerbrechen.

Das habe ich an dem Tag gelernt, als plötzlich alles anders wurde. Ich stand im Obergeschoss und faltete Wäsche. Mein Rücken schmerzte, weil Pearl so schwer war. Ich trug sie im Inneren meines Körpers, wie ein großer Wal, der einen Menschen verschluckt hat und ihn in seinem Bauch hütet, bis er ihn wieder ausspuckt. Sie drehte sich, wie kein Fisch es je tun würde, atmete den Sauerstoff in meinem Blut und kauerte sich hinter den Rippen zusammen.

Rings um unser Haus stand das Wasser anderthalb Meter hoch. Es bedeckte Straßen, Wiesen, Zäune und Briefkästen. Die Flut hatte Nebraska erst vor wenigen Tagen überspült. Sie war in einer einzigen Welle über die Prärie geschwappt und hatte das Binnenmeer zurückgebracht, das in grauer Vorzeit hier gewesen war. Seither bestand die Welt aus Bergarchipelen und sehr viel Wasser. Als ich mich wenige Momente zuvor aus dem offenen Fenster gelehnt hatte, war mir mein Spiegelbild in der Flut schmutzig und verzerrt vorgekommen, als wäre ich in die Breite gezogen und achtlos in Stücke gerissen worden.

Ich faltete ein Hemd zusammen, als mich plötzlich Schreie aufschreckten. Die Stimme durchdrang mich wie eine Klinge aus Metall. Meine fünfjährige Tochter Row muss begriffen haben, was mit ihr geschah, denn sie kreischte: »Nein, nein, nein! Nicht ohne Mom!«

Ich ließ das Hemd fallen und rannte zum Fenster. Vor dem Haus tuckerte ein kleines Motorboot. Mein Ehemann Jacob schwamm zu ihm hin. Er paddelte mit einem Arm, mit dem anderen hielt er Row umklammert, die sich heftig gegen ihn wehrte. Als er versuchte, sie über die Bordwand zu hieven, stieß sie ihm einen Ellbogen ins Gesicht. In dem Boot stand ein Mann. Er beugte sich herab, um Row entgegenzunehmen. Sie war mit einer zu kleinen karierten Jacke und Jeans bekleidet. Ihre Halskette mit dem Anhänger schwang wie ein Pendel vor ihrer Brust hin und her. Sie zappelte und wand sich wie ein gefangener Fisch und spritzte Jacob Wasser in die Augen.

Ich riss das Fenster auf und schrie: »Jacob, was tust du da?«

Er wich meinem Blick aus und antwortete nicht. Row sah mich am Fenster stehen und rief nach mir. Dabei trat sie nach dem Mann, der sie unter den Achseln packte und an Bord hob.

Ich schlug mit der Faust an die Wand neben dem Fenster und schrie wieder zu ihnen hinunter. Während der Fremde Row festhielt, zog Jacob sich hoch und kletterte ins Boot. Am ganzen Körper zitternd zwängte ich mich durch das Fenster und sprang hinunter.

Als meine Füße den Boden unter der Wasseroberfläche berührten, rollte ich mich seitwärts ab, um den Aufprall abzufedern. Beim Auftauchen sah ich, dass Jacob zusammengezuckt war. Sein Gesicht sah nach wie vor angespannt und gequält aus. Inzwischen hielt er wieder Row, die immer noch um sich trat und nach ihrer Mom schrie.

Ich schwamm zu ihnen hinüber und stieß den Unrat auf der Wasseroberfläche zur Seite – eine Blechdose, eine alte Zeitung, eine tote Katze. Das Boot wirbelte mit aufheulendem Motor herum und schleuderte mir Gischt ins Gesicht. Als Row mir ihre kleinen Arme entgegenreckte, hielt Jacob sie zurück, und ihre Finger griffen ins Leere.

Ich schwamm weiter, während Row in der Ferne verschwand. Ihre Schreie klangen mir noch in den Ohren, als ich ihr kleines Gesicht, den kreisrund aufgerissenen Mund und die vom Wind zerzausten Haare nicht mehr sehen konnte.

Kapitel 1

Sieben Jahre später

Über dem Boot kreisten Möwen. Sie erinnerten mich an Row. Wie sie kreischend mit den Armen wedelte, als sie ihre ersten Schritte machte. Wie sie fast eine Stunde lang völlig regungslos am Platte River stand und mit mir zusammen den Zug der Kanadakraniche beobachtete. Sie hatte immer selbst wie ein Vogel gewirkt, mit ihrem zierlichen Körper und den rastlosen Augen, mit denen sie unablässig den Horizont absuchte – scheinbar jederzeit bereit, sich in die Lüfte zu erheben.

Unser Boot ankerte vor einer Felsküste, die früher einmal ein Teil von British Columbia gewesen war, knapp außerhalb einer kleinen Bucht, wo das Wasser in einer Senke zwischen zwei Berggipfeln stand. Wir verwendeten zwar immer noch die Namen der alten Meere, doch in Wahrheit waren sie längst zu einem einzigen riesigen Ozean zusammengeflossen, mit kleinen Fleckchen Festland darin, die wie vom Himmel gefallene Brotkrumen aussahen.

Am Horizont graute der Morgen. Pearl verstaute das Bettzeug unter der Persenning, dort, wo sie vor sieben Jahren zur Welt gekommen war. Während eines Gewittersturms, dessen Blitze so weiß glühend gewesen waren wie meine Schmerzen.

Als ich die Krebsreusen mit Ködern befüllte, kroch Pearl wieder unter der Abdeckung hervor. In einer Hand hielt sie eine kopflose Schlange, in der anderen ihr Messer. Um ihre Handgelenke wanden sich noch weitere Schlangen. Sie sahen wie Armbänder aus.

»Die werden wir heute Abend essen müssen«, sagte ich.

Sie warf mir einen missmutigen Blick zu. Pearl sah ihrer zierlichen Schwester überhaupt nicht ähnlich. Während Row meine dunklen Haare und grauen Augen geerbt hatte, schlug Pearl mit den zerzausten roten Locken und der sommersprossigen Nase eher nach ihrem Vater. Manchmal hatte ich das Gefühl, dass sie sogar so dastand wie er – stabil und unverrückbar, mit beiden Beinen fest auf dem Boden, das Kinn leicht gehoben, die Schultern ein wenig zurückgenommen und die Brust herausgestreckt. Als wollte sie der Welt beweisen, dass sie keine Angst vor ihr habe.

Ich hatte sechs Jahre lang nach Row und Jacob gesucht. Nachdem sie verschwunden waren, bestiegen Großvater und ich sein selbst gebautes Boot, die *Bird*, und stachen ebenfalls in See. Kurz darauf war Pearl zur Welt gekommen. Ohne Großvater hätten Pearl und ich das erste Jahr nie überlebt. Während ich Pearl stillte, fing er Fische und sammelte Informationen von allen, denen wir begegneten. Außerdem brachte er mir bei, wie man segelt.

Seine Mutter hatte, wie ihre Vorfahren, Kajaks gebaut. Als Kind hatte er ihr dabei zugesehen, wie sie aus Holz eine Art Brustkorb formte, in dem ein Paddler so sicher aufgehoben war wie ein Ungeborenes im Bauch seiner Mutter. Da sein Vater Fischer war, hatte Großvater seine Kindheit in den Küstengewässern vor Alaska verbracht. Während der Hundertjährigen Flut war er gemeinsam mit Tausenden anderen landeinwärts bis nach Nebraska gezogen. Dort arbeitete er viele Jahre lang als Zimmermann und sehnte sich immer nach dem Meer.

Großvater hatte auch dann nach Jacob und Row Ausschau gehalten, wenn ich es nicht übers Herz brachte. An manchen Tagen konnte ich nur matt hinter ihm hertrotten und mich um Pearl kümmern. In jedem Dorf hatte er die Boote im Hafen nach ihnen abgesucht, in allen Saloons und Handelsposten Fotos von den beiden herumgezeigt. Und jedes Mal, wenn wir auf dem offenen Meer einem anderen Fischer begegnet waren, hatte Großvater ihn gefragt, ob er vielleicht Row und Jacob gesehen habe.

Aber dann war Großvater gestorben und hatte mich mit dieser Mammutaufgabe allein gelassen. Pearl war damals noch ein Säugling gewesen, und ich versank fast in Verzweiflung. Doch dann band ich sie mir mit einem alten Schal vor die Brust, wo sie sich gemütlich an mich schmiegen konnte, und machte da weiter, wo Großvater aufgehört hatte: Ich suchte die Häfen auf, fragte die Einheimischen aus und zeigte jedem die Fotos. Eine Zeit lang erfüllte es mich sogar mit neuer Energie, dass ich mehr tat, als nur ums Überleben zu kämpfen und einen Fisch nach dem anderen in unser kleines Boot zu ziehen ... etwas, das mir Hoffnung gab.

Bis Pearl und ich vor einem Jahr in einem kleinen Dorf in den nördlichen Rockies angelegt hatten. Die Ladenfronten waren heruntergekommen, und in den staubigen Straßen häufte sich der Müll. Es war eines der überfülltesten Dörfer, in denen ich je gewesen war. Die Menschen eilten auf der Hauptstraße hin und her, in der es vor Verkaufsständen und fliegenden Händlern nur so wimmelte.

Wir kamen an einem Stand mit Waren vorbei, die vor der Flut auf den Berg hinaufgeschafft worden waren: mit Benzin und Kerosin gefüllte Milchkartons, Schmuck, der eingeschmolzen und zu etwas Neuem umgearbeitet werden konnte, eine Schubkarre, Lebensmittelkonserven, Angelruten und kistenweise Kleidung.

Der Standbesitzer nebenan verkaufte dagegen Dinge, die nach der Flut produziert oder gefunden worden waren: Pflanzen und Saatgut, Tontöpfe, Kerzen, ein Holzeimer, Alkohol aus der hiesigen Schnapsbrennerei und geschmiedete Messer. Er hatte auch Kräuterpäckchen im Angebot, die mit großspurigen Versprechen warben: WEIDENRINDE GEGEN FIEBER!

ALOE VERA GEGEN VERBRENNUNGEN!

Ein paar der Gegenstände waren rostig und hatten offenkundig im Wasser gelegen. Die Händler bezahlten Taucher, damit sie in versunkenen Häusern nach Dingen stöberten, die vor der Flut liegen geblieben und seither nicht völlig verrottet waren, wie zum Beispiel einen korrodierten Schraubenzieher oder ein verschimmeltes gelbfleckiges Kissen.

Im Verkaufsstand gegenüber gab es ausschließlich kleine Fläschchen mit abgelaufenen Medikamenten und Munitionsschachteln, die von einer Frau mit einer Maschinenpistole bewacht wurden.

Ich transportierte alle Fische, die mir ins Netz gegangen waren, in einem Schulterbeutel und hielt den Gurt fest umklammert, während wir auf der Hauptstraße zum Handelsposten gingen. An der anderen Hand hielt ich Pearl. Ihre roten Haare waren so spröde, dass sie allmählich dicht über der Kopfhaut brachen. Ihre Haut war schuppig und leicht gebräunt, was aber nicht an der Sonne lag, sondern an einem beginnenden Skorbut. Ich musste Obst für sie und besseres Angelgerät für mich besorgen.

Im Handelsposten legte ich die Fische auf die Theke und begann, mit der Ladenbesitzerin zu feilschen. Sie war eine stämmige Schwarzhaarige mit starkem Akzent und einem zahnlosen Unterkiefer. Wir verhandelten eine Zeit lang hin und her und einigten uns schließlich auf eine Orange, eine Angelschnur, ein Vorfach und ein Fladenbrot. Nachdem ich alles in meinem Beutel verstaut hatte, breitete ich die Fotos von Row vor der Frau aus und fragte sie, ob sie das Mädchen auf den Bildern kenne.

Schweigend betrachtete sie einen Moment die Aufnahmen und schüttelte schließlich langsam den Kopf.

»Sind Sie sicher?«, fragte ich, irritiert von ihrem Zögern.

»Ich kenne kein Mädchen, das so aussieht«, sagte sie und packte weiter meinen Fisch weg.

Pearl und ich folgten der Hauptstraße zum Hafen hinunter, wo ich die Schiffe überprüfen wollte. In diesem dicht besiedelten Dorf musste Row der Ladenbesitzerin nicht unbedingt über den Weg gelaufen sein, selbst wenn sie hier war. Pearl und ich gingen Hand in Hand und hielten uns von den Händlern fern, die aus ihren Ständen heraus nach uns griffen. Unbeirrt riefen sie uns ihre Angebote hinterher: »Frische Zitronen! Hühnereier! Sperrholz zum halben Preis!«

Als ich vor mir ein Mädchen mit langen dunklen Haaren und einem blauen Kleid entdeckte, blieb ich unvermittelt stehen. Das war Rows Kleid: Es hatte das gleiche Paisleymuster, Rüschen am Saum und ausgestellte Ärmel. Mein Blickfeld verengte sich, und ich bekam kaum noch Luft. Ein Mann hielt mich am Ellbogen fest und wollte mir sein Brot aufdrängen, aber seine Stimme drang wie aus weiter Ferne an mein Ohr. Mir wurde schwindelig vom Anblick des Mädchens.

Mit Pearl im Schlepptau eilte ich ihr nach und stieß im Laufen einen Obstkarren um. Unten am Hafen glitzerte der Ozean kristallblau. Das Wasser sah plötzlich frisch und sauber aus.

Ich packte das Mädchen an der Schulter, drehte es zu mir herum und rief: »Row!« Gleich würde ich ihr Gesicht wiedersehen und sie in die Arme schließen.

Doch es war ein anderes Gesicht, das mich anstarrte.

»Fassen Sie mich nicht an«, zischte das Mädchen und entwand sich meinem Griff.

Ich wich einen Schritt zurück. »Entschuldige. Es tut mir leid.«

Das Mädchen lief weg und sah sich dabei immer wieder ängstlich nach mir um.

Ich stand auf der Straße, um mich herum wirbelte Staub auf. Pearl vergrub das Gesicht an meiner Hüfte und hustete.

Es ist ein anderes Mädchen, sagte ich mir und versuchte, mich auf diese neue Realität einzustellen.

Jemand stieß mich fest an und riss mir den Beutel von der Schulter. Pearl fiel zu Boden, ich stolperte zur Seite und stützte mich an einem Stand mit gebrauchten Reifen ab, um nicht auch noch hinzufallen.

»Hey!«, schrie ich der Frau hinterher, die von der Hauptstraße wegrannte und hinter einer Bude mit Stoffrollen verschwand. Ich setzte ihr nach, sprang über einen kleinen Wagen, der mit Küken beladen war, und wich einem alten Mann mit Gehstock aus.

Während ich rannte, drehte ich mich im Kreis und hielt nach der Diebin Ausschau. Die Menschen um mich herum gingen einfach weiter, als wäre nichts passiert. Die vielen Körper und Stimmen bereiteten mir Übelkeit. Ich suchte scheinbar ewig nach ihr, während es um mich herum dunkler wurde und die Sonne immer längere Schatten warf. Ich rannte und drehte mich im Kreis, bis ich stehen bleiben musste, um nicht zusammenzubrechen. Da merkte ich, dass ich nicht weit gekommen war, und sah die Straße hinauf zu Pearl, die immer noch neben dem Reifenstand wartete, wo sie hingefallen war.

Sie konnte mich zwischen den Menschen und Buden nicht sehen. Ihr ängstlicher Blick wanderte über die Menge, ihr Kinn bebte, und sie hielt sich einen Arm. Anscheinend hatte sie sich beim Sturz wehgetan. Die ganze Zeit über hatte sie einsam und verlassen dort ausgeharrt und auf meine Rückkehr gehofft. Die Orange in meinem Beutel, die ich für sie besorgt hatte, war alles, worauf ich an diesem Tag stolz gewesen war. Der einzige vorzeigbare Beweis, dass ich einigermaßen gut für Pearl sorgte.

Während ich sie nun ansah, fühlte ich mich leer und ausgebrannt. Wenn ich wachsamer und nicht abgelenkt gewesen wäre, hätte mir die Frau den Beutel auf keinen Fall so einfach von der Schulter ziehen können. Früher war ich immer auf der Hut gewesen. Doch mittlerweile war ich von meiner Trauer zermürbt, und meine Hoffnung, Row jemals wiederzufinden, zeugte eher von Wahnsinn als von Optimismus.

Allmählich dämmerte mir, wieso mir das blaue Kleid so bekannt vorgekommen war und warum mich sein Anblick dermaßen aufgewühlt hatte. Ja, Row hatte das gleiche Kleid besessen, aber Jacob hatte es nicht eingepackt, bevor er sie mir wegnahm. Ich hatte dieses Kleid, nachdem sie verschwunden war, in ihrem Schrank gefunden und es tagelang zum Schlafen mit ins Bett genommen. Ich hatte das Gesicht in ihrem Geruch vergraben und immerzu an dem Stoff genestelt. Es war mir in Erinnerung geblieben, weil sie es zurückgelassen hatte, nicht weil sie es möglicherweise irgendwo da draußen trug. Außerdem war sie mittlerweile älter und sicher längst zu groß für dieses Kleid. Mir war klar, dass sie in der Zwischenzeit gewachsen sein musste, aber in meiner Vorstellung war sie unverändert fünf und hatte immer noch ihr glockenhelles Lachen. Ob ich sie wohl sofort erkennen würde, falls ich ihr je begegnete?

Ich beschloss, dass es nun reichte. Ich hatte genug von der Verzweiflung, die mich jedes Mal befiel, wenn wir zu einem Handelsposten kamen und ich wieder keine Antworten oder ein Zeichen von ihr fand. Wenn ich wollte, dass Pearl und ich in dieser Welt überlebten, musste ich mich voll und ganz auf uns konzentrieren und alles andere ausblenden.

Also suchten wir von da an nicht mehr weiter nach Row und Jacob. Wenn Pearl mich hin und wieder fragte, wieso ich damit aufgehört hatte, erklärte ich ihr wahrheitsgemäß, dass ich nicht mehr konnte. Ich hatte das Gefühl, dass die beiden immer noch am Leben waren, und konnte nicht begreifen, dass ich in den wenigen verbliebenen von Wasser umschlossenen Bergdörfern keine Spur von ihnen fand.

Mittlerweile ließen wir uns nur noch ziellos treiben und nahmen alles, wie es kam. Dabei floss jeder Tag so übergangslos in den nächsten wie ein Fluss, der ins Meer mündet. Nacht für Nacht lag ich wach und lauschte auf Pearls Atem, den regelmäßigen Rhythmus ihres Körpers. Ich wusste, dass sie mein Anker war. Tag für Tag hatte ich Angst, dass ein Piratenschiff uns entdecken oder keine Fische ins Netz gehen würden und wir hungern mussten. Da ich immer wieder von Albträumen geplagt wurde, streckte ich oft mitten in der Nacht blitzartig den Arm nach Pearl aus und schreckte damit uns beide aus dem Schlaf. All diese Ängste reihten sich aneinander und ließen nur wenig Platz für Hoffnung.

Ich schloss die Krebsreusen, warf sie über die Bordwand und senkte sie auf eine Tiefe von zwanzig Metern ab. Dann sah ich zur Küste hinüber, deren Anblick mich eigenartigerweise beunruhigte. Das Ufer war ein von dunklen Gräsern und Sträuchern überzogenes Sumpfgebiet. Dahinter bedeckten Bäume den Berghang, Pappeln, Weiden und Ahorne, die mittlerweile über der alten Baumgrenze wuchsen. Die meisten waren noch Schösslinge. Die Küstenlinie beschrieb eine Kurve. Dahinter lag eine kleine Bucht, in der manchmal Händler vor Anker gingen oder Piraten lauerten. Ich hätte gerne nachgesehen, ob wir allein auf der Insel waren, da man an Land nicht so leicht entkommen konnte wie auf dem Meer. Aber es half nichts. Wir mussten von Bord und nach Wasser suchen. Ansonsten würden wir keinen weiteren Tag mehr durchhalten.

Pearl folgte meinem Blick. »Das sieht genauso aus wie die Küste mit diesen Leuten«, stichelte sie.

Ein paar Tage zuvor hatten wir aus der Ferne mit angesehen, wie Piraten ein Boot überfielen, und waren davongesegelt. Seither lag mir Pearl damit in den Ohren. Ich hatte mich mies gefühlt, als der Wind uns außer Sichtweite trug. Pearl war fassungslos gewesen, weil wir den Leuten in dem anderen Boot nicht geholfen hatten. Ich hatte ihr noch mal erklärt, wie wichtig es war, dass wir uns von anderen fernhielten. Doch insgeheim befürchtete ich, dass ich immer gefühlskälter wurde, je höher die Flut stieg, weil ich mich nun, da die ganze Welt von Wasser bedeckt war, in einer Dauerpanik befand, die jede andere Emotion verdrängte, und dass mein Herz zu einem kleinen harten Ding verschrumpelte, mit dem ich nichts mehr anzufangen wusste.

»Wie hätten wir es denn mit einem ganzen Piratenschiff aufnehmen sollen?«, fragte ich. »Das überlebt niemand.«

»Du hast es nicht mal versucht. Dir ist doch alles total egal!«

Ich schüttelte den Kopf. »Ich leide mehr darunter, als du dir vorstellen kannst. Aber man darf sich nicht immer alles so zu Herzen nehmen.« Am liebsten hätte ich ihr gesagt, dass mein Vorrat an Mitgefühl inzwischen aufgebraucht war. Vielleicht war es ja ganz gut, dass ich Row bisher noch nicht gefunden hatte. Ich wollte mir gar nicht ausmalen, was ich tun würde, um sie wieder bei mir zu haben.

Da Pearl nichts sagte, fügte ich hinzu: »Heutzutage ist jeder auf sich allein gestellt.«

»Ich mag dich nicht«, stieß sie hervor und setzte sich mit dem Rücken zu mir hin.

Ich schloss die Augen und rieb mir den Nasenrücken. »Das musst du auch nicht.« Ich setzte mich neben sie, aber sie hielt weiter das Gesicht von mir abgewandt. »Hast du heute Nacht wieder diesen Traum gehabt?«, fragte ich so sanft wie möglich.

Sie nickte und quetschte das Blut der Schlange durch das Loch an deren Kopfende hinaus.

»Ich lasse nicht zu, dass das passiert«, sagte ich. »Wir bleiben zusammen. Für immer.« Ich strich ihr die Haare aus der Stirn und sah, wie ein Lächeln über ihr Gesicht glitt. Dann stand ich auf und warf einen Blick in die Zisterne. Sie war beinahe leer. Wir waren zwar von lauter Wasser umgeben, aber das war nicht trinkbar. Ich war so dehydriert, dass ich Kopfschmerzen hatte. Außerdem verschwamm mir allmählich die Sicht. Normalerweise regnete es fast täglich, aber im Moment herrschte Dürre.

Wir mussten einen Gebirgsbach finden und das Wasser darin abkochen. Ich füllte Pearls Schlauch mit dem restlichen Trinkwasser und reichte ihn ihr.

Sie legte die Schlange zur Seite und wog den Schlauch in der Hand. »Du hast mir das ganze Wasser gegeben.«

»Ich habe schon was davon getrunken«, behauptete ich.

Aber Pearl durchschaute mich. Ich konnte ihr nie etwas vormachen. Jedenfalls nicht so erfolgreich wie mir selbst.

Nachdem ich mein Messer in den Gürtel gesteckt hatte, nahmen Pearl und ich die Muscheleimer und schwammen zum Ufer. Da, wo wir an Land kamen, war der Boden meiner Meinung nach zu nass für Muscheln. Also stapften wir durch das Sumpfgebiet, bis wir ein Stück weiter südlich an einen trockeneren Küstenabschnitt gelangten, der den ganzen Tag über von der Sonne beschienen wurde und von vielen kleinen Löchern übersät war. Wir nahmen Treibholzstücke und begannen zu graben, aber schon nach wenigen Minuten warf Pearl ihres beiseite.

»Wir werden überhaupt nichts finden«, beschwerte sie sich.

»Na gut«, erwiderte ich irritiert. Ich konnte vor Erschöpfung kaum die Arme heben. »Dann steig auf den Berg und schau, ob du einen Bach findest. Du musst nach Weiden Ausschau halten.«

»Ich weiß schon, wonach ich suchen muss.« Mit diesen Worten drehte Pearl sich um und versuchte, den Hang hinaufzurennen. Doch da die Ärmste immer noch an das Schlingern der Wellen gewöhnt war, stieß sie sich bei jedem Schritt zu fest vom Boden ab und schwankte beim Laufen hin und her.

Ich grub unterdessen weiter und häufte um mich herum Matschhügel auf. Als ich auf eine Muschel stieß, warf ich sie in den Eimer. Plötzlich glaubte ich, über den Wind und die Wellen hinweg hinter dem Hang Stimmen zu vernehmen. Ich setzte mich auf die Fersen und lauschte angestrengt aber ich hörte nichts mehr. Ich war es gewohnt, dass mich an Land die Sinne täuschten und ich ein Lied hörte, auch wenn nirgendwo Musik spielte. Oder ich sah Großvater, obwohl er tot war. Als ob mich fester Boden unter den Füßen in die Vergangenheit und zu allem zurückversetzen würde, was mir früher vertraut gewesen war.

Ich beugte mich vor und vergrub die Hände erneut im Matsch. Einen Moment später landete eine weitere Muschel klappernd im Eimer. Als ich auf die nächste stieß, zerriss ein gellender Schrei die Stille. Ich erstarrte, hob den Blick und suchte den Hang nach Pearl ab.

Kapitel 2

Ich entdeckte Pearl ein Stück weiter oben am Berg, vor ein paar Sträuchern und einer steilen Felswand. Hinter ihr stand ein drahtiger Mann und hielt ihr eine Klinge an die Kehle. Sie hatte keine Chance, an das Messer an ihrem Fußgelenk heranzukommen.

Der Mann sah verzweifelt und leicht übergeschnappt aus. Ich stand langsam auf. Das Herz schlug mir bis zum Hals.

»Komm her«, rief er. Er hatte einen eigenartigen Akzent, den ich nicht einordnen konnte, abgehackt und mit harten Konsonanten.

»Okay«, erwiderte ich und ging auf ihn zu. Ich hob die Hände, um ihm zu signalisieren, dass ich ihn nicht angreifen wollte.

Als ich die beiden erreichte, sagte er: »Ihr kommt mit mir mit.«

Ich nickte.

»Ich habe ein Schiff«, erklärte er. »Ihr werdet schon sehen. Lass dein Messer fallen.«

Als ich mein Messer zückte und ihm zuwarf, stieg Panik in mir auf. Er steckte es in eine Scheide an seinem Gürtel und grinste mich breit an. Zwischen seinen Zähnen klafften Löcher. Seine Haut war rötlich braun und seine sandfarbenen Haare verfilzt. Auf eine seiner Schultern war ein Tiger tätowiert. Ich wusste, dass Piraten oft Tier-Tattoos hatten, aber ich konnte mich nicht erinnern, bei welcher Bande es ein Tiger war.

»Keine Angst, ich werde für euch sorgen. Da geht's lang.«

Der Mann ging mit Pearl einen gewundenen Weg am Hang entlang, der Richtung Bucht führte. Ich folgte ihnen. Trockenes Gras zerkratzte mir die Fußknöchel, und ich geriet mehrfach ins Stolpern. Der Mann nahm Pearl die Klinge vom Hals, ließ aber weiterhin die Hand auf ihrer Schulter liegen. Ich wollte den Arm ausstrecken und sie von ihm wegreißen, aber sein Messer würde schneller wieder an ihrer Kehle sein, als ich Pearl aus seiner Reichweite ziehen konnte. Mir schossen mehrere Möglichkeiten durch den Kopf, wie es jetzt weitergehen würde. Vielleicht beschloss er, dass er nur eine von uns wollte, oder am Schiff warteten so viele Piraten, dass wir uns auf keinen Fall gegen sie alle wehren konnten.

Der Mann fing an, von der Kolonie zu erzählen, die seine Bande im Norden unterhielt. Ich wollte, dass er die Klappe hielt, damit ich nachdenken konnte. Er hatte eine Feldflasche über der Schulter hängen, die auf Höhe seiner Hüfte vor und zurück schwang. Ich hörte die Flüssigkeit, die darin herumschwappte, und einen Moment lang war mein Durst größer als meine Angst. Es juckte mir in den Fingern, den Verschluss abzuschrauben und Wasser in meinen ausgetrockneten Mund zu gießen.

»Es ist wichtig, dass wir wieder Nationen haben. Damit …« Der Mann streckte eine Hand aus, als wollte er Worte aus der Luft pflücken. »… alles organisiert ist.« Er nickte zufrieden. »So war es schon immer, auch ganz früher, als wir noch in Höhlen lebten. Wenn sich die Menschen nicht organisieren, werden wir alle sterben.«

Mittlerweile versuchten mehrere Banden, neue Staaten zu gründen. Sie segelten von einer Insel zur nächsten, wo sie Militärbasen und Häfen errichteten, die verbliebenen Einheimischen überwältigten und Kolonien gründeten. Die meisten von ihnen hatten anfangs nur ein einziges Schiff, mit dem sie andere Schiffe kaperten, bevor sie versuchten, sich Gemeinden an Land einzuverleiben.

Der Mann sah mich über die Schulter hinweg an. Ich nickte, stumm und unterwürfig. Mittlerweile waren wir einen knappen Kilometer von unserem Boot entfernt. Als wir die Stelle erreichten, wo der Pfad um den Berg bog, führte der weitere Weg dicht an einer steilen Klippe entlang. Ich überlegte, ob ich Pearl packen und mit ihr in die Tiefe springen sollte. Aber in der Brandung dort unten würden wir es nicht bis zu unserem Boot zurückschaffen. Außerdem wusste ich nicht, ob unter der Wasseroberfläche gefährliche Felsen lauerten.

Der Mann sprach indes über die Brutschiffe seiner Bande. Von den Frauen wurde erwartet, dass sie möglichst jedes Jahr ein Kind zur Welt brachten, damit den Piratenmannschaften nicht der Nachwuchs ausging. Sobald ein Mädchen seine erste Menstruation hatte, kam es auf ein Brutschiff. Bis dahin wurde es in einer der Kolonien gefangen gehalten.

Beim Fischen war ich bereits an Brutschiffen vorbeigekommen. Sie waren an ihren Flaggen zu erkennen, die einen roten Kreis auf weißem Grund zeigten und Außenstehende davor warnten, sich den Schiffen zu nähern. Da sich Krankheiten an Land schnell verbreiteten, glaubten die Piraten, Babys seien auf dem Meer sicherer, was oft auch stimmte. Es sei denn, auf einem von den Brutschiffen brach eine Epidemie aus, die jeden an Bord dahinraffte. Dann trieben sie als Geisterschiffe führerlos dahin, bis sie früher oder später an einem Berg zerschellten und auf den Grund des Meeres sanken.

»Ich weiß, was du denkst«, fuhr der Mann fort, »aber die Lost Abbots, also wir … wir wissen, was wir tun. Man kann keine Nation ohne Volk aufbauen, ohne Steuern und ohne Leute, die diese Steuern eintreiben. Nur so können wir alles organisieren.« Er sah mich an. »Ist das deine Kleine?«

Ich erschrak und schüttelte den Kopf. »Die habe ich vor ein paar Jahren an irgendeiner Küste aufgegabelt.« Wahrscheinlich war er weniger geneigt, uns voneinander zu trennen, wenn er uns nicht für Mutter und Tochter hielt.

Der Mann nickte. »Verstehe. Sie ist bestimmt nützlich.«

Während wir den Berg umrundeten, schlug der Wind um, worauf wir Stimmen und das Getöse von Leuten hören konnten, die auf einem Schiff in der Bucht arbeiteten.

Der Mann wandte sich wieder zu mir um. »Du erinnerst mich an ein Mädchen aus einer unserer Kolonien.«

Ich hörte ihm kaum zu. Wenn ich mich auf ihn stürzte, würde ich ihm den rechten Arm auf den Rücken drehen und mein Messer aus seinem Gürtel ziehen können.

Als er Pearls Haare berührte, krampfte sich mein Magen zusammen: Von seinem Handgelenk baumelte eine Goldkette mit einem Anhänger aus Kanonenbaumholz, in den ein Kranich graviert war. Es war Rows Halskette. Den Anhänger hatte Großvater ihr in dem Sommer geschnitzt, als wir bei den Kranichen gewesen waren. Er war unbemalt, bis auf den roten Farbfleck, den Großvater zwischen die Augen und den Schnabel des Kranichs getupft hatte.

Ich blieb stehen. »Woher hast du das?« Mein Herz begann so schnell zu schlagen wie die Flügel eines Kolibris.

Er sah auf sein Handgelenk hinunter. »Von dem Mädchen, von dem ich dir gerade erzählt habe. So ein süßes Ding. Unfassbar, dass sie nicht draufgegangen ist. Sah gar nicht danach aus …« Er deutete mit seinem Messer auf die Bucht. »Wir haben nicht den ganzen Tag Zeit.«

Ich sprang ihn an und fegte mit einem sensenartigen Fußtritt sein rechtes Bein unter ihm weg. Als er auf dem Boden lag, rammte ich ihm einen Ellbogen in den Solarplexus. Er stieß keuchend die Luft aus. Ich trat auf die Hand, mit der er das Messer hielt, entwand es ihm und zielte mit der Spitze auf seine Brust.

»Wo ist sie?«, flüsterte ich atemlos.

»Mom …«, sagte Pearl.

»Schau weg«, befahl ich ihr. »Wo ist sie?« Ich drückte das Messer ein wenig fester zwischen seine Rippen, sodass die

Spitze die Haut durchbohrte. Er knirschte mit den Zähnen, und Schweiß trat auf seine Stirn.

»Valley«, zischte er. »Im Valley.« Sein Blick zuckte zur Bucht hinüber.

»Und ihr Vater?«

Er sah mich verwirrt an. »Sie hatte keinen Vater dabei. Der ist wahrscheinlich tot.«

»Wann war das? Wann hast du sie gesehen?«

Der Mann presste die Augen zusammen. »Keine Ahnung. Vor einem Monat vielleicht. Wir sind direkt danach hierhergefahren.«

»Ist sie immer noch dort?«

»Soweit ich weiß, ja. Sie ist noch nicht alt genug ...« Er zuckte zusammen und zog scharf die Luft ein. Fast hätte er gesagt, *nicht alt genug für die Brutschiffe.*

»Hast du ihr wehgetan?«

Trotz seiner misslichen Lage huschte ein zufriedenes Grinsen über sein Gesicht, und seine Augen glänzten. »Sie hat sich nicht groß beschwert.«

Ich stieß ihm das Messer bis zum Heft in den Leib und schlitzte ihn auf wie einen Fisch.

Kapitel 3

Pearl und ich nahmen dem Mann die Trinkflasche ab und stießen ihn über die Klippe. Während wir zurückrannten, konnte ich nur an seine Mannschaft in der Bucht denken. Wann würden sie sich wohl auf die Suche nach ihm machen? Der Wind war stark genug, um uns schnell nach Süden zu tragen. Und sobald die *Bird* hinter dem nächsten Berg verschwunden war, würde es schwer werden, uns aufzuspüren.

Als wir an Bord waren, lichtete ich sofort den Anker. Pearl richtete die Segel aus. Wir gewannen an Fahrt, und die Küste fiel schnell hinter uns zurück. Aber ich hatte immer noch das Gefühl, keine Luft zu bekommen. Ich versteckte mich vor Pearl unter der Persenning, da ich fast genauso sehr am ganzen Leib zitterte wie der Mann im Moment seines Todes. Das war nicht die erste bewaffnete Auseinandersetzung gewesen, in die ich geraten war, aber ich hatte noch nie jemanden getötet. Ihm das Leben zu nehmen war gewesen, als wäre ich durch eine Tür getreten und befände mich nun in einer anderen Welt – an einem Ort, den ich zwar kannte, aber vergessen und verdrängt hatte. Ich fühlte mich dadurch nicht mächtiger, sondern nur noch einsamer.

Wir segelten drei Tage lang in südlicher Richtung und erreichten schließlich Apple Falls, einen kleinen Handelshafen an einem Berg im früheren British Columbia. Das Wasser in der Feldflasche hatte nur einen Tag lang gereicht, doch am Abend des zweiten Tages war gerade so viel Regen gefallen, dass wir nicht krank vor Durst waren, als wir in Apple Falls einliefen. Ich warf den Anker und sah Pearl an. Sie stand am Bug und betrachtete den Ort.

»Ich wollte nicht, dass du das siehst«, sagte ich und beobachtete, wie sie darauf reagierte. Seit unserer Begegnung mit dem Mann hatte Pearl nicht viel mit mir gesprochen.

Sie zuckte die Achseln.

»Dir ist klar, dass er uns wehtun wollte, oder?«, fragte ich. »Findest du, ich hätte es nicht tun sollen? Glaubst du etwa, dass er ein guter Mensch war?«

»Ich fand es einfach schrecklich. Alles, was passiert ist.« Sie sprach ganz leise und schwieg einen Moment nachdenklich, bevor sie weiterredete. »Verzweifelte Menschen.« Sie sah mich eindringlich an. Immer wenn sie mich fragte, warum sich jemand grausam verhielt, erklärte ich ihr, verzweifelte Menschen täten manchmal verzweifelte Dinge.

»Ja«, erwiderte ich.

»Werden wir jetzt nach ihr suchen?«

»Ja«, sagte ich, bevor mir bewusst wurde, dass ich diese Entscheidung bereits getroffen hatte. Sie hatte nichts mit Vernunft zu tun. Ich wusste einfach, dass Row in Gefahr war und ich ihr helfen musste. Mir blieb gar keine andere Wahl, so wie der Regen nur nach unten fallen und nicht auf halber Strecke umkehren und wieder in den Himmel zurückkehren kann.

Für mich kam diese Erkenntnis wie ein Schock, aber Pearl wirkte nicht überrascht. Sie sah mich bloß an und fragte: »Wird Row mich mögen?«

Ich ging zu ihr, hockte mich vor sie hin und nahm sie in die Arme. Ich vergrub das Gesicht in ihren Haaren. Sie rochen nach Salzwasser und Ingwer. Pearl fühlte sich genauso zart und verletzlich an wie in der Nacht, in der ich sie zur Welt gebracht hatte. »Da bin ich mir sicher.«

»Wird uns nichts passieren?«

»Alles wird gut.«

»Du hast gesagt, dass jeder auf sich allein gestellt ist«, sagte Pearl. »Ich möchte aber nicht allein sein.«

Mir wurde eng um die Brust, und ich zog sie erneut an mich.

»Du wirst nie allein sein«, versprach ich ihr und küsste sie auf den Scheitel. Dann deutete ich auf die Eimer mit den Fischen, die wir an Deck gestellt hatten. »Lass uns die mal zählen.«

Während ich die Fische in den Händen wog und überlegte, wie viel sie wert waren, wanderten meine Gedanken immer wieder zu Row. Ich stellte sie mir ganz allein an irgendeiner Küste vor. War Jacob tot? Hatte er sie im Stich gelassen? Bei diesem Gedanken zitterten mir vor Wut die Hände. Das sähe ihm ähnlich. Er lässt andere hängen. Immer wieder.

Aber ihr würde er das nicht antun, redete ich mir ein, als ich merkte, dass sich wieder der alte Zorn in mir regte, der mich nach ihrem Verschwinden jahrelang jede Nacht wach gehalten hatte. Davor war ich blind vor Liebe gewesen, und ich wusste, dass mich jetzt der Hass blind machte. Ich musste mich konzentrieren, einzig und allein an Row denken und ihn vergessen.

Während wir die letzten drei Tage lang unterwegs gewesen waren, hatte ein Teil von mir unentwegt an Row gedacht. Es kam mir vor, als schmiedete mein Körper ständig Pläne, wie ich zu ihr gelangen konnte, während mein Bewusstsein damit beschäftigt war, ein Tau zu belegen, die Angelschnur aufzuspulen oder irgendeine der anderen alltäglichen Aufgaben zu verrichten, die mich bei Verstand hielten. Ich stand unter Schock und war in Panik, seit ich erfahren hatte, dass sie noch lebte, doch gleichzeitig erfüllte mich auch eine Art animalische Ruhe, während ich auf dem Boot arbeitete, als wäre nichts geschehen. Dass sie noch lebte, hatte ich gehofft, aber auch befürchtet. Denn nun musste ich, komme, was wolle, zu ihr und alles riskieren. Was wäre ich für eine Mutter, wenn ich mein Kind in höchster Not im Stich ließe? Aber würde ich nicht stattdessen Pearl im Stich lassen, wenn ich sie auf diese Reise mitnahm? Wenn ich der friedlichen Existenz ein Ende bereitete, die wir uns gemeinsam aufgebaut hatten?

Pearl und ich verstauten den Lachs und den Heilbutt in vier Körben. Den Lachs hatten wir bereits an Bord ausgenommen und geräuchert, aber den Heilbutt hatte ich erst an diesem Morgen gefangen, was uns beim Feilschen vielleicht einen Vorteil verschaffte.

Apple Falls war nach den Apfelbäumen benannt, die dort auf einer Lichtung zwischen zwei Berggipfeln wuchsen. Auf beiden Bergen standen Wachtürme, von denen Obstwächter auf Diebe schossen.

Ich hoffte, dass wir wenigstens einen halben Korb Äpfel herausschlagen würden und dazu noch Getreide und Saatgut. Beim letzten Handelsposten hatten wir lediglich drei Fischkörbe dabeigehabt und dafür kaum die Seile, das Öl und das Mehl bekommen, das wir brauchten. Das Saatgut benötigten wir, damit ich an Bord mehr Gemüse ziehen konnte. Im Moment hatten wir nur eine halb tote Tomatenpflanze. Von meiner alten Freundin Beatrice, die in Apple Falls lebte, würde ich für die Fische mehr bekommen als in irgendeinem anderen Hafen.

Wellen plätscherten an das steile Felsenufer. Als Kaimauer diente ein schmaler Torfvorsprung. Der Holzsteg, der im Lauf der Jahre darübergelegt worden war, versank halb im Boden.

Wir legten an und beglichen die Hafengebühr mit einer Kiste voller Metallabfälle, die ich beim Fischen an einer seichten Stelle gefunden hatte. Die *Bird* war eines der kleinsten Boote im Hafen, aber solide gebaut. Großvater hatte sie so konstruiert, dass sie schlicht und leicht zu manövrieren war. Mit einem quadratischen Segel, einer Steuerpinne, einer Stakstange, links und rechts einem Ruder und einer Persenning aus alten Lumpen und einer Plastikplane, unter der wir schliefen. Er hatte sie zu Beginn der Sechsjährigen Flut aus den Bäumen in unserem Garten in Nebraska gezimmert, als wir begriffen hatten, dass wir nur überleben konnten, wenn wir unser Heil in der Flucht suchten.

Bei meiner Geburt waren die Küstenregionen in aller Welt bereits überflutet gewesen. Viele Staaten hatten einen Großteil ihres Hoheitsgebiets eingebüßt. Zahlreiche Migranten zogen ins Landesinnere, und plötzlich wurde Nebraska zu einem pulsierenden Bevölkerungszentrum. Damals wusste keiner, dass uns das Schlimmste noch bevorstand – die große Flut, die sechs Jahre dauerte und höher stieg, als irgendwer sich hätte vorstellen können. Ganze Länder befanden sich plötzlich auf dem Meeresgrund, und mit jeder versunkenen Stadt entstand ein neues Atlantis.

Vor der Sechsjährigen Flut hatte es zahlreiche Beben und immer wieder Tsunamis gegeben. Die Erdkruste schien damals vor lauter Energie zu bersten. Wenn ich die Hand ausstreckte, fühlte sich die heiße Luft wie der Puls eines unsichtbaren Tiers an. Im Radio kursierten Gerüchte, dass der Meeresboden aufgebrochen sei und Wasser aus dem Erdinneren in die Ozeane fließen würde. Aber wir erfuhren nie, was tatsächlich geschah, und bekamen nur mit, dass das Wasser um uns herum immer höher stieg, wie ein nasses Grab, das uns entgegenwuchs.

Die Menschen nannten das Hochwasser, bei dem die Küsten verschwunden waren, die Hundertjährige Flut, obwohl sie nicht ganz hundert Jahre gedauert hatte. Keiner konnte ihren genauen Anfang bestimmen. Es war nicht wie bei einem Krieg, der an einem klar definierten Datum ausbricht, an das wir uns später erinnern können. Aber mit ziemlicher Sicherheit dauerte sie annähernd hundert Jahre, etwas länger als ein Menschenleben. Laut Großvater hatte es New Orleans bei der Geburt seiner Mutter noch gegeben. Als sie starb, existierte es bereits nicht mehr.

Auf die Hundertjährige Flut folgte eine ganze Reihe von Migrationsbewegungen und Rohstoffkriegen. Meine Mutter hatte mir oft vom Untergang der Metropolen erzählt, als die Stromversorgung und das Internet nicht mehr richtig funktionierten und die Großstädter immer häufiger vor Haustüren in Indiana, Iowa und Colorado auftauchten, wo sie sich verängstigt und erschöpft an ihre Habseligkeiten klammerten und um Einlass baten.

Kurz vor Ende der Hundertjährigen Flut zog die Regierung, die damals bereits weitgehend machtlos war, ins Landesinnere um. Ich war siebzehn, als ich aus dem Radio erfuhr, dass der Präsident einem Anschlag zum Opfer gefallen sei. Doch einen Monat später hörte ich von einem durchreisenden Flüchtling, dass er sich in Wahrheit in die Rocky Mountains abgesetzt habe. Als Nächstes hieß es, das Militär habe geputscht und die Macht im Kongress an sich gerissen, worauf viele Regierungsmitglieder die Flucht ergriffen hätten. Zu diesem Zeitpunkt brach das Kommunikationsnetz zusammen, und die weiteren Ereignisse in der Welt reduzierten sich auf Gerüchte, an denen ich schon bald das Interesse verlor.

Ich war neunzehn, als die Sechsjährige Flut einsetzte, und hatte gerade Jacob kennengelernt. Ich erinnere mich noch, wie ich neben ihm stand und im Fernsehen das Weiße Haus im Hochwasser versinken sah. Nur die Flagge auf dem Dach schaute noch heraus. Mit jeder Welle wurde sie immer nasser, bis sie triefend am Mast hing. Ich stellte mir das Innere des Weißen Hauses vor, die vielen Gesichter, die aus den Gemälden blickten, das Wasser, das durch die Gänge in alle Zimmer floss, manchmal rauschend, dann wieder ganz leise.

Das letzte Mal zusammen ferngesehen hatten meine Mutter und ich irgendwann im zweiten Jahr der Sechsjährigen Flut – ich war damals gerade mit Row schwanger. Es lief eine Reportage, in der ein Mann auf einer aufblasbaren Badeinsel vorkam. Er balancierte eine Whiskeyflasche auf dem Bauch und grinste in den Himmel hinauf, während er umgeben von Müll an einem Wolkenkratzer vorübertrieb. Jeder Mensch reagiert anders, hatte meine Mutter immer gesagt.

Das galt auch für meinen Vater, der mir als Erster klarmachte, was die Flut bedeutete. Für mich war es ganz normal, dass das Internet und das Telefonnetz regelmäßig ausfielen. Das Gleiche galt für die langen Schlangen vor den Suppenküchen. Aber als ich sechs war, kam ich eines Tages früher von der Schule nach Hause, weil ich Kopfschmerzen hatte. Durch die offene Tür des Gartenschuppens konnte ich nur den Oberkörper und die Beine erkennen. Ich ging näher heran, blickte nach oben und sah sein Gesicht. Mein Vater hatte sich mit einem Seil an einem der Deckenbalken erhängt.

Ich weiß noch, wie ich schrie und zurückwich. Mein Körper fühlte sich an, als bestünde er aus lauter kleinen Glassplittern. Sogar atmen tat mir weh. Ich rannte ins Haus und suchte nach meiner Mutter, aber sie war noch nicht von der Arbeit zurück. Die Mobilfunkmasten funktionierten in diesem Monat nicht, und so musste ich mich auf die Vordertreppe setzen und warten, bis meine Mutter heimkam. Ich überlegte, wie ich es ihr sagen sollte, aber die Wörter zuckten vor mir zurück, und mein Verstand kapselte sich von der Realität ab. Ich fühle mich auch heute noch oft wie dieses Kind, das eine Ewigkeit auf der Treppe saß und wartete, mein Geist so leer wie ein ausgelöffelter Suppenteller.

Als meine Mutter schließlich kam, fanden wir auf dem Tisch einen fast leeren Einkaufsbeutel und daneben eine Nachricht von meinem Vater: »Alle Regale waren ausgeräumt. Es tut mir leid.«

Ich dachte, sobald ich eigene Kinder haben würde, könnte ich ihn besser verstehen und seine Verzweiflung nachvollziehen. Aber da täuschte ich mich. Nachdem ich selbst Mutter geworden war, hasste ich ihn sogar noch mehr.

Pearl zupfte an meiner Hand und deutete auf einen Wagen voller Äpfel, der direkt neben dem Kai stand.

Ich nickte. »Wir werden sicher ein paar bekommen.«

Im Dorf wimmelte es nur so von Menschen, und Pearl hielt sich eng an meiner Seite. Wir schlangen die Fischkörbe über zwei lange Stangen, sodass wir sie auf den Schultern tragen konnten, und folgten dem langen gewundenen Pfad, der zwischen den beiden Bergen hindurchführte.

Ich war froh, wieder an Land zu sein. Allerdings befiel mich inmitten all der Leute eine Unruhe, wie ich sie mit Pearl allein auf den Wellen noch nie erlebt hatte. Es war ein Gefühl von Kontrollverlust. Ich war die Fremde, die in jedem neuen Handelsposten erst einmal die vor Ort geltenden Regeln begreifen musste.

Pearl war in dieser Hinsicht weniger ambivalent als ich. Das Einzige, was ihr an unseren Landgängen gefiel, war die Schlangenjagd. Sie war schon als Baby nicht gern an Land gewesen und hatte nicht einschlafen können, wenn wir nachts am Ufer kampierten. Manchmal wurde ihr sogar übel, wenn sie festen Boden unter den Füßen hatte, und sie musste eine Runde schwimmen gehen, um ihre Nerven zu beruhigen.

Überall ragten die Stümpfe gefällter Bäume aus der Erde, die von einer dicken Schicht Gräser und Sträucher überwuchert war. Auf dem Pfad herrschte dichtes Gedränge. Ein alter Mann stieß mit zwei jüngeren zusammen, die ein Kanu trugen, eine Frau schob ihre beiden kleinen Kinder vor sich her. Sämtliche Kleidungsstücke, die ich sah, waren schmutzig und zerrissen. Mir wurde leicht übel vom Geruch der vielen Leute, die hier so dicht aufeinander lebten. Die meisten Menschen, die ich in Häfen sah, waren älter als Pearl, und Apple Falls bildete da keine Ausnahme. Immer wieder hörte ich Leute darüber debattieren, dass die Menschheit möglicherweise aussterben würde – und was man tun sollte, um das zu verhindern.

Irgendwer schlug einen von Pearls Körben von der Tragestange. Ich fluchte und sammelte die Fische schnell wieder vom

Boden auf. Wir gingen an der großen Handelsniederlassung und dem Saloon vorbei und überquerten den Marktplatz, wo es nach Kohl und frisch geschnittenem Obst roch. Auf dem Weg zu Beatrice' Zelt kamen wir an den Hütten am Dorfrand vorbei. Sie bestanden aus Brettern oder Metallteilen und Steinen, die wie Ziegel übereinandergeschichtet waren. Auf dem schmutzigen Vorplatz einer Hütte saß ein kleiner Junge und putzte Fische. Er trug ein Halsband mit einer Leine daran, deren anderes Ende an einem Metallpfosten festgebunden war.

Der Junge sah mich an. Sein Rücken war mit blauen Flecken übersät, die wie dunkle Blumen aussahen. Eine Frau trat aus der Hütte. Sie stellte sich mit verschränkten Armen vor die Tür und erwiderte meinen Blick. Ich wandte mich ab und ging eilig weiter.

Beatrice' Zelt stand am südlichen Fuß des Berges, hinter ein paar Mammutbäumen versteckt. Beatrice hatte mir erzählt, dass sie manchmal nachts von Axtschlägen aufgeschreckt wurde und die Bäume mit einer Schrotflinte gegen Holzdiebe verteidigte. Sie hatte mir außerdem anvertraut, dass sie nur noch vier Patronen besaß.

Pearl und ich gingen in die Hocke und ließen die Körbe von den Schultern gleiten.

»Beatrice?«, rief ich.

Als sie nicht gleich antwortete, machte ich mir Sorgen, dass sie vielleicht nicht mehr in dem Zelt wohnte und weggezogen war.

»Beatrice?«

Lächelnd streckte sie den Kopf aus dem Zelt. Ihre langen grauen Haare trug sie wie immer in einem geflochtenen Zopf auf dem Rücken, und die Sonne hatte die Falten in ihrem Gesicht noch vertieft.

Sie lief fröhlich auf uns zu und zog Pearl in eine Umarmung. »Ich habe mich schon gefragt, wann ich euch wiedersehen würde.« Beatrice sah zwischen Pearl und mir hin und her und schien uns mit ihren Blicken aufsaugen zu wollen. Genau wie ich Angst davor hatte, dass wir eines Tages herkommen und einen neuen Bewohner in ihrem Zelt antreffen würden, graute ihr bei der Vorstellung, dass wir möglicherweise nie mehr auftauchten.

Nachdem sie mich ebenfalls umarmt hatte, schob sie mich von sich fort und sah mich forschend an. »Was ist los? Irgendetwas ist passiert.«

»Ich weiß, wo sie ist, Beatrice. Und ich brauche deine Hilfe.«

Kapitel 4

Beatrice' Zelt war der bequemste Ort, an dem ich mich in den vergangenen sieben Jahren aufgehalten hatte, also seit Großvater und ich in See gestochen waren. Auf dem Grasboden lag ein orientalischer Teppich ausgebreitet, in der Mitte des Zelts stand ein Couchtisch und an der Seite eine Pritsche, auf der mehrere Steppdecken lagen. An den Wänden waren Körbe und Eimer voller Kleinkram aufgereiht: Zwirn, aufgerollte Schnüre, Äpfel und leere Plastikflaschen.

Beatrice huschte drahtig und flink wie ein Käfer im Zelt herum. Sie trug ein langes graues Hemd, eine locker sitzende Hose und Sandalen. »Zuerst das Geschäftliche, dann reden wir.« Sie reichte mir eine Blechtasse mit Wasser.

»Also, was hast du dabei?«, fragte sie und warf einen Blick in unsere Körbe. »Nur Fische? – Myra!«

»Nicht bloß Lachs«, entgegnete ich. »Es sind auch ein paar Heilbutte dabei. Schöne dicke. Aus dem hier kann man ein großes Filet herausschneiden.« Ich deutete auf den größten Heilbutt, den ich obenauf in den Korb gelegt hatte.

»Kein Treibholz, kein Metall, keine Pelze …«

»Wo soll ich denn Pelze herbekommen?«

»Du hast gesagt, dein Boot ist viereinhalb Meter lang. Darauf könntest du ein oder zwei Ziegen unterbringen. Dann hättest du Milch und irgendwann mal ihre Felle.«

»Nutztiere sind auf dem Meer ein Albtraum«, sagte ich. »Sie überleben nie lange. Jedenfalls nicht lange genug, um sich fortzupflanzen. Sie sind die Mühe nicht wert.« Ich hatte nichts dagegen, dass sie mit mir schimpfte, weil ich wusste, dass es ihr ein mütterliches Bedürfnis war, zu tadeln und zu trösten.

Beatrice bückte sich und sah die Fische durch. »Auf einem Schiff könntest du problemlos Leder gerben. Bei all der Sonne.«

Letztlich gab sie mir für alle Fische zusammen eine zweite Tomatenpflanze, ein paar Meter Baumwolle, ein neues Messer und zwei kleine Beutel Weizenkeime. Das war ein besseres Ergebnis, als ich erwartet hatte, und nur möglich, weil Beatrice überaus großzügig zu Pearl und mir war. Sie und mein Großvater hatten sich Jahre zuvor angefreundet, und nach seinem Tod war Beatrice bei unseren Tauschgeschäften immer freigiebiger geworden. Ich fühlte mich deswegen gleichzeitig schuldig und dankbar. Obwohl ich in vielen Handelsposten als verlässliche Fischerin galt, kamen Pearl und ich kaum über die Runden.

Beatrice zeigte auf den Couchtisch, und Pearl und ich nahmen auf dem Boden Platz, während sie hinausging, um ein Feuer anzuzünden und das Abendessen zuzubereiten. Wir aßen einen der Lachse, die ich mitgebracht hatte, mit gekochten Kartoffeln und Kohl, und zum Nachtisch gab es für jeden einen Apfel. Sobald sie aufgegessen hatte, machte Pearl es sich in einer Ecke bequem und schlief ein. Beatrice und ich sprachen leise weiter, während es draußen immer dunkler wurde.

Beatrice schenkte mir einen Tee ein. Er schmeckte nach Minze und Kräutern, und auf seiner Oberfläche trieben Blätter. Ich hatte den Eindruck, dass sie sich innerlich wappnete.

»Also, wo ist sie?«, fragte sie schließlich.

»An einem Ort namens Valley. Hast du je davon gehört?«

Beatrice nickte. »Ich habe einmal mit Leuten von dort Geschäfte gemacht. Es ist eine kleine Siedlung – mit vielleicht ein paar Hundert Einwohnern. Wer es bis dahin schafft, kommt normalerweise nicht zurück. Zu abgelegen. Und die See ist dort oben stürmisch.« Sie sah mich lange an.

»Wo ist das?«

»Woher hast du diese Information?«, fragte sie. »Kannst du der Quelle vertrauen?«

»Ein Pirat von den Lost Abbots hat es mir gesagt. Ich glaube nicht, dass er mich angelogen hat. Das meiste hat er mir schon davor …« Plötzlich wurde mir unwohl, und ich verstummte.

Ein verständnisvoller Ausdruck glitt über Beatrice' Gesicht. »War er dein Erster?«

Ich nickte. »Er hat Pearl und mich gefangen genommen.«

»Dann hat sich das Kampftraining ja gelohnt«, sagte sie, wobei sie eher traurig als zufrieden klang. Großvater hatte mich gelehrt, wie man segelt und Fische fängt, aber von Beatrice wusste ich, wie man sich zur Wehr setzt. Nachdem Großvater gestorben war, übten Beatrice und ich häufig unter den Bäumen, die ihr Zelt umgaben. Ich stand ein paar Schritte von ihr entfernt und ahmte die Bewegungen ihrer Hände und Füße nach. Ihr Vater hatte ihr zur Zeit der ersten Flüchtlingszüge beigebracht, mit Messern zu kämpfen. Sie nahm mich ziemlich hart ran, stellte mir ein Bein oder verdrehte mir den Arm so fest auf den Rücken, dass er fast brach.

Aus dem Tee vor mir stieg Dampf auf, und ich wärmte mir die Hand an der Tasse. Offenbar versuchte mein Körper unwillkürlich, sich zu beruhigen, doch in meinem Inneren schien alles zu bröckeln, und mir war, als zerbräche ich in tausend Stücke.

»Kannst du mir helfen?«, fragte ich. »Hast du Landkarten?« Ich wusste, dass sie welche besaß. Für ihre Karten konnte sie Feuerholz und Land bekommen, was einer der Gründe dafür war, dass sie nachts mit einem Gewehr in Griffweite schlafen musste. Ich hatte noch nie vom Valley gehört, allerdings ging mir das mit vielen Orten so.

Als Beatrice nicht antwortete, sagte ich: »Du möchtest nicht, dass ich gehe.«

»Weißt du denn inzwischen, wie man navigiert?«, fragte sie.

Da ich es nicht konnte, segelte ich nur zwischen den Handelsposten an der Pazifikküste hin und her, die ich von meinen Fahrten mit Großvater gut kannte.

»Beatrice, sie ist in Gefahr«, sagte ich. »Wenn die Lost Abbots dort sind, ist das Valley inzwischen eine Kolonie. Weißt du, wie alt sie ist? Fast zwölf. Sie werden sie bald auf ein Brutschiff bringen.«

»Jacob beschützt sie sicher. Vielleicht zahlt er irgendwelche zusätzlichen Steuern, damit sie auf kein Schiff muss.«

»Der Pirat hat gesagt, dass kein Vater bei ihr war«, erwiderte ich.

Beatrice sah zu Pearl hinüber, die eingerollt auf der Seite lag und mit friedlichem Gesichtsausdruck schlief. Eine Schlange streckte den Kopf aus einer ihrer Hosentaschen und glitt über ihr Bein.

»Und Pearl, was ist mit ihr?«, fragte Beatrice. »Was ist, wenn du sie auf dieser Reise auch noch verlierst?«

Ich stand auf und trat aus dem Zelt. Die Nacht war kalt geworden. Ich vergrub das Gesicht in den Händen, und mir war nach Weinen zumute, doch ich kniff die Lippen zusammen und schloss die Augen so fest, dass es wehtat.

Beatrice kam ebenfalls heraus und legte mir eine Hand auf die Schulter.

»Wenn ich es nicht versuche …«, begann ich. Über uns erklangen Flügelschläge, und die schwarzen Umrisse von Fledermäusen flatterten vor dem Mond vorbei. »Sie ist allein, Beatrice. Das ist meine Chance, sie zu retten. Wenn sie auf einem Brutschiff ist, werde ich sie nie mehr finden.«

Mit keinem Wort sagte ich, dass ich mich nicht wie mein Vater verhalten und sie einfach auf der Türschwelle sitzen lassen konnte, wenn sie mich brauchte.

»Ich weiß«, sagte sie. »Ich weiß. Komm wieder rein.«

Ich war nicht nur zu Beatrice gekommen, weil sie mir helfen konnte, sondern auch weil sie die einzige Person war, die mich verstehen würde. Die meine ganze Geschichte kannte, von Anfang an. Beatrice war der einzige lebende Mensch, der wusste, wie ich Jacob kennengelernt hatte. Ich war neunzehn und hatte noch nichts von der Sechsjährigen Flut mitbekommen. Er war ein Flüchtling aus Connecticut. Bei unserer ersten Begegnung trocknete ich gerade Apfelstücke auf unserer Veranda. Da es in diesem Sommer jeden Tag um die vierzig Grad hatte, dörrten wir das Obst im Freien und weckten den Rest der Ernte ein. Ich hatte zwanzig Äpfel in dünne Scheiben geschnitten und auf allen Dielenbrettern ausgelegt, bevor ich wieder ins Haus ging und nach dem Eingemachten sah, das über dem Feuer köchelte. Vormittags arbeitete ich auf einer Farm östlich von uns, aber nachmittags war ich zu Hause und half meiner Mutter bei der Hausarbeit. Damals arbeitete sie nur noch gelegentlich als Krankenschwester. Bei Hausbesuchen oder in behelfsmäßigen Krankenhäusern tauschte sie ihre Fürsorge und ihr Wissen gegen Lebensmittel ein.

Als ich wieder herauskam, war eine Reihe Apfelscheiben verschwunden, und ein Mann stand in gebückter Haltung erstarrt auf der Veranda. Er griff gerade nach einer weiteren Scheibe und hielt mit der anderen Hand eine Tasche auf, die von seiner Schulter baumelte.

Als er sich umdrehte und davonlief, setzte ich ihm quer über die Veranda nach. Der Schweiß floss mir den Rücken hinunter, und meine Lunge brannte, aber ich holte auf und brachte ihn zu Fall. Während wir beide ausgestreckt auf dem Nachbarrasen lagen und ich ihm die Tasche entwand, leistete er kaum Gegenwehr und hob nur die Arme, um sein Gesicht zu schützen.

»Ich dachte mir schon, dass du schnell bist, aber so schnell nun auch wieder nicht«, sagte er keuchend.

»Lass mich in Ruhe«, brummte ich im Aufstehen.

»Kann ich meine Tasche wiederhaben?«

»Nein«, sagte ich und machte auf dem Absatz kehrt.

Jacob seufzte und sah ein wenig geknickt zur Seite. Ich hatte den Eindruck, dass er an Niederlagen gewöhnt war und sie ganz gut verkraftete. Später am Abend überlegte ich, wieso ich diesen Fremden verfolgt hatte und dabei nicht ängstlicher gewesen war. Schließlich ging ich Leuten, die ich nicht kannte, normalerweise aus dem Weg, weil ich Angst hatte, angegriffen zu werden. Aus irgendeinem Grund hatte ich gewusst, dass er mir nichts tun würde.

In dieser Nacht schlief er in einer leer stehenden Hütte auf einem Nachbargrundstück und winkte mir am Morgen. Er sah mir dabei zu, wie ich im Vorgarten Unkraut jätete. Es gefiel mir, dass er mich beobachtete und sich unter seinen Blicken eine träge Hitze in mir ausbreitete.

Ein paar Tage später brachte er einen Biber, den er in einem nahe gelegenen Fluss in einer Falle gefangen hatte, und legte ihn mir zu Füßen.

»Fair?«, fragte er.

Ich nickte. Danach setzte er sich immer zu mir hin und erzählte etwas, während ich arbeitete. Und ich fand allmählich Geschmack am Rhythmus seiner Geschichten, an der merkwürdigen Mischung aus Verbitterung und Freude, mit der sie alle endeten.

Die Katastrophe brachte uns zusammen. Ich weiß nicht, ob wir uns auch ohne diese perfekte Gemengelage aus Langeweile und Angst ineinander verliebt hätten, einer Angst, die an Erregung grenzte und schon bald erotisch aufgeladen war. Sein Mund an meinem Hals, auf meiner Haut, die bereits schweißnass war, der feuchte Boden unter uns, die Hitze in der Luft, der Regen, der alle paar Stunden fiel und in der Sonne wieder verdampfte. Mein Herz, das schneller schlug, als es sollte, Nerven, die nur zur Ruhe kamen, wenn wir sie weiter entflammten.

Das einzige Foto von unserer Hochzeit wurde mit einer Polaroidkamera aufgenommen, die sich meine Mutter von einem ehemaligen Patienten ausgeliehen hatte. Es zeigt uns auf unserer

Vorderveranda, mein Bauch, in dem Row heranwuchs, ist bereits erkennbar gewölbt. Zum Schutz vor der Sonne kneifen wir die Lider so fest zusammen, dass unsere Augen nicht zu sehen sind. Genau so habe ich diese Tage in Erinnerung: heiß und gleißend hell. Die Hitze ließ nie nach, aber wenn sich ein Sturm zusammenbraute, wurde es jedes Mal so schnell finster, dass es sich anfühlte, als wäre man in einem Zimmer, in dem irgendein Gott permanent das Licht an- und ausschaltete.

Nun führte Beatrice mich ins Zelt zurück und ging zu ihrem Schreibtisch, der zwischen ihrer Pritsche und einem Regal mit Töpfen eingeklemmt war. Sie durchwühlte verschiedene Papierstapel und fand schließlich eine zusammengerollte Karte, die sie vor mir auf dem Tisch ausbreitete. Mir war klar, dass sie nicht fehlerlos sein konnte. Bislang existierten noch keine akkuraten Karten, aber einige Seefahrer hatten sich bemüht, die größeren noch über Wasser liegenden Landmassen zu vermessen.

Beatrice deutete auf ein Festland in der oberen Hälfte der Karte. »Das war Grönland. Das Valley befindet sich hier im Südosten.« Sie zeigte auf eine Vertiefung, die auf beiden Seiten von Klippen und Meer umgeben war. Auf dem Wasser um das kleine Stück Land herum stand »Eisberge«. Kein Wunder, dass ich Row in all den Jahren nicht gefunden hatte. Dass sie so weit weg war, hatte ich mir nicht vorstellen wollen.

»Diese Klippen sind ein Schutzwall gegen die Elemente und die Piraten. Deswegen überrascht es mich, dass die Lost Abbots dort eine Kolonie gegründet haben. Die Händler aus dem Valley meinten, wegen seiner Abgeschiedenheit wäre dieser Ort sicherer als viele andere. Auf jeden Fall kommt man nur schwer dorthin. Das hier« – sie wies auf die Labradorsee – »ist die Piratenenge.«

Ich hatte davon gehört. Ein stürmisches dunkles Gewässer, in dem Piraten lauerten und beschädigte Schiffe oder verirrte Seefahrer überfielen und ausraubten. Bei den Geschichten, die man sich in den Häfen über die Piratenenge erzählte, hatte ich immer nur mit halbem Ohr zugehört, da ich nie damit gerechnet hätte, auch nur in die Nähe dieses Orts zu gelangen.

»Die Lily Black haben dort mehrere Schiffe stationiert«, sagte Beatrice. »Und es heißt, dass sie noch ein paar weitere in den Norden schicken wollen.«

Die Lily Black waren die größte Seeräuberbande, mit einer Flotte von wenigstens zwölf Schiffen, vielleicht sogar mehr. Alte, mit Segeln ausgestattete Tanker und kleine, von Sklaven geruderte Boote. Die Mitglieder der Lily Black waren an dem Hasen zu erkennen, den sie sich auf den Hals tätowierten, und in den Handelsposten kursierten zahlreiche Gerüchte über die Gemeinden, die sie überfallen hatten. Ihren Kolonien pressten sie so hohe Steuern ab, dass sich die Zivilbevölkerung dort fast zu Tode schuften musste, um sie aufzubringen.

»Außerdem«, fuhr Beatrice fort, »musst du mit den Lost Abbots fertigwerden.«

»Aber wenn das Valley bereits eine Kolonie ist, werden die Lost Abbots wohl kaum mehr als ein paar Wächter zurückgelassen haben. Ich kann Row herausholen und mich mit ihr aus dem Staub machen. Bis sie zurückkommen, sind wir längst irgendwo anders.«

Beatrice hob die Augenbrauen. »Du glaubst, dass du es allein mit ihnen aufnehmen kannst?«

Ich rieb mir die Schläfen. »Vielleicht schaffe ich es ja unbemerkt rein und wieder raus.«

»Wie willst du dorthin kommen?«, fragte sie.

Ich stützte einen Ellbogen auf den Tisch und ließ die Stirn in die Hand sinken, der Dampf aus der Teetasse wärmte mir das Gesicht. »Ich bezahle dir die Karte«, erwiderte ich, so müde, dass ich mich fast schmerzhaft danach sehnte, mich auf den Boden zu legen.

Sie verdrehte die Augen und schob mir die Karte herüber. »Du hast weder das richtige Boot für so eine Reise noch die nötige Ausrüstung. Und was machst du, wenn sie nicht mehr da ist?«

»In Harjo habe ich genug Guthaben für Holz, mit dem ich mir ein neues Boot bauen kann. Ich versuche zu lernen, wie man navigiert, und die Ausrüstung ertausche ich mir.«

»Ein neues Boot wird dich ein Vermögen kosten. Du wirst dich verschulden. Und was ist mit einer Mannschaft?«

Ich zuckte die Achseln. »Wir werden allein segeln.«

Beatrice seufzte und schüttelte den Kopf. »Myra!«

Pearl bewegte sich im Schlaf. Beatrice und ich sahen erst sie und dann uns gegenseitig an. Ihr Blick war sanft und traurig. Sie ergriff meine Hand. Die Adern auf ihrem Handrücken waren so blau wie das Meer.

Kapitel 5

Am nächsten Morgen saßen Beatrice und ich auf dem Gras vor ihrem Zelt und flochten Köder aus einem Faden, den sie in einer verlassenen Hütte weiter oben am Berg gefunden hatte. Während ich den leuchtend roten Faden an einem Haken festknotete, erzählte Beatrice von der Zeit, als es die alten Küsten noch gegeben hatte. Sie war in San Francisco zur Welt gekommen und ein Kind gewesen, als die Flut stieg und ihre Familie ins Landesinnere flüchten musste. Beim Zuhören merkte ich gelegentlich, dass sie sich zwar große Mühe gab, sich an ihre Jugend vor den Flüchtlingstrecks zu erinnern, aber sie schien vieles vergessen zu haben. Es war, als erzählte sie von einem Ort, der nie wirklich existiert hatte.

Die Nachbarn rechts von ihr wohnten in einem Ein-Zimmer-Grassodenhaus, das sie in den Berg gegraben hatten. Sie stritten, wurden immer lauter und beschimpften einander. Beatrice erzählte mir von den Lost Abbots. Sie waren Lateinamerikaner und stammten hauptsächlich aus der Karibik und Mittel- beziehungsweise Südamerika. Wie viele Piratenbanden waren sie ursprünglich eine paramilitärische Einheit gewesen und hatten in den Diensten verschiedener Regierungen gestanden, als während der Sechsjährigen Flut überall Bürgerkriege ausbrachen. Nachdem sämtliche bekannten Nationen untergegangen waren, entwickelten sie sich zu einer Art segelnder Sippe, die versuchte, einen neuen Staat zu gründen.

»Erst letzte Woche haben Pearl und ich gesehen, wie Piraten nördlich von hier ein kleines Boot überfallen haben«, sagte ich. »Es war eine Familie von Fischern. Ich habe ihre Schreie gehört und …« Ich sah mit zusammengekniffenen Augen meinen Köder an und biss den Faden durch. »Wir sind davongesegelt.«

Schweren Herzens hatte ich die Hand auf die Ruderpinne gelegt und unser Boot nach Süden gesteuert, fort von ihren Schreien. Mitten auf dem Meer war ich mir wie in einer Falle vorgekommen und hatte nicht gewusst, was ich sonst hätte tun können.

»Ich habe mich dabei nicht mies gefühlt«, gestand ich Beatrice. »Ich meine, irgendwie natürlich schon, aber nicht so wie früher.« In Gedanken fügte ich hinzu: *Ich fühle mich innerlich abgestumpft. Gleichzeitig verhärtet und wund gerieben. Es ist, als hätte ich keine Gefühle mehr.*

»Viele glauben, dass die Piraten in den kommenden Jahren die Meere beherrschen werden«, sagte Beatrice nach einer Weile.

Diese Ansicht war mir bekannt, aber es gefiel mir nicht, sie von Beatrice zu hören, die sich nie auf irgendwelche Verschwörungstheorien und Weltuntergangsprognosen eingelassen hatte. Anschließend erzählte sie mir die letzten Neuigkeiten aus einem Handelsposten im Süden: dass einige Regierungen versuchen würden, den Schutz und die Verteilung von Rohstoffen zu gewährleisten. Außerdem hieß es, dass die Konflikte um Gesetze und Rohstoffe zu immer mehr Bürgerkriegen führten.

Laut Beatrice hatten ein paar neue Regierungen Hilfe von Piraten angenommen und ihre Gemeinwesen aus freien Stücken zu deren Kolonien erklärt. Im Gegenzug gewährten die Piraten ihnen Schutz und versorgten sie mit allerlei Gütern – Lebensmitteln, Vorräten, die die Seeräuber stahlen oder anderweitig ergatterten, und Tieren, die sie jagten oder in Fallen fingen. Doch jede erwiesene Hilfe musste mit Zins und Zinseszins zurückerstattet werden. Die Piraten verlangten das Getreide aus der neuen Mühle und das beste Gemüse aus den Gärten. Manchmal mussten die Gemeinden auch ein paar ihrer Bürger für den Wachdienst auf den Brutschiffen oder in den Kolonien abstellen. Die Piraten pendelten ständig zwischen den verschiedenen Kolonien hin und her, und solange sie fort waren, hielten die Wächter ihre Herrschaft aufrecht.

Meine Gespräche mit Beatrice verliefen immer nach dem gleichen Muster. Sie drängte mich, an Land zu ziehen, und ich sie, in See zu stechen. Doch diesmal war es anders.

Sie schilderte mir, was in der Woche zuvor ihren Nachbarn passiert war. Mitten in der Nacht war von dem Grassodenhaus plötzlich lautes Geschrei herübergetönt. Zwei Männer standen davor und deuteten brüllend auf ein Mädchen, das zwischen seinen Eltern stand. Es war neun, höchstens zehn Jahre alt. Einer der beiden Männer trat vor und packte die Kleine. Als sie versuchte, zu ihrer Mutter zu laufen, hielt er sie an den Armen hinter ihrem Rücken fest.

Der Vater rannte auf seine Tochter zu, aber der andere Mann schlug ihm die Faust in den Magen und trat ihn zu Boden.

»Bitte«, flehte der Vater. »Bitte ... ich werde bezahlen. Ich werde zahlen.«

Der Mann stampfte mit dem Absatz auf seine Brust. Der Vater krümmte sich vor Schmerzen und rollte sich auf die Seite, seine zuckende Hand wirbelte kleine Staubwolken auf.

Das Mädchen schrie nach seinem Vater und der Mutter, konnte jedoch nichts gegen den festen Klammergriff um ihre Arme ausrichten. Der Mann, der ihrem Vater auf die Brust getreten hatte, gab ihr eine schallende Ohrfeige. Dann wickelte er ein Seil um ihre Handgelenke und verknotete es. Anschließend warf sich der andere die Kleine über die Schulter und drehte sich um.

Sie schrie nicht mehr, aber Beatrice hörte sie leise wimmern, während er sie davontrug.

Eine Stunde später wimmelte es in dem Dorf wieder von Leuten, auf den unbefestigten Wegen erklangen Schritte und hohe Kinderstimmen. Beatrice' Nachbarin von gegenüber beugte sich aus dem offenen Fenster und hängte ein Geschirrtuch an die Wäscheleine. Nichts hatte darauf hingedeutet, dass gerade eben ein Kind seinen Eltern entrissen worden war.

Beatrice schüttelte den Kopf. »Vermutlich ging es um irgendwas Persönliches. Wahrscheinlich haben sie eine Schuld eingetrieben, und keiner wollte dazwischengehen. Sie haben hier nicht das Sagen … aber trotzdem.«

Wir hatten beide mit der Arbeit aufgehört und die in der Sonne glitzernden Haken in den Schoß gelegt. Beatrice suchte offensichtlich nach Worten.

»Trotzdem mache ich mir Sorgen«, sagte sie. »Wir stellen hier eine Widerstandsgruppe auf die Beine. Du könntest dich uns anschließen. Hilf uns.«

»Ich schließe mich keiner Gruppe an und möchte auch nicht in den Widerstand. Ich werde nicht an Land bleiben und darauf warten, dass irgendwer sie holt.« Ich nickte zu Pearl hinüber, die eine Schlange gefangen hatte und sie gerade in einen unserer Körbe fallen ließ. Ohne den Blick vom Gras zu heben, kam sie zu uns herüber und setzte sich. In ihren Händen wand sich noch eine zweite Schlange.

»Sie haben eine Bibliothek gegründet«, sagte Beatrice leise und mit Wehmut in der Stimme.

»Wer?«, fragte ich.

»Die Lost Abbots. In einem ihrer Stützpunkte in den Anden – in Argali. Sogar mit Fenstern. Und Regalen. Sie bestücken sie mit Büchern, die sie vor der Flut gerettet haben und neu transkribierten. Die Menschen kommen von weither, um sich die Bibliothek anzusehen. Freunde haben mir erzählt, dass sie sie gebaut haben, um zu zeigen, wie sehr ihnen die Zukunft am Herzen liegt. Und die Kultur.«

Beatrice verzog den Mund. Vor der Flut war sie Lehrerin gewesen. Ich wusste, wie viel ihr Bildung und Bücher bedeuteten. Wie sehr es sie geschmerzt hatte, als ihre Schule geschlossen wurde und die Schüler sich im ganzen Land verstreut hatten. Außerdem wusste ich von ihrem Lebensgefährten, der drei Jahre zuvor auf seinem Fischerboot von einer Piratenbande umgebracht worden war. Seither hatte sie noch mehr Angst vor dem Wasser als zuvor und verbrämte diese Furcht als Liebe zum Land.

»Alles hat immer auch sein Gutes«, sagte Beatrice.

Ich dachte an den Piraten an der Küste, der von neuen Nationen gesprochen hatte und der Notwendigkeit, die Menschen zu organisieren. Diese Argumentation hatte ich auch schon in Saloons und Handelsposten gehört. Die Behauptung, dass der Reichtum der Piraten den Wiederaufbau der Gesellschaft beschleunigen würde. Und dass wir ohne ein funktionierendes Gemeinwesen bald wieder dort wären, wo wir angefangen hatten.

Ich beschrieb Pearl, wie eine Bibliothek aussah. »Würdest du so einen Ort gerne mal besuchen?«, fragte ich sie.

»Warum sollte ich?«, entgegnete sie und versuchte, sich die widerspenstige Schlange um das Handgelenk zu wickeln.

»Dort könntest du etwas lernen«, sagte ich.

Sie zog die Augenbrauen zusammen. Offenbar versuchte sie, sich eine Bibliothek vorzustellen. »In diesem Gebäude?«

An diesen Punkt kam ich regelmäßig mit Pearl. Sie interessierte sich nicht für das, was ich so schmerzlich vermisste, da sie nicht wusste, was sie verpasste.

Nicht nur der Verlust einer Sache an sich war bedrückend, sondern auch die verlorene Sehnsucht danach. Wenigstens die sollten wir behalten dürfen, dachte ich. Vielleicht lag es ja an den Umständen, in die sie hineingeboren worden war. Möglicherweise konnte sie sich als Kind dieser neuen Welt so etwas wie eine Bibliothek einfach nicht wünschen.

Beatrice sagte nichts mehr, und als wir mit den Ködern fertig waren, ging ich in ihr Zelt, um zu packen. Ich füllte das

Getreide in einen Leinensack, den ich tief in einen Eimer stopfte. Die Tomatenpflanze stellte ich in einen Korb und umwickelte ihn mit einer Decke, die Beatrice mir geschenkt hatte. Ich stellte mir Row mit gefesselten Handgelenken vor und ihre Schreie, die entweder unterdrückt oder ignoriert wurden. Ich erschauderte.

Beatrice reichte mir die zusammengerollte Karte. »Ich habe nicht mal einen Kompass, den ich dir geben kann.«

»Du hast mir mehr gegeben, als ich gehofft hatte«, erwiderte ich.

»Eins noch.« Beatrice zog ein Foto aus der Tasche und legte es mir in die Hand. Es zeigte Row neben Jacob. Ein Jahr nachdem diese Aufnahme entstanden war, hatte sie in dem davonrasenden Boot gesessen und meinen Namen geschrien. Großvater und ich hatten es Beatrice überlassen, damit sie es den Händlern in Apple Falls zeigen und sie fragen konnte, ob sie die beiden gesehen hatten. Auf dem Foto schimmerten Jacobs kastanienbraune Haare golden in der Sonne. Mit dem Grübchen im Kinn und der krummen Nase, die er sich bei einer Schulhofschlägerei gebrochen hatte, wirkte sein Gesicht markant. Row sah zierlich aus mit ihren schmalen Schultern und den strahlenden Augen. Es waren meine Augen, mandelförmig und mit Schlupflidern. Sie waren so blau wie das Meer. Über einer ihrer Augenbrauen verlief eine sichelförmige Narbe, die bis zur Schläfe reichte. Mit zwei Jahren war sie auf eine Werkzeugkiste aus Metall gefallen und hatte sich dabei die Stirn aufgeschlagen.

Ich rieb mit dem Daumen über Rows Gesicht. Ob Jacob im Valley wohl ein Haus für die beiden gebaut hatte? Er hatte immer gesagt, dass er das für mich tun wolle. Allerdings war das Jahre her. Jacob hatte wie Großvater als Schreiner gearbeitet. Anfangs hatten sie gemeinsam an unserem Boot gearbeitet, aber nach einer Weile war alles an Großvater hängen geblieben. Wochenlang musste ich mir ihr Geschrei und ihre Streitereien anhören, und dann war es plötzlich ruhig gewesen. Zwei Monate später ist Jacob mit Row abgehauen.

Beatrice strich mir eine Strähne hinters Ohr, bevor sie mich umarmte. »Komm wieder«, flüsterte sie mir wie bei jedem unserer Besuche zu. Doch diesmal ließ sie mich nicht los, und ich merkte, dass sie nicht mit meiner Rückkehr rechnete.

Kapitel 6

Pearl und ich segelten an der zerklüfteten Küste entlang nach Süden. Angeblich gab es in Harjo, einem Handelsposten in den Bergen der Sierra Nevada, genügend Holz für den Schiffsbau. Ich würde mein Guthaben dort für das Holz verwenden und für alle, die mir beim Bau eines größeren Bootes halfen, Fische fangen. Die *Bird* war zu klein für das stürmische Nordmeer. Aber selbst wenn ich es schaffte, ein größeres Boot zu bauen ... Würde ich es steuern und unseren Kurs bestimmen können? Es gab immer Leute, die verzweifelt genug waren, sich einer Schiffsbesatzung anzuschließen. Aber die Vorstellung, mit anderen zu reisen, widerstrebte mir, da ich nicht wusste, ob ich ihnen vertrauen konnte.

Ich fädelte eine Schnur durch einen Haken und verknotete sie, dann machte ich dasselbe mit einer anderen Angelrute. Pearl und ich wollten sie am Abend über die Reling auswerfen. Vielleicht würden wir beim langsamen Schleppfischen ein paar Lachse fangen. Pearl saß neben mir und kümmerte sich um das Angelzeug und die Köder. Sie sortierte die Haken nach ihrer Größe und verstaute sie in unterschiedlichen Fächern.

»Wer ist das?« Sie deutete auf das Foto von Row und Jacob, das auf einem Korb mit Seilen lag.

»Ein Freund der Familie«, antwortete ich.

Vor ein paar Jahren hatte sie sich nach ihrem Vater erkundigt. Damals hatte ich ihr erzählt, er wäre vor ihrer Geburt gestorben.

»Wieso hast du diesen Mann nach unserem Vater gefragt?«

»Welchen Mann?«, entgegnete ich.

»Den, den du getötet hast.«

Meine Hände erstarrten über dem Eimer mit den Ködern. »Ich wollte ihn testen«, erwiderte ich. »Um zu sehen, ob er lügt.«

Der Himmel im Osten verdunkelte sich, und Wolken zogen zu uns her. Ein paar Meilen entfernt trübte Regen den Horizont. Der auffrischende Wind füllte unser Segel und neigte das Boot zur Seite. Ich sprang auf und veränderte die Trimmung der Segel. Es war mitten am Nachmittag. Der Tag hatte wolkenlos angefangen, mit einem leichten, gleichmäßigen Wind, und ich hatte gedacht, wir könnten meilenweit nach Süden segeln, ohne neu trimmen zu müssen.

Als ich am Mast war, begann ich, die Segel zu reffen, damit sie weniger Wind aufnahmen. Im Osten türmten sich die Brandungswellen vor dem Ufer hoch auf und brachen sich weiß schäumend unter dem dunklen Himmel. Wir waren auch schon zuvor von Böen herumgeworfen worden und wären fast gekentert. Doch dieser Wind blies direkt nach Westen und schob uns von der Küste fort. Ein Lappen wurde vom Deck aufgewirbelt und hätte mich fast getroffen, als er knatternd vorbeiflog und außer Sicht geriet.

Der Sturm näherte sich wie ein laut stampfender Zug. Mit Sicherheit würde er uns kräftig durchschütteln. Pearl kletterte über die Persenning und stellte sich neben mich. Ich merkte, dass sie gegen den Wunsch ankämpfte, sich an mir festzuklammern. »Das wird übel«, sagte sie mit zitternder Stimme. Nichts machte Pearl mehr Angst als Stürme. Sie war eine Seefahrerin, die sich vor dem Meer fürchtete – vor einem Schiffbruch ohne einen rettenden Hafen in der Nähe.

»Verstau die Ausrüstung unter der Persenning«, sagte ich. Der Wind dämpfte meine Worte. »Und zurre sie fest.«

Ich versuchte, die Takelage zu lockern und die Schot nachzulassen, aber der rostige Block verkantete immer wieder. Als er endlich gängig war, warf mich eine heftige Böe rücklings gegen den Mast. Das Tau zischte durch den Block, und das Fall flatterte frei im Wind. Als die *Bird* nach Backbord zu krängen begann, klammerte ich mich an den Mast. Der Wellengang nahm zu, Wasser ergoss sich über das Deck.

»Bleib unten!«, rief ich Pearl zu, doch der Wind übertönte mich. Ich hangelte mich an der Persenning entlang und lief zum Heck. Dabei glitt ich aus und rutschte unter die Reling. Ich kämpfte mich hoch und straffte das Tau, an dem das Ruder befestigt war. Das Ruder stellte ich so ein, dass wir in den Wind steuerten, und wickelte das Tau um die Winsch.

Der Donner dröhnte so laut, dass ich ihn im Rückgrat spürte und mein Gehirn im Schädel vibrierte. Ein Blitz zuckte, und eine Welle schwappte über die *Bird*. Ich packte die Pinne, um nicht das Gleichgewicht zu verlieren. Im nächsten Moment krabbelte ich auf Händen und Knien zur Persenning und schlüpfte gerade noch darunter, bevor uns die nächste Welle traf und über das Deck schäumte.

Ich packte Pearl und zog sie unter mich. Während ich sie mit einem Arm umfasste, klammerte ich mich mit der freien Hand an einem Metallträger fest, der mit dem Deck verschraubt war. Die *Bird* war jetzt heftigen Erschütterungen ausgesetzt, Wasser strömte unter die Persenning, und unsere Körper schlugen gegeneinander wie Würfel in einem Becher. Ich betete darum, dass die Hülle nicht brach.

Pearl machte sich ganz klein, und ich spürte ihr Herz wie einen Kolibriflügel an meinem Arm schlagen. Der Wind blies geradewegs nach Westen und wehte uns aus den Küstengewässern hinaus in den Pazifik. Ich wusste nicht, wie wir es je zu einem Handelsposten zurückschaffen sollten, wenn wir noch weiter vom Land abgedrängt wurden.

Ein düsteres Gefühl durchströmte mich. Ich wusste nicht, ob es Wut, Angst oder Kummer war, auf jeden Fall hatte es scharfe Kanten und fühlte sich in meinem Magen an, als hätte ich Glasscherben verschluckt. Row und Pearl waberten wie Schatten durch meine Gedanken. Und ich fragte mich erneut, ob ich eines meiner Kinder opfern musste, um das andere zu retten.

An dem Tag, als meine Mutter gestorben war, hatte ich mit einer Hand auf dem Bauch im Obergeschoss am Fenster gestanden. Ich war im vierten Monat schwanger und grübelte gerade über die Gefahren von Schwangerschaftsvergiftung, Plazentaablösung und Steißgeburt nach. All diese Risiken waren mir auch schon vor Rows Geburt durch den Kopf gegangen. Doch da es mittlerweile keine Krankenhauser mehr gab, nicht einmal mehr provisorische in leer stehenden Häusern, kam jede von ihnen mir wie ein sicheres Todesurteil vor. Ich wusste zwar, dass mir meine Mutter bei Pearl genauso helfen würde wie schon bei Rows Geburt, dennoch war ich diesmal viel nervöser.

Seit einem Monat hatten wir weder Internet noch Strom und beobachteten jeden Tag den Horizont, aus Angst, dass das Wasser doch schon kommen würde, bevor Großvater mit dem Boot fertig war.

In der Wohnanlage hinter unserem Haus gab es einen Garten mit einem Apfelbaum. Mutter musste sich strecken, um sie zu pflücken. An einem Arm hatte sie einen Korb, ihre Haare glänzten im Sonnenlicht. Die gelborangen Blätter und roten Äpfel sahen unglaublich farbenfroh aus und erschienen mir beinahe fremdartig, als gehörten sie in meiner Vorstellung bereits zu den Dingen, die verloren gegangen waren und die ich kaum je wiedersehen würde.

Ich sah, wie sich hinter ihr eine graue Wand auftürmte und in den Himmel hinaufwuchs. Im ersten Moment war ich völlig verdattert und zu schockiert, um zu begreifen, was ich da sah, obwohl es doch genau das war, worauf ich gewartet hatte. Aber noch hatte man nicht mit der Flut gerechnet. Alle hatten gesagt, dass das Wasser erst in ein oder zwei Monaten kommen würde. Die Nachbarn und auch die Leute, die auf ihrem Weg westwärts zu den Rockies ihre Habseligkeiten in Einkaufswagen vor sich herschoben.

Erst verstand ich nicht, wieso ich nichts hörte, doch dann erkannte ich, dass um mich herum ein gewaltiges Brausen war, dazu ein ohrenbetäubendes Dröhnen von entwurzelten Bäumen, die aneinanderschlugen, Häusern, die umgeworfen, und Autos, die in die Höhe gehoben wurden. Es war, als könnte ich nichts mehr hören oder fühlen, sondern nur noch das Wasser beobachten. Es hypnotisierte mich und betäubte alles außer meinem Sehsinn.

Ich glaube, ich habe geschrien und die Hände an die Scheibe gepresst. Großvater, Jacob und Row kamen heraufgerannt, um zu sehen, was dieser Lärm bedeutete. Wir standen gemeinsam in Schockstarre vor dem Fenster und warteten darauf, dass das Wasser uns erreichte. Es stieg, als wollte sich die Erde an uns rächen, und robbte wie ein Soldat über die Ebene auf uns zu. Row kletterte an mir hoch, und ich hielt sie in den Armen, als wäre sie immer noch ein Kleinkind. Sie legte den Kopf an meine Schulter und schlang mir die Beine um die Hüften.

Mutter sah zum Wasser hoch und ließ den Korb mit den Äpfeln fallen. Sie rannte auf unser Haus zu, überquerte die Straße und war schon fast in unserem Hintergarten, als die Welle über ihr zusammenschlug. Um sie herum toste die Gischt.

Ich konnte sie nicht mehr sehen, als das Wasser an unserem Haus vorbeibrauste. Wir hielten den Atem an, während es an der Fassade hochschwappte, die Fenster eindrückte und ins Innere strömte. Das Haus füllte sich mit Wasser, wie ein Silo mit Getreide. Es wackelte und bebte, und ich war mir sicher, dass es jeden Moment einstürzen würde und wir uns nicht mehr lange aneinander festhalten konnten. Das Wasser stieg Stufe um Stufe die Treppe herauf.

Ich blickte aus dem Fenster und hoffte zu sehen, wie Mutter wieder hochkam und nach Luft schnappte. Als schließlich kein neues Wasser mehr nachströmte, beruhigte sich die Oberfläche, und Mutter tauchte nicht mehr auf.

Die Flut war bis rund einen Meter unter dem Fenster im ersten Stock gestiegen. Wochenlang wateten und schwammen wir durch die Gegend, ohne je ihre Leiche zu entdecken. Später erfuhren wir, dass der Damm einen Kilometer von unserem Haus entfernt gebrochen war. Alle hatten behauptet, er würde halten.

Nachdem Mutter verschwunden war, wollte ich ihr ständig erzählen, wie sich alles veränderte, in mir und in meiner Umgebung, von Pearls ersten Tritten und dem Wasser, das, so weit das Auge reichte, die gesamte Prärie bedeckte. Ich drehte mich um und setzte dazu an, ihr etwas zu sagen, ehe mir wieder einfiel, dass sie nicht mehr da war. So werden Menschen verrückt, dachte ich.

Nur einen Monat später verschwand Jacob mit Row. Danach waren bloß noch Großvater und ich da. Wir hielten uns in dem leeren Dachboden auf, der das Haus der Länge nach überspannte und sich Stück für Stück mit dem Boot füllte.

Einen Monat nachdem Jacob gegangen war, rissen wir mit einem Vorschlaghammer eine Wand des Dachbodens ein und schoben das Boot aus dem Haus hinaus ins Wasser. Es war viereinhalb Meter lang und anderthalb breit und sah aus wie ein großes Kanu, mit einer kleinen Persenning über dem Heck und einem einzelnen Mast in der Mitte. Wir beluden es mit Vorräten, die wir ein Jahr lang gehortet hatten – Wasserflaschen, Lebensmittelkonserven, Medikamente und Verbandsmaterial sowie Taschen voller Wäsche und Schuhe.

Wir segelten nach Westen, in Richtung Rocky Mountains. Anfangs war die Luft dünn, und das Atmen fiel mir schwer. Meine Lunge schien permanent unterversorgt. Drei Monate später erwachte ich mit Wehen. Der Wind blies so stark, dass das Boot wie eine Wiege schaukelte. Mit zusammengebissenen Zähnen und eng in Decken gehüllt rollte ich unter der Persenning hin und her und weinte in den Ruhepausen zwischen den Kontraktionen.

Als Pearl kam, war sie glitzrig, blass und stumm. Ihre Haut sah aus wie Wasser. Als wäre sie aus der Tiefe emporgestiegen, um mich kennenzulernen. Ich hielt sie mir an die Brust. Ich streichelte ihre Wange, und sie fing an zu weinen.

Als ein paar Stunden später die Sonne aufging und sie an meiner Brust saugte, hörte ich über uns Möwen. Pearl zu stillen war ähnlich wie damals bei Row und doch ganz anders. Ich versuchte, sowohl die erinnerte als auch die aktuelle Empfindung gleichzeitig in mir wachzuhalten, aber es gelang mir nicht. Ständig entglitt mir eine der beiden und wurde durch die andere ersetzt. Im Grunde war mir klar gewesen, dass nicht die eine an die Stelle der anderen treten konnte, doch nun fiel mir auf, dass ich sehr wohl gehofft hatte, Pearl würde Row ersetzen können. Ich berührte Pearls Stirn mit der Nase, atmete ihren frischen Geruch ein, und bereits jetzt machte mich das Wissen traurig, dass er vergehen würde.

In seinen letzten Tagen gab Großvater immer mehr unsinniges Zeug von sich. Manchmal sprach er ins Leere, mit Leuten, die er früher einmal gekannt hatte. Und manchmal redete er in einer Traumsprache, die ich eigentlich schön gefunden hätte, wenn ich nicht so müde gewesen wäre.

»Sag meinem Mädchen, dass eine Feder ein Haus halten kann«, bat Großvater. Ich war mir nicht sicher, ob er mit »meinem Mädchen« meine Mutter, mich, Row oder Pearl meinte. Er nannte uns alle »seine Mädchen«.

»Wem soll ich das sagen?«

»Rowena.«

»Sie ist nicht hier.«

»Doch, ist sie.«

Damit verunsicherte er mich. Die meisten Menschen, mit denen er sprach, waren tot. »Row ist nicht gestorben«, erwiderte ich.

Großvater drehte sich um und sah mich schockiert mit großen Augen und unschuldigem Blick an. »Natürlich nicht«, sagte er. »Sie ist ganz in der Nähe.«

Eine Woche später starb er, irgendwann während der Nacht. Ich hatte gerade Pearl gestillt und in die kleine Holzkiste gelegt, die Großvater für sie gebaut hatte. Ich kroch zu Großvaters Schlafplatz hinüber und streckte die Finger aus, um ihn wachzurütteln. Er fühlte sich kalt an. Seine Haut war noch nicht aschgrau, sondern nur etwas blass, weil das Blut nicht mehr zirkulierte. Ansonsten sah er aus, als schliefe er: die Augen geschlossen, der Mund leicht geöffnet.

Ich setzte mich auf die Fersen und starrte ihn an. Dass er so unspektakulär gegangen war, erstaunte mich. Ich hatte nie damit gerechnet, dass er im Schlaf sterben würde. Pearl wimmerte, und ich kroch zu ihr zurück.

Immer wieder ging mir durch den Kopf, dass wir nun allein waren. Ich hatte niemanden mehr, dem ich trauen konnte, bis auf dieses Baby, das allerdings vollkommen von mir abhängig war. Panik ergriff mich, und ich sah den Anker an, der einen guten Meter von mir entfernt lag. Ich wusste von Leuten, die sich an ihren Anker gefesselt hatten und über Bord gesprungen waren. Aber das war mir nicht möglich. Genauso wenig, wie es dem Wasser möglich war, sich plötzlich wieder zurückzuziehen, und den Leuten, überall dort wiederaufzuerstehen, wo sie gestorben waren. Stattdessen nahm ich Pearl auf den Arm und kroch unter der Persenning hervor ins morgendliche Sonnenlicht.

Ich würde ihn in mir tragen, und er würde mich weiter anleiten. Von Großvater hatte ich gelernt, wie man lebt. Keinesfalls würde ich ihn jetzt enttäuschen. Ich würde Pearl nicht im Stich lassen, sagte ich mir.

Wenn ich an damals zurückdenke, als ich nach und nach meine Liebsten verlor, erinnere ich mich vor allem an die zunehmende Einsamkeit. Es war, als wäre ich dabei gewesen, in einem Brunnen zu versinken, und ich krallte mich an der steinernen Schachtwand fest, während das Wasser um mich herum immer höher stieg und ich die Hand nach dem Sonnenlicht ausstreckte. Es ist wirklich erstaunlich, wie sehr man sich daran gewöhnt, am Grund so eines Brunnens zu sein. Und dass man das Seil nicht bemerkt, das zu einem heruntergeworfen wird.

Kapitel 7

Nach dem Sturm kamen wir unter der Persenning hervorgekrochen und begutachteten den Schaden. Ich fiel auf die Knie und fluchte, als ich sah, dass die Wellen, die über das Deck geschwappt waren, die Zisterne mit Salzwasser gefüllt hatten. Wir würden sie ausleeren und vor allem schnell an Land zurückkehren müssen, bevor wir dehydrierten. Wir hatten für den Notfall zwar einen kleinen Trinkwasservorrat in Plastikflaschen, die unter der Persenning festgebunden waren, aber der würde uns nur wenige Tage reichen.

Pearl blieb dicht an meiner Seite, als wir durch das Wasser an Deck in Richtung Bug wateten. Sie hielt einen Arm steif am Körper. Ein Bluterguss breitete sich darauf aus. Anscheinend war sie bei dem Versuch, das Angelgerät schnell unter die Persenning zu bringen, ausgerutscht und hingefallen. Ich hockte mich vor sie hin, küsste eine Fingerspitze und berührte damit die Stelle. Ein Lächeln huschte über ihr Gesicht. Ich strich ihr eine Strähne aus dem Gesicht, nahm ihren Kopf in beide Hände und küsste sie auf die Stirn.

»Das wird schon wieder«, sagte ich.

Sie nickte.

»Hol du doch den Eimer und ein Tuch und fang an, das Deck trocken zu wischen. Ich sehe nach der Steuerung.«

Im Heck inspizierte ich das Ruder und die Pinne. Die Halterung war am Ansatz gebrochen und hing zu einer Seite weg. Über mir flatterte unser einziges Segel der Länge nach durchgerissen im Wind. Die untere Rah schlenkerte hin und her. Der Sturm hatte uns die Stakstange und Beatrice' Tomatenpflanze gekostet, aber die restlichen Vorräte waren sicher im Rumpf verstaut oder unter der Persenning festgezurrt.

Fluchend strich ich mir mit der Hand über das Gesicht. Wir verloren Zeit. Wie sollten wir an ein anderes Boot kommen, wenn ich nicht einmal wusste, wo wir uns befanden?

»Die Riemen sind noch da«, rief Pearl mir zu. Sie stützte sich mit den Händen auf die Reling und sah zu der Stelle hinunter, wo sie seitlich am Boot vertäut waren.

Ich beschattete mit der Hand die Augen und blickte angestrengt über das glitzernde Wasser hinweg Richtung Osten. Zumindest glaubte ich, dass es Osten war. Ich blickte kurz zur Sonne hinauf und dann wieder hinunter zum Wasser. Wie lange hatte es gestürmt? Mir war es wie eine Ewigkeit erschienen, aber es konnte nicht länger als eine halbe Stunde gedauert haben. Ich konnte nicht sagen, wie weit nach Westen wir von unserem üblichen Kurs abgekommen waren, der uns immer in zwei Meilen Entfernung an der Küste entlangführte, hinauf in den Norden oder hinunter in den Süden, von einem Fleckchen Land zum nächsten.

In rund anderthalb Kilometern Entfernung trieben die Trümmer eines anderen Bootes auf uns zu. Ich kniff die Augen zusammen und zog das Fernglas unter der Persenning hervor.

Das Boot war aus einem Sammelsurium an Materialien zusammengebaut gewesen. Mehrere Reifen waren unter einer Trägerplatte aus zusammengenagelten Türen festgebunden. Ein paar Meter weiter trieb das Führerhaus eines Lastwagens auf der Seite, und gleich daneben schwamm eine grellgelbe Rettungsinsel. Drumherum schaukelten Plastiktüten und Flaschen auf der Wasseroberfläche.

Ich drehte mich zu Pearl um. »Hol das Netz.« Ich hoffte, dass sich in diesen Tüten und Flaschen Essen und Wasser befanden.

»Da ist jemand«, sagte Pearl und deutete auf das Wrack.

Ich sah erneut durch das Fernglas und ließ den Blick über die Trümmer gleiten. Ein Mann hielt sich an dem Floß aus Reifen und Türen fest. Er trat Wasser und presste jedes Mal, wenn ihm eine Welle ins Gesicht schwappte, die Augen zusammen.

Pearl sah mich gespannt an.

Ich wusste, was ihr durch den Kopf ging, und sagte: »Wir wissen nichts über ihn.«

Pearl schnaubte. »Das sieht nicht gerade wie ein Piratenschiff aus.«

»Wir müssen nicht nur die Piraten fürchten. Jeder könnte uns gefährlich werden.«

Ich wurde nervös. Bislang hatte ich noch nie jemand anderen an Bord der *Bird* gelassen und wollte auch jetzt nicht damit anfangen. Er würde direkt neben uns unter der Persenning schlafen, das Essen mit uns teilen und von unserem Wasser trinken.

Ich warf einen Blick auf den Fremden und sah dann wieder zu Pearl hinunter, deren Meinung offenkundig bereits feststand.

»Wir haben weder genug Essen noch Wasser.«

Pearl kniete sich unter die Persenning und holte ihren Schlangenkrug hervor. Es war ein leuchtend blau glasierter Tontopf. Sie hob den Deckel an und packte eine kleine dünne Schlange gleich hinter dem Kopf. Das Tier fuhr die Fangzähne aus, seine Zunge war ein flackerndes rotes Band. Pearl hielt sie hoch und grinste. Die Schlange öffnete das Maul und biss immer wieder ins Leere. Pearl hockte sich auf das Deck und schnitt ihr den Kopf ab. Dann hielt sie sie am Schwanz über das Wasser und strich ihr mit Daumen und Zeigefinger der Länge nach das Blut aus dem Körper.

»Die können wir essen«, sagte sie.

Normalerweise bot sie nie an, dass wir ihre Schlangen essen könnten. Ich drehte mich zum Schiffswrack zurück. Der Mann war mittlerweile nur noch einen knappen Kilometer von unserem Boot entfernt. Mein Bauchgefühl sagte mir, dass er uns Schwierigkeiten bereiten würde. Alle meine Muskeln und Sehnen spannten sich wie Taue in einem Block.

Ich wusste nicht, ob meine Panik daher rührte, dass wir uns verirrt hatten, oder ob ich mehr Bammel davor hatte, einen Fremden an Bord zu lassen. Meine Befürchtungen vermischten sich wie Blut mit Wasser, und ich konnte sie nicht auseinanderdividieren. Ich glaubte zwar, dass ich uns zu einem Handelsposten zurückbringen konnte, aber wenn wir länger als erwartet brauchen würden und es nicht regnen sollte … Ich konnte die Vorstellung nicht ertragen, dass ich mich verrechnete und wir wie Rosinen in der Sonne verschrumpelten.

Mittlerweile hatte eine Strömung den Mann erfasst und trug ihn wieder von uns fort. Während ich ihn beobachtete, dachte ich daran, wie Großvater beim Angeln im Nebraska River immer das Lied »Ich werde euch zu Menschenfischern machen« gesungen hatte. Er hatte im Boot zurückgelehnt unter einem Sonnenschirm gesessen und mit einer Pfeife im Mundwinkel leise gelacht, während er sang. Er hatte allem, was ernst war, immer auch lustige Seiten abgewinnen können. In Gedanken hörte ich ihn den Refrain in Dauerschleife singen, während der Mann immer weiter abtrieb. Es klang vorwurfsvoll. Ich presste genervt die Kiefer zusammen. Großvater sollte mich eigentlich anleiten und nicht heimsuchen.

»Nimm das Tau da«, sagte ich zu Pearl.

Der Mann war kaum noch bei Bewusstsein, also sprang ich ins Wasser, schwamm zu ihm hinüber und band ihm das Tau um den Oberkörper. Anschließend kehrte ich zu unserem Boot zurück. Als ich wieder an Bord der *Bird* war, stemmten Pearl und ich uns gegen die Reling und hievten ihn hoch.

Der Mann hatte nichts als einen Rucksack bei sich, und als wir ihn schließlich an Deck gezogen hatten, würgte er und erbrach Wasser. Dann legte er sich auf die Seite und rollte sich wie ein Fötus zusammen. Pearl hockte sich neben ihn hin und sah ihm ins Gesicht. Seine zerzausten dunklen Haare fielen ihm fast bis auf die Schultern. Seine Brust war breit, seine langen

Arme und Beine muskulös und seine Haut dunkel von der Sonne. Er hatte das ungepflegte Äußere eines Menschen, der es gewohnt war, allein zu segeln. Davon abgesehen sah er gut aus, auf eine ruhige, fast ehrwürdige Weise, wie eine Porträtfotografie aus einem vergangenen Zeitalter. Als er die Lider aufschlug und mich ansah, bemerkte ich überrascht, dass er hellgraue Augen hatte.

Ich drehte mich zu Pearl um. »Bring uns eine Wasserflasche, Schatz.«

Pearl sprang auf und holte sie. Ich beugte mich vor und benetzte ihm vorsichtig mit ein paar Tropfen die Lippen, aber er zuckte vor mir zurück.

»Das ist Wasser«, sagte ich sanft und hielt die Flasche vor ihn hin, damit er sich selbst davon überzeugen konnte. Als er die Hand danach ausstreckte, zog ich sie weg.

»Ich werde dir nur ein bisschen davon geben. Wir wollen doch nicht, dass du dich noch mal übergeben musst.«

Ich kniete mich hin und träufelte ihm erneut ein paar Tropfen auf die Lippen. Er leckte sie schnell ab und sah mich flehentlich an. Also ließ ich ihm Wasser in den Mund laufen, insgesamt die halbe Flasche. Dabei krampfte sich mir der Magen zusammen, weil ich an die Hitze dachte, die wenigen Flaschen, die wir noch hatten, und die vielen Meilen bis zur Küste.

Der Mann ließ sich wieder zurücksinken und lehnte sich mit geschlossenen Augen an die Reling. Pearl und ich ließen ihn dösen und bargen unterdessen mit dem Netz so viel Treibgut wie möglich und sortierten alles an Deck. Es war nicht viel Nützliches dabei. Ein paar Wasserflaschen, zwei verdorbene Fische und eine Tasche mit trockenen Anziehsachen. Wir fischten noch etwas von dem Holz aus dem Wasser für die Reparaturarbeiten am Ruder. Danach banden wir seine Rettungsinsel an das Heck der *Bird*, wo wir es wie einen Waggon hinter uns herziehen würden für den Fall, dass wir es mal brauchten.

Ich holte das Segel ein und untersuchte den Riss. Nach zwei Stunden hatte ich ihn wieder zusammengeflickt. Die Naht war zwar uneben, aber sie würde halten, bis wir die Küste erreichten, wo ich mehr Faden und Flickmaterial besorgen konnte.

Ich ging zu dem Mann hinüber und trat gegen seinen Schuh. Er fuhr aus dem Schlaf hoch und hielt schützend die Hände vor sich.

»Die Sonne geht bald unter«, sagte ich. »Kannst du zwei Schlangen häuten?«

Er nickte.

Pearl trug den Kohleneimer zum Mastfuß hinüber, wo der Mann lag, und schüttete ein paar Briketts in eine flache Pfanne, wie man sie früher benutzt hatte, um Geburtstagskuchen zu backen. Zum Glück ging an diesem Abend kein starker Wind. Denn andernfalls hätten wir unseren Fang roh essen oder unsere Trockenfleisch- und Fladenbrotvorräte angreifen müssen. Ich nahm eine Schachtel mit Zweigen und Blättern, setzte mich damit vor die Pfanne und schichtete sie als Anzündmaterial auf die Kohlen. Pearl steckte sie mit ihrem Feuerstein und dem Messer in Brand.

»Vielen Dank, das hättet ihr nicht tun müssen«, sagte der Mann. Er hatte eine leise Stimme, die so klar klang, als würden in der Ferne Glocken läuten.

Ich dachte immer noch darüber nach, ob wir ihn fesseln sollten, während wir schliefen. Das unbehagliche Gefühl in meinem Magen wollte nicht nachlassen.

»Hilfst du mir, das Segel zu hissen?«, fragte ich.

»Gerne.«

Als er beiden Schlangen die Haut abgezogen hatte, legte Pearl sie auf die heißen Kohlen. Die niedrig stehende Sonne warf einen goldenen Schimmer auf das Wasser. Sie schien viel schneller unterzugehen, seit der Horizont infolge der Flut angehoben war.

»Ich heiße übrigens Daniel.«

»Ich bin Myra. Das ist Pearl. Was hast du in der Tasche?«

»Ein paar von meinen Karten und Instrumenten.«

»Was für Instrumente?«

»Zum Navigieren und Kartieren. Ich bin Kartograf.«

Er weiß, wie man navigiert, dachte ich.

Pearl hob eine der Schlangen mit einem langen Stock von den Kohlen und rollte sie zum Abkühlen vor sich auf dem Deck auf. Sie war schwarz verbrannt, und schon vom Hinsehen drehte sich mir der Magen um. Ein beißender Geruch stieg von ihr auf. Schlangenfleisch war zäh wie Sehnen, und es graute mir davor, sie zu essen.

»Du erinnerst mich an jemanden von früher«, sagte Daniel.

»Ach ja?«, fragte ich und stieß die Schlange, die noch auf den Kohlen lag, mit dem Stock an. Mich interessierte nur, welche Fischschwärme so weit vor der Küste schwammen und ob ich sie fangen konnte.

»Eine Frau, mit der ich ein Jahr lang in der Sierra Madre zusammengelebt habe. Sie hat auch niemandem vertraut.«

»Wieso glaubst du, dass ich dir nicht traue?«

Er rieb sich den Bart am Kinn. »Wenn sich deine Muskeln noch mehr anspannen, brechen sie dir die Knochen.«

»Hätte sie denn mehr Vertrauen haben sollen?«

Er zuckte die Achseln. »Vielleicht in den einen oder anderen.«

»Und jetzt?«

»Nach gut einem Jahr ist sie gestorben.«

»Das tut mir leid.«

Pearl nahm einen Bissen von der Schlange und kaute heftig. Der Gestank des Fleisches wehte zu mir herüber. Sie legte sie auf das Deck und zerteilte sie in drei gleich große Stücke. Daniels und meines warf sie zu uns herüber.

»Für wen machst du die Karten?«, fragte ich.

»Für jeden, der eine haben will. Fischer. Beamte der neuen Regierungen.«

»Piraten?«

Er sah mich grimmig an. »Nein, zumindest nicht dass ich wüsste.«

»Bei deinem Beruf müsstest du dir doch eigentlich ein besseres Boot leisten können. Karten sind schließlich viel kostbarer als Holz.«

»Sagen wir einfach, ich habe Pech gehabt.«

Ich sah ihn misstrauisch an. Er verbarg irgendetwas. Pearl stieß ein unterdrücktes Wimmern aus, und ich sah, weshalb sie während unseres Gesprächs so still gewesen war: Sie hielt ihr Taschentuch in die Höhe und fuhr mit dem Finger an einem Riss in der Kante entlang.

»Es ist kaputtgegangen«, sagte sie leise. »Im Sturm.«

»Gib es mir«, sagte ich und streckte ihr die Hand hin. Sie rappelte sich auf und brachte es zu mir herüber. Ich sah mir den Riss genauer an. »Da es so dicht an der Kante gerissen ist, lässt es sich leicht reparieren. Wir können es so falten und mit dem Faden einen Überhandknoten um die Stelle machen. Dann wird sie nicht mal ausfransen, sondern sogar noch fester werden.«

Pearl nickte und betastete vorsichtig das Tuch. »Ich werde es heute Nacht auf jeden Fall zum Schlafen mitnehmen.« Das rote Taschentuch hatte Großvater gehört. Als er gestorben war, hatten wir es ihm aufs Gesicht gelegt, und es wäre fast von einem Windstoß davongeweht worden, als wir ihn ins Meer fallen ließen, aber ich hatte es gerade noch erwischt. Pearl hatte es mir aus der Hand genommen und seither nicht mehr losgelassen. Nicht mal, wenn sie schlief.

»Du achtest auch auf die kleinen Dinge«, sagte Daniel. Seine Worte klangen wehmütig, als wäre ihm bei unserem Anblick etwas eingefallen. Er sah auf das Meer hinaus, und sein Gesicht verschwand im Schatten.

Die plötzliche Sanftheit in seinem Blick hatte etwas in mir bewegt, als hätte ich einen Stein hochgehoben und sähe nun, was darunter lebte. Mit einem Mal verschwand die Enge um meine Brust. Aus irgendeinem Grund entspannte ich mich allmählich in seiner Gegenwart. Vielleicht weil er mir ganz selbstverständlich in die Augen schaute, offen sprach und nicht sonderlich charmant war. Jacob war charmant gewesen. Er hatte so getan, als wäre er ein schlichtes Gemüt und leicht zu durchschauen, während er in Wirklichkeit für sich behielt, was er dachte. Daniel schien ein Mann zu sein, der bereitwillig seine Schuld trug und sich nicht aus der Verantwortung stahl, jemand, der lange nachdachte, bevor er sich entschied.

Ich beschloss, dass er fürs Erste ohne Fesseln schlafen durfte. Aber ich würde die ganze Nacht ein Auge offen halten.

»Das muss ich«, entgegnete ich.

»Niemand muss irgendwas tun«, sagte er und wandte sich wieder zum Meer um.

Kapitel 8

Daniel berechnete unsere Position und schätzte, wir müssten vier Tage nach Südosten segeln, bis wir in Harjo waren. Er reparierte das Ruder, während Pearl und ich fischten. Schließlich befestigten wir das Netz am Downrigger und machten Jagd auf Makrelen. Es dauerte zwei Tage, bis wir etwas fingen. Unsere Mägen knurrten Tag und Nacht, und als sich das Seil am Downrigger endlich straffte, musste ich kräftig schlucken, um den erleichterten Seufzer zu unterdrücken, der in meiner Kehle aufstieg.

Wir leerten ein ganzes Netz voller Makrelen auf das Deck, die dunklen Streifen auf ihren Rücken glitzerten in der Sonne. Die Fische waren groß und schwer, ich genoss das Gewicht ihres Fleisches in meinen Händen. Während ich sie eine nach der anderen ausnahm, stellte Pearl das Dreibein auf, das wir zum Räuchern brauchten.

Ich behielt Daniel nach wie vor im Auge und versuchte, wachsam zu bleiben. Aber ich fühlte mich in seiner Nähe immer wohler, und allmählich kam es mir so vor, als wäre er schon ganz lange bei uns. Die meiste Zeit schwiegen wir und lauschten nur auf den Wind, der das Segel blähte, und das entfernte Plätschern der Fische und Vögel. In allen Richtungen gab es nur den Himmel, das Meer und uns drei, wir waren ganz allein.

Während wir uns Harjo näherten, überquerten wir die alte Welt. Wir hatten den Pazifik hinter uns gelassen und segelten nun in einem Gewässer, das die großen kalifornischen Städte bedeckte. Diese Route nahm ich häufig, da ich mich in der Nähe der neuen Küste halten wollte, aber ich fand es jedes Mal schrecklich, über Städte hinweg zu segeln, die sich in Massengräber verwandelt hatten. So viele Menschen waren umgekommen, nicht nur während der beiden Fluten, sondern auch bei den Flüchtlingstrecks. Sie waren erfroren, verdurstet und verhungert. Sie hatten sich die Füße blutig gelaufen beim Versuch, sich vor dem Wasser in die Berge zu retten. Im Gebirge hatten sie ihre Besitztümer genauso zurücklassen müssen wie auf dem Oregon Trail.

Ein paar der Städte waren so tief im Meer versunken, dass sie nie wieder jemand sehen würde. Andere, höher gelegene, konnte man besichtigen, sofern man eine Taucherbrille und einen starken Magen mitbrachte. Die Stahlkonstruktionen ihrer Wolkenkratzer ragten wie Metallinseln aus dem Wasser.

Zu Anfang war ich in diesen Unterwasserstädten tauchen gegangen und hatte mit der Harpune gejagt, aber in letzter Zeit tat ich es nur noch, wenn ich verzweifelt war. Ich hielt mich nicht mehr gerne lang im Wasser auf, weil ich nicht daran erinnert werden wollte, wie es früher gewesen war. Einmal bin ich durch eine alte Stadt getaucht und geschwommen, die an einem Berghang in den Rockies gestanden hatte. Fische fanden in den Ruinen ein Zuhause, sie versteckten sich im Seegras und zwischen Anemonen. Ich tauchte in ein Bürogebäude hinunter, das kein Dach mehr hatte, und kam in einen Raum, in dem ein paar Schreibtische und Aktenschränke standen. Die überall verstreuten Gegenstände waren kaum noch zu erkennen. Muscheln wuchsen auf einer Tasse, die mit dem Foto eines Kindergesichts bedruckt war. Eines dieser Geburtstagsgeschenke, die man sich früher mit der Post schicken lassen konnte.

Ich tauchte noch tiefer. Ein Schwarm Kaiserfische stob auseinander, und ich erwischte einen mit der Harpune. Als ich mich umdrehte, um aufzutauchen, blieb die Seilschlinge, die ich über der Schulter trug, am kaputten Türgriff eines Aktenschranks hängen. Ich riss daran und zerrte den Schrank von seiner Position an der Wand. Da rollte aus den Schatten ein Schädel über den Boden und blieb ein paar Zentimeter vor mir liegen.

Ein kurzes Zucken im Inneren des Mundes. Irgendetwas lebte darin.

Als ich erneut an dem Seil riss, um mich zu befreien, fiel der Schrank auf mich. Ich stieß ihn zur Seite, damit er mich nicht unter sich begrub. Dabei glitt das Seil vom Türgriff. Hinter der Stelle, wo der Schrank gestanden hatte, lagen zwei Skelette dicht beieinander, als würden sie sich umarmen. Wie zwei Liebende, die miteinander eingeschlafen waren. Eines der Skelette hatte keinen Schädel mehr, aber so, wie es lag, stellte ich mir vor, dass sein Kopf an der Brust des anderen geruht hatte. Sie sahen aus, als hätten sie sich in ihr Schicksal gefügt und beschlossen, einander festzuhalten, wenn das Ende kam. Verrottete Kleidung trieb um sie herum, und überall lagen Steine verstreut. Mein Gehirn, dem allmählich der Sauerstoff ausging, begriff erst nach einem Moment, dass sie ihre Kleidung mit diesen Steinen vollgestopft hatten, damit sie auch ganz sicher unter dem Wasser bleiben würden, das langsam um sie herum in die Höhe stieg und erst die Arme bedeckte, mit denen sie den Boden berührten, und dann, nach einem letzten Flüstern zwischen ihnen, die Arme, mit denen sie einander hielten. Ohne diese Steine hätte das hereinströmende Wasser sie auseinandergetrieben und kilometerweit voneinander getrennt zu Boden sinken lassen.

Ich ließ die Harpune fallen und schwamm zur Oberfläche hinauf. Anschließend hatte ich mir im nächsten Handelsposten Netze besorgt und war von da an nur noch getaucht, wenn sie leer blieben.

Ich wusste nicht, wie ich Pearl von dem erzählen sollte, was unter uns lag. Von den Farmen, die die Nation ernährt hatten. Den kleinen, an ruhigen Wohnstraßen erbauten Häusern für die Babyboomer-Generation nach dem Zweiten Weltkrieg. Die Mauern dieser Gebäude markierten historische Momente. Sie erzählten die Geschichte, wie wir den Planeten im Lauf der Zeit nach unseren Bedürfnissen umgestaltet hatten.

Es fühlte sich grausam an, dass die Erde versenkt und all das verschwunden war. Ich sah Pearl an und dachte an alles, was sie nicht kennenlernen würde. Museen, ein Feuerwerk in einer Sommernacht, Schaumbäder. Das meiste davon war bereits bei Rows Geburt verschwunden. Mir war nicht klar gewesen, wie viel es mir bedeutete, meinem Kind die Dinge zu vermitteln, die mir wichtig waren. Und wie wenig Wert sie für mich selbst mit zunehmendem Alter noch besaßen.

Andere Male, wenn es auf dem Meer so dunkel war, dass ich das Gefühl hatte, gar nicht mehr zu existieren, schien es mir wie eine Gnade, dass das Leben vor der Flut überhaupt so lange gedauert hatte. Ein Wunder, für das ich keinen Namen hatte.

Am dritten Tag überredete Pearl Daniel dazu, bei ihren Spielen mitzumachen: Himmel und Hölle an Deck mit einem Stück Kohle, Namen erfinden für alle Wolken und eigenartigen Wellen. Tags darauf regnete es fast den gesamten Nachmittag, und wir saßen unter der Persenning und erzählten uns Geschichten. Pearl brachte Daniel dazu, ihr Geschichten von Orten zu erzählen, an denen er gewesen war und von denen wir noch nie gehört hatten. Ich wusste nicht, ob irgendeine dieser Geschichten authentisch war, da sie sich alle so großartig anhörten, und Pearl fragte nicht nach, ob sie stimmten oder nicht.

Während ich eines Vormittags mit Hanf einen Riss im Seitendeck kalfaterte, spielten die beiden mit Schraubdeckeln von Plastikflaschen Shuffleboard. Sie hatten dafür mit Kohle Kästchen auf das Deck gezeichnet, in die sie die Deckel abwechselnd mit Stöcken stießen.

»Warum magst du Schlangen so gern?«, fragte Daniel.

»Weil sie Dinge essen können, die größer sind als sie«, erwiderte Pearl.

Daniels Deckel schlitterte aus dem Kästchen heraus, und Pearl gackerte vor Lachen.

»Ich bin gespannt, ob du das besser hinkriegst«, sagte Daniel.

»Das wirst du schon sehen«, entgegnete Pearl und biss sich vor Konzentration auf die Unterlippe.

Als ihr Deckel im Kästchen landete, brach sie in Jubel aus und hüpfte mit erhobenen Händen im Kreis herum.

Während ich ihnen zusah, breitete sich eine unerwartete Wärme in mir aus. Mir war, als sähe ich dabei zu, wie ein Puzzle wieder zusammengesetzt wurde, nachdem es auseinandergebrochen war.

»Wo wirst du hingehen, wenn wir in Harjo sind?«, fragte ich Daniel.

Er zuckte die Achseln. »Vielleicht bleibe ich eine Weile und such mir dort Arbeit.«

Mir schoss immer wieder durch den Kopf, dass wir einen Navigator brauchten. Seit ich wusste, dass er navigieren konnte, dachte ich darüber nach, ob ich ihn bitten sollte, zu bleiben und uns zum Valley zu lotsen. Ich hatte das Gefühl, ihm trauen zu können ... Oder wollte ich ihm bloß vertrauen, weil ich ihn brauchte? Daniel hielt offensichtlich mit irgendetwas hinter dem Berg. Was ich daran erkannte, wie sich sein Blick veränderte, wenn ich ihm Fragen stellte. Es war, als fiele ein Vorhang über sein Gesicht, der mich ausschloss.

Pearl und ich waren noch nie mit jemand anderem gesegelt, und ich mochte es, allein zu sein. Weil es einfach und vertraut war. Ein Teil von mir wollte, dass er blieb, andererseits hatte ich das Gefühl, mich gar nicht schnell genug wieder von ihm verabschieden zu können.

Am nächsten Morgen sahen wir in der Ferne Harjo aufragen, wo spitze Berggipfel die Wolken durchstießen. Am Ufer wuchsen junge Kiefern und Gestrüpp, Zelte und Hütten bedeckten den Hang. Daniel hockte gebückt unter der Persenning und packte seine Navigationsinstrumente zusammen. Vor ihm lagen

Kompass, Zirkel, Kursdreieck und Karten ausgebreitet. Ich wandte mich von Harjo ab und sah ihm beklommen dabei zu, wie er jedes Gerät vorsichtig in seiner Tasche verstaute. Möchtest du es rechtzeitig zu Row schaffen, fragte ich mich. Selbst wenn er mir beibrächte, wie man navigiert, würde ich mir die nötigen Instrumente nicht leisten können.

Nur wenige Stunden später erreichten wir die Küste. Am Ufer fraßen Seemöwen halb verrottete Fische. Pearl rannte kreischend zwischen den Vögeln hindurch und schlug mit den Armen, als hätte sie Flügel. Die Möwen stiegen um sie herum auf wie eine weiße Wolke, und sie drehte sich im Kreis. Ihre Füße wirbelten den Sand auf, das rote Tuch hing flatternd aus ihrer Hosentasche. Ich sah Row vor mir, wie sie die Kraniche beobachtete, und dachte an die baumelnden Füße meines Vaters. Ich konnte es mir nicht mehr leisten, nur das zu tun, was ich wollte. Angespannt drehte ich mich zu Daniel um.

»Bleibst du bei uns?«, fragte ich ihn.

Daniel, der gerade das Holz für das Räucher-Dreibein an der Reling aufschichtete, hielt inne und sah mich an.

»Wir sind zu einem Ort namens Valley unterwegs«, beeilte ich mich zu sagen. »Das ist eine neue Gemeinde. Dort soll es sicher sein.« Innerlich zuckte ich bei dieser Lüge zusammen. Hoffentlich wusste er nicht, dass das Valley eine Kolonie der Lost Abbots war.

Sein Blick wurde weich. »Ich kann nicht. Es tut mir leid. Ich tue mich nicht mehr mit anderen zusammen.«

Ich versuchte, meine Enttäuschung zu verbergen. »Wieso nicht?«

Daniel schüttelte den Kopf und schnippte mit dem Daumen gegen ein Stück verkohltes Holz. Asche schneite auf das Deck. »Es ist kompliziert.«

»Möchtest du vielleicht noch mal darüber nachdenken?«

Er schüttelte erneut den Kopf. »Hör mal, ich bin dankbar für eure Hilfe, aber … glaub mir, ihr möchtet mich nicht länger als nötig bei euch haben.«

Ich drehte mich von ihm weg und begann, die geräucherten Makrelen in einen Eimer zu schichten.

»Ich tausche sie im Handelsposten ein«, sagte ich. »Wenn wir uns anschließend treffen, kann ich dir deinen Anteil geben.« Ich hoffte immer noch, dass er es sich anders überlegen würde.

»Die Makrelen gehören alle euch«, erwiderte er. »Ich schulde euch viel mehr als das.«

Verdammt richtig, dachte ich.

»Ich trage sie euch zum Handelsposten und mache mich dann auf den Weg.«

Ich rief Pearl zu, dass sie mitkommen solle, und wir stiegen auf Steinstufen den Hang hinauf, wo die Stadt zwischen einer Ansammlung von Bergen eingepfercht war.

In Harjo war viel los, und es herrschte ein ziemliches Stimmengewirr. Ein kleiner Fluss strömte einen der Berge hinab und ergoss sich als Wasserfall ins Meer. Ich war ein Jahr lang nicht mehr so weit im Süden gewesen. Seither hatte sich die Anzahl der Gebäude hier verdoppelt. An einem Berghang ragte eine halb fertige Kornmühle auf und gleich daneben eine Blockhütte, auf deren Fassade in großen Lettern das Wort HOTEL stand. Im letzten Jahr hatten die Stadtbewohner gerade mit dem Anbau der wichtigsten Nutzpflanzen wie Mais, Kartoffeln und Weizen begonnen, und ich hoffte, dass wir uns im Handelsposten zu einem fairen Preis mit Getreide eindecken konnten.

Der Handelsposten war ein zweistöckiges Steingebäude. Als wir davorstanden, reichte Daniel mir den Eimer mit den Makrelen.

»Wo wirst du hingehen?«, fragte ich.

»Als Erstes? In den Saloon, wo ich was trinken und die Einheimischen nach Arbeit fragen werde.« Er verstummte und strich sich über das Kinn. »Ich weiß, dass ich euch mein Leben verdanke. Es tut mir leid, dass ich nicht mitkommen kann.«

»Du könntest schon«, erwiderte ich, »aber du tust es nicht.«

Daniel bedachte mich mit einem Blick, den ich nicht deuten konnte – er wirkte bedauernd und gleichzeitig vorwurfsvoll. Er beugte sich zu Pearl hinunter und zupfte an dem Taschentuch, das ihr aus der Hosentasche hing. »Verlier nicht dein Glückstuch.«

Sie schlug ihm scherzhaft auf die Hand. »Solange du es mir nicht klaust!«

Sein Gesicht verzog sich kaum merklich und wurde ein bisschen starrer. »Pass auf dich auf«, sagte er leise.

Mehrere Leute kamen aus dem Handelsposten heraus, und ich trat zur Seite, um sie durchzulassen.

»Wir müssen los«, sagte ich.

Daniel nickte und wandte sich ab.

Er war ein Fremder. Keine Ahnung, wieso ich traurig war, ihn gehen zu sehen.

Für mein Guthaben in Harjo bekam ich weniger als gedacht. Ich stand am Tresen, trat von einem Bein auf das andere und versuchte, meinen Ärger hinunterzuschlucken.

Eine Frau mittleren Alters mit tiefen Falten und einer Brille, in der nur noch ein Glas war, humpelte um den Schalter herum, um einen Blick in meinen Eimer zu werfen.

»Als ich das letzte Mal hier war, hat es geheißen, mein Guthaben entspräche ungefähr zwei Bäumen«, sagte ich ihr.

»Die Preise haben sich geändert, meine Liebe. Fische sind billiger geworden, Holz teurer.«

Sie deutete auf eine Tabelle an der Wand, in der die Wechselkurse angegeben waren: Für zwanzig laufende Meter Leinen bekam man elf Kubikmeter Getreide. Die Liste enthielt so kleine Dinge wie Knöpfe, aber auch große wie Schiffe. Beim

Anblick der Makrelen schnalzte sie mit der Zunge. »Ach, wie schön. Sie müssen eine ausgezeichnete Fischerin sein. Es ist gar nicht leicht, hier in der Gegend so viele Makrelen zu erwischen. Und letztes Jahr hatten Sie den Fächerfisch dabei, richtig?«

»Mir geht es um das Holz …«

»Hier ist es schwierig, Material zu kaufen oder etwas zu bauen, meine Liebe. Unsere Gemeinde wächst unheimlich schnell. Der Bürgermeister hat gerade erst eine Höchstgrenze für die Abholzung festgelegt. Wir haben kaum noch junge Bäume, und seit drei Wochen ist keine Lieferung mehr gekommen. An Ihrer Stelle würde ich es weiter südlich versuchen.«

Meine Knie drohten nachzugeben. Wie lange würde es wohl dauern, Holz aufzutreiben? Oder gar ein Schiff zu bauen? Würde Row so lange im Valley bleiben?

»Gibt es hier einen Schrottplatz?«

»Einen kleinen, oberhalb von Clarence' Krähenhorst. Wohin segeln Sie eigentlich, wenn ich fragen darf?« Die Frau begann damit, die Makrelen zu wiegen und in einen Behälter neben der Waage zu werfen, wo die Fische mit einem Klatschen aufeinander landeten.

»Nach Norden, wo früher Grönland war.« Als ich mich im Laden umblickte, sah ich, dass Pearl einen Aushang neben der Tür studierte.

Die Frau schnalzte wieder mit der Zunge. »In einem Boot aus recyceltem Material werden Sie es nicht bis dorthin schaffen. Die See ist zu rau. Wenn Sie mich fragen, sollten Sie hierbleiben. Richards hat mir erzählt, dass sie ein paar Meilen südlich von hier einen halb versunkenen Tanker vor der Küste entdeckt haben. Sie versuchen, ihn zu bergen und instand zu setzen. Das würde mir gefallen, wissen Sie … ein netter großer Tanker, auf dem ich meinen Lebensabend verbringen kann.«

Mit meinem Guthaben kaufte ich Stoff für ein neues Segel. Die Frau und ich verhandelten eine Weile über die Makrelen und einigten uns schließlich auf zweieinhalb Meter Tau, ein Hühnchen, zwei Mehlsäcke, drei Konservengläser Sauerkraut und ein paar Harjo-Münzen. Pearl und ich tauschten im Süden unsere Fische zumeist gegen frisches Obst ein, das wir aßen, um Skorbut zu vermeiden, aber manchmal bekamen wir für einen ganzen Eimer nur drei Orangen. Sauerkraut hielt länger und kostete viel weniger, allerdings musste man dafür eine Gegend finden, wo Kraut wuchs.

Als ich Pearl die Kiste mit dem Sauerkraut hinhielt, sagte sie: »Her damit.«

»Wenn ich dich nicht hätte«, flüsterte ich. Die kleine Glocke an der Ladentür klingelte. Ein weiterer Kunde kam herein und mit ihm ein Geruch von Steinobst, bei dem mir das Wasser im Mund zusammenlief. Ich drehte mich um und sah einen Mann, der eine Kiste Pfirsiche zur Theke trug. Mir wurde ganz schwindelig von dem verlockenden Duft.

»Wir müssen Daniel von der Anzeige erzählen.«

Überrascht sah ich zu Pearl hinunter. Ich hatte abends oft versucht, ihr mit den zwei Büchern, die wir besaßen – einer Bedienungsanleitung für einen Föhn und *Das Haus der Freude* von Edith Wharton – das Lesen beizubringen, aber ich hatte nicht gewusst, ob irgendetwas bei ihr hängen geblieben war.

Es war ein Stellenangebot für einen Landvermesser. Auf der Anzeige sah ich Bilder von einem Kompass, einem Zirkel und einem Kursdreieck und dazu die Worte LEICHT VERDIENTES GELD!

»Hast du das lesen können?«, fragte ich.

Sie sah mich durchdringend an. »Natürlich. Wo ist der Saloon?«

»Ziemlich weit von hier. Außerdem bin ich sicher, dass er die Stellenanzeige selbst schon entdeckt hat.«

»Du tust nur so, aber du willst ihn auch wiedersehen!«, sagte Pearl. Sie rüttelte an der Kiste und ließ die Konservengläser klirrend aneinanderschlagen.

Trotz meiner Enttäuschung musste ich lächeln. Sie wusste immer, wie sie mich entwaffnen konnte. Ich durchschaute sie nicht halb so sehr wie sie mich.

Kapitel 9

Der Saloon war eine heruntergekommene Hütte mit einer Fassadenverkleidung aus Metall und einem Reetdach. Durch die mit schmutzigen Plastikplanen verhängten Fenster fiel spärliches Licht. In der Dunkelheit erklangen scheinbar körperlose Stimmen und vermischten sich in den Schatten mit durchdringendem Schweißgeruch.

Um die behelfsmäßigen Tische standen Stühle sowie umgedrehte Eimer und Holzkisten. Auf der Bar lag eine Katze und leckte sich den schwarzen Schwanz, während der Barkeeper mit einem alten Kissenbezug Konservengläser abtrocknete.

Daniel saß an einem der Tische, zusammen mit einem jüngeren Mann, der wie ein jugendlicher Ausreißer aussah. Er wirkte ungepflegt und aufgeweckt, als wüsste er sich zu helfen, jederzeit bereit, alles stehen und liegen zu lassen und weiterzuziehen. Daniel beugte sich vor, um zu hören, was der Jüngere zu sagen hatte. Seine Stirn war gerunzelt, und er hatte die Hände auf dem Tisch zu Fäusten geballt. Er hielt den Blick fest auf die Tür gerichtet, als wollte er den Trubel ausblenden, der in der Bar herrschte.

Pearl und ich standen so, dass er uns sehen konnte, aber er bemerkte uns nicht. Als Pearl in seine Richtung gehen wollte, hielt ich sie an der Schulter fest.

»Warte«, sagte ich und bestellte selbst gebrannten Schnaps an der Bar. Der Barkeeper stellte eine Teetasse mit einer bernsteinfarbenen Flüssigkeit vor mich hin. Ich schob eine Harjo-Münze, einen Kupferpenny mit einem eingebrannten H, über die Theke.

Als der jüngere Mann nichts mehr sagte, lehnte Daniel sich mit verschränkten Armen auf seinem Stuhl zurück. Seine Brauen hingen tief über den Augen, und sein Mund war zu einem dünnen Strich verzogen. Der Jüngere stand auf, um zu gehen, und ich dachte daran, ebenfalls unauffällig zu verschwinden. Ich hatte Daniel zwar sehen und ihn dazu überreden wollen, uns zu helfen, aber wir sollten uns auf keinen Fall in seine Angelegenheiten hineinziehen lassen, worum immer es dabei ging.

Doch bevor ich sie zurückhalten konnte, lief Pearl auf ihn zu. Er zuckte zusammen, als er sie sah, und zwang sich zu einem freundlichen Lächeln.

»Auf dem Plakat waren sogar Bilder von deinen Geräten«, sagte Pearl und gestikulierte aufgeregt, während sie sprach.

Daniel lächelte sie traurig an, wie so oft, wenn er sich mit Pearl unterhielt. »Es ist nett, dass ihr gekommen seid, um mir davon zu erzählen«, sagte er.

Er wich meinem Blick aus, und ich spürte seine Anspannung, die wie Hitzewellen von seinem Körper ausging.

»Vielleicht sollten wir wieder gehen, Pearl«, sagte ich und legte ihr die Hände auf die Schultern.

Vom Nachbartisch torkelte ein alter Mann zu uns herüber und legte mir eine knotige Hand auf den Arm. Sein breites Lächeln entblößte einen fast zahnlosen Mund. Er deutete auf mein Gesicht. »Ich kann in deine Zukunft schauen.« Sein Atem stank nach Alkohol und Fäulnis.

Daniel nickt zu dem Alten hin. »Das ist der hiesige Prophet. Mir hat er die Zukunft auch schon vorhergesagt.«

»Und wie sieht die aus?«, fragte ich.

»Ich werde dem Tod zweimal von der Schippe springen und dann ertrinken.«

»Das ist nicht das Schlechteste«, entgegnete ich.

»Du.« Der alte Mann zeigte wieder mit dem Finger auf mein Gesicht. »Ein Meeresvogel wird auf deinem Boot landen und ein Ei legen, aus dem eine Schlange schlüpft.«

Ich sah ihn an. »Was soll das denn bedeuten?«

»Das bedeutet ...« – der Alte beugte sich dicht an mich heran – »... was es bedeutet.«

Mein Verstand fühlte sich leer an, und ich fand nichts, an dem sich meine Gedanken festhalten konnten. Es machte mir Angst. Wieso sprach dieser Prophet von Schlangen und Vögeln? Ich schüttelte mich. Schlangen und Vögel gehörten zu den wenigen Tieren, die nicht ausgestorben waren. Vermutlich erwähnte er sie in all seinen Weissagungen. Aber Rows und Pearls Gesichter tauchten vor mir auf, ihre Leben waren wie ein feines Gespinst, das mir jeden Moment entgleiten konnte.

»Myra«, sagte Daniel. Als er meinen Arm berührte, wich ich erschrocken vor ihm zurück. »Das bedeutet gar nichts.«

»Ich weiß.« Ich blickte mich im Saloon um, wo erschöpfte Gestalten an den Tischen kauerten und ihre schemenhaften Köpfe über Getränke beugten. »Wir sollten gehen.«

»Wartet ... Kann ... kann ich noch ein letztes Mal auf eurem Boot übernachten?«, fragte Daniel.

Ich sah ihn böse an. »Damit du nicht für das Hotel bezahlen musst?«

Er senkte den Kopf. »Ich helfe dir morgen früh beim Fischen.«

»Ich kann allein fischen.«

»Hör auf, Mom«, sagte Pearl. »Du kannst bleiben, Daniel.«

Als ich mich zu ihr umdrehte, erwiderte sie meinen Blick mit hochgezogenen Augenbrauen.

»Mit wem hast du vorhin gesprochen?«, wollte ich wissen.

»Nur mit einem alten Freund«, sagte Daniel. »Ich bitte ja nur um eine weitere Nacht. Ich bin einfach gern bei euch beiden.«

Er zerzauste Pearls Haare und brachte sie damit zum Kichern. Ich verschränkte die Arme und betrachtete ihn kühl. Wieso konnte ich sein Gesicht nicht ebenso gut lesen wie das Wasser?

»Aber du kommst trotzdem nicht mit uns mit?«, fragte ich.

Ein schmerzhafter Ausdruck huschte über sein Gesicht. »Besser nicht.«

Er sah auf seine Hände, die auf dem Tisch lagen, und ich konnte spüren, wie er mit sich rang. Als hätte er zwei Magneten in sich, von denen einer uns abstieß, während der andere von uns angezogen wurde.

Bevor wir unser Boot für die Nacht fertig machten, suchten wir das Ufer nach Feuerholz ab. In den meisten Dörfern galt die Regel, dass kleine oder beschädigte Holzstücke von jedermann beansprucht werden konnten. Die größeren gehörten jedoch dem Dorf und mussten der Gemeinschaft abgekauft werden. Wer dabei erwischt wurde, wie er sich gutes Bauholz unter den Nagel riss, konnte ins Gefängnis geworfen oder sogar gehängt werden.

Wir drei suchten an verschiedenen Stellen den Strand ab und hielten nach Treibholz und Kienspan Ausschau. Dabei las ich ein dreckiges Stoffstück und eine getrocknete Grassode auf und steckte sie ein. Daniel ging auf mich zu. Er hatte ein paar Stöcke und eine alte Papiertüte gefunden.

»Ich finde, du solltest noch mal darüber nachdenken, ob du diese Fahrt wirklich auf dich nehmen möchtest«, sagte er.

»Wieso?«

»Atlantiküberquerungen sind schwierig. Euer Boot ist nur für die Pazifikküste geeignet, und ein neues zu bauen ist teuer.« Daniel strich mit dem Fuß Sand von einem Stein. »Vorhin im Saloon habe ich gehört, dass die Lily Black einen neuen Kapitän haben sollen, der biologische Kampfmittel einsetzt – tollwütige Hunde und mit Windpocken verseuchte Decken. Sie gehen in einen Ort, lösen dort eine Epidemie aus, bei der die Hälfte der Bevölkerung draufgeht, und dann übernehmen sie ihn und machen ihn zu einer Kolonie. Sie haben es vor allem auf die Dörfer im Norden abgesehen.«

»Ja, davon habe ich auch schon gehört«, murmelte ich, während ich mich bückte, um einen ausrangierten Schuh aufzuheben. Ich zog den Schnürsenkel heraus, stopfte ihn mir in die Tasche und warf den Schuh wieder weg.

»Das Valley mag vielleicht ein netter Ort sein, aber ... lohnt sich dieses Risiko?«, fragte Daniel.

Ich schaute ihn an. Als sich unsere Blicke begegneten, merkte ich, dass er wusste, wie wichtig mir diese Reise war. Seine Frage machte mich nervös. Plötzlich fiel mir auf, dass ich meine Tochter nicht mehr sehen konnte. »Wo ist Pearl?«

Daniel blickte über die Schulter. »Ich dachte, sie wäre irgendwo dahinten.«

Ich suchte den Strand ab. Ein Stück den Strand hinunter entdeckte ich ein paar Leute hinter einer Ansammlung von Felsblöcken. Ansonsten war niemand zu sehen. Mir lief ein Schauder über den Rücken. Ich hatte schon von Kindern gehört, die einfach verschwunden waren, als sich ihre Eltern nur einmal kurz umgedreht hatten. Kidnapping war mittlerweile genauso verbreitet wie Taschendiebstahl und für manche anscheinend genauso leicht durchzuführen.

»Pearl!«, rief ich und versuchte, ruhig zu bleiben.

»Vielleicht ist sie zum Boot zurück?« Daniels unbesorgter Ton machte mich wütend.

»Natürlich nicht«, sagte ich und funkelte ihn an. Dann rief ich erneut nach Pearl.

»Beruhige dich doch ...«

»Sag du mir nicht, dass ich mich beruhigen soll!«, schrie ich Daniel an. »Du hast keine Ahnung, wie es ist, ein Kind zu verlieren.«

Ich rannte los und rief Pearls Namen. Unter meinen Füßen spritzte der Sand auf. Zu meiner Linken ragte der steile Berghang auf, rechts erstreckte sich das Meer bis zum Horizont. Ich sprang über einen Klumpen Seegras und rannte und rief immer weiter. Es war unheimlich still auf dem Strand, nichts regte sich. Sogar ein kleines Boot anderthalb Kilometer vor der Küste wirkte so unbewegt, als wäre es in die Landschaft gemalt.

Ich hielt an und drehte mich schnell im Kreis. Sie hätte nirgends hingekonnt. Es schien, als wäre sie in den Himmel gehoben worden. Panik stieg in mir auf. Ich hörte Daniels Schritte hinter mir und noch weiter zurück die Schreie der Möwen.

Pearl kroch aus einem nur etwa einen Meter breiten Bergspalt heraus und hielt ein Bündel Treibholz in den Armen.

»In der Höhle ist ganz viel Holz«, rief sie uns zu.

Ich zog scharf den Atem ein. Ihr kleiner Körper, den ich vor dem dunklen Hintergrund als Silhouette wahrnahm, kam mir gleichzeitig vertraut und fremd vor, Fleisch von meinem Fleisch und doch von mir getrennt.

Ich rannte zu ihr hin und zog sie in eine Umarmung. Dann schob ich sie wieder von mir weg und hob ihr Kinn an, bis sie mir in die Augen sah.

»Du musst in Sichtweite bleiben«, sagte ich.

»Ich habe das Holz gefunden.«

»Ich meine es ernst, Pearl.«

Daniel schloss zu uns auf.

»Sie übertreibt immer«, erklärte Pearl ihm, während ich in den Spalt trat und einen Arm voll Holz aufhob.

Er streckte die Hand aus und wuschelte ihr durch die Haare. »Nein«, sagte er. »Das tut sie nicht.«

Kapitel 10

Wir machten an Bord ein kleines Feuer im Metalldeckel eines Mülleimers und grillten das Hühnchen. Von dem Fleisch würden wir eine Hälfte für den nächsten Tag aufbewahren, die andere war unser gemeinsames Abendessen. Dazu bereitete ich den Teig für einen kleinen Laib Brot vor. Pearl zog zwei kleine Pfannen unter der Persenning hervor und schöpfte eine Tasse Wasser aus der Zisterne.

Während das Hühnchen garte, ging die Sonne unter, und ich war mir sicher, Fliederduft zu riechen, der vom Land zu uns herüberwehte. Daniel und Pearl lachten mich aus, als ich sie darauf aufmerksam machte. Sie spotteten über diese Wunschvorstellung. Aber in Wirklichkeit war es nur das Land, das Erinnerungen in mir weckte. Ich roch frisch gemähtes Gras und die Blumen der Saison. Ich erwartete, dass mittags die Post kommen würde. Diese Erinnerungen waren wie Phantomschmerzen und vielleicht der eigentliche Grund, wieso Pearl und ich auf dem Wasser blieben.

Pearl führte ein kleines Tänzchen für Daniel auf und zeigte ihm ihre beiden Lieblingsschlangen. Als sie den Deckel des Tontopfes anhob, glitten ihre kleinen Köpfe über den Rand. Sie bat ihn, ihr eine Geschichte zu erzählen. Er beschrieb ihr seine Kindheit auf der oberen Halbinsel von Michigan, wo er stundenlang durch die Wälder gewandert und einmal einem Elch begegnet war.

»Was ist ein Elch?«, unterbrach Pearl ihn.

Daniel sah mich an. »Also, sie sind groß …«, begann er.

»Wie ein Wal?«, fragte Pearl.

»Na ja, vielleicht wie ein kleiner Wal. Aber sie haben ein Fell und ein Geweih.«

Pearl wirkte konzentriert, und ich sah, dass sie versuchte, sich so ein Tier vorzustellen, aber ihr fehlten die Anhaltspunkte.

»Denk an eine richtig große Ziege, mit ganz langen Hörnern«, sagte ich ihr, bevor Daniel weitererzählte.

»Dann klappte der Elch die Ohren zurück, senkte den Kopf ganz tief und griff mich an.« Daniel stieß schnell die Hände vor, und Pearl zuckte zusammen. »Ich war höchstens sieben Meter von ihm entfernt, und ich wusste, dass ich ihm nicht davonlaufen konnte. Also habe ich die Arme gehoben und ihn angeschrien.«

Pearl kicherte. »Was hast du geschrien?«

»Hau ab, du Biest! Weg! Verschwinde!« Daniel tat, als würde er wild mit den Armen wedeln und schreien. »Es war ziemlich lächerlich, aber es hat funktioniert. Ich habe mich aufgeplustert.«

Der Feuerschein flackerte auf ihren Gesichtern und tauchte alles in sein warmes Licht. Ich knetete den Teig aus Mehl und Wasser auf der Rückseite der Pfanne und hörte ihnen zu. Offenkundig tat es Pearl gut, Zeit mit einem anderen Menschen zu verbringen.

»Gibt es noch Elche?«, fragte sie.

Ich schüttelte den Kopf. »Sie sind alle tot.«

»Vielleicht leben ja irgendwo noch ein paar«, sagte Pearl.

»Vielleicht«, antwortete Daniel.

Wir aßen das Hühnchen, und ich backte das Brot in einer der beiden Pfannen, wobei ich die andere wie einen Deckel darüberstülpte, sodass sie fast einen kleinen Ofen bildeten. Als es dunkel war, legte sich Pearl unter die Persenning. Daniel und ich blieben noch im Mondlicht sitzen, während das Feuer bis auf die Glut hinunterbrannte. Der Wind hackte unsere Stimmen ab.

»Der Grund, aus dem du dich niemandem mehr anschließt«, sagte ich, »ist diese Frau, von der du mir erzählt hast, oder?«

»Ja, die auch. Und außerdem wird es kompliziert, sobald andere Leute ins Spiel kommen.«

Ich legte den Kopf schief, und er seufzte.

»Meine Mom und ich haben während der Sechsjährigen Flut allein gelebt. Sie hatte Diabetes. Als das Wasser kam, fing ich an, in den Krankenhäusern der Umgebung, die noch nicht geplündert oder überflutet waren, alle Insulinvorräte einzusammeln. Es kam ganz schön was zusammen, aber das meiste davon wurde gestohlen, bevor wir in See gestochen sind. Wir sind nach Westen gesegelt, und eine Zeit lang ging es uns ganz gut, aber zwei Jahre später starb sie an einer diabetischen Ketoazidose.«

Mir fiel ein, was ich ihm am Strand zu ihm gesagt hatte. Ich blickte verschämt auf das Deck hinunter und kratzte mit einem Fingernagel an dem Holz herum.

»Es war schwer …« Daniel verstummte und blickte auf das Meer hinaus. Das Mondlicht brach sich in den niedrigen Wellenkämmen und zeichnete Silbersicheln in die dunkle Oberfläche. » … zu wissen, dass ihr Ende nahte … und dass ich nichts tun konnte, weil es nirgendwo mehr Insulin gab. Wir haben versucht, ihre Ernährung anzupassen.« Er stieß ein raues Geräusch aus, das wie ein Räuspern klang. »Aber da es kaum noch etwas zu essen gab, war da nichts zu machen. Alle haben sich geschnappt, was noch da war.«

Ich erinnerte mich noch gut an diese Zeit. Wie aufgeregt ich einmal war, als ich in einem leeren Küchenschrank in einem Nachbarhaus einen Karton Frühstücksflocken fand. Und wie erschüttert, als ich ihn anhob und merkte, wie leicht er sich anfühlte, weil schon irgendwer anders ihn geleert hatte.

Die Leute plünderten Tankstellen und Geschäfte und schliefen in manchen Schulen, Bibliotheken und aufgegebenen Fabriken so dicht aneinandergedrängt, dass die Gebäude fast aus den Nähten platzten. Sie waren unterwegs und wussten nicht wohin. Die meisten waren freundlich und hatten einfach nur

Angst. Andere wiederum wirkten eher bedrohlich, weswegen man die meiste Zeit zu Hause blieb.

»Es tut mir leid«, flüsterte ich, als ich seinen schmerzerfüllten Gesichtsausdruck sah.

Daniel zog die Schultern bis zu den Ohren hoch. »So erging es doch allen, oder nicht?«

Ich nickte und fühlte mich seltsam. Während ich seinen Blick erwiderte, kam es mir vor, als triebe ich unkontrolliert in einem Meer mit so hohem Salzgehalt, dass ich nicht unterging.

Ich erinnerte mich, dass wir damals nicht nur Lebensmittelvorräte plünderten, sondern uns auch selbst beibrachten, wie man Nahrungsmittel anpflanzt. Row und ich legten im Vordergarten, wo am längsten die Sonne schien, ein Gemüsebeet an. Einmal stand sie zufrieden grinsend mit einem Rettich da, den sie gerade aus der Erde gezogen hatte, und ließ sich die pralle Sonne ins Gesicht scheinen. Trotz all des Aufruhrs hatte es gelegentlich noch solche wunderbaren Momente gegeben, die ich mir in meinem weiteren Leben immer wieder ins Gedächtnis rief.

»Ich will nicht zum Valley, weil es dort schön sein soll«, sagte ich zu meiner eigenen Überraschung. »Meine Tochter ist dort. Meine andere Tochter.«

Falls Daniel über dieses Geständnis erstaunt war, zeigte er es nicht. Sein Gesicht blieb unbewegt, während ich ihm erzählte, wie Jacob mir Row weggenommen hatte und dass ich danach jahrelang nichts und dann erst vor ein paar Wochen wieder etwas von ihnen gehört hatte. Ich sagte ihm, dass Row mittlerweile in einer Kolonie im Valley festgehalten wurde und dass ich versuchen musste, sie dort rauszuholen, bevor sie auf einem Brutschiff landete, wo sie endgültig für mich verloren sein würde.

»Ich kenne das Risiko«, sagte ich stockend und sah Pearl unter der Persenning an. »Ich weiß es. Aber … ich muss es trotzdem versuchen.« Ich zuckte die Achseln und wandte kurz den Blick ab. Dann sah ich wieder zu ihm zurück. Er ließ mich nicht aus den Augen, auf seinem Gesicht lag ein Schatten. »Sobald ich auch nur darüber nachdenke, es nicht zu tun, fühle ich mich, als hätte ich plötzlich keinen einzigen Knochen mehr im Körper. Kraftlos und leer.« Ich schüttelte den Kopf und fuhr mir mit der Hand übers Gesicht.

»Ich komme mit.« Die Wellen, die gegen das Boot schlugen, übertönten fast seine Stimme.

»Was?«

»Ich werde euch helfen, dorthin zu kommen.«

»Deswegen habe ich es dir nicht erzählt«, erwiderte ich, war mir aber nicht sicher, ob es stimmte. Ein Teil von mir hatte gewusst, dass ich damit meinen letzten Trumpf ausspielte. Aber vielleicht hatte ich mich auf diesem weiten dunklen Meer auch nur nach etwas menschlicher Nähe gesehnt. Ich wusste es nicht. »Wieso hast du es dir anders überlegt?«

Daniel sah weg und griff nach einem Stock, mit dem er in der Kohle herumstocherte. »Ich glaube, dass wir einander helfen können«, sagte er. »Ich … ich habe mich einsam gefühlt. Außerdem wäre es gut für mich, nach Nordosten zu gehen. In der Richtung war ich noch nicht.«

Das unbehagliche Gefühl aus dem Saloon kehrte wieder zurück und trübte die Erleichterung, die ich wegen seines Sinneswandels empfand. Ich verlagerte das Gewicht und lehnte mich auf einen Arm gestützt zur Seite. Warum hatte er es sich anders überlegt? Ich konnte nicht glauben, dass er mir nur dabei helfen wollte, Row zu finden. Doch ich versuchte, meine Bedenken zu ignorieren, und rief mir ins Gedächtnis, dass es mir immer schon schwergefallen war, anderen zu vertrauen.

Als ich zu Daniel zurückblickte, lehnte er mit geschlossenen Augen an der Reling. Er sah unschuldig aus, und auch das nahm ich ihm nicht ab.

Kapitel 11

Nachdem ich Row verloren und Pearl noch nicht zur Welt gebracht hatte, wünschte ich mir, ich würde nicht noch ein Kind bekommen. Einerseits wollte ich Pearl mehr als alles andere, aber ich hatte auch das Gefühl, sie nicht kennenlernen und ihr nicht ins Gesicht sehen zu können. Es fühlte sich alles zu zerbrechlich an.

Ich konnte es nicht bereuen, meine Kinder bekommen zu haben, aber zugleich kam ich auch nicht darüber hinweg, wie weich und verwundbar sie mich gemacht hatten. Ich hatte mich noch nie so verletzlich gefühlt wie nach einer Geburt – und auch nicht so stark. Nicht mal im Angesicht des Todes, der mir nur wie ein leerer weiter Raum vorkam und längst nicht so beängstigend wie der freie Fall, in dem ich mich befand, während ich Tag für Tag versuchte, in dieser Welt für Pearl zu sorgen.

Meine Mutterrolle bei Row unterschied sich von der bei Pearl nicht hauptsächlich dadurch, dass ich mit der einen an Land gewesen war, während ich mit der anderen auf dem Wasser lebte, sondern dass ich mit Pearl nach Großvaters Tod ganz allein zurückgeblieben war. Bei Row hatte ich mir Sorgen gemacht, dass sie die Treppe hinunterfallen könnte, während wir auf dem Dachboden spielten. Bei Pearl hoffte ich immer, dass sie nicht über Bord ging, während ich den Köder am Haken befestigte. Aber nur bei Pearl war kein anderer da, der sie mit mir zusammen im Auge behalten konnte. Dass ich die ganze Zeit auf sie achtgeben musste, brachte mich schier um den Verstand.

Als Pearl noch ein Säugling gewesen war, hatte ich sie fast immer in einer Schlinge am Körper getragen, sogar während wir schliefen. Doch seit sie kein Baby mehr war, fiel es mir deutlich schwerer, sie im Griff zu behalten. Wenn es stürmte, band ich sie mit einem Tau an mir fest, damit sie nicht ins Meer gespült wurde. Ich bläute ihr ein, in den Häfen immer in meiner Nähe zu bleiben, und brachte ihr bei zu schwimmen.

Pearl musste alles früh lernen: schwimmen, Ziegenmilch trinken, allein aufs Klo gehen und mir bei den Angelschnüren helfen. Wie man schwimmt, hatte sie bereits mit achtzehn Monaten heraus, richtig laufen konnte sie dagegen erst mit drei Jahren. Anstatt aufrecht zu gehen, krabbelte sie wie ein Krebs über das Deck der *Bird*. Über Kinder wie sie, die mit sechs eine Kuh melken und mit neun ein Gewehr abfeuern konnten, hatte ich davor nur in Siedlergeschichten gelesen.

Anfangs bemitleidete ich sie deswegen genauso sehr wie Row, wenn auch aus anderen Gründen. Doch dann ging mir auf, dass es vielleicht ganz gut für sie war, erst geboren worden zu sein, als wir alle bereits auf dem Wasser trieben. Als kleines Kind lernte sie, besser zu schwimmen, als ich es je könnte, und entwickelte außerdem ein instinktives Verständnis für das Wasser.

Mit Daniel an Bord hatte ich auf einmal wieder das Gefühl, frei atmen zu können. Mir fiel auf, dass er genauso sehr auf sie achtete, wie ich es tat – aus dem Augenwinkel heraus und mit einem offenen Ohr für alle Bewegungen, die sie machte. Daniel, Pearl und ich segelten weiter nach Süden. Nachts schliefen wir alle unter der Persenning. Über uns pfiff der Wind, und die Wellen brachten das Boot zum Schaukeln wie eine Wiege. Ich schlief auf der Seite, Pearl schmiegte sich an meine Brust, und Daniel lag hinter mir. Eines Nachts legte er vorsichtig eine Hand auf meine Hüfte, und als ich mich nicht bewegte, umfasste er uns beide. Sein schwerer Arm fühlte sich schön an und schien uns zu erden.

Während friedlicher Nächte wie dieser stellte ich mir oft vor, wie wir drei immer so weitermachten, das Valley vergaßen und ein ruhiges und unbeschwertes Leben auf dem Meer führten.

Ich fing an, mich auf die Momente zu freuen, in denen Daniel dicht neben mir an der Ruderpinne stand oder wir uns während eines Regenschauers unter der Persenning aneinanderschmiegten. Als wir uns schweigend über ein zerfasertes Tau beugten und die Enden zusammenflochten, erfüllte mich seine Nähe mit stiller Freude.

Aber dann erinnerte ich mich an Row, die ihre Kuscheldecke auf dem Holzboden hinter sich herzog, den Kopf schief legte und einen Ausdruck verschmitzter Neugier auf dem Gesicht trug. Oder wie sie den Couchtisch ans Fenster schob und sich mit ihrem stets geraden Rücken daraufsetzte, um die Vögel zu beobachten, die sie je nachdem roter oder schwarzer Piepmatz nannte. Ich konnte sie spüren, als wäre sie an meiner Seite, und die Wärme, die dabei in mir aufstieg, schien mich unwiderstehlich zum Valley zu ziehen.

Ich zog Sardinen und Tintenfische aus einem der Netze, das ich an diesem Morgen ausgeworfen hatte, und steckte sie in ein großes Keramikgefäß, das früher in einer Küche gestanden und Mehl enthalten hatte. Nun war es neben der Zisterne festgezurrt und diente als Behälter für Lebendköder, wenn wir das Fleisch erübrigen konnten.

Wir näherten uns gerade den Berggipfeln von Mittelamerika, und mein Blick ging immer wieder zum Horizont. Als wir noch rund fünfundzwanzig Kilometer von der nächstgelegenen Küste entfernt waren, machten wir ein Handelsschiff auf uns aufmerksam, indem wir unsere Flagge schwangen, ein blaues Stoffrechteck mit einem Fisch in der Mitte. Die Flagge des anderen Schiffes blähte sich im Wind. Sie war violett und mit einer braunen Spirale bestickt, die wie ein Schneckenhaus aussah.

Als Großvater und ich in See gestochen waren, war es bereits üblich, mit Signalflaggen zu kommunizieren. Seefahrer hatten uns erzählt, dass die Lily Black als Erste Flaggen gehisst hätten – ursprünglich, um ihre verschiedenen Schiffe voneinander zu unterscheiden, und später, um ihren Opfern die Gelegenheit zur Kapitulation zu geben, bevor sie sie überfielen.

Also hatten Großvater und ich eine Fischerflagge genäht. Sie zeigte einen Fisch, den wir aus einem weißen T-Shirt ausgeschnitten und auf einen blauen Kissenbezug aufgebracht hatten. Schon als Kleinkind hatte Pearl lernen müssen, die drei verschiedenen Flaggenarten voneinander zu unterscheiden, da ich sie auf See als zweites Augenpaar brauchte. Wenn sich jemand näherte, während ich mit Fischen beschäftigt war, wollte ich, dass sie erkannte, wer da kam, und mich entsprechend vorwarnte. Also brachte ich ihr bei, was die einfarbigen Flaggen bedeuteten: Weiß verkündete eine Notlage, Schwarz eine Krankheit, und mit Orange lehnte man ein Ersuchen ab. Andere Flaggen zeigten an, mit wem man es zu tun hatte: einem Handelsschiff, einem Fischerboot oder einem Brutschiff. Und schließlich gab es noch die Stammesflaggen, deren Symbole wie ein Familienwappen die Identität einer neuen Gemeinschaft versinnbildlichten.

Die Lily Black hatten diese Kommunikationsform nicht nur eingeführt, sondern auch als Erste unterlaufen. Inzwischen hieß es, dass sie bevorzugt unter falscher Flagge segelten, um näher an ihre Feinde heranzukommen, und erst unmittelbar vor dem Angriff ihre eigene hissten.

Daher stützte ich mich mit den Händen auf der Reling ab und hielt den Blick fest auf die Flagge des Handelsschiffes gerichtet, während wir uns ihm näherten, aus Angst, sie könnten sie einholen und durch eine Piratenflagge ersetzen.

»Entspann dich«, sagte Daniel. »Du kannst doch nicht andauernd in Alarmbereitschaft sein.«

»Ich habe diesen Teil des Pazifiks immer gemieden, weil hier eine Piratenhochburg sein soll.«

»Ich dachte, du hättest ihn gemieden, weil du nicht navigieren kannst.« Daniel lächelte mich an und streichelte mit dem Handrücken über meinen Arm.

Ich unterdrückte ein Grinsen und sah ihn durch die Haare an, die mir der Wind ins Gesicht wehte. »Wenn wir mit dem Handel fertig sind, sollten wir ein Stück weiter im Osten auf Fächerfische angeln.«

Daniel blickte aufs Meer hinaus. »Woher weißt du, dass es da welche gibt?«

Ich deutete auf die Fregattvögel, die ein paar Kilometer östlich von uns niedrig flogen und immer wieder ins Wasser tauchten. Großvater hatte mich gelehrt, die Vögel zu beobachten. »Außerdem habe ich Thunfisch- und Makrelenschwärme gesehen. Das Wasser ist warm hier. An Fächerfischen ist bis zu vierzig Kilo Fleisch dran. Dafür lohnt sich der Umweg.«

»Okay. Aber wir müssen aufpassen, wenn wir so dicht an der Küste segeln.«

Ich wusste, er machte sich Sorgen, wir könnten auf den Bergen knapp unter der Wasseroberfläche auflaufen und unseren Rumpf zerfetzen. Hin und wieder bemerkten wir dunkle Schatten im Wasser, wo die Berge sich dem Himmel entgegenreckten. Die Felsgipfel, über die wir hinwegsegelten, sahen wie uralte Gesichter aus, die aus der Tiefe zu uns hochschauten. Darüber wirbelte das aufgewühlte Wasser um das Gestein herum, auf dem neue Korallen entstanden sowie Meerestiere, die sich an die Bedingungen in der Dunkelheit anpassten.

Ich würde nicht lange genug leben, um zu sehen, welche Lebensformen diese neue Welt hervorbrachte, und längst zu Staub zerfallen sein, wenn sie vollständig ausgeformt waren. Aber trotzdem interessierten sie mich, denn ich fragte mich, was sich zu Pearls Lebzeiten noch alles entwickeln würde, und ich hoffte, dass es gute Dinge waren.

Wir legten längsseits am Handelsschiff an und tauschten unsere Fische gegen ein paar laufende Meter Baumwolle, Faden, Kohle und Ziegenmilch ein. Als ich die Besatzung nach Holz fragte, riet man uns, noch weiter nach Süden zu fahren, wenn wir es zu einem guten Preis bekommen wollten. Das waren schlechte Neuigkeiten, denn wir durften nicht noch weiter vom Kurs abweichen. So viel Zeit hatten wir nicht.

Nachdem wir uns voneinander verabschiedet hatten, fuhr das Handelsschiff weiter nach Nordosten, zu einem kleinen Hafen an der Küste, und Daniel richtete unseren Bug nach Südosten aus, wo ich die Fächerfische vermutete. Während Pearl an Deck mit einer Schlange spielte, fädelte ich Draht durch die kaputten Metallmaschen der Krebsreusen. Irgendetwas musste immer repariert werden. Das Ruder, das Segel, der Rumpf, das Deck oder die Angelausrüstung. Ständig ging was kaputt, und ich kam kaum hinterher, während mir die Zeit durch die Finger rann.

Wir hielten auf die tauchenden Vögel zu. Pearl und ich fischten mit grellbunten Ködern, die wir aus Bändern und Haken geknüpft hatten. Das Wasser war klar, und es wehte ein leichter Wind. Es war einer dieser schönen Tage, an denen man sich beim Segeln fühlte, als flöge man. In geringer Tiefe entdeckte ich einen Fächerfisch, dessen Rückenflosse das Wasser durchschnitt wie die eines Hais, und warf eine Angelschnur aus, an deren Haken ich einen lebenden Tintenfisch befestigt hatte.

Ich ließ die Angelschnur treiben und zog nur gelegentlich daran, während ich das Wasser beobachtete und abwartete. Es war wichtig, den Fächerfisch zu locken, anstatt ihm zu folgen. Es dauerte zwei Stunden, bis er anbiss und mich an die Reling zerrte. Meine Fingerknöchel traten weiß hervor, und er zog mich fast ins Meer.

Daniel kam schnell zu mir und hielt mich fest. »Alles in Ordnung?«, fragte er, während er mir half, die Angel in der Rutenhalterung an der Reling zu verschrauben.

Ich nickte. »Den dürfen wir nicht entkommen lassen.«

An seinem Segel, das durch die Wasseroberfläche pflügte, erkannte ich, wie erstaunlich schnell dieser Fisch schwamm. Als die ganze Angelschnur abgespult war, machte unser Boot einen Satz auf ihn zu. Mit aller Kraft schwamm er am Ende der Schnur im Halbkreis und riss an ihr, bevor er aus dem Wasser sprang und spritzend wieder eintauchte.

Die Küste war nicht zu sehen, und der Planet erschien so flach und blau, dass sein Anblick meine Augen ermüdete. So viel Weite war desorientierend. Ein Mensch musste sich darin wie ein Zwerg vorkommen. Sogar die Wolken waren so dünn wie Gaze.

Ein Hai umkreiste unser Boot, schwamm dicht heran und ging dann wieder auf Abstand. Erst dachte ich, er behielte einen Makrelenschwarm unter unserem Boot im Auge, doch dann erkannte ich, dass er unseren Fächerfisch jagte.

»Wir sollten versuchen, ihn schnell hereinzuholen«, sagte ich zu Daniel.

»Hast du nicht gesagt, dass man damit warten muss, bis sie erschöpft sind? Wie sollen wir denn mit diesem Ding fertigwerden?«

Ich streifte meine Lederhandschuhe über. »Du und Pearl holt ihn rein. Ich schnappe ihn am Schwert. Sobald ich ihn habe, helft ihr mir, ihn aus dem Wasser zu heben. Einer fasst sein Segel, der andere packt ihn unter dem Bauch.«

Die Rute, an der der Fächerfisch hing, war ursprünglich ein Zaunpfosten aus Titan gewesen, bevor Großvater ihn zu einer Angelrute umgearbeitet hatte. Sie würde sich unter dem Gewicht des Fisches weder verbiegen noch zerbrechen, aber der Rutenhalter an der Reling ächzte und quietschte, als würde er jeden Moment brechen.

Daniel kurbelte an der Rolle. Auf seiner Stirn sammelte sich Schweiß, während er um jede einzelne Umdrehung kämpfte.

Der Fächerfisch wehrte sich unablässig. Er sprang in die Höhe und warf sich wild zuckend herum. Wasser spritzte uns ins Gesicht. Sein Körper knallte gegen den Bootskörper. Weil ich gegen das Salzwasser in meinen Augen anblinzeln musste, verlor ich ihn kurzzeitig aus dem Blick.

Sobald der Fisch nahe genug war, um ihn zu packen, beugte ich mich über die Reling und streckte die Arme nach ihm aus. Er riss an der Schnur. Als wir seinen Kopf aus dem Wasser gezogen hatten, sah ich den glitzernden Haken in seinem Maul.

Ich packte ihn am Schwert. Es war so glitschig wie ein Eiszapfen und rutschte mir fast aus den Fingern. Um uns herum stieg ein schwefeliger Geruch nach Korallen und Seegras auf. Kurz ging mir durch den Kopf, dass die Berggipfel ganz in der Nähe sein mussten.

Daniel arretierte die Rolle und lehnte sich über die Reling, um nach der großen Rückenflosse zu greifen. Da sah ich aus dem Augenwinkel den Hai zurückkommen. Er stieß gegen den Rumpf, und wir gerieten leicht ins Schaukeln.

Ich wurde nervös. Der Hai tauchte ab. Sein Umriss verschwamm und verschwand rasch in der Tiefe. Die Augen des Fächerfisches zuckten hin und her. Seine Kiemen flatterten, die zitternden Schuppen reflektieren das Sonnenlicht wie ein Kaleidoskop. Auch seine Angst schien noch mal zuzunehmen.

Er riss die Augen weit auf und zerrte mir mit einem gewaltigen Ruck das Schwert aus den Händen. Im nächsten Moment platschte er ins Wasser zurück.

»Verdammt«, murmelte Daniel und griff ins Wasser, um nach dem Segel zu greifen.

»Daniel, nein!«, rief ich.

Der Hai durchstieß mit offenem Maul die Wasseroberfläche, verbiss sich in Daniels Unterarm und schüttelte heftig den Kopf, bevor er wieder untertauchte. Daniel stieß einen Schrei aus und stürzte ins Wasser.

Kapitel 12

Ich bekam Daniel gerade noch hinten am Hemd zu fassen, stemmte mich gegen die Reling und zog ihn mit aller Kraft zurück. Wir fielen beide rückwärts auf das Deck. Aus seinem Arm schoss Blut und sickerte in die Rinnen zwischen den Deckplanken.

»Pearl, hol das Tuch!«, schrie ich.

Wegen all des Blutes konnte ich die Verletzung nicht sehen. Haut und Sehnen hingen in Fetzen von seinem Arm. Hatte der Hai eine Arterie durchtrennt? War ein Knochen zerschmettert?

Pearl rannte zur Persenning und kam mit dem Stoff zurück, den ich in Harjo besorgt hatte. Ich presste ihn auf den Arm.

»Das wird schon wieder«, sagte ich ihm und hörte das Blut in meinen Ohren rauschen. »Wir müssen nur die Blutung stoppen.«

Er presste die Augen zusammen. Sein Gesicht war bleich, und er atmete in schnellen flachen Zügen.

»Pearl, halt das hier und drück fest zu«, sagte ich. Während sie das Tuch auf seine Wunde presste, zog ich meinen Gürtel aus der Hose und schlang ihn Daniel oberhalb des Ellbogens um den Arm. Dann nahm ich mein Messer. Nachdem ich ein neues Loch ins Leder gebohrt hatte, zog ich den Gürtel straff und schloss die Schnalle.

Dann setzte ich mich auf die Fersen, um ihn besser ansehen zu können, und legte ihm eine Hand auf die Schulter. »Atme«, sagte ich. »Versuch, ruhig zu bleiben.«

Das Geräusch von Holz auf Stein erfüllte die Luft – ein dumpfes Grollen, das sich zu einem ohrenbetäubenden Dröhnen steigerte. Gleichzeitig ging ein heftiger Ruck durch das Boot, und ich fiel auf die Seite.

Daniel machte große Augen und rief hektisch: »Berg, Berg!«

Ich sprang auf, rannte zum Heck und sah über die Reling. Unmittelbar unter der Wasseroberfläche schimmerten Felsen mit schartigen Spalten und Spitzen, kleine Korallenblüten sprossen in der Dunkelheit. Wir schrammten über Berggipfel.

Ich riss die Pinne so weit wie möglich nach Steuerbord und spürte, wie das Boot beidrehte. Ein starker Wind fuhr ins Segel, und wir schossen voran. Vor dem Bug ragten mehrere Gipfel ungefähr einen Meter weit aus dem Wasser. Wir mussten noch weiter nach Steuerbord, und zwar schnell.

»Das Segel!«, rief ich Pearl zu, aber sie war bereits beim Block und versuchte, das Tau hindurchzuziehen. Ich lief zu ihr, zog mit ihr gemeinsam und versuchte gleichzeitig einen Knoten im Tau zu lösen.

Pearls Hände zitterten, Tränen strömten ihr über das Gesicht. »Wir werden ins Wasser fallen«, jammerte sie.

»Uns wird nichts passieren«, erwiderte ich.

Ich ließ den Knoten fallen, zog mein Messer aus der Scheide und schnitt das Tau kurzerhand durch. Nun konnte sich das Segel frei blähen und vom Wind mitziehen lassen.

Aber es war bereits zu spät. Keine sieben Meter vor uns ragten dreißig Zentimeter Fels aus dem Wasser. Ich packte Pearl und zog sie dicht an mich.

Die *Bird* krängte nach Backbord, als wir auf den Gipfel liefen. Wasser schwappte über das Deck, und Daniel rollte zur Reling. Pearl und ich stolperten zum Mast und klammerten uns daran fest. Während das Boot der Länge nach über den Fels schabte, zerbarst das Holz mit lautem Dröhnen.

Schließlich schlug der Rumpf mit einem dumpfen Knall auf die Wellen, und die *Bird* lag fast gerade auf dem Wasser. Ich rannte zu Daniel hinüber, packte ihn unter den Achseln und setzte ihn aufrecht an die Reling. Er hielt sich mit zusammengepressten Kiefern den Arm an die Brust. Die *Bird* begann derweil, nach Steuerbord zu krängen. Offensichtlich lief sie mit Wasser voll. Ich stand auf und suchte den Horizont ab. Ich hoffte, Land zu entdecken, aber da war keines.

»Pearl, hol den Eimer und eine Fackel«, sagte ich.

Ich öffnete das Ladeluk an Deck und spähte in den Hohlraum im Rumpf hinunter. Ein paar miteinander verzahnte Bretter versperrten mir die Sicht, aber ich hörte das hereinströmende Wasser. Pearl reichte mir die Fackel, einen Zweig, um dessen eines Ende ein Stück Stoff gewickelt war. Es steckte in einer Plastiktüte, damit es nicht nass wurde. Ich riss die Tüte herunter, und Pearl zündete die Fackel mit ihrem Feuerstein an.

Dann sprang ich durch das Luk und landete mit den Füßen im Wasser. Im Lichtschein der Fackel, der nur wenige Zentimeter weit reichte, warfen die verschränkten Bretter dunkle Schatten. Rechts von mir entdeckte ich das Loch, dicht an der Steuerbordseite des Kiels. Das Wasser stand bereits mehr als einen halben Meter hoch. Vermutlich würden wir in weniger als einer Stunde untergehen.

»Pearl, während ich Wasser schöpfe, packst du Proviant und Daniels Instrumente in unsere Taschen. Und füll ein paar Flaschen mit dem Wasser aus der Zisterne.«

»Das wird nicht alles hineinpassen.«

»Dann lass das Mehl da.«

»Okay«, erwiderte Pearl. Sie drehte sich um und verschwand unter der Persenning. Gleich darauf kam sie mit den Taschen wieder hervor und ließ sie vor sich auf das Deck fallen.

Wieder und wieder tauchte ich den Eimer ins Wasser. Allmählich taten mir die Arme und der Rücken weh.

»Scheiße«, zischte ich. In diesem Tempo verschaffte ich uns keine Zeit. Als ich das Wasser über Bord schüttete, verfing sich das Licht darin. Es funkelte wie ein gebogener Kristall. Ich kniff die Augen zu und schlug sie wieder auf. *Bird*, dachte ich und rief mir in Erinnerung, wie Großvater sie gebaut hatte und seine schwieligen Hände dabei über das Holz geglitten waren.

Ich klammerte mich an Daniels Rettungsinsel und beobachtete, wie die *Bird* versank. Daniel und Pearl saßen auf dem Floß und hielten sich an den Seiten fest, um nicht von den Wellen über Bord geschwemmt zu werden. Es konnte nur zwei Personen tragen. Ich hatte Pearl daraufgesetzt, damit sie in Sicherheit war, und Daniel, weil es mich nervös machte, wenn er ins Wasser blutete. Jeder von uns trug einen Rucksack voller Vorräte auf dem Rücken.

Die *Bird* kippte zur Seite, und kurz sah es so aus, als würde sie sich stabilisieren, während das Wasser in ihrem Inneren hochstieg. Ich hatte das Gefühl, dass ich selbst damit volllief und sein unausweichliches Gewicht an mir zerrte. Aber dann ertönte ein Gurgeln aus der *Bird*. Das Gewicht zog sie in die Tiefe, und sie verschwand außer Sicht, wie eine Münze, die in einen Wunschbrunnen fällt. Ich holte tief Luft. Die *Bird* war das Letzte gewesen, was mich mit Mutter und Großvater verbunden hatte. Ohne das Boot fühlte ich mich mit einem Mal haltlos, und es war mir, als hätte ich die beiden jetzt erst endgültig verloren. Ich unterdrückte ein Schluchzen und packte die Insel noch fester.

Mit dem Messer in der Hand suchte ich das Wasser nach dem Hai ab.

»Er wartet, bis wir müde werden«, sagte Daniel ganz leise und beobachtete mich besorgt.

Ich sah ihn böse an. *Du wirst zuerst müde werden,* dachte ich und überlegte kurz, ob ich ihn ins Wasser zerren sollte, wenn ich den Hai wiederentdeckte. »Ich habe dir gesagt, dass du nicht nach dem Fächerfisch greifen sollst«, schnauzte ich ihn an.

»Ich habe dir gesagt, dass wir den Kurs halten und zum Hafen zurückkehren sollen«, gab er zurück. »So nahe an der Küste gibt es keine sicheren Passagen.«

Pearl gab ein ersticktes Geräusch von sich, ein Seufzen, das in ihrer Kehle stecken blieb. Sie hatte seit der ersten Kollision nicht aufgehört zu zittern.

Ich griff nach ihren weißen Fingerknöcheln. »Pearl, Schatz. Uns passiert schon nichts.«

»Ich will nicht, dass du im Wasser bist«, schluchzte sie. »Der Hai.«

»Ich habe mein Messer«, erwiderte ich und hob die Klinge so, dass sie das Sonnenlicht reflektierte. Ich zwang mich zu einem Lächeln und drückte ihre Hand. »Wir schaffen das.«

Pearls Tränen tropften auf meine Hand, die auf ihrer lag. Eine Welle schwappte mir ins Gesicht, und als ich Salzwasser schluckte, fühlte ich erneut Wut in mir aufbranden. Ich hätte ihn nie an Bord lassen dürfen.

Meine komplette Angelausrüstung, der größte Teil des Proviants und das Trinkwasser in der Zisterne sanken gerade auf den Meeresgrund. Selbst wenn wir es an Land schafften, würden wir nichts haben, was ich gegen Essen oder eine neue Fischfangausrüstung eintauschen konnte.

»Myra, ich sehe etwas«, sagte Daniel.

»Sei still.«

»Myra …«

»Ich habe gesagt, du sollst die Klappe halten«, sagte ich und packte mein Messer noch fester.

»Es ist ein Schiff.« Er kramte in einer Tasche nach dem Fernglas.

»Gib her.«

Ich suchte mit dem Feldstecher den Horizont ab, bis mein Blick an einem Schiff hängen blieb. Es war zu voluminös für ein Fischerboot, ungefähr so groß wie ein Handelsschiff. Ich kniff die Augen zusammen und suchte angestrengt nach einer Flagge.

»Ich kann nicht erkennen, wer die sind«, sagte ich. Merkwürdigerweise schienen sie direkt zu uns herzusegeln, obwohl ich bezweifelte, dass sie uns bereits sehen konnten, da sie fast fünf Kilometer weit weg zu sein schienen und wir nur ein winziger

Fleck in diesem riesigen Ozean waren. Wenn sie uns tatsächlich sahen, dann nur, weil sie nach uns suchten.

Ich kaute auf meiner Unterlippe, die vom Salz und der Sonne ausgetrocknet war, und sah zu dem Schiff hin, das ich ohne den Feldstecher nur als kleinen Schatten am Horizont wahrnahm. Dieses Schiff bedeute entweder unsere Rettung oder aber ein schlimmeres Schicksal, als wenn wir unser Glück auf dem offenen Meer versuchen würden.

»Wir sollten ihnen ein Zeichen geben«, sagte Daniel und suchte im Rucksack nach der weißen Flagge.

»Wir wissen nicht, wer die sind«, wiederholte ich. »Ich bin lieber hier draußen auf dem Meer als festgekettet im Rumpf eines Piratenschiffes.«

»Es ist das Risiko wert«, sagte Daniel.

Ich warf ihm einen grimmigen Blick zu. Für ihn ja, dachte ich. Er würde auf dem Meer nicht lange überleben, Pearl und ich dagegen vielleicht schon. Zumindest ein paar Tage, und wenn uns die Strömungen gewogen waren, würden wir es vielleicht sogar an Land schaffen.

Er schien meine Gedanken zu lesen. »Du wirst nicht lange durchhalten. Wir sind immer noch mehrere Kilometer von der Küste entfernt. Auf dieser Route ist nicht viel los, und es wird wohl kaum noch jemand anders vorbeikommen.«

Ich sah wieder zu dem Schiff und erinnerte mich an eine Unterhaltung mit meiner Mutter auf dem Dachboden. Wir hatten auf der obersten Treppenstufe gesessen, während mein Großvater die Verbindungsstücke der *Bird* zurechtschnitzte, und über die letzten Nachrichten gesprochen, die wir gehört hatten: wie weit das Wasser vorgedrungen war und welche Gebäude in der Stadt wir meiden sollten. Jacob war nicht da. Er traf sich gerade mit ein paar von seinen neuen Freunden, die ich nicht kannte. Row trug ein Wassereimerchen an uns vorbei und stellte es zwischen die übrigen, die sie am Rand des Dachbodens aufgereiht hatte. Die städtische Wasserversorgung hatte in der Vorwoche den Betrieb eingestellt, weswegen wir den Regen in sämtlichen verfügbaren Töpfen und Kübeln auffingen. Row kniete sich vor den Eimer. Dann beugte sie sich vor und grinste ihr Spiegelbild an.

»Hallo«, begrüßte sie sich selbst und kicherte.

Großvater lächelte sie an und tätschelte den Rumpf der *Bird*. »Für den Anfang ist sie ein richtig gutes Boot.«

Ich war überrascht, als er das sagte. Ich hatte mir nie vorgestellt, dass wir die *Bird* wieder verlassen würden – nicht nach der vielen Arbeit, die er in sie gesteckt hatte. Ich war jung und wusste nicht so gut wie Großvater, wie vergänglich alles war. Damals hatte ich noch nicht mit Verlusten gerechnet und wusste nicht, wie man damit umgeht.

Mein Herzschlag beschleunigte sich, und ich versuchte, meinen Atem zu beruhigen. *Wir haben gar keine andere Wahl, als weiterzumachen,* sagte ich mir.

»Gib mir das Vorfach«, sagte ich. Ich hievte meinen Oberkörper auf die Rettungsinsel und fing an, Wasser zu treten. Ich stach den Draht durch das Stoffstück und befestigte es am Ruderriemen.

Als Daniel die Flagge mit seinem unversehrten Arm in die Höhe reckte, spürte ich einen immer stärker werdenden Druck im Magen, als wartete ich auf einen Schuldspruch. Während ich das Schiff im Auge behielt, spürte ich eine Regung in meinen Gliedmaßen, wie eine wachsende Vorahnung, dass sich mit diesem Schiff alles verändern würde.

Kapitel 13

Als das Schiff sich näherte, hatte ich Angst, es würde uns rammen. Bevor der Schatten seines Rumpfes auf uns fiel, erhaschte ich einen Blick auf mehrere Seeleute, die sich an Bord bewegten. Das Schiff hatte zwei Segelmasten und schien ungefähr zwanzig Meter lang zu sein. Seitlich auf dem Rumpf stand in großen schwarzen Blockbuchstaben der Name SEDNA geschrieben. Es erinnerte mich an ein Handelsschiff, dessen Bild ich als Kind in einem Geschichtsbuch gesehen hatte. Ich sah ein kleines Hüttendeck, an dessen Seitenwand ein kurzes Kanu befestigt war, und einen Pferch mit einer Ziege darin.

Daniel war immer blasser geworden, während wir warteten, und inzwischen sanken ihm die Lider schwer über die Augen.

»Bleib wach«, fuhr ich ihn an.

Pearl klammerte sich immer noch an ihrer Seite der Rettungsinsel fest und sah mit großen Augen zu, wie das Schiff beidrehte. Mein Hals war so ausgetrocknet, dass er schmerzte. Ich schluckte und blinzelte, um einen klaren Kopf zu bekommen.

Als das Schiff drei Meter von uns entfernt war, entrollte sich eine Strickleiter, die von der Reling bis zum Meer hinabreichte.

»Wir werden schwimmen müssen«, sagte ich.

Pearl riss erschrocken die Augen auf, Daniel nickte wie ein Betrunkener.

Ich unterdrückte einen Fluch. »Ich werde mit euch beiden schwimmen. Komm, Pearl, du zuerst.«

Pearl schlang ihre dünnen Arme um mich, und wir schwammen zur Leiter. Nachdem ich sie zu den Sprossen hochgehoben hatte, kehrte ich zu Daniel zurück.

Er war so schwer, und seine Arme und Beine bewegten sich

so träge, dass ich kurz panische Angst bekam, wir könnten beide von seinem Gewicht in die Tiefe gezogen werden. Ich strampelte mit aller Kraft vorwärts durch das Wasser und zerrte ihn mit. Als wir die Leiter erreichten, packte er sie mit seiner unversehrten Hand.

»Du gehst vor mir«, sagte ich. Ich war mir nicht sicher, ob ich ihn retten konnte, falls er herunterfiel, stellte jedoch überrascht fest, dass ich es versuchen würde.

Daniel erklomm die Leiter mit weniger Mühe, als ich gedacht hatte, und arbeitete sich langsam, aber sicher nach oben. Ich ahnte, dass er sofort zusammenbrechen würde, sobald er das Deck erreichte. Also kletterte ich, so schnell ich konnte, hinterher, damit Pearl da oben nicht lange allein sein musste.

Als ich mich über die Reling zog, ergriff ein Mann meinen Arm. Erschrocken legte ich die Hände auf seine Brust, um ihn wegzustoßen. Da sah ich seine sanften dunklen Augen.

»Hey, keine Sorge, ich möchte dir nur helfen«, sagte er. »Diese Reling ist ziemlich hoch.« Er hob mich herunter und ließ mich vorsichtig auf das Deck sinken.

Er sah gut aus, mit einem kantigen, aber freundlich wirkenden Gesicht. Seine Haare waren schwarz und seine Haut leicht gebräunt. Er trug ein Tuch um den Hals und geschnürte Lederstiefel.

»Ich heiße Abran«, sagte er und schüttelte mir die Hand. »Willkommen auf der *Sedna*. Ich bin froh, dass wir noch rechtzeitig gekommen sind.«

»Myra«, stellte ich mich vor und ließ den Blick über die Besatzungsmitglieder gleiten. Ich war mir nicht sicher, was ich von diesen Leuten halten sollte. »Das sind Pearl und Daniel.«

»Normalerweise nehmen wir Besuchern die Waffen ab«, sagte Abran, als er sah, wie ich nach dem Messer in der Scheide griff. »Aber wir möchten euch vertrauensvoll an Bord willkommen heißen.« Er beobachtete mich vorsichtig. »Tatsächlich wissen wir bereits ein bisschen über dich. Wir haben eine gemeinsame Freundin – Beatrice aus Apple Falls.«

Ich sah ihn überrascht an. »Beatrice.«

»Sie sagte, du würdest immer einen guten Fang machen. Wir haben nicht erwartet, dass wir *dich* fangen würden.« Abran und ein paar andere lachten leise, und ich funkelte sie böse an.

»In Myer's Port« – Abran deutete hinter sich in Richtung des Handelspostens – »erzählten uns dann ein paar Händler, sie hätten ein gutes Geschäft mit dir gemacht. Danach haben wir versucht, dich einzuholen. Ich hatte Angst, wir würden dich nicht finden. Wayne hatte dich bereits gesichtet, aber dann schient ihr plötzlich verschwunden zu sein. Ihr hattet Glück, dass wir bereits hinter euch her waren.«

Die Welt war mittlerweile klein geworden, und da wir jedes Jahr die gleichen Handelsdörfer besuchten, häufig immer zur gleichen Jahreszeit, galten wir an vielen Orten als Stammgäste. In den Handelsposten tauschte man bei einem Whiskey und eingehüllt in Pfeifenrauch regelmäßig die Namen vertrauenswürdiger Fischer und Händler aus.

»Was für eine Art Schiff ist das hier?«, fragte ich. Es war viel zu groß für ein gewöhnliches Fischerboot, aber nicht protzig genug für ein Handelsschiff.

»Wir sind eine Gemeinde«, sagte Abran.

Ich sah ihn skeptisch an.

»Aber wir sollten uns um *ihn* kümmern.« Er deutete auf Daniel. »Jessa und Wayne …« Er nickte zu einer jungen Frau und einem Mann mittleren Alters hinüber, die ein paar Meter entfernt standen und uns beobachteten. Jessa war zierlich. Sie hatte ein herzförmiges Gesicht und einen hellen Teint. Waynes blondes Haar war so stark von der Sonne ausgebleicht, dass es weiß war. Seine Arme waren mit Tätowierungen bedeckt. »Die beiden werden nachsehen, was man von eurer Rettungsinsel noch gebrauchen kann.«

Ich nickte. Abran führte uns bis zum Hüttendeck, das fast im Heck war. Es war ein rechteckiges Gebäude mit einem einzelnen Raum, den ein Vorhang in zwei Hälften unterteilte. In der Hälfte, die wir betraten, stand ein langer Tisch, und gegenüber der Tür war ein kleines Fenster. Die Wand neben dem Tisch war mit Regalen und Körben vollgestellt, die vor Karten, Büchern, Tauen, diversen Gerätschaften und Schnüren überquollen. Sonnenlicht fiel durch das Fenster und zeichnete einen rechteckigen Fleck auf dem Tisch. Es fühlte sich merkwürdig an, an Bord eines Schiffes vom Wind abgeschottet zu sein, sich mit den Wellen zu bewegen, ohne eine Brise auf dem Körper zu spüren.

»Wenn du eine Axt anstelle eines Schwerts verwendest, kannst du mehr Kraft in den Schlag legen«, sagte eine Stimme hinter dem Vorhang.

»Mhm-mhm«, murmelte eine andere Stimme. Es klang wie eine Mutter, die nur halb zuhörte.

Abran trat vor und zog den Vorhang zur Seite, worauf eine kleine Kombüse zum Vorschein kam. Ein ungefähr siebzehnjähriger Junge rührte in einer Schüssel, die irgendetwas enthielt, das nach Tomaten und Essig roch. Bei diesem süßen und gleichzeitig stechenden Geruch zog sich mein Magen vor Hunger zusammen. Neben ihm stand eine Frau mittleren Alters auf einem Stuhl und durchstöberte einen Hochschrank über der Arbeitsplatte.

»Marjan«, sagte Abran und deutete auf die Frau. »Sie ist unsere Quartiermeisterin und Köchin. Und das ist Behir.« Er sah uns an. »Darf ich vorstellen: Myra, Daniel und Pearl.«

Marjan drehte sich lächelnd auf dem Stuhl um. »Hallo. Endlich haben wir euch gefunden.« Sie hatte ein breites Gesicht, braune Haut und funkelnde schwarze Augen. Über ihren Rücken fiel ein schwarzer Zopf. Mit einem Anflug von Wehmut bemerkte ich, dass sie mich mit ihrem Gesichtsausdruck und wegen der Art, wie sie fest und unerschütterlich dastand, an Beatrice erinnerte.

Behir kam auf uns zu und reichte uns mit breitem Lächeln die Hand. Er schien Wärme auszustrahlen und sah mit seinen funkelnden Augen und seiner Freundlichkeit wie eine größere und schlankere Version seiner Mutter aus.

Marjan stieg vom Stuhl herunter und stellte eine Tüte Getreide auf die Theke. Als sie vortrat, stolperte sie über den Stuhl und fiel beinahe hin, aber Behir fasste sie am Ellbogen und hielt sie aufrecht. »Geht es dir gut?«

Er stellte die Frage mit so viel Zärtlichkeit, dass ich das gleiche Kribbeln verspürte, wie wenn Pearl sich mir gegenüber fürsorglich verhielt. Ich hatte nur wenige andere Mütter kennengelernt, deren Kinder noch lebten. Wie es schien, begegnete ich mittlerweile immer nur entweder Müttern, die keine Kinder mehr hatten, oder Waisen. Ich betrachtete sie und genoss einen Moment lang ihren Anblick, bis ich Abran meinen Namen sagen hörte.

»Was?«

»Könntest du Daniel auf den Tisch legen, während ich meine Ausrüstung hole?«, fragte er. Dann ging er zu einem Regal an der Wand und nahm einen Angelkasten herunter.

Ich ließ meinen Rucksack auf den Boden fallen und half Daniel auf den Tisch. Als ich auf einen Stuhl in der Ecke deutete, setzte Pearl sich darauf und zog die Knie bis unter das Kinn. Überraschend ruhig sah sie zu, wie Abran durch den Raum ging.

Er wickelte langsam und vorsichtig den Verband von Daniels Arm, wobei er sorgfältig darauf achtete, nicht sein Fleisch mit abzuziehen. Daniel presste die Kiefer zusammen und schloss fest die Augen.

»Können wir den Whiskey haben, Marjan?«, rief Abran. Er sah mich an. »Wir haben Schmerzmittel, aber die sind nur für die Besatzung«, sagte er entschuldigend.

Ich nickte, überrascht, dass er sie überhaupt erwähnt hatte.

Nur die Wohlhabenden hatten Medikamente gehortet und erwähnten sie wohl kaum je Fremden gegenüber, aus Angst, sie könnten gestohlen werden.

Marjan trug eine Tonflasche zum Tisch und hob Daniels Kopf an, damit er daraus trinken konnte.

Abran lockerte den Druckverband und drückte Daniels Finger, bis das Blut langsam wieder in sie zurückfloss. »Er hat die Ellenschlagader erwischt. Deswegen hast du so viel Blut verloren, aber sie scheint sich bereits wieder zu schließen. Die Wunde ist gar nicht so tief, wie es den Anschein hat. Im Großen und Ganzen sind neben den Verletzungen an der Haut nur ein paar Muskeln gerissen. Ich bin immer froh, wenn es weniger schlimm ist, als es aussieht. Wir nähen alles zusammen und säubern die Stelle mit Alkohol.«

Sein Geplapper machte mich nervös. »Bist du Arzt?«, fragte ich.

»Ich war einer.«

Das war alles, was er sagte. Wenn man jemanden nach seiner Vergangenheit fragt, wird er entweder gesprächig oder schweigsam, und ich fand die Reaktion immer interessant.

Abran tauchte seine Nadel in die Flasche und fädelte einen sehr feinen Faden durch das Öhr. Er reichte mir ein Tuch, mit dem ich das Blut von Daniels Arm wischte.

Abran beugte sich vor, bis sein Gesicht nur ein paar Zentimeter von Daniels Arm entfernt war. Er arbeitete langsam und strich die zerfetzte Haut glatt, bevor er die schartigen Ränder vernähte. Wenn Daniels Arm wieder heil war, würde er wie ein Puzzle aus Narben aussehen.

»Wo wolltet ihr denn hin?«, frage Abran.

»In die Anden, um dort Geschäfte zu machen«, sagte ich.

»Wir auch. Wir wollen dort einen Ort finden, an dem wir uns niederlassen können. Habt ihr vor, weiter auf dem Wasser zu bleiben?«

Seine Fragen nervten mich, und ich hoffte, dass Pearl nicht den Mund aufmachen und irgendetwas verraten würde. Je weniger sie erfuhren, desto besser. Zumindest solange ich nicht mehr über sie wusste.

»Wir haben, wie gesagt, bereits von dir gehört. Dass du eine gute Fischerin bist. Und zuverlässig. Du klapperst die Küstendörfer ab und hast immer viele Fische zum Tauschen dabei. Ein kleines, unabhängiges Unternehmen. So was gibt es nicht mehr so oft. Und es wird auch immer schwerer, weil sich alle anderen zusammenschließen.« Er blickte von Daniels Arm auf und sah mich forschend an.

»Wo habt ihr so ein großes Schiff her?«, fragte ich. »Ich habe den Eindruck, von denen gibt es auch immer mehr.«

Abran musterte mich kurz von Kopf bis Fuß, bevor er sich wieder Daniels Arm zuwandte. Er wusste, wieso ich ihm diese Frage stellte.

»Erst hatte ich Pech, und dann bin ich durch Glück an wertvolle Tauschwaren gekommen, mit denen ich mir genügend Holz und ein paar fähige Handwerker leisten konnte. Anschließend habe ich eine gute Besatzung gefunden, die das Schiff am Laufen hält.« Abran richtete sich auf und wischte die Nadel mit dem Tuch ab. »Wir sind nicht im Piratengeschäft.«

In der Kombüse klapperten Töpfe, Wasser plätscherte, und ein Schürhaken stocherte in Kohlen herum. Der Geruch von garendem Fleisch drang durch den Vorhang. Abran sah zu Pearl hinüber, die still in der Ecke saß. »Und, was hältst *du* von unserem Schiff?«, fragte er sie mit der lässigen Freundlichkeit eines Menschen, der den Umgang mit Fremden gewohnt war.

»Es ist nett«, antwortete sie leise.

Abran drehte sich zu mir um.

»Pearl!« Ich schnappte nach Luft. »Du hast ja deine Schlangen eingepackt. Stattdessen hätten wir doch das Mehl mitnehmen können!« Ich sah zu Abran hinüber. »Es tut mir leid. Den giftigen schneidet sie die Köpfe ab. Die hier sind nicht gefährlich. Wir können sie euch zum Essen überlassen.«

»Nein!«, sagte Pearl.

Ich sah sie streng an.

Abran grinste mich unsicher an. »Zu den Regeln, die hier auf dem Schiff gelten, kommen wir noch. Aber eine besagt, dass wir alles miteinander teilen.«

Ich wurde nervös. Ich hatte von Leuten gehört, die als Sklaven auf Schiffen arbeiteten, um ihre Schulden zu begleichen. Diese Leute hatten uns gerettet, sie gewährten uns Kost und Logis. Also würden wir in ihrer Schuld stehen. »Wir würden gerne so schnell wie möglich wieder weiter«, sagte ich. »Wie können wir euch für den Aufwand entschädigen?«

»Darüber sprechen wir später«, sagte Abran und tupfte mit einem feuchten Tuch Blut von Daniels Arm. »Jetzt braucht er erst mal Ruhe. Eine Schwellung ist okay, Eiter nicht. Kommt zu mir, wenn ihr irgendwelche Anzeichen für eine Infektion entdeckt.«

Als Abran meinen besorgten Blick bemerkte, drückte er meinen Arm. »Er wird wieder gesund«, sagte er. Dann klatschte er in die Hände und wischte sich eine Locke aus dem Gesicht. »Ich würde dich jetzt gerne auf dem Schiff herumführen, damit du dich hier zurechtfindest.« Er schenkte mir ein freundliches Lächeln und breitete die Arme zu einer Willkommensgeste aus.

Plötzlich fiel mir auf, wieso mich seine ansteckende Energie und sein Charisma nervös machten: Sie erinnerten mich an Jacob.

Kapitel 14

Pearl wollte bei Daniel bleiben. Also ließ ich sie im Hüttendeck zurück, während Abran mir das Schiff zeigte. Bevor wir hinausgingen, sahen wir kurz zu Marjan, die in der Kombüse über glühenden Kohlen einen Hühnereintopf zubereitete. Der Rauch, der sich dabei im Raum ausbreitete, zog durch ein großes Loch in der Decke ab.

An Deck kamen wir an dem Ziegenpferch und drei Wassertanks aus Metall vorbei, die im Sonnenlicht glitzerten. Ich hoffte, dass Pearl etwas von der Ziegenmilch bekommen konnte, bevor wir wieder von Bord gingen, aber ich fragte nicht danach. Ich wollte nicht noch tiefer in die Kreide geraten.

Wir stiegen durch das Luk in den Rumpf hinunter, wo wir kleine, durch dünne Wände voneinander getrennte Räume besichtigten. Im Waschraum standen ein Nachttopf, ein Wasserkrug und eine Schüssel. Im Raum gegenüber wurde die Fische reiausrüstung aufbewahrt, und daneben befand sich Abrans Unterkunft, die Kapitänskajüte. Sie war so groß wie ein geräumiger Abstellraum, mit einem kleinen Schrank und einer Pritsche, die an einer Wand stand. Der größte Raum war das Mannschaftsquartier mit Stockbetten und Regalen für Kleidung und persönliche Gegenstände. Auf einem der unteren Betten lag ein Mann und stöhnte. Er hatte einen übel aussehenden roten Ausschlag am Bein.

»John ist krank«, sagte Abran leise, als wir wieder hinausgingen.

Im Heck waren Kisten aufeinandergestapelt, aus denen die verschiedensten Dinge herausragten, unter anderem Ersatztaue, Holzstücke und kaputtes Angelzeug. Daneben ging ein Lagerraum ab. Als wir ihn betraten, schreckten wir einen Mann auf, der gerade in einer Kiste mit kleinen Metallteilen herumwühlte.

»Thomas«, sagte Abran, »das ist Myra. Thomas ist unser Bootsmann.«

Thomas humpelte ein paar Schritte auf uns zu. Sein rechtes Bein schien ihm zu schaffen zu machen. Er bemerkte meinen Blick. »Knöchel gebrochen. Ist nie richtig geheilt.« Seine Haut war dunkelbraun und seine Haare kurz geschoren. Lächelnd schüttelte er mir die Hand.

»Ich suche nach einem Metallöhr für den Flaggenmast«, erklärte er.

»Ich glaube, in der ist eines«, sagte Abran und deutete auf eine Kiste.

Thomas suchte darin herum, zog ein Öhr heraus und verließ das Lager.

Ich konnte den Blick nicht von den Regalen wenden, in denen neben Kisten mit Gemüsekonserven, Mehlsäcken, Salz, Bohnen und Mais auch noch Boxen mit gepökeltem Schweinefleisch und Tee standen. Die untersten Regalbretter waren mit Wassereimern beschwert. Ich versuchte, mir vorzustellen, wie es wäre, auf einem Schiff mit so viel Proviant und so vielen verschiedenen Lebensmitteln zu leben. Wo es nicht tagein, tagaus bloß Fladenbrot mit Fisch zu essen gab, bis man endlich den nächsten Handelsposten anlief. Auf einem Schiff in einem Raum zu stehen, wo solche Mengen sorgfältig abgepackter und etikettierter Nahrungsmittel lagerten, gab mir ein Gefühl von Sicherheit und innerem Frieden.

»Ganz schön viel zu essen«, sagte ich leise und betastete eine Dose mit Kraut.

»Wir teilen es uns sorgfältig ein und handeln nur mit angesehenen Kaufleuten, die uns ordentliche Preise machen«, sagte Abran. »Jeder hier an Bord hat eine Aufgabe und erfüllt sie gut.«

Abran bedeutete mir weiterzugehen und führte mich zur Waffenkammer. Schusswaffen, Messer, Granaten, Bogen, Pfeile und ein paar Knüppel füllten die Regale. Ich drehte mich zu Abran um und wartete auf eine Erklärung.

Er zuckte die Achseln. »Jedes Schiff muss sich verteidigen können«, war alles, was er dazu sagte.

»Ja, aber woher habt ihr das alles? So viele Waffen sind heutzutage …« Ich verstummte. Diese Waffen waren mehr wert als die *Bird*. Ich sah sie an. Das trübe Licht von Abrans Kerosinlampe spiegelte sich im Metall.

»Ich habe sie gestohlen«, sagte er.

Ich sah ihn mit hochgezogenen Augenbrauen an.

»Ich habe einen vergrabenen Waffenvorrat entdeckt. Die Kisten waren mit einer Piratenflagge gekennzeichnet. Also habe ich sie genommen.«

Ich betrachtete ihn schweigend und dachte über seine Geschichte nach. Es kam oft vor, dass Piraten ihre Besitztümer, insbesondere wertvolle wie Waffen oder Medikamente, an geheimen Orten vergruben, damit sie auf sie zurückgreifen konnten, wenn ihr Schiff ausgeraubt wurde.

»Wie hast du sie gefunden?«, fragte ich.

Das Schiff drehte ächzend nach Steuerbord ab. Der Boden neigte sich, und die Waffen auf den Regalen schlugen klappernd gegeneinander.

»Das war pures Glück. Ich sah ein paar Piraten auf einem Berg, ganz in der Nähe meines Hauses. Sie stöberten eine ganze Weile dort oben herum. Ich wusste, dass es dort nichts gab, für das es sich so lange zu bleiben lohnte – weder Wasser noch Wildtiere. Also habe ich gewartet, bis sie wieder verschwunden waren, und bin dann nachsehen gegangen.« Abran legte den Kopf schief, wobei ihm eine schwarze Locke in die Augen fiel. »Das Schicksal meinte es schon ein paarmal gut mit mir. Hoffentlich lässt mich mein Glück nicht so bald im Stich.«

Ein kleines Lächeln umspielte seine Mundwinkel, während er mich ansah.

»Wohin seid ihr bislang gesegelt?«, fragte ich.

»Wir waren nördlich vom ehemaligen Alaska und viel in der Karibik und den Anden unterwegs. Jetzt sind wir auf der Suche nach einem Ort, wo wir uns niederlassen können.«

»Wieso wollt ihr euch niederlassen, wenn ihr so ein Schiff habt?«

»Man kann nicht ständig auf dem Wasser sein.« Abran hängte die Kerosinlampe an einen Haken unter der Decke. »Wir wollen eine Gemeinde gründen. Ich möchte eine Gemeinschaft von Menschen bilden, die bestimmte Werte teilen. Wo jeder arbeitet und alle eine Chance auf ein besseres Leben haben.«

»Und was soll das für ein Ort sein?«, fragte ich und versuchte, ein Grinsen zu unterdrücken. Ich trat zurück und wollte mich an eines der Regale lehnen, ließ es jedoch bleiben, als sich ein Gewehrschaft in mein Schulterblatt bohrte.

»Ich weiß, das hört sich idealistisch an«, sagte Abran. »Aber man muss ein Idealist sein, wenn man die Hoffnung nicht verlieren will.« Er machte einen Schritt auf mich zu, und ich fühlte mich magnetisch von ihm angezogen. Er breitete die Hände aus, als wollte er mich als Gleichgesinnte willkommen heißen. »Außerdem sind wir nicht dazu gemacht, auf dem Wasser zu leben.«

»Ich weiß nicht, ob das noch irgendeine Rolle spielt.«

Abran nahm die Kerosinlampe wieder vom Haken. »Wir sollten zurück an Deck gehen und nach Daniel sehen.«

»Entschuldige. Ich wollte dich nicht verspotten. Ich bin wohl einfach eine Zynikerin.«

»Du glaubst vielleicht, dass du keine Ideale und keine Hoffnung mehr hast, aber das stimmt nicht. Und da es so ist, solltest du dir das auch bewusst machen.« Abran drehte sich um und ging vor mir aus der Waffenkammer hinauf. Anschließend stiegen wir die Leiter zum Deck hinauf.

»Ich verstehe deine Bedenken«, sagte Abran. Er ging zur Reling, lehnte sich dagegen und blickte auf das Meer hinaus.

»Welche Bedenken?«

»Dein … dein Zögern. Du weißt nicht, ob du uns trauen kannst. Aber wir wollen euch nichts wegnehmen, vielmehr sind wir auf der Suche nach weiteren Besatzungsmitgliedern.«

Ich schwieg einen Moment, dann fragte ich: »Warum solltet ihr uns dabeihaben wollen?«

»Erinnerst du dich noch, dass ich gesagt habe, jeder hier hat seine Aufgabe? Wir brauchen jemanden, der fischen kann. Wir hatten einen Fischer, aber der … also … er ist nicht mehr hier.« Abran wirkte nervös und sprach schnell weiter. »Ich habe dir ja schon gesagt, dass wir Geschichten über dich gehört haben – über eine Mutter und eine Tochter, die immer einen guten Fang machen, auch wenn die Netze der anderen Fischer leer bleiben. Es heißt, dass du das Wasser lesen kannst.«

So hatte Großvater es immer genannt. *Das Wasser lesen.* Er hatte mir erklärt, dass das Wasser verrät, was es enthält. Ich müsste ihm nur zuhören und entsprechend handeln. Wenn wir es im Winter auf Zander abgesehen hatten, suchten wir nach einer tiefen Senke unter dem Eis, und im Sommer angelten wir in der Nähe von Fröschen, wenn wir Barsche erwischen wollten. Und manchmal dachte er an die Zeit zurück, als er vor der Küste von Alaska gefischt hatte, und brachte mir auch bei, wie ich das Wasser im Ozean lesen konnte. Nebraska, sagte er dann immer, sei früher ein Meer gewesen, und diese Vorstellung fiel mir nicht schwer, da es um uns herum nichts als Wind, Himmel und wogende Grasflächen gab. Dennoch hatte er immer noch Heimweh nach der See. Als das Wasser dann nach Nebraska kam, schaute er aus dem Fenster und sagte: »Die Meere fließen ab, und sie kehren wieder zurück.«

Ich spürte Abrans Blick auf mir. Als ich zu ihm hochsah, wurde ich von einem Gefühl der Sehnsucht überrascht. Ich wollte auf einem Schiff wie diesem leben. Ich wollte die Stockbetten und die Proviantkisten im Rumpf. Aber ich dachte an Row, die allein im Valley war, und spürte eine zweite Kraft, die unnachgiebig an meinen Knochen zerrte.

»Wirst du darüber nachdenken?«, fragte Abran und berührte meinen Unterarm, damit ich ihn ansah.

Ich merkte, wie ich mich innerlich verspannte. Wir wussten nichts über diese Leute, und mir war klar, dass Abrans Erklärung, wie er an die Waffen gekommen war, nicht ganz der Wahrheit entsprach. Aber ein Teil von mir fragte sich, ob sich das Risiko lohnte, ihnen zu vertrauen. Und ich überlegte, ob ich sie dazu überreden konnte, Kurs auf das Valley zu nehmen. Dieses Schiff würde mit dem Nordmeer keine Probleme haben, und ich hinkte bereits Wochen hinter meinem Zeitplan her.

»Ja«, erwiderte ich. »Ich denke darüber nach.«

Kapitel 15

Pearl schaufelte sich beim Abendessen den Hühnereintopf in den Mund. Dann hob sie die Schüssel hoch und ließ sich auch noch den Rest in den Mund laufen, wie Wasser, das man aus einem Krug in ein Becken kippt. In dem Eintopf waren Karotten und Sellerie. Beides hatte ich seit mindestens einem Jahr nicht mehr gegessen. Ich versuchte zu verbergen, wie ausgehungert ich war, indem ich ganz langsam aß, aber damit konnte ich niemandem etwas vormachen. Sobald Pearl und ich unsere Schüsseln geleert hatten, nahm Marjan den Schöpflöffel und fragte, ob wir noch einen Nachschlag wollten.

»Ja«, sagte Pearl gierig, während ihr der Eintopf vom Kinn tropfte.

Marjan lachte und schöpfte ihr die Schüssel voll. Ich fragte mich, ob sie jeden Tag so gutes Essen auftischten, oder nur, wenn sie Gäste hatten, die sie beeindrucken wollten.

Wir saßen um den Tisch im Hüttendeck herum. Als ich das Holzschild bemerkte, das über dem Eingang hing, musste ich ein Lachen unterdrücken: DER CHARAKTER EINES MENSCHEN BESTIMMT SEIN SCHICKSAL.

»Was ist so komisch?«, fragte Wayne.

Ich deutete auf das Schild. »Ihr glaubt nicht, dass auch die äußeren Umstände eine Rolle spielen?«

»Vielleicht gestalten wir nicht immer unser Schicksal, aber wir haben es in der Hand, wie wir damit umgehen«, sagte Abran.

»Oder die Götter entscheiden über unser Schicksal«, sagte Marjan mit einem leisen Lächeln.

Thomas und Wayne lachten leise. Es schien ein Insiderwitz zu sein.

Thomas schüttelte den Kopf. »Ich wüsste zu gern, was sie sich dabei gedacht haben.«

»Als sie die Flut geschickt haben?«, fragte ich.

»Als sie uns geschaffen haben«, erwiderte Thomas.

Alle im Raum verstummten, nur noch das Geräusch der Holzlöffel in den Tonschalen war zu hören. Nach ein paar Minuten erwähnte Jessa einen Riss im Hauptmast, der repariert werden müsse, und als Nächstes sprachen sie darüber, was sie im nächsten Handelsposten besorgen würden. Sie unterhielten sich ganz locker, und ich entspannte mich, als ich sah, wie vertraut und unverkrampft sie miteinander umgingen. Ein wohliges Gefühl erfasste mich, während ich mit der Mannschaft am Tisch saß. Ich beobachtete, wie sie die Hände bewegten und ihre Schultern sich entspannten. Sie lachten viel, und hin und wieder verdrehte jemand die Augen.

Sie sind wie eine Familie, dachte ich. So ein Gemeinschaftsgefühl erlebte ich nicht mehr oft. Nachdem ich so lange allein gewesen war, machte es mich nervös und erfüllte mich gleichzeitig mit Sehnsucht. Ich dachte an die Abende zurück, als wir zu Hause im Kerzenschein um den Tisch herum gesessen hatten, während der Sonnenuntergang uns noch in sein sanftes Licht tauchte. Meine Mutter hatte Schüsseln mit Haferbrei oder Ofenkartoffeln vor uns hingestellt. Jacob, Row, Großvater, Mutter und ich machten dann immer Witze über das Wetter und erinnerten uns an zurückliegende Jahre oder sprachen über die Zukunft. Während es um uns herum immer dunkler wurde und es nur noch uns fünf zu geben schien, flackerten unsere Stimmen wie die Kerzenflamme, und das bis tief in die Nacht.

Ich fragte mich, wie sie alle hierhergekommen waren und was sie davor gemacht hatten. Welche Geheimnisse sie hatten und wie gut sie sie hüteten. Wie würde es sein, wenn wir uns ihnen anschlössen? Ich merkte, dass Daniel mich besorgt ansah, während ich die Besatzung beobachtete, als könnte er meine Gedanken lesen.

»Ich weiß, dass du darüber nachdenkst, bei ihnen zu bleiben«, sage er so leise, dass keiner der anderen es hören konnte.

»Und?«

»Das ist eine schlechte Idee.«

»Weshalb?«

Daniel schüttelte bloß den Kopf und lehnte sich auf seinem Stuhl zurück, wobei er sich den verletzten Arm vor die Brust hielt.

Mittlerweile unterhielt sich die Mannschaft über einen alten Freund von Thomas, der inzwischen in Harjo lebte.

»Er hat zugegeben, dass er mit den Piraten Geschäfte macht. Sagt, er könne sonst nicht überleben.« Thomas sprach leise und klang traurig. Er hatte sich eine Sensibilität bewahrt, die mich an die Welt erinnerte, wie sie früher einmal gewesen war, und seine Bewegungen waren so sanft, dass sie vertrauensvoll wirkten.

Wayne schlug so fest mit der flachen Hand auf den Tisch, dass unsere Schüsseln wackelten und alle verstummten.

»Das ist Schwachsinn. Kompletter Schwachsinn! Wieso kann er sonst nicht überleben? Dann kann er genauso gut gleich selbst Hälse durchschneiden und Kinder vergewaltigen …« Wayne zeigte auf Pearl, die ihn mit großen Augen ansah.

»Das reicht«, sagte Abran und stand auf. Er stützte die Hände auf den Tisch und sah Wayne eindringlich an.

»Nein, tut es nicht«, sagte Wayne und schob seinen Stuhl so heftig zurück, dass er rückwärts umkippte. »Nicht einmal annähernd.« Dann verließ er den Raum. Seine Schultern waren so breit, dass er fast nicht durch die Tür passte, ohne sich seitwärts zu drehen. Seine Haare streiften den Türrahmen.

»Wayne hat seine Frau verloren«, sagte Abran leise und setzte sich wieder hin.

»Nicht nur verloren«, sagte Jessa. »Sie wurde vor seinen Augen ermordet.«

Ich fragte nicht, von wem. Aber ich wusste, dass Abran nicht gelogen hatte, als er behauptete, sie seien nicht im Piratengeschäft. Und falls doch, so wusste zumindest ein Großteil der Besatzung nicht darüber Bescheid.

Während wir den Tisch abräumten, verschwand Marjan mit einem Teller voll Essen. Als sie ein paar Minuten später ins Hüttendeck zurückkehrte, flüsterte sie Abran etwas zu.

Abran nickte und schloss die Augen.

»John«, sagte Thomas. Er beugte sich vor, und hielt sich an einer Stuhllehne fest. Unter der Besatzung breitete sich Schweigen aus, als wäre mit einem Schlag alle Luft aus dem Raum gesaugt worden.

Abran nickte noch einmal. »John ist vorhin gestorben. Wir werden ihn noch heute Abend dem Meer übergeben.«

Er kam herüber und neigte sich vor, damit ich hörte, was er leise zu mir sagte. »Wir haben damit gerechnet, aber es ist trotzdem ein Schock.« Er sah sich unter den Besatzungsmitgliedern um. Sie schienen sich nur mühsam bewegen zu können, als kämpften sie gegen eine gesteigerte Schwerkraft an. »Er ist fast ein Jahr lang bei uns gewesen und war ein guter Seemann.«

»Es tut mir sehr leid. Wie ...«

»Eine Blutvergiftung. Erst war es nur eine Infektion am Fuß. Er ist wohl in irgendwas getreten und hat ihn sich aufgeschnitten.« Abran schüttelte den Kopf. »Er ist immer ohne Schuhe herumgelaufen.«

Wir traten alle hinaus an Deck. Die Sonne stand niedrig, der Himmel war grau verhangen. Die Flagge der *Sedna*, ein graues Rechteck mit einer roten Sonne in der Mitte, flatterte im Wind. Die Möwenschreie um uns herum wurden leiser und wieder lauter, während Marjan Johns Leiche in Segeltuch einwickelte.

Sein Gesicht war zu einer Fratze verzogen, und ich fragte mich, wie lange er wohl Schmerzen gelitten hatte, wenn er mit diesem Ausdruck gestorben war. Ich stellte mir vor, wie er von Fieberkrämpfen geschüttelt worden war und große Hitze von seinem Körper ausging, während er angestrengt um Atem rang.

Wayne zupfte an seinem dichten blonden Schnauzbart und war offensichtlich nicht einverstanden. »Ein ganzes Segeltuch?«

»Wir können es erübrigen«, erwiderte Marjan.

»Er war einer von uns«, sagte Abran.

Wayne verschränkte die Arme vor der Brust, nickte und sah zu Boden.

Ich war überrascht. Diese Loyalitätsbekundung wirkte geradezu extravagant. Für ein komplettes Segeltuch konnte man zwei volle Körbe mit Fischen bekommen.

Als sie ihn fertig eingewickelt hatten, verabschiedeten sich die Besatzungsmitglieder nacheinander leise flüsternd von John. Abran war als Letzter an der Reihe. Als er fertig war, drehte er sich zu seiner Mannschaft um. »John hatte an das Gleiche geglaubt wie wir: dass es einen sicheren Hafen für uns gibt, einen Ort, an dem wir sesshaft werden können. Wo wir uns etwas aufbauen werden, von dem wir existieren können – und ebenso die Generationen, die nach uns kommen. Wir ehren sein Andenken, indem wir weiter dieses Ziel verfolgen.«

Danach hoben Thomas und Wayne Johns Leichnam über die Reling und ließen ihn ins Meer fallen. Wo er eintauchte, spritzte dunkles Wasser auf. Ich würde mich nie daran gewöhnen, wie schnell das Meer einen Menschen verschlucken konnte, und immer davor Angst haben.

Anschließend blieben mehrere Besatzungsmitglieder an Deck und unterhielten sich leise miteinander oder blieben schweigend abseits stehen. Marjan nestelte an einer Kette um ihren Hals, als wäre sie eine Gebetsperlenschnur. Nach einer

Weile kehrte sie in die Kombüse zurück, um abzuspülen, und ich bot an, ihr zu helfen.

Als ich wieder an Deck zurückkehrte, sah ich Pearl und Daniel unter dem schwarzen Himmel am Bug stehen. Sie redeten miteinander und lachten. Pearl trat ein Stück von Daniel zurück und drehte sich rasch im Kreis. Das Sternenlicht hob ihren Umriss von der Dunkelheit ab. Sie zog die Nase kraus, wie sie es immer tat, wenn sie etwas sehr lustig fand. Ob Row wohl genauso lachte und sich mit der gleichen Hingabe bewegte?

Auf der anderen Seite des Decks holte Abran ein Tau in einem Block dicht. Er nickte mir zu und lächelte. Er würde bald eine Antwort von mir hören wollen. Ich presste die Augen zusammen und wünschte mir, Pearl und ich wären immer noch an Bord der *Bird* und befänden uns nicht plötzlich in einem anderen Leben, dicht an dicht mit Menschen, die ich nicht kannte. Ich war immer schon davon ausgegangen, dass andere Menschen nur Ärger machten, sogar als ich noch jünger gewesen war.

Mit siebzehn war ich einmal eine Straße entlanggegangen, ein paar Blocks von unserem Haus entfernt, um in verlassenen Häusern nach Essen und warmer Kleidung zu suchen. Ich stemmte damals häufig kaputte Fenster auf und hielt nach offenen Hintertüren Ausschau. Viele Häuser in dieser Straße standen leer, da die Menschen bereits angefangen hatten, in höhere Lagen umzuziehen. In den Jahren zuvor hatte es in Nebraska vor Flüchtlingen nur so gewimmelt, aber mittlerweile ging es im gesamten Staat wie in einer Geisterstadt zu.

Ich kam an einem Vorgarten vorbei, in dem Krokusse wuchsen, und bückte mich, um ein paar zu pflücken. Da bemerkte ich einen Mann, der von hinten auf mich zukam. Er trug abgerissene Kleidung, und sein Gesicht war leicht gerötet, weil er vermutlich entweder betrunken oder krank war. Ich war ihm bereits ein paar Stunden zuvor in einem Park begegnet. Wir hatten uns kurz in die Augen gesehen und waren dann in unterschiedliche Richtungen weitergegangen.

Stellte er mir nach? Ich ließ die Blumen fallen und ging eilig weiter die Straße hinunter. An der Ecke bog ich ab und machte mich auf den Heimweg.

Er folgte mir und ging schneller. Tausend Gedanken schossen mir durch den Kopf. Sollte ich rennen? Aber dann würde er mir nachlaufen, und ich konnte ihn vermutlich nicht abhängen. Es war wohl besser, wenn ich mich gegen ihn behauptete.

Als er nur noch ein paar Schritte hinter mir war, zückte ich mein Messer und wirbelte herum.

Er blieb stehen und hob die Hände. »Ich will dir nichts tun«, sagte er und griff in seine Manteltasche. Er zog eine Pflaume heraus und legte sie zwischen uns auf das Pflaster.

»Ich wollte dir nur sagen, dass du schöne Augen hast.« Er verstummte und sah aus, als ringe er um Worte. Er biss sich auf die Lippe und schien so bedrückt, dass ich mich ganz schlecht fühlte. »Sie erinnern mich an die Augen meiner Tochter.« Dann ging er rasch weg und ließ die Pflaume als Geschenk zurück.

Ich steckte das Messer in den Gürtel zurück und biss von ihr ab. So eine Süße hatte ich seit Monaten nicht mehr auf der Zunge gehabt.

Pearls Gelächter brachte mich in die Gegenwart zurück. Sie flatterte wie ein Vogel mit den Armen und lachte laut. Ich dachte an die Mannschaft dieses Schiffes und daran, dass ich mich immer so verhielt, als stünde ich allein gegen den Rest der Welt. Stets bereit, das Messer zu zücken. Großvater hatte oft gesagt, dass mir diese Einstellung manchmal helfen würde, aber nicht immer.

Vielleicht ist das hier gar nicht so schlecht, überlegte ich. *Ich könnte für sie fischen und sie dazu überreden, mit uns nach Norden zu segeln.*

Ich sah Pearl noch eine Zeit lang zu. Nun hob sie Daniels guten Arm und versuchte ihn dazu zu bringen, dass er eine Pirouette drehte. Sie lachte, als er so tat, als verlöre er das Gleichgewicht und fiele gegen die Reling. Ich fand es schön, Pearl aus der Entfernung zu beobachten und zu sehen, wie sie sich ohne mich benahm. Es kam mir vor, als blickte ich durch ein Fenster in die Zukunft und sähe, wie sie sein würde, wenn ich einmal nicht mehr war.

Kapitel 16

Nachdem ich Pearl ins Bett gebracht hatte, ging ich zu Daniel, der in der Nähe des Bugs an Deck stand. Über uns funkelten die Sterne wie auf schwarzem Samt verstreute Diamanten. Da es keine anderen Lichter gab, strahlten sie sehr hell. Um uns herum erklangen die nächtlichen Meeresgeräusche: Wellen, die seitlich gegen das Schiff schlugen, Taue, die knarzend über metallene Flaschenzüge rieben, der hölzerne Schekel der Flaggenleine, der von einem leichten Windstoß gedehnt wurde.

»Wir sollten deine Verbände wechseln«, sagte ich.

»Auch wenn ich glaube, dass es gute Menschen sind, finde ich trotzdem nicht, dass wir bei ihnen bleiben sollten«, flüsterte Daniel.

»Warum bist du so dagegen?«

Daniel wandte sich vom Meer ab und sah mich an. »Was ist mit dem Valley?«

»Da möchte ich immer noch hin«, gab ich leise zurück. In der Ferne durchbrach irgendein großes Tier die Wasseroberfläche und tauchte gleich darauf wieder unter.

»Du willst sie dazu überreden, dich dahin zu bringen, oder?«

»Und wenn?«

»Tu es nicht.«

»Wieso.«

»Wenn du sie zu überzeugen versuchst, wirst du ihnen dann auch sagen, dass es eine Kolonie der Lost Abbots ist?«

Ich runzelte die Stirn und versuchte, im Mondlicht sein Gesicht auszumachen. »Ich habe dir nicht gesagt, dass sie den Lost Abbots gehört. Nur, dass es eine Kolonie ist.«

Er kehrte mir den Rücken zu und stützte die Ellbogen auf die Reling. »Ich habe mit ein paar Leuten in Harjo gesprochen.«

»Ich weiß. Ich habe dich dabei gesehen. Worüber hast du in Harjo denn sonst noch gesprochen?«

»Diese Leute suchen nach einem sicheren Ort, um sich niederzulassen. Du verfolgst ein anderes Ziel.«

»Es könnte ein guter Ort für eine Siedlung sein. Immerhin liegt er gut gegen Angriffe geschützt zwischen zwei Bergen. Außerdem kommt man nur schwer dorthin. Sie müssten also nicht mit so vielen Angriffen rechnen.«

Daniel warf mir einen durchdringenden Blick zu.

»Ich kann ihnen nicht sagen, weshalb ich dorthin will, Daniel. Weil sie mich sonst nicht begleiten. Sie werden nur mitkommen, wenn sie glauben, dass es ein Ort ist, an dem man gefahrlos siedeln kann.«

Ich durfte ihnen nicht sagen, dass ich meine Tochter von dort retten musste. Denn dann hätte ich zugeben müssen, dass es kein sicherer Ort war. Weshalb hätte ich Row schließlich von dort wegholen sollen, wenn es nicht gefährlich war? Ich konnte spüren, wie vorsichtig Abran war und dass ihm der Zusammenhalt seiner Gruppe über alles ging. Folglich musste ich mich als eine Säule der Gemeinschaft bei ihnen etablieren, auf die sie keinesfalls verzichten konnten, wenn ich sie dazu bringen wollte, den Kurs zu ändern.

»Glaubst du, ich habe die Zeit und die nötigen Mittel, um ein Schiff wie dieses zu bauen?«, fragte ich.

»War das nicht dein ursprünglicher Plan?«

»Bist du nur mitgekommen, weil du wusstest, dass ich es nicht bis dorthin schaffen würde?«, hielt ich dagegen. »Du wusstest, dass so ein Plan nicht funktionieren kann. Was dachtest du denn, wie weit ich kommen würde? Wo würdest du denn gerne hin?« Ich sprach immer lauter und ballte die Fäuste.

Thomas und Jessa, die sich im Heck unterhielten, sahen zu uns herüber.

Daniel schüttelte den Kopf und stieß ein leises zorniges Lachen aus. »Du weißt es möglicherweise nicht, aber es wird immer ganz schnell kompliziert, wenn man in einer größeren Gruppe unterwegs ist. Vielleicht hätte ich mich gar nicht darauf einlassen sollen.«

Die *Sedna* glitt über eine hohe Welle und kippte mit dem Bug nach unten. Wir sausten durch die Nacht, wie ein einsamer Fisch in einem uferlosen Teich. Ich biss mir auf die Lippe und ergriff Daniels Hand auf der Reling. »Bitte.«

Er wandte sich ab, als wollte er von mir weggehen, doch dann drehte er sich wieder zu mir um. »In einer großen Gruppe wie dieser wollen die Leute immer nach einer Weile verschiedene Dinge.«

Ich wartete darauf, dass er weitersprach. Das Schiff knarzte im Wasser. Es war das leise Ächzen, mit dem seine Bauteile gegeneinanderdrückten.

»Weißt du noch, die Frau, von der ich dir erzählt habe, an die du mich erinnerst? Sie und ich haben vor drei Jahren auf einem großen Schiff mit ungefähr zehn Leuten in der Karibik angeheuert. Wir haben hauptsächlich versucht, Metall, Fleisch, Holz und Felle zu finden. Ein paar von uns konnten am Ufer Fallen aufstellen. Einer hat ein bisschen gefischt, aber das war alles nicht sehr ergiebig. Irgendwann wollte die Hälfte der Besatzung ein Brutschiff gründen und sich mit den Piraten einlassen.«

Ich versteifte mich, und er schluckte, bevor er weitersprach.

»Wir hatten Hunger, das Schiff wurde immer maroder, und wir konnten es nicht reparieren. Genauso wenig konnten wir uns an der Küste niederlassen, weil wir nicht genügend Wertsachen besaßen, um sie gegen ein Stück Land einzutauschen. Uns blieben so wenige Möglichkeiten, dass wir genauso gut zwischen den Sternen im Weltraum hätten treiben können. Und Marianne … Marianne wollte keine Ruhe geben. Sie schimpfte auf die anderen. Wir beide hatten vor, das Schiff beim nächsten Handelsposten zu verlassen und wie Bettler zu leben. Wir hätten alles getan, um von Bord zu kommen. Aber in der Nacht, bevor wir anlegen wollten, haben mich ein paar von der Mannschaft verprügelt und im Schiffsrumpf eingesperrt. Dann haben sie Marianne vergewaltigt. Ich habe es durch die Bodendielen gehört. Ich habe die ganze Nacht an meinen Fesseln gezerrt und mir die Handgelenke blutig gerieben. Sie hat unentwegt geschrien. Am Morgen war es still. Als sie mich herausholten, war sie verschwunden. Sie hatte sich den Anker an die Füße gebunden und war über Bord gesprungen.«

Einen Moment lang verschlug es mir die Sprache. Er fuhr mit der Handfläche auf der Reling hin und her, als wollte er sie sauber wischen. Ich hielt die Hand fest und bedeckte sie mit meiner.

»Es tut mir so leid«, sagte ich.

»Ich habe sie umgebracht«, sagte Daniel mit gequältem Blick. »Als sie mich am nächsten Morgen rausgelassen haben, bin ich … ausgeflippt. Ich habe sie alle getötet.«

Ein Schauder durchlief mich, aber ich ließ seine Hand nicht los.

Nach ein paar Sekunden sagte Daniel: »Ich glaube nicht, dass hier so etwas passieren wird. Dafür sind diese Leute zu gut. Aber … irgendwas wird schiefgehen.«

Ich konnte ihm nicht widersprechen. Meine Augen füllten sich mit Tränen. Ich blinzelte sie weg und versuchte, meine Stimme unter Kontrolle zu bringen. »Sie ist allein, Daniel. Ich muss ihr helfen.«

Daniel nickte und legte seine andere Hand auf meine.

»Wirst du immer noch mit uns mitkommen?«

Daniel schwieg einen Moment. Die Wolkendecke brach auf, und helles Mondlicht fiel auf das Meer. »Ich habe dir mein Wort gegeben.«

»Die Situation hat sich geändert. Du kannst gehen, wenn du möchtest«, sagte ich und hoffte, dass er es nicht so entscheiden würde.

Daniel schüttelte den Kopf. »Das werde ich nicht tun.«

Kapitel 17

Am nächsten Morgen war der Himmel leicht bedeckt, und eine orange leuchtende Stelle auf dem Wasser zeigte an, wo in Kürze die Sonne aufgehen würde. Ich stand an Deck, weil ich vor Tagesanbruch von einem schmerzhaften Hungergefühl aufgeweckt worden war. Obwohl ich am Vorabend gut gegessen hatte, war mir klar, dass es Tage dauern würde, bis sich mein Magen wieder beruhigte, nachdem er so lange leer geblieben war.

»Du bist ja ganz schön früh auf den Beinen.«

Als ich mich umdrehte, sah ich Abran auf mich zukommen. Seine Haare waren zerzaust, und seine Haut sah noch nicht wettergegerbt aus, sondern weich und ein bisschen aufgedunsen vom Schlaf.

Wir standen einen Moment lang schweigend nebeneinander und sahen zu, wie die Sonne über den Horizont stieg. Sie färbte das Wasser rosa, und ich glaubte, ihre Wärme bereits zu spüren, als sie noch gar nicht komplett aufgegangen war.

»Ich hoffe, die Frage ist nicht zu aufdringlich, aber … bist du mit Daniel zusammen?«

Ich hob die Augenbrauen, nicht sicher, ob er ernsthaft eine Antwort erwartete.

Abran errötete. »Bisher hatten wir noch kein Paar an Bord. Alle teilen sich den gleichen Schlafraum, und ich bin mir nicht sicher, ob wir genügend Platz haben, um …«

»Wir sind kein Paar.«

»Ah. Okay. Gut.«

»Und wir haben beschlossen zu bleiben.«

Ich konnte spüren, dass Abran mich anlächelte, aber ich drehte mich nicht zu ihm um. Ich überlegte mir, wie ich das

Valley in unsere Unterhaltung einflechten konnte, um zu sehen, ob er eine Kursänderung überhaupt in Erwägung ziehen würde.

»Das ist eine wunderbare Neuigkeit.« Er klang ehrlich erfreut.

»Daniel kann navigieren.«

»Ich weiß. Marjan hat mit ihm darüber gesprochen. Eine Fischerin und ein Navigator. Was für ein Glück. Thomas und ich haben navigiert, aber mehr schlecht als recht. Es ist gut, dass wir jetzt einen Experten an Bord haben.«

»Mit einem Navigator wie Daniel müsst ihr euch nicht auf den Pazifik und die Karibik beschränken.«

»Wie meinst du das?«

»Ich meine, dass ihr jetzt auch woanders als in Südamerika nach einem geeigneten Platz für eure Siedlung suchen könnt. Im Südosten von Grönland gibt es einen Ort namens Valley. Das soll eine friedliche Gemeinde sein, in der man gut sesshaft werden kann …«

Abran schüttelte den Kopf. »Um dorthin zu gelangen, muss man die Piratenenge durchqueren. Nach allem, was man so hört, soll es dort schlimmer zugehen als in der Karibik.«

»Glaubst du nicht, dass vieles davon nur Gerede ist?«

»Das Risiko möchte ich nicht eingehen«, sagte er und klang, als wäre für ihn das Thema damit erledigt.

Ich war wie vor den Kopf gestoßen und musste erst einmal tief Luft holen, bevor ich nickte und mich zu einem steifen Lächeln zwang.

Doch Abran durchschaute mich. »Es tut mir leid, aber ich trage die Verantwortung für diese Leute und darf sie nicht unnötig in Gefahr bringen.«

»Ich verstehe«, erwiderte ich und merkte, wie ich den Mut verlor. Ich würde mir etwas anderes einfallen lassen müssen, um ihn zu überreden. Wenn wir im Süden in Schwierigkeiten gerieten, würde ich ihn vielleicht davon überzeugen können, dass es im Norden nicht schlimmer war. Aber bis dahin verschwendete ich zu viel Zeit. Ich hatte das Gefühl, eine tickende Uhr in meinem Körper zu haben, die meinen Puls zu einem schnelleren Rhythmus antrieb und meinen Verstand wie ein gefangenes Insekt summen ließ.

»Hör mal … Ich hätte es euch schon früher sagen sollen, aber hier gelten ein paar Regeln«, sagte Abran.

Ich nickte und biss mir auf die Lippe. Natürlich. Ich hätte mich nach den Regeln erkundigen sollen. Jedes Schiff hat welche, an die sich alle Besatzungsmitglieder halten müssen.

»Wir bewahren sie in schriftlicher Form im Hüttendeck auf, und ihr müsst sie alle unterzeichnen. Auch Pearl. Kein Licht nach neun Uhr abends. Die Mahlzeiten werden um acht, zwölf und sechs im Hüttendeck eingenommen. An ungeraden Tagen waschen wir uns mit einem Schwamm und Wasser aus der Zisterne, sofern wir genügend Trinkwasser haben. Ihr dürft nichts stehlen oder ein Ergebnis eurer Arbeit für euch selbst behalten, zum Beispiel ein paar Fische, die du in den Handelsposten auf eigene Rechnung veräußerst. Bei wichtigen Entscheidungen zählen alle Stimmen gleich viel. Wer während eines Gefechts desertiert oder versucht, eine Meuterei anzuzetteln, wird ausgesetzt. Auf diese Weise haben wir bereits ein paar Leute verloren. Das wären die wichtigsten Punkte.«

»Und wenn ich eine Kursänderung vorschlage …«

Abran lachte. »Das ist keine Meuterei. Zumindest hoffe ich, dass ich mir darüber bei dir keine Sorgen machen muss.« Er knuffte mich mit dem Ellbogen.

»Ihr musstet schon mal Leute aussetzen?«

»Zwei Männer, die versucht haben, alles zu entscheiden. Zuerst waren es nur Kleinigkeiten: mit wem wir Geschäfte machten, wo wir fischten oder vor Anker gingen. Aber dann ging es immer weiter. Sie wollten bestimmen, wie die Lebensmittel und das Öl verteilt wurden und ob wir den Kurs änderten, alles ohne Abstimmung. Schließlich wollten sie mich loswerden. Thomas fand es heraus und hat mir Bescheid gesagt. Wir haben sie auf einer kleinen Insel in den nordwestlichen Rocky Mountains zurückgelassen. Mit Proviant und Ausrüstung.«

Als ich nichts sagte, grinste Abran. »Es klappt nicht mit jedem, aber ich bin ziemlich sicher, dass es mit euch hinhauen wird.«

Ich hoffte, dass er recht behielt, aber meine Kehle war wie zugeschnürt.

Eines Morgens breitete Daniel im Hüttendeck seine Instrumente aus und berechnete unsere Position. Wir waren gute dreitausend Kilometer von Alhana, einem Dorf in den Anden, entfernt. Unser Plan sah vor, dass wir dort einen Zwischenstopp einlegen und ein paar Tauschgeschäfte machen würden, bevor wir weiter nach Süden fuhren.

Anderthalb Kilometer vor uns sprang ein Stachelrochen aus dem Wasser. Manchmal schwammen Pferdemakrelen, die eigentlich klareres Küstenwasser bevorzugten, im Verbund mit Stachelrochen, um unentdeckt jagen zu können. Ich saß mit einem Eimer voll Sardellen an Deck und zog sie auf Haken auf. Ich würde versuchen, die Pferdemakrelen mit kleinen Fischen und bunten Ködern zu angeln, und anschließend ein Schleppnetz auswerfen, mit dem ich auf dem Meeresgrund Shrimps und Dorsche erwischen wollte, bevor wir zu nah an die Küste herankamen. Ihr Downrigger war gleich neben dem Steuerruder befestigt und viel größer und stabiler, als meiner es gewesen war. Ich konnte es gar nicht erwarten, ihn auszuprobieren. Wenn mir ein guter Fang gelang, würde ich Abran vielleicht noch mal auf das Valley ansprechen.

Er ging an mir vorbei und winkte, bevor er das Hüttendeck betrat. Diese charmante, selbstsichere Geste erinnerte mich erneut an Jacob. Ich hatte gedacht, Abrans Ähnlichkeit mit Jacob würde ihn mir unsympathisch machen, aber so war es nicht. Stattdessen fühlte ich mich ihm dadurch eigenartig verbunden. Als würden wir uns schon lange kennen. Abran zog mich oft damit auf, dass ich mich stundenlang an Deck aufhielt und kaum je eine Pause machte, während ich ihm scherzhaft unterstellte, dass er zwar immer sehr beschäftigt aussähe, aber kaum etwas fertigbrächte. Dann schüttelte er lachend den Kopf und schubste mich zum Spaß. Ich entspannte mich, während wir uns unterhielten, und hatte das Gefühl, mich auf vertrautem Terrain zu bewegen.

Pearl beobachtete Jessa und Wayne, die beim Hauptmast ein Tau durch einen neuen Block fädelten. »So wird das nicht gemacht«, verkündete sie. »Sie wissen nicht, was sie tun.«

Jessa und Wayne warfen uns einen finsteren Blick zu.

»Darf ich rübergehen und den beiden zeigen, wie man es richtig macht?«

»Nein«, sagte ich.

Jessa kam zu uns und deutete auf die Schlangen, die sich Pearl um die Handgelenke gewickelt hatte.

»Muss sie die tragen?«, fragte Jessa.

»Was ist daran problematisch?«, erkundigte ich mich.

Pearl sah Jessa herausfordernd an und fing an, eine der Schlangen mit dem Finger zu streicheln.

»Es ist unhygienisch. Sie sind tot.«

»Charlie nicht«, erwiderte Pearl. Charlie war die Schlange, die sie unten bei ihrem Schlafplatz in einem Gefäß aufbewahrte.

»Schlangenfleisch verdirbt nicht so schnell wie Fisch«, sagte ich. »Es hält ein paar Stunden, wenn man es in der Haut lässt.«

Marjan trat aus dem Hüttendeck und kam zu uns herüber.

»Das Fleisch wird vergammeln«, entgegnete Jessa. »Wir brauchen es. Das ist gegen die Regeln.«

»Ist das Fleisch verdorben?«, erkundigte sich Marjan.

»Nein, das werde ich nicht zulassen. Sie spielt nur gerne mit ihnen, nachdem sie sie gefangen hat. Sobald ich mit den Ködern fertig bin, werde ich sie räuchern.«

»Das ist nicht effizient«, sagte Jessa.

Marjan hob eine Hand. »Das muss es auch nicht sein. Das Mädchen mag sie, und das Fleisch vergammelt nicht. Damit ist alles okay.«

Jessa sah aus, als wollte sie eigentlich noch weiterdiskutieren, aber sie verdrehte nur die Augen und machte auf dem Absatz kehrt.

Marjan lächelte verhalten und zuckte die Achseln. »Kann ich helfen? Ich bin gerade mit Weben fertig.«

Ich nickte. »Spieße sie möglichst weit hinten auf, damit es aussieht, als würden sie schwimmen, wenn wir sie durch das Wasser ziehen.«

Marjan sah zu Pearl hinüber. »Es ist schön, ein Kind an Bord zu haben. Sie erinnert mich an meine eigene Tochter.« Pearl hockte sich im Schneidersitz neben mich. Sie trug flache Sandalen, eine Hose und ein weites Baumwollhemd. »So lebendig.«

»Und streitlustig«, fügte ich hinzu.

Marjan berührte ihre Halskette und rieb mit dem Finger über eine kleine Holzperle. Ich hatte solche Ketten schon an anderen Leuten gesehen. Wenn jemand gestorben war, der ihnen nahestand, hatten sie eine neue Perle auf die Schnur gefädelt. An Marjans Kette waren drei Perlen.

Marjan bemerkte meinen Blick. »Sie war sieben, als das Wasser nach Arkansas kam.«

Ich wandte rasch den Blick ab, da ich diese Geschichte nicht hören wollte. Ich wusste nicht, wie weit ich mich auf diese Leute einlassen wollte. Sie machten mir Angst, vor allem ihre Freundlichkeit. Sie brachte etwas in mir zum Vorschein, das ich nicht kannte. Es fühlte sich gleichzeitig stark und zart an – wie etwas, das unbemerkt von mir im Verborgenen existiert hatte.

Das ohne meine Aufmerksamkeit keine Luft zum Atmen gehabt hatte und ganz mickrig geworden war, aber trotzdem immer noch lebte.

»Damals sind wir nach Westen gezogen, in die Rockies. Unterwegs ist sie ... sie ist gestorben. Es muss in Kansas oder Oklahoma gewesen sein. Ich weiß es nicht. Das Wasser hat sie mir aus den Händen gerissen. Danach sind Behir und ich während einer Springflut von ihrem Vater und ihrem Bruder getrennt worden.« Marjans Stimme wurde immer leiser. Ich hatte das Gefühl, dass sie sich diese Geschichte in Gedanken immer wieder selbst erzählte und vergeblich versuchte, einen Sinn in den Geschehnissen zu erkennen.

»Sie sind nie wieder aufgetaucht ... Ich glaube nicht, dass sie überlebt haben. Wenn ich bei ihnen gewesen wäre, als die Flut kam ...« Sie schüttelte den Kopf. Ihr Gesicht war angespannt, aber sie weinte nicht. »Wahrscheinlich hätte es nichts geändert.«

»Es tut mir so leid«, sagte ich.

Marjan nickte nachdenklich und schenkte mir ein kleines Lächeln, wie um mich zu trösten. »Pass gut auf dein Mädchen auf.«

Mir wurde es eng um die Brust. »Das werde ich.«

Danach verfielen wir in Schweigen und beugten uns mit den kleinen Fischen, die sich in unseren Fingern wanden, über die Haken. Als Abran aus dem Hüttendeck kam, sahen wir beide zu ihm auf. Er lächelte uns zu, bevor er den Mast erklomm und die Segel trimmte. Er trug noch immer das Tuch um den Hals.

»Er mag dich«, sagte Marjan.

»Er wirkt wie ein Mensch, der mit jedem gut auskommt«, erwiderte ich.

»Mhm, nein, so würde ich das nicht sagen. Aber er ist ein guter Kapitän und nimmt seine Aufgaben ernst. Auf diese neue Gemeinde arbeitet er jetzt schon seit Jahren hin. Er hat alles sorgfältig geplant, Schritt für Schritt Vorräte angelegt und eine gute Mannschaft zusammengestellt. Manchmal wird … ihm der Druck zu viel. Es kann so viel schiefgehen.« Marjan sah mich aus dem Augenwinkel an und musterte mein Gesicht, als wollte sie herausfinden, ob ich ihre Unternehmung gefährden könnte.

Wir spießten die letzten Sardellen auf, fädelten die Angelschnüre durch die Rutenringe und warfen sie aus.

»Er weiß, wie es auch sein kann«, sagte Marjan. »Wie man auch leben kann, das treibt ihn an.«

Ich hätte ihr gern gesagt, dass ich ebenfalls wusste, wie man auf die eine oder die andere Weise lebte.

Kapitel 18

Während des Frühstücks kam Abran ins Hüttendeck gestürmt.

»Okay, sie sind noch ungefähr einen Kilometer entfernt«, rief er. »Sind die Körbe bereit?«

Marjan deutete auf die Körbe mit Fischen, die neben dem Kombüsenvorhang an der Wand standen. Abran klatschte in die Hände. »Also gut, unser erster Handel seit einer ganzen Weile. Diese Leute sind toll, sie sollten ein paar gute Sachen für uns haben. Dann wollen wir mal in Position gehen.«

Bei Tagesanbruch hatte Abran das Schiff eines Freundes entdeckt und mit der Flagge zu einem Tauschhandel herübergewinkt. Vor dem Frühstück war ich an Deck gegangen, um die Fische, die ich gefangen und geräuchert hatte, zu überprüfen und in Körbe zu packen. Es war ein Freund, mit dem er schon häufig in der Karibik gehandelt hatte, und er hoffte nicht nur, ein gutes Geschäft mit den Fischen zu machen, sondern auch auf Neuigkeiten aus dem Süden.

»Ich bin froh, sie wiederzusehen«, hatte Abran zu mir gesagt. »Ich hatte gehört, sie wären von einer Piratenbande überfallen worden.«

Sobald sie nahe genug heran waren, warfen wir ein Tau zu ihnen herüber, mit dem wir unsere Schiffe aneinanderbanden. Ihres war fast genauso groß wie die *Sedna*, aber verwitterter und in einem schlechteren Zustand. Ich sah Löcher in den Segeln, hier und da fehlten Taue und Flaschenzüge, und das vertrocknete Holz des Rumpfes war an mehreren Stellen geborsten.

Abran, Wayne und ich ließen unser Kanu zu Wasser. Als wir hinübergepaddelt waren, erklommen Abran und Wayne eine Strickleiter, die sie zu uns herunterwarfen. Ich blieb zunächst mit den Fischen im Kanu. Wayne ließ ein Seil herunter, und sobald er alle Körbe hochgezogen hatte, kletterte ich ebenfalls die Leiter hinauf.

Als ich mich über die Reling zog, schlug mir der Gestank von vergammelten Fischen, Fäkalien und Moder entgegen. Ich sah zu Abran hinüber. Er wirkte schockiert. Ein kleiner und rundlicher älterer Mann mit weißen Haaren und einem schlimmen Sonnenbrand hinkte auf uns zu. Er trug ein verschlissenes Hemd. Ich hatte das Gefühl, mich auf einem Geisterschiff zu befinden, und fragte mich, ob sonst noch jemand an Bord war.

Abran schüttelte ihm die Hand. »Wir haben uns viel zu lange nicht mehr gesehen, Robert.«

»Viel zu lange, da hast du recht.« Roberts Stimme klang wie das hohe Wiehern eines Pferds.

»Wir haben Fische mitgebracht.« Abran zeigte voller Stolz auf die Körbe.

Robert betrachtete sie. »Wie schön. Ich habe schon seit Tagen nichts mehr gegessen.«

Ich spannte die Schultern an. Es war offensichtlich, dass er log. Auch Abrans Überschwänglichkeit ließ nun nach, und es bildete sich eine Falte zwischen seinen Augenbrauen, während er seinen alten Freund musterte.

»Und du?«, fragte er und sah sich auf dem Schiff nach Tauschwaren um.

»Ich fürchte, ich kann euch nichts bieten«, sagte Robert.

»Aber du hast mit einer Handelsflagge geantwortet.«

Sobald wir die blaue Flagge mit den beiden gelben Händen gehisst hatten, war auch ihre aufgezogen worden.

»Ihr hättet uns nicht herwinken dürfen, wenn ihr nichts zum Tauschen habt«, sagte Wayne.

Robert antwortete nicht und grinste bloß. Es war viel zu ruhig auf dem Schiff. Ich wollte so schnell wie möglich über die Leiter ins Kanu zurückklettern.

Robert drehte sich zum Hüttendeck um. »Mary!«

Als auf seinen Ruf hin eine Frau heraustrat, schnappte ich nach Luft. Sie hatte keine Augen mehr. Über die leeren Höhlen spannte sich dickes weißes Narbengewebe, das von einem Netz aus Adern durchzogen war, die wie kleine rote Flüsse aussahen. Sie stand in der Tür zum Hüttendeck und wandte sich uns zu, als stellte sie sich zur Schau. Die Frau war sehr korpulent. Ich hatte schon lange niemanden mehr gesehen, der so wohlgenährt schien.

Abran trat einen Schritt zurück und stolperte fast. »Mary ...«, flüsterte er entsetzt und sah zu Robert hinüber. »Wer hat euch das angetan?«

»Uns ist es nicht gut ergangen, mein Freund«, erwiderte Robert. Er verschränkte die Hände vor dem Bauch und machte einen merkwürdig zufriedenen Eindruck. »Jetzt sind wir von der Güte anderer abhängig.« Er breitete die Arme aus.

Abran verengte die Augen zu Schlitzen. »Was ist mit euch passiert? Du bist nicht du selbst.« Abran spannte die Muskeln an und sah aus, als wollte er sich auf seinen Freund stürzen.

Das Herz hämmerte mir in der Brust.

Robert zuckte die Achseln. »Allein haben wir es nicht geschafft. Es gibt zu wenig Fische.«

Die blinde Frau kam auf uns zu, und hinter ihr trat ein Mann aus der Tür. Er hielt eine abgesägte Schrotflinte.

Abran wich einen weiteren Schritt zurück. Er spreizte die Arme und schob Wayne und mich hinter sich. »Tut das nicht, Robert, sonst bekommt ihr es mit dem Rest meiner Mannschaft zu tun.«

Wayne stieß Abrans Arm von sich weg und zog seine Pistole aus dem Holster.

»Beruhige dich, Wayne«, sagte Abran.

»Wir wissen doch alle, wie es laufen wird«, sagte Robert. »Du bist bereits bei uns an Bord. Wie sollen euch deine Leute wieder zurückholen, von Kugeln durchsiebt?«

Wayne hob die Pistole und spannte den Abzugshahn. Abran fluchte und drückte seinen Arm hinunter.

»Wir wollen euch nicht wehtun. Wir wollen nur etwas zu essen.« Robert klopfte sich grinsend auf den Bauch.

Abran ließ den Blick rasch über das Schiff gleiten und suchte nach einem Ausweg. Meine Hände waren kalt und feucht. Abrans Gesicht war wutverzerrt. *Er wird sich nicht mehr lange beherrschen können,* dachte ich. Abran sprach immer so viel von Stabilität, weil er sie nicht in sich trug. Deswegen musste er sich auch mit ihr umgeben. Ich hatte das Gefühl, dass mir die Situation entglitt und ich etwas tun musste.

»Ich kann uns wieder welche fangen«, flüsterte ich Abran zu. »Ich werde uns mehr fangen.«

Er starrte weiter unverwandt Robert an und schien mich gar nicht zu hören. Einen kurzen Moment lang, als die Sonne uns heiß auf den Rücken schien und das Wasser ihr gleißendes Licht zurückwarf, dachte ich, Abran würde Robert angreifen. Doch der Moment ging vorüber, und er richtete sich mit erhobenen Händen aus seiner sprungbereiten Haltung auf.

»Also schön.« Abran spuckt die Worte förmlich aus.

»Abran …«, sagte Wayne.

»Zur Strickleiter, und zwar sofort!«, blaffte Abran und drehte sich zur Reling um.

Wayne kniff die Augen zusammen und stieg, ohne die Pistole wegzustecken, über die Reling auf die oberste Sprosse.

Robert lächelte wieder und bückte sich zu einem der Körbe hinunter, um einen Fisch herauszunehmen. Ich bekam fast einen Wutfanfall, als ich sah, wie er ihn in der Hand wog, doch ich trat einen Schritt zurück und versuchte, Abran zur Leiter zu schieben.

»Willst du immer noch in den Süden?«, fragte Robert, als Abran bereits ein Bein über die Reling geschwungen hatte.

Abran sah ihn durchdringend an.

»Es gibt kein gutes Land mehr in den Anden«, erklärte Robert. »Das ist mein Geschenk an dich, mein Freund. Eine Information. Fahrt nicht in den Süden. Ich kann dir gar nicht sagen, wie viele Leute dorthin segeln und nach einem geeigneten Plätzchen suchen. Unterwegs stirbt ihnen die halbe Mannschaft, und wenn sie ankommen, finden sie nur Dörfer, die aus allen Nähten platzen, oder Felsküsten, an denen sie nicht anlegen können. Ihr müsst woanders hin.« Roberts Grinsen sah wie eine Grimasse aus. »Aber frag mich nicht, wohin.«

Kapitel 19

Als wir wieder auf der *Sedna* zurück waren, tobte Wayne. Er gierte nach Rache und verlangte, dass wir sie beschossen und versenkten. Abran verschwand in seiner Kajüte und überließ es Marjan, Wayne zu beruhigen.

»Nur ein paar Körbe Fisch«, sagte sie. »Es ist besser, wenn wir weiterfahren. Wenn wir ihnen noch mal begegnen, werden sie etwas anderes von uns bekommen. Da kannst du dir sicher sein.«

Trotz der besänftigenden Worte war Marjan eindeutig wütend. Sie sprach mit schneidender Stimme, und ich sah, wie sie mit zusammengekniffenen Augen die Perlen zwischen den Fingern rieb.

Während der folgenden zwei Wochen waren wir alle mit unseren Aufgaben auf dem Schiff beschäftigt, wir reparierten einen Riss im Hauptmast, fischten, flickten die Netze und segelten nach Süden. Als ich Abran fragte, ob wir Roberts Warnung nicht berücksichtigen sollten, schüttelte er nur den Kopf und wandte sich von mir ab.

Pearl und ich arbeiteten mit den anderen Mannschaftsmitgliedern zusammen, aber Daniel blieb für sich. Er sprach nur mit Pearl, erklärte ihr seine Karten und die Tabellen und zeigte ihr, wie der Sextant und der Kompass funktionierten. Als ich ins Hüttendeck ging und die Kisten auf den Regalen nach einem Garn durchsuchte, trat er hinter mich. Er legte mir die Hände auf die Schultern und fragte, wie es mir gehe.

Als ich mich umdrehte und ihn ansah, fühlte ich mich eigenartig haltlos und trat einen Schritt zurück.

»Gut«, erwiderte ich. »Ich kann nicht glauben, dass wir immer noch nach Süden fahren, nachdem …«

»Er hält es nach wie vor für die beste Alternative. Und er ist der Kapitän.«

Ich nickte und kehrte an Deck zurück, um nach meinen ausgeworfenen Angeln zu sehen. Ein paar Stunden später fingen Pearl und ich zwei Pferdemakrelen, und als wir das Schleppnetz bis auf den Grund hinabsenkten, sammelten wir noch zehn Kilo Shrimps sowie ein paar Dorsche und Blaumäuler ein. Wir verstauten unseren Fang in Eimern und Körben, während Thomas und Marjan uns halfen, das Räucher-Dreibein aufzustellen.

Abran besah sich die Fische. »Ich wusste, dass wir uns noch freuen würden, dass wir dich an Bord haben.« Er berührte mich lächelnd am Arm.

Ich erwiderte sein Lächeln. Ich hatte nicht erwartet, dass ich mein Versprechen so schnell erfüllen würde, nachdem wir ausgeraubt worden waren, und war dankbar, dass es so gut geklappt hatte.

Ich bemerkte immer wieder, dass Abran Pearl und mich beobachtete, während wir fischten. Sein Blick wärmte meinen Rücken wie die Sonne. Doch sobald ich mich zu ihm umdrehte, drehte er sich jedes Mal weg. Während ich eine Angelschnur einholte oder einen Fisch schuppte, fiel mir gelegentlich ein, wie seine Tenorstimme in den frühen Morgenstunden klang, wenn sie vom Schlaf noch ein wenig heiser war. Beim Frühstück ertappte ich mich dabei, wie ich seine Hände betrachtete, und richtete meine Aufmerksamkeit sofort wieder auf Pearl, die mir gerade etwas über eine Karte von der alten Welt erzählte, auf die sie gestoßen war.

Wenn ich nachts nicht schlafen konnte, fragte ich mich, wie er wohl reagieren würde, wenn ich an seine Tür klopfte. Ich hörte Daniel über uns schnarchen. Sein Atem ging schwer, und er bewegte sich kaum, wenn er schlief, als hätte sein Geist den Körper verlassen und ihn hohl und reglos zurückgelassen. Ich dagegen warf mich im Bett hin und her. Während aus meinem Unterbewusstsein Träume aufstiegen, schlug ich um mich, knirschte mit den Zähnen und wachte sofort auf, wenn einer der anderen im Schlaf ein Geräusch machte.

An diesem Abend war die gesamte Mannschaft wegen unseres Fangs in Hochstimmung, und Wayne zog nach dem Essen seine selbst gebaute Gitarre hervor. Es war eine Holzkiste mit einem Loch in der Mitte, über das Drähte gespannt waren. Wayne spielte darauf ein paar alte irische Balladen. Abran holte selbst gebrannten Schnaps aus der Vorratskammer, und wir ließen die Flasche herumgehen. Selbst Marjan, die eigentlich immer irgendetwas arbeitete, legte den Strohhut beiseite, den sie gerade flocht, und hörte Wayne beim Spielen zu. Dabei amüsierte sie sich über Jessas Versuch, einen Jig zu tanzen. Das Schiff knarzte und neigte sich leicht unter dem Wind, der von Backbord blies. Die Kerosinlampe schwang am Haken hin und her. Thomas und Daniel waren in ein Gespräch vertieft. Pearl stand vor Wayne und klatschte, als er einen Song beendete.

Behir sah sie an. »Möchtest du wissen, wieso sie *Sedna* heißt?«

Pearl nickte.

»Die Geschichte ist nichts für sie.« Abran nahm noch einen Schluck Whiskey und lehnte sich auf seinem Stuhl zurück. »Sie ist doch noch ein Kind.« Er sprach ein wenig verwaschen und wirkte entspannter, als ich ihn je zuvor gesehen hatte.

Wayne stellte die Gitarre weg und lachte. »Es gibt keine Kinder mehr. Außerdem handelt diese Geschichte von einem Kind.«

Seine Worte klangen fast bedrohlich. Ich kannte diese Situation bereits aus Tavernen und Geschäften in den Hafenstädten: Leute, die Pearl mit zusammengepressten Lippen von der Seite ansahen. Kinder erinnerten die Menschen an das, was sie verloren hatten, und schienen gleichzeitig zu beweisen, dass noch nicht alles verloren war.

Mit ihren verletzlichen Gesichtern und der Haut, die noch

nicht von der Sonne gegerbt war, weckten sie Erinnerungen an das Leben, wie es einmal gewesen war, als wir uns alle noch ein bisschen mehr Zärtlichkeit erlauben konnten. Kinder waren damals die Zukunft gewesen, aber wollten wir überhaupt noch eine Zukunft haben? Allein schon die Frage schien auf verstörende Weise unseren angeborenen Überlebenstrieb und auch unser Geschichtsverständnis zu verleugnen, demzufolge der Fortschritt durch nichts aufzuhalten war. Wer waren wir ohne Menschen, die uns nachfolgten?

Ich sah von Wayne zu Abran. »Wer hat das Schiff *Sedna* getauft?«

»Das war Thomas. Er ist schon am längsten bei mir und hat mir geholfen, all das hier auf den Weg zu bringen.«

Thomas lächelte mir zu. »Angesichts unserer Lage ist es wichtig, dass uns die Mutter des Meeres gewogen bleibt.«

Pearl kletterte auf den Stuhl neben Behir. »Es war einmal ein Mädchen«, fing er an, »das die Tochter eines Gottes war. Weil sie eine Riesin war, hatte sie großen Hunger, sie war so hungrig, dass sie sich auf ihre Eltern stürzte, um sie zu essen. Zu ihrem eigenen Schutz mussten die Mutter und der Vater ihre Tochter loswerden. Der Vater nahm seine Tochter auf seinem Kajak mit und sagte ihr, er würde sie zu einer weit entfernten Insel bringen. Doch als sie draußen auf dem Meer waren, warf er sie über Bord, um sie zu ertränken. Sie klammerte sich an die Seite des Kajaks und bettelte um ihr Leben, aber der Vater hackte ihr die Finger ab. Da sank sie auf den Grund des Meeres hinab, wo sie über die Ungeheuer der Tiefe herrscht. Aus ihren Fingern entstanden Robben, Walrösser und Wale. Sedna ist eine rachsüchtige Meeresgöttin, und wenn sie dich nicht mag, wird sie in ihrem Zorn die See um dich herum aufpeitschen und keine Fische hergeben, die du fangen kannst.«

Kichernd sah Pearl zu, wie Behir die Hände hob und mit den Fingern wackelte. »Wie sieht sie aus?«

»Sie hat Schlangen anstelle von Haaren und blaue Haut«, erwiderte Behir.

»So würde ich auch gerne aussehen. Was ist aus ihren Eltern geworden?«

»Ich weiß es nicht. Darüber schweigt sich die Geschichte aus.«

»Ich glaube, sie sind auch ins Meer.«

Marjan fing an, die Teller einzusammeln. Es duftete immer noch nach Gemüse und Fisch. Pearl hatte zugenommen, seit wir auf der *Sedna* waren, aber das war nicht die einzige Veränderung, die ich an ihr feststellte. Sie zeigte sich anderen Menschen gegenüber offener und weniger missmutig. Sie war leichtherziger.

Als die Sonne unterging, verließen Thomas, Jessa, Behir und Wayne das Hüttendeck, um ihren abendlichen Pflichten nachzugehen, und Daniel bot an, Pearl ins Bett zu bringen. Während Abran den restlichen Fisch einwickelte, spülten Marjan und ich das Geschirr. Wir sagten kein Wort und ließen diesen fröhlichen Abend ruhig ausklingen.

Als wir mit dem Abwasch fertig waren, wollte ich mit Marjan hinausgehen.

»Myra«, sagte Abran. »Bleibst du noch kurz?«

Ich setzte mich neben ihn.

»Ich wollte mal nachfragen, wie es in letzter Zeit gelaufen ist.« Abran stellte die Tasse mit dem Whiskey auf den Tisch. Sie bestand aus matter, gehämmerter Bronze. Sein Gesicht war gerötet.

Ich sagte ihm, dass alles in Ordnung sei, hatte aber den Eindruck, dass er auf etwas anderes hinauswollte.

»Darf ich fragen … Daniel … Wie hast du ihn kennengelernt?«

»Ich habe ihn nach einem Sturm gerettet.«

»Und vertraust du ihm?«

»Warum sollte ich ihm nicht vertrauen?«

Abran zuckte die Schultern. »Es kommt mir merkwürdig vor, wie viel Zeit er mit seinen Karten und Aufzeichnungen verbringt.«

»Er ist gewissenhaft«, erwiderte ich abwehrend.

Abran nickte und dachte einen Moment nach. »Ich hoffe, du bist nicht zu enttäuscht, dass wir nicht zu diesem Ort segeln.«

»Das ist schon in Ordnung«, erwiderte ich rasch. »Aber ich habe nur Gutes darüber gehört. Glaubst du, Robert hat die Wahrheit gesagt? Über den Süden?«

»Es würde mich nicht überraschen.« Abran rieb sich mit der Hand über das Gesicht. Er sah aus wie ein verletzter Junge, einsam und allein, sein Blick glasig vor Staunen, in welcher Lage er gelandet war.

»Hat er ihr das angetan?«, fragte ich. »Der Frau ohne Augen?«

»Nein. Mary ist seine Nichte. Die Gerüchte, die ich gehört habe, stimmen. Sie müssen von Piraten überfallen und verschont worden sein, weil sie einverstanden waren, als Bettlerschiff weiterzusegeln. Die Piraten foltern Mannschaftsmitglieder, bis der Kapitän sich auf ihre Bedingungen einlässt. Robert hätte anders auch nie nachgegeben.« Abran zuckte die Achseln. »Zumindest nicht der Robert, den ich kannte.«

»Ich habe bislang nur von Brutschiffen gehört«, sagte ich.

»Die Lily Black haben erst vor Kurzem mit den Bettlerschiffen angefangen, und mittlerweile ziehen ein paar der anderen Banden nach. Bettlerschiffe geben sich als Händler aus und tun so, als wollten sie ein Geschäft machen. Sobald sie dann deine Waren gestohlen haben, liefern sie sie bei der Bande ab, zu der sie gehören, und streichen einen ordentlichen Anteil von der Beute für sich selbst ein.«

Ich merkte, dass Abran von Roberts Wandlung betroffener war, als er sich anmerken lassen wollte. Jemanden durch Verrat zu verlieren war das Schlimmste. Ich streckte den Arm aus und drückte seine Hand.

Abran sah zu mir hoch. »Deswegen muss ich das alles tun. Ich habe versprochen, dass ich das Richtige tun würde.«

»Wem hast du das versprochen?«

»Meinem Bruder.« Abran trank noch einen Schluck Schnaps. »Aber darüber mochte ich nicht sprechen. Ich will dir von der Gemeinde erzählen, die wir gründen werden.«

Er beschrieb eine demokratische Gemeinschaft, in der jeder eine Stimme und Arbeit hatte. Wo die Kinder sicher waren und für die Alten gesorgt wurde. Wo nur mit respektablen Händlern Geschäfte gemacht und die Grenzen von einer kleinen Armee verteidigt wurden. Ich verstand nicht, was an seiner Idee neu war und inwiefern sie realistisch sein sollte. Selbst wenn man so einen sicheren Hafen schaffen konnte, würde man ihn für alle Zeiten gegen diejenigen verteidigen müssen, die ihn übernehmen wollten. Hatten die Menschen nicht schon immer versucht, so ein Gemeinwesen zu gründen, und jedes Mal aufs Neue erleben müssen, wie ihre Ideale an der Realität zerbrachen?

»Wir sind alle aufeinander angewiesen«, sagte er. »Jetzt mehr denn je.«

»Warum erzählst du mir das?«

Er zuckte zusammen und sah mich an, als fiele ihm jetzt erst auf, dass ich da war.

»Du …«, murmelte er. »Ich glaube, du verstehst, wie zerbrechlich alles ist. Als ich gesehen habe, wie viel Angst du hattest, als du uns mit der Flagge zu euch hergewinkt hast. Einige Menschen …« Abran blickte in sein Getränk und schüttelte es leicht, um sein Spiegelbild aufzulösen. »Einige Menschen haben keine Angst mehr, weil sie zu viel verloren haben. Ich möchte niemals aufhören, Angst zu haben.«

Wir sahen uns an. Ich wusste genau, was er meinte.

»Ich bin froh, dass du da warst«, sagte ich.

»Ich auch«, erwiderte er und griff über den Tisch, um seine Hand auf meine zu legen. Ich unterbrach den Blickkontakt, und er zog die Hand wieder weg. Dann trank er den Schnaps aus und schob die Bronzetasse von sich fort. Er stand auf, nahm die Kerosinlampe vom Haken und wandte sich zum Gehen. An der Tür drehte er sich noch einmal zu mir um, der Schein der Lampe flackerte auf seinem Gesicht. »Was ist mit Pearls Vater passiert?«

»Tot«, antwortete ich.

»Das tut mir leid. Das muss schwer gewesen sein.«

Ich zwang mich zu einem Lächeln und nickte. *Nicht sehr,* dachte ich.

»Komm zu mir. Mit egal was. Jederzeit.« Mit diesen Worten trat er hinaus und ließ mich allein in der Dunkelheit zurück.

Ich spürte jede Welle und lauschte auf das Knarzen des Schiffes in der Nacht. Der verletzte Ausdruck auf Abrans Gesicht, als wir auf dem Bettlerschiff gewesen waren, kam mir wieder in den Sinn. War ich nicht genauso schlimm wie sein falscher Freund Robert? Tat ich etwa nicht so, als wäre ich seine Freundin, und betrog ihn nach Strich und Faden, mit meinen Versuchen, ihn zu einem Kurswechsel Richtung Valley zu überreden, ohne ihm den wahren Grund zu verraten?

Ich kniff die Lider zusammen und schlug sie wieder auf. Die Finsternis flutete über mich hinweg. Ich dachte an Marjan, die ihren Ehemann und zwei ihrer Kinder verloren hatte. Ich wusste, dass ich gierig war. Schließlich hatte ich ja noch ein Kind, das genauso gesund und lebendig war wie am Tag seiner Geburt. War sie nicht genug?

Aber es ging nicht darum, ob Pearl genügte – sondern ob ich genügte. Diese Reise veränderte ihr Leben, aber sie hatte weniger mit ihr als mit mir zu tun. Was immer Jacob über mich gedacht haben mochte, als er mich verließ, ich wollte beweisen, dass er sich in mir getäuscht hatte. Vielleicht hatte er ja geglaubt, ich könnte in dieser Welt nicht überleben. Vielleicht hatte er gedacht, dass ich ihm und Row nicht helfen konnte. Dass sie mich nicht brauchten.

Aus der Dunkelheit stiegen Erinnerungen an Row auf. An ihre runden Wangen. Wie sie immer nach Zimt roch, nachdem sie morgens ihren Haferbrei gegessen hatte. Ich stellte mir alle Erinnerungen vor, die mir fehlten und die ich gerne gesammelt hätte. Wie sie im Sommer im hellen Sonnenlicht, das durch ein Fenster fiel, ein Buch las. Ihre Chance auf solche Momente würde verlöschen wie die Flamme an einem Kerzendocht, wenn ich ihr nicht half. Das andere Bild von ihr, das sich ebenfalls vor mein inneres Auge drängen wollte, hielt ich auf Abstand: Ich wollte mir nicht vorstellen, wie sie an Bord eines Brutschiffes ging und ihre kleine Gestalt im Schatten der Männer um sie herum verschwand.

Kapitel 20

Ich ging in dieser Nacht aus zwei Gründen zu seiner Kajüte: Zum einen wollte ich berührt werden. Und außerdem wollte ich damit beginnen, seine Sichtweise zu ändern.

Ich stand vor seiner Tür und lauschte auf das Schnarchen und Rascheln aus der Mannschaftsunterkunft. Ich zögerte zu klopfen, weil ich nicht wollte, dass jemand mitbekam, wo ich war, aber ohne zu klopfen, würde ich nicht eintreten können. Also trommelte ich sacht mit den Fingern an die Tür.

Ich keuchte auf, als er sie öffnete, überrascht, dass er mich überhaupt gehört hatte. Er hatte nur seine Hose an, seine Haare waren zerzaust. Die Kerze, die er in der Hand hielt, hüllte uns in ihren warmen Schein.

»Darf ich reinkommen?«, flüsterte ich.

»Natürlich.« Er machte die Tür weiter auf und blickte über meine Schulter, um zu sehen, ob ich allein war.

Als ich in seiner Kajüte war, merkte ich, dass ich nicht wusste, was ich sagen oder tun sollte. Ich fühlte mich verwirrt und war unsicher, wie der nächste Schritt aussah. Benommen stand ich da und sah mich im schwachen Licht mehrerer Kerzen um. Ich nahm einen leichten Geruch nach Tabakrauch, Schmutzwäsche und nassem Holz wahr. Eine umgedrehte Holzkiste diente ihm als Tisch, an den Wänden waren zahlreiche Bücher aufgestapelt. Auf dem Bett lag eine Steppdecke, auf der mehrere Bücher verstreut waren.

»Hast du gerade gelesen?«, fragte ich.

Er lächelte schuldbewusst und zuckte die Achseln. »Und gegen die Regeln verstoßen ...«, sagte er und deutete auf die Kerzen.

Ich grinste ihn an. »Ich werde es nicht weitersagen. Wo hast du all diese Bücher her?«

»Ich sammle sie schon seit Jahren. Inzwischen sind sie schwerer zu bekommen als früher. Als alles losging, haben viele ihre Bücher verbrannt, um sich am Feuer zu wärmen. Aber ich habe gehört, dass es mittlerweile eine Bibliothek in den Anden geben soll, also scheinen die Leute sie wieder wertzuschätzen. Ich habe das Gefühl, es bringt Glück, wenn sie weiter existieren.«

»Das tut es«, sagte ich und sah mir die Bücher näher an. Ich fragte mich, ob er die Bibliothek der Lost Abbots meinte, von der Beatrice mir erzählt hatte.

Abran deutete auf die Matratze, und ich nahm darauf Platz. Es gab keine andere Sitzgelegenheit. Mein Gesicht fühlte sich warm an, und ich wusste nicht, wohin mit den Händen.

Abran setzte sich neben mich. »Also, was führt dich zu mir?« Er beugte sich an mich heran und stützte die Faust zwischen uns auf die Matratze. Da er schwerer war als ich, kippte ich leicht in seine Richtung und musste mich zurücklehnen, damit ich nicht auf ihn fiel.

Ich suchte nach den richtigen Worten und überraschte mich selbst mit meiner Aufrichtigkeit. »Ich war einsam und wollte hier drinnen sein. Dich sehen.«

Abran stellte die Kerze auf den Tisch und strich mir eine verirrte Haarsträhne hinters Ohr. »Das freut mich. Schön, dass du hier bist.«

Ich trug Rows Halskette, und er streckte die Hand aus, um den Anhänger zwischen meinen Brüsten zu berühren.

»Ein Kranich«, sagte er sanft. »Soweit ich weiß, sind sie ausgestorben. Die neuen Windbedingungen sind nichts für sie.«

Mein Gefühl sagte mir, dass sie immer noch irgendwo waren, an einem Ort, von dem wir nichts wussten. Oder zumindest wollte ich glauben, dass es so war. Ich sah ihn an, und er erwiderte meinen Blick mit einer Intensität, unter der ich mich aufzulösen schien. Das Blut wich mir aus dem Kopf, und mir wurde schwindelig.

Ich erhob mich, hockte mich vor einen seiner Bücherstapel und fuhr mit dem Finger über die Buchrücken. Ich war nie eine begeisterte Schülerin gewesen, hatte aber immer gerne gelesen. Ich war fünfzehn, als die Schule in meinem Viertel endgültig dichtmachte, und auch davor hatte ich nur sporadisch den Unterricht besucht. Die Bibliothek hatte den Betrieb bereits eingestellt, als ich dreizehn war. Sie wurde nicht mehr abgesperrt, damit Flüchtlinge darin schlafen konnten. Damals ging ich durch die Regalreihen und nahm alles mit, was mir gefiel, unzählige Bücher, die später aufquollen, als sich das Haus mit Wasser füllte. Wenn ich nachts allein auf der *Bird* war und mir nur der finstere Himmel und die schwarzen Wellen Gesellschaft leisteten, sehnte ich mich danach, ein Buch zu lesen und mich mit einem anderen Geist verbunden zu fühlen.

Nach einer Weile unterbrach Abran unser Schweigen. »Worüber denkst du nach?« Er legte mir eine Hand auf die Schulter, und ich merkte, dass er mich ins Bett zurücklocken wollte.

»Ich will, dass Pearl mehr Bücher lesen kann und irgendwo lebt, wo es sicher ist. An einem Ort wie dem Valley.«

Ich spürte, wie er sich versteifte, und er nahm die Hand von meiner Schulter. »Ich möchte nicht, dass das zu einem Problem wird«, sagte er.

Ich drehte mich zu ihm und achtete auf eine entspannte Körperhaltung und sah ihn flehend an. Kindlich, unschuldig, harmlos. »Das wird es nicht«, antwortete ich leise.

Sein Blick wurde weicher. »Okay. Erzähl mir davon.«

»Es liegt abgeschieden und ist nicht leicht zu erreichen, also ist man dort weniger bedroht. Es gibt da Rohstoffe und mehr Land für weniger Menschen. Wegen der gestiegenen Luftfeuchtigkeit herrschen inzwischen gute Vegetationsbedingungen. Da es ein Tal ist, ist es von Haus aus gegen Stürme und Angriffe geschützt.«

»Aber ich bezweifle, dass es dort viele Bäume gibt. Soweit ich weiß, hat sich der Boden im Norden noch nicht an die neuen Bedingungen angepasst. Wie sollen wir da etwas bauen?«

»Wir können die Baumaterialien recyceln, die es dort bereits gibt.«

»Müssten wir für so eine Reise nicht besser ausgerüstet sein? Mit mehr Proviant und zusätzlichen Waffen?«

»Ich kann noch mehr Fische fangen, und wir können sie gegen alles eintauschen. Außerdem habt ihr schon so viel.«

»Es könnte aber auch alles gefährden, was ich bislang erreicht habe.«

»Wenn du wirklich diese Gemeinde errichten willst, brauchst du dafür das richtige Stück Land. Andernfalls musst du in weniger als einem Jahr wieder in See stechen.«

»Ich kann dieses Risiko nicht eingehen«, sagte er.

Ich spürte, wie er mir entglitt, wie er sich wie eine Austernschale vor meinen Augen verschloss. Er wandte sich von mir ab und sah plötzlich sehr müde aus. Seine Erschöpfung zeigte sich in der eingefallenen Haut und den Falten seines Gesichts.

Ich stand auf, setzte mich neben ihn auf das Bett und berührte ihn an der Schulter. »Du hast recht«, flüsterte ich. »Das Risiko ist zu groß.«

»Der Punkt ist: Wir suchen nicht nur nach Land, sondern nach dem richtigen Stück Land. Ich habe große Hoffnungen auf die Anden gesetzt. Dort gibt es Dörfer und Häfen. Wir müssen uns in der Nähe eines Dorfs niederlassen, damit wir Handel treiben können, aber wir benötigen auch genügend Platz und Rohstoffe für Ackerbau und Viehzucht. Und wir brauchen Bäume für den Bau von Häusern. Wir können uns nicht einfach irgendwo niederlassen, wenn wir überleben wollen.«

Ich wusste, dass er recht hatte. Dörfer und Hafenstädte waren oft überfüllt, und im Umland wurden sämtliche Rohstoffe abgebaut, sodass es kahl und unbewohnbar war. Die Flüsse wurden umgeleitet, um das Ackerland in den Dörfern zu bewässern, und die Bäume abgeholzt und in den Häfen eingetauscht. Manchmal war das Land auch einfach zu unwirtlich, um dort zu leben. Mit felsigen Böden, auf denen nichts wuchs, und Sümpfen, in denen es nur brackiges Wasser und absonderliche Tiere gab.

»Wir werden finden, was wir brauchen«, versicherte ich ihm und fragte mich, wie ich ihm das Valley schmackhaft machen konnte.

Er erwiderte meinen Blick mit sorgenvoll gerunzelter Stirn. »Und was ist, wenn ich es nicht schaffe?«

Ich nahm sein Gesicht in beide Hände. »Du schaffst das.«

Er beugte sich vor, küsste mich und zog mich an sich heran. Ich überließ mich seiner Umarmung und begann, den Knoten an seinem Halstuch zu lösen, aber er hielt mich davon ab.

»Nein«, flüsterte er.

»Es ist schon in Ordnung«, erwiderte ich.

Er ließ die Hände sinken, und während ich das Tuch aufknotete, fühlte ich unter dem Stoff Narben an seinem Hals. Sie waren erhaben, rosa und gewellt, als stammten sie von einer schlimmen Verbrennung. Ich beugte mich vor und küsste sie.

Er zog mich auf das Bett hinunter, meine Hände lagen auf seiner Brust, und ich spürte sein pochendes Herz. Wir gaben uns beide die größte Mühe, leise zu sein. Als seine Zunge in meinen Mund glitt, wurde ich feucht, und eine beinahe schmerzhafte Hitze breitete sich in mir aus. Ich drehte den Kopf zur Seite und betrachtete den flackernden Kerzenschein an der Wand. Wir streiften unsere Kleider ab. Ich beugte den Kopf nach hinten, meine Hände fuhren in seine Haare, die dicht und warm durch meine Finger glitten.

Als er in mich eindrang, zog sich etwas in mir zusammen und dehnte sich dann wieder aus, wie eine Flüssigkeit, die stieg und stieg. Wir bewegten uns gemeinsam, ich fühlte seinen heißen Atem, unsere Nerven summten, und ich hatte das Gefühl, mich selbst zu verlieren und an einem Abgrund entlangzutaumeln. Während er immer wieder in mich stieß, wie der schnellere Herzschlag eines anderen Lebewesens, stieg ich stetig aus einer dunklen Tiefe empor, bis es war, als würde ich die Wasseroberfläche durchbrechen und ins helle Sonnenlicht gelangen, wo ein letzter Funke eine blendend weiße Explosion auslöste, die mich erschöpft und mit schweren Lidern zurückließ.

Er zog sich aus mir zurück, bevor er kam. Ich hatte die Hände an seinen Hüften und schob ihn zurück, sodass er sich auf die Steppdecke ergoss. Anschließend lagen wir ruhig da, mein Körper an seinen gekuschelt, sein Arm um meine Hüfte. Mein Verstand flatterte unbeholfen wie ein Schmetterling mit einem Loch im Flügel über Menschen und Orte hinweg. Über Row, als sie ein Stück Kreide aß und ihr ein blauer Speichelfaden seitlich übers Kinn lief. Über die Wiese, die Großvater und ich überqueren mussten, um zu seinem liebsten Fischweiher zu gelangen. Daniel roch fast genauso wie diese Stelle, nach einem Wald voller Blumen und Gras, das nie geschnitten wird. Mir war gar nicht aufgefallen, wie sehr Daniels Geruch mich an zu Hause erinnerte, bis ich neben jemand anderem lag. Manchmal wollte ich mein Gesicht in seinem Hals vergraben und diesen Duft einatmen.

Abran verlagerte sein Gewicht. Als ich das letzte Mal mit jemandem geschlafen hatte, mit Jacob, hatten wir Pearl gezeugt. Ich erinnerte mich daran, wie ihm die Haare ins Gesicht gefallen waren, während er sich über mir bewegte. Ich hatte den Anblick seiner Schultern aus dieser Perspektive genossen. Genau wie die Wärme, die von seiner Brust ausging.

Kurz davor hatten wir uns darüber gestritten, ob Row allein draußen spielen durfte, und diese Auseinandersetzung hatte uns plötzlich näher zusammengebracht.

Damals hatten wir bereits nicht mehr viel miteinander gesprochen. Außerdem hatte sich sein Blick auf mich verändert. Er war immer so hingerissen von mir gewesen, aber nach Rows Geburt und nachdem die Flut gestiegen war und seit wir aufgehört hatten, uns zu unterhalten, wirkte sein Blick distanziert. Als wären wir Fremde. Nein, nicht einmal das, nicht so geheimnisvoll. Vielmehr als wären wir Menschen, die einander vor langer Zeit flüchtig gekannt hatten.

Row zu zeugen war eine bewusste Entscheidung gewesen. Es war unsere Art, der Welt eine Nase zu drehen. Und damit waren wir nicht allein. Während der Hundertjährigen Flut waren die Geburtenraten nicht gefallen, wie man eigentlich erwarten sollte, sondern konstant geblieben. Viele Menschen, die eigentlich Kinder gewollt hatten, kamen zu dem Schluss, dass sie angesichts der drohenden Flut nicht für sie sorgen konnten. Während andere, die sich nie Gedanken über dieses Thema gemacht hatten, sich nun Jahr für Jahr fortpflanzten. Sie ließen ihre Kinder wie Frühlingsblumen sprießen, weil sie nicht vergessen wollten, was Fruchtbarkeit war. Doch viele Kinder starben bereits im Säuglingsalter an Typhus und Cholera, die entlang der Flüchtlingsrouten ganze Behelfssiedlungen entvölkerten.

Wenn meine Mutter wegen meiner Schwangerschaft beunruhigt war, hatte sie es mir nie gezeigt. Das örtliche Krankenhaus, in dem sie als Schwester gearbeitet hatte, war zu diesem Zeitpunkt schon geschlossen, aber sie betrieb noch eine Praxis in einem aufgegebenen Warenlager ein paar Blocks von unserem Haus entfernt. Dort half sie den Patienten kostenlos, und sie fing an, Vorräte für eine Hausgeburt anzulegen – sterile Handschuhe, Scheren und Schmerztabletten.

Im Gegensatz zu Row war Pearl eine Überraschung gewesen. Wir hatten alte Kondome aus einem nahe gelegenen Drogeriemarkt mitgenommen, und eines Tages im April merkte ich, dass meine Tage überfällig waren. Ich bekam Panik und ging zu Jacob, um es ihm zu sagen. Er starrte mich nur an und sah dann weg, mit zusammengepressten Kiefern und verzweifeltem Blick.

Abrans Atem wurde immer tiefer. »Ich sollte gehen«, flüsterte ich und hob seinen Arm von meiner Hüfte.

»Du solltest bleiben«, sagte er und hob schlaftrunken den Kopf.

Ich setzte mich auf und langte nach meinem Hemd. »Es ist nicht gut, wenn die anderen hiervon was mitkriegen. Das bleibt besser zwischen uns beiden.«

Abran sah mich an, als versuchte er, meine Gedanken zu erraten. »Okay.«

Im dunklen Flur tastete ich mich auf Zehenspitzen an der Wand entlang zu meinem Stockbett in der Mannschaftsunterkunft. Als ich mich hinlegte, hörte ich, wie Daniel sich im oberen Bett bewegte. Ich hoffte, dass er geschlafen hatte. Ich redete mir ein, dass er uns gar nicht gehört haben konnte, so leise, wie wir gewesen waren.

Kapitel 21

Als ich am nächsten Morgen erwachte, hörte ich, wie Pearl flüsternd zu St. Bridget betete, und sah, wie sie das Taschentuch Zentimeter für Zentimeter durch ihre zusammengezwickten Finger zog. Genau das Gleiche hatte meine Großmutter immer mit den Perlen ihres Rosenkranzes getan. Großvater hatte Pearl dieses Gebet während der langen Abende auf dem Boot beigebracht, wenn alle Angelschnüre aufgerollt waren und das Mondlicht auf dem Meer glitzerte. Die Worte beruhigten Pearl, und ich bekam mit, dass sie sie wiederholte, wenn sie sich unbeobachtet fühlte und Mut schöpfen wollte.

Wir waren spät aufgewacht. Alle anderen hatten sich bereits nach oben zum Frühstück begeben.

Ich streichelte Pearl an der Schulter. Dann zog ich sie an mich und legte das Kinn auf ihren Kopf. »Was ist los, mein Schatz?«

»Wir werden im Meer versinken«, sagte sie, bevor sie weiter betete. *»… durchstoßen Deine zarten Füße, und Dein Zustand ist nicht jämmerlich genug, um ihren Blutdurst zu stillen …«*

»Wieso sagst du das? Pearl?« Ich schüttelte sie sanft an der Schulter.

Mein Großvater war nicht besonders gläubig gewesen, aber Gebete wie dieses waren über Generationen hinweg in unserer Familie weitergereicht worden. Er hatte sie oft während der Arbeit aufgesagt, in fröhlichem Ton, sodass die harten und düsteren Worte aus seinem Mund eigenartig klangen, überhaupt nicht ernst oder ehrfurchtsvoll.

Es hatte mir nicht gefallen, dass er sie Pearl beibrachte, weil ich sie zu brutal und verstörend für ein kleines Kind fand.

Die alten Gebete erzählten Leidensgeschichten, sagte er dann. Und dass wir gut daran täten, sie in Erinnerung zu behalten.

Ich wusste zwar nicht, was ihr diese Erinnerung bringen sollte, aber da mir wichtig war, dass sie sich an irgendetwas von ihm erinnerte, erlaubte ich Großvater, ihr diese Gebete vorzusagen.

»… zerrten an Dir von allen Seiten und rissen Dir so Deine Arme und Beine aus …«

»Pearl«, sagte ich mit Nachdruck und nahm ihr das Taschentuch aus der Hand.

»Nein!«, rief sie und nahm mir das Tuch wieder weg. »Sie werden uns über Bord werfen, und wir werden im Meer versinken. Wie Jonas. Aber wir werden nicht von einem Wal verschluckt, sondern von einem anderen Schiff.«

Sie hatte oft Albträume, in denen sie Schiffbruch erlitt und an Bord gefangen war, während sie zu ihrem dunklen, kalten Grab im Meer hinabsank.

»Oh nein, Pearl. Hattest du schon wieder einen schlechten Traum? Das wird nicht passieren.«

Pearl machte ein verkniffenes Gesicht und wurde rot. »Wir sind verflucht. Das werden die schon noch sehen. Das Meer wird uns holen. Das Meer gibt keine Ruhe.« Sie fing an zu weinen und bedeckte das Gesicht mit dem Taschentuch.

Ich drückte sie an meine Brust und rieb ihr über den Rücken. »Nein, mein Schatz. Nein. Das sind bloß Geschichten, die du gehört hast.«

Pearls kleiner Körper zitterte, und ich presste die Augen zusammen. Dann wurde mir plötzlich klar, dass sie recht hatte: Das Meer würde uns irgendwann auf die eine oder andere Weise holen, und wir würden unter seiner Oberfläche verschwinden. Ich konnte nicht verhindern, dass es anstieg, und ich konnte uns auch nicht bis in alle Ewigkeit über Wasser halten. Ich hatte sie in diese Welt gebracht, und an manchen Tagen blieb mir nur die Hoffnung, dass ich nicht mehr da sein würde, wenn sie sie wieder verließ.

Sie hob den Kopf von meiner Brust, ihre Stimme klang gedämpft, fast wie das Piepsen eines Vogels. »Ich möchte nicht allein sein. Gehst du mit mir?«

»Ich werde mit dir gehen«, erwiderte ich.

Ihre Wangen waren rosig. Ich strich ihr eine Strähne hinters Ohr. »Ich bin hier. Für immer«, flüsterte ich ihr ins Ohr. Ich spürte, wie sie sich in meiner Umarmung entspannte und sich ihr Griff um das Taschentuch lockerte.

Daniel und ich nahmen an Deck Fische aus. Wir schnitten mehreren Wahoos die Bäuche auf, zogen ihre Innereien heraus und warfen sie in einen Eimer. Die Nachmittagssonne brannte uns auf den Rücken, Schweiß tropfte mir in die Augen. Ich roch nichts anderes mehr als Fischgedärme und Salz. Salz aus meinem Körper und Salz aus dem Meer. Ich hatte das Gefühl, ihm nicht entkommen zu können.

Nachdem ich die Rückenflosse und den Kopf abgehackt hatte, schob ich den Fisch beiseite und griff nach dem nächsten.

Pearl war bei Marjan in der Kombüse und half ihr beim Kartoffelschälen. Durch die offene Tür sah ich, wie sie den Kopf über das Schneidebrett beugte. Es waren die letzten Kartoffeln. Wir würden bald einen Hafen anlaufen und Gemüse besorgen müssen.

»Ich habe dich letzte Nacht in seine Kajüte gehen hören«, sagte Daniel leise. Ich hörte das Geräusch seiner Klinge auf Holz, die mit einem dumpfen Schaben den Kopf vom Körper wegschob.

»Und?« Ich war überrascht, Trauer und eine Art wehmütiges Bedauern in seinem Blick zu sehen. Ich kam mir unter seinem Blick entblößt vor.

»Hast du ihm alles erzählt? Über Row?«

»Du weißt, dass ich das nicht getan habe.«

»Aber du hast wieder versucht, ihn vom Valley zu überzeugen, oder nicht?«

»Ich mag ihn auch«, sagte ich in der Hoffnung, ihn damit zum Schweigen zu bringen.

Ein gekränkter Ausdruck huschte über sein Gesicht, während er einem weiteren Fisch den Bauch aufschlitzte und das Gedärm herausriss. Er warf es in einen Eimer. Wir hörten die Stimmen von Abran und Behir, die sich über irgendetwas unterhielten und lachten.

»Weißt du, worüber du noch mit keinem einzigen Wort gesprochen hast?«, fragte Daniel.

»Worüber?«

»Jacob. Du erzählst von Row, aber über Jacob schweigst du dich aus.«

Er beobachtete, wie ich auf den Namen reagierte. Ich zuckte die Achseln, aber ich hörte ein gedämpftes Summen in den Ohren. Nach dem, was der Pirat an der Küste gesagt hatte, ging ich davon aus, dass Jacob tot war, aber er fühlte sich trotzdem eigenartig lebendig für mich an, wie ein Geist aus dem Jenseits, der mich, wo immer ich war, drangsalierte und stets außerhalb meiner Reichweite blieb. Bevor ich angenommen hatte, dass er nicht mehr lebte, hatte ich mir manchmal aus tiefstem Herzen gewünscht, dass er tot war, aber manchmal hatte ich mich auch danach gesehnt, ihn wieder an meiner Seite zu haben. Um nicht allein, sondern mit jemandem zusammen zu sein, der mir vertraut war.

»Fragst du dich manchmal, wieso er es getan hat?«, fragte Daniel. »Hast du je gedacht, dass er so etwas machen würde.«

»Nein«, log ich mit schneidender Stimme und packte das Messer fester.

»Ich wollte nicht …«

»Doch, wolltest du«, erwiderte ich. »Du wolltest damit unterstellen, dass er gegangen ist, weil ich so schrecklich war. Du wolltest andeuten, dass ich es eigentlich hätte wissen müssen. Dass es mein Fehler ist, dass sie weg ist …« Mir versagte die

Stimme. Ich schloss den Mund, presste die Zunge an den Gaumen und zwinkerte, um die Tränen aus den Augen zu blinzeln.

Daniel streckte die Hand nach mir aus, doch ich schlug sie beiseite. »Rühr mich nicht an!«, zischte ich.

»Ich habe gefragt, weil …« Er schüttelte den Kopf und schlug die Augen nieder. »Es muss schrecklich gewesen.«

Ich sah ihn misstrauisch an. »Nein, ich habe nicht damit gerechnet, dass er so etwas machen würde. Und ja, ich habe mich gefragt, wieso er es getan hat. Ich nehme an, er hielt mich für ein Risiko. Ich war schwanger. Das hat ihn nervös gemacht.«

»Ich wollte nicht …«

»Doch, wolltest du. Frag mich nicht nach ihm aus. Hör auf herumzuschnüffeln. Ich hätte mehr von dir erwartet.«

Daniel wurde rot und sah auf den Fisch vor ihm hinab. Das oben liegende Auge starrte zurück, die Schuppen glitzerten in der Sonne. Er nahm ein Tuch und wischte sich das Blut von den Händen. »Du hast recht. Es tut mir leid. Ich weiß, wie es sich anfühlt, wenn man etwas ändern möchte, das bereits geschehen ist.«

Ich war skeptisch, ob er die Wahrheit sagte, aber als er den Kopf hob und mir in die Augen sah, erkannte ich, dass er es aufrichtig meinte. Sein Blick war ruhig und sanft. Es lag auch ein leichtes Bedauern darin. Es war die Art von Bedauern, die man empfindet, wenn man sich wegen etwas schlecht fühlt, aber nicht schlecht genug, um damit aufzuhören.

Ich nickte knapp und wandte mich wieder dem Fisch vor mir zu. Mir war unangenehm warm, und ich fühlte mich entblößt. Wir arbeiteten schweigend weiter.

Einerseits hatte ich das Gefühl, Daniel zu kennen, aber gleichzeitig wirkte er abwesend und es schien, als hielte er mich aus irgendeinem Grund auf Distanz. Es war, als würde ich jedes Mal, wenn wir zusammen waren, nur einen kleinen Teil von ihm zu sehen bekommen. Als führte er einen Tanz auf, bei dem er einen Schritt auf mich zu machte und dann wieder zurückwich.

Mit den Fragen, die Daniel mir gestellt hatte, hatte ich mich auch schon selbst konfrontiert. Während der ersten Zeit auf dem Meer hatte ich ständig darüber nachgegrübelt, weshalb Jacob mich verlassen und mir Row weggenommen hatte. Jahrelang hatte ich mir selbst die Schuld daran gegeben. Irgendwie musste ich ihn vor den Kopf gestoßen haben, dachte ich.

Aber mit der Zeit änderte sich meine Sichtweise, und ich begann, all die anderen kleinen Fluchten zu sehen, die er in den Jahren unternommen hatte, während wir zusammen gewesen waren. Als Row ein Neugeborenes gewesen war und stundenlang wegen Koliken geweint hatte, verließ er das Haus und schlüpfte tagelang bei Freunden unter. Er überließ es mir, mich um sie zu kümmern. Nie kam der Vorschlag, dass wir uns abwechseln könnten, immer war alles meine Sache. Er war charmant und witzig, aber sobald es schwierig wurde, schien er zu verschwinden. Es war ohnehin immer seine Art gewesen, sich zu verziehen, und die Flut veranlasste ihn schließlich zu seiner letzten Flucht.

Einerseits konnte er der großzügigste Mensch sein, den ich kannte. Aber häufig war er schwach und rücksichtslos und drückte sich, wo es ging. Er war jemand, der viel versprach, aber seine Versprechen nie hielt. Auf diese Seite seiner Persönlichkeit konzentrierte ich mich und fing an, ihm allein die Schuld zu geben.

Was ich Daniel nicht erzählt hatte, war, dass Jacob mich einmal gebeten hatte, mit ihm zusammen fortzugehen. Er hatte gehört, dass das Wasser zu uns kam, und war nervös. Er glaubte nicht, dass das Boot, das Großvater baute, rechtzeitig fertig und groß genug für uns alle sein würde.

Ich war im Vorgarten und jätete das Unkraut im Gemüsebeet. Ich zog gerade einen Löwenzahn aus der Erde und warf ihn in den Eimer.

Jacob sah zu dem Haus auf der anderen Straßenseite hinüber und verzog das Gesicht. Sämtliche Fenster waren von innen vernagelt, und wenn ich daran vorüberging, schlug mir ein schlimmer Geruch entgegen. Der Nachbar war bereits seit Monaten nicht mehr herausgekommen, und wir waren uns nicht sicher, ob er überhaupt noch lebte.

»Ich glaube, wir sollten früher verschwinden«, sagte Jacob.

Ich stand auf und wischte mir den Schmutz von der Hose. »Was meinst du mit ›früher‹?«

»Davis hat mir gesagt, dass der Damm brechen könnte. Außerdem wird es nicht funktionieren … wir alle auf diesem Boot.«

Ich sah ihn an. Jacob war nie gut mit Großvater ausgekommen.

»Davis hat ein Motorboot. Ich versuche, ihn dazu zu überreden, dass wir mit ihm und seiner Familie mitkommen dürfen.«

»Wir alle?«

»Deine Mom und dein Opa können das Boot nehmen, das sie bauen, und uns folgen. Es ist sowieso eher für zwei geeignet.«

Ich verkniff mir die Bemerkung, dass er sich verpissen solle. Wegen der Vorbereitungen für unsere Abfahrt ging ich ohnehin bereits auf dem Zahnfleisch, und jetzt verlor er auch noch die Nerven. »Ich gehe nicht ohne die anderen. Wir bleiben zusammen. Wir sind eine Familie. Wir alle.«

Jacob seufzte und sah zum Dachboden hinauf. Hinter dem Fenster stand Großvater und beugte sich über das Boot. In den Rissen im Gehweg neben mir bildeten sich allmählich Pfützen, als sei der Planet so durchtränkt, dass das Wasser mittlerweile aus der Erde hochblubberte.

»Du hörst mir gar nicht zu, Myra.«

»Ja, du hast recht, das tue ich nicht. Wieso hilfst du uns nicht, anstatt andere Pläne zu machen? Wir legen immer noch Vorräte an. Du bist seit Tagen nicht mehr auf der Jagd gewesen.«

Jacob wich kopfschüttelnd vor mir zurück. Ich verstand nicht, weshalb er uns nicht einfach half. Er hatte immer Vorbehalte gegen meine Familie, als gehörte er im Grunde nicht dazu. Aber ich dachte nie, dass er verschwinden würde. Schließlich brauchte er mich, oder etwa nicht?

Ich vergrub meinen Zorn auf Jacob so tief, dass ich manchmal spürte, wie er in meinem Inneren tobte und sich kaum unter Kontrolle halten ließ. Als er verschwand, fühlte ich mich, als klammerte ich mich wie Sedna am Rand eines Bootes fest, während er alle meine Finger abhackte und schließlich dabei zusah, wie ich in meinem wässrigen Grab versank. Und ein Teil von mir wollte wieder aus der Tiefe aufsteigen und ihn mit mir hinunterziehen.

Die Nachricht von seinem Tod enttäuschte mich mehr, als ich zugeben wollte. Ich hatte ihn wiedersehen wollen. Mir war gar nicht klar gewesen, wie sehr.

Aber warum? Um Antworten von ihm zu verlangen? Um mich an ihm zu rächen?

Nachdem ich den Piraten getötet hatte, stellte ich mir manchmal vor, es wäre Jacobs Leiche gewesen, die dort an der Küste zusammengesackt vor mir lag. Ich spürte in mich hinein, was diese Vorstellung mit mir machte. Aber ich fühlte nichts. Nur Leere.

Meine Wut pochte wie ein zweites Herz in mir. Ich fragte mich, ob ich Jacob ebenso kaltblütig töten könnte, wenn ich ihn leibhaftig vor mir sähe. Wollte ich das überhaupt?

Vielleicht gab es neben der Wut und dem Schmerz ja auch noch etwas anderes. Eine dritte Option, zwischen Rache und Absolution, die am Rande meines Bewusstseins darauf wartete, benannt zu werden.

Mir war klar, dass ich ihn immer noch lieben musste, so sehr, wie ich ihn hasste.

Kapitel 22

In den folgenden drei Wochen tappte ich mehrmals durch den dunklen Korridor zu Abrans Kajüte. Ich wusste, dass unsere gemeinsamen Nächte bald vorüber sein würden. Er fing an, die Sache zwischen uns beiden zu ernst zu nehmen, und sagte zu oft »wir«. Bevor es so weit war, wollte ich ihn dazu bringen, zum Valley zu segeln, aber ich wusste, dass ich nicht zu viel Druck machen durfte. Abran war ein Mensch, der das Gefühl haben musste, selbst auf eine Idee gekommen zu sein.

In diesen Nächten erzählte Abran mir gerne Geschichten aus seiner Vergangenheit. Halb wach spürte ich, wie sich Abrans Lippen an meinen Haaren bewegten, während er mir erzählte, wo er gewesen war und wen er gekannt hatte. Er stellte mir nicht viele Fragen, und ich gab nur wenig über mich selbst preis. Allmählich hatte ich das Gefühl, dass es ihm nicht darum ging, mir etwas zu erzählen, sondern dass er ein Geständnis ablegen wollte. Er musste alles offenbaren, in sämtlichen Kleinigkeiten, um schließlich zu den dunkleren Geheimnissen vorzudringen.

Eines Nachts lagen wir nackt auf der Seite, die Steppdecke halb über uns gezogen. Das Kerzenlicht flackerte auf und verebbte in Wellenbewegungen. Abran sprach von der Gemeinde, die er ins Leben rufen wollte, und wie er sich die Arbeitsteilung vorstellte.

»Weshalb hast du deinem Bruder versprochen, diese Gemeinde zu errichten?«, fragte ich.

Abran schwieg, und ich drehte mich zu ihm um. Er sah mich verhalten an und küsste mich auf die Stirn. Ich strich ihm die dunklen Haare aus dem Gesicht.

»Mein Bruder, Jonas … er hatte Schuldgefühle. Wir hatten ein paar schlimme Dinge getan. Er wollte einen sicheren Ort schaffen. Einen Ort, an dem wir gut leben konnten.«

Ich dachte an den Mann, den ich getötet hatte, und das fürchterliche Zucken seines Körpers, während ich darauf wartete, dass er verblutete. Manchmal lag ich nachts wach und dachte darüber nach, wer er vor der Flut gewesen war. Dass er ein Nachbar hätte gewesen sein können. Ein Mann, an dem ich vorüberkam, während ich die Einkäufe zum Haus trug, jemand, der Hallo sagte und auf dem mit Laub bedeckten Gehweg weiterging.

»Was habt ihr getan?«, fragte ich.

Abran breitete meine Haare wie einen Fächer auf dem Kissen aus. Früher war es seidig gewesen, doch wegen der permanenten Beanspruchung durch Salz, Wind und Sonne war es brüchig geworden.

»Wir haben uns ein paar Leuten angeschlossen. Nach einer Weile haben wir uns wieder von ihnen getrennt …«

Es kam nicht oft vor, dass Abran um Worte verlegen schien.

»Ich finde, wir sollten der Mannschaft von uns erzählen«, sagte er schließlich.

Ich versteifte mich. »Noch nicht.«

Ich machte mir Sorgen, dass die Besatzung über unsere nächtlichen Stelldicheins bereits Bescheid wusste. Ich hatte das Gefühl, dass Wayne und Jessa uns misstrauische Blicke zuwarfen, und Marjan hatte Abran letzte Woche ein zusätzliches Kissen für sein Bett gegeben.

Er grinste und knuffte meine Schulter. »Halt mich nicht ewig hin.«

Ich lächelte, während mich ein kalter Schauder durchlief. Ich empfand durchaus etwas für Abran, aber was auch immer es war, ich wusste, dass es nicht halten würde. Es war nicht das erste Mal, dass ich jemanden wollte und brauchte und dann enttäuscht wurde.

Wir lagen eine Weile schweigend nebeneinander, bis ich die Hand ausstreckte und die Narbe an seinem Hals berührte. »Ein

Mann, den ich in der Nähe von Apple Falls getötet habe, ist an der Schulter tätowiert gewesen.« Ich dachte über Abrans Charisma nach und wie leicht es ihm fiel, alle für sich einzunehmen. Die Piraten, die ich getroffen hatte, waren oft charmant gewesen. Sie konnten die Menschen einwickeln, und wenn die herausfanden, mit wem sie es zu tun hatten, war es bereits zu spät.

Die *Sedna* knarzte, die Reibung des Meeres am Schiffsrumpf erzeugte ein tiefes Grollen. Abran und ich sahen uns einen Moment lang in die Augen. Dann sagte er: »Lily Black.«

Ich hob die Augenbrauen, und mir wurde schwindelig. Ich hatte zwar vermutet, dass er Mitglied einer Piratenbande gewesen war, aber nicht weiter darüber nachgedacht. Dass er zu den Lily Black gehört hatte, ließ sie realer erscheinen, und es war, als wären sie plötzlich näher an uns herangerückt. Ich hatte gehört, dass sie die Leute, die sich von ihnen abwandten und anderen Mannschaften anschlossen, nicht einfach ungeschoren davonkommen ließen. Sollten wir nach Schiffen Ausschau halten, die uns verfolgten?

Ich rief mir ins Gedächtnis, dass es heutzutage nicht mehr leicht war, jemanden aufzuspüren. Auf offener See war es geradezu unmöglich. Außerdem waren Piraten in so viele Kämpfe verwickelt, dass von der Besatzung, zu der Abran gehört hatte, mittlerweile wahrscheinlich ein Großteil bereits tot war.

»Ich habe gehört, dass die Lily Black ursprünglich von ein paar Familien gegründet wurden, die ihr Land beschützen wollten«, sagte Abran. »Als ich mich ihnen anschloss, waren sie eine Bande von Kriegern.« Er setzte sich auf und stützte die Arme auf die Knie. Ich richtete mich ebenfalls auf und legte eine Hand auf seinen gekrümmten Rücken.

»Sie kamen zu uns, dorthin, wo wir wohnten. Meine Eltern waren beide Chirurgen. Während der Hundertjährigen Flut waren sie zusammen mit ein paar Freunden in eine bewachte Wohnanlage hoch oben in den Bergen gezogen. Sie hatten ihre alten medizinischen Lehrbücher behalten und damit meinem Bruder und mir das Familienhandwerk beigebracht. Bevor die Krankenhäuser, in denen sie arbeiteten, schlossen, nahmen sie Medikamente von dort mit. Die Menschen reisten an, um von uns medizinisch versorgt zu werden, und wir behandelten sie in unserem Wohnzimmer. Sie bezahlten uns mit Lebensmitteln und Plündergut. Eine Zeit lang lebten wir, als würde die Welt um uns herum völlig intakt sein … bis zum Mittelmeerkrieg.«

Abran unterdrückte ein Schluchzen. Ich rieb ihm über den Rücken.

»Aber ein paar Freunde meiner Eltern hatten Verbindungen zu den Lily Black, die während des Krieges einen Militärstützpunkt benötigten. Also zogen sie bei denen ein. Die Ruhr brach aus und verbreitete sich in unserer Wohnanlage und den umliegenden Gemeinden. Meine Eltern starben, als ich sechsundzwanzig war. Jonas und ich sprachen darüber, in den Süden zu fliehen, aber wir hatten nicht genügend Proviant für so eine lange Reise. Dann wurde Jonas krank. Wir begegneten einem Mann, der anbot, Jonas zu behandeln und uns auf seinem Schiff mitfahren zu lassen. Wir fingen als Schiffsjungen an, wischten das Deck und verstauten die Munition. Als wir uns ihnen anschlossen, wussten wir nicht, was sie taten, und sobald wir dazugehörten … war es bereits zu spät. Damals nannten die Leute sie noch nicht Piraten. Wir dachten, sie würden sich selbst beschützen … und nicht andere überfallen.«

Abran sah sich in der Kajüte um, als suchte er ein Fenster, durch das er hinausschauen konnte. Er wirkte gequält und verloren.

»Du bist nicht wie sie«, flüsterte ich und rieb weiter über seinen Rücken.

»Damals war alles so verwirrend«, sagte er. »So viele Menschen und doch so wenige. Die Welt schien sich auszudehnen und gleichzeitig zusammenzuziehen. Wir transportierten

Waren, mit denen wir handelten, wir kämpften mit anderen Schiffen, aber das tat jeder. Wir versuchten, nicht darüber nachzudenken.« Abran legte eine Hand auf die Narbe an seinem Hals, als wollte er sie verstecken. »Dann haben sie uns den Hasen auf den Hals tätowiert. Sie verlegten sich zunehmend darauf, Dörfer an Land zu kolonisieren. Jonas und ich sprachen damals bereits darüber, dass wir eine eigene Gemeinde gründen wollten. Es war Jonas' Idee. Er hatte noch mehr Schuldgefühle als ich. Mit seiner Gesundheit ging es bergab, und er konnte nicht mehr schlafen. Wir schlossen einen Pakt: Wenn einer von uns beiden die Flucht vom Schiff nicht überleben würde, sollte der andere trotzdem eine Gemeinde gründen, in der bestimmte Dinge … bestimmte Dinge nicht passieren würden. Als wir die Lily Black verließen, bestahl ich unsere Mannschaft, um die *Sedna* bauen zu können. Ich kenne immer noch ihre geheimen Vorratslager. Nordöstlich von hier haben sie Medikamente versteckt – größtenteils Antibiotika.«

»Antibiotika?«, fragte ich.

Abran schüttelte den Kopf. »Es ist zu riskant, sich irgendwas davon zu holen. Von diesen Orten sollte man sich fernhalten. Manchmal lassen sie Wachen zurück.«

Es fiel mir schwer, meine Enttäuschung nicht zu zeigen. »Hast du den anderen von den Lily Black erzählt?«

»Nein, ich möchte nicht, dass sie es wissen.«

»Von mir werden sie es nicht erfahren«, sagte ich und meinte es auch so. Seine Geheimnisse gehörten nur ihm. »Dein Bruder …?«, begann ich.

Abran schüttelte den Kopf und ließ sich mit der Hand über den Augen zurücksinken. Ich legte mich neben ihn. Durch die *Sedna* ging ein Ruck, und ein paar Bücher fielen vom Tisch. Abran hob den Kopf vom Kissen und stützte die Wange auf die Hand. »Glaubst du wirklich, dass wir es über den Nordatlantik schaffen könnten?«

»Ja, mit diesem Schiff haben wir eine gute Chance.«

»Wenn wir es schaffen würden, wären wir dort wohl weitestgehend allein. Nicht viele Schiffe können so weit nach Norden segeln.«

Er wiederholte, was ich ihm erzählt hatte. Ich schwieg und ließ ihn darüber nachdenken.

»Ich habe mir noch mal durch den Kopf gehen lassen, was Robert behauptet hat«, sagte Abran. »Ich glaube nicht, dass er gelogen hat.« Er strich mit der Fingerspitze an einer Ader entlang, die von meiner Hand bis zum Ellbogen reichte. Ich wurde ganz aufgeregt. Es schien, als hätte ich es beinahe geschafft. Nachdem ich wochenlang vorsichtig die Samen ausgestreut hatte, sah ich nun ein paar grüne Knospen aus der Erde sprießen.

»Bist du sicher, dass du ihm vertrauen kannst?«, fragte ich. Ich spielte den Advocatus Diaboli, damit er das Gefühl hatte, einen Widerstand überwinden zu müssen.

»Nein, gar nicht«, sagte Abran. »Aber in jedem Handelsposten erzählen sie dir das Gleiche. Ich hatte bloß die fixe Idee, in den Süden zu gehen … weil Jonas und ich besprochen hatten, es dort zu versuchen.«

Abran streichelte mit dem Daumen über die weiche Innenseite meines Handgelenks. »Ich glaube, Robert hat sich stark gefühlt, und er hat mir etwas geben wollen … etwas, das ich nicht wollte.«

Ich merkte, dass Abran andere Menschen besser lesen konnte, als ich erwartet hatte. Wie gut durchschaute er mich?

»Ich habe in letzter Zeit oft darüber nachgedacht, und alles, was du sagst, ist richtig. Die abgeschiedene Lage, die Rohstoffe. Ich habe Angst vor dem Risiko, aber es wird mir leidtun, wenn ich es nicht versuche.«

Ein Hochgefühl durchströmte mich, als ob ein Damm gebrochen wäre. Ich konnte nicht glauben, dass es mir doch noch gelungen war. All das sanfte Drängen und die beiläufigen Bemerkungen hatten sich ausgezahlt. In Gedanken sah ich bereits die Felsküste von Grönland vor mir und spürte die kalte Luft auf der Haut. Gleichzeitig versuchte ich, die bedrückenderen Bilder zu ignorieren, die vor meinem geistigen Auge auftauchten – Wachleute, die in den Straßen des Valley patrouillierten, und die mageren Mahlzeiten in den Speisesälen. Öffentliche Züchtigungen und unangemeldete Hausdurchsuchungen. *Immerhin bin ich jetzt zu ihr unterwegs,* sagte ich mir. Ich nahm Abrans Hand in meine und fühlte die Schwielen an seinen Fingern.

»Aber die Entscheidung treffe nicht ich«, sagte er. »Die ganze Mannschaft muss darüber abstimmen.«

Kapitel 23

Abran sagte mir, dass wir am nächsten Abend darüber abstimmen würden, ob das Valley unser neues Ziel sein sollte. Davor wollte er Daniel noch bitten, die Route in einer Karte einzuzeichnen, damit er dem Rest der Mannschaft sagen konnte, wie lange es dauern würde. Ich sagte ihm nicht, dass Daniel das bereits erledigt hatte.

Am Morgen nahm er mich nach dem Frühstück beiseite und erklärte mir, dass wir für diese Reise mehr Proviant benötigen würden. Wenn ich der Mannschaft beweisen wollte, dass wir es über den Atlantik schaffen konnten, würde ich noch mehr Fische als bisher fangen müssen. Während ich meine morgendlichen Aufgaben erledigte, dachte ich unentwegt über die anstehende Abstimmung nach und überlegte mir, wie sich die einzelnen Mannschaftsmitglieder entscheiden würden.

Die *Sedna* näherte sich einer kleinen Gebirgskette. Als wir nur noch wenige Kilometer von ihr entfernt waren, stellte sich Thomas mit einem Fernglas an den Bug und hielt nach Bergen dicht unter der Wasseroberfläche Ausschau. Ich fand, dass es Zeitverschwendung war, weiter Richtung Süden zu fahren, aber Abran bestand darauf, die Entscheidung der Mannschaft abzuwarten. Als das Wasser wärmer wurde und wir uns den Kanälen und Meeresarmen näherten, die die Küste zerklüfteten, warfen Pearl und ich Angelschnüre mit Lebendködern aus. Damit hofften wir, Dorsche zu erwischen.

Wenn ich nicht gerade das Wasser und unsere Angelschnüre im Auge behielt, sah ich immer wieder zu den Bergen hinauf. Einen knappen Kilometer vor der Gebirgsküste ragte eine kleine Insel rund fünfzehn Meter hoch aus dem Wasser. Daniel lotste uns in die Passage zwischen Küste und Insel, damit wir nicht die gesamte Landmasse umschiffen mussten. Sobald wir näher an der Insel heran waren, würden wir um sie herumsteuern und uns in südlicher Richtung halten. Sie war winzig, nicht einmal einen Kilometer breit, und mit ein paar niedrigen Bäumen bewachsen, die aussahen, als könnte man gut ein Lager dazwischen aufschlagen. Ich hatte das Gefühl, dass wir uns in gegnerischem Gebiet befanden, als wären wir in einer Einöde unterwegs und sähen plötzlich das Lagerfeuer unserer Feinde vor uns, ohne zu wissen, wo sie steckten.

Pearl und ich warfen ein Schleppnetz aus, um Lebendköder zu fangen.

Als ich gerade mit dem Downrigger beschäftigt war, blieb Abran neben mir stehen. »Ist es wirklich eine gute Idee, hier mit dem Schleppnetz zu fischen?«, fragte er. »So nah, wie wir an der Küste sind, könnte das Netz doch an irgendetwas hängen bleiben, oder nicht?«

»Wir brauchen mehr Lebendköder«, gab ich zurück. Er hatte recht, es war wirklich eine schlechte Gegend für das Schleppnetz. Wir hatten es vermutlich noch nicht einmal in die richtige Tiefe abgesenkt, aber ich wollte vor der Abstimmung ein gefülltes Netz vorweisen können.

»Ja, gut. Aber es verlangsamt uns sehr stark. Die Segel sind nicht groß genug.«

»Es dauert nicht …«

»Abran!«, rief Thomas vom Bug nach hinten.

Abran rannte zu ihm hin, und Thomas händigte ihm das Fernglas aus. Wir schwenkten knapp vor der Küste um das Eiland herum und hielten uns in einer schmalen Passage zwischen Ufer und Insel. So dicht an der Küste zu segeln erschien mir riskant, und ich fragte mich, wieso Daniel diese Route und nicht eine andere, weiter draußen im Meer gewählt hatte.

Ich kniff die Augen zusammen, um zu erkennen, worauf Thomas deutete, und glaubte einen Schiffsbug hinter der Insel herausragen zu sehen. Vielleicht war es nur ein Fischerboot. Die meisten Leute fischten gerne in Küstennähe, weil sie von dort schnell zu einem Handelshafen gelangen konnten.

Die Insel war keine dreihundert Meter mehr entfernt, und Jessa hatte das Großsegel mit der Fall so getrimmt, dass es den Nordwind einfing und uns südwärts zog. Wayne stand am Ruder und steuerte uns um die Insel herum. Ich holte das am Downrigger befestigte Netz so schnell wie möglich ein.

Behir, Jessa und Marjan liefen zum Bug, ich eilte ihnen nach. Pearl wollte mir folgen, aber ich drehte mich zu ihr um und zeigte auf das Hüttendeck. »Geh zu Daniel.«

»Was ist denn los?«

»Geh!«, befahl ich.

Pearl warf mir einen missmutigen Blick zu, aber sie gehorchte und verzog sich ins Hüttendeck, wo Daniel gerade irgendetwas berechnete. Als wir die Insel komplett umrundet hatten, rammten wir fast zwei Schiffe, die nebeneinander zu ankern schienen. Der Nordwind schob uns auf sie zu, und wir waren nur noch dreißig Meter von ihnen entfernt.

Abran senkte das Fernglas und drehte sich Wayne um. »Halt auf die Küste zu! Bleib an der Küste!« Er klang panisch und klammerte sich an der Reling fest. Ich spähte über seine Schulter und sah, dass mit Knüppeln und Messern bewaffnete Piraten das größere Schiff verließen und das andere enterten. Es war ein Fischerboot. Am Bug des Piratenschiffes flatterte eine schwarze Flagge im Wind.

Die *Sedna* drehte Richtung Küste ab, aber wir waren zwischen der Insel und dem Ufer gefangen und konnten uns nicht von den beiden Schiffen entfernen. Auf dem Fischerboot wurde ein Mann von einem Beil in die Brust getroffen und sank auf die Knie. Wir hörten gellende Schreie. Sie klangen so herzzerreißend, dass es mir schien, als kämen sie von unserem eigenen Schiff. Zwei Piraten legten einem Mann eine Schlinge um den

Hals. Das Seil hing über die Bordwand ins Wasser, das andere Ende war am Heck ihres Schiffes befestigt. *Sie werden ihn kielholen,* dachte ich und spürte, wie mir Galle in die Kehle stieg.

Ein Pirat riss einer Mutter ihren Säugling aus den Armen. Die Schreie der Frau waren nicht von denen ihres Babys zu unterscheiden, während sie versuchte, ihn mit bloßen Händen anzugreifen. Als sich der Mann mit der Schlinge um den Hals brüllend auf den Piraten stürzte, zerrte einer der Angreifer an dem Seil, und der Fischer fiel keuchend und mit rotem Gesicht nach hinten um.

»Wir müssen zu ihnen«, flüsterte Jessa mit weit aufgerissenen Augen.

Ich dachte dasselbe, sagte jedoch nichts. Es juckte mich zwar in den Fingern, mein Messer zu zücken, aber meine Füße bewegten sich nicht. Ein Teil von mir wusste, dass wir unbehelligt vorbeisegeln und keine Verluste erleiden würden, wenn wir nichts taten.

Behir berührte Jessa am Arm. »Komm mit«, sagte er und versuchte, sie ins Hüttendeck zu ziehen.

»Wir müssen anhalten!«, schrie Jessa und rannte auf Abran zu. Sie packte ihn an den Schultern und schüttelte ihn.

»Behir … bitte«, sagte Abran. Er hielt Jessa mit beiden Händen an den Hüften fest und versuchte, sie zu Behir zu schieben. Sein Blick wirkte gequält und abwesend. Als wäre ein Teil von ihm zum Schweigen gebracht und weggesperrt worden.

Behir trat vor und fasste Jessa erneut am Arm, doch sie drehte sich von ihm weg und streckte die Hand nach dem Fischerboot aus. Sie schien danach greifen zu wollen.

Der Pirat, der das Baby hielt, kletterte auf sein Schiff zurück. Dort kam ihm eine Frau entgegen. Bedrückt sah ich zu, wie sie das Kind an sich nahm und gleich darauf mit ihm unter Deck verschwand. Ich wusste, dass sie die Mutter zu einem anderen Schiff oder Stützpunkt bringen würden. Das Kind würde unterdessen zu einem Mitglied der Mannschaft heranwachsen und entweder Schiffe auf dem Meer überfallen oder Kolonien an Land bewachen.

Die Schreie rissen nicht ab, aber sie klangen erstickt, wie durch eine geschlossene Tür. Alle Luft wich aus meiner Lunge, ich fühlte mich schwerelos. Meine Knie gaben beinahe unter mir nach, sodass ich wie eine Feder im Wind auf den Absätzen schwankte.

Behir hielt Jessa, während sie schreiend zusammensank. Ich wich vor ihnen zurück, mein Fluchtimpuls brannte wie Feuer in meiner Brust.

Die Piraten nahmen ihre Beute und kehrten wieder auf ihr eigenes Schiff zurück. Einer öffnete einen kleinen Käfig. Ein Vogel schoss heraus, stieg steil in die Höhe und flog wie von einem unsichtbaren Faden gezogen nach Westen. Wir fuhren vorüber und entfernten uns von ihnen.

So musste ich wenigstens nicht sehen, wie es weiterging. Ich wusste ohnehin genau, was nun folgte: Sie würden die Mutter und alles Wasser aus der Zisterne des Fischerbootes mitnehmen. Den Kapitän würden sie dagegen an Bord zurücklassen, und sobald der Wind die Segel der Piraten blähte, würde das Seil ihn von den Füßen reißen, sodass er gegen die Reling krachte und ins Meer stürzte. Ein oder zwei Tage lang würden sie ihn wie einen Köder am Haken mitschleppen. Dabei würden die Muscheln an ihrem Rumpf und die Korallen dicht unter der Oberfläche Fetzen aus seinem Körper reißen, die das Meer verschluckte. Was danach noch von ihm übrig war, würden sie schließlich an ihrem Bug festbinden, wo der Leichnam nass und purpurrot baumelte. Die Sonne würde seine Haare trocknen, bis sie so weich waren wie der feine Flaum, den ein Baby vor der Geburt verliert.

Kapitel 24

Jessa kam drei Tage lang nicht aus der Mannschaftsunterkunft heraus. Wayne lief ständig auf dem Deck hin und her, er wütete und schimpfte, dass wir das Schiff wenden und die Piraten angreifen sollten. Wir ließen ihn toben, denn insgeheim wusste jeder von uns, dass er sich mit der Zeit beruhigen und wir alle wieder zur Normalität zurückkehren würden. Als Jessa schließlich nach oben kam, stürmte sie als Erstes ins Hüttendeck, wo Abran gerade mit Daniel sprach, und verlangte von ihm zu wissen, wieso wir den Menschen auf dem Fischerboot nicht geholfen hatten.

Ich stand mit Marjan in der Kombüse. Da der Vorhang aufgezogen war, konnte ich beobachten, wie Abran Jessa zu trösten versuchte. Doch sie stieß seine Hände beiseite.

»Wir können kein Piratenschiff angreifen«, sagte Abran.

»Schwachsinn!«, heulte Jessa. »Wir haben doch ein volles Waffenlager!«

Abran schüttelte den Kopf. »Jessa … wir können nicht jedes bedrohte Schiff beschützen. Wir sind einander verpflichtet … und können nicht auch noch alle anderen retten.«

Tränen strömten Jessa über das Gesicht. Ich wusste, dass sie gerne die Zeit zurückgedreht und sich selbst gerettet hätte, indem sie den Leuten auf dem Fischerboot half. Ich konnte es ihr nachfühlen. Schließlich glaubte auch ich, dass vieles in meinem Leben wieder in Ordnung kommen würde, wenn es mir nur gelänge, Row zu retten.

Ich merkte, dass ich Jessas Nähe kaum ertrug. Wenn ich sie ansah, war es, als blickte ich in einen Spiegel.

Als Behir sie wieder in die Unterkunft zurückbrachte, schuppte ich weiter die Fische. Marjan beugte sich dicht an mich heran. »Ihr ist das Gleiche passiert.«

Die Härchen auf meinen Armen stellten sich auf, als könnten sie so die Wahrheit von mir fernhalten. »Was?«

»Sie hatte ein Baby.«

Ich will es nicht wissen, dachte ich, während ich mit dem Messer die Schuppen aus dem Fleisch rüttelte. Auf diese Art Trauer durfte ich mich nicht einlassen. Sie war wie eine Seuche, mit der ich nicht noch einmal in Berührung kommen wollte, denn eine erneute Ansteckung würde ich vielleicht nicht überleben.

Außerdem musste Marjan es mir nicht extra sagen. Ich wusste bereits, dass Jessa das Gleiche durchgemacht hatte wie diese Mutter. Ihr Schrei hatte danach geklungen, als würde sie etwas Unerträgliches noch einmal durchleben. Ich wusste es, aber ich wollte nicht darüber sprechen.

Aber wieso nicht? Weshalb wollte ich sie alle auf Armeslänge von mir fernhalten?

Vielleicht weil ich sie nicht mehr dazu missbrauchen konnte, meine Tochter zurückzubekommen, wenn ich erfuhr, dass jeder von ihnen den gleichen Verlust erlitten hatte. Wie hätte ich die Vorstellung ertragen sollen, Menschen hereinzulegen, die genauso sehr gelitten hatten wie ich? Da war es doch viel einfacher, nichts zu wissen.

»Wayne und Jessa waren beide beim Militär«, sagte Marjan. »Wayne in einer Kampfeinheit und Jessa bei der Aufklärung. Als sich ein Teil von Waynes Einheit den Lily Black anschloss und er sich weigerte, dabei mitzumachen, wurden sie gefangen genommen und auf einem Schiff festgehalten. Wayne, seine Frau Rose und Jessa.«

Marjan erklärte mir, dass Jessa mit dem Kind ihres verstorbenen Freundes schwanger gewesen sei, als die Lily Black sie schnappten. Nachdem sie ein halbes Jahr lang als Sklaven auf dem Schiff gewesen waren, wurde Rose dabei erwischt, wie sie Proviant für ihre Flucht stahl. Daraufhin schnitten die Piraten ihr vor Wayne und Jessa die Kehle durch. Als Jessa einen Monat später ihre Tochter zur Welt brachte, nahmen sie ihr die Kleine weg und brachten sie zu einem Stützpunkt, wo auf Brutschiffen geborene Kinder großgezogen wurden.

Als sie das nächste Mal an einem Handelsposten anlegten, versteckte Wayne Jessa in einem leeren Fass und rollte sie ans Ufer. Da er bei Landgängen immer von Wachen beobachtet wurde, ließ er sie stehen und kehrte zum Schiff zurück. Als er wieder an Bord war, zündete er die Segel an. Im anschließenden Durcheinander sprang er ins Meer und schwamm zum Hafen. Als er Jessa fand, schwammen die beiden drei Kilometer bis zu einem anderen Berggipfel und versteckten sich dort so lange im Wald, bis die Lily Black die Suche nach ihnen aufgaben und davonsegelten. Als Abran und Thomas sie einen Monat später auf diesem Berg entdeckten, waren sie am Verhungern.

Während der nächsten Tage bekam ich mit, wie sich die Mannschaft um Jessa kümmerte. Sie brachten ihr die Mahlzeiten in die Unterkunft hinunter und sprachen mit ihr über kleine Aufgaben, die auf dem Schiff erledigt werden mussten. Auf diese Weise holten sie sie allmählich wieder ins Leben zurück. Dabei fiel mir wieder ein, wie einsam ich mich nach Großvaters Tod gefühlt hatte, als es nur noch Pearl und mich gab. Während ihr winziger Körper sich nachts an meinen kuschelte, hatte sie so jämmerlich geschrien, dass es mir vorgekommen war, als wären wir beide die letzten Menschen auf der Welt.

Während ich nun die anderen beobachtete, wünschte ich mir, ich würde zu ihnen gehören. Ich wollte in ihre geheime Sprache aus Gesten und Blicken eingeweiht werden und einen Platz in ihrer Gemeinschaft finden. Obwohl ich ein Teil der Mannschaft war, hatte ich immer noch das Gefühl, eine Außenseiterin zu sein. Mein innerer Konflikt, dass ich ihnen nahe sein und sie gleichzeitig auf Abstand halten wollte, machte mich immer nervöser.

Ich dachte an den Überfall auf das kleine Fischerboot, den Pearl und ich beobachtet hatten, bevor wir herausfanden, dass Row im Valley gefangen gehalten wurde. Wie viel leichter es damals doch gewesen war zu glauben, es gäbe nur sie und mich auf der Welt. Dass auch noch andere Menschen existierten, war mir nur abstrakt bewusst gewesen. Und nun ging mir plötzlich alles zu nah. Als wäre ich auf einen Schlag für zu vieles verantwortlich und könnte mich nicht entscheiden, was davon wirklich wichtig war.

Vier Tage nach dem Überfall kamen wir im Hüttendeck zur Abstimmung zusammen. Abran beschrieb das Tal in allen Einzelheiten, die ich ihm erzählt hatte – ein paar davon stimmten, andere nicht. Ich versuchte, nicht unruhig auf dem Stuhl herumzurutschen, während Abran darüber sprach, wie sicher es dort angeblich sei. Sobald wir die Lost Abbots vertrieben hatten, würde es auch tatsächlich so sein, redete ich mir ein.

Abran erklärte, dass dort nur ein paar Hundert Menschen in einem friedlichen Dorf zusammenlebten und es genügend Land für alle gäbe.

»Wir können sie dazu einladen, sich unserer Gemeinschaft anzuschließen, wenn sich ihre Werte mit unseren decken«, sagte Abran.

»Was ist, wenn sie das nicht möchten?«, fragte Wayne. »Wie soll unsere Gemeinde dann wachsen, wenn es da oben dermaßen abgeschieden ist?«

Abran zögerte, offensichtlich verunsichert. Mein Puls beschleunigte sich, und ich machte mir Sorgen, dass er vielleicht die Abstimmung abblasen würde.

»Das Wachstum kann überall ein Problem sein«, entgegnete Abran schließlich. »Nicht die Anzahl der Menschen zählt, sondern dass es die richtigen sind.«

Bis nach Alhana, dem Dorf in den Anden, wo wir Handel treiben wollten, war es nur noch eine Woche. Aber wenn die

Mannschaft sich für das Valley entschied, würden wir stattdessen nach Norden fahren und durch den Panamakanal, der mittlerweile mehrere Hundert Kilometer breit war, in die Karibik segeln. Statt in Alhana würden wir dann als Nächstes in Wharton anlegen, einem kleinen Dorf im ehemaligen Südosten von Mexiko.

Während Abran sprach, beobachtete ich die Mannschaft und versuchte einzuschätzen, wie jeder von ihnen abstimmen würde. Marjans gelassene Miene verriet nichts. Behir wirkte dagegen eifrig und fasziniert. Wayne sah mehrmals skeptisch zu Jessa hinüber, während Thomas mit gerunzelter Stirn in der Ecke hockte.

Draußen heulte der Wind, Pearl stand in der Tür und beobachtete die Seevögel, die über dem Deck flogen und unser Schiff nach Nahrung absuchten. Daniel saß mit verschränkten Armen neben mir. Da er das Kinn gesenkt hielt, konnte ich sein Gesicht nicht sehen.

Abran gestikulierte viel und sprach mit lebhaftem Gesichtsausdruck. Doch seinem gewohnten Charisma haftete etwas Verzweifeltes an. Normalerweise fiel es ihm nicht schwer, andere zu überzeugen und dazu zu bringen, dass sie ihm folgten. Allerdings war ich mir nicht sicher, ob er eine Gruppe langfristig zusammenhalten konnte. Ich musste daran denken, was Daniel über die Zugehörigkeit zu einer größeren Gemeinschaft gesagt hatte: dass sich ihre Werte mit der Zeit ändern können. Dass Gesetze nur so lange gelten, wie sich alle daran halten.

»Dann kommen wir jetzt zur Abstimmung«, sagte Abran und klatschte in die Hände.

»Wir sollten erst noch darüber beraten«, entgegnete Wayne. »Vor allem wüsste ich gern, woher wir diese Informationen haben.« Wayne sah mich an und dann wieder zurück zu Abran.

Ich wurde rot und versuchte, unter dem Tisch die feuchten Hände abzuwischen. Sie wussten es. Wahrscheinlich wussten sie es alle.

Abran zögerte, und ich sah, dass er darüber nachdachte, ob er lügen sollte. »Von Myra. Sie hat mir davon erzählt. Ihre Informationen stammen aus vertrauenswürdigen Quellen. Von Händlern, die dort Geschäfte gemacht haben.«

»Hört sich wie ein Märchen an«, sagte Wayne. »Zu gut, um wahr zu sein.«

»Ich dachte, Grönland liegt komplett unter dem Meer«, bemerkte Behir.

»Du meinst Island«, sagte Marjan.

»Es ist doch fast unmöglich, dorthin zu kommen«, sagte Wayne. »Wegen der Stürme und der Piraten.«

»Aber wenn wir es schaffen, wird es dort deswegen umso sicherer sein«, erwiderte Abran. »Wir könnten uns da oben ungestört etwas aufbauen.«

Ich wollte einwerfen, dass die Reise mit einem so großen und stabilen Schiff wie unserem weniger gefährlich war. Aber ich hielt den Mund. Wenn irgendwer sie überreden konnte, dann nur Abran, dem sie bereits vertrauten.

Wayne wandte sich an mich. »Warum willst du da hin? Kennst du dort jemanden?«

»Nein«, log ich. »Ich glaube einfach, dass wir dort die besten Chancen haben, uns dauerhaft niederzulassen.«

»Wir wissen bereits, dass es in den Anden kein gutes Land gibt«, sagte Abran.

Ich war überrascht, wie bestimmt er klang. Vielleicht erschien ihm die Abgeschiedenheit des Nordens nach dem Überfall, den wir beobachtet hatten, mittlerweile ja verlockender.

Wayne winkte ab. »Wir wissen gar nichts, solange wir nicht vor Ort sind.«

»Wir müssen vom Wasser runter«, sagte Thomas aus seiner Ecke, so leise, dass wir alle erschraken. »Dieser Überfall …« Er schüttelte den Kopf.

»Wir werden länger als geplant auf dem Wasser sein, wenn wir zum Valley segeln«, erwiderte Jessa. »Dorthin ist es doppelt so weit wie zu den Anden.«

»Aber wenn wir dort ankommen, sind wir weiter ab vom Schuss und müssen nicht mit ganz so vielen Angriffen rechnen«, sagte Behir.

Mein Magen verkrampfte sich erneut vor Schuldgefühlen. Ich stellte mir vor, wie die *Sedna* das Ziel erreichte und die Mannschaft entdeckte, dass das Valley bereits eine Kolonie war. Ich sah ihre schockierten Blicke vor mir und wie wütend sie auf mich sein würden. Würde ich auch dann noch lügen und behaupten, ich hätte nichts von der Kolonie gewusst? Wir würden nicht nur mit den zurückgelassenen Wachleuten kämpfen müssen, sondern auch mit den Lost Abbots selbst, wenn sie vierteljährlich auf ihrer Runde vorbeikamen.

Abran hob die Hände. »Okay, okay. Wir haben nicht die Zeit, über jede Eventualität zu diskutieren. Lasst uns einfach abstimmen.«

Während sich nun Schweigen ausbreitete, sah ich forschend in ihre Gesichter. Mein Puls raste, und mir kribbelten die Finger.

»Alle, die dafür sind, dass wir von nun an zum Valley segeln, heben jetzt bitte die Hand«, sagte Abran und hob seine.

Meine Hand schoss in die Höhe. Als ich mich im Raum umsah, erkannte ich, dass auch Daniel, Behir und Thomas dafür stimmten. Fünf. Wir waren in der Mehrheit. Wir würden also wirklich zum Valley fahren.

Abran bat um die Gegenstimmen, aber da passte ich schon nicht mehr auf. Erleichterung durchströmte mich, und ich spürte, wie die Anspannung von mir abfiel. Ein Teil von mir hatte nie daran geglaubt, dass ich sie dazu bringen könnte, den Kurs zu ändern. Ich hatte mich darauf eingestellt, dass ich mein Leben lang mit Zähnen und Klauen darum kämpfen würde, Row zu retten, während mich das Schicksal immer weiter von ihr wegtrieb. Aber so war es nicht mehr. Wir fuhren ab jetzt zu ihr hin. Zum ersten Mal schlug ich die richtige Richtung ein.

Jessa und Wayne unterhielten sich wütend neben der Kombüsentür und warfen mir finstere Blicke zu, aber ich achtete nicht auf sie. Daniel stand auf und ging, ohne mich anzusehen. Ich hatte gedacht, dass er vielleicht aus Trotz gegen das Valley stimmen würde, weil ich nicht auf ihn gehört hatte, als es darum ging, ob wir uns der Mannschaft der *Sedna* anschließen sollten oder nicht. *Aber so etwas würde er nie tun,* dachte ich, während ich ihm nachsah und bemerkte, dass ihm sein Hemd schweißnass am Rücken klebte.

Als ich mich umdrehte, um aus dem Hüttendeck hinauszugehen, spürte ich, dass Marjan mich beobachtete, und sah zu ihr auf. Ihr Blick war vorwurfsvoll, traurig und verzagt. Als könnte sie etwas sehen, was mir verborgen blieb. Meine Schuldgefühle regten sich wieder, und meine Hochstimmung verebbte, wie das Meer, wenn es sich zurückzog und nur nassen und abgesackten Sand zurückließ. Vielleicht konnte ich die Strömung drehen, aber ich war nicht wie Daniel oder Abran, die an andere dachten und ihre Versprechen hielten.

Ich fragte mich, unter welchen Bedingungen Row wohl lebte. In was für einem Raum war sie untergebracht? In einem Kellerloch oder in einer Hütte? In einem kleinen Zimmer mit Betonziegelwänden? Gab es da, wo sie war, ein Fenster?

Sie versuchten sicher, sie bei guter Gesundheit zu erhalten. Doch das tröstete mich nur wenig. Wusste sie, was sie erwartete?

Ich rief mir ins Gedächtnis, dass ich alles tun würde, um sie zu retten.

Ich malte mir aus, wie sie in einem ruhigen Zimmer saß. Durch ein Fenster fiel Licht auf ihren Schoß, und sie flocht ihre langen dunklen Haare zu Zöpfen. In meiner Vorstellung trug sie ein Leinenhemd, das heller war als ihr Teint. Ihr Gesicht lag im Schatten. Ich konnte es mir nicht vorstellen. Aber ich sagte mir, dass ich es erkennen würde, wenn ich es sah.

Kapitel 25

Wir ließen Panama hinter uns und gelangten in die Karibik. Als wir eine Woche von Wharton entfernt waren, erklärte Abran uns beim Frühstück, was wir jeweils tun sollten, um uns auf unsere Geschäfte dort vorzubereiten. »Wir laufen nur noch zwei große Handelsposten an, bevor wir den Atlantik überqueren, Wharton und Broken Tree. Es ist wichtig, dass wir dabei unsere Vorräte komplett auffüllen. Ohne den nötigen Proviant werden wir diese Strecke nicht bewältigen. Das ist unsere einzige Chance.«

Als wir uns Wharton näherten, drehte sich die Stimmung auf dem Schiff. Alle sprachen darüber, was sie sich besorgen wollten. Marjan benötigte Hefe und Thomas eine Bügelsäge. Jessa erzählte unentwegt von einer Lavendelseife, die sie einmal von einem Seifenmacher in Wharton bekommen hatte. Sie habe ein Duftöl enthalten, von dem ihre Haut ganz weich und wohlriechend geworden sei.

»Diesmal werden wir Lauge besorgen, mit der wir selbst unsere Seife herstellen können«, erklärte ihr Marjan behutsam. »Wir müssen uns auf unsere Lebensmittelvorräte konzentrieren. In Wharton gibt es gute Imker. Der Honig wirkt feuchtigkeitsspendend und hilft außerdem gegen kleine Hautentzündungen. Kokosöl und Aloe vera haben wir bereits.«

Marjan hütete einen Vorrat an Ölen und Aloepflanzen. Wenn jemand mit rissiger Haut zu ihr kam, gab sie ihm etwas davon in einem kleinen Glas. Meine Haut war auf der *Sedna* weicher geworden, da hier nicht ständig Salzwasser über das Deck schwappte wie auf der *Bird*, wo mich jede Welle nass gespritzt hatte.

Ich erinnerte mich noch, wie Großvater und ich Karottensamenöl und Himbeeröl als Sonnenschutz auf die Haut aufge tragen hatten. Nach seinem Tod konnte ich sie mir nicht mehr leisten, und so mussten Pearl und ich lange Kleidung und Hüte tragen, die wir entweder selbst machten oder in den Handelsposten ertauschten.

Marjan begann, das Frühstücksgeschirr abzuspülen. Pearl stand wieder in der Tür und beobachtete die Seevögel. Sie sah wie eine sprungbereite Katze aus.

Abran erklärte, welche Arbeiten anfielen. Pearl, Behir, Jessa und mich beauftragte er mit dem Fischen. Daniel musste unseren Kurs durch die Karibik neu berechnen. Wayne würde weiterhin Spalten zwischen den Planken mit Holzdübeln versiegeln und anschließend den Munitionsvorrat überprüfen. Da wir in der Karibik Piratengebiete durchqueren würden, mussten wir uns auf einen Schichtplan für die Bugwache einigen.

Plötzlich sprang Pearl durch die Tür hinaus und stürzte sich auf einen Seevogel. Als sie wieder auf die Füße kam, hielt sie den zappelnden Vogel in den Händen. Ich trat hinaus ins blendende Sonnenlicht.

»Gut gefangen«, sagte ich und beschirmte die Augen.

»Sie heißt Holly«, erwiderte Pearl.

Stimmen drangen aus dem Hüttendeck. Jemand wollte wissen, was sie da erwischt hatte. Einen Vogel, antwortete wer anders.

»Ein bisschen Fleisch ist an ihr dran«, sagte ich sanft und ging in die Hocke, um mir den Vogel genauer anzusehen. Sein kurzer Schnabel war gebogen, und er hatte cremeweiße Federn.

»Aber ich will sie behalten.«

»Das geht nicht, Schatz. Sie wird davonfliegen.«

Ich ging wieder hinein, gefolgt von Pearl, die den Vogel immer noch in der Faust hielt.

Marjan tippte mir an den Ellbogen. »Wirst du …?« Sie nickte zum Vogel hinüber.

»Viel Fleisch ist da nicht zu holen«, antwortete ich.

»Um die Menge geht es nicht«, sagte Wayne. »Wir teilen aus Prinzip alles miteinander.«

Ich versteifte mich. »Ich finde nicht, dass wir ein Problem daraus machen müssen.«

»Das Kind verschwendet Ressourcen«, sagte Jessa. »Wir haben Regeln, an die wir uns alle halten müssen.«

»Sie hat noch nie etwas verschwendet«, sagte ich kalt und spürte, wie Pearl sich dichter neben mich stellte.

»Es geht nicht nur darum«, erwiderte Jessa. »Ihr versucht ständig, euren Willen durchzusetzen. Dabei habt ihr euch uns gerade erst angeschlossen. Ihr habt noch nicht die gleichen Rechte wie wir.«

»Das reicht«, ging Abran dazwischen. »Sie haben exakt die gleichen Rechte wie jeder von uns. Das ist eines unserer Gesetze.«

»Genau wie die Regel, dass wir alle Ressourcen miteinander teilen müssen«, sagte Wayne. Er lehnte an der Wand und hielt die kräftigen Arme vor der Brust verschränkt.

Abran schüttelte den Kopf und sah mich an. »Sie haben recht«, sagte er leise. »Wir können keine Ausnahmen zulassen. Alles, was gefangen wird, gehört der gesamten Mannschaft. Haustiere sind nicht vorgesehen.«

Ich wollte ja nicht einmal, dass Pearl den Vogel als Haustier behielt. Die Vorstellung war lächerlich. Aber aus irgendeinem Grund war ich bereit, dafür zu kämpfen, dass sie ihn behalten durfte.

Marjan streckte Pearl die offene Hand hin. »Ich mache es, damit du es nicht tun musst.«

Pearl wich vor Marjan zurück. Dann rannte sie zur Tür und warf den Vogel in die Luft. Bald war er nur noch ein weißer Fleck am blauen Himmel, der immer kleiner wurde.

Ich schloss frustriert die Augen. »Du kannst nicht einfach tun, was du willst, Pearl.«

»Strafe muss sein«, sagte Abran leise. »Heute bekommt sie kein Abendessen.«

Ich starrte ihn an. Sie war jetzt schon so dünn, und ich würde keinesfalls zulassen, dass sie nichts aß, obwohl es an Bord Nahrung gab. Er wartete auf meine Antwort, also nickte ich. Ich würde einfach heimlich etwas wegstecken, das sie nachts im Bett essen konnte. Da in der Unterkunft aus Angst vor Ratten keine Lebensmittel erlaubt waren, würden wir damit binnen eines Tages gleich gegen zwei Regeln verstoßen. Wie konnte ich von Pearl erwarten, dass sie sich in diese kleine Gemeinschaft einfügte, wenn ich selbst nicht ihre Gesetze achtete? Ich hatte unterschätzt, wie schwer es Pearl und mir fallen würde, uns anzupassen. Aber wir konnten nicht einfach weitermachen wie bisher und uns nicht um den Rest der Welt und die Bedürfnisse anderer scheren.

Als alle anderen vom Tisch weggingen, zupfte Pearl an meinem Hemd.

Ich hockte mich vor sie hin.

»Ist Charlie ein Haustier?«, fragte sie mich ganz leise, damit kein anderer sie hörte.

»Lebt Charlie denn noch?«

»Er ist meine liebste Schlange.«

»Er ist doch nicht giftig, oder?«

Pearl riss die Augen auf. »Natürlich nicht.«

Ich konnte nicht sagen, ob sie mich anlog oder nicht. »Das stimmt hoffentlich. Keine lebendigen Schlangen mehr, hast du mich verstanden? Wir müssen uns an ihre Gesetze halten und ihn verstecken. Meine Köder sind fast alle, also kriegt er keine Ballyhoo mehr.«

Sie sah mich finster an. »Sobald wir in Wharton sind, fange ich Frösche für ihn.«

Ich fing an zu fischen. Am Nachmittag hatte ich erst zwei Dorsche erwischt und musste die Leinen einholen, um die restlichen Köder aufzusparen. Im Wasser schien es keine Lebewesen zu geben, als segelten wir auf einem vergifteten Meer. Ich verkürzte das Tau am Downrigger mit mehreren Knoten, damit wir das Schleppnetz in halber Wassertiefe treiben lassen und vielleicht doch noch ein paar Dorschschwärme einfangen konnten, von denen wir uns im Moment ernährten. Vermutlich war das das Problem ... Wir waren immer noch dicht an den Bergen, und es konnte gut sein, dass ich nicht in der richtigen Tiefe fischte.

Als ich die Dorschfilets in einen Eimer voll Salz warf, kam Daniel mit einer dampfenden Teetasse zu mir herüber. Die Wolken am östlichen Horizont zogen nach Westen.

»Später am Nachmittag werden wir wahrscheinlich ein paar Sturmböen erleben«, sagte Daniel. »Am besten ziehst du nach dem Mittagessen das Netz hoch.«

»Okay.« Ich machte Knoten in das Tau und zog sie straff. Daniels Hemd war aufgeknöpft, und ich sah eine lange Narbe, eine erhabene weiße Line, die sich von seinem Schlüsselbein bis unter die Rippen zog.

Es war schön, an diesem kühlen, wolkenlosen Tag neben ihm zu stehen und das Salz auf der Haut zu spüren. Ich dachte daran zurück, wie es auf der *Bird* zwischen uns gewesen war, bevor wir uns der Mannschaft auf der *Sedna* angeschlossen hatten. Die langen Nächte auf Deck, als wir im Mondlicht miteinander sprachen. Ich hatte das Gefühl, ihn kaum noch zu sehen, seit wir auf der *Sedna* waren, obwohl das nicht stimmte. Wir waren bloß kaum je miteinander allein.

»Das ist das reinste Chaos.« Daniel sah zu einer kleinen Insel in rund anderthalb Kilometern Entfernung. Sie war nicht so groß, dass man auf ihr hätte wohnen können, aber ausgedehnt genug, um sich den Rumpf an ihr aufzureißen. »Eine Route durch dieses Gebiet zu bestimmen war der reinste Albtraum. Wir hätten uns weiter westlich halten sollen, aber Abran will Zeit sparen.«

»Er macht sich Sorgen um unseren Proviant«, erwiderte ich. Und dass er Ärger mit der Besatzung bekam, wenn die Rationen knapp wurden. Er wollte den anderen keinen Grund geben, an dem neuen Ziel zu zweifeln.

»Neulich habe ich etwas gesehen«, sagte Daniel und sah mich eindringlich an. »Ich glaube, du hast es auch bemerkt. Abran hatte früher eine Tätowierung am Hals. Jetzt hat er an der Stelle Brandnarben. Vor ein paar Tagen hat er sich ein neues Halstuch umgebunden. Er dachte, ich wäre nicht da. Aber ich war in der Kombüse und habe für Marjan Wasser auf den Herd gestellt.«

»Na und? Viele Leute haben Tattoos«, sagte ich wahrheitsgemäß. Sie waren leichter zu bekommen als Schmuck. Manche Menschen ließen sich die Namen ihrer verstorbenen Liebsten tätowieren. Ich nippte an dem Tee. Blätter sanken auf den Boden der Tasse hinab. Ich konnte ihren Duft nicht einordnen. Wie Minze, nur bitter.

»Es war ein Piraten-Tattoo. Warum hätte er es sonst weggebrannt?«

Ich tat, als hätte ich seine Frage nicht gehört, und versuchte mir vorzustellen, wie der Hase auf Abrans Hals ausgesehen hatte. Unter den Narben war noch schwach der Umriss zu sehen. Der obere Teil war mit blauer Tinte gestochen, aber die muss dem Tätowierer zwischendrin ausgegangen sein, denn die untere Hälfte war schwarz.

»Du weißt es«, sagte Daniel, als könnte er meine Gedanken lesen. Er klang ganz ruhig, beinahe mitleidig. Ich hatte gute Lust, ihm eine Ohrfeige zu geben. »Du weißt, zu welcher Bande er gehört hat.«

»Und was willst du damit sagen?« Ich fühlte mich in die Enge getrieben. War Daniel auf Schwierigkeiten aus? Endlich hatte ich dafür gesorgt, dass wir einen neuen Kurs einschlugen und zum Valley fuhren. Die Ungewissheit hatte ein Ende. Unsere Route war klar, und wir würden noch rechtzeitig dort ankommen.

»Wenn er einmal den leichten Weg gewählt hat, wird er es wieder tun«, erwiderte Daniel.

Ich verdrehte die Augen. »Es muss schön sein, in deiner Welt zu leben, in der man immer die richtigen Entscheidungen trifft.«

»Ich mache mir nur Sorgen um dich. Ich finde, du solltest vorsichtiger sein.«

»Vorsichtiger, mit wem ich schlafe?«

Daniel blickte mit zusammengekniffenen Augen zum Horizont. »Ich glaube, du weißt, was ich meine.«

»Ich kann schon selbst auf mich aufpassen, vielen Dank.«

»Ich habe nicht nur über dich gesprochen.« Mit diesen Worten drehte Daniel sich um.

»Ich sage nur, dass das Tattoo nichts ändert«, erwiderte ich. Ich bezog mich damit zwar auf unsere Reise, aber mir fiel auf, dass es für ihn klingen musste, als meinte ich meine Gefühle für Abran.

»Das war der letzte Tee«, sagte er noch über die Schulter, bevor er im Hüttendeck verschwand.

Kapitel 26

Wharton war schöner, als ich erwartet hatte, mit einer Reihe von Steinruinen und kleinen strohgedeckten Hütten, die sich umgeben von saftig grünen Zypressen den Hang hinaufzogen. Am Himmel flitzten buntere Vögel hin und her, als ich je gesehen hatte. Das Farbspektrum an diesem Ort war überwältigend, nachdem ich auf dem Meer nur vom Salz ausgebleichte Blau-, Grün- und Grautöne und das verwaschene Braun des Treibholzes gesehen hatte.

Selbst die Fische waren vor Wharton farbenfroher. Während wir uns der Küste näherten, angelte ich in der Mangrove unter den Seegrasteppichen nach Schnappern. Ihre gelben und orangen Flossen leuchteten in der Sonne, und Pearl merkte immer wieder an, wie hübsch sie seien, während sie sie in Stücke schnitt.

Daniel und ich packten schweigend geräucherte und gesalzene Fische in Körbe, Eimer und Kübel. Mit jedem Tag, den wir uns Wharton näherten, kam er mir angespannter vor, seine Sätze wirkten abgehackter und seine Bewegungen fahriger. An Deck setzte er manchmal dazu an, etwas zu sagen, nur um dann kopfschüttelnd davonzugehen.

»Na, das werde ich wohl noch herausfinden«, hörte ich ihn eines Tages zu sich selbst sagen.

»Was wirst du herausfinden?«, fragte ich.

Er sah mich verblüfft an, offensichtlich überrascht, dass ich neben ihm stand, obwohl wir bereits eine halbe Stunde lang gemeinsam Köder an die Haken geknotet hatten.

Die Mannschaft half dabei, die Fische auf dem Dock abzustellen, damit der Hafenmeister sie inspizieren konnte. Der notierte die Gesamtzahl auf einem vergilbten Blatt Papier und händigte es uns aus. Der Gestank des Räucherfisches verursachte mir Übelkeit. Ich hatte es satt, ihn jeden Tag zu riechen, und konnte es gar nicht mehr erwarten, in den Ort zu gehen und eine Tasse Tee zu bestellen. Irgendeine aromatische Mischung. Ich roch bereits den Duft von Lavendel und Ingwer, der von einem Stand in der Nähe des Hafens herüberwehte.

»No te llevas la plaga, verdad?«, fragte der Hafenmeister. Er betrachtete uns alle mit verzogenem Gesicht und blickte über unsere Schultern hinweg zur *Sedna.*

»No, por qué preguntas?«, entgegnete Abran.

»Tuve que desviar und barco esta semana«, erklärte der Hafenmeister. *»La mitad de la tripulación estaba negra y podrida.«*

»Was hat er gesagt«, fragte ich Abran.

»Er fragte, ob wir die Pest an Bord haben. Er sagt, dass sie ein Schiff abweisen mussten ... die halbe Mannschaft hatte schwarze faulige Flecken.«

Wir trugen die Fische zum Handelsposten hinauf, einem großen Gebäude unweit des Hafens. Die Steine, aus denen es erbaut worden war, passten mehr schlecht als recht zusammen. Und vor dem Handelsposten lagen immer noch welche zu Haufen aufgeschichtet, als hätten die Handwerker mehr Steine gesammelt, als sie letztlich benötigten, und sie dann einfach neben der Baustelle liegen lassen. Ich hatte Angst, dass das Gebäude über uns zusammenstürzte, während wir uns darin aufhielten.

Abran feilschte an der Theke mit der Ladenbesitzerin. Als Erstes tauschte er ein paar Fische gegen die in Wharton üblichen Münzen ein. Leider beherrschte ich kein Spanisch und konnte ihn nicht unterstützen. Marjan hatte mir erzählt, dass Abran nie hart genug verhandle. Die meisten Dörfer gaben ihre eigenen Währungen aus, die anderswo jedoch nichts galten, da sich die verschiedenen Gemeinden nicht auf den jeweiligen Wechselkurs einigen konnten. Wir gaben jedem Besatzungsmitglied zwei Münzen.

Wir verlangten Taue und Segeltuch, Kerzen und Holz sowie Stoffe für Winterbekleidung. Wir hatten keine Ahnung, wie kalt es im Valley sein würde. Soweit wir wussten, herrschte in den meisten Gegenden ein mildes Meeresklima mit gemäßigten Temperaturen, aber wir wollten auf alles vorbereitet sein. Wir hatten von Stürmen gehört, die im Norden *chaacans* hießen. Angeblich waren es winterliche Wirbelstürme, so etwas wie Blizzards auf hoher See, die entstanden, wenn ein Schneesturm und eine Wasserhose zusammentrafen und sich zu einem Eiswirbel vermengten, der gegen Schiffe und Felsen krachte.

Wir leerten unsere Fischbehälter und befüllten sie mit den Tauschwaren, die wir für unseren Fang erhielten. Nachdem wir alles zum Schiff zurückgetragen hatten, teilte sich die Mannschaft auf, um das Dorf zu erkunden.

Daniel drehte sich zu mir um und drückte mir seine Münzen in die Hand. »Für Pearl. Kauf ihr irgendwas, das sie warm hält. Etwas für ihre Füße. Vielleicht kann sie dort nicht barfuß gehen.«

»Ich wollte ihr mit meinem Geld etwas besorgen.« Ich versuchte, ihm die Münzen zurückzugeben. »Zieht es dich nicht in den Saloon?«, fragte ich und dachte an mein eigenes Verlangen nach einer duftenden Tasse Tee.

»Dann kauf ihr eben zwei Sachen«, gab er knapp zurück und ging davon.

Pearl wollte mit Marjan gehen und sich einen Stand mit geflochtenen Körben ansehen. Also kehrte ich allein zum Handelsposten zurück. Unterwegs musste ich über Pfützen hinwegsteigen. Die feuchte Luft fühlte sich wie ein schwerer Wollmantel an. In den schlammigen Gassen spielten Kinder. Alte Männer schoben Karren voller Kartoffeln und Karotten, und neben den Ständen standen Frauen, die sich Luft zufächelten.

Die Verkaufsbuden waren vollgepackt mit Gegenständen aus der alten und der neuen Welt. Taue, Kerzen und Holzschalen.

Sie bestanden aus Materialien, die auf Berggipfeln gefunden worden waren. Streichhölzer, Messer und Plastikflaschen waren aus tieferen Lagen gerettet und während der Flüchtlingswellen heraufgebracht worden.

Sehnsüchtig sah ich einen Kissenstapel an. Ich wusste noch, wie es war, in einem richtigen Bett mit weichen Decken zu liegen, regelmäßig vom Geräusch eines Weckers geweckt zu werden und sich dann mit kaltem Wasser aus dem Hahn das Gesicht zu waschen. Am deutlichsten erinnerte ich mich daran, dass das Mobiliar nicht ständig in Bewegung war.

Rauch stieg aus Löchern in den strohgedeckten Dächern. Eine Frau hängte ihre Wäsche auf eine Leine. Durch das Fenster eines Steinhäuschens sah ich eine andere Frau, die Butter stampfte.

In der Nähe des Hafens standen ein paar größere Häuser um einen gemeinschaftlich genutzten Hof herum, auf dem in kleinen Ställen Schweine, Ziegen und Hühner gehalten wurden.

Ich blieb stehen, um sie mir genauer anzusehen. Diese Gebäude waren vor der Flut errichtet worden. Einige bestanden aus Ziegeln, andere hatten vorgehängte Fassaden. Die Dächer waren mit Ziegeln gedeckt. Ein Haus war im Kolonialstil erbaut worden, mit Säulen vor dem Eingang.

Ich dachte an die bewachte Wohnanlage hoch oben auf einem Berg, in der Abran als Kind gelebt hatte. Wie es wohl gewesen war, während der Hundertjährigen Flut in so einer Umgebung aufzuwachsen? Ohne Fremde, die plötzlich vor der Tür auftauchten, und ohne nachts mit einem Gewehr Wache halten zu müssen, aus Angst, dass andernfalls jemand versuchen könnte, das Haus leer zu räumen. Ist irgendwer für sie um die Mauer der Anlage herumpatrouilliert und hat die Allgemeinheit draußen gehalten? Wurden nur Patienten eingelassen? Hüteten sie, was sie hatten, damit sie weiterhin anderen ihre Fähigkeiten zur Verfügung stellen und Medikamente horten konnten?

Ich fragte mich, wer in diesen Häusern lebte ... Waren diese Menschen vor oder nach der Flut zu Reichtum gelangt? Auf manche traf beides zu, betuchte Menschen, die durch eine Katastrophe noch vermögender wurden, weil sie in der Lage waren, das Beste aus einem Desaster zu machen. Ich dachte an Abran und den Wohlstand, der auf der *Sedna* herrschte. All die gut gefüllten Regale im Rumpf. Ich stellte mir ihn und mich in einem Haus wie diesen im Valley vor, wo wir eine neue Gemeinde gründeten. Wie lange würde es dauern, bis wir Mauern hochzogen und die Häuser um einen Innenhof herum errichteten, um unser Eigentum zu beschützen?

Auf dem Hof schaufelte ein mageres Mädchen Mist in einen Eimer. Sein Hemd bedeckte nicht den ganzen Rücken, und ich sah, dass er von roten Striemen überzogen war. Schaudernd eilte ich weiter. In den meisten Hafenstädten gab es keine klare Trennlinie zwischen Vertragsknechtschaft und Sklaverei. Die Menschen, die sich darauf einließen, in den Häusern der Reichen für Kost und Logis zu arbeiten, gingen nie mehr von dort weg. Wo hätten sie auch hinsollen?

Als ich im Handelsposten an den Regalreihen entlangging, entdeckte ich ein Glas, das laut Aufschrift mit Zahnpasta gefüllt war. Ich blieb stehen und lächelte. Meine Zähne hatte ich schon seit Jahren nicht mehr gebürstet.

Auf einem Regalbrett lag eine Decke aus gefärbter Wolle. Ich rieb das dicke Gewebe zwischen den Fingern. Die Kleidungsstücke lagerten in Fässern. Sie waren etikettiert, damit die Kunden wussten, was sie jeweils enthielten: »Pullover, Frauen« oder »Socken, Männer«. Ich ging die Kleiderhaufen durch und suchte nach Pullovern und Hosen, die Pearl passen würden. Aus den meisten ihrer Anziehsachen war sie mittlerweile herausgewachsen, ihre Fußknöchel lugten unter den Hosenbeinen hervor. In einigen Häfen gab es Weber und Schneider, die neue Kleidungsstücke anfertigten, doch der

Großteil unserer Anziehsachen stammte noch aus der Zeit vor der Flut.

Die Ladenbesitzerin ging um die Theke herum und kam auf mich zu. »Sind Sie Richtung Norden unterwegs?«, fragte sie mit starkem Akzent.

»Ja«, erwiderte ich.

»Hinten haben wir noch mehr. Kommen sie mit.« Sie watschelte zwischen den vollgestopften Regalen hindurch in den hinteren Teil des Raums, wo sie Decken, Stiefel und Mäntel aufbewahrte.

»Wohin im Norden?«, fragte sie. Die Frau hatte schwarze Haare, die im Nacken zu einem straffen Dutt zusammengebunden waren. Sie konnte zwar nicht schneller gehen als eine Schildkröte, aber ihre verkniffenen Lippen und die leicht hochgezogenen Augenbrauen verrieten, dass man ihr nichts vormachen konnte.

Ich zögerte. Eigentlich hätte ich unser Reiseziel lieber für mich behalten, aber nirgends konnte man besser Informationen aufschnappen als in Handelsposten.

»Wir sind zum Valley unterwegs, oben in …«

»Oh«, unterbrach mich die Ladenbesitzerin. »Sie wissen aber schon von der Epidemie, oder? Obwohl sie mittlerweile wahrscheinlich nicht mehr grassiert.«

Ich ließ die Decke, die ich in der Hand hielt, auf das Regalbrett zurückfallen. »Epidemie?«

»Anscheinend gab es einen Überfall. Von Piraten. Das Dorf war gut verteidigt … Ich glaube, das Valley ist nicht leicht einzunehmen. Also entschieden sich die Piraten für eine andere Taktik. Sie warfen eine Leiche in ihren Brunnen. Ein Opfer der Pest. Sie verbreitet sich wieder.« Die Frau schloss die Augen und schüttelte den Kopf. »Der Schwarze Tod. So funktioniert wohl die Evolution. Wir dachten, wir hätten sie ausgerottet, aber jetzt ist sie plötzlich wieder da und rafft uns alle dahin.«

Ich hielt mich am Regal fest. »Wann? Wann ist das passiert?«

»Mhm ... Vor zwei oder drei Monaten, glaube ich. Es ist schon ein bisschen her. Nachdem die Piraten das Dorf mit der Pest infiziert haben, ist die Hälfte der Bevölkerung gestorben. Anschließend haben sie die restlichen Leute unterworfen und das Dorf zu ihrer Kolonie erklärt.«

»Die Lost Abbots«, flüsterte ich.

»Oh, dann wissen Sie es also schon. Wieso fahren Sie dann dorthin?« Sie drehte sich um und stellte ein paar Stiefel ordentlich hin.

Ich antwortete nicht, und mein Verstand fing an zu rasen. Ich hatte mich so sehr auf die Frage konzentriert, wie ich zum Valley kommen würde, dass ich gar nicht darüber nachgedacht hatte, auf welche Weise es zu einer Kolonie geworden war. Ich wusste, dass zunehmend biologische Kampfstoffe zum Einsatz kamen, aber ich hatte mich nicht weiter damit beschäftigen wollen. Warum hatte ich nicht darüber nachgedacht, was im Valley vor sich gehen könnte?

Hatte Row die Pest überlebt? *Unfassbar, dass sie nicht draufgegangen ist.* Waren das nicht seine Worte gewesen? So wie ich ihn verstanden hatte, wurde sie in der Kolonie festgehalten, bis sie alt genug für die Brutschiffe war. Also musste sie die Epidemie überlebt haben. Aber vielleicht war sie ja noch gar nicht vorüber ... Würde sie immer noch wüten, wenn wir eintrafen?

Ich zermarterte mir das Gehirn und versuchte mir ins Gedächtnis zu rufen, was ich über biologische Kriegsführung und Epidemien wusste. War es nicht so, dass Nagetiere immer noch den Erreger in sich trugen, auch wenn die Pest scheinbar bereits abgeklungen war? Und würden wir, da wir diesem Erreger noch nicht ausgesetzt gewesen waren, nicht anfälliger für eine Ansteckung sein, wenn wir im Valley landeten?

Ich hatte mir zwar über Hunger, Stürme und Piraten Sorgen gemacht, aber an Krankheiten und daran, wie schnell sie eine ganze Gemeinde auslöschen konnten, hatte ich bislang noch gar nicht gedacht. Sie waren in meinen Überlegungen nicht vorgekommen, da ich noch weniger gegen sie tun konnte als gegen alles andere.

Man konnte seinem Kind die Hand halten, wenn es mit einer Krankheit rang, mehr aber auch nicht.

Man kann sie nicht vor allem beschützen.

Ich hatte Row nicht mal vor ihrem Vater beschützen können.

Aber vielleicht hatte er sie ja beschützt, als er sie mir wegnahm.

»Geht es Ihnen gut?«, fragte die Ladenbesitzerin.

»Mhm?«

»Sie sehen blass aus.«

»Geht die Pest dort noch um?«, fragte ich.

»Na ja, ich bin mir sicher, dass sie inzwischen den Brunnen abgedeckt und die Leichen verbrannt haben. Aber man kann nie wissen. An manchen Orten lässt sie sich ganz gut eindämmen. Auf abgeschiedenen Inseln geht es natürlich leichter, weil es dort weniger Durchgangsverkehr gibt. Aber wir mussten jemanden in Quarantäne nehmen, der aus dem Norden gekommen war – von Errons, wo es einen Ausbruch gegeben hatte. Um sicherzugehen, haben wir ihn eine Weile überwacht.«

Ich berührte ein Paar Schafslederstiefel auf dem Regal. Sie hatten Pearls Größe. Wenn wir dorthin gingen, würde ich sie einem Ansteckungsrisiko aussetzen. Wenn nicht, würde ich Row zu einem Leben auf einem Brutschiff verdammen.

Nie hätte ich gedacht, einmal zwischen diesen beiden Alternativen wählen zu müssen. Bevor die Kinder zur Welt gekommen waren, hatte ich nur selten schwierige Entscheidungen treffen müssen. Meine Existenz war wie eine weite Ebene gewesen. Ich hatte darauf gewartet, dass sich irgendetwas am Horizont zeigte und mein Leben losgehen würde. Da sich die Welt so schnell veränderte, war es schwer, irgendeinen Ehrgeiz oder

Visionen für die Zukunft zu entwickeln. Während es mit der Flut immer schlimmer wurde, raste das Leben an mir vorüber und begann gleichzeitig zu stagnieren. Als die Schulen schlossen, war für mich der Unterricht zu Ende. Die Leute machten nicht Karriere wie früher und schmiedeten auch keine Pläne mehr. Stattdessen fingen sie in ihren Gärten Eichhörnchen und brachen in Lebensmittelgeschäfte ein. Und so nahm ich irgendwelche Gelegenheitsjobs an – in Firmen, auf Bauernhöfen oder Ranches. Ich putzte Hotelzimmer und pflückte Maiskolben. Lauter Arbeiten, für die ich nur die Hände brauchte. Ich zog nicht bei meinen Eltern aus und suchte mir eine eigene Wohnung, weil niemand das tat. Überall hausten mehrere Generationen gemeinsam unter einem Dach und halfen einander zu überleben, während ihre Gemeinden wegen der durchziehenden Flüchtlinge erst aus sämtlichen Nähten platzten und anschließend zu Geisterstädten wurden – und das alles innerhalb weniger Monate.

Aber dann kam Row, und mit ihr veränderte sich mein Leben von Grund auf. Als ich sie zum ersten Mal hielt, fühlte ich, wie sich plötzlich mein Blickwinkel veränderte. Einerseits sah ich alles aus größerer Distanz, doch gleichzeitig ließ ich mich auch mehr auf mein Leben ein, als hätte alles, was davor passiert war, nur zur Vorbereitung auf diesen Moment gedient.

Vor allem brachte sie mir bei, dass es kein Zurück mehr gab. Ich konnte nichts mehr aufschieben oder »erst mal abwarten und gründlich nachdenken«. Es gab nur noch den jetzigen Moment mit seinen unmittelbaren Erfordernissen, Händen auf meiner Haut, lautem Gejammer, das den Raum erfüllte, und einem Körper, der gewiegt werden musste.

Im Norden würde es kalt sein, dachte ich und kaufte die Stiefel für Pearl.

Kapitel 27

Als Erstes musste ich Abran dazu überreden, einen Zwischenstopp an dem Ort einzulegen, wo seine alte Mannschaft die Arzneien versteckt hatte. Wenn die Pest noch immer im Valley grassierte, brauchten wir etwas, um uns davor zu schützen. Ich würde nicht zum Valley segeln und dann zusehen, wie Pearl an einer Krankheit starb, die sie von innen auffraß.

Ich fand Abran in einem Saloon, aber er war so betrunken, dass er lallte und schwankte. Und so ging ich wieder, ohne ihm Bescheid zu sagen. Ich würde ihn später überzeugen müssen, wenn er wieder nüchtern war.

Als ich vor dem Saloon stand, hatte ich das überwältigende Bedürfnis, mir die Angelegenheit vom Herzen zu reden, und dachte an Daniel. Ich könnte ihm sagen, dass ich die Medizin holen wollte, und ihn um Hilfe bitten.

Doch zuerst entdeckte ich Pearl, die mit untergeschlagenen Beinen in der Mangrove saß. Sie lehnte sich mit dem Rücken an eine Zypresse und schnitzte an einem Stück Holz herum. Neben ihr lagen fünf tote Schlangen über einen Stein drapiert. Ihren Schlangentopf hatte sie zwischen ein hohes Grasbüschel und eine Zeder geklemmt. Auf dem Weg zu ihr hin musste ich Farnen ausweichen und über Äste steigen. Sie schnitzte einen Vogel aus dem Ast einer Zypresse. Ich ging neben ihr in die Hocke und umarmte sie.

»Vorsicht!«, rief sie und zeigte auf den Stein mit den toten Schlangen. »Zerquetsch sie nicht.«

Ich erinnerte mich noch, wie Pearl ihre erste Schlange gefangen hatte. Sie war damals fünf. Wir tauchten beide, ich jagte Fische mit der Harpune. Als ich wieder hochkam, trat Pearl Wasser und zeigte mir eine winzige Schlange. Mit einer Hand hatte sie das Tier unmittelbar hinter dem Kopf gepackt, mit der anderen hielt sie den Körper. Die Schlange rührte sich nicht in ihrem Griff, nur die Lider bewegten sich.

»Das ist kein Fisch, Pearl«, sagte ich nervös. »Wir fangen nur Fische. Woher wusstest du, dass man sie hinter dem Kopf festhalten muss?«

Sie schaute mich an, als hielte sie mich für dumm. »Ich habe gesehen, dass sie Zähne hat.«

Danach fing sie noch ein paar weitere im Wasser. Sie streichelte sie und nannte sie ihre Babys. An Land hielt sie Ausschau nach ihren Verstecken und lockte sie mit Froschschenkeln heraus. Meistens fing sie junge, noch kleine Schlangen, und ich ließ sie ein bisschen mit ihnen spielen, bevor wir sie aßen.

Wenn sie irgendwo an Land eine erwischte, ermahnte ich sie immer, dass die Schlangenjagd an diesem Ort vielleicht gesetzlich verboten war.

»Gesetze, Gesetze, Gesetze«, sang Pearl dann immer und tätschelte das gefangene Tier.

Zwar wimmelte es um die meisten Dörfer herum von Schlangen, aber das war den Bewohnern nur recht, da sie die krankheitsverseuchten Nagetiere beseitigten. Die Ratten, die noch vor den Menschen gewusst zu haben schienen, wann die Flut kommen würde, hatten sich frühzeitig auf die Berge zurückgezogen und in höheren Lagen neue Behausungen gegraben. In einem Saloon erzählte mir eine Frau, sie habe eines Morgens während der Sechsjährigen Flut ein Rudel Ratten mit glänzend braunem Fell über Felsen und umgestürzte Bäume hinweg bergauf huschen sehen.

Manche Menschen hielten Schlangen auf ihren Booten, die Jagd auf Mäuse machten, bevorzugt die dünnen, langen, die nicht giftig waren. In den Hafenstädten bekam man handgemachte Bestimmungsbücher, in denen sämtliche Arten aufgeführt waren, denen man besser aus dem Weg ging.

»Sie sind sauberer als Katzen«, erklärte mir ein Mann in einem Hafen.

»Katzen?«, fragte Pearl.

»Du hast schon einmal eine gesehen«, erklärte ich ihr. »In Harjo.«

Pearl zuckte die Achseln. »Sie muss langweilig ausgesehen haben. Ich kann mich gar nicht an sie erinnern.«

Ich machte mir andauernd Sorgen, Pearl könnte gebissen werden. Aber ich wusste auch, dass sie ein Händchen für Schlangen hatte, außerdem bereicherten sie unseren Speiseplan. Und beides war gut für sie. Also verdonnerte ich sie dazu, die Bestimmungsbücher zu studieren, damit sie den giftigen aus dem Weg gehen konnte. Und sie versprach auch, es zu tun, aber ich wusste, wie gern sie Grenzen austestete.

Als ich mich zu ihr beugte, um ihr die Haare aus dem Gesicht zu streichen, schob sie meine Hand weg.

»Wo ist Daniel?«, fragte ich.

Sie deutete nach Osten, wo er knapp zehn Meter von uns entfernt knöcheltief im Wasser stand. Er war kaum zu sehen hinter den mit Flechten und Pilzen bewachsenen Zypressen und Zedern. Über seiner Schulter hing eine kleine Tasche prallvoll mit Pilzen.

Pearl legte mir den geschnitzten Vogel in die Hand. »Der ist für meine Schwester.« Die Flügel sahen wie kurze und scharf umrissene Fischflossen aus.

»Deine Schwester mag Vögel«, erwiderte ich.

Ein zufriedener Ausdruck glitt über Pearls Gesicht. »Ich weiß.«

Ich dachte an Row im Valley, wo die Epidemie die Menschen in ihrer Umgebung dahinraffte. Ich sah sie in irgendeinem Bett vor mir, mit Blasen an den Handgelenken, schwarzen Fingern und rasselndem Atem. Wenn sie als Kind krank war, wollte sie immer, dass ich sie in die Finger kniff. Ich strich ihr dann immer die nassen Haare aus der Stirn und drückte sie nacheinander sanft zwischen Daumen und Zeigefinger, bevor ich sie wieder losließ. Dann beobachteten wir, wie das Blut in ihre Fingerspitzen zurückkehrte, und staunten gemeinsam über ihren Körper. Sie sagte, dass ich sie »festpresste«, was mich an eine Briefmarke denken ließ und uns beide daran erinnerte, dass sie nirgendwohin gehen würde.

Nun hob ich den Deckel von Pearls Schlangentopf an. Als ich die zahlreichen Schlangen sah, die sich darin wanden und versuchten, die Köpfe über den Topfrand zu heben, legte ich ihn rasch wieder zurück.

»Wie viele hast du, Pearl?«

Pearl zuckte die Acheln. »Sechs? Ich komme mit dem Zählen nicht mit.« Sie grinste mich verschmitzt an.

»Du darfst nur eine oder zwei behalten. Die anderen essen wir heute Abend.«

»Nein, wir werden Fisch essen.«

»Das geht nicht. Die meisten Fische haben wir gegen andere Sachen eingetauscht. Weißt du noch, dass wir in einer Hafenstadt sind?«

»Weshalb hast du nicht mehr gefangen?«, fragte Pearl und musterte mich vorwurfsvoll mit zusammengekniffenen Augen. »Da drin ist auch eine giftige.«

»Tu sie raus, Pearl, und schneid ihr den Kopf ab.«

Pearl schürzte die Lippen. »Mach du doch.«

»Pearl!« Ich konnte mit Schlangen nicht so gut umgehen wie sie. Ich fühlte, wie ich errötete, und wischte mir mit einem Ärmel Schweiß von der Stirn.

Sie hob den Deckel. Ihr Arm zuckte blitzartig hinein. Als sie ihn wieder herauszog, hielt sie eine Schlange hinter dem Kopf fest. Ihre Fangzähne standen hervor, die winzige Zunge fuhr zuckend aus dem Maul. Sie legte sie auf den gesplitterten Stumpf einer Zypresse und schnitt ihr den Kopf ab. Danach hielt sie ihn mir kichernd hin.

»Lecker, lecker, lecker«, sagte sie und schüttelte den Kopf so, dass die Fangzähne auf und ab wippten.

»Du solltest ihn irgendwo begraben, damit keiner draufsteigt«, sagte ich.

Als sie sich daranmachte, der Schlange die Haut abzuziehen, nahm ich ihre Hand. Im Zeigefinger war ein roter und verschorfter Schnitt. Er sah tief aus.

»Wann ist das passiert?«

Sie entwand sich meinem Griff.

»Das ist nichts«, sagte sie.

»Du sagst mir, wenn es wehtut oder noch röter wird.« In meinem Kopf leuchteten Warnlichter auf. Selbst kleinste Schnitte konnten sich entzünden, und gegen eine Blutvergiftung konnten wir nur wenig machen.

Als ich Pearl auf den Scheitel küsste, ruckte sie von mir weg, doch als ich mich umdrehte, sah sie traurig aus. »Gehst du?«

Ich sagte ihr, ich käme gleich wieder, und hangelte mich um eine Zypresse herum, deren Rinde sich glatt unter meinen Fingern anfühlte. Sonnenlicht fiel durch das Blätterdach. Verglichen mit dem grellen Gleißen auf See kam es mir hier gedämpft, beinahe weichgezeichnet vor. Zu meinen Füßen sprang eine kleine Kröte ins dunkle Wasser.

»Ich hatte geglaubt, du wärest mit den anderen einen trinken gegangen«, sagte Daniel, als er mich bemerkte.

Und ich hatte geglaubt, du würdest dich irgendwo mit irgendeinem zwielichtigen Typen unterhalten, antwortete ich in Gedanken.

Ich watete zu ihm ins Wasser, meine Zehen versanken im Schlamm. Um uns herum war so viel Leben, dass ich mich davon bedroht fühlte. Alles war zu nah. Die Vögel, die zwischen den Bäumen hin und her flatterten, die Schlangen, die in den Sumpf glitten, und die Seerosen, die sich der Sonne zuwandten. Der Honigduft der Blumen und der Geruch des Grases vermischten sich mit den Ausdünstungen des modrigen Holzes zu einem halb süßen, halb fauligen Gestank, der den gesamten Ort erfüllte.

Ich zögerte, während ich ihm gegenüberstand. Doch dann beschloss ich, es schnell hinter mich zu bringen. »Im Valley hat es eine Epidemie gegeben«, sagte ich und sah zu, wie er einen Pilz von einem Baum pflückte.

Ich erzählte ihm, was ich im Handelsposten erfahren hatte. Ich versuchte, einen gleichgültigen Gesichtsausdruck zu wahren, aber ich spürte, wie sich meine Mundwinkel verzogen. Zwischen seinem Hals und der Schulter gab es eine schattige Vertiefung, in der ich am liebsten mein Gesicht vergraben hätte. Um ihn zu riechen und mich einen Moment lang auszuruhen.

Er watete um einen kleinen Baum und mehrere Büsche herum. Als er bei mir war, nahm er meine Schultern und zog mich an sich heran. Ich ließ den Kopf an seine Brust sinken. Er hatte bereits den Geruch der Blumen und Pflanzen angenommen. Als ich mit den Lippen seinen Hals streifte, schmeckte ich kein Salz. Ich war überrascht, dass ich mich in seinen Armen gleich viel besser fühlte.

Er hob die Hand und strich mir über die Haare. Als er schluckte, bewegte sich seine Kehle an meiner Stirn. Ich merkte, dass er etwas sagen wollte, aber er schwieg, und nach einem Moment lösten wir uns wieder voneinander.

»Wirst du es Abran sagen?«, fragte Daniel und strich mir eine Strähne hinters Ohr.

Ich sah ihn misstrauisch an. Noch hatte ich mich nicht entschieden, wie viel ich Abran erzählen wollte, aber ich hatte das ungute Gefühl, ihm alles sagen zu müssen – nicht nur über die Epidemie, sondern auch, dass das Valley eine Kolonie war. Nur so würde ich ihn dazu bringen können, dass wir die Medikamente holten. Aber ich wollte es mit ihm allein klären, die restliche Besatzung durfte nichts davon mitbekommen.

»Abrans alte Mannschaft hat ein Stück nördlich von hier Medikamente gebunkert«, sagte ich. »Das Versteck liegt auf unserem Weg.«

Daniel trat einen Schritt von mir zurück und strich sich die Haare aus dem Gesicht. Fluchend hob er den Blick zum Himmel. »Von Piratenverstecken sollte man sich tunlichst fernhalten.«

»Ich weiß, aber …«

»Wenn das vor ein paar Monaten passiert ist …« Daniel verstummte abrupt und sah auf das dunkle Wasser hinunter.

»Dann ist sie bereits tot. Wolltest du das sagen?«

»Du weißt nicht, was los ist. Vielleicht schlummert der Erreger im Moment nur.«

»Kann sein, vielleicht aber auch nicht. Wir sind noch nicht mit ihm in Berührung gekommen und sind nicht immun. Wie lange wird es dauern, bis die anderen Piraten ebenfalls biologische Kampfstoffe einsetzen? Der Punkt ist, dass wir jetzt Medikamente direkt vor der Nase haben, mit denen wir uns schützen können.«

Daniel presste die Kiefer zusammen und sah über den Sumpf hinweg zu einem Ast, von dem Moos hing. Es flatterte leicht im Wind.

»Jedes Mal, wenn sich die Lage ändert, habe ich das Gefühl, dass du mich alleinlassen wirst«, sagte ich. Mir wurde bewusst, dass ich genau deswegen zu ihm gegangen war. Ich wollte nicht ständig Angst haben, dass er verschwand.

Daniel beobachtete mit mahlendem Kiefer einen Vogel, der durch die Bäume flog. Offenbar dachte er über irgendetwas nach.

Ich berührte ihn am Arm. »Kann ich mit dir rechnen?«

Daniels graue Augen sahen mich sanft und gedankenverloren an, als erinnerte er sich wieder an etwas, das ihm entfallen war. Dann war es, als glitte ein Vorhang zur Seite, und er trat auf mich zu und nahm meine Hand. Zum ersten Mal hatte ich das Gefühl, in dieser Schwüle atmen zu können. Ich holte tief Luft und ließ sie wieder entweichen.

»Ich werde dir helfen, dein Mädchen zurückzuholen«, sagte er. »Das habe ich dir versprochen und werde mich auch jetzt nicht aus dem Staub machen.«

Kapitel 28

Auf meinem Rückweg zum Dorf wurde es allmählich dunkel. Ich brauchte etwas zu trinken und ging zu einem Saloon, den man in der Nähe des Hafens an den Hang gebaut hatte.

Im Hafen lag ein großes Schiff vor Anker. Ich sah ein paar Männer, die auf dem Kai mehrere Mädchen vor sich hertrieben. Eines der Mädchen, das noch keine vierzehn zu sein schien, hatte einen gerundeten Schwangerschaftsbauch. Ihre Haare waren um das Gesicht herum kurz geschnitten, und auf ihrer Schläfe war ein *T* eingebrannt. Die Narbe warf Blasen und glänzte pink im Dämmerlicht. Sie hob den Kopf und sah schnell zur Seite, als sich unsere Blicke begegneten.

»Vorwärts«, sagte einer der Männer und schlug mit einem Gürtel nach den Beinen der Mädchen.

Ich ging rasch am Felshang entlang, nach einer Biegung führte der Pfad zum Wasser. Hinter dem Saloon zog sich eine Reihe von Hütten und Zelten den Hang hinauf. In ein paar von ihnen leuchteten Laternen. Das Stimmengemurmel von Menschen, die sich zur Ruhe begaben, wehte zum Meer hinunter.

Ich betrat den Saloon, ging direkt zur Bar und kippte einen Whiskey. Hier drinnen waberte dichter Rauch. Im schummerigen Licht der Laternen und Kerzen sah er wie Nebel aus. Zwischen den Wandbrettern klafften Spalte, durch die gedämpftes Zwielicht hereinfiel.

Jemand tippte mir auf die Schulter. Als ich mich umdrehte, sah ich mich Behir gegenüber.

»Du bist blass«, sagte er.

Ich schüttelte den Kopf und berichtete ihm, was ich im Hafen gesehen hatte. Obwohl mehrere Hafenstädte den Piraten erlaubten, Menschen gefangen zu nehmen, um ihre Schulden einzutreiben, fand der Sklavenhandel normalerweise in kleinen Buchten und Flussmündungen außerhalb der Handelshäfen statt.

Behir nickte. »Wharton ist mittlerweile einer ihrer Stützpunkte. Sogar das Wasser um die Hafenanlagen herum wird besteuert. Die Fischer hier sprechen von nichts anderem.« Behir deutete auf eine Gruppe dunkelhäutiger Männer, die an einem Tisch hinter uns saßen.

»Welche Bande?«, fragte ich.

Behir zuckte die Achseln. »Die Lost Abbots. Sie haben sich hier in der Karibik breitgemacht – mit Stützpunkten, Kolonien und allem Drum und Dran. Den ganzen Abend schon höre ich mir Geschichten über ihre Steuern, öffentliche Auspeitschungen und den Sklavenhandel an.« Der Junge schüttelte den Kopf, seine Sorgen standen ihm deutlich ins Gesicht geschrieben. »Deswegen bin ich froh, dass wir nicht versuchen, uns in irgendeiner Hafenstadt niederzulassen. Meine Mom wollte das zwar, aber ich habe ihr gesagt, dass man nie weiß, ob so ein Hafen bereits ein Rückzugsort für Piraten ist. Ob sie ihn in der Hand haben. Wir wussten ja auch nicht, was aus Wharton geworden ist, bevor wir hier ankamen.«

Mir wurde flau, und ich verspürte den dringenden Wunsch, ihm zu sagen, dass das Valley bereits eine Kolonie war. Doch stattdessen bestellte ich noch einen Whiskey, trank ihn in einem Zug leer und konzentrierte mich auf das Brennen in meiner Kehle. Während wir eine Weile schwiegen, beobachtete ich durch die Schlitze in der Wand, wie es draußen immer dunkler wurde. Behir lauschte konzentriert auf die Gespräche der Männer hinter uns. Die Sprache, in der sie sich unterhielten, war mir völlig fremd.

»Was ist das …?«

»Hindi«, erwiderte Behir. »Meine Mom bestand darauf, dass ich diese Sprache lerne. Sie meinte, das wäre nützlich.« Er verdrehte die Augen. »Sie hat immer recht.« Er beugte sich dichter an mich heran. »Hast du die großen Häuser beim Hafen gesehen?«, flüsterte er. »Ich glaube, ein Mann, der in einem davon gewohnt hat – ein ehemaliger Broker oder so was –, war ein entfernter Cousin der Familie, die ursprünglich die Lost Abbots gegründet hat. Sie haben ein Abkommen geschlossen: Die Lost Abbots durften in Wharton einen Stützpunkt errichten, wenn die Bewohner dafür etwas von den Dingen abbekommen, die sie in anderen Dörfern rauben. Damit das hier eine blühende Gemeinde wird. Außerdem beschützen die Lost Abbots Wharton kostenlos vor anderen Piratenbanden.« Behir verstummte und hörte wieder den Männern zu. »Die Regierungsverantwortlichen hier durften in ihren Ämtern bleiben und die Führung behalten. Es klingt so, als würde Wharton mehr oder weniger demokratisch regiert. Sie halten jedes Jahr Wahlen ab, aber es gibt viel Korruption.«

Ich schüttelte den Kopf, und wir schwiegen erneut. Während ich mein Glas auf der Theke hin und her schob, hörte ich zwei Frauen zu, die sich neben uns über die Flut stritten.

»Sie hat uns gerettet, wir sind immer noch hier«, sagte eine der beiden.

»Sie wollte uns auslöschen«, erwiderte die andere.

»Sie hat alles zerstört, damit wir wieder von vorne anfangen können.«

»Wir fangen nicht von vorne an, sondern sterben aus.«

»Na und? Gott wird uns retten.«

»Wenn es einen Gott gibt, hat er eine merkwürdige Vorstellung von Güte.«

Ich merkte, dass auch Behir ihrer Unterhaltung folgte, während er sein Glas zwischen den Händen rollte. Er wirkte so jung. Ich hätte ihn gerne getröstet, wusste aber nicht, wie.

»Erinnerst du dich noch an den Vogel, den wir gesehen haben?«, unterbrach er meine Gedanken.

»Welchen Vogel?«

»Den die Piraten auf ihrem Schiff aus dem Käfig gelassen haben.«

Ich nickte.

»Ich habe Abran anschließend danach gefragt. Er hat gesagt, dass Piraten inzwischen Brieftauben einsetzen, um ihren Kameraden auf anderen Schiffen oder in Häfen Bescheid zu geben, wenn sie etwas erbeutet haben.«

Diese Information traf mich wie eine Schockwelle, und ich flog fast vom Stuhl. Würden die Wächter im Valley eine Taube zu den anderen Lost Abbots schicken können, ehe wir sie töteten? Und würden die Piraten daraufhin zurückkehren, bevor wir unsere Verteidigung organisiert hatten?

Behir schüttelte den Kopf. »Anscheinend richten sie die Vögel dazu ab, zwischen ihren Schiffen hin- und herzufliegen. Abran sagt, dass sie sie über Schiffen, die nicht zu ihrer Flotte gehören, abschießen, weil die Tauben sie nicht erkennen und nicht auf ihnen landen wollen. Das nennen die Piraten ›eine Bemerkung fallen lassen‹.« Behir rieb mit dem Daumen über sein Glas. »Wenn sie miteinander kommunizieren, wird es viel schwerer, sich vor ihnen zu verstecken …« Behir brach die Stimme, und ich ergriff seine Hand.

»Wir müssen uns vor niemandem verstecken«, sagte ich und unterdrückte meine eigene Angst. Ich holte tief Luft und zwang mich zu dem gleichen beherrschten Gesichtsausdruck, mit dem ich auch oft Pearl ansah. Dann drückte ich kurz seine Hand und ließ sie wieder los. »Wir werden uns nicht verstecken müssen, weil wir aus dem Valley eine Festung machen.«

Zu meiner Überraschung glaubte ich selbst, was ich sagte. In Gedanken sah ich vor mir, wie wir alle zusammen etwas bauten. Abrans Vision war ansteckend. Eigentlich hatte ich geglaubt, seine Vorstellungen wären mir zu idealistisch, aber nun sehnte ich mich insgeheim nach dem, was er anstrebte.

Behir nickte und grinste mich an. »Du hast recht«, sagte er und trank sein Glas leer. Der Duft von Holunder und Rinde stieg mir in die Nase. »Ich werde jetzt wieder zum Schiff gehen. Mittlerweile müssten fast alle zurück sein.«

Ich nickte. »Ich komme bald nach.« Plötzlich war es mir wichtig, allein zu sein, als hätte ich eine Grenze überschritten, hinter die ich nun wieder zurückwollte.

»Das hätte ich fast vergessen.« Behir holte etwas aus der Tasche und stellte es vor mir auf der Theke ab. Es waren kleine Schlangenlederhandschuhe. »Die habe ich für Pearl gekauft. Für den Norden. Sie … sie erinnert mich an meine kleine Schwester. Ich wollte, dass sie etwas Schönes hat.«

Ich berührte sie mit den Fingerspitzen. Das Leder war erstaunlich weich. »Vielen Dank.«

Diese Leute verdienten es zu erfahren, wohin ihre Reise ging, dachte ich. Als Behir den Saloon verließ, schob ich die Handschuhe vor mir fort und ließ den Kopf auf die Theke sinken.

Kapitel 29

In dieser Nacht schlich ich durch den dunklen Korridor zu Abrans Kajüte. Ich besuchte ihn immer noch, wenn alle schliefen, allerdings nicht mehr so regelmäßig und stets ohne Vorankündigung. Abran war so beschäftigt mit der Aufgabe, das Schiff durch diese fremden Gewässer zu steuern, dass er gar nicht mehr darauf drängte, der Besatzung von uns zu erzählen. Allmählich hatte ich das Gefühl, dass ich unsere nächtlichen Stelldicheins nicht vermissen würde, wenn ich nicht mehr zu ihm ginge. Aber seine Kajüte war der einzige Ort, wo ich ungestört versuchen konnte, ihn zu einem Zwischenstopp beim Medikamentenversteck zu überreden.

Während ich leise an seine Tür klopfte, dachte ich daran, wie ich in den Mangroven mit der Stirn Daniels Bart gestreift hatte, als ich meinen Kopf an seine Brust legte.

Als Abran aufmachte, roch ich den Whiskey in seinem Atem. Er schloss ganz vorsichtig die Tür hinter mir, um kein Geräusch zu machen, und schlich leise zu seinem Bett zurück. Dabei blickte er mich über die Schulter an, als wäre ich eine Fremde.

Auf der Kiste neben seinem Bett sah ich eine halb leer getrunkene Whiskeyflasche, die wegen der unebenen Oberfläche leicht schräg stand. Es war nicht die Sorte, die wir in der Vorratskammer aufbewahrten und zu feierlichen Anlässen ins Hüttendeck brachten. Vielleicht hatte er diesen Whiskey mit seinen beiden Münzen in Wharton gekauft. Die andere Möglichkeit, dass er Geld von unseren Tauschgeschäften für seinen persönlichen Alkohol abgezweigt hatte, wollte ich gar nicht in Betracht ziehen.

»Du musst dich zügeln, wenn er die Atlantiküberquerung überstehen soll«, sagte ich. Es sollte wie eine gut gelaunte

Frotzelei klingen, aber ich hörte selbst die Anspannung in meiner Stimme.

»Hoffentlich überstehen wir alle diese Reise«, erwiderte er. Dann ließ er sich rückwärts aufs Bett fallen und legte eine Hand auf die Augen.

»Was ist los?«, fragte ich. Er machte mich nervös. Ich würde ihn nicht dazu überreden können, die Arzneien einzusammeln, wenn er sich ängstlich und niedergeschlagen fühlte. In seiner kleinen Kajüte roch es streng nach Schweiß, Schnaps und schlaflosen Nächten, in denen er sich auf seinem schmalen Bett hin und her wälzte, während draußen die Wellen an der Bordwand hochschwappten.

»Wharton war der Handelsposten, den mein Bruder am liebsten mochte. Ich nehme an, er erinnerte ihn an zu Hause.« Abran setzte sich im Bett auf. Zwischen seinen zusammengezogenen Augenbrauen hatte sich eine Falte gebildet, sein Mund war ein dünner Strich. Ich merkte, dass er kurz vor dem Zusammenbruch stand, und knirschte ungeduldig mit den Zähnen. Plötzlich wich alle Anspannung aus seinem Gesicht. Er fing an zu schluchzen und vergrub das Gesicht in den Händen.

Ich setzte mich hin, umarmte ihn und streichelte ihm über den Rücken. »Es ist schon gut, schon gut«, flüsterte ich in seine Haare.

Nach einem Moment löste er sich von mir und lehnte sich zurück. »Es war meine Schuld.«

Ich schüttelte den Kopf. »Das stimmt nicht.«

»Doch. Es war unser Plan, aber …« Abran sah sich mit verlorenem Blick in der Kajüte um. »Wir wollten ihre Vorräte stehlen, während das Schiff im Hafen lag und die Mannschaft auf Landgang war, beim Saufen und auf der Suche nach Huren. Das war nur ein paar Kilometer von hier. Alles, was wir klauten, wollten wir auf dem Berg verstecken. Wir hatten geplant, eines der kleinen Boote loszubinden und von der Strömung davontragen zu lassen, als Köder, dem die Mannschaft folgen sollte, sobald sie zum Schiff zurückkehrten.«

Abran verstummte, und eine Weile sagte keiner von uns beiden ein Wort. Das Meer schien eine gewaltige Geräuschkulisse um uns herum aufzubauen. Das Schiff ächzte unter dem Ansturm der Wellen, die gegen das Holz donnerten. Schließlich sprach Abran weiter. »Jonas ist zum Schiff zurückgekehrt, um einen Sklaven zu befreien, der im Rumpf gefangen gehalten wurde. Wir stritten deswegen. Ich wollte nicht, dass er es tat. Der Sklave war nicht … Es ging ihm nicht gut, und es wäre gefährlich gewesen, ihn mitzunehmen. Ich ging den Hang hinauf und wollte dort oben auf Jonas warten. Doch dann hörte ich Schreie. Der Sklave kreischte. Er machte einen riesigen Radau und ging auf Jonas los. Wahrscheinlich glaubte er, Jonas wäre gekommen, um ihn zu töten. Er konnte sicher gar nicht glauben, dass jemand ihn freilassen wollte. Dann war es plötzlich still. Ich nahm an, dass Jonas den Sklaven niedergeschlagen hatte, um ihn zum Schweigen zu bringen. Ich wollte gerade das Versteck verlassen und wieder hinuntergehen, als ich ein paar unserer Mannschaftskollegen den Kai entlang auf das Schiff zugehen sah.« Abran vergrub wieder das Gesicht in den Händen. »Ich beobachtete sie und versuchte, Jonas mit reiner Gedankenkraft dazu zu bewegen, dass er abhaute. Ich wusste nicht, ob er immer noch auf dem Schiff war oder sich bereits davongeschlichen hatte. Es war so dunkel, dass ich nichts erkennen konnte. Schließlich schleiften ihn zwei Männer aus dem Rumpf herauf. Ich glaube, er war ohnmächtig. Der Sklave muss ihn bewusstlos geschlagen haben. Einer der beiden hängte ihn über die Reling, und der andere schoss ihm in den Kopf. Dann hievten sie seine Beine über die Seite, und er fiel ins Meer.«

Ich schauderte vor Mitgefühl. Kein Wunder, dass Abran so ängstlich und getrieben war. Ich zog ihm die Hände vom Gesicht und verflocht meine Finger mit seinen. »Du hättest es nicht verhindern können.«

Abran zog seine Hände zurück und schüttelte den Kopf. »Doch, hätte ich. Aber das ist jetzt nicht mehr wichtig. Nichts ist mehr wichtig.«

Ich spürte, dass er mir entglitt, und rüttelte ihn an der Schulter. »Hör auf damit, Abran. Die ganze Besatzung verlässt sich auf dich. Es gibt Dinge, um die wir uns hier und jetzt kümmern müssen.« Ich berichtete ihm, was die Ladenbesitzerin in Wharton mir erzählt hatte, nicht nur bezüglich der Epidemie, sondern auch, dass die Lost Abbots den Erreger als Waffe eingesetzt hatten, um aus dem Valley eine Kolonie zu machen. Mein ganzer Körper versteifte sich, und ich hatte das Gefühl, meine Zunge nicht mehr bewegen zu können, als wäre meine Angst ein Stück Metall, das ich im Mund hatte und nicht hinunterschlucken konnte. Ich versuchte, mir einzureden, dass wir nirgendwo sonst hinkonnten und er unseren Kurs nicht mehr ändern würde.

Abran hörte mit finsterer Miene zu. Er wirkte weder schockiert noch besorgt. »Davon habe ich schon gehört. Biologische Kriegsführung.«

Ich hatte die Luft angehalten, während er sprach, und stieß sie nun aus. Ich lehnte mich zurück und musterte sein Gesicht. Wie er so vor mir saß, zusammengesunken, bedrückt und desinteressiert, erinnerte er mich erneut an Jacob, der sich immer in sich selbst zurückgezogen hatte, wenn ihm etwas zu anstrengend geworden war. »Du könntest alles verlieren, was du aufgebaut hast«, sagte ich behutsam.

»Irgendwas ist doch immer«, sagte Abran und griff nach der Flasche auf der Kiste. Er nahm einen Schluck, und ich widerstand der Versuchung, ihm die Flasche aus der Hand zu reißen und an die Wand zu schleudern. Adrenalin strömte durch meine Adern. Meine mahnenden Worte waren zu abstrakt für ihn gewesen. Hatte er so viel verloren, dass ihm mittlerweile alles egal war? Machte er bloß eine Phase durch, oder war das ein Charakterzug, den ich bislang bloß noch nicht an ihm erlebt hatte?

»Hast du davon gewusst?«, fragte er. »Von der Kolonie?«

»Natürlich nicht«, log ich. »Aber es ist kein Stützpunkt. Nicht wie Wharton. Nur eine Kolonie. Sie haben sicher nur ein paar Wachleute dort stationiert. Was wir wirklich brauchen, sind Antibiotika.«

»Ja, das hast du bereits gesagt.« Abran stand auf und lief in der Kajüte auf und ab.

»Weißt du noch die Koordinaten?«

Abran nickte. »Eine kleine Insel südlich von Broken Tree, dem letzten Hafen, bevor es über den Atlantik geht. Sie heißt Ruenlock.«

»Und sie haben dort keinen Stützpunkt?«

»Verstecke verwenden sie nie gleichzeitig als Stützpunkte. Aber manchmal kehren sie zu diesen Orten zurück, um die Vorräte aufzufüllen oder sich mit Tauschwaren einzudecken.« Abran verstummte. »Aber selbst das ist unwahrscheinlich bei diesem Versteck. Ein Jahr nachdem ich die Lily Black verlassen hatte, ist das Schiff, auf dem ich gewesen war, verunglückt. Dabei ist die halbe Mannschaft gestorben, und es hat jetzt einen neuen Kapitän. Das hat mir alles ein Freund in Apple Falls erzählt. Ich habe keine Ahnung, ob sie nach dieser Havarie immer noch alle Koordinaten ihrer Verstecke haben, aber sie lassen sicher nicht in jedem Wachen zurück. Allerdings weiß ich auch nicht, ob bereits irgendwer anders es aufgespürt und geplündert hat.«

»Wir könnten darüber abstimmen«, schlug ich vor. Ich hatte allmählich den leisen Verdacht, dass Abran nur dann einen Antrag zur Abstimmung brachte, wenn er auch sicher war, dass die Mannschaft in seinem Sinne entscheiden würde.

»Als ich das letzte Mal Vorräte von Piraten gestohlen habe, ist dabei mein Bruder umgekommen. Weil ich einen Fehler gemacht habe. Es läuft nie so, wie man es erwartet. Das kannst du nicht verstehen.«

»Alle könnten krank werden. Wir müssen versuchen …«

Abran schüttelte den Kopf. »Im Winter wird das Wetter schlechter. Wir dürfen keine Zeit mit zusätzlichen Stopps verschwenden. Diese Winterstürme im Norden …« Abran schauderte. Er fürchtete sich mehr vor der Überquerung, als ich gedacht hatte. Er setzte sich neben mich aufs Bett und nahm mich in den Arm.

»Machst du dir denn gar keine Sorgen, dass sich die Mannschaft infizieren könnte? Und wegen der Kolonie?« Ich hatte damit gerechnet, dass er mit einer Kursänderung drohen würde. Auf seine Apathie war ich nicht gefasst gewesen. Als ich ihn ansah, wurde mir klar, dass ich nicht nur Angst hatte, Pearl könnte sich anstecken. Ich machte mir um die gesamte Mannschaft Sorgen und fand, dass sie einen Anführer brauchten, der nicht im entscheidenden Moment den Schwanz einkniff. *Wenn er es ihnen nicht sagt, muss ich es tun,* dachte ich. Mir wurde übel. Was, wenn sie sich weigerten, zum Valley zu segeln?

Abran sah mich mit blutunterlaufenen Augen an. »Hinter jeder Ecke lauert ein Problem, Schätzchen. Ich habe es satt, mich andauernd auf alle Eventualitäten einzustellen.«

Er ließ die Hand unter mein Hemd gleiten, seine Finger berührten meine Brust. Er war betrunken und fasste mich grob an. Er war nicht bei der Sache und behandelte meinen Körper wie ein Spielzeug. Zum ersten Mal wollte ich nicht, dass er mich anfasste. Als er mich am Kinn packte und mein Gesicht zu sich drehte, stieß ich ihn weg.

Er langte nach meinem Handgelenk, sprang vom Bett auf. Ich nahm seine Whiskeyflasche und schleuderte sie an die Wand. Das Klirren, mit dem die Scherben auf dem Boden landeten, klang wie die Melodie eines Windspiels.

»Du bist nicht allein auf dem Schiff«, sagte ich.

Abran sah mich an, seine schwarzen Augen glitzerten im Kerzenschein. »Du aber auch nicht, Süße.«

Kapitel 30

Im Anschluss an diesen Abend ging ich Abran aus dem Weg, und wir sprachen nicht mehr über die Epidemie im Valley. Zwei Tage später feierten wir den vierten Geburtstag der *Sedna*. Marjan kochte eine Mahlzeit aus geräuchertem Dorsch, Kartoffeln, Blattkohl, Pfirsichen und Bohnen. Alle ließen sich irgendwelche Ausreden einfallen, warum sie ins Hüttendeck gehen mussten, damit sie den Kombüsenduft riechen konnten. In letzter Zeit hatten wir nur gesalzenen Fisch und Sauerkraut bekommen und sehnten uns nach einer Abwechslung.

Marjan verließ die Kombüse, um einen Blick auf die Konserven im Vorratslager zu werfen, und ließ Pearl und mich mit einem Eimer voll Kartoffeln zurück, die wir schälen sollten.

»Wie sieht Row aus?«, fragte Pearl, sobald Marjan draußen war. Normalerweise stellte sie mir Fragen über Row nur, wenn wir noch in der Mannschaftsunterkunft blieben, nachdem alle anderen bereits gegangen waren, um ihren morgendlichen Pflichten nachzugehen.

»Ein bisschen wie ich«, erwiderte ich. »Mit dunklen Haaren und meerblauen Augen.«

»Und mag sie Schlangen?«

Marjan kam zurück und lächelte uns auf ihre übliche leicht zerstreute Weise freundlich an. »Ich habe vergessen, die Handtücher zu waschen. Jetzt riecht es in der Kombüse ganz muffig.«

Da ich Pearls Frage nicht beantwortet hatte, stieß sie mich mit einer Kartoffel an. »Und, mag sie sie?«

»Eine Sekunde, Schatz.« Ich tat, als entfernte ich sorgfältig ein Auge aus einer Kartoffel.

Marjan eilte mit einem Stapel feucht riechender Handtücher aus der Kombüse hinaus.

»Pearl, wir dürfen nicht über Row reden«, sagte ich. »Sie ist unser Geheimnis.«

Als Pearl mich anschaute, erwartete ich, Überraschung oder Neugier auf ihrem Gesicht zu sehen und dass sie mich fragte, wieso das so sei. Doch stattdessen verriet mir ihr Blick, dass sie das bereits gewusst hatte. Sie grinste mich verschlagen an, als hätte sie mich absichtlich gepiesackt, und weidete sich nun an meiner Nervosität.

»Weißt du auch, warum sie unser Geheimnis bleiben muss, Pearl?«

»Wir fahren zum Valley, um sie zu holen. Und keiner darf wissen, dass es dort gefährlich ist.«

Ich starrte sie an. Seit jenem Tag auf den Klippen hatte sie gewusst, dass wir unterwegs waren, um Row zu retten. Aber zu welchem Zeitpunkt hatte sie erkannt, dass wir die Mannschaft hereinlegten? Hatte ihr meine Angst vor der Atlantiküberquerung verraten, wie gefährlich es dort sein würde? Hatte sie mein Gespräch mit Daniel in der Mangrove gehört, nachdem ich von der Epidemie erfahren hatte?

Sie fing wieder an, ihre Kartoffel mit sicheren, schnellen Bewegungen ihres Messers zu schälen. Auf ihren Lippen lag die Andeutung eines zufriedenen Lächelns. Manchmal machte mir die Frau, zu der sie heranreifte, Angst. Sie würde belastbarer und willensstärker sein als ich. Ich brachte ihr bei, wie man andere täuschte, und sie lernte schnell. Ich zeigte ihr, wie man in dieser Welt überlebte.

Marjan kam mit ein paar Dosen auf dem Arm zurück und scheuchte uns mit den Worten aus der Kombüse, dass sie den Rest selbst erledigen wolle.

Mit dem Abend kam die Kälte, und als wir ins Hüttendeck zurückkehrten, brannten dort bereits die Kerosinlaternen. Sobald wir aus dem Wind hereinkamen, hüllte uns der Geruch von warmem, frisch gebackenem Brot ein. Von der Servierplatte mit dem Dorsch und der Tomaten-Pfirsich-Salsa, die in der Mitte des Tisches stand, stieg ein vielversprechender süßer Duft auf.

Marjan zog den Kombüsenvorhang beiseite und trug einen Teller mit einem kleinen Kuchen herein. In seiner Mitte steckte eine Kerze aus der Zeit vor der Flut, um die sich von oben bis unten ein pinkes Band wand.

Sie stellte den Kuchen vor mir auf den Tisch. »Du hast gesagt, dass Pearl im Herbst zu Welt gekommen ist. Ich dachte, das könnten wir heute auch begehen. Kinder verdienen es, dass man ihren Geburtstag feiert.«

Ich war sprachlos vor Verblüffung. Ich konnte mich gar nicht daran erinnern, Pearls Geburtstag im Herbst erwähnt zu haben, aber Marjan wusste es noch. Meine Töchter waren beide im Herbst geboren worden, aber ich hatte keine Ahnung, an welchem Tag genau Pearl auf die Welt gekommen war.

Pearl sah zu Marjan auf und bedankte sich bei ihr, dann schaute sie mit einem breiten Lächeln den Kuchen an. Sie hatte noch nie einen zu Gesicht bekommen. Seine Glasur glänzte im Schein der Kerosinlampe, und ich nahm den unverkennbaren Duft von Mehl, Zuckern und Eiern wahr. Ich konnte mir nicht vorstellen, wie Marjan das geschafft hatte, da wir zwar Mehl, aber weder Eier noch Zucker besaßen.

Als alle anfingen, »Happy Birthday!« zu singen, presste Pearl die Hände aneinander und kräuselte entzückt die Nase. Die Aufmerksamkeit der anderen versetzte sie in Hochstimmung, ich dagegen wand mich innerlich vor Schmerzen, als ich sah, welche Zuneigung uns die Menschen entgegenbrachten, die ich verriet. In diesem Moment wurde mir klar, dass ich nicht ein Teil dieser Mannschaft sein und sie gleichzeitig betrügen konnte.

Ich dachte an Rows letzten Geburtstag zurück, den wir gemeinsam gefeiert hatten. Es war ihr fünfter gewesen, und meine Mutter hatte damals ebenfalls einen Kuchen gebacken, bei dem ein paar Zutaten fehlten. Er war in der Mitte ein bisschen eingesunken, schmeckte aber süß. Row streifte etwas von dem pinken Zuckerguss ab und leckte ihn sich vom Finger.

Der Regen hatte kurz ausgesetzt, und wir versammelten uns alle am Fenster, um endlich mal wieder ein wolkenloses Stück Himmel zu sehen. Hinter dem Haus unserer Nachbarn wuchs ein Regenbogen in den dunklen Himmel und verschwand so schnell wieder, wie er aufgetaucht war. Damals dachte ich, wie vergänglich jeder Augenblick ist und dass sich die Zeit schneller bewegt als ein Kameraverschluss.

Alle kehrten zum Tisch zurück, stellten sich um Row auf und sangen für sie. Sie kicherte und klatschte strahlend in die Hände. In diesem Moment war ich so stolz auf uns. Ich hatte einem nach dem anderen ins Gesicht gesehen – Großvater, Mutter, Jacob und Row – und darüber nachgedacht, wie sehr wir einander brauchten. Dass wir nur eine Chance hatten, wenn wir zusammenblieben.

Marjan legte mir eine Hand auf die Schulter, und ich zwang mich dazu, ihr Lächeln zu erwidern. Ich sah mich in dem kleinen Kreis um, der sich um Pearl und mich gebildet hatte, und musterte ihre Gesichter. Sie klatschten und lächelten. Wayne stampfte den Rhythmus des Geburtstagslieds, Behir trat einen Schritt vor und kniff Pearl spielerisch in den Arm.

Das Lied endete mit Jubelrufen und zahlreichen Umarmungen, als alle zu Pearl gingen, um ihr alles Gute zum Geburtstag zu wünschen und ihr zu sagen, wie froh sie seien, sie an Bord der *Sedna* zu haben. Sie konnte gar nicht aufhören zu nicken und zu kichern, trunken von der Zuneigung, die sie ihr entgegenbrachten. Anschließend nahmen alle außer mir wieder Platz, Stuhlbeine schabten über den Holzboden, und die Gespräche sanken zu einem leisen Murmeln herab. Bevor Marjan mit dem Servieren begann, wurde es still, und es kam mir so vor, als würde sich die *Sedna* zur Seite neigen, doch das war ich selbst.

Um nicht das Gleichgewicht zu verlieren, umklammerte ich die Stuhllehne vor mir.

Sie behandeln uns wie ihre Familie, dachte ich betäubt. Wieso war mir das bisher nicht aufgefallen?

Weil ich es nicht sehen wollte, dachte ich. *Wegen dem, was ich tun muss, wenn sie keine Fremden für mich sind und ich ihnen etwas schulde.*

Ich sah sie der Reihe nach an und dachte darüber nach, wen sie alle verloren hatten. Jessa ihr Baby. Abran seinen Bruder. Wayne seine Frau. Marjan den Ehemann und ihre Kinder.

Ich dachte daran, wie es gewesen war, Großvater nicht mehr zu haben, und dass ich nachts kaum hatte schlafen können, bevor wir an Bord der *Sedna* gingen. Dass ich hier nicht ganz allein für alles die Verantwortung trug. Ich erinnerte mich noch an das Gefühl der Leere, als mir klar geworden war, dass ich keine andere menschliche Stimme mehr hören wurde, solange Pearl nicht sprechen konnte. Wie ich das Gefühl hatte, allmählich verrückt zu werden, weil ich jeden Tag nur ihr Weinen und Gebrabbel hörte, wenn nicht gerade Stille herrschte.

Ich dachte daran, dass Marjan Pearls Kuchen mit ihren eigenen Händen gemacht hatte, mit denen sie so viel Gutes für jeden an Bord tat und all die unsichtbare Arbeit erledigte, deren Früchte wir genossen. Ich sah Pearl an, die gleich den ersten Bissen von dem Kuchen nehmen würde, den eine Frau für sie gebacken hatte, der sie so sehr am Herzen lag, als wäre sie ihre eigene Tochter. Genau wie allen anderen. Es war genau wie damals mit Großvater. Pearl war nicht nur mein Kind gewesen, sondern auch seines. Ich musste sie nicht allein großziehen.

Aber das Schlimmste war, dass Pearl wusste, dass wir sie täuschten und für unsere Zwecke einspannten. Dass wir sie und alles, wofür sie gelitten hatten, gefährdeten. Sie wusste es, als sie ihr Lächeln erwiderte.

Ich war hin- und hergerissen, was ich tun sollte, und hatte das Gefühl, kurz vor dem Zerreißen zu stehen. Ich musste Row retten. Aber so konnte ich es nicht tun. Jetzt nicht mehr. Das Herz schlug mir bis in den Hals, und ich glaubte, ersticken zu müssen.

»Ich habe euch alle belogen«, sagte ich so leise, dass ich mir nicht sicher war, ob ich es nur gedacht hatte.

»Was?«, fragte Wayne.

Daniels Gesicht wurde weich, und sein Blick fühlte sich an, als würde er mich an der Hand nehmen.

»Ich habe euch alle angelogen.«

»Was?«, wiederholte Wayne. Er klang ungläubig und wütend.

»Lass sie ausreden«, fuhr Daniel ihn an.

»Ich möchte zum Valley, weil meine Tochter dort ist – sie wird dort von den Lost Abbots gefangen gehalten. Das Valley ist eine Kolonie …« Die Mannschaftsmitglieder wechselten schockierte Blicke, und Abran sah mich böse an. Er legte eine Hand auf den Tisch, als wollte er von seinem Stuhl aufspringen. Ich hatte das Gefühl, kaum noch Luft zu bekommen, und sprach schnell weiter. »Sie haben das Valley zu ihrer Kolonie gemacht, nachdem sie seine Bewohner mit biologischen Kampfstoffen überwältigt haben. Es gab eine Epidemie – die Pest … Aber das ist Monate her. Ich erwarte nicht …« Wayne stand so schnell auf, dass sein Stuhl nach hinten umkippte. Abran gab ihm mit erhobener Hand ein Zeichen, noch zu warten. »Ich erwarte nicht, dass ihr mir diesen Betrug verzeiht. Ich erzähle es euch, weil wir in Kürze an einer Insel vorbeikommen werden, auf der Antibiotika versteckt sind. Wenn wir dort einen Zwischenstopp einlegen, haben wir einen wirksamen Schutz für den Fall, dass die Seuche noch nicht abgeflaut ist. Und wir können uns auch gegen zukünftige Angriffe mit biologischen Kampfstoffen schützen. Ich finde, wir sollten darüber abstimmen, ob wir an der Insel anlegen und die Antibiotika holen sollen.«

Abrans Miene verhärtete sich, während er mich betrachtete. In seinen Augen stand Hass.

»Wieso gehst du davon aus, dass wir jetzt immer noch zum Valley segeln werden?«, fragte Wayne. Er sah aus, als wollte er mir das Genick brechen.

Ich sah schnell von Abran weg und senkte meine Stimme wieder zu einem Flüstern. »Weil ihr sonst nirgendwohin könnt.«

Marjan sah so traurig aus, dass ich den Blick von ihr abwenden musste, und ich wagte es nicht, Behir oder Pearl anzuschauen. Im Raum war es so still, dass ich das rhythmische Klappern eines Blocks draußen an Deck hören konnte und auch die Wellen, die leise gegen das Schiff plätscherten. Die Tomaten-Pfirsich-Salsa, die gerade noch so süß geduftet hatte, roch nun säuerlich und hatte sich auf dem Dorsch zu einer harten Glasur verfestigt.

»Ich hätte gute Lust, dich jetzt sofort über Bord zu werfen«, sagte Abran mit kalter Stimme. »Aber was mache ich dann mit Pearl?«

»Du machst überhaupt nichts mit Pearl«, zischte Marjan ihn an.

Mein Herz schlug heftig in der Brust, meine Zunge war zu trocken zum Sprechen. Ich versuchte mich an die Schiffsregeln und verschiedenen Bestrafungen zu erinnern. Aber Pearl würden sie nicht aussetzen, sagte ich in Gedanken wie ein Mantra vor mich hin. Was ich sowohl tröstlich als auch beängstigend fand. Sie wäre ihn Sicherheit, aber von mir getrennt.

Daniel erhob sich. »Was immer ihr mit ihr macht …«

»Halt dich da raus, Daniel, das geht dich nichts an«, unterbrach ich ihn. Wenn sie mir etwas antaten, war es mir wichtig, dass er blieb und sich um Pearl kümmerte. Ich wusste, dass ich mich in dieser Hinsicht auf ihn verlassen konnte.

Wayne sah Daniel an. »Hast du davon gewusst?«

»Nein, das war mein Geheimnis«, erwiderte ich.

»Bringt sie nach unten«, sagte Abran.

Wayne stürmte um den Tisch herum, warf einen freien Stuhl zur Seite und packte mich unter den Achseln. Er riss mich vom Tisch weg, als wäre ich eine Stoffpuppe.

»Halt!«, brüllte Daniel und stürzte sich auf Wayne. Abran sprang auf, stellte sich ihm in den Weg. Er rammte Daniel den Ellbogen in die Brust und warf ihn rückwärts gegen den Tisch. Pearl schnellte von ihrem Stuhl hoch, um hinter mir herzulaufen, aber Thomas bekam einen ihrer Arme zu fassen. Sie reckte die Arme und rief nach mir.

Die Finsternis draußen traf mich, als wäre ich unter Wasser gedrückt worden. Die Stimmen aus dem Hüttendeck klangen, als kämen sie aus einem versunkenen Schiff. Während Wayne mich zum Abgang zerrte, hörte ich Pearls hohes Kreischen. Sie flehte sie an aufzuhören.

Kapitel 31

Wayne fesselte mich an den Handgelenken, stieß mich in die Vorratskammer und sperrte die Tür von außen ab. Ich setzte mich auf den Boden und lehnte mich an die Mehlsäcke auf dem untersten Regalbrett. Vor meinen Füßen lag ein von der Wand gefallener Kalender. Marjan führte darin genaustens Buch. An jedem einzelnen Tag notierte sie in ihrer ordentlichen Handschrift, welche Vorrate verbraucht wurden und was neu dazukam. Die einzelnen Daten waren schräg durchgestrichen, bis zum 5. Oktober, der vermutlich der heutige Tag war.

Ich streckte die Hand aus und zog ihn näher zu mir her. Rows Geburtstag war am 2. Oktober gewesen. Also erst vor wenigen Tagen. Nun war sie zwölf. Mit zwölf hatte ich meine erste Monatsblutung gehabt, und bei ihr würde es auch bald so weit sein, wenn es nicht bereits passiert war. Ich befand mich in einem Wettlauf gegen ihre biologische Uhr. Und nun stand in den Sternen, ob ich es je zu ihr schaffen würde.

Die Schritte über mir wurden gedämpfter und waren nicht mehr zu hören. Ich versuchte, nicht nachzudenken, und lehnte dösend am Regal, bis die *Sedna* gegen eine große Welle krachte und ich zu Boden geschleudert wurde. Als es meinem Gefühl nach wieder Morgen war, ging die Tür auf und Abran trat ein.

Ich setzte mich gerade auf. »Ist mit Pearl alles in Ordnung?«

»Es geht ihr gut. Marjan ist bei ihr.«

Er schloss die Tür und lehnte sich dagegen. Ich wartete darauf, dass er zu sprechen anfing.

»Hast du über die Voraussetzungen dort gelogen?«, fragte er tonlos. »Über das Baumaterial für die Häuser, die Brunnen, die geschützte Lage, den nährstoffreichen Boden?«

»Es ist ein gutes Land«, erwiderte ich. Ich versuchte mich daran zu erinnern, was von dem, was ich gesagt hatte, stimmte und was gelogen war.

»Du hast alles in Gefahr gebracht, was ich aufgebaut habe. Alles. Hast du eigentlich tatsächlich vorgehabt, uns dort beim Aufbau einer Gemeinde zu helfen? Oder wolltest du bloß deine Tochter zurückholen und dann abhauen?«

Ich senkte den Blick. Im Großen und Ganzen hatte ich mir vor allem überlegt, wie ich Row retten konnte, ohne Pearl einem Risiko auszusetzen. Weiter hatte ich nicht nachgedacht. »Was immer für Row und Pearl das Beste gewesen wäre«, antwortete ich.

»Wartet dort sonst noch jemand auf dich?«

»Wen meinst du?«

»Deinen Mann. Der Vater deiner Mädchen. Hast du uns von deiner anderen Tochter erzählt, um unser Mitgefühl zu gewinnen? Um als Mutter dazustehen, die ihre Tochter retten will, nicht als Ehefrau, die mit ihrem Mann wiedervereint sein möchte? Das sähe dir jedenfalls ähnlich.« Abran schüttelte den Kopf, während er sprach

»Nein, mein Mann ist tot.«

Abran lief in der kleinen Vorratskammer auf und ab. »Wir haben darüber diskutiert, ob wir den Kurs ändern sollen, aber du hast recht: Wir haben keine andere Wahl. Es gibt nicht mehr viel Land.« Abran breitete die Arme aus und lachte. »Sie haben gefragt, woher du von diesen Antibiotika wusstest, und ich habe ihnen gesagt, eine Freundin hätte dir davon erzählt.« Abran sah mich streng an. »Ich möchte nach wie vor nicht, dass sie von meiner Zeit bei den Lily Black erfahren.«

»Ich werde es nicht erwähnen«, sagte ich.

Abran ließ mich nicht aus den Augen und schüttelte erneut den Kopf. »Ich habe Jahre gebraucht, um ihr Vertrauen zu gewinnen. Du hast meine Position geschwächt. *Ich* entscheide, was sie erfahren. Allein dafür würde ich dich liebend gerne aussetzen.«

Da meine Hände auf dem Rücken gefesselt waren, hatte ich Mühe, mich aufzurappeln, aber ich schaffte es. Ich hob das Kinn und verengte die Augen. »Du brauchst mich.«

Abran trat einen Schritt auf mich zu. »Du bist leicht zu ersetzen.«

Wir wussten beide, dass das nicht stimmte. Abran griff nach einer Dose und drehte sie so, dass das Etikett zu lesen war. Unsere Vorräte gingen zur Neige, mittlerweile war die Hälfte der Regale leer.

»Es war Marjan. Na ja, und Daniel, aber auf den würden wir nicht hören. Marjan hat sich für dich ausgesprochen. Sie sagte, sie könne dir keinen Vorwurf machen. Behir hat ihr zugestimmt, und auf die beiden sind wir hier an Bord angewiesen.« Abran schüttelte erneut den Kopf. »Also werden wir dich nicht aussetzen, aber du darfst dich uns nicht anschließen, wenn wir dort sind. Du hilfst uns beim Kampf gegen die Wachen der Lost Abbots, und dann bist du auf dich allein gestellt. Du kannst in der Wildnis sterben oder versuchen, sonst wohin zu segeln. Das ist mir egal. Für mich bist du gestorben. Wir werden Pearl und deine andere Tochter bei uns aufnehmen – wenn sie noch lebt. Dich nicht.«

Ich nickte und versuchte, ruhig zu bleiben, obwohl ich schreckliche Angst hatte. *Er ist nur wütend*, redete ich mir ein. *Das wird sich alles fügen. Immerhin ist das Schlimmste schon mal abgewendet. Pearl und ich werden nicht ausgesetzt. Das verschafft mir Zeit.*

Aber die Vorstellung, von Pearl und Row getrennt zu werden und auf mich allein gestellt zu sterben, erfüllte mich mit Panik. Ich musste eine Möglichkeit finden, mich unverzichtbar zu machen, damit sie mich nicht verstießen.

»Und du wirst Tag und Nacht für uns fischen. Ich möchte,

dass du angelst und die Netze auswirfst, bis dir die Finger bluten.« Abran zeigte zum Deck hinauf.

Ich nickte wieder. Abran stellte sich hinter mich und durchtrennte die Fesseln an meinen Handgelenken.

Meine Erleichterung ließ schnell nach, und eine Schwere machte sich in mir breit, ein tiefer Schmerz, der sich in meiner Brust festsetzte. Eigentlich hatte ich gedacht, meine Fischerei würde mich retten, da ich damit die Mannschaft vor dem Hunger bewahren konnte, aber das war es nicht gewesen. Stattdessen hatte Marjan mit ihrer Gnade den Ausschlag gegeben. Sie hatte Erbarmen mit mir gehabt, weil sie sich mit Verlust genauso gut auskannte wie ich.

»Und sie haben dafür gestimmt, einen Zwischenstopp für die Antibiotika einzulegen. Genau, wie du es gewollt hast.« Abran verzog den Mund zu einem abfälligen Grinsen.

Ich wusste, dass sein Ärger nur eine dünne Schutzschicht über seiner Trauer und Enttäuschung war. Ich trat dichter an ihn heran und war überrascht, als ich keinen Alkohol in seinem Atem roch. »Es tut mir leid. Wirklich.«

Abran stieß ein leises Lachen aus. »Im Entschuldigen bist du nicht sehr gut. Bereust du es wenigstens ein bisschen?«

Ich zögerte kurz und schüttelte dann den Kopf.

Er verschränkte die Hände im Nacken und streckte die Ellbogen vor, ehe er sich von mir abwandte. »Ich habe dir mehr vertraut als den meisten in meiner Mannschaft. Was war ich nur für ein Trottel. Ich dachte, du könntest ein wichtiger Teil von alldem sein. Du und ich. Zusammen. Ich habe geglaubt, wir würden Seite an Seite diesen Ort aufbauen …« Er hob ruckartig die Hand, als wollte er auf einen imaginären Ort deuten, an dem wir hätten zusammen sein und miteinander etwas erschaffen können.

Ich hatte das Bedürfnis, mich zu verteidigen und ihn darum zu bitten, sich in meine Lage zu versetzen. »Ich weiß. Das mit uns tut mir leid.«

»Das mit uns?« Abran warf den Kopf in den Nacken und lachte. »Glaubst du, ›das mit uns‹ spielt verglichen mit allem anderen irgendeine Rolle?« Der Schmerz in seiner Stimme verriet mir, dass es tatsächlich so war. Dass ihn dieser Verrat besonders schmerzte, weil er von mir gekommen war. »Du hast die ganze Zeit gewusst, dass dort eine Kolonie ist, und es uns nicht gesagt!« Abrans Stimme war kaum mehr als ein Flüstern. Er trat einen Schritt auf mich zu, irgendetwas in seinem Blick ließ mich zurückweichen. Er beugte sich vor und brüllte mir ins Gesicht: *»Du wusstest es!«* Dann machte er einen Satz auf mich zu und packte mich an der Kehle, doch anstatt zuzudrücken, wurde seine Hand ganz schlaff, als sie meine Haut berührte. Er drückte sein Gesicht an meine Brust und begann zu schluchzen.

Ich legte die Arme um ihn und streichelte über seinen Kopf.

»Ich werde alles verlieren, Myra«, murmelte er.

»Nein, das wirst du nicht. Wir werden es dorthin schaffen, und du wirst die Gemeinde gründen, die du den anderen versprochen hast. Daran hat sich nichts geändert. Ich werde alles tun, was ich kann, um dir zu helfen. Und dann werde ich abhauen.«

Er trat von mir weg und wischte sich mit dem Arm über das Gesicht. Als er die Tür aufmachte, drehte er sich noch einmal zu mir um. »Das Schlimme ist, dass ich dich wirklich gemocht habe.«

»Ich dich auch«, erwiderte ich leise, aber er schüttelte den Kopf und ging davon.

Kapitel 32

Als Ruenlock vor uns auftauchte, stand die Sonne bereits hoch am Himmel. Ich stellte sie mir wie ein Uhrzeiger vor, der sich am Himmel tickend im Kreis bewegte. Je dichter wir an die Insel herankamen, desto angespannter wurde Daniel. Während er das Steuerruder bewegte, verengte er die Augen zu Schlitzen und suchte unablässig den Horizont ab, als hätte er Angst, andernfalls irgendetwas zu übersehen.

Die Küste war ein mit Felsen übersäter Berghang, auf dem Kiefern und immergrüne Sträucher wuchsen. Wayne war mit dem Fernglas in die Wanten geklettert, wo er nicht nur nach anderen Schiffen Ausschau hielt, sondern auch nach irgendwelchen Anzeichen, dass sich Piraten auf der Insel aufhielten. Bis jetzt hatte noch keiner etwas gesehen.

Pearl kam und stellte sich neben mich. »Du machst das alles für meine Schwester, oder?«

»Was alles?«, fragte ich.

»Dich mit Piraten treffen. Deswegen sind doch alle so beunruhigt.«

»Wir treffen keine Piraten. Wir legen hier an, um Vorräte aufzunehmen.«

»Das hier ist kein Handelsposten«, sagte Pearl.

»Pearl, ich tue das für uns. Für uns alle.«

Sie sah mich forschend an. Dann hob sie die Hand. Es war die mit dem verletzten Finger. Die Haut um den Schnitt war knallrot, und die Wunde eiterte.

»Es tut weh«, sagte sie.

»Pearl!« Ich nahm ihren Finger und spürte, wie mir kalter Schweiß über den Rücken rann. Fluchend strich ich mir die Haare aus dem Gesicht.

»Ist es schlimm?«, fragte Pearl. Ich merkte, dass sie sich bemühte, ruhig zu sprechen.

Ich zog sie an mich und küsste sie auf den Scheitel. »Das wird schon wieder. Versprochen.«

Abran kam zu uns herüber. »Wir werden dort anlegen«, sagte er zu Daniel und deutete auf eine kleine Felszunge weniger als einen Kilometer vor der Küste. »Von da können Myra und ich in einem Kanu zur Küste paddeln.«

»Da können wir nicht anlegen«, erwiderte Daniel, ohne ihn anzusehen.

Abran versteifte sich. »Ich sagte, wir legen an der Felszunge an. Ich will nicht den Anker werfen, weil wir vielleicht schnell verschwinden müssen.« Abrans Hände zitterten, und er vergrub sie in den Taschen.

»Ich glaube nicht, dass du ein Loch im Rumpf haben möchtest. Der restliche Berg liegt zu dicht unter der Oberfläche.«

»Ich glaube nicht, dass du einen meiner Befehle verweigern möchtest«, erwiderte Abran.

Daniel grinste ihn an. Ich trat zwischen die beiden.

»Wir können das Kanu hier doch auch zu Wasser lassen, ohne den Anker zu werfen. Wie lange werden wir höchstens weg sein … vielleicht zwei Stunden?« Ich sah Daniel an und hoffte, dass er mich unterstützen würde.

»Wir werden ein bisschen abtreiben, aber ich kann wenden und im Kreis zurücksegeln«, sagte er.

Schweiß glitzerte auf Abrans Stirn, und er nagte an der Unterlippe. »Du musst hier sein, wenn wir fertig sind.«

»Das wird er«, sagte ich.

Wayne und Thomas halfen uns, das Kanu zu Wasser zu lassen. Dann kletterten Abran und ich auf der Strickleiter hinunter. Während wir auf die Küste zupaddelten, suchte ich zwischen den Bäumen nach Hinweisen auf Menschen oder ein Lager. Es waren immer noch keine Boote zu sehen, aber möglicherweise ankerten welche außerhalb meines Blickfelds, hinter einer Biegung oder in einer Bucht. Wir zogen das Kanu ans Ufer und versteckten es zwischen den Kiefern. Abran las laut aus einem kleinen Notizbuch vor. *»An einer Seite des Bergs gibt es eine Senke. Sie befindet sich oberhalb von einem Fichtengehölz. Rechts davon fließt ein kleiner Gebirgsbach. Folge dem Bach den Berg hinauf bis zu der Vertiefung.«*

Der Bach war leicht zu finden. Er mündete zwischen mehreren Kiefern in einen kleinen Wasserfall, der sich in den Ozean ergoss. Wir begannen mit dem Aufstieg und gerieten schnell außer Atem, sodass wir mehrmals stehen bleiben und Wasser aus unseren Kanistern trinken mussten. Entlang des Bachs wuchsen kleine violette Blumen, die mich an die Wildblumen an unserer Straße in Nebraska erinnerten. Wie merkwürdig, sich daran zu erinnern, wie es war, in einem Auto zu fahren und zu beobachten, wie die Außenwelt vorüberglitt. Telefonmasten, Blumen, die in Gräben wuchsen, oder Briefkästen. Lauter Dinge, die so gut wie unsichtbar waren … bis man sie vermisste.

Wir waren bereits einen Kilometer aufgestiegen und hatten immer noch kein Fichtengehölz entdeckt.

»Bist du sicher, dass es Fichten waren und keine anderen Bäume?«, fragte ich.

Abran schüttelte den Kopf. »Ich habe bei sämtlichen Verstecken alles sorgfältig aufgeschrieben.«

»Du hältst dich in dieser Richtung, und ich gehe da lang«, sagte ich. »Nur ein paar Schritte. Dann verlieren wir uns nicht aus den Augen.«

Wir entfernten uns voneinander. So weit das Auge reichte, gab es ausschließlich Kiefern. Keine einzige Fichte weit und breit. Vorsichtig tastete ich mich durch die Felsen. Ich machte mir große Sorgen, dass wir keine Vorräte finden würden.

Als ich mit dem Fuß gegen einen Stein stieß und zu Boden sah, entdeckte ich daneben den Stummel einer selbst gedrehten

Zigarette und hob ihn auf. Er roch eher nach Ruß als nach Tabak. In der Erde neben dem Stein waren mehrere deutliche Fußabdrücke zu erkennen, die von der Stelle wegführten, an der ich stand. Sowohl der Stummel als auch die Abdrücke waren zu gut erhalten, um alt zu sein. Wir waren nicht allein auf der Insel.

Ich blickte über die Schulter und spähte zwischen die Bäume. Abran kam auf mich zu, er gab mir ein Zeichen, dass ich ihm folgen solle. »Ich habe es gefunden«, sagte er.

»Pssst, sei doch leise«, flüsterte ich und stieg rasch über die Felsen zu ihm hin.

»Ich hätte mir aufschreiben sollen, dass es ein Stück links vom Bach ist, wo man es vom Ufer aus nicht sieht«, sagte er. Er führte mich an einer Gruppe von Kiefern vorbei zu einer Öffnung im Berghang. Die tief in die Dunkelheit hineinreichenden Innenwände der Höhle waren so feucht, dass es aussah, als schwitzten sie.

»Ich habe das da gefunden«, sagte ich und hielt ihm den Zigarettenstummel hin. »Und Fußabdrücke.«

»Scheiße.« Abran ließ den Kopf hängen und schickte noch einen weiteren Fluch hinterher. »Wir hätten nicht herkommen dürfen.«

»Aber jetzt sind wir schon mal hier, und ich gehe nicht, ohne nachzusehen. Hast du die Fackel?«

Abran blickte sich mit hochgezogenen Schultern um.

»Abran!«, zischte ich.

»Was? Ja, ja.« Abran zog den Reißverschluss seiner Tasche auf und holte einen Stock heraus, um den er einen mit Benzin getränkten Lumpen gewickelt hatte. Nachdem wir ihn angezündet hatten, sah Abran noch ein letztes Mal über die Schulter, bevor wir die Höhle betraten.

Ich folgte ihm und stieg auf einen Grat, der an der Felswand entlangführte. In der Mitte der Höhle stand Wasser, und weiter hinten, wo der Schein unserer Fackel nicht hinreichte, hörte ich es tropfen.

Abran eilte mir ein paar Schritte voraus. »Wir müssen schnell machen«, sagte er.

Der Grat war rutschig und lag voller Kieselsteine. Ich glitt aus und schaffte es gerade noch, mich an einem Vorsprung an der glatten Wand festzuhalten. Abran blieb hinter dem Tümpel stehen. Seine Fackel warf tanzende Schatten, und ich erkannte nur seinen Umriss, während ich mich weiter vorantastete. Hinter ihm flatterten quietschende Fledermäuse in einem dichten Gewirr aus Flügeln. Wie Vögel auf Fischfang stürzten sie sich von der Felsendecke herab, aber in der Dunkelheit war nicht auszumachen, wonach sie schnappten.

Abran ging am Rand des Tümpels in die Hocke und tauchte die Hände ins Wasser. Dann ließ er auch die Füße hineingleiten, verschwand unter der Oberfläche und war im dunklen Wasser nicht zu sehen.

Während ich auf ihn wartete, hörte ich außerhalb der Höhle ein Rascheln. Ich drehte mich zum Eingang um, doch die Sonne blendete mich, und ich konnte nichts erkennen. Die Höhle roch so intensiv nach Erde, dass ich plötzlich würgen musste.

Abran tauchte wieder auf, und ich zuckte zusammen. Um ihn herum kräuselte sich das schwarze Wasser.

»Ich glaube, es ist auf einer Felsenkante, unter Schlamm und Pflanzen. Kannst du mir das Seil geben?«

Ich ließ es von der Schulter gleiten, entrollte es und reichte ihm ein Ende. Er nahm es und tauchte wieder unter. Als er wieder hochkam, stemmte er sich aus dem Tümpel und kauerte sich tropfnass neben mich.

Dann zogen wir beide mit aller Kraft am Seil. Meine Hände brannten. Schließlich durchbrach die Kante einer rostigen Metallkiste die Wasseroberfläche. Abran beugte sich vor, packte einen Griff und zog sie zu uns her. Als wir sie mit einem dumpfen

Knall auf den Fels gehievt hatten, sank Abran auf die Knie und machte sich an den verrosteten Scharnieren zu schaffen.

»Ist es die, an die du dich erinnerst?«, fragte ich. Eine Fledermaus fiepte hinter uns, und ich duckte mich, mit den Händen über dem Kopf.

»Ich glaube, ja«, antwortete er. »Aber ich bin mir nicht sicher. Sie hat kein Schloss. Ich dachte, wir hätten sie zugesperrt.«

Eines der Scharniere ließ sich nicht bewegen. Also schlug Abran so lang mit einem Stein darauf ein, bis es zerbrach. Das Geräusch von Stein auf Metall hallte durch die Hölle. Das Echo verklang, wie eine Welle, die außer Sichtweite verschwindet.

Abran hob den Deckel an, und wir sahen hinein. In die Kiste war viel Wasser eingedrungen. Er zog mehrere durchsichtige Plastikbeutel voller Fläschchen heraus und hielt sie in das trübe Licht der Fackel.

»Penicillin, Tetracyclin, Amoxicillin«, las er vor und legte die einzelnen Tüten auf den Boden. Dann griff er wieder hinein und holte noch mehr Plastikbeutel heraus. Sie enthielten Munition.

»Sagtest du nicht, in diesem Versteck gäbe es nur Medizin?«, fragte ich mit gerunzelter Stirn.

Abran dachte einen Moment nach. »Das war auch so.« Dann wurde er sehr leise, als versuchte er, etwas zu hören. Draußen vor der Höhle fuhr der Wind durch die Zweige.

»Es ist kein Schloss mehr an der Kiste, weil sie sie neu aufgefüllt haben«, sagte er. »Und sie sind noch auf der Insel.«

Ich nahm meinen Rucksack von der Schulter und fing an, die Beutel hineinzuschaufeln.

»Vielleicht warten sie …«, sagte Abran. Seine Pupillen weiteten sich, obwohl er zum grellen Höhleneingang hinüberstarrte. »Das könnte eine Falle sein.«

Ich stieß ihn an die Schulter. »Mach deinen Rucksack voll.« Immer wieder wischte ich mir die Hände an der Hose ab. Wegen des Wassers an den Höhlenwänden, dem Wasser in der

Kiste und dem Schweiß, der mir inzwischen von der Stirn tropfte, bekam ich sie einfach nicht trocken. Ich dachte an die anderen auf dem Schiff. Hatte Daniel etwas entdeckt, während wir weg waren? Ich hoffte fast, dass sie ohne uns davonsegelten, wenn es so war.

Als unsere Taschen voll waren, löschten wir die Fackel. Die Dunkelheit legte sich wie eine Decke über uns. Während wir vorsichtig auf dem Grat zurückgingen, nahmen wir die Hände nicht von der Felswand, um das Gleichgewicht nicht zu verlieren. Abran rutschte auf einem nassen Felsen aus und fiel gegen die Wand. Ich fasste ihn am Arm und half ihm auf die Füße.

»Danke«, murmelte er, sein Gesicht nur wenige Zentimeter von meinem entfernt. Ich roch Alkohol in seinem Atem.

»Hast du Whiskey in deinem Kanister?«

»Ein bisschen. Damit kann ich mich besser konzentrieren.«

Ich packte seinen Arm so fest, dass er leise wimmerte. Er versuchte, meine Finger zu lösen.

»Verdammt noch mal, Abran, reiß dich zusammen«, flüsterte ich.

Ich ließ ihn los, und er stolperte weiter. Am Ende der Wand hielt er sich an der Kante fest und spähte um die Ecke. »Nichts zu sehen«, flüsterte er. »Lass uns versuchen, den Bach zu erreichen.«

Ich nickte. Wir rannten aus der Höhle hinaus und versuchten, nicht zu stolpern, während wir den Bäumen und auf dem Boden liegenden Ästen auswichen. Als wir zum Bach kamen, hielt Abran mich mit ausgestreckter Hand auf. Wir duckten uns hinter Farne und Büsche, die das Ufer säumten, und schlichen uns am Bach entlang den Berg hinunter. Unterwegs spähten wir immer wieder zwischen den Bäumen hindurch und lauschten auf ungewöhnliche Geräusche. Die Seevögel, die in den Bäumen saßen, veranstalteten einen Heidenlärm, ihre schrillen Stimmen waren so schneidend wie eine Messerklinge. Ich musste wegen der gleißenden Sonne so fest die Augen zusammenkneifen, dass ich davon fast einen Krampf in den Lidern bekam.

Plötzlich hielt Abran mich an. Er hob den Finger an die Lippen und deutete auf eine Stelle zwischen zwei Kiefern, wo ein dünner Mann in einem langen schwarzen Mantel stand und eine Zigarette rauchte. Er hatte eine Hasentätowierung auf dem Hals und summte eine Melodie, die wir wegen des permanenten Gekrächzes der Vögel kaum hören konnten.

Kapitel 33

Abran und ich ließen uns auf den Bauch fallen, die Arme unter der Brust, das Kinn im Dreck und die Augen fest auf den Mann gerichtet. Steine bohrten sich mir in Beine und Brust, während meine Arme von Gras zerkratzt wurden. Neben mir schnaufte Abran, sein Atem ging laut und unregelmäßig. Ich stieß ihm den Ellbogen in die Seite und presste den Finger an die Lippen. Er ließ den Kopf sinken, seine Schultern zitterten, und die Erde dämpfte sein Keuchen.

Der Mann hielt den Blick auf die Bäume gerichtet, hinter denen unser Schiff lag. Das Blut dröhnte mir in den Ohren. Konnte er unser Schiff unten im Meer sehen, oder wurde es von den Bäumen verdeckt?

Er machte den letzten Zug, schnippte die Zigarette an einen Fels und schlenderte zu uns herüber. Als die Vögel verstummten, hörten wir das Liedchen, das er summte. Es klang wie eine alte irische Ballade. Er hatte sich den Schädel kahl rasiert, bis auf einen langen Zopf, der knapp über seinem Genick begann. Der Hase auf seinem Hals war im Profil dargestellt, das rote Auge des Tieres schien mich direkt anzusehen.

Die Bäume warfen lange Schatten in das Gras vor uns. Ich fragte mich, wie lange wir mittlerweile schon von Bord waren und ob Daniel Probleme hatte, das Schiff auf Position zu halten. Der Mann erreichte den Bach und hockte sich hin. Er wusch sich die Hände, dann stand er auf und wischte sie sich am Mantel trocken. Wir versteckten uns im Gebüsch am anderen Ufer. Ich spürte, wie sich Abran neben mir noch mehr anspannte, und rechnete damit, dass er jeden Moment nach Luft schnappen würde, wie jemand, der unter Wasser gedrückt wurde.

Der Mann wandte sich von der Stelle ab, an der wir lagen, und schlenderte am Bach entlang. Als eine Stimme die Stille zerriss, fuhren Abran und ich zusammen. Ich verstand nicht, was der andere Mann rief, glaubte jedoch, das Wort »Schiff« herauszuhören.

»Wie weit ist es entfernt?«, rief der Mann im Mantel zurück.

»Wir müssen hier weg«, flüsterte Abran. Schweiß glitzerte auf seinem Gesicht, und seine Hände zitterten.

»Nicht jetzt«, zischte ich und hielt ihn am Arm fest, damit er nicht weglief.

Abran riss sich von mir los und lief kopflos bachabwärts. Fluchend rannte ich ihm stolpernd hinterher und hielt die Arme vor mich, um mich vor den niedrig hängenden Ästen zu schützen. Ich glitt auf einem Geröllhaufen aus und hielt mich an einem Baum fest.

Eine Kugel zersplitterte das Holz des Stammes direkt neben meinem Kopf. Ohne mich umzusehen, woher der Schuss gekommen war, rannte ich weiter. Hinter mir ertönten laute Flüche. Ein zweiter Schuss wurde abgefeuert. Abran rannte ein Stück vor mir. Äste peitschten gegen ihn, während er durch das Unterholz brach. Ich roch Blut, wusste aber nicht, woher der Geruch stammte. Dann wurde mir schwindelig, und die Landschaft schien vor meinen Augen zu verschwimmen.

Unter mir sah ich die Kiefern, zwischen denen wir unser Kanu versteckt hatten. Abran stolperte und stürzte auf die Böschung darüber. Er rollte hinunter und schlug bei jeder Umdrehung gegen den Felsen, bis er in den Baumwipfeln verschwand, die unter dem Aufprall heftig erzitterten.

Ich ließ mich auf die Seite fallen und ebenfalls die Böschung hinuntergleiten. Als ich durch die Kiefern stürzte, brach ich mehrere Äste ab und landete direkt neben Abran beim Kanu. Der versuchte gerade, sich auf die Füße zu kämpfen, aber er bewegte sich viel zu langsam. Ich packte seinen Arm und riss ihn hoch. Er stöhnte, und als ich ihn losließ, war meine Hand blutig.

Die Schritte unserer Verfolger wurden lauter, die knackenden Äste und herumfliegenden Steine über uns erzeugten großen Lärm. Wir zogen das Kanu zum Ufer, schoben es ins Meer und warfen uns hinein. Um uns herum peitschte ein Kugelhagel das Wasser auf. Die Gewehrschüsse hallten wie ein Echo und schienen in weiter Ferne einzuschlagen. Gleichzeitig fühlte es sich an, als kämen die Explosionen aus meinem Inneren, als würde ich detonieren und weit übers Wasser verteilt werden.

Ich warf Abran ein Ruder zu. Der Schweiß rann mir in die Augen, während wir uns weit vorbeugten und wie verrückt paddelten. Ein Treffer erschütterte unser Boot. Als ich mich umdrehte, entdeckte ich ein Leck, durch das Wasser eindrang. Der Moment dehnte sich aus, und ich hatte das Gefühl, in ein Loch zu fallen. Ich konnte mich kaum noch konzentrieren.

Die *Sedna* war nur noch sieben Meter von uns entfernt, Daniel hatte bereits die Leiter heruntergelassen. Wayne stand an Deck und schoss mit einem Gewehr. Wir rammten die Bordwand. Das Kanu geriet ins Wackeln und wäre fast gekentert. In meinen Augen brannte Salzwasser. Abran sprang auf und packte die Leiter. Er schwang daran hin und her, bis seine zappelnden Beine schließlich eine Sprosse fanden und er zu klettern begann.

Das Kanu entfernte sich bereits wieder vom Schiff. Ich paddelte wieder dichter heran und ließ das Ruder fallen, bevor ich ebenfalls auf die Leiter sprang. Meine Hände berührten das Seil, doch es glitt mir durch die Finger, und ich fiel ins Wasser. Kleine Wellen schwappten gegen mich, während ich mich an der Bordwand festklammerte. Als eine Kugelsalve den Rumpf bestrich, duckte ich mich unter Wasser.

Als ich wieder auftauchte, schwamm ich zu der Leiter und streckte die Hand nach ihr aus. Meine Mannschaftskameraden riefen sich gegenseitig Anweisungen zu, und ich spürte, wie sich das Schiff bewegte, als der Wind die Segel blähte. Es stieg aus dem Wasser und drehte sich, während ich die Leiter erklomm, und ich schlug gegen den Rumpf.

Ich klammerte mich an der Leiter fest und sah, wie das Meer unter mir zurückfiel. Jemand holte die Leiter ein. Als ich kraftlos über die Reling glitt, merkte ich, dass meine Hände wund waren und eine sogar blutete. Ich sah sie verwirrt an.

Thomas drehte das Steuerruder bis zum Anschlag nach Steuerbord. Behir ließ sich von den Wanten herabgleiten. Über seiner Schulter hing ein aufgerolltes Tau. Daniel sicherte einen Block am Hauptmast. Alle riefen durcheinander, und ich verstand kein Wort.

Das Luk öffnete sich, und Pearls Gesicht erschien. Als ich ihr mit einem Blick zu verstehen gab, dass sie unten bleiben sollte, klappte sie es wieder zu und verschwand. Ich ließ den Kopf gegen die Reling sinken. Das Blut aus meiner Hand tropfte auf die Deckplanken und versickerte in der Maserung.

Wir haben es geschafft, dachte ich. *Wir haben alles.* Ich versuchte, meinen Atem zu beruhigen, aber er ging immer noch stoßweise.

Ich hörte keine Schüsse mehr, und als ich mich umdrehte und aufrappelte, sah ich, dass die Insel bereits weit hinter uns lag. Daniel hatte einen Westwind erwischt, der uns rasch nach Osten schob.

Marjan kniete sich neben Abran und half ihm, das Hemd auszuziehen. Er hatte keine Schusswunde, aber einen Schnitt seitlich am Bizeps. Vermutlich hatte er ihn sich an einem spitzen Ast aufgeschlitzt. Marjan bandagierte ihm den Arm und hob seinen Rucksack auf. Ich gab ihr meinen.

Das Luk hob sich wieder. Diesmal nickte ich Pearl zu, und sie rannte zu mir her. Ich ging neben ihr in die Hocke und schlang die Arme um sie. Sie vergrub das Gesicht an meinem Hals, wie sie es als ganz kleines Kind immer getan hatte.

»Ich habe es, Pearl«, flüsterte ich in ihre Haare. »Deinem Finger wird es bald wieder besser gehen.«

Ich fühlte ihr Lächeln an meinem Hals, als sie sich noch enger an mich kuschelte.

»Oh nein«, murmelte Marjan. Sie betrachtete den Inhalt eines der Fläschchen, den sie in ihre Hand geleert hatte.

Ich stand auf. »Was ist los?«

Marjan streckte mir ihre offene Handfläche hin.

Die Fläschchen enthielten keine Tabletten, sondern Samen.

Kapitel 34

Ich starrte die Körner entgeistert an.

Antibiotika. *Auf den Etiketten stehen doch die Namen von Antibiotika,* sagte ich mir immer wieder in Gedanken vor, als würde es dadurch doch noch wahr.

Jemand rannte mich um. Ich fiel der Länge nach hin und schlug heftig mit dem Kopf auf. Der Aufprall raubte mir den Atem. Abran packte mich am Hemd und schleifte mich ein Stück hinter sich her. Dann kniete er sich hin, packte mich unter den Achseln und rammte mich an die Wand des Hüttendecks. Ehe ich Luft holen konnte, presste er mir den Unterarm an den Hals.

Ich zerrte japsend an seinem Arm und war außerstande, einen klaren Gedanken zu fassen.

»Ich habe dir gesagt, dass ich das nicht will. Daran bist allein du schuld.« Sein Gesicht war nur Zentimeter von meinem entfernt, er sprach heiser, und ich erkannte kaum seine Stimme. Sein Gesicht war gerötet, die Augen blutunterlaufen. Meine Zehen streiften verzweifelt über das Deck.

Daniel zerrte Abran von mir weg und warf ihn zu Boden. Dann zog er seine Pistole aus dem Holster und spannte den Hahn.

Marjan stellte sich mit erhobenen Händen zwischen die beiden. »Steck sie weg«, sagte sie leise.

Pearl kam zu mir gerannt. Ich massierte den Hals und versuchte, meine Stimme wiederzufinden.

»Was zum Teufel ist dort passiert?«, verlangte Wayne zu wissen. »Wieso waren da Piraten?«

Daniel sah mich an, aber ich hielt den Blick auf Abran gerichtet. Ich hob die Augenbrauen und bedachte ihn mit einem warnenden Blick. Die unausgesprochene Frage darin war unmissverständlich: *Willst du, dass ich es ihnen sage?*

Abran schüttelte fast unmerklich den Kopf.

»Reiner Zufall«, entgegnete ich. »Sie sind überall.«

Wayne funkelte mich an. Erst jetzt bemerkte ich, dass er meine Tasche in der Hand hielt. Der Reißverschluss war halb aufgezogen. Anscheinend hatte er darin herumgewühlt, um zu sehen, was wir ergattert hatten. »Ich will es nicht von dir hören.« Er sah Abran an, der sich mühsam aufrichtete.

»Offenbar haben die Piraten das Versteck vor uns gefunden«, erklärte der. »Sie haben die Medizin genommen und etwas anderes hineingetan.«

Wayne schnaubte. »Was für eine Scheiße. Ich hoffe, die paar Kugeln und mickrigen Gartensamen sind es wert, dass wir sie jetzt an den Hacken haben.«

»Soweit ich mich erinnere, hast du dafür gestimmt«, sagte Abran. »Ich war dagegen.«

»Sie werden uns nicht so leicht finden«, warf Daniel ein.

»Glaubst du etwa, sie können nicht mit anderen Häfen kommunizieren?«, fragte Wayne. »Wir haben sie bestohlen. Das waren doch die Lily Black, oder etwa nicht?«

Daniel betrachtete mich, und ich sah, wie er sich zusammenreimte, dass das Abrans Bande gewesen war.

Keiner sagte etwas, und nach einem Moment nickte Abran. Wayne trat fluchend gegen die Wand des Hüttendecks.

Wayne hatte recht. Auf dem offenen Meer, in jedem Hafen, auf sämtlichen Inseln – überall könnten weitere Lily Black auf uns lauern. Und sie würden nach uns Ausschau halten. Nicht so sehr, um sich zurückzuholen, was wir ihnen gestohlen hatten, sondern um sich selbst und allen anderen zu beweisen, dass man sich mit ihnen nicht anlegen sollte. Dass sie eine neue Nation bildeten, die imstande war, ihre Interessen zu verteidigen.

»Wenn wir nach Broken Tree kommen, gehen wir schnell rein, machen unsere Geschäfte und verschwinden sofort wieder«, sagte Abran. »Wenn wir niemandem sagen, dass wir zum Valley unterwegs sind, können sie uns auch nicht aufspüren, sobald wir wieder auf See sind. Dann haben wir sie abgehängt.«

Wayne winkte ab und ließ die Tasche fallen. »Du glaubst doch nicht im Ernst, dass es so einfach sein wird.«

Ich kniete mich neben Pearl und nahm ihren Finger. Er war knallrot und nach wie vor eitrig. Ich legte die Hand auf ihre Stirn. Sie hatte Fieber.

Ich setzte mich auf die Fersen zurück und presste die Augen zusammen. Dass die Lily Black uns verfolgten und vielleicht überfallen würden, schien mir im Moment nicht wichtig. Es war, als unterhielten wir uns über ein Brettspiel. Diese Streitereien, dass wir die Brust herausreckten und aufstampften, als wären wir Pferde vor einem Rennen, waren nur lächerlich.

Ich sah die Angst in Pearls Augen so deutlich wie eine Seerose, die auf dem Wasser schwamm. Wir wussten beide, dass der Finger amputiert werden musste.

Ich hätte mir lieber selbst die Hand abgeschnitten, als irgendeinen Teil von ihr zu amputieren. Aber das Fieber war unverändert hoch, und ich wusste, dass wir schnell handeln mussten, da sie ansonsten mehr verlieren würde als einen Finger.

Ich schärfte mein Messer am Wetzstein im Hüttendeck. Durch das schmutzige Fenster fiel trüber Sonnenschein. Daniel zündete die Deckenlaterne an, damit wir besser sehen konnten. Pearl saß auf einem Stuhl in der Ecke, ihre rötlichen Haare schimmerten in dem schwachen Licht. Abran hatte nur eine eingeschränkte chirurgische Ausbildung von seinen Eltern erhalten, aber er sagte, er erinnere sich an genug, um diese Operation zu schaffen. Zumindest besser als der Rest von uns. Sobald wir uns dazu entschlossen hatten, die Amputation durchzuführen, ließ ich mir von ihm die Vorgehensweise erklären. Ein sauberer Schnitt in der Nähe des Knöchels. Ein Druckverband, um den Blutverlust einzudämmen. Neues Gewebe, das man wildes Fleisch nannte, würde über der Wunde wachsen und als natürlicher Schutz vor einer Infektion dienen.

Als Abran das Hüttendeck betrat, würdigte er mich keines Blickes. Stattdessen legte er saubere Tücher aus und stellte den Alkohol daneben, mit dem er erst die Klinge und anschließend die Wunde desinfizieren würde.

Ich ging zu ihm, um ihm das Messer zu geben, und roch den Schnaps in seinem Atem. Ich sah auf die ungeöffnete Flasche hinunter. Abran bemerkte meinen Blick und wich leicht schwankend vor mir zurück.

Betrunken. Wieder einmal. Ausgerechnet jetzt, da ich ihn nüchtern brauchte. Unbändige Wut erfasste mich, und ich musste mich mit einer Hand auf dem Tisch abstützen, um nicht umzufallen. Abran sah zu Boden und murmelte etwas Unverständliches. Ich stieß ihn vor die Brust.

»Verschwinde«, flüsterte ich.

»Ich sagte, dass ich es tun werde, Myra«, erwiderte er.

»Hau ab. Ich will nicht, dass du es versaust.«

Abran wurde rot und verschwand mit geducktem Kopf aus dem Hüttendeck. Daniel und ich halfen Pearl, sich auf den Tisch zu legen. Sie war so heiß wie ein glühendes Stück Kohle. Ich tupfte den Schweiß von ihrem Gesicht und strich ihr die nassen Haare aus der Stirn. Daniel legte ihr eine Kodeintablette auf die Zunge. Wir hatten nur noch ein paar übrig, aber Marjan bestand darauf, dass Pearl sie vor und nach der Operation einnahm. Daniel führte die Flasche an ihre Lippen. Sie trank ein paar Schlucke, verzog das Gesicht und spuckte den Alkohol zum Teil wieder aus. Flüssigkeit tropfte ihr vom Kinn.

»Wie lange wird es wehtun?«, fragte Pearl.

»Eine Weile«, sagte ich und tupfte erneut ihr Gesicht ab.

»Bist du sicher, dass ich ihn nicht behalten kann?«

»Mein Schatz, es würde nur noch schlimmer werden. Das wird dich retten.«

Ihr Blick zuckte durch den Raum, als würde sie nach einem Ausweg suchen. Dann schloss sie die Augen und presste sie fest zusammen. Daniel hielt ihre andere Hand und flüsterte ihr etwas ins Ohr.

Ich hatte das Gefühl, mich wie eine Drachenschnur abzuwickeln und größtenteils davonzuschweben. Haltlos und unfähig flatterte ich ihm Wind, ohne Ziel und ohne Aufgabe.

Unten machte ich derweil einen sauberen Schnitt, und sie heulte auf, und Daniel presste den Verband auf den Stumpf, und sie warf sich mir in die Arme, und ich hielt sie fest, während sie schluchzte, und wir zitterten beide, bis das Licht erlosch und wir nur noch Stimmen in der Dunkelheit waren, warme Haut, Wimpern an einer Wange, Lippen an Haaren, miteinander verflochtene Arme und Beine, ein einziger Schatten in der zunehmenden Dunkelheit.

Kapitel 35

Nachdem wir Pearl bandagiert und zum Schlafen ins Bett gelegt hatten, ging ich zu Marjan in die Kombüse und half ihr, die Karpfen auszunehmen, die ich tagsüber gefangen hatte.

»Das musst du jetzt nicht tun«, sagte Marjan sanft.

»Gibst du mir bitte den Eimer?«, fragte ich. Ich durfte jetzt nicht innehalten und nachdenken. Doch je mehr ich mich bemühte, nicht über Pearl nachzugrübeln, desto hartnäckiger tauchte sie in meinen Gedanken auf. Ich hatte sie im Stich gelassen. Ja, das hatte ich. Ich biss mir so fest auf die Lippe, dass sie blutete.

Marjan reichte mir den Eimer, und ich warf eine Handvoll Innereien hinein. Dann ließ ich die Klinge zwischen die Schuppen und das Fleisch gleiten und löste die Filets heraus. Als ich sie auf die Theke legte, merkte ich, dass Marjan mich beobachtete.

»Wusstest du, dass die Piraten da sein würden?«, fragte sie. »Auf der Insel?« Als ich nicht sofort antwortete, sprach sie weiter. »Die Freundin, die dir von den Antibiotika erzählt hat, war das die Gleiche, von der du auch die Informationen über das Valley hast?«

»Ja, sie ist vor einer Weile dorthin gesegelt und hat entlang der Strecke Vorräte deponiert.«

Das Geräusch einer Klinge auf Holz, das dumpfe Schaben, mit dem der Kopf beiseitegeschoben wurde.

Nachdem ich den Kopf auf den Haufen geworfen hatte, tauchte ich das Messer erst in den Wassereimer und streifte es dann am Rand ab. »Und nein, ich wusste natürlich nicht, dass Piraten da sein würden.«

»Ich wollte damit nicht sagen, dass …«

»Hör mal … ich werde mich nicht entschuldigen«, sagte ich. »Wenn die Antibiotika dort gewesen wären, hätten sie ihr helfen können. Im Valley hätten wir sie alle gut gebrauchen können.«

Marjan legte ihr Messer hin und wischte sich die Hände an der Schürze ab. »Ich frage mich nur, ob du auch dorthin gefahren wärst, wenn du von ihnen gewusst hättest.«

Sie wollte wissen, wie viel ich riskieren würde. Ich drehte mich um und sah sie an, in meinen Augen brannten Tränen. »Ja, das wäre ich.«

Eine Woche verging, in der Pearls Schnitt so gut verheilte wie erhofft. Morgens und abends säuberte ich die Wunde mit Marjans selbst gemachter Honigseife und wechselte die Verbände. Während ich ihr die Mullbinden vorsichtig anlegte und verknotete, hielt ich den Blick fest auf ihr Gesicht gerichtet und versuchte herauszufinden, wie sie mit der Situation klarkam.

Eines Tages ging ich anschließend ins Hüttendeck, um Haken und Köder zum Fischen zu holen. Dabei stieß ich auf Daniel, der sich über seine Unterlagen und Navigationsinstrumente beugte und etwas schrieb.

»Hey«, sagte ich.

Er zuckte zusammen, wendete hastig das Blatt, auf dem er geschrieben hatte, und schob es unter eine Karte.

»Hey«, erwiderte er. Doch er drehte sich nicht um, sondern blieb einfach sitzen und betrachtete die Karte.

»Planst du neue Routen?«, fragte ich.

»Nein, ich wollte nur ein paar Ersatzrouten festlegen für den Fall, dass es Stürme gibt.«

Ich ging um den Tisch herum, damit er mich ansehen musste. »Kann ich sie mir anschauen?«

»Ich bin noch nicht fertig.«

Daniel tappte mit einem Fuß auf den Boden und trommelte mit dem Bleistift auf dem Schreibtisch. Normalerweise wirkte er so ruhig, wachsam und selbstsicher wie ein Hirsch. Und seit Pearls Fingeramputation schien er sogar noch schweigsamer und tiefer in sich selbst versunken zu sein als zuvor. Manchmal beobachtete er mich während des Abendessens mit einem intensiven, aber freundlichen Ausdruck, der mich unweigerlich daran erinnerte, wie ich mich wegen Pearl fühlte.

»Hat es damit zu tun, dass die Lily Black uns verfolgen? Selbst wenn sie es wirklich versuchen ... Glaubst du, dass sie uns leicht finden werden?«

»Die Welt ist klein geworden.«

Ich setzte mich hin. Daniel so aufgeregt zu sehen machte mich nervös. »Was ist los?«

»Mhm? Nichts. Der Pirat, den du auf der Insel gesehen hast ... Hatte er noch irgendwelche andere Tattoos? Abgesehen vom Hasen auf seinem Hals?«

Ich schüttelte den Kopf. »Soweit ich sehen konnte, nicht. Aber er trug einen langen Mantel. Vielleicht hatte er darunter noch welche.«

Daniel reagierte nicht, und das kam mir merkwürdig vor. Er sah durch mich hindurch, als wäre ich gar nicht da. Nach kurzem Schweigen fragte er: »Hast du dich eigentlich je gefragt, ob du deine ältere Tochter vielleicht nur mehr liebst, weil sie nicht da ist?«

Mein Rücken versteifte sich. »Ich liebe sie, weil sie mein Kind ist. Und was meinst du mit ›mehr‹?«

»Manchmal frage ich mich, ob es bei alldem eigentlich nur um dich geht. Was du schaffen kannst. Was ist, wenn es ihr gut geht?«

»Wie sollte es ihr gut gehen? Das Valley ist eine Kolonie. Jacob hat sie sicher im Stich gelassen, genau wie mich damals.«

»Hast du nicht gesagt, dass er tot ist?«

»Wie auch immer. Jedenfalls hat der Pirat gesagt, dass sie keinen Vater hat. Keiner hilft ihr. Sie kann jeden Tag an Bord eines Brutschiffes gebracht werden.«

»Aber ist es nicht wichtiger, dass du dich um Pearl kümmerst? Schließlich ist sie hier.«

Ich öffnete den Mund zu einer Erwiderung, aber mir fehlten die Worte. Also stand ich auf und schob krachend meinen Stuhl an den Tisch. »Du hast überhaupt keine Ahnung.«

Er sah zu mir auf. »So geht es mir auch. Ich liebe die Menschen, die nicht hier sind.«

»Ja, aber das bist du. Du weißt … du weißt nicht mal die Hälfte.«

Ich wusste, dass es manchmal leichter war, Geister zu lieben als die Menschen um einen herum. Geister konnten perfekt sein, in der Zeit eingefroren. Fernab jeder Realität zu einer Gestalt erstarrt, die ihnen in Wirklichkeit niemals zu eigen gewesen war, wurden sie zu den Menschen, die man in ihnen sehen wollte. Manchmal ließ ich in meiner Erinnerung nur die schönen Momente zu. Meinen Vater, der neben mir saß und ein Kreuzworträtsel in einer alten Zeitung löste, während ich Karten spielte. Wie ich über den Hinterhof in seine offenen Arme rannte und er mich in die Luft warf. Den Herbstgeruch, wenn er das Feuerholz hereinbrachte. Und wie mir wärmer wurde, während ich neben ihm kniete und dabei half, die Scheite zu stapeln, obwohl das Feuer noch gar nicht brannte.

Aus diesen Erinnerungen verdrängte ich das Mädchen auf der Türschwelle, das wusste, dass manche Dinge nicht mehr zu ändern sind und dass sie wohl nicht gut genug gewesen war. Manchmal musste ich so tun, als wäre sie nicht ich, und dass meine Geschichte anders geendet hätte.

Daniel stand auf und kam näher zu mir her. »Es beunruhigt mich, wie sehr dich das alles belastet … Wenn Pearl noch mehr zustößt …«

»Es geht nicht nur darum, ob Row in dieser Kolonie glücklich ist oder nicht«, fiel ich ihm ins Wort. »Ich vertraue nicht darauf, dass Jacob ihr die Wahrheit gesagt hat. Dass er sie entführt hat. Was ist, wenn sie glaubt, ich hätte sie verlassen? Was, wenn sie nicht mehr weiß, wie ich versucht habe, zu ihr zu kommen? Es geht ihr sicher nicht gut, wenn sie glaubt, ich hätte sie einfach ziehen lassen.«

Daniel streckte die Hand aus, um mich zu berühren, aber ich stieß sie beiseite. »Ich bin mir sicher, dass sie das nicht glaubt«, sagte er leise.

»Weißt du, wie es Kindern ergeht, die verlassen werden? Die glauben, sie wären es nicht wert, dass irgendwer bei ihnen bleibt? Danach siehst du dich anders. Alle anderen haben keine Probleme, aber du fühlst dich, als hättest du ein Loch in der Brust, durch das jeder hineingreifen und alles in dir berühren kann. Du hast keinen Schutz. Du fühlst dich niemals sicher. Ich rette sie nicht nur vor den Lost Abbots, sondern auch davor. Sie … sie muss *wissen*, dass ich für sie da bin.«

Ein Kloß steckte mir im Hals. Ich trat einen Schritt von Daniel zurück und rieb mir mit beiden Händen übers Gesicht. Ich dachte an meinen Vater, der an seinem Seil wie ein Fisch an der Angel aussah. Seine Füße bewegten sich kaum merklich in dem leichten Wind, der in die Hütte wehte. Ich überlegte, Daniel zu erzählen, was damals geschehen war und dass es eine Sehnsucht in mir geweckt hatte, die ich niemals befriedigen konnte. Ich hob den Blick und bemerkte, dass er mich ansah, als hätte er Mitleid mit mir, als ahnte er, dass etwas mit mir nicht stimmte. Ich wollte ihm diesen Ausdruck aus dem Gesicht wischen.

»Es tut mir leid, Myra. Ich wollte nicht …«

Ich deutete auf sein Gesicht. »Glaube ja nicht, dass du mich kennst.«

Daniel nickte. Draußen wurde das Kreischen der Möwen immer lauter. Sie tauchten nach Fischen und kämpften gegen den Wind an. Ich fand mich allmählich damit ab, dass ich mich immer so fühlen würde – hin und her gerissen zwischen meinen Töchtern, zwischen meiner Vergangenheit und der Zukunft, getrieben zu einem ungewissen Schicksal. Als wäre ich zwischen dem Meer und dem Himmel gefangen und müsste für immer dem Horizont nachjagen.

Daniel widmete sich wieder seinen Karten, und ich stöberte im Regal nach einer Angelschnur. Im Hüttendeck war es so still, dass wir beide zusammenfuhren, als Behir und Pearl die Tür aufmachten und eintraten. Behir verschwand in der Kombüse, und Pearl ließ sich neben Daniel auf einen Stuhl fallen.

»Ich habe Hunger«, verkündete sie. Sie hatte sich ihre Lieblingsschlange ums Handgelenk gewickelt. Deren Kopf schwebte über Pearls fehlendem Finger, ihre schwarze Zunge wogte wie eine Welle.

Ich schaute sie misstrauisch an. Pearl hatte mir zwar versichert, sie sei nicht giftig, aber ich sah sie trotzdem nicht gerne außerhalb ihres Behälters.

»Bis zum Mittagessen ist es noch eine Stunde«, sagte ich ihr.

Behir zog den Vorhang zur Kombüse auf und legte einen Laib Brot vor Pearl hin. Da wir angefangen hatten, das Essen zu rationieren, würde sich Behir später dafür bestimmt vor seiner Mutter rechtfertigen müssen.

»Gibst du mir das bloß, weil ich einen Finger verloren habe?«, fragte sie. Dann grinste sie. »Es war eh nicht mein Lieblingsfinger.«

Ich merkte, dass Behir ihre vorgetäuschte Tapferkeit durchschaute. Die unbekümmerte Fassade, hinter der es ihr in Wahrheit dreckig ging. Er kniete sich neben sie. »Und wer ist das da?«

»Charlie bleibt jetzt bei mir«, sagte Pearl. »Er ist meine rechte Hand.« Sie brach in Gekicher aus und hielt sich mit der schlangenlosen Hand die Augen zu, aber als sie sie wieder wegnahm, war ihr Gesicht gerötet und tränennass.

Behir ging zum Regal und nahm das Fernglas. »Ich zeige dir mal was.«

Er nahm sie an der linken Hand und führte sie aufs Deck hinaus. Daniel und ich folgten ihnen.

»Ich habe sie gesehen, bevor wir ins Hüttendeck gegangen sind«, sagte Behir, während er Pearl zum Bug dirigierte.

Ungefähr einen Kilometer vor uns durchbrach ein Orca die Wasseroberfläche, sprang in die Höhe und verschwand wieder. Dann ein zweiter. Ihre schwarzen Rücken glitzerten in der Sonne. Das Zucken ihrer Muskeln verlor sich in den Wellen, die über ihnen zusammenschlugen. Ihre Rufe ergaben ein Lied, die Stimmen der beiden verschränkten sich miteinander zu einem Gesang in einer fremden Sprache.

»Heute früh waren sie ganz nahe bei uns«, sagte Behir. »Da konnte ich sie genau anschauen. Siehst du die große dort drüben? Das ist die Anführerin.« Pearl nahm das Fernglas von Behir und sah hindurch.

»Sie hat eine lange Narbe am Bauch. Irgendwas Großes muss sie dort erwischt haben. Aber die anderen folgen ihr alle. Sie ist das Mutterschiff, die stärkste.«

Pearl lächelte Behir an.

Daniel stand so dicht bei mir, dass sein Arm meinen streifte. Ich sah dabei zu, wie Pearl die Wale beobachtete, und fühlte, wie sich etwas in mir löste. Eine Regung in meiner Brust. Dort zu stehen und etwas zu beobachten, das größer war als wir, erinnerte mich daran, wie ich Row zu den Kranichen mitgenommen hatte. Wie viel es uns bedeutete, ein schönes Geschöpf zu betrachten, das kein Mensch war und nur wenig mit uns zu tun hatte.

Plötzlich hatte ich eine Vision von Pearl, Row und mir in einem kleinen Steinhaus auf einer Klippe über dem Meer. Von weißen Vorhängen, die im Wind flatterten. Einem gemauerten

Kamin, aus dem Rauch aufstieg. Und da war ein neues Geräusch: Pearls und Rows helle Stimmen, die sich fröhlich gegenseitig übertönten und miteinander vermischten.

Ich hatte mir schon so lange keine Tagträumereien mehr gestattet, dass sich meine Vorstellungskraft wie ein geschwächter Muskel anfühlte. Ich tauchte tiefer in diese Fantasie ein und sah uns auf einem Bett liegen, wo wir in einem Buch lasen. Über unseren Beinen lag warm und schwer eine Steppdecke. In der Luft hing der Duft von Brot, das auf der Kombüsentheke abkühlte.

Die Wale sprangen aus dem Wasser und tauchten in einer Fontäne aus weißer Gischt wieder ein. Wieder und wieder stiegen sie in die Höhe. Dabei zeichneten ihre Körper jedes Mal einen Bogen in die Luft, in einer Bewegung, die sie permanent wiederholen mussten, um atmen zu können.

Kapitel 36

Bevor wir in Broken Tree anlegten, besprachen wir während des Frühstücks unseren letzten Aufenthalt in einer Hafenstadt. Was wir besorgen mussten, welche Händler uns den besten Preis machen würden und was wir tun wollten, falls wir in Schwierigkeiten gerieten.

»Wenn wir keinem erzählen, dass wir zum Valley wollen, werden uns die Lily Black wahrscheinlich nicht aufspüren können, sobald wir auf dem Atlantik sind«, rief ich allen ins Gedächtnis.

Ich hatte die ganze Nacht wach gelegen und mich gefragt, ob wir auf unseren Zwischenstopp in Broken Tree verzichten konnten. Bis ich in den Lagerraum geschlichen war und die leeren Regale betrachtet hatte, neben denen die Kisten mit den geräucherten und gepökelten Fischen standen, die ich gefangen hatte. Am besten wickelten wir unsere Geschäfte schnell ab und verschwanden dann gleich wieder für den Fall, dass die Lily Black dort waren.

»Und alle bleiben in der Nähe des Hafens«, fügte Abran hinzu. »Geht in die erstbesten Läden und Saloons. Wenn wir verschwinden müssen, möchten wir euch alle schnell einsammeln können. Wir werden nicht über Nacht bleiben können.«

Rund um den Tisch erklang Stöhnen.

»Das wird unser letzter Landgang sein«, sagte Behir. »Sollten wir uns nicht besser ausruhen, bevor wir den Atlantik überqueren? Die Lily Black sind wahrscheinlich eh nicht dort.«

»Nein«, erwiderte Abran. »Sobald wir fertig sind, brechen wir auf.«

Wir legten an und trugen die Kisten ins Dorf. Ich hatte nicht halb so viele Fische gefangen wie erhofft. Während der vorangegangenen Wochen hatte keine meiner üblichen Fangmethoden funktioniert. Es war, als hätte ich die Fähigkeit verloren, das Wasser zu lesen, und wüsste nicht mehr, was ich in den verschiedenen Situationen tun sollte.

Auch Abran betrachtete die halb vollen Kisten mit Missfallen, als wir sie auf dem Kai abstellten. Mir wäre es lieber gewesen, wenn wir nicht so viele Kisten befüllt hätten. Dann wäre nicht so deutlich zu sehen gewesen, wie wenig mir ins Netz gegangen war. Aber wir nahmen immer dieselben Behältnisse in die Hafenstädte mit und transportierten darin alles, was wir ertauschten, an Bord zurück.

Broken Tree war schäbig im Vergleich zu Wharton, viele Gebäude bestanden aus Altmetall und zusammengebundenen oder genagelten Holzbrettern, die nicht recht zueinanderpassten. In den Straßen stank es nach Abfall und Gülle. Sie waren weder mit Steinen noch mit Holzdielen gepflastert, sondern unbefestigt und von tiefen Schlaglöchern durchsetzt, die sich zu weit klaffenden Rissen verbanden.

Ich machte Pearl auf den aufgesprungenen Straßenbelag aufmerksam. »Pass auf, dass du da nicht reintrittst und umknickst.«

Sie rückte mit der verletzten Hand vorsichtig ihre Schultertasche zurecht. Ich hatte ihr gesagt, dass sie Charlie nicht ins Dorf mitnehmen dürfe. »Du musst mir nicht erklären, wie ich gehen soll«, schnauzte sie.

Wir hatten nur noch so wenige Vorräte übrig, dass wir am Abend zuvor zwei ihrer Schlangen gegessen hatten. Sie hatte sich geweigert mitzuessen und stattdessen mit trotzig gesenktem Kinn dagehockt und gegen den Tisch getreten. Als sie fragte, ob sie aufstehen könne, hatte ich ihr gesagt, dass sie so lange sitzen bleiben müsse, bis wir alle fertig waren. In der Nacht hatte sie zusammengerollt neben ihrem Bett gelegen, und ich vermutete, dass es ihr nicht nur um die Schlangen gegangen war. Wahrscheinlich hatte sie das Gefühl, nichts unter

Kontrolle zu haben und immer mehr den Boden unter den Füßen zu verlieren.

Östlich vom Dorf erstreckte sich ein dichter Wald, die Westseite dagegen bestand ausschließlich aus Ackerland, auf dem Gerste, Weizen, Kartoffeln und Kohl angebaut wurden. Zwischen den Pflanzenreihen knieten Arbeiter mit gekrümmten Rücken in der Mittagssonne. Mit ihren tief in die Gesichter gezogenen Strohhüten erinnerten sie mich an Bauern auf einem holländischen Gemälde aus dem siebzehnten Jahrhundert. Bei ihrem Anblick verschlug es mir fast den Atem, und einen Moment lang hatte ich das Gefühl, aus der Zeit gefallen zu sein.

Der salzhaltige Wind, der vom Meer heranwehte, nagte an allem, was aus Stein, Metall und Holz war. Die Gebäude waren rissig und mit Dreck überzogen. In Ufernähe klaffte eine Spalte im Berghang, in der eine alte katholische Kirche stand. An der Fassade hing ein Schild, das sie als LADEN auswies. Die Kirche stammte eindeutig noch aus der Zeit vor der Flut, da sie nicht aus einem Sammelsurium von kaputtem oder herrenlosem Material bestand, sondern komplett aus cremefarbenen und sauber verfugten Ziegeln erbaut worden war. Ihr Umriss hob sich geradezu gespenstisch vor dem wolkenlosen Himmel ab. In den letzten Jahren hatte ich nur noch wenige Gebäude aus der alten Zeit gesehen. Dieses sah aus, als wäre es vom Himmel gefallen.

»Als ob es jemand geahnt hätte«, sagte Jessa ehrfürchtig, während sie das Gotteshaus betrachtete. Die perfekten Ecken und die dicken Mauern. Ein rundes kleines Fenster in der Mitte, unterhalb der Stelle, wo das Dach spitz zulief. Eine richtige Vordertür mit Scharnieren. So etwas gab es eigentlich gar nicht mehr.

»Jemand, der geahnt hat, dass wir einen Laden brauchen, schätze ich«, sagte Marjan. Sie betete immer noch jeden Tag, wenn die Sonne auf- und wieder unterging. Als ich sie einmal darauf angesprochen hatte, hatte sie geantwortet, sie sei es so gewohnt und traue sich nicht, damit aufzuhören. »Ich bin gläubig«, hatte sie gesagt. »Aber nur in einer von hundert Minuten. Also verhalte ich mich diesen kurzen Moment lang auch so, selbst wenn mir nicht danach ist.«

Wir brachten die Fische zum Handelsposten und tauschten sie gegen das Allernötigste ein, was uns für die Atlantiküberquerung noch fehlte. Taue und Flaschenzüge, Altmetall und Holz für die Reparaturarbeiten am Schiff, Kartoffeln, Kohl und Mehl sowie Segeltuch und ein paar Eimer voll Salz.

Wir hatten nicht genug, um die Lebensmittel zu bekommen, die wir wollten: Würstchen, Eier, Obst oder Geflügel. Wenn ich unterwegs nicht mehr Fische fing als zuletzt, würden wir hungern müssen.

Als wir unsere letzten Fische eingetauscht hatten, schlenderten die meisten Besatzungsmitglieder an den Ständen am Straßenrand entlang und schauten, was sie für ihre zwei Münzen bekamen, oder sie gingen in einen der Saloons hinter der Hauptstraße, von wo aus sie das Meer überblicken konnten.

»Kommst du mit uns zur Kirche?«, fragte ich Abran.

Er wich meinem Blick aus und rieb sich nervös die Hände. »Nein. Ich werde rechtzeitig zurück sein.«

Als ich ihm hinterherblickte, verspürte ich eine dumpfe Wut. Hatte er etwa ein paar Fische einbehalten, um sie jetzt gegen Alkohol einzutauschen? Wie viel Schnaps bunkerte er wohl in seiner Kajüte?

Ich dachte kurz darüber nach, ihm zu folgen, doch dann ging ich wie geplant mit Daniel und Pearl zu der Kirche. An der Tür stand ein schwarzer Stein mit einer gravierten Inschrift. Sie erzählte die Geschichte eines reichen Mannes, der am Fuß dieses Berges gelebt hatte. Im Traum war ihm Gott erschienen und hatte zu dem Mann gesagt, er solle auf dem Gipfel eine Kirche für die Völker der Zukunft errichten. Laut dem Datum auf dem Stein war das zwanzig Jahre vor der Flut gewesen.

Ich hatte bereits von ähnlichen Vorahnungen gehört, die andere Leute gehabt hatten, bevor das Wasser kam. Vorahnungen, Träume und Visionen. Aber ich wusste sonst von keinem, der daraufhin etwas unternommen hatte.

Im Inneren der Kirche säumten Tische und Verkaufsstände das Hauptschiff, das direkt zum Altar mit dem Kruzifix führte. Der Grundriss des Gebäudes war ein lang gestrecktes Rechteck. Im Sonnenlicht, das durch die langen schmalen Fenster auf beiden Seiten fiel, schien die Luft zu erstrahlen. Daniel nahm Pearl zu einem Stand mit, an dem es Wollhandschuhe und Mützen gab.

Als ich Kohle und Benzin roch, drehte ich mich um und entdeckte einen Stand mit Anzündmaterial: Feuerzeuge, Auermetall-Ruten, Bogenbohrer zum Feuermachen und dazu kleine Kohlesäcke und Benzinflaschen. Als ich kopfschüttelnd weiterging, fiel mein Blick auf eine Holztafel, in die das Gesicht von Jesus Christus eingeschnitzt war. Es war eine Station des Kreuzwegs, die Schnitzarbeit war dramatisch und auf barocke Weise überfrachtet. Das leidende Antlitz des Erlösers war exquisit dargestellt, die Mimik wirkte sowohl überirdisch als auch auf animalische Weise gequält.

»Wir haben nur eine Leiche hineinfallen lassen.« Die Stimme der Frau kam von hinter mir. Sie hatte einen starken, möglicherweise westeuropäischen Akzent, den ich jedoch nicht genau zuordnen konnte.

Mir stellten sich die Nackenhaare auf. Während ich weiter das Christusgesicht im Blick behielt, spitzte ich gleichzeitig die Ohren, um die Stimme der Person zu hören, mit der sich diese Frau unterhielt.

»Im Norden ist es auf jeden Fall einfacher als in der Karibik, wo die Körper wegen der Hitze viel zu schnell verwesen«, antwortete ein Mann. Seine leise brummende Stimme kam mir irgendwie bekannt vor, aber ich wagte es nicht, mich umzudrehen.

»Ja. Es gibt kaum noch Munition, und wir bauen jetzt Minen. Sie sind viel effektiver. Man legt sie aus, Kinder treten drauf, die Menschen geraten in Panik, und schon ist alles vorbei. Du verteilst sie, gehst wieder nach Hause und erreichst, was du willst. Am Kai tragen wir Schrott zusammen, aus dem wir ein neues Schiff bauen.«

»Sprich leiser.«

»Wir müssen eine weitere Kolonie erobern und uns darauf konzentrieren, unsere Flotte zu vergrößern«, sagte die Frau. »Der Gouverneur zahlt bereits Steuern an uns. Im Osten gibt es mehrere wohlhabende Kolonien von anderen Nationen. Ich habe meine Kundschafter dorthin geschickt.«

»Gut. Letzte Woche habe ich eine Nachricht aus Ruenlock erhalten, wo ein Schiff unsere Vorräte geraubt hat. Es hieß *Sedna*. Wir müssen diese Informationen an die anderen Stützpunkte weitergeben für den Fall, dass sie in irgendwelchen Häfen anlegen.«

»Was für eine Nationalität hat es?«

»Es schien nicht zu irgendeiner Nation zu gehören. Vielleicht ist es ein unabhängiges Schiff. Wir müssen sie auf jeden Fall schnellstens zur Strecke bringen. Es darf nicht so aussehen, als könnte man uns ausrauben, ohne dass wir zurückschlagen. Aber das ist noch nicht alles. Einer der Männer auf Ruenlock hat gesagt, er hätte einen von den Dieben wiedererkannt, einen alten Mannschaftskameraden, der vor ein paar Jahren schon einmal etwas von einem unserer Schiffe gestohlen hat. Er heißt Abran, und es geht das Gerücht, dass er der Kapitän der *Sedna* ist. Ein Grund mehr, die Augen offen zu halten.«

Ich hörte leise Schritte auf dem Steinfußboden, und die Stimmen entfernten sich. Panik ergriff mich. Ich stützte mich mit einer Hand an der kalten Wand ab, lehnte die Stirn gegen den Handrücken und versuchte, ruhig zu atmen. Wir mussten dringend raus aus Broken Tree. Ich hoffte inständig, dass sich

Daniel und Pearl in der Nähe der Tür aufhielten, damit wir leise hinausschlüpfen konnten. Als ich mich langsam im Kreis drehte, entdeckte ich sie schließlich ein Stück das Hauptschiff hinunter an einem Stand, in dem kleine Holzfiguren auslagen.

Der Mann und die Frau, deren Gespräch ich mit angehört hatte, kehrten mir den Rücken zu. Sie näherten sich einem Stand, in dem es zahlreiche Ruderriemen aus ausgeschlachtetem Plastik gab. Als die Frau den Kopf drehte, sah ich, dass sie ein Hasen-Tattoo am Hals hatte. Ich drängelte mich an einem Verkäufer und seinem Kunden vorbei, die gerade in Preisverhandlungen steckten, und ging schnell zu Pearl und Daniel hinüber.

»Schau mal, Mom, das ist so hübsch …«, setzte Pearl an, als sie mich sah.

»Nein, das kaufen wir nicht«, schnitt ich ihr das Wort ab und zog Daniel am Ärmel ein Stück von ihr weg.

Ich deutete rasch auf das Paar, das immer noch mit dem Rücken zu uns stand. »Die gehören zu den Lily Black.«

Er sagte kein Wort, aber seine Kiefermuskeln zuckten, als würde er mit den Zähnen knirschen.

»Du hörst mir nie zu«, sagte Pearl und stellte sich zwischen Daniel und mich.

»Nicht jetzt, Pearl«, flüsterte ich. »Wir müssen die anderen so unauffällig wie möglich alarmieren und dann von hier abhauen.«

Daniel nickte, und wir gingen an den Ständen entlang zur Vordertür. Eine zahnlose alte Frau schob unter gemurmelten Entschuldigungen einen Wagen auf uns zu, in dem sie hauchdünne Stoffbahnen transportierte. Gleichzeitig schlichen zwei Händchen haltende Kinder so vorsichtig vor uns her, als wären sie nicht sicher, ob der Boden ihr Gewicht aushielt.

Eine schwangere Frau mit verbrannter Haut und kurz geschorenen Haaren hielt mich am Arm fest und bat mich, ihre Waren zu kaufen. Als ich sie abschüttelte und leicht taumelnd weiterging, stieß ich gegen Daniel, der abrupt stehen geblieben war.

Er zog ein Messer aus dem Gürtel und hielt es versteckt, aber kampfbereit neben seinem Oberschenkel.

Ich folgte seinem Blick und zuckte zusammen, als ich sah, dass das Paar inzwischen im Hauptschiff war. Sie kamen langsam auf uns zu, wobei sie die Angebote betrachteten und sich leise miteinander unterhielten. Die Frau war so dürr, dass sich ihre Rippen deutlich abzeichneten. Außerdem hatte sie große Vorderzähne, an denen sie unentwegt wie ein Nagetier leckte. Das Gesicht des Mannes sah ich nur im Profil – seine hohen Wangenknochen, die kleine Nase und das markante Kinn. Er hatte ebenfalls den Hasen auf den Hals tätowiert, dessen allwissend wirkendem roten Auge nichts zu entgehen schien. An einem seiner Ohren glitzerte ein schwarzer Ring. Die Art, wie er dastand, breitbeinig, mit zurückgenommenen Schultern und geradem Rücken, deutete darauf hin, dass er ein Mann war, der anderen Menschen gerne den Platz streitig machte.

Ich versuchte, Pearl hinter mir zu halten, aber sie schob meinen Arm beiseite und stellte sich neben mich. Als sie die beiden sah, verbarg sie sich jedoch schnell wieder hinter meinem Rücken.

Ich war wie erstarrt. Sie blockierten den Weg zum Ausgang. Daniel hatte die Schultern bis zu den Ohren hochgezogen und stellte sich leicht seitlich hin, um sofort angreifen zu können. Die Knöchel seiner Messerhand traten weiß hervor.

Der Mann wandte den Blick zum Altar, und damit konnte ich ihn zum ersten Mal deutlich erkennen. Er sah aus wie Daniel, nur älter.

Kapitel 37

Inmitten all der Taue, Stoffe, Figürchen und Wollmützen herrschte immer noch das gleiche Stimmengewirr, aber es schien sich zu verlangsamen und zusammengepresst zu werden. Das Blut floss schneller durch meine Adern und fühlte sich wärmer an.

Ich legte eine Hand auf Daniels Arm. Es war, als fasste ich ein straff gespanntes Seil an. Er erschrak, und sein Blick ging von mir zu Pearl. Seine Augen verengten sich zu Schlitzen, seine Pupillen weiteten sich. Ich sah ihm zu, wie er mit abwesendem Blick die Alternativen gegeneinander abwog und um eine Entscheidung rang.

»Kommt mit«, sagte er und packte mich am Arm. Dann schob er mich rückwärts aus dem Hauptschiff heraus, vorbei an Verkaufsständen und Kunden, die sich über die Auslagen beugten. Wir tauchten im Gewimmel der Leute unter, die sich die Waren besahen und aneinander vorbeidrängten. Schließlich lagen die Stände hinter uns, und wir standen vor einer langen Wand. Daniel sah sich hastig nach einem Ausgang um. Am vorderen Ende der Kirche fiel ein dünner Sonnenstrahl in die Dunkelheit neben dem Altar.

Ich packte Pearl fest an der Hand, und wir eilten so leise wie möglich auf das Licht zu. Als wir einen Moment später draußen waren, kniffen wir in der gleißenden Helligkeit die Augen zusammen und rangen nach Atem.

Ich versuchte, mich daran zu erinnern, was bei den Piraten die gebräuchlichste Strafe für Diebstahl war. Eine abgehackte Hand? Gefangenschaft und Sklaverei? Meistens drohten sie mit Bestrafungen, um einen besseren Deal herauszuschlagen, und es ging ihnen immer auch darum, ihre Truppenstärke auszubauen.

Bezahle Steuern an uns für alle deine Einkünfte, oder wir nehmen dir zwei deiner besten Männer weg.

Wenn wir nicht in Ruenlock haltgemacht hätten, wären sie nicht hinter uns her, dachte ich. Ich bin schuld daran. Abran hatte sich zurecht dagegen ausgesprochen.

Ein Mann hinkte vorbei und grinste uns zahnlos an. Eine starke Böe fuhr durch die Bäume, peitschte gegen die Kirche und brachte den Passanten aus dem Tritt.

Daniel hielt den Blick auf die Tür gerichtet, durch die wir hinausgegangen waren, aber drinnen war es zu dunkel, um irgendetwas zu sehen. »Ich bringe Pearl zum Schiff und setze die Segel«, sagte er. »Du trommelst währenddessen die anderen zusammen.«

Ich zog Pearl an mich, bis ihr Hinterkopf meinen Bauch berührte. Sie ergriff meine Hände, die auf ihren Schultern lagen. »Haben sie uns bemerkt?«, fragte ich.

Daniel warf einen Blick über die Schulter. »Ich glaube nicht.«

Ich küsste Pearl auf den Scheitel. Sie hielt noch einen Moment meine Hand fest, während Daniel sie mit sich zog. Während sie sich Richtung Hafen aufmachten, lief ich schnell zum ersten Saloon, wo ich auf Wayne, Jessa und Thomas traf. Ich gab ihnen Bescheid, dass die Lily Black im Dorf seien und wir sofort in See stechen müssten. Sie sprangen so hastig auf, dass zwei Stühle umfielen, und streiften rasch ihre Jacken über. Sie sagten mir, dass Marjan und Behir bereits wieder zurück an Bord seien. Wir machten aus, dass ich nach Abran suchen und dann zur *Sedna* nachkommen würde.

Ich fand ihn im nächsten Saloon, wo er im hinteren Bereich saß und einen Whiskey kippte. Er unterhielt sich mit einem Glatzkopf in einer Lederjacke.

»Das Valley ist von allen Seiten geschützt, und es gibt dort viel fruchtbares Ackerland«, sagte er gerade, als ich mich ihm näherte. Abran saß mit dem Rücken zu mir, seine Hände lagen auf dem Tisch, er hatte die Finger abgespreizt und tippte mit den Fingerspitzen auf das Holz, während er sprach. Ich konnte mir das lässige und zuversichtliche Grinsen auf seinem Gesicht vorstellen, während er sich auf dem Stuhl vorbeugte. Am liebsten hätte ich seinen Kopf gepackt und auf die Tischplatte vor ihm geschlagen.

Der Mann, mit dem er sprach, sah mich und nickte Abran zu, worauf der sich zu mir umdrehte.

»Myra, meine liebste Frau!«, sagte er. »Nimm Platz.« Er zog den Stuhl neben sich zurück.

»Danke, aber wir müssen gleich gehen«, sagte ich und versuchte, Abrans Blick aufzufangen, damit er sah, wie ernst es mir damit war.

»Sei doch nicht so unhöflich!« Abran lachte und drehte sich auf seinem Sitz herum, um den Barkeeper herbeizuwinken. »Das ist mein alter Freund Matty. Matty und ich kennen uns schon sehr lange.«

»Abran …«, sagte ich.

Abran hielt die Hände hoch und lachte erneut. Sogar im Halbdunkel konnte ich sehen, wie rot sein Gesicht war. »Wir können Matty vertrauen. Ich weiß, dass ich gesagt habe, wir sollen niemandem davon erzählen, aber ich habe auch nicht damit gerechnet, hier einem alten Freund zu begegnen. Matty ist eine ehrliche Haut.«

Der Barkeeper stellte drei Schnapsgläser vor uns hin, Abran prostete Matty zu. Ich ließ mein Glas auf dem Tisch stehen.

»Und wir haben ein paar gute Sachen bekommen. Besser gesagt, gefunden.« Abran lächelte, als wäre er stolz darauf. »Also kann es jetzt losgehen«, sagte er an Matty gewandt.

Ich legte eine Hand auf seine Schulter und beugte mich dicht an sein Ohr. »Es geht nicht nur darum, mit wem du sprichst, wichtig ist auch, wer dir dabei zuhören kann.«

»Du leidest unter Verfolgungswahn.« Abran leerte mit einem

Zug sein Glas. »Ich erzähle Matty das alles, damit er sich uns anschließt. Er ist Fischer. Und du warst in letzter Zeit ja nicht gerade sehr erfolgreich.«

»Entschuldige uns bitte, Matty«, sagte ich und zerrte Abran am Arm von seinem Stuhl hoch.

»Was zum Teufel ...?«, sagte Abran.

Am Ende der Theke sah ich eine schmale Tür mit der Aufschrift LAGERRAUM. Als ich ihn hindurchbugsierte, gelangten wir in einen winzigen lichtlosen Raum voller Schnapsregale, in dem es so sehr nach Hefe und verdorbenen Fischen stank, dass ich beim Eintreten das Gefühl hatte, gegen eine Wand zu laufen. Durch ein kleines Fenster über unseren Köpfen fiel ein schräger Lichtstrahl herein.

»Myra, ich bin nur froh, meinen Freund zu sehen. Du übertreibst.«

Ich stieß ihn gegen die Regale. »Reiß dich jetzt zusammen«, zischte ich ihn an. Ich legte ihm eine Hand auf den Mund und beugte mich dicht an ihn heran. »Du bist erkannt worden. Die Lily Black in Ruenlock haben ihre Kameraden darüber informiert. Und hier sind welche. Wir müssen jetzt sofort auf das Schiff zurück und die Segel setzen.«

Abran riss die Augen auf und zog meine Hand von seinem Mund. »Wo sind ...?«

Die Tür ging auf, und ich erwartete den Barkeeper zu sehen, der uns hinauswerfen wollte, doch stattdessen schlüpften ein Mann und eine Frau herein und machten rasch wieder hinter sich zu. Die Frau hatte ich bereits im Kirchenladen gesehen, aber den Mann kannte ich nicht. Er trug kein Hemd und hatte ebenfalls das Hasen-Tattoo am Hals. Seine langen fettigen Haare waren zu einem Pferdeschwanz zusammengebunden. Hektisch fragte ich mich, wie viele von ihnen wohl in Broken Tree waren.

»Wo ist es?«, wollte der Mann wissen.

»Was?«, fragte Abran.

Im ersten Moment dachte ich, dass er sich absichtlich dumm stellte, weil er Zeit schinden wollte, und ich behielt ihn genau im Auge, um zu sehen, ob er mir irgendein Zeichen gab, dass ich die beiden angreifen oder zur Tür rennen sollte. Ein Zucken des Handgelenks, Augenkontakt oder eine Bewegung seiner Füße. Aber er stand genauso da wie vor ihrem Auftauchen, mit leicht gesenktem Kopf, hängenden Schultern und seitlich baumelnden Armen.

Der Mann trat vor und versetzte Abran einen Schlag, der ihn rückwärts gegen ein Regal schleuderte. Im Lagerraum wurde es fast vollständig dunkel. Eine Wolke zog vor der Sonne vorbei. Ich hörte die anderen beiden atmen. Abran keuchte. Ich sah gerade noch, wie er sich zusammenkrümmte und seine linke Gesichtshälfte hielt.

»Man hat uns mitgeteilt, dass wir ausgeraubt worden sind. Die Beschreibung der Täter passt auf euch.«

Der Mann trat erneut vor, doch die Frau berührte seinen Arm mit den Fingerknöcheln, und er blieb stehen. Sie zog ihr Messer aus der Scheide und strich mit der Klinge über ihren Hemdzipfel, als wollte sie sie reinigen.

Abran hielt sich an einem Regal fest und zog sich daran hoch. Dabei stieß er eine Flasche um. Sie fiel zu Boden. Der Aufprall klang wie ein Donnerschlag, die Scherben spritzten über unsere Füße.

Der Mann macht einen Schritt auf Abran zu. Seine Stiefel knirschten auf dem Glas. Er zog Abrans Halstuch nach unten, sodass die Narbe zum Vorschein kam.

»Dann stimmt es also«, murmelte der Pirat und drehte sich zur Frau um. »Er muss derjenige sein, den sie gemeint haben.« Er sah wieder Abran an. »Du hast uns vor Jahren schon mal bestohlen. Ist das eine Gewohnheit von dir? Du stehst schon lange auf unserer Abschussliste.«

»Auf unserem Schiff«, sagte Abran. »Es ist alles auf unserem Schiff. Wir werden euch alles zurückgeben.«

Ich sah ihn aus dem Augenwinkel an. Ihm musste doch klar sein, dass sie nicht einfach das Diebesgut zurücknehmen und dann friedlich unser Schiff verlassen würden. Er hielt die Augen gesenkt und hatte den Mund zu einem dünnen Strich zusammengepresst. Sein Gesicht verriet nichts. Wollte er sie wirklich zum Schiff führen? Dieser Gedanke traf mich wie ein harter Stoß. Ich würde sie auf keinen Fall in Pearls Nähe lassen.

»Okay, geh voraus und zeig uns den Weg«, sagte der Mann und trat einen Schritt zur Seite, damit Abran zwischen ihm und der Frau hindurchgehen konnte.

»Gut«, erwiderte Abran. Er sah mich nicht an und machte auch keine versteckten Gesten. Seine Hände hingen unverändert an den Seiten, und er wirkte nach wie vor gebückt, so als wollte er sich klein und unsichtbar machen. Von der zerbrochenen Flasche stieg ein säuerlicher Essiggeruch auf. Ich blinzelte mehrfach, um einen klaren Kopf zu bekommen.

Als Abran zwischen den Mann und die Frau trat, hielten die beiden den Blick auf seine Hände gerichtet. Sobald er an ihnen vorüber war, zog der Mann sein Messer und verlagerte sein Gewicht auf das hintere Bein. Offensichtlich hatte er vor, sich auf Abran zu stürzen und ihm die Klinge in den Rücken zu rammen.

Ich zog mein eigenes Messer und war mit drei schnellen Schritten bei dem Piraten. Als ich auf seinen Rücken sprang, wirbelte er herum und versuchte, mich abzuwerfen. Ich klammerte mich an ihm fest, riss seinen Kopf an den Haaren zurück und zog mein Messer über seine Kehle.

Die Frau packte meinen Arm, zog mich von ihm herunter und schleuderte mich gegen die Wand, wo ich mit dem Kopf gegen die Metallverkleidung krachte. Als ich auf dem Boden zusammenbrach, trat sie mir mit der Stiefelspitze in den Bauch. Es fühlte sich an, als würde sich ein Stein zwischen meine Rippen bohren.

Abran stieß mit ihr zusammen, und sie gingen beide zu Boden. Er löste sich von ihr und krümmte sich stöhnend zusammen. Ich zwinkerte, um besser sehen zu können, aber alles schien immer noch zur Seite geneigt.

Die Frau stemmte sich auf die Knie hoch und griff nach einer Glasscherbe. Der Sonnenstrahl, der durch das Fenster hereinfiel, spiegelte sich darin in einer gleißenden Lichtexplosion. Sie stand auf und näherte sich Abran, der zu einem Holzbrett kroch, das an der Wand lehnte.

Ich versuchte aufzuspringen, doch meine Beine zitterten und gaben unter mir nach. Immer noch atemlos japste ich nach Luft. Ich krabbelte vorwärts über die Glasscherben. Die Schmerzen in meinem Oberkörper waren unerträglich. Ich würde es nicht mehr rechtzeitig schaffen.

Als sie an mir vorüberging, hob ich mein Messer und stieß es mit aller Kraft durch ihren Fuß, sodass sie am Boden festgenagelt war.

Sie kreischte und bückte sich, um mit der Glasscherbe auf mich einzustechen, aber ich rollte mich zur Seite weg. Während sie noch an dem Messer riss, hob Abran das Brett und schmetterte es ihr mit einem dumpfen Knall an den Kopf.

Er packte mich unter der Achsel und hievte mich in die Höhe. Wo er mich mit seiner blutigen Hand berührte, blieb mein Hemd an der Haut kleben. Er stieß mich vor sich her durch die Tür, draußen stolperten wir über einen umgestürzten Stuhl. Als wir den Saloon durchquerten und eilig auf die Tür zugingen, blickten die Gäste zu uns auf. In der rauchigen Luft hing ein intensiver Geruch von Blut und Alkohol. Er setzte sich so sehr in meiner Nase fest, dass ich ihn auch im Freien nicht abschütteln konnte.

Wir rannten zum Schiff. Daniel war am Steuerruder und Jessa in den Wanten, während Thomas die Segel am Hauptmast trimmte. Abran und ich rannten auf dem Kai entlang und blieben nur kurz stehen, um die Halteleine der *Sedna* vom Poller loszubinden. Dann sprangen wir gerade noch rechtzeitig an Bord, bevor sich das Schiff zu weit von der Kaimauer entfernte.

Ich stolperte und rollte mit stechenden Schmerzen in der Brust über das Deck. Pearl kam aus dem Hüttendeck auf mich zugelaufen, aber ich winkte sie wieder zurück.

»Behir!«, kreischte Marjan. Jessa rief etwas aus den Wanten und kletterte herunter. Wayne fing Marjan ab, die mit ausgestreckten Armen zur Reling rannte. Sie brach fast zusammen. »Behir!«, schrie sie erneut.

Als ich aufstand und zum Kai blickte, sah ich es: Sie hatten ihn erwischt.

Kapitel 38

»Stoppt das Schiff!«, schrie ich.

»Myra!«, rief Abran und trat auf mich zu. »Sie werden ihn nicht einfach so herausgeben.«

Ich wusste, dass er recht hatte, aber das war mir egal. »Wirf den Anker!«, brüllte ich zu Daniel hinüber.

»Wenn wir das tun, kommen wir hier nicht weg, bevor sie uns umzingeln!«, protestierte Abran.

Ein Mann hielt Behir an sich gepresst und hielt ihm ein Messer an den Hals. Behir sah genauso aus wie Pearl an dem Morgen, als wir am Ufer nach Muscheln gesucht hatten. Seine Augen waren schreckgeweitet, die Hände hingen schlaff an seinen Seiten herab. Es war, als befände er sich am Grund eines Brunnens, aus dem aller Sauerstoff entwich und der nun langsam mit einem Deckel verschlossen wurde.

Der Mann mit dem schwarzen Ohrring, den wir in der Kirche gesehen hatten, schlenderte am Dock entlang. Diesmal war eine andere Frau bei ihm, eine klein gewachsene Blondine mit nur einem Ohr. Sie stellten sich neben den Mann, der Behir festhielt, und lehnten sich lässig mit verschränkten Armen zurück, als warteten sie auf etwas.

Daniel und der Mann mit dem Ohrring sahen einander an. Ein zufriedener und machtbewusster Ausdruck glitt über das Gesicht des anderen. Er schien Daniel zu irgendetwas herausfordern zu wollen.

»Nehmt mich stattdessen«, rief Daniel zu ihnen hinüber. Mein Herz raste. Seine Stimme klang kleinlaut und unschuldig. Ich erkannte sie kaum wieder.

Ich hatte das Gefühl, schärfer zu sehen, so als ob plötzlich alle Konturen deutlicher hervortraten. Der Mast wirkte gerader, und die Reling schien vor Energie zu vibrieren. Die Sekunden vergingen. Ich versuchte nachzudenken, kam aber gegen die Leere in meinem Verstand nicht an.

Der Ohrringmann sah Daniel kopfschüttelnd an, als wäre der ein Kind, das ihn enttäuscht hatte und sich nicht mit ihm messen konnte. Dann drehte er sich zu dem Mann um, der Behir hielt.

Daniel rannte über das Deck zum Bug, wo der Anker lag. Behir sah es und schüttelte kaum merklich den Kopf.

Nein, nein, nein, hallte es in meinem Kopf.

Ich lief zur Reling und winkte mit hocherhobenen Armen. Die *Sedna* trieb bereits vom Kai weg. Wir mussten sofort den Anker werfen.

»Wir geben euch alles, was ihr wollt!«, schrie ich zu ihnen hinüber. »Aber lasst ihn frei!«

Um den Mund des Mannes, der wie Daniel aussah, spielte ein trauriges, bedauerndes Lächeln. Er nickte dem Mann hinter Behir zu. Ich schloss die Augen. Marjan schrie. Ich hörte, wie sie auf dem Deck zusammenbrach. Die Sonne schien mir auf die Augenlider, und ich sah nur rot. Mein Körper brannte, als hätte ich ein Feuer geschluckt. Die ganze Welt schien von lautem Heulen erfüllt.

Als ich die Augen wieder aufschlug, lag Behir zusammengesackt zu Füßen des Mannes mit dem Messer. Ich umklammerte die Reling mit beiden Händen, um nicht den Boden unter den Füßen zu verlieren. Dann wandte ich mich vom Kai ab und sah Pearl in der Tür zum Hüttendeck stehen. Ihr Gesicht war tränenüberströmt.

Wir hielten eine Trauerfeier für Behir ab, doch Marjan weigerte sich, etwas zu sagen. Während wir uns am Bug des Schiffes versammelten, hielt sie sich hinter uns wie ein Schatten, und als wir fertig waren und uns umdrehten, war sie bereits verschwunden.

Nach der Trauerfeier gingen wir alle ins Hüttendeck, wo Abran berichtete, was im Saloon in Broken Tree vorgefallen war. Dass wir einen Piraten getötet hatten und sie wahrscheinlich wussten, dass wir zum Valley unterwegs waren. Was er nicht erwähnte, war seine Verbindung zu den Lily Black und dass sie ihn wiedererkannt hatten.

»Du hast uns doch selbst gesagt, dass wir nicht über das Valley sprechen sollen«, schnauzte Wayne ihn an.

Abran schloss die Augen und nickte. »Ich habe mich nur mit einem Freund darüber unterhalten. Aber es kann sein, dass wir belauscht worden sind. Behir …« Abran verstummte, sein Blick zuckte zu Marjan. »Sie haben Behir wegen der Sache auf Ruenlock getötet. Das ist ihre Art. Sie bestrafen jeden Angriff. Da sie das jetzt erledigt haben, werden sie uns wahrscheinlich nicht mehr verfolgen.«

Unter den Besatzungsmitgliedern erhob sich besorgtes Gemurmel. Ich musterte Abran. Glaubte er wirklich, was er gesagt hatte? Angesichts seiner Vergangenheit bei den Lily Black und auch dessen, was Daniel mit ihnen zu tun haben mochte, konnte ich mir kaum vorstellen, dass sie schon mit uns fertig waren.

Daniel musste mit diesem Mann verwandt sein – sie sahen sich nicht nur ähnlich, ich hatte es auch an der Art erkannt, wie sie sich über das Schiff und die Kaimauer hinweg anschauten. Einander erkennend und vertraut. Ich fragte mich, ob es sonst noch jemand bemerkt hatte. Ihr Blickkontakt hatte wie eine Verhandlung ausgesehen, als würden sie irgendetwas miteinander austauschen. Und Daniel hatte sich selbst angeboten.

Ich dachte daran, wie Daniel sich in Karten vertieft und manchmal seine Aufzeichnungen weggeräumt hatte, wenn ich das Hüttendeck betrat. Ich erinnerte mich auch daran, wie bestürzt er in Harjo gewirkt hatte, als ich ihn bei dem Gespräch mit dem Fremden überraschte. Und dass er immer wieder alleine in Saloons ging, wie um heimlich irgendwelche Informationen zu sammeln. Abran hatte richtiggelegen. Daniel verbarg irgendetwas. Hatte er so häufig darüber gesprochen, wie schwer es sei, jemanden aufzuspüren, weil er selbst die ganze Zeit versuchte, eine Spur von den Lily Black zu finden?

Er musste doch wissen, wie gefährlich das war. Aber vielleicht war es ihm ja egal. Bei diesem Gedanken begann vor Zorn mein Puls zu rasen. Ich beschloss, Daniel unter vier Augen darauf anzusprechen.

Ohne Behir würde es an Bord der *Sedna* bedrückend sein. Wir alle hatten von seinem Witz und seiner Wärme profitiert. Davon, dass er sich nie die Laune verderben ließ, wenn zum Beispiel ein Strudel ein Netz voller Fische vom Downrigger abriss oder wenn die Wolken tief hingen und uns heftigen Regen und Wind bescherten.

Abran schlief einen Monat lang in der Mannschaftsunterkunft und überließ Marjan in dieser Zeit seine Kajüte. Wir brachten ihr etwas zu essen, und manchmal bat sie um Besuch, aber die meiste Zeit blieb sie für sich und entzog sich uns wie eine Geistererscheinung.

Eines Tages kam sie zum Frühstück ins Hüttendeck und wirkte geläutert, wie eine Klinge, die im Feuer geschmolzen und in eine neue Form geschmiedet worden war. Ich wollte bei ihr sein und stellte mich neben sie in die Kombüse, um Fische zu schuppen, oder stand gemeinsam mit ihr an der Reling und suchte das Meer nach Berggipfeln ab, wenn wir in Küstennähe kamen. Normalerweise hielt ich mich von Menschen, die jemanden verloren hatten, möglichst fern, da ich mich in ihrer Gegenwart fühlte, als würde ich mich an einen Albtraum erinnern, den ich zu verdrängen versuchte. Aber aus irgendeinem Grund war es diesmal anders. Ich wollte die Hand nach ihr ausstrecken und sie an der Schulter berühren.

Vielleicht weil ich sie lieb genug hatte, um bei ihr zu sitzen, während ihre Trauer wie eine dritte Person bei uns im Raum war, greifbar und mit einer eigenen Gestalt. Eine Gestalt, die sich, wie ich wusste, mit der Zeit entwickeln und verändern würde, wie nur die Trauer es konnte.

Aber möglicherweise wollte ich sie auch nur trösten, um für meine Schuld zu büßen. Ohne die vorangegangenen Ereignisse wären wir nie nach Broken Tree gefahren, und die hatte allesamt ich verursacht.

In der Nacht nach Behirs Tod hatte ich geträumt, dass ich ertrank. Das Wasser um mich herum war dunkel, und es stieg, und ich hörte nicht auf zu schwimmen, und es hörte nicht auf zu steigen. Die Oberfläche entfernte sich immer weiter von mir. Ich streckte die Finger nach der Sonne aus, die auf dem Wasser glitzerte, und schwamm weiter nach oben, bis meine Lunge platzte, meine Beine sich verkrampften und ich alle Kraft verlor. Gerade als ich beschloss, aufzugeben und mich auf den schwarzen Grund hinabsinken zu lassen, rüttelte Pearl mich wach.

In dieser Nacht schlief Pearl überhaupt nicht. Stattdessen verzog sie sich in eine Ecke ihres Bettes und lehnte sich an die Wand. Ihre Haare hingen ihr ungekämmt und lockig ins Gesicht, wie bei einer Puppe, die auf einem Regalbrett vergessen worden war. Als ich sie an der Wange berührte, blinzelte sie zwar kurz, rührte sich aber ansonsten nicht. Ihre Brust hob und senkte sich nur minimal, wie bei einem Tier, das überwintert und weder komplett wach ist noch tief schläft. Ich nahm sie in die Arme und wiegte sie, wie ich es immer getan hatte, als sie noch ein kleines Baby gewesen war.

Sie hätte das nicht sehen dürfen, sie hätte das auf keinen Fall sehen dürfen, dachte ich immer wieder.

Ein paar Tage nach Behirs Tod traf ich Abran allein in der Mannschaftsunterkunft an. Alle anderen waren zum Frühstück hinaufgegangen, während er auf seinem derzeitigen Bett sitzen blieb und versuchte, seine verletzte Hand mit einem Tuch zu verbinden. Trüber Kerzenschein beleuchtete einen Teil seines Armes und verlor sich dann in der Dunkelheit.

»Was ist in Broken Tree passiert?«, fragte ich ihn leise.

»Was glaubst du, was passiert ist?« Abran spuckte auf den Boden. Dann beugte er sich vor und versuchte angestrengt, den Verband zu befestigen, indem er mit den Zähnen an einem Ende des Knotens und mit der freien Hand am andern zog. Doch das Tuch rutschte zwischen seinen Zähnen heraus und wickelte sich wieder ab. Daraufhin schlug er mit der unverletzten Hand die Kerze von dem kleinen Tisch.

Als sie auf dem Boden aufkam, erlosch die Flamme. Ich sagte nichts. Wachs tropfte auf die Planken. Ich hob die Kerze auf und stellte sie auf den Tisch zurück.

»Ich hoffe, niemand sonst hat dich sagen hören, wohin wir wollen.«

»Wieso? Weil du Angst hast, dass wir dann nicht mehr dorthin fahren?«

Ich hockte mich vor ihn hin und nahm seine verletzte Hand in meine beiden. »Nein«, sagte ich. Es war zu spät, um umzukehren und ein anderes Ziel zu suchen. Die gesamte Mannschaft wollte sich unbedingt niederlassen. Und Abran war längst nicht mehr so zuversichtlich. Aber er würde uns direkt in die Hölle führen, wenn die anderen ihn deswegen für standhaft hielten. Er sah zu, wie ich seine Hand bandagierte. Sein Blick war verloren und umschattet, er hatte kaum noch Ähnlichkeit mit dem Mann, den ich mehrere Male in der Nacht besucht hatte. Ich erinnerte mich daran, was Marjan gesagt hatte, als wir Monate zuvor gerade an Bord der *Sedna* gekommen waren. Dass ihm manchmal der Druck zu viel wurde. Hatte sie das damit gemeint? Verhielt er sich nicht zum ersten Mal so? Mir fiel wieder ein, wie viel Angst er vor den Lily Black gehabt hatte und wie nahe ihm der Tod seines Bruders noch immer ging. Ich empfand zwar Mitleid mit ihm, aber nicht sehr viel. Mir war vor allem wichtig, dass er sich wie der Mann benahm, für den ich ihn ursprünglich gehalten hatte.

Als ich den Verband festknotete, verzog er schmerzhaft das Gesicht.

»Reiß dich zusammen«, sagte ich leise.

»Oder was?«, fragte Abran. »Führst du sonst eine Meuterei an?«

Ich schnürte die Bandage so eng, dass Blut durch den Stoff sickerte, und Abran riss die Hand zurück.

»Du benimmst dich nicht wie ein Kapitän«, sagte ich. »Und ohne einen Kapitän kann es auch keine Meuterei geben.«

Kapitel 39

Später entdeckte ich Daniel im Hüttendeck, wo er seit Stunden irgendwelche Berechnungen anstellte. Er war allen aus dem Weg gegangen, sogar Pearl und mir. Neben ihm stand eine flackernde Kerze auf dem Tisch. Hatte er Abran gefragt, ob er so spät noch arbeiten und Licht machen konnte, oder missachtete er einfach die Regeln? Letzteres schien mir wahrscheinlicher.

Er sah nicht auf, als ich eintrat, aber ich spürte, dass er sich meiner Anwesenheit bewusst war.

»Ich dachte, du wärest bereits im Bett«, sagte er.

In der Luft hing ein durchdringender Schwefelgestank, der so grün wie das Leben und zugleich schwarz wie die Verwesung wirkte. Anscheinend überquerten wir gerade Berggipfel, die dicht mit Algen, Plankton und anderen Lebensformen bewachsen waren, Pflanzen, für die es bislang noch keine Namen gab.

»Ist er ein Verwandter? Dein Vater? Ein Onkel?«

Daniel kritzelte weiter etwas auf seinen Notizblock, aber ich sah, dass sich seine Nackenmuskeln verkrampften. Er nahm den Sextanten, maß damit einen Abstand auf der Karte aus und legte ihn wieder weg.

»Ich möchte wissen«, fuhr ich fort, »ob wir ihnen gefolgt sind.« Ich versuchte, ganz ruhig zu sprechen, aber meine Stimme zitterte und war mir selbst fremd.

Daniel hörte auf zu schreiben. Er lehnte sich auf dem Stuhl zurück, ließ den Bleistift fallen und streckte die Finger vor sich auf dem Tisch aus.

Wut ergriff mich. Ich konnte ihm nicht vertrauen. Er war genau wie alle anderen. Ich ballte die Fäuste neben meinen Oberschenkeln. Meine Haut fühlte sich warm an. Die *Sedna* neigte sich unter dem Ansturm einer Welle ächzend zur Seite und richtete sich wieder auf. »Jetzt ist Behir tot, und sie werden uns bis zum Valley folgen.«

Daniel vergrub sein Gesicht in den Händen und fluchte. »Es ist zu weit, das ist es ihnen nicht wert«, erwiderte er. Doch ich hörte ihm an, dass er selbst nicht glaubte, was er sagte.

»Nicht wert? Soweit ich weiß, töten sie jeden, der sie verrät.« Da fiel mir wieder ein, was ich Abran versprochen hatte, und ich wechselte das Thema. »Sie wollen weitere Kolonien. Also holen sie sich vielleicht das Valley von den Lost Abbots und uns gleich mit. Du hast so getan, als wolltest du uns beschützen und kein Risiko eingehen ... Dabei hast du uns direkt ins Messer laufen lassen.« Ich wurde immer lauter, meine Stimme bebte, und ich musste mich zügeln, um nicht auf ihn einzuschlagen.

»Du und Pearl solltet nie in diese Sache verwickelt werden.« Daniel stand auf, drehte sich zu mir um und schüttelte den Kopf. Er sah mich gequält an. Sein Blick war durchdringend. Ich spürte, dass er mich berühren wollte, um mich zu trösten und um selbst getröstet zu werden. Mein Zorn war wie eine Flamme, die langsam an meinem Rückgrat heraufkroch.

»Es tut mir so leid«, sagte er.

»Es tut dir leid?« Ich stürzte mich auf ihn und versetzte ihm einen Stoß. Er stolperte rückwärts, und ich stieß ihn erneut. »Wie konntest du das tun?« Ich stieß ihn immer weiter, bis er mit dem Rücken an der Wand stand. »Nachdem ich dich aus dem Wasser gezogen hatte! Und jetzt ... die ganze Zeit ...« Ich schlug mit beiden Fäusten auf seine Brust ein. Er packte meine Handgelenke und hielt sie fest.

Ich entwand mich seinem Griff und trat zurück. Dabei fühlte ich mich fast ruhiger. Ihn anzugreifen hatte meine Wut gelindert, aber es war nicht nur das. Unter meinem Zorn fühlte ich mich erleichtert ... weil ich noch jemand anderem die Schuld geben konnte und nicht allein die Verantwortung für Behirs Tod trug. Ich war so in meine Schuldgefühle verstrickt, dass ich mir wie ein Fisch vorkam, der alles tat, um sich aus dem Netz herauszuwinden.

»Hast du uns zu ihnen führen wollen?«, fragte ich ihn. »Wolltest du damit eine alte Schuld begleichen?«

»Nein.« Daniel schüttelte den Kopf und wischte sich mit der Hand über das Gesicht. »Ja. In gewisser Weise.«

Als ich erneut die Fäuste ballte, hielt er die Hände hoch.

»Mein älterer Bruder. Ich habe ihn gesucht ... ihn gejagt.« Daniel verstummte, und ich wartete darauf, dass er weitersprach. »Er ist vor Jahren in der Navy gewesen. Als die Flut schlimmer wurde und die Welt immer weiter zersplitterte, redete er ständig davon, dass neue Nationen entstehen würden. Er wollte daran mitwirken, um Leben zu retten. Er hatte ganz genaue Vorstellungen, wie die Menschen sich verhalten sollten, und ihm war wichtig, dass jeder seinen Platz kannte.« Daniel schnitt eine Grimasse. »Er legte auf jeden Fall großen Wert darauf, dass ich wusste, wo mein Platz war, nämlich unter ihm. Jackson ... er schien sich fast darüber zu freuen, dass alles vor die Hunde ging. Als ob er geahnt hätte, dass er in dieser neuen Welt mehr Mitspracherecht haben würde und dass er aus diesem Chaos etwas ganz Eigenes erschaffen konnte.« Als Daniel verstummte, zerriss Donner die Stille. Ein Blitz zuckte und tauchte ihn in blendendes Licht. »Jackson kämpfte im Mittelmeerkrieg, zusammen mit seinem Kommandeur, Clarence Axon, für den er wie ein Sohn war. Axon hatte damals bereits die Lily Black gegründet ... Zu diesem Zeitpunkt waren sie noch eine paramilitärische Einheit, die von den USA als Söldnertruppe angeheuert wurde. Sobald der Krieg vorbei war, wollte Axon meinen Bruder zum Kapitän eines seiner Schiffe ernennen. Also kam Jackson nach Hause, um meine Mom und mich mitzunehmen.« Daniel verstummte erneut. Offenbar dachte er darüber nach, wie viel er mir erzählen sollte. »Er und meine Mom hatten einen fürchterlichen Streit. Wir besaßen ein Boot, mit dem wir flüchten wollten. Jackson nahm es und verschwand damit mitten in der Nacht. Aber er hat nicht nur das Boot gestohlen. Ihm war klar, dass er auch Moms gesamten Insulinvorrat mitnahm, den ich im Boot gebunkert hatte. Er wusste, dass meine Mom ohne das Insulin sterben würde, und hat es mir überlassen, sie bis zu ihrem Tod zu pflegen. Zuerst habe ich ihn gar nicht gesucht, aber dann ist Marianne gestorben, und kurz darauf bin ich ihm in einer Hafenstadt begegnet. Es war, als würde ich plötzlich aufwachen. Ich … ich habe sofort versucht, ihn zu töten.«

Erneut zuckte ein Blitz, und die *Sedna* zitterte im Klammergriff einer Welle. Daniel strich sich über das Gesicht und wandte den Blick ab. Ich dachte an die Geschichte, die er mir erzählt hatte … dass er nach Mariannes Vergewaltigung blind vor Wut gewesen war und seine damaligen Mannschaftskameraden umgebracht hatte.

»Er versprach mir, dass er mich töten würde, falls ich ihn noch einmal angriff oder ihm nachstellte. Bevor ich euch begegnet bin, habe ich gehört, dass er im Nordosten Kolonien gründet, also wollte ich dorthin.«

»Als ich dich gerettet habe, meinst du wohl«, blaffte ich ihn an.

»Ich dachte, ich könnte ihn in irgendeiner Hafenstadt ausfindig machen und es unauffällig erledigen. Ich wollte niemanden sonst da mit reinziehen.«

»Du bist ein Idiot«, sagte ich. »Und ich auch, weil ich dir vertraut habe. Wie wolltest du denn einen Kapitän der Lily Black beseitigen, ohne jemand anderen mit reinzuziehen?«

»Keine Ahnung. Ich habe nicht … Ich bin sowieso davon ausgegangen, dass er mich zuerst tötet. Aber darum ging es mir gar nicht. Ich wollte ihm in die Augen schauen und sagen, was er getan hatte.«

Ich verschränkte die Arme vor der Brust. Ich hatte mich auch danach gesehnt, Jacob gegenüberzustehen und ihn zur

Rechenschaft zu ziehen. Ich hatte ihm die Wahrheit sagen und dafür sorgen wollen, dass er zuhörte. Doch ich drängte diesen Gedanken beiseite und hielt stattdessen weiter an meiner Wut fest.

»Und ich dachte, dass du mir helfen willst. Dass du Pearl beschützen wolltest …«

»Das will ich ja …«

»Halt den Mund. Hast du in jedem Hafen, in dem wir angelegt haben, Ausschau nach ihm gehalten?«

»Ich habe mich umgehört. In den Lokalen und den Geschäften. Dabei habe ich herausgefunden, dass sie in Wharton waren, aber inzwischen weiter in den Norden gezogen sind, in die Gegend um Broken Tree.«

»Deshalb haben wir dort haltgemacht und nicht in Brighton«, sagte ich. Brighton war ein weiter südlich gelegener Handelsposten, an dem wir vorbeigesegelt waren, um stattdessen Broken Tree anzusteuern. Damals hatte Daniel behauptet, er hätte von Taifunen gehört, die in dieser Jahreszeit vor Brighton tobten. »Wie um alles in der Welt konntest du nur glauben, dass du uns nicht in diese Sache verwickeln würdest?«

Daniel schien zusammenzusacken und fuhr sich erneut mit der Hand über das Gesicht. »Ich habe gehofft, dass ich es verhindern könnte. Ich habe es wirklich gehofft.«

»Du hast mich ausgenutzt.« Dieses Wissen war wie eine empfindliche Schürfwunde, die bei jeder Berührung schmerzte. »Du wolltest genauso sehr für das Valley abstimmen wie ich. Weil du wusstest, dass du auf dem Weg dorthin dichter an ihn herankommen würdest.« Als Daniel nichts erwiderte, sprach ich schnell weiter. »Wenn die Lily Black nicht im Nordosten gewesen wären, hättest du dich dann auch bereit erklärt, mich zu begleiten? Mir zu helfen?«

Als die *Sedna* von einer weiteren Welle durchgeschüttelt wurde, rutschte die Kerze auf die Tischkante zu. Daniel ging hin und nahm sie in die Hand. Die Flamme warf tanzende Schatten an die Wände des Hüttendecks.

»Nein«, sagte Daniel leise und schloss die Augen. »Damals hätte ich es nicht getan. Aber jetzt ist das anders. Ich möchte mit dir und Pearl zusammen sein. Aber ich möchte auch mit diesem Teil meines früheren Lebens abschließen. Ich kann … Ich kann mich nicht damit abfinden. Es ist, als würde mein Leben aus zwei Hälften bestehen, die ich nicht zusammenbringen kann.«

Ich dachte daran, wie oft sich mein eigenes Leben von Grund auf verändert hatte. Mit dem Selbstmord meines Vaters, dem Tod meiner Mutter, als Jacob Row mitnahm, als Großvater starb, und schließlich, als wir an Bord der *Sedna* gingen. Ich hatte mich dabei wie etwas Fließendes gefühlt, das nach jeder weiteren Wendung des Schicksals eine neue Form annahm. Aber ich hatte in meinem Inneren auch einen undefinierbaren festen Kern gespürt, wie einen Stein, den diese Ereignisse nicht antasten, geschweige denn umformen konnten.

Der Wind heulte, Wasser peitschte gegen den Rumpf der *Sedna*. Es war, als wollte die ganze Welt in unser kleines Schiff eindringen und uns in Stücke reißen.

»Ich erwarte nicht, dass du mir vergibst«, sagte Daniel.

»Gut, denn das werde ich auch nicht tun.«

Daniel starrte mich an. Er stellte die Kerze auf den Tisch zurück und verschränkte die Arme vor der Brust. »Wieso bist du so vorwurfsvoll, wo du doch …?«

»Wo ich doch was …?«

»Wenn du die Chance bekämst, würdest du dich genauso rächen. An Jacob, meine ich.«

»Natürlich würde ich gerne ein Hühnchen mit ihm rupfen. Aber was spielt das für eine Rolle? Er ist tot.«

»Du musst mir nicht vergeben, aber ich weiß, dass du es begreifst«, sagte Daniel. »Du verstehst, dass es Dinge gibt, die man in Ordnung bringen muss, um weitermachen zu können.«

»Ich verstehe, dass wir vor der längsten Überfahrt unseres Lebens stehen und nicht wissen, ob wir verfolgt werden. Ich verstehe, dass wir gerade …« Ich wollte sagen, *dass wir Behir verloren haben*, brachte die Worte aber nicht über die Lippen.

Daniel trat mit offenen Armen auf mich zu, aber ich stieß ihn von mir weg.

»Pearl hätte das nicht sehen dürfen«, sagte ich mit erstickter Stimme und begann zu schluchzen. »Was ist, wenn es etwas in ihr zerstört hat?«

Meine Schultern zuckten. Die *Sedna* kippte neuerlich zur Seite, und ich wäre fast umgefallen, doch Daniel stützte mich. Er hielt mich an den Armen fest, kam mir aber nicht zu nahe, während er mich wieder aufrichtete.

»In ihr ist nichts zerstört«, sagte er. Er hob mein Kinn mit dem Daumen an. »Außerdem bist du nicht schuld an dem, was passiert ist, sondern ich. Diese Bürde muss ich allein tragen.«

Er wischte mir mit dem Daumen eine Träne vom Gesicht, und ich trat einen Schritt zurück. Ich konnte nicht aufhören zu schluchzen und hatte das Gefühl, keine Luft zu bekommen. Also ging ich zur Tür. Bevor ich hinaustrat, drehte ich mich noch einmal zu ihm um.

Er stand immer noch vor der Kerze, die hinter seinem Rücken ihren sanften Schein auffächerte. Ich sah nur seinen Umriss, der Rest seines Körpers war in Schatten gehüllt.

Kapitel 40

Da es seit Tagen nicht mehr geregnet hatte, stand das Wasser in unserer Zisterne nur noch ein paar Zentimeter hoch. Und so fingen wir an, es zu rationieren. Wir waren so dehydriert, dass wir uns ständig die trockenen Lippen leckten und gegen das Brennen in unseren Augen anblinzelten, während wir an Deck herumliefen. Die Streitigkeiten nahmen zu, immer öfter wandten wir uns beleidigt voneinander ab oder warfen uns am Frühstückstisch unterkühlte Blicke zu. Dass Behir unmittelbar vor der Atlantiküberquerung von uns gegangen war, hatte uns nicht nur das Herz gebrochen, es fühlte sich auch wie ein Omen an, das unheilvoll über unseren Köpfen hing und jederzeit weiteres Unglück auf uns herabbeschwören konnte.

Die Ziege wurde krank. Ihr Hals war von entzündeten roten Pusteln übersät. Sie siechte mit vor Schmerzen weit aufgerissenen Augen dahin, jammerte in der Nacht und entzog sich tagsüber unseren Berührungen. Thomas setzte ihrem Leiden schließlich ein Ende. Danach reinigte er ihren Pferch und baute ihn ab. Doch es war nicht zu übersehen, wo er gewesen war, da die Hufe der Ziege tiefe Furchen im Holzdeck hinterlassen hatten. Wir diskutierten darüber, ob ihr Fleisch essbar war, beschlossen dann jedoch, kein Risiko einzugehen. Angesichts unserer derzeitigen Probleme sollten wir uns mögliche Krankheiten lieber ersparen. Bevor wir sie über Bord warfen, zog ich ihr aber noch das Fell ab und gerbte es. Die Nächte wurden immer kälter, und Pearl konnte eine zusätzliche Decke gut gebrauchen.

Thomas und Wayne bauten ein Kanu, um das alte zu ersetzen, das wir in Ruenlock verloren hatten. Das neue war zwar kleiner, würde als Landungsboot aber immer noch genügen.

Nach einem gescheiterten Versuch, Fische zu fangen, holte

ich die Schnüre ein, überprüfte die Köder und präparierte ein paar neue Angeln. Das Wetter war während der vergangenen Woche schön gewesen, aber wir würden bald in eine Passage zum Nordatlantik einfahren, die bei Seeleuten als Sturmpfad bekannt und für ihre Starkwinde und Regengüsse berüchtigt war. In diesem Abschnitt des Meeres lagen mehr Schiffe auf Grund, als ich wissen wollte. Der Regen wäre zwar ein Segen für unsere Zisterne, aber wir machten uns Sorgen, wie gut die *Sedna* den Winden standhalten würde.

Während ich fischte, überquerte Abran das Schiff vom Luk bis zum Hüttendeck. Er warf mir einen grimmigen und zerstreuten Blick zu. Ich ging ins Hüttendeck, um einen Teil der Angelausrüstung wegzuräumen, und hörte, wie er aufgebracht mit Marjan sprach.

Als er mich die Boxen ins Regal räumen sah, wandte er sich an mich: »Könntest du uns bitte einen Moment allein lassen?«

Marjan hielt eine Liste und rührte in einem Topf über dem Feuer. Von dem Fischgeruch wurde mir leicht übel.

Ich verließ das Hüttendeck und machte mich wieder an die Arbeit. Daniel stand am Bug und suchte mit dem Fernglas den Horizont ab. Ich wusste, dass er nach den Lily Black Ausschau hielt. Tags zuvor hatte er mit dem Fernglas in den Wanten gestanden. Seit einer Woche hatten wir niemanden mehr gesehen und waren an keinem anderen Schiff vorbeigekommen. Dennoch hielten wir es für möglich, dass sie uns verfolgten.

Da meine nackten Füße auf dem kalten Deck allmählich taub wurden, stieg ich in die Unterkunft hinunter, um meine Stiefel zu holen. Ich zog sie gerade an, als Marjan hereinkam und eine leere Schnapsflasche auf den Tisch neben mich stellte. Ich band die Schnürsenkel, lehnte mich zurück und seufzte. Es war eine Glasflasche, ganz ähnlich wie die, die ich vor ein paar Wochen in Abrans Kajüte gesehen hatte.

»So schlecht ging es ihm noch nie«, sagte Marjan.

Ich nickte. »Wie schlimm ist es?«

»Er hat sich mit unseren Tauschwaren Alkohol besorgt. Mit Räucherfischen, die er in einem extra Eimer aufbewahrt und auf eigene Rechnung eintauscht, wenn wir mit unseren gemeinsamen Geschäften fertig sind.«

Ich starrte sie an. »Du wusstest davon? Wie lange geht das denn schon so?« Ich versuchte mich daran zu erinnern, wann mir zuerst eine Veränderung an Abran aufgefallen war. Es muss ungefähr zeitgleich mit unserem Aufenthalt in Wharton gewesen sein. Er hatte gesagt, dass er sich entspannen müsse, da ganz in der Nähe von Wharton sein Bruder ums Leben gekommen sei.

»Seit Jahren«, antwortete Marjan. Sie sah erschöpft aus. Ihre Sorgenfalten hatten sich vertieft, ihre grauen Haare waren an den Schläfen dünner geworden. Sie trug wie üblich ein langes blaues Hemd, das farblich zu der blauen Ader passte, die wie ein kleiner Fluss vertikal auf ihrer Stirn verlief.

»Seit Jahren schon?«, fragte ich.

»Es ist nicht immer gleich schlimm«, erklärte Marjan. »Es wird mal besser und dann wieder schlechter, wenn er Stress hat.«

»Und was ist mit den Regeln? Wieso hat keiner was zu ihm gesagt?«

»Die Regeln …« Marjan zuckte die Achseln. »Die sind nur eine von Abrans Ideen. Er hat sie nie wirklich durchgesetzt. Sie waren eher so etwas wie ein Ehrenkodex. Aber jetzt …«

»Aber wieso hat niemand etwas dagegen unternommen?«

Marjan schloss die Augen und biss die Zähne zusammen. Mit einem Mal kam ich mir wie ein Kind vor, das überflüssige Fragen stellte. Als sie mich wieder ansah, schienen ihre Augen vor unbändiger Energie zu funkeln. Wie viel Arbeit leistete sie wohl auf der *Sedna*, von der niemand etwas wusste? Ständig eilte sie von einem Raum zum nächsten und kümmerte sich um

Angelegenheiten, über die wir anderen immer nur zum Teil Bescheid wussten.

»Entschuldige bitte«, sagte ich. »Ich weiß, dass es nicht leicht ist. Ich versuche, mit ihm zu reden.«

»Seine Vorräte werden nicht für die Überfahrt reichen«, sagte Marjan. »Also wird er Entzugserscheinungen bekommen. Ich will einen Entwöhnungsplan erstellen, und habe gehofft, dass du mir dabei hilfst.«

»Natürlich. Ich mache alles.«

Marjan nickte. Dann nahm sie die Flasche und wickelte sie in ihren Schal.

Seit Behirs Tod schämte ich mich so sehr, dass ich glaubte, das Gefühl würde mich noch zerreißen. Außerdem litt ich an Verlustängsten, die so schwer auf mir lasteten, dass ich mich immer kleiner und kleiner fühlte. Ich glaubte nicht, dass ich genügend Kraft hatte, um diese Bürde noch viel länger zu ertragen. Seit Tagen hatte ich das immer dringendere Bedürfnis, ein Geständnis abzulegen.

Sie wollte gerade wieder gehen, als ich sie am Arm berührte.

»Warte«, sagte ich. Ich versteifte mich und bekam feuchte Hände. »Es tut mir leid.« Als sie mich ansah, hatte ich das Gefühl, den Boden unter den Füßen zu verlieren. Ich dachte an meine Mutter, ihre dunklen Augen und ihr ansteckendes Lachen. Daran, wie sie versucht hatte, ihre Ängste vor mir zu verbergen, um mich nicht zu beunruhigen. Wie sie dagegen anatmete, das Kinn hob und sich zu einem Lächeln zwang. Keine Mutter gleicht der anderen, außer wenn sie etwas bis ins Mark erschüttert.

Ich redete schnell weiter. »Neulich wollte ich mich nicht entschuldigen und sagen, dass ich bereue, was in Ruenlock geschehen ist, aber das tue ich. Ich bedauere, dass ich euch alle getäuscht habe. Es tut mir leid …« Ich bekam einen Kloß im Hals und blinzelte gegen meine Tränen an.

Marjan tätschelte meinen Arm, wie eine Mutter, die ihr Kind tröstet. Sie zog nachdenklich und besorgt die Augenbrauen zusammen. Falls es Momente gab, in denen sie mich verfluchte, war dies keiner davon. Ich hatte sie bereits im Ansatz wütend erlebt, wenn sie zum Beispiel die Wäsche aufhängte und es plötzlich zu regnen anfing. Während wir schwiegen, fielen mir einige solche Beispiele ein. Doch falls sie mir etwas vorwarf, hatte sie es zumindest noch nie erwähnt.

An Marjans Kette hing mittlerweile eine vierte Perle, und es tat mir im Herzen weh, sie anzusehen. Ich fragte mich, ob sie diese zusätzliche Perle die ganze Zeit irgendwo versteckt gehabt hatte – vielleicht in ihrem Bett –, wohl wissend, dass sie sie eines Tages brauchen würde.

Das Stille in der Unterkunft war wie ein leises Summen, das uns einhüllte. Ich dachte, dass die Geburt bloß der erste Schritt war, wenn man einen Menschen zur Welt brachte, wie bei einem Samen, der die Sonne, fruchtbare Erde und noch so vieles mehr brauchte, um aufzugehen. Und ich dachte darüber nach, wie viel Marjan uns allen bereits gegeben hatte und immer noch gab.

Marjan schüttelte den Kopf und lächelte bekümmert. »Mit der Trauer scheint es mir immer so zu sein, als würde man eine Treppe hinaufsteigen und dabei nach unten sehen«, sagte sie. »Du wirst nicht vergessen, woher du kommst, aber du musst höher und höher hinauf. Alles bleibt immer weiter zurück, aber es geht nichts verloren. Und du hast nur eine Richtung, in die du gehen kannst. Du willst vielleicht gar nicht weiter, aber du kannst nicht stehen bleiben. Die Enge in deiner Brust verschwindet nicht mehr, aber irgendwie gelingt es dir, die immer dünnere Höhenluft zu atmen, als hättest du plötzlich einen dritten Lungenflügel. Als wärest du irgendwie gewachsen, obwohl du doch eigentlich dachtest, du seist zerbrochen.«

Als ich durch das Luk an Deck kletterte, sah ich Daniel und Pearl. Sie saßen sich an der Steuerbordreling gegenüber und beugten sich über einen großen Bogen Papier, der auseinandergebreitet zwischen ihnen lag.

Im Sonnenschein sahen Pearls Haare wie eine Kerzenflamme aus, die im Wind flackerte. Daniel zeichnete gerade irgendetwas auf dem Papier mit dem Finger nach, Pearl beugte sich vor, und ihre kleine Hand folgte ihm dichtauf.

Ich trat näher an sie heran, damit ich ihnen zuhören konnte, tat jedoch so, als inspizierte ich einen Riss in der Reling. Daniel sagte: »Mit dem Sextanten misst du den Abstand zwischen der Sonne und dem Horizont.«

»Das ist langweilig«, hörte ich Pearl murmeln.

»Du musst lernen, Karten zu lesen und Entfernungen zu berechnen.«

»Wieso?«

»Damit du überall hingehen kannst.«

Während ich sie belauschte, sah ich Pearl in Gedanken bereits ohne mich davonsegeln, bis ihr kleiner brauner Körper nur noch als winziger Fleck am Horizont zu erkennen war. Auf einem Schiff, auf dem ich selbst nie gewesen war, und unterwegs zu einem Ziel, das ich mir nicht vorstellen konnte. Sie war genauso jung wie diese Welt, die ich niemals komplett kennenlernen würde.

Daniel bemerkte mich aus dem Augenwinkel, stand auf und kam zu mir herüber. »Ich dachte, es ist gut, wenn sie weiß, wie es geht«, sagte er vorsichtig. »Ich hoffe, das ist okay für dich.«

»Ich finde es gut, wenn sie etwas lernt«, erwiderte ich steif. Abends brachte ich Pearl mit Abrans Büchern weiterhin lesen und schreiben bei. Am meisten mochte sie das *Dschungelbuch*.

Pearl beugte sich immer noch über die Karte und drehte den Sextanten in einem Halbkreis. Dann notierte sie auf einem Block, der neben ihrem Knie lag, eine Zahl. Anschließend beugte sie sich erneut über die Karte und führte eine weitere Messung durch.

Daniel und ich sahen ihr dabei zu. Im Sonnenschein sah die Haut auf ihrem Rücken wie Bronze aus. Sie runzelte konzentriert die Stirn. Der Wind wehte immer wieder die Karte auf, und sie strich sie ungeduldig mit der Hand glatt. Wenn sie sich in Momenten wie diesen voll und ganz auf etwas konzentrierte, hatte ich das Gefühl, sie kaum zu kennen, was mich auf wehmütige Weise glücklich machte.

Sie war mir schon bei ihrer Geburt wie eine Fremde erschienen. Und ich wusste noch, wie ich während der Schwangerschaft Angst gehabt hatte, diesen kleinen Fremdling zu verlieren. Sie auch noch zu verlieren war meine größte Sorge, sagte ich mir immer wieder. Was Marjan gesagt hatte, klang schön, und ich wollte es glauben, aber ich hatte Angst, dass es nicht wahr sein könnte und dass ich sterben würde, sobald ich zu viel verloren hatte. Dass man einfach nur kaputt war, wenn man zerbrach.

Daniel stand so nahe bei mir, dass ich ihn riechen konnte, diesen vertrauten Duft von Holzrauch und irgendeiner dunklen Blume, die zwischen den Wurzeln eines Baums wuchs. Wie ein Herbstwald. In der Ferne hörte ich Möwen schreien.

»Ich sollte wieder fischen gehen«, sagte ich, doch meine Füße rührten sich nicht vom Fleck. Als das Gekreische der Möwen immer lauter wurde, blickte ich auf das Wasser hinaus. Östlich von uns stürzte sich ein ganzer Schwarm ins Meer und tauchte mit zappelnden Fischen in den Schnäbeln wieder auf. Ich umklammerte die Reling. Erst vor einer halben Stunde hatte ich an genau dieser Stelle gefischt und nichts gefangen.

»Du kannst dich doch wenigstens einen Moment lang ausruhen«, sagte Daniel.

Ich hatte immer noch Schwierigkeiten, das, was Daniel getan hatte, mit dem Mann in Einklang zu bringen, der er zu sein schien. Genauso war es mir mit Jacob ergangen, als ich versucht hatte, zu verstehen, wieso der Mann, den ich geheiratet hatte, mir mehr Schaden zufügte, als es selbst die Flut vermocht hatte. Stundenlang hatte ich darüber nachgegrübelt, meine Erinnerungen durchforstet und nach Hinweisen gesucht. In fast allem, was er sagte und tat, konnte ich den Teufel erkennen, aber bei ein paar Erinnerungen gelang mir das nicht. In ihnen sah ich einen Mann vor mir, den ich liebte und der mich ebenfalls zu lieben schien.

Als Row noch ein Baby gewesen war, hatte Jacob mir einmal Frühstück ans Bett gebracht. Er hatte mich aufgeweckt, mich auf die Stirn geküsst, mir die Haare hinter die Ohren gestrichen und schließlich ein Tablett mit Eiern, Erdbeeren und Toast auf meinem Schoß abgestellt.

»Wofür ist das denn?«, hatte ich gefragt.

»Für dich«, erwiderte. »Du arbeitest so hart, und ich weiß, wie viel Glück ich habe, weil ich mit dir zusammen bin.«

Im Sonnenschein, der durch das Fenster fiel, wirkten seine Haare noch röter als sonst, und seine Haut erinnerte mich an Porzellan. Ich legte ihm eine Hand an die Wange und bedankte mich leise.

»Ich hole noch den Kaffee.« Er stand auf und ging hinunter.

Kaffeeduft wehte herauf, und ich hörte, wie er sich in der Küche zu schaffen machte. Ein Gefühl der Wärme erfüllte mich, und ich streckte mich wohlig auf dem Bett aus. Row würde bald aufwachen, ihr katzenartiger Ruf würde wie von einer Zeitschaltuhr gesteuert in einer halben Stunde durch das Haus gellen. Alles war da, wo es sein sollte. Wie in einem Stillleben, das man sich ansehen und schön finden konnte.

Jacob war von Anfang an von mir besessen gewesen, als wäre ich ein Geschöpf, das er noch nie gesehen hatte. Wegen meiner Miesepetrigkeit hielt er mich fälschlicherweise für geheimnisvoll, meinen Zynismus verwechselte er mit Intelligenz.

Ich heiratete ihn, weil ich dachte, er sei so von mir eingenommen, dass er mich niemals verlassen würde. Dass ich nie wieder einen Moment wie damals erleben würde, als ich auf der Türschwelle gesessen und darauf gewartet hatte, dass meine Mutter nach Hause kam.

Wie sehr ich mich doch getäuscht hatte. Aber hatte ich mich in jeder Hinsicht getäuscht? Galt das auch für die schönen Zeiten, in denen ich ihm vertraut hatte? Wie sollte ich nachvollziehen können, dass der Mann, der mir das Frühstück ans Bett gebracht hatte, derselbe war, der mich später verriet?

Da Jacob genau wie mein Großvater Schreiner gewesen war, hatte ich tatsächlich gedacht, er wäre ein Abziehbild meines Großvaters. Solide, geduldig, eine ruhige und verlässliche Persönlichkeit. Jemand, den ich brauchte und dem ich vertrauen konnte.

Plötzlich hörte ich Pearls Stimme. »Mom! Das da ist mein Vogel!«

Sie tanzte im Kreis herum und deutete auf eine Möwe, die über uns schwebte. Sie war nicht nur kleiner als die anderen, sondern auch dunkler, und sie blieb stumm. Nachdem sie einmal um den Hauptmast gekreist war, passte sie sich der Geschwindigkeit des Schiffes an und flog mit uns mit.

Pearl kam zu mir und zupfte mich am Arm. »Es ist der Vogel, den ich gefangen habe!«

Ich sah mit zusammengekniffenen Augen hinauf. »Ich glaube nicht, dass er das ist, Schatz.«

»Natürlich ist er das«, erwiderte Pearl ungeduldig. Sie drehte sich wieder im Kreis, diesmal mit weit ausgebreiteten Armen, und sah den Vogel über ihr an. Sie drehte sich und drehte sich. Ihre Haare breiteten sich um sie aus wie ein Buschfeuer.

Daniel sah Pearl lächelnd zu. »Weißt du, was? Ich glaube, das könnte wirklich dein Vogel sein.«

Jede gute Tat macht sich bezahlt, hatte meine Mutter immer gesagt. Ich hatte dieses Sprichwort ganz vergessen, doch nun fiel es mir wieder ein, während ich dabei zusah, wie sich Pearls Hemd um sie herum aufblähte. Alles an unserem Schiff kam mir in diesem Moment fragil vor. Das Holz, an dem der Wind genagt hatte, bis es wie Treibgut aussah, die ausgebleichten Segel über uns, die so weich schienen wie zum Trocknen aufgehängte Bettwäsche. Auch wir selbst wirkten zerbrechlich: drei Körper an Deck eines Schiffes, umgeben von unendlich viel kaltem Wasser, drei Herzen, die so schnell wie Vogelflügel schlugen.

Kapitel 41

Während des Abendessens brach die Dunkelheit herein. Erst wurden unsere Schatten länger, und nach einer Weile spiegelten wir uns im Fenster. Marjan hängte die Laterne unter die Decke und zündete die Kerzen auf dem Tisch an. Ich hatte nicht daran gedacht, dass die Nächte immer länger wurden, je weiter man im Norden war. Das Meer und der Himmel verfinsterten sich so schnell, dass es schien, als befände sich das letzte Licht am Horizont in einer Muschel, die ruckartig zuschnappte.

Wir sprachen kaum miteinander, während wir die Fischgrätenbrühe aßen. In der Mitte des Tisches stand ein leerer Brotkorb, jeder von uns hatte ein ungefähr handtellergroßes Stück abbekommen. Ich vermutete, dass von der Hefe, die wir ertauscht hatten, kaum noch etwas übrig war. Daniel und ich reichten unsere Brote an Pearl weiter. Ich ertrug es nur schwer, ihre hervorstehenden Rippen zu spüren, wenn sie nachts neben mir lag.

Ihr Körper erinnerte mich an meinen eigenen, als ich sie noch gestillt hatte. Wie ich mich darüber gefreut hatte, dass meine Milch trotz der vielen Tage, an denen ich hungern musste, immer weiter floss. Aber ich verlor an Gewicht, und an mir kamen Knochen zum Vorschein, von deren Existenz ich bis dahin gar nichts gewusst hatte. Mein Körper stellte Pearl eine Zeit lang an erste Stelle. Er zweigte Nährstoffe ab, um Milch zu erzeugen, was bei mir Hunger und Schmerzen auslöste. Ein paar Monate später begann meine Milch zu versiegen.

Großvater tauschte in den Häfen Fische gegen Ziegenmilch, die wir ihr mit einem Löffel einflößten. Als sie endlich so viel Nahrung bekam, wie sie brauchte, fing sie an, Gewicht zuzulegen. Großvater und ich fischten rund um die Uhr und besorgten auch noch andere Nahrungsmittel für sie: Obst, Sauerteigbrot und Käse. Zu unser beider Überraschung entwickelte sie sich zu einem properen, glücklichen Baby, und ich weiß noch, dass ich eine Zeit lang glaubte, sie mit Großvaters Unterstützung tatsächlich großziehen zu können.

Marjan stapelte die Teller übereinander. Vor Pearl häufte sich derweil ein kleiner Krümelberg auf. Als sie ihr Brot aufgegessen hatte, packte sie die Krümel mit der Faust und stopfte sie sich ebenfalls in den Mund. An diesem Abend besprach ich mit der Mannschaft, wie wir meiner Meinung nach mit den Wachen in der Kolonie verfahren sollten. Ich zeigte ihnen die Karte und schlug vor, auf der Südseite vor Anker zu gehen, wo der Berg, von dem wir in das Valley hinabsteigen konnten, leichter zu erklimmen sein würde. Ich bot an, als Lockvogel vorauszugehen. Ich wollte mich von den Wachen einfangen lassen, und während sie damit beschäftigt waren, mich zu überwältigen, sollten Abran, Daniel und Wayne sie angreifen und ausschalten. Thomas, Marjan und Pearl würden auf der *Sedna* bleiben. Sobald wir die Lost Abbots getötet hatten, würden wir sie mit einem Flaggensignal darüber informieren. Wir hatten keine Ahnung, in welcher Verfassung die Bewohner des Valleys waren, aber ich hoffte, dass die Überlebenden dankbar sein würden, ihre Aufseher los zu sein. Und dass sie mit uns gemeinsam die Gemeinde gegen einen weiteren Angriff verbarrikadieren würden. Denn die Äbte würden zweifellos zurückkehren, um ihre Pfründen einzusammeln.

Nach dem Essen holte Wayne überraschend seine Gitarre hervor und spielte ein paar Balladen und Seemannslieder. Ich spürte, dass er uns damit aufheitern wollte, und war gerührt.

Über seine Schulter sah ich Abran an der Wand neben der Kombüse lehnen, wo er mit finsterer Miene eine Pfeife rauchte.

Als Wayne ein schnelleres Stück spielte, stand Pearl von ihrem Stuhl auf und zog Daniel an der Hand. Sie versuchte, ihn zum Tanzen zu animieren. Nach einer Weile gab er auf und stellte sich vor Wayne hin, der mittlerweile den schnellen Rhythmus mit einem Fuß mitstampfte. Jessa fing an zu klatschen. Während Daniel stehen blieb, hielt Pearl seine Hand fest und wirbelte immer wieder um ihn herum, wie ein Planet, der die Sonne umkreiste. Daniel rotierte langsam mit und sah Pearl verzückt an.

Ich setzte mich hin und sprach mit Thomas. Er verfügte über einen schnellen, analytischen Verstand, wie ich ihn schon ein paarmal bei älteren Menschen erlebt hatte. Leute wie er betrachteten die Welt, als ginge es ihnen vor allem darum, Daten zu sammeln, um die richtigen Fragen stellen zu können. Pearl dagegen betrachtete die Welt, als lauschte sie auf etwas sehr weit Entferntes und besäße eine dritte, metaphysische Hand, mit der sie die unsichtbaren Dinge berühren konnte.

Thomas erzählte mir, dass er vor der Sechsjährigen Flut als Ökologe für den Staat gearbeitet habe.

»Ich habe den Salzgehalt im Meer untersucht«, erklärte er wehmütig. Ich spürte, wie erfüllt er von seiner damaligen Arbeit gewesen war und dass er sie vermisste. »Mein Vater war unglaublich stolz auf mich, als ich meinen Doktor gemacht habe. Anfangs habe ich Philosophie studiert, aber dann wollte ich etwas … Konkreteres, Handfesteres. Mein Vater war Schweißer, und als Schüler bin ich ihm in der Werkstatt zur Hand gegangen. Als Jahre später alles zusammenbrach und ich nach Colorado zog, habe ich dort seine Arbeit fortgeführt, nicht meine. Die Menschen brauchten Boote und neue Häuser hoch oben in den Bergen. Also suchten sie jemanden, der Metall verarbeiten konnte. Und das war ich.«

»Was du gemacht hast …«, sagte ich. »Deine Forschungen über den veränderten Salzgehalt des Meerwassers. Diese Fluten, sind sie nur der Anfang …?«

»Vom Ende?«, fragte Thomas.

Ich nickte.

Thomas kniff die Augen zusammen, als versuchte er, etwas in der Ferne zu erkennen. »Kann sein. Aber weißt du, was mich am meisten überrascht hat? Der Salzgehalt hat sich gar nicht so sehr verändert, wie die Leute glauben. Er ging in den verschiedenen Meeren im Lauf der Zeit zwar rauf und runter, aber im Großen und Ganzen blieb er stabil. Zum Teil waren die Schwankungen eine Folge der häufigeren Erdbeben, die das Sediment auf dem Meeresboden veränderten. Ein anderer Grund war der steigende Kohlensäuregehalt. Aber vieles, was passierte, verstand ich einfach nicht. Vielleicht war es Gaia.«

»Gaia?«

»Vor mehr als zweihundert Jahren gab es eine Theorie, die sogenannte Gaia-Hypothese. Im Grunde besagt sie, dass die gesamte belebte Materie auf der Erde zusammenwirkt, um Leben zu erschaffen und den Planeten bewohnbar zu machen. Dass sie sich selbst reguliert, um das Chaos einzudämmen. Denn im Chaos kann kein Leben existieren.«

»Glaubst du daran?«, fragte ich.

Thomas zuckte die Achseln. »Für mich wirft diese Theorie einige Fragen auf. Ist es so, dass alles Biologische außer dem Menschen gemeinsam nach Leben strebt und nur wir Todessehnsucht verspüren? Wenn das Leben existiert, um die Unordnung zu bekämpfen, entwickeln sich die Gewalt und das Chaos dann Seite an Seite mit uns, wie Schatten, ohne die wir nicht atmen können? Und wenn die Wut eine Reaktion auf das Chaos ist, heißt das dann, dass die Wut die ursprüngliche Lebenskraft darstellt?«

Ich sah ihn an. »Was ich wissen will, ist, ob es noch schlimmer kommt. Ich möchte weiterhin Fische fangen.«

»Du fischst so lange, wie du kannst«, erwiderte Thomas sanft.

Marjan stellte Tontassen auf den Tisch und schenkte Kräutertee ein, von dem ein bitterer Geruch aufstieg. Er kam von den zerstampften Löwenzahnblättern, die sich auf dem Boden der Tassen absetzten. Nach einer Weile gab Wayne die Gitarre an Jessa weiter, die sich damit in eine Ecke zurückzog und rasch ein paar Balladen zupfte, als wollte sie eigentlich gar nicht, dass wir sie spielen hörten.

Daniel saß wieder am Tisch. Er hatte neben Abran Platz genommen. Während die beiden miteinander sprachen, wurde Abrans Stimme immer lauter, bis sie Jessas leise Gitarrenklänge übertönte.

»Es wird eine Wer-nichts-arbeitet-kriegt-auch-nichts-zu-essen-Ordnung sein«, sagte er und umklammerte mit beiden Händen besitzergreifend die Tasse vor sich auf dem Tisch.

»Auch nicht die Kinder, die Alten und die Kranken?«, fragte Daniel.

Pearl saß vor Jessa auf dem Boden und ließ ihre neueste tote Schlange tanzen, indem sie sie passend zum Rhythmus schüttelte. Sie hatte an der warmen Küste von Wharton mehrere Schlangen gefangen und noch ein paar weitere in Broken Tree, aber in ihrem Topf waren nicht mehr viele am Leben. Nach jeder Mahlzeit erwärmte Pearl Steine in Marjans Kochfeuer und legte sie auf den Boden des Schlangentopfs. Ich hatte ihr gesagt, dass wir sie vor unserer Ankunft im Valley alle aufessen mussten, da sie in der Kälte dort nicht überleben konnten.

»Charlie habe ich in Apple Falls gefangen, der mag die Kälte«, hatte sie geantwortet. »Außerdem werde ich ihnen ein gemütliches Zuhause bauen und bis dahin an meinem Körper wärmen.«

Thomas und ich unterbrachen unser Gespräch, um Daniel und Abran zuzuhören. Abran verdrehte die Augen und machte eine Handbewegung, als wollte er ein Insekt vom Tassenrand verscheuchen. »Wir haben noch keine Alten und Kranken. Der

Punkt ist, dass jeder, der etwas abbekommt, auch etwas beitragen muss. Es wird kein Privateigentum geben. Alles wird allen gehören.«

Ich sah Abran mit zusammengekniffen Augen an. Ziemlich absurd, dass ausgerechnet er erklärte, es werde kein Privateigentum geben – nachdem er von den Schiffsvorräten gestohlen hatte, um an Alkohol zu kommen. Wahrscheinlich meinte er, dass niemand außer ihm selbst etwas Eigenes besitzen sollte.

Daniel ließ den Arm über die Rückenlehne seines Stuhls baumeln. Er nippte an seinem Tee und hob die Augenbrauen. »Tatsächlich?«

Wayne knallte seine Tasse auf den Tisch. »Und wird es auch keine Regierung oder Führungsriege geben?«

Abran sah Wayne durchdringend an. »Doch, natürlich.«

Thomas drehte sich auf seinem Stuhl zu Abran um. »Wir werden ja sicher eine Wahl durchführen und uns Gesetze überlegen, oder?«

»An den Gesetzen arbeite ich bereits«, erwiderte Abran. »Das kriegen wir hin. Ich habe da ein paar Ideen.« Als er aufstand, um sich Tee nachzuschenken, zitterten seine Hände. An seinen Schläfen bildeten sich Schweißtropfen, die er sich mit dem Ärmel abwischte.

Marjan und ich wechselten einen Blick.

»Diese Gesetze würde ich gerne sehen«, sagte Wayne.

»Ich habe sie noch nicht fertig«, entgegnete Abran. Nachdem er sich eingeschenkt hatte, stellte er die Teekanne zurück und blieb mit den Fäusten auf den Tisch gestützt stehen.

»Dass du der Kapitän dieses Schiffes bist, bedeutet noch lange nicht, dass du an Land so etwas wie der König sein wirst«, sagte Wayne und erhob sich ebenfalls.

Stille breitete sich aus. Nur das Quietschen der Kerosinlampe an ihrem Haken und die im Wind knarzenden Taue waren noch zu hören. Ich rieb mit dem Daumen über einen Riss in der

Tasse, der scharfkantig genug war, um sich daran zu schneiden, aber meine Finger waren so schwielig, dass ich mir nicht mal einen Kratzer zuzog.

Als Abran das Kinn hob, fing sich das Licht in seinen blutunterlaufenen Augen. Sie sahen trüb und wässrig aus. »Ihr tut hier auf dem Schiff, was ich sage, und das Gleiche gilt für dort«, erklärte er mit ruhiger Stimme.

Wayne hielt seine Rückenlehne so fest umklammert, dass die Fingerknöchel weiß hervortraten, und sagte: »Wir werden einen Anführer wählen.«

»Nein«, entgegnete Abran. »Du wirst mir gehorchen oder verbannt werden.«

Wayne warf den Stuhl hinter sich. Dann warf er sich auf Abran und schleuderte ihn gegen die Wand. Abran schlug mit der Faust nach ihm, doch Wayne rammte ihm den Kopf in die Brust und knallte ihn erneut mit dem Rücken an die Wand. Abran drosch auf Waynes Rücken ein und griff nach seinem Hals.

Thomas und Daniel rannten auf sie zu. Thomas packte Wayne an der Schulter und versuchte, ihn von Abran wegzuziehen, doch dabei erwischte ihn einer von Abrans Schwingern, und er fiel nach hinten um.

Daniel schlang die Arme um Waynes Oberkörper und riss ihn zurück. Sobald Daniel ihn ein Stück von Abran weggezerrt hatte, versetzte der Wayne einen Stoß, worauf Daniel und Wayne hinfielen.

Als Abran sich auf den am Boden liegenden Wayne stürzen wollte, trat ich vor ihn hin, blockierte sein Arm und drängte ihn Richtung Wand zurück. Als seine rechte Faust auf mein Gesicht zuraste, duckte ich mich. Dabei packte ich seinen anderen Arm, drehte ihn ihm auf den Rücken und riss Abrans Kopf an den Haaren zurück.

Wayne rappelte sich hoch. Er hielt die Schultern gebeugt und die Fäuste vorgestreckt, als wollte er erneut angreifen.

Thomas stellte sich zwischen Abran und Wayne und hielt beide mit ausgestreckten Armen zurück. »Jetzt beruhigen sich alle mal wieder«, sagte er und blickte zwischen den beiden hin und her.

Während Marjan den Stuhl aufhob, den Wayne hingeworfen hatte, lehnte Jessa die Gitarre an die Wand. Das Hüttendeck fühlte sich leer an, als wäre etwas herausgesaugt worden. Die Luft um uns herum hatte sich verändert. Wir sahen uns gegenseitig nervös an, als wären wir einander fremd.

Ich ließ Abran los und trat von ihm zurück.

»Wir werden im Valley einen Anführer wählen, Abran«, sagte Marjan leise. Sie verschränkte die Hände vor dem Bauch und blickte Abran mit leicht geneigtem Kopf streng an.

Abran sah uns der Reihe nach an und stieß einen verbitterten Seufzer aus. »Was auch immer. Wisst ihr, was? Mir ist es egal.« Er hob beide Hände und hielt uns in einer Mischung aus Resignation und Trotz die Handflächen hin.

»Wir müssen uns zusammennehmen und vorsichtiger sein«, sagte Marjan. »Uns gehen fast alle Vorräte aus.«

»Das ist ihre Schuld!«, schrie Abran und deutete auf mich. »Sie ist unsere Fischerin, und sie fängt nichts!«

»Schieb nicht alles auf sie«, sagte Thomas. »Ich sehe sie an Deck stehen und fischen, bevor die Sonne aufgeht, und sie hört erst auf, wenn es dunkel ist. Während du auf dem Schiff herum schleichst und Gott weiß was tust. Und als sie Behir geschnappt haben, war sie die Erste, die rief, dass wir das Schiff anhalten müssen.«

»Das hat ja auch echt viel gebracht«, sagte Abran und spuckte aus. Sein Gesicht war fast genauso rot wie seine blutunterlaufenen Augen.

Marjan fing meinen Blick auf und nickte mir knapp zu.

»Gebt uns einen Moment«, sagte ich und schob Abran vor aus dem Hüttendeck hinaus.

Trotz des Mondes und der Sterne dauerte es einen Moment, bis sich meine Augen an die Dunkelheit angepasst hatten. Abran entwand sich meinem Griff.

»Du musst dich zusammenreißen«, sagte ich.

Abran strich sich die Haare hinter die Ohren und deutete auf mein Gesicht. »Ich lasse nicht zu, dass du mir alles wegnimmst.«

»Abran, ich versuche gar nicht, dir irgendetwas wegzunehmen. Du hast Entzugserscheinungen und kannst nicht klar denken.«

Abran sah mich an und stieß ein leises Lachen aus. »Tu nicht so, als würde dir etwas an uns liegen. Nicht nach dem, was du getan hast.«

»Wir wollen doch beide dasselbe«, erwiderte ich. »Lebend zum Valley kommen.«

Das Segel knatterte im Wind. Der Mond tauchte das gesamte Deck in ein graublaues Licht, als wäre alles mit Wasser überzogen. Abran wandte das Gesicht ab, sein markantes Profil wirkte wie in Stein gemeißelt.

Er hob die Hände und krümmte sie, als hielte er etwas darin. »Alles rinnt mir durch die Finger.«

Sein ängstlicher Blick rührte mich. Unabhängig von seinem Entzug und der Begegnung mit den Lily Black beunruhigte ihn diese Überquerung mehr, als ich nachvollziehen konnte. Der Mord an seinem Bruder setzte ihm zu, als hätte er ihn nicht bloß beobachtet, sondern selbst begangen. Vielleicht konnte er die Hilflosigkeit, die er in jener Nacht empfunden hatte, nur ertragen, indem er sich selbst die Schuld an den Geschehnissen gab. Zumindest war das die Methode, wie ich versuchte, die Angst in den Griff zu bekommen und mir vorzumachen, ich hätte mein Leben zumindest ansatzweise im Griff.

»Wenn du dir schon das Schlechte vorwirfst, dann halte dir wenigstens auch das Positive zugute«, sagte ich zu ihm. Ich streckte die Hand aus und berührte ihn am Arm. Er nickte. Ich ließ ihn allein stehen und ging ins Hüttendeck zurück, um Pearl zu holen. Ich zitterte, als ich ihre Schultern ergriff. Vor uns lag noch ein sehr weiter Weg.

Kapitel 42

Ich legte mir die Hand aufs Kreuz, wo sich ein dumpfes Ziehen allmählich in einen pochenden Schmerz verwandelte. Ich bat Pearl mit einem Zeichen, mir mit dem Heilbutt zu helfen, einem Fisch, der doppelt so groß war wie sie, mit Kiemen so lang wie ihre Arme. Wir hievten ihn gut einen Meter vom Downrigger entfernt an Deck, wo ich ihn schlachten konnte, ohne über ihn zu stolpern, wenn ich die Angelschnüre überprüfte.

Als ich mich aufrichtete, blickte ich auf das Meer hinaus und sah, wie die Morgensonne den Himmel im Osten rot färbte. Pearl saß zu meinen Füßen und rieb sich die dünnen Arme.

»Rote Sonne am Morgen bringt dem Seemann Sorgen.«

Ich drehte mich um und sah Daniel neben unserem Heilbutt stehen, den Blick fest auf den Horizont gerichtet.

»Mhm?«

»Ein altes Sprichwort. Ein roter Himmel bedeutet, dass eine Sturmfront nach Osten zieht.«

Ich zuckte die Achseln. Die *Sedna* war bislang besser mit der rauen See im Norden zurechtgekommen, als ich erwartet hatte. Letzte Woche waren wir von mehreren kleinen Stürmen aufgehalten worden. In einem war eines der Großsegel gerissen, was uns noch mehr Zeit gekostet hatte, da wir es hatten abnehmen und reparieren müssen. Doch abgesehen davon hatten wir kaum Schäden erlitten. Zwar mussten ein paar Taue und Blöcke ausgetauscht werden, aber das war nur der typische Verschleiß.

Unsere größte Sorge war mittlerweile nicht mehr, wie sich die *Sedna* in einem Sturm bewährte, sondern in welchem Tempo wir vorankamen. Daniels ursprünglichen Berechnung zufolge hätten wir inzwischen bereits hundert Meilen weiter nordöstlich sein müssen. Wir wollten nicht im Winter im Valley eintreffen, wenn die Strömungen im Norden am stärksten waren und es gefährlicher sein würde, mit dem Schiff an der Felsküste vor Anker zu gehen.

»Ist dir aufgefallen, wie tief die Vögel gestern geflogen sind?«, fragte Daniel.

»Ja«, murmelte ich, während ich mich vor den Heilbutt hockte und mein Messer in seine Geschlechtsöffnung steckte. Anschließend schnitt ich seinen Bauch bis zu den Kiemen auf. In Wahrheit hatte ich die Vögel nicht bemerkt, da ich den ganzen Tag das Meer nach Heilbutten und Dorschschwärmen abgesucht hatte.

»Der Luftdruck ändert sich. Heute sind keine Vögel da. Sie sind verschwunden. Und gestern ... gestern haben sich die Wolken zu langen Reihen formiert, wie Fischschuppen. Dieser Sturm könnte heftig werden.«

»Wenn du glaubst, dass die Winde so schlimm werden, vernageln wir die Fenster«, sagte ich. Das riesige Auge des Fisches sah zu mir hoch. Seine schwarze Iris war so groß, dass ich das Gefühl hatte, ich könnte hineinfallen.

Daniel ging an mir vorbei zur Reling und betrachtete mit verschränkten Armen das zunehmende Licht.

»Den werden wir vielleicht nicht überstehen«, sagte er leise.

Ich zog die Kiemen und Darmschlingen heraus. »Wieso fahren wir dann nicht eine Zeit lang nach Norden? So können wir ihn vielleicht umgehen.«

Daniel schüttelte seufzend den Kopf. »Ich habe mir beide Kurse angesehen, in nördlicher und in östlicher Richtung. Angesichts der Strömungen hier geraten wir so oder so in Seitenwinde. Und es wäre auch nicht garantiert, dass wir ihm aus den Weg gehen. Wir können unsere Aussichten nur verbessern, indem wir Tempo rausnehmen.«

»Das tun wir nicht«, sagte ich. Ich blickte zu ihm auf, meine

Hände waren rot verschmiert. Mir war übel vom Gestank der Innereien. Warum machte er sich nicht einfach nützlich?

»Das ist unsere einzige Chance, den Sturm nicht mit seiner ganzen Wucht abzubekommen.«

»Wir wissen ja noch gar nicht, wie stark er sein wird«, erwiderte ich.

»Wir müssen langsamer werden«, sagte Pearl, die sich zwischen uns gestellt hatte. »Ich hasse Stürme.«

»Ich weiß, mein Schatz«, sagte ich.

»Nein, das weißt du nicht«, sagte sie nachdrücklich. »Ich *hasse* Stürme.«

Ich wischte mir die Hände an der Hose ab und streckte den Arm aus, um Pearl an der Schulter zu berühren, aber sie entzog sich mir.

»Pearl … Nur weil es einen Sturm gibt, heißt das noch lange nicht, dass wir sinken«, sagte ich.

»Du hörst mir nie zu!«, schrie sie mich an und stampfte mit dem Fuß auf. Dann drehte sie sich um und lief quer über das Deck zu den Wanten. Während sie hinaufkletterte, wehte das Tuch, das sie sich in die Hosentasche gestopft hatte, wie eine rote Feder im Wind.

Daniel beobachtete Pearl und drehte sich dann zu mir um. »Kannst du Abran dazu bringen, dass er uns darüber abstimmen lässt? Ob wir langsamer werden und so den Sturm vermeiden wollen?«

»Wir können nicht erst mitten im Winter im Valley ankommen«, sagte ich. »Wir können es uns nicht leisten, langsamer zu werden.« Ich drehte mich wieder zu dem Fisch um und sägte ihm den Kopf ab.

»Du bist die Einzige, die ihn überzeugen kann, Myra.«

»Ich vertraue dir nicht«, erwiderte ich und spuckte aus. Dann wischte ich mir die Stirn mit dem Ärmel ab und sah zu ihm hoch.

Zwischen seinen Brauen bildete sich eine Falte, und ein gekränkter Ausdruck legte sich um seine Mundwinkel.

»Ich möchte, dass wir in einem Stück dort ankommen«, sagte er.

»Dann tu besser was dafür«, erwiderte ich und drehte mich wieder zu dem Fisch um.

Daniel verschwand im Hüttendeck, und es wurde still, abgesehen vom Wasser, das gegen die Bordwand plätscherte, und von meinem Messer, das Schuppen und Fleisch durchtrennte. Ich erhob mich, zog die Salzkiste zu dem Fisch heran und fing an, ihm die Rückenflosse abzuschneiden.

Stimmen drangen aus dem Hüttendeck. Sie wurden immer lauter, und schließlich erkannte ich, dass sie zu Daniel und Abran gehörten.

Ich wischte mir erneut die Hände an den Hosenbeinen ab und lief schnell ins Hüttendeck. Daniel und Abran standen zu beiden Seiten des Tisches und sahen einander an. Marjan stand mit verschränkten Händen neben dem Kombüsenvorhang und hielt den Kopf gesenkt. Abrans Gesicht war rot, er hielt die Fäuste geballt. Daniel stand ganz still da, reglos wie ein Stein.

»Wenn wir Fahrt rausnehmen, werden die Strömungen im Norden immer schlimmer«, sagte Abran. »Außerdem werden Eisschollen vor der Küste treiben, wenn wir erst so spät das Valley erreichen. Dann können wir vielleicht nicht mehr an Land gehen.«

»Das ist mir bewusst, aber die *Sedna* kann diesem Sturm möglicherweise nicht standhalten«, erwiderte Daniel. »Wenn wir langsamer werden und diesem Unwetter damit aus dem Weg gehen, ist das den Zeitverlust auf jeden Fall wert.«

»Wir sollten darüber abstimmen«, sagte Marjan leise.

Abran warf ihr einen erbosten Blick zu. »Nein, diese Entscheidung treffe ich.«

»Ich kann uns nicht durch diesen Sturm navi...«

Abran schlug mit der Hand auf den Tisch und sah Daniel an. »Du wirst uns durch alles navigieren, was nötig ist.« Als er sich umdrehte und an den Tisch lehnte, bemerkte er mich. »Ich nehme an, du möchtest auch, dass wir langsamer werden, richtig?«

Ich sah zu Daniel und dann wieder zu Abran zurück. Sie hatten mich beide enttäuscht, und ich traute keinem von ihnen.

Aber Daniel wusste, wovon er sprach. Er kannte das Wetter und die Strömungen. Wenn der Sturm wirklich so schlimm wurde, wie er behauptete, würden wir vielleicht den Mast mitsamt dem Großsegel verlieren.

Aber was würde passieren, wenn wir tatsächlich so spät im Winter im Valley ankamen, dass wir die Küste nicht mehr ansteuern konnten? Wir hatten jetzt schon kaum noch Proviant übrig. Wir waren darauf angewiesen, dass wir Anker werfen und an Land gehen konnten. Und mit jedem Tag, der verstrich, wuchs die Wahrscheinlichkeit, dass Row an Bord eines Brutschiffes gebracht wurde. Jeder Mond, der weiß wie ein Eisberg in einem schwarzen Meer am Himmel aufstieg, erfüllte mich mit einer dunklen Vorahnung und wachsender Unruhe.

Ich stellte mir Row im Valley vor, als die Seuche ausgebrochen war. Wie sie in einer kleinen Kantine saß und frühstückte, vielleicht einen Keks oder Haferbrei. Und dann die Geräusche. Leute aus dem Dorf, die rannten und schrien, mit rudernden Armen und nach hinten gewandten Gesichtern, weil sie im Auge behalten wollten, wovor auch immer sie flohen. Getöse und Geschrei, das Geräusch von Schritten auf hartem Untergrund.

Würde sie im ersten Moment glauben, dass das Wasser kam und sich donnernd über den Berghang ergoss?

Und dann wurde eine Frau vor ihr von einem Pfeil durchbohrt. Andere Leute stießen mit ihr zusammen, als sie versuchte weiterzulaufen. Blutgeruch hing in der Luft, und sie hatte einen bitteren Geschmack im Mund. Vielleicht schlüpfte sie in eine Kirche, die gleichzeitig als Saloon diente, ein kleines Ziegelgebäude mit einem Fenster zum Brunnen.

Möglicherweise kauerte sie sich unter dem Fenster zusammen und rang nach Luft. Das Blut brauste ihr in den Ohren, während sie versuchte, ihre Atmung zu beruhigen. Als sie durch das Fenster hinaussah, sah sie vielleicht zwei Piraten, die einen Körper in den Brunnen warfen. Eine Leiche mit Geschwüren und schwarzen Gliedmaßen.

Aber womöglich befand sie sich auch die ganze Zeit in einem Haus auf dem Berg, wo sie alles verpasste und erst wieder herauskam, als das Dorf schon halb niedergebrannt war und ein intensiver Todesgeruch in der Luft hing.

Aber es war ganz egal, was damals passiert war. Jetzt ging es einzig und allein darum, dass ich rechtzeitig dort eintraf.

Meine Lippe juckte, und ich wischte mir eine Fischschuppe aus dem Gesicht. Danach schmeckte ich Blut. Ich wich Marjans und Daniels Blick aus. »Wir vernageln hier im Hüttendeck die Fenster. Bereitet euch auf den Sturm vor, aber lasst die Segel aufgezogen.«

Daniel stieß die Luft aus. Als ich ihn ansah, traf mich seine Enttäuschung wie ein harter Schlag.

Abran nickte. »Wir fahren weiter nach Nordosten und halten bei voller Geschwindigkeit Kurs.« Damit verließ Abran das Hüttendeck, während Marjan hinter dem Kombüsenvorhang verschwand.

Ich ging zum Regal und nahm einen kleinen Eimer voller Nägel vom Brett. Meine Hände kribbelten vor nervöser Energie. Als ich eine Handvoll Nägel herausnahm, hinterließ der Rost orange Streifen an meinen Händen.

Bevor Daniel das Hüttendeck verließ, blieb er neben mir stehen.

»Das ist keine gute Art, sich an mir zu rächen«, sagte er leise.

»Du überschätzt, welche Rolle du bei meinen Entscheidungen spielst«, murmelte ich zurück.

Daniel seufzte und schüttelte den Kopf. »Ich werfe den Treibanker, wenn es nötig ist. Mir ist egal, was er sagt. Bevor dieses Schiff sinkt, gehe ich lieber über Bord.«

Nachdem er weg war, riss ein Windstoß die Tür so heftig auf, dass ich zusammenzuckte. Die behelfsmäßigen Scharniere klapperten im Wind. Ich lief rasch hinüber und schlug sie wieder zu. Dabei spürte ich, wie sehr sie unter dem Ansturm der Böen vibrierte.

Kapitel 43

Mittags war der Wind stärker geworden und heulte durch das Hüttendeck, während wir aßen. Alle schwiegen und hielten den Blick auf ihre Schüsseln gesenkt. Am Nachmittag verdüsterte sich der Himmel, und der Horizont verschwand. Dadurch schien alles flacher zu werden, als würde eine Hand aus dem Himmel die Welt platt drücken. Ich konnte gar nicht aufhören, Pearl die Haare hinter die Ohren zu streichen, und zog immer wieder ihr Hemd glatt. Mein permanentes Gezappel entlarvte meine angebliche Zuversicht als Lüge. Pearl schob meine Hände beiseite. Sogar die Luft war anders. Sie roch penetrant süß und fühlte sich an wie eine straff gespannte Schnur.

Marjan begann, alles in der Kombüse in Schränke und leere Kisten zu räumen und sie zu vernageln. Daniel ging Abran aus dem Weg, aber Wayne fragte ihn, ob wir ohne Segel vor dem Wind herfahren konnten.

»Nein, wir streichen noch nicht die Segel«, erwiderte Abran. »Wir stehen das durch.«

Ein Schauder überlief mich. Ich wusste, dass Abran glaubte, er müsse uns nach Broken Tree etwas beweisen, aber einen derartigen Leichtsinn hatte ich nicht von ihm erwartet.

Als Abran sah, wie Daniel das Großsegel reffte, blitzte Zorn in seinen Augen auf. Er rannte zu ihm hin und schubste ihn. »Ich sagte, volle Fahrt voraus!«, hörte ich ihn über den Wind hinweg schreien.

Daniel drängte Abran mit dem Ellbogen zur Seite und beschäftigte sich wieder mit dem Großsegel.

»Ich werde dich aussetzen!«, brüllte Abran ihn an.

Eine Welle türmte sich auf und kollidierte mit der *Sedna*.

Wir schaukelten wie in einer Wiege. Weiße, beißend kalte Gischt sprühte über das Deck hinweg.

Ich rannte in das Hüttendeck und band alle meine Angelruten mit der Schnur zusammen.

Pearl folgte mir und zupfte mich am Ärmel. »Wir werden sinken, Mama«, wimmerte sie.

Ich wickelte das andere Ende des Seils um das Regal und verknotete es. »Wickle meine Haken in dieses Tuch und verstaue es ganz unten in diesem Korb«, sagte ich und reichte ihren einen Lumpen.

Pearl stampfte mit dem Fuß auf. »Du hörst mir gar nicht zu!«

Ich gab ihr eine Handvoll Köder. »Die hier auch.«

Pearl gehorchte und kniff den Mund zu einem dünnen Strich zusammen. »Ich hasse dich«, flüsterte sie so leise, dass ich es wegen des Windes kaum hören konnte.

Mit zusammengebissenen Zähnen fädelte ich eine Schnur um das Regal sowie durch die Haltegriffe der Körbe und Eimer. »Aber Stürme hasst du noch mehr, oder?«

»Ich will nicht ins Wasser fallen.« Sie schaute mich flehend an und beugte sich vor, als wollte sie sich in meine Arme werfen.

Als ich die Schnur verknotet hatte, ließ ich mich auf die Knie sinken und zog sie an die Brust. Ihr süßer Geruch beruhigte mich etwas. »Das wird nicht passieren«, flüsterte ich mit mehr Überzeugung, als ich empfand. »Wir werden nicht kentern. Oder sinken. Daniel weiß, wie er uns durch den Sturm steuern muss.« Ich küsste meine Fingerspitzen und legte sie ihr an die Lippen. Ein leichtes Lächeln huschte über ihr Gesicht.

Abran stürmte ins Hüttendeck, schlug die Tür hinter sich zu und ließ sich auf einen Stuhl fallen. »So ein Mistkerl«, flüsterte er, während er sich mit einer Hand durch die Haare fuhr. Er fing an, nervös mit einem Knie zu wippen und mit den Fingern auf den Tisch zu trommeln. Dann fiel sein Blick auf mich. »Das Wasser ist kalt«, sagte er mit einem eigenartig erstaunten Ausdruck im Gesicht.

Ich nahm Pearl an der Hand, und wir liefen durch die Tür hinaus zum Luk.

Im Heck blockierte Daniel das Ruder so, dass der Bug auf die Wellen ausgerichtet blieb. Der Himmel war tintenschwarz, die Wolken sanken immer tiefer. Vor uns türmte sich eine Wand aus Wasser auf und stieg immer höher, während sie dunkel und bedrohlich auf uns zurollte. Durch diese Wand mussten wir hindurch. Ich drückte Pearl an den Hauptmast, schlang die Arme um sie und klammerte mich am Holz fest. Dabei dachte ich daran, wie meine Mutter zu dem Wasser hinaufgeschaut hatte, ehe es über ihr zusammenschlug.

Pearl umklammerte mich so fest, dass mir die Rippen wehtaten. Ich war erfüllt von Liebe zu ihr, sie war ein Teil von mir, an den nichts und niemand rühren konnte.

Als Erstes spürte ich die Kälte, die wie Kieselsteine in meinen Knochen rumorte. Dann wurde das Deck so glitschig, als stünden wir auf Eis. Meine Arme, die ich um den Mast geschlungen hatte, waren unser einziger Anker, als wir seitlich wegkippten. Gleich darauf krachte eine zweite Welle gegen das Schiff, die uns vom Mast riss, und wir rutschten mit gespreizten Armen und Beinen über das Deck.

Das Wasser schäumte auf den Holzbalken. Die *Sedna* richtete sich zwar wieder auf, doch sie schwankte, als würde sie jeden Moment umkippen. Daniel rannte auf uns zu. Er hakte sich bei mir unter und zog mich zum Hüttendeck. Pearl klammerte sich an mich und vergrub ihr Gesicht an meinem Hals.

Eine Welle hob den Bug so steil an, dass wir auf das Heck zustolperten. Im nächsten Moment fiel das Schiff wieder aufs Meer zurück. Der Aufprall war so laut, dass er sogar den brüllenden Wind und das Donnern der Wellen übertönte.

Daniel, Pearl und ich stürzten durch die Tür ins Hüttendeck und fielen auf die Knie.

Wayne schrie über den Lärm hinweg auf Abran ein: »In

einem Verbindungsstück unten im Rumpf ist ein Loch. Wasser dringt ein, und wir werden von immer neuen Wellen getroffen. Thomas ist gerade unten und versucht, das Leck abzu…«

»Es ist zu spät«, unterbrach ihn Abran. Sein Blick zuckte durch den Raum und blieb an keinem von uns hängen.

Daniel rappelte sich hoch. »Geh verdammt noch mal nach unten und hilf bei dem Leck!«, fuhr er ihn an.

Jessa hielt sich den Bauch und erbrach sich in das Wasser zu unseren Füßen. Wayne nahm sie am Arm und zog sie zur Tür.

»Wir müssen den Treibanker auswerfen«, sagte Daniel zu mir, während er das Regal durchwühlte. »Warum zum Teufel ist hier nichts beschriftet?«

Marjan kam zu uns herübergelaufen und zog den Treibanker aus einer Holzkiste. Er bestand aus einem Bündel zerrissener Segel, die am Ende eines langen Taus zusammengenäht waren, und sah wie ein schwerer, ramponierter Drachen aus.

Als das Schiff nach Steuerbord kippte, schlitterten wir alle über den nassen Boden. Dabei packte ich Pearl, und sie kollidierte mit mir, bevor wir an die Wand prallten. Der Tisch und die Stühle rutschten mit uns mit, das Quietschen von Holz auf Holz übertönte sogar den tosenden Sturm.

Daniel richtete sich als Erster auf. Er torkelte zu Marjan hinüber und nahm ihr den Anker aus den Armen. »Bring Pearl in den Rumpf hinunter!«, rief er mir zu.

Ich erbrach Salzwasser und klopfte Pearl auf den Rücken, damit sie das Gleiche tat.

Der Treibanker würde nicht genügen, wir mussten auch das Großsegel und den Ladehaken über Bord hängen. Und das konnte Daniel nicht alles allein schaffen.

»Marjan, bring bitte Pearl hinunter«, rief ich. Ich fasste Pearl an den Schultern und versuchte, sie zu Marjan zu schieben, aber sie fuhr herum und schlang mir die Arme um die Taille.

»Nein!«, heulte sie. »Nein! Komm mit mir mit!«

»Ich muss Daniel helfen«, sagte ich und spürte, wie es mir die Brust zuschnürte. »Du bist nicht allein. Ich komme gleich nach, versprochen.«

»Bitte, verlass mich nicht«, flüsterte sie schluchzend.

»Marjan, bitte«, sagte ich.

Marjan hob Pearl hoch und trug sie durch die Tür hinaus. Als ein Blitz herabzuckte, erhaschte ich einen Blick auf Pearls Gesicht und die Lichtexplosion in ihren traurigen Augen. Ihre Haare waren so verstrubbelt von Wasser und Wind, dass sie aussah, als begänne sie auszufransen.

Während Daniel und ich schlitternd zum Heck taumelten, raubten mir der Sturm und die Finsternis beinahe die Sinne. Das dumpfe Dröhnen in meinen Ohren schien sich nicht zu verändern und eher aus mir selbst als von außen zu kommen. Das Meer war entfesselt, ein einziges Rauschen, das alles zerschmetterte und bedeckte. Panik ergriff mich, und Erinnerungen an die Anfangszeit schossen mir durch den Kopf, als die Flut und die Stürme alles zerstörten, was ich kannte. Autos, die sich überschlugen und gegen Häuser krachten. Der alte Baum, der mitsamt seinen Wurzeln ausgerissen wurde, als hätte ihn eine große Hand aus dem Boden gezerrt. Die Vögel, die vom Wind gegen Zäune und Häuser geschleudert wurden.

Daniel hielt sich am Downrigger fest und packte meinen Arm, um zu verhindern, dass wir beide ins Meer gespült wurden. Meine Finger wurden steif und taub, während ich versuchte, das Tau des Treibankers um die Zwillingspoller zu wickeln. Vor uns türmte sich wieder eine Welle auf. Während ich hinsah, bildete sich ihr Kamm. Endlich hatte ich das Tau verknotet und warf den Anker über die Reling. Daniel und ich duckten uns, als wir mit der Welle kollidierten und Wasser über uns hinwegspülte.

Das Tau straffte sich, und wir stemmten uns gegen die Reling, während das Schiff abbremste und sich zu drehen begann, bis der Bug geradewegs auf die Wellen ausgerichtet war. Trotzdem war es noch möglich, dass uns eine Welle von der Seite traf und zum Kentern brachte, aber ich schob diesen Gedanken von mir fort und konzentrierte mich stattdessen auf Daniel, der bereits über das nasse Deck lief und sich dem Hauptmast näherte.

Daniel und ich machten uns am Großsegel zu schaffen, aber Wayne hatte das Seil so fest gezogen, dass wir es nicht lösen konnten. Ich konnte es nicht sehen, und auch der Mast selbst war nur ein verschwommener dunkler Schemen. Ich ließ meine Finger immer wieder über das Seil gleiten, aber ich bekam den Knoten nicht auf, egal an welcher Stelle ich zog.

»Geh unter Deck!«, rief Daniel mir zu und stieß mich zur Seite.

»Wir könnten den Mast verlieren!«, rief ich zurück, aber meine Worte wurden von einer weiteren Welle verschluckt. Daniel schlang mir einen Arm um die Hüfte und den anderen um den Mast. Wir wurden beide wie Stoffpuppen zur Seite geschleudert und rutschten aus, während das Wasser um unsere Knöchel wirbelte.

Als wir das Gleichgewicht wiederfanden, schob ich ihn mit dem Ellbogen weg und machte mich wieder über das Seil her. Das Deck stellte sich gerade, als wären der Wind und die Wellen einen Moment lang abgeflaut und sämtliche Bewegungen in unserer kleinen Welt erstarrt. Mein Herz begann zu rasen, und das Blut schoss mir heiß durch die Adern, denn jetzt türmte sich vor uns eine weitere Welle auf. Sie war höher als die bisherigen und sah aus wie die Wasserwand, die meine Mutter verschluckt hatte.

Daniel hob mich hoch und schleppte mich zum Luk. Er hob den Deckel an und stieß mich hinunter. Dann sprang er ebenfalls herab und ließ das Schloss einrasten. Das metallische Klicken verlor sich im Heulen des Windes und dem brüllenden Tosen der Wellen.

Kapitel 44

Ich hielt Pearl fest und barg ihren Kopf unter meinem Kinn. Sie zitterte nicht mehr, während sie sich an mich kuschelte. Stattdessen war sie nun reglos und apathisch. Ich unternahm ein paar Versuche, mit ihr zu sprechen und tröstend auf sie einzureden, aber sie antwortete nicht. Ich hatte das Gefühl, dass sie sich in irgendeinen verborgenen Teil ihrer selbst zurückgezogen und mich ausgeschlossen hatte.

Wir waren alle in der Unterkunft und hockten auf den Betten. Thomas und Wayne hatten das Loch in der gebogenen Wand mit Lumpen gestopft und Holzplatten darüber genagelt. Doch das hereindrückende Wasser bahnte sich neue Kanäle durch Risse im Holz, die ächzend aufbrachen. Auf dem Boden breitete sich allmählich Wasser aus und schwappte bei jeder Schaukelbewegung der *Sedna* hin und her. Holzsplitter trieben wie kleine Schiffe ziellos darauf herum, bis sie nach und nach in den Korridor hinaus und damit außer Sicht gespült wurden.

Die *Sedna* stürzte wieder und wieder in Wellentäler hinab. Jeder einzelne Aufprall hallte wie ein Echo durch meinen Kopf. Über uns hörten wir ein ums andere Mal Holz brechen. Wir hatten nicht genügend Material an Bord, um so viele Sparren zu ersetzen. Ich roch den Schweiß aller anderen, salzig und zugleich süß, gewürzt mit einem Schuss Panik.

Immer wenn hinter dem kleinen Bullauge oben an der Wand Blitze aufflackerten, tauchten die anderen kurz vor mir auf und waren sofort wieder in Dunkelheit gehüllt. Dadurch wirkte es, als wären sie gar nicht mit Pearl und mir in einem Raum. Nicht zum ersten Mal in meinem Leben hatte ich schreckliche Angst, in ein nasses Grab zu sinken, nach Luft zu schnappen, aber keine zu bekommen.

Ich dachte wieder an meine Mutter. An den Korb mit den Äpfeln, der ihr vom Arm fiel. War ihr Körper mittlerweile von Fischen und Pflanzen bewohnt? Ihr Brustkorb ein Zuhause für Seeanemonen?

Panik ergriff mich. Ich glaubte nicht, dass wir es schaffen würden. *So wird uns das Wasser also holen.* Ich sah mich selbst in meinem Meeresgrab liegen, wo meine Haut im Unterwasserlicht blau leuchtete, meine Haare wie Seegras schwebten und Korallen aus meinen Knochen sprossen. Ein neues Ding in einer neuen Welt.

Bitte, verhandelte ich mit allen Göttern, jedem Geschöpf, das Macht hatte. *Bitte lasst uns nicht sinken.* Ich überlegte, was ich im Austausch dafür anbieten konnte. Unsere Atlantiküberquerung fiel mir ein, meine Sehnsucht, zu Row zu gelangen.

Nein, dachte ich. *Das nicht.*

Wenn ich aufhören würde, nach Row zu suchen, wäre das, als würde ich alles akzeptieren, was ich ohnehin bereits halb glaubte. Dass es die richtige Entscheidung von Jacob gewesen war, mich zu verlassen. Dass ich hier draußen nicht wirklich leben konnte. *Verlangt etwas von mir, das mich nicht im Kern ausmacht,* flehte ich. *Nehmt mir nicht mein letztes Kind.*

Pearl hatte eine ihrer Schlangen im Schoß und streichelte sie. Ich strich mit den Fingern über ihre Haut, die sich unerwartet weich anfühlte. Die Schlange zuckte vor mir zurück. Ein Blitz flammte auf. Sie öffnete die Augen, genau wie Pearl. Dann wurde wieder alles schwarz.

Das trübe Licht des heranbrechenden Abends schien in die Unterkunft. Ein paar von uns hatten gedöst, waren vor Angst eingeschlafen. Wenn es noch nicht Nacht war, konnte der Sturm nicht lange gedauert haben. Ich wünschte mir fast, dass es bereits Nacht war, damit wir das Ausmaß der Schäden nicht sofort bei Tageslicht sehen mussten. Ich fürchtete, dass mir dieser Anblick den Atem rauben würde.

Das Wasser stand einen knappen halben Meter hoch in der Unterkunft. Mittlerweile drang nur noch ein kleines Rinnsal herein, das sich den Weg an den Platten über dem Loch vorbeibahnte. Pearl zitterte vor Kälte, und ich wickelte sie in eine Decke.

Schweigend stiegen wir aus dem Rumpf empor. Wir hatten überlebt, aber uns war nicht nach Feiern zumute, und wir empfanden auch keine erleichterte Dankbarkeit. Stattdessen beschäftigte uns alle nur eine einzige unausgesprochene Frage: Würden wir jetzt, nachdem wir es durch den Sturm geschafft hatten, auch die Ruhe nach dem Sturm überleben? Und ich wusste, dass das schwieriger sein würde. Die Tage nach den Flutwellen waren immer herausfordernder gewesen als die eigentlichen Katastrophen. Der Wiederaufbau war das, was einen bis ins Mark traf.

Als ich den Blick über das Deck der *Sedna* schweifen ließ, dachte ich an die Kleinstädte in Nebraska, die von Tornados heimgesucht worden waren. Alles war eingeebnet, überall die scharfen Kanten von Trümmerteilen, die durcheinandergewirbelten Gegenstände, die zu schwer waren, um sie anzuheben: ein Auto, das an einem Baum lehnte, ein Haus ohne Dach.

Das Deck war mit Wasser und Trümmerteilen bedeckt – Tauwerk, Holzstücke, Nägel und zerfetztes Segeltuch. Die Eingangstür zum Hüttendeck war verschwunden. Genau wie das Großsegel. Aber der Hauptmast selbst stand noch. Ich stieß erleichtert den Atem aus. Überall lagen ausgefranste Seile. Die obere Rah hing über Bord. Sie war immer noch mit dem Mast verbunden. Das Vorsegel flatterte zerrissen im Wind.

Der Downrigger war umgestürzt und am Sockel auseinandergebrochen, wie ein vom Blitz gespaltener Baum. Ich ärgerte mich, dass ich nicht daran gedacht hatte, ihn umzulegen. Er würde als Allerletztes repariert werden, selbst wenn wir das Material dazu hätten.

Ich wollte nicht glauben, was ich sah. Vielleicht war der Sturm ja nur ein Traum gewesen, und alles befand sich immer noch an Ort und Stelle. Ich wehrte mich gegen die Verzweiflung, die mich zu ersticken drohte. Wir hatten keine Zeit zu trauern. Wie hätten wir das auch tun sollen, wo es doch so viel zu erledigen gab?

Das Wasser um uns herum war spiegelglatt, als ob überhaupt nichts geschehen wäre. Der Himmel sah grau aus, und das Meer wirkte weicher. Es war, als wäre die Welt gründlich gereinigt worden und würde jetzt wieder aufatmen.

Thomas fand als Erster die Sprache wieder. »Ich prüfe die Sparren und das Reparaturholz.«

»Heute Abend werden wir nichts mehr ausbessern können«, sagte Abran.

Da wir uns nicht hängen lassen durften, nahm ich meine ganze Kraft zusammen und sagte: »Wir müssen zumindest einen Teil der Takelage wieder in Ordnung bringen, das Leck im Rumpf besser abdichten und nachsehen, was wir von dem Tauwerk wiederverwenden können.«

»Also werden wir heute Nacht nur treiben?«, fragte Marjan. Zum ersten Mal, seit ich sie kannte, klang sie ängstlich.

»Wir haben immer noch den Treibanker«, sagte Daniel. »Damit sind wir so langsam, dass wir nicht allzu weit vom Kurs abkommen. Und das Vorsegel haben wir auch noch.« Sein Tonfall verriet, dass er bezweifelte, das Schiff damit steuern zu können.

Nervös sah ich Wayne an. »Kannst du das Ruder checken?«

Er nickte und bahnte sich einen Weg durch die Trümmer zum Heck.

»Haben wir genügend Tuch für ein neues Großsegel?«, fragte Marjan.

»Für ein so großes wie das alte wird es nicht reichen«, entgegnete Thomas.

Als Pearl das hörte, schien etwas in ihr zu zerbrechen. Sie ließ meine Hand los und trat von mir weg.

»Du hast Daniel widersprochen«, sagte sie mit gesenktem Blick.

Ich hockte mich vor sie hin und versuchte, ihr in die Augen zu sehen. »Was ist, Schatz?«

»Du hast uns dazu gezwungen, durch den Sturm zu segeln. Es war dir egal. Du kümmerst dich nie um mich. Nur um sie.« Pearl ballte ihre kleinen Hände zu Fäusten und verfiel in eine Art Singsang: *»Wir müssen zum Valley, wir müssen zum Valley.«* Sie sah zu mir hoch und schrie mir ins Gesicht: *»Ich hasse dich!«*

Ich blinzelte verblüfft und brachte kein Wort heraus. Während ich reglos vor Pearl kauerte, traten die übrigen unbehaglich von einem Fuß auf den anderen und schlugen dabei kleine Wellen im Wasser. Ich schämte mich und dachte an ihre Blicke zurück, als herausgekommen war, dass ich sie betrogen hatte, um nach Row suchen zu können. Ihre Wut und Enttäuschung waren etwas sehr Reales, das ich von ihnen erhalten und in meinem Innersten verstaut hatte.

»Pearl«, sagte ich und streckte die Hand nach ihrer Schulter aus, doch sie zuckte zurück und verschränkte die Arme vor der Brust. »Wenn du es wärst, Pearl …«

»Ich bin es aber nicht.« Pearl reckte das Kinn vor und sah mich finster an. »Du hast sie lieber als mich.«

Es brach mir das Herz. »Das kann ich gar nicht«, nuschelte ich. Ich traf nie die richtige Entscheidung, oder? Was brachte ich ihr damit über sich selbst bei?

Wayne rief vom Heck herüber, dass das Ruder immer noch an Ort und Stelle sei.

»Wir müssen die Rah aus dem Wasser herausbekommen«, sagte Thomas. »Sie dreht das Schiff.«

Jessa ging mit ihm, und Daniel sprach leise mit den anderen. Er bat sie nachzusehen, was noch im Hüttendeck war. Ein toter Fisch trieb vorbei. Ich merkte, dass sie Mitleid mit mir hatten und uns nicht belagern wollten.

»Ich muss unsere Position bestimmen«, sagte Daniel kaum hörbar zu mir. Es klang wie eine Entschuldigung.

Pearl ließ die Arme sinken und hob das Gesicht. Ihr Kinn zitterte, und ihre Lider flatterten.

»Ich kann sie gar nicht lieber haben als dich«, sagte ich. »Jede von euch beiden hat meine ganze Liebe. Nicht mehr oder weniger, sondern alles. Wenn *du* an ihrer Stelle wärst, würde ich *sie* zu all diesen Sachen zwingen. Aber so ist es nun mal nicht.« Ich wischte ihr eine Träne vom Gesicht. »Es tut mir leid, dass ich uns diesen Sturm angetan habe.«

»Du hörst mir nie zu«, sagte sie.

Ich hörte Jacob aus ihr sprechen. Wie oft hatte er genau dasselbe zu mir gesagt? Ich ließ den Blick auf das nasse Deck sinken. Ich hatte das alles so satt – die Entscheidungen und die Verantwortung. Einen Moment lang wollte ich in der Tiefe des Meeres verschwinden und in Vergessenheit geraten.

Pearl trat dichter an mich heran und verschränkte ihre Finger mit meinen.

Ihre Berührung schreckte mich auf. »Es tut mir leid«, sagte ich und meinte es auch so.

Sie wischte sich mit dem Handrücken die Tränen aus dem Gesicht. »Ich muss Charlie füttern. Er ist ganz quengelig.«

Ich nickte und ließ sie in den Rumpf zurückkehren. Als ich dabei zusah, wie sie durch das Luk verschwand, dachte ich darüber nach, wie sehr sie sich irrte.

Wut brannte in mir. Ich wollte ihr sagen, dass ich Row keinesfalls mehr liebte als sie, sondern dass andere, weniger schöne Emotionen meine Entscheidungen bestimmten. Mein Zorn und meine Angst. Sie vermischten sich mit meiner Liebe, und ich konnte sie nicht voneinander trennen. Sie waren wie der Himmel, wenn er mit dem Meer verschmolz und man nicht mehr sagen konnte, wo eines begann und das andere aufhörte.

Sie würde niemals begreifen, unter welchem Druck ich stand. Die unmöglichen Entscheidungen, die ich treffen musste. Wir lebten zwar zusammen, aber so wenig, wie wir uns kannten, hätten wir uns auch in verschiedenen Welten aufhalten können. Ich verbarg meine Gedanken vor ihr, wie meine Mutter es bei mir getan hatte. Und was versteckte sie vor mir? Welche dunklen Strömungen stiegen aus Abgründen auf, die ich nicht in ihr sehen konnte, und vermischten sich mit ihrer Liebe?

Ein kleiner Fisch schwamm an meinen Füßen vorbei. Er war grau und hatte einen Schnitt am Bauch, aus dem ein Blutfaden drang. Als ich ihn packte und aus dem Wasser hob, wand er sich in meiner Hand. Seine Schuppen schimmerten im Sonnenschein.

Kapitel 45

In dieser Nacht bargen wir die Rah und legten die beschädigten Materialien auf zwei verschiedene Haufen, je nachdem, ob wir sie gebrauchen konnten oder nicht. Am darauffolgenden Nachmittag lehnte ich mich an die Reling und besserte das Vorsegel aus. Marjan hatte mir eine kleine Kiste mit Stoffflicken gegeben, mit denen ich die Löcher und Risse vernähte. Ich dachte gerade darüber nach, wie ich ohne den Downrigger fischen sollte, als Daniel kam und sich neben mich setzte. Ich rückte ein Stück von ihm ab, ohne mit dem Nähen aufzuhören.

»Ich habe gesehen, dass du heute Morgen ein paar Dorsche erwischt hast«, sagte er.

Zwei Stück, die mich vier Stunden Arbeit gekostet hatten. Wir würden weitere brauchen, wenn wir unseren Speiseplan nicht noch weiter zusammenstreichen wollten.

»Thomas und Wayne sind fast mit der neuen Rah fertig«, fuhr er fort. »Es sieht gar nicht mal so schlecht aus.« Als ich nichts erwiderte, sprach er weiter. »Jessa macht das neue Großsegel. Es wird ein ganzes Stück kleiner sein, aber es sollte ausreichen.«

»Wie viel Zeit werden wir verlieren?«, fragte ich.

»Genug, um uns wegen der stärkeren Strömungen Sorgen zu machen, wenn wir vor Anker gehen.«

Ich biss mir auf die Lippe und führte den Faden durch das Nadelöhr. Dann legte ich den Flicken auf einen Riss und fing an, die Kanten zu vernähen. »Befürchtest du, dass sie uns verfolgen?«

Der Wind wehte mir das Segel um die Knie, und ich fluchte. Daniel beugte sich vor und half mir, den Stoff an Deck auszubreiten. Seit Pearls Ausbruch behandelte er mich wie ein rohes Ei. Möglicherweise tat ich ihm leid. Vielleicht spürte er aber auch, dass ich mich schämte, weil ich mich für den Weg durch den Sturm ausgesprochen hatte. Diese Scham fühlte sich wie etwas an, das in meinem Hals steckte und das ich hochhusten musste. Ich stellte sie mir als etwas Hartes vor, das ich verschluckt hatte und das mir für immer und ewig im Magen liegen würde. So wie das Plastik, das man manchmal im Bauch einer Möwe fand, feste kleine Brocken, die in ihrem Inneren klapperten, ohne sich je aufzulösen.

»Ein bisschen«, antwortete Daniel. Er zog eine Falte glatt und drückte das Segel flach. »Als meine Mutter im Sterben lag, hat sie immer wieder dasselbe Lied gesungen: ›Könnte ich wie Noahs Taube fliegen, folgte ich dem Fluss zu meiner Liebe …‹« Daniel hatte eine tiefe und klare Singstimme. »Das war ein altes Lied, das sie von ihrer Mutter kannte. Lange dachte ich, dass sie es aus Sehnsucht nach meinem Vater singt.« Daniel verstummte, und ich glaubte schon, die Geschichte wäre zu Ende, aber nach einer Weile setzte er erneut an. »Dann fiel mir auf, dass sie mich konzentriert betrachtete, während sie es sang, und eines Tages streckte sie die Hand nach meinem Gesicht aus.« Daniel zeigte mir, wie, und streichelte mit den Fingerknöcheln meine Wange. »Zu diesem Zeitpunkt konnte sie kaum noch etwas sehen, und es war, als suchte sie nach mir. Sie sagte: ›Geh noch nicht. Geh noch nicht.‹ Ich versicherte ihr, dass ich sie nicht verlassen würde, aber das beruhigte sie nicht. Denn eigentlich wollte sie mir damit sagen, dass ich nicht aufgeben sollte. Aber das wurde mir erst bewusst, als sie tot war. Sie hatte gemerkt, dass ich innerlich erkaltet war. Kalt und leer. Ich dachte, ich wäre bei ihr gewesen, als sie starb, aber in gewisser Weise war ich das nicht.«

In der Ferne schrien Möwen. Ihr Gekreische erleichterte mich, denn es bedeutete, dass das Meer in mehreren Kilometern Umkreis ruhig sein musste. Ich verknotete den Faden und biss ihn durch. Daniel beobachtete mich. Ich hielt den Blick auf den Stoff gerichtet und wartete darauf, dass er weitersprach.

»Das hat mir an dir so gefallen«, sagte Daniel ganz leise, sodass ich mich zu ihm vorbeugen musste, um ihn zu verstehen. »Du bist nie kalt geworden.«

Da fiel mir auf, warum ich mich in seiner Gegenwart so unbehaglich fühlte. Seine freundlichen Worte waren für mich wie Wasser, das man einem Durstigen einflößte. Ich würde sie mir einverleiben und um mehr bitten, wenn ich mich nicht beherrschte. Ich war nur so weit gekommen, weil ich allein lebte und weniger von der Welt erwartete, als ich je für möglich gehalten hätte. Ein paar lebensnotwendige Dinge, aber mehr auch nicht. Ich war stolz darauf, wie viel Hunger ich erdulden konnte. Aber die Sehnsucht nach mehr brannte beständig in mir, und ich konnte nur hoffen, dass sie mir nicht anzumerken war.

Wir beugten uns beide über das Segeltuch. Er drückte den Stoff auf das Deck, damit der Wind ihn nicht anhob, während ich die Nadel und einen Flicken festhielt. Ich bemerkte eine einzelne graue Strähne an seiner Schläfe, für die er mir eigentlich zu jung schien. Ein Windstoß wehte mir die Haare ins Gesicht, und ich strich sie zurück. Mein Puls beschleunigte sich, während ich neben ihm saß und mich selbst durch seine Augen sah.

»Abran war also bei den Lily Black«, sagte Daniel und wartete auf eine Bestätigung.

Ich presste die Lippen zusammen und nickte knapp.

»Wenn sie uns verfolgen, wird Jackson seiner Mannschaft sagen, dass sie hinter Abran her sind und das Valley erobern sollen. Sie wollen eine Festung im Norden haben. So wird er es mit seinem Kommandeur besprechen. Aber ihm geht es nur um mich. Er hat es versprochen, und er hält, was er verspricht.«

Kurz kniff ich die Augen fest zusammen. Ich wollte nicht darüber nachdenken, dass wir möglicherweise verfolgt wurden. »Erzähl mir von ihm«, sagte ich.

»Er hat mich immer beschützt.« Daniel schüttelte den Kopf. In seinem Blick lag so viel Trauer, dass mir selbst ganz schwer ums Herz wurde. »Einmal bin ich beim Schlittschuhlaufen auf einem schmalen Fluss eingebrochen. Jackson sprang in das eisige Wasser und zog mich heraus. Dann zündete er am Ufer ein Feuer an, an dem wir uns aufwärmten, bevor wir uns auf den drei Kilometer langen Heimweg machten. Er ließ mich mit ausgestreckten Händen und Füßen an den Flammen sitzen, während er immer weiter Gestrüpp nachlegte. Mir passierte bei der Sache nichts, aber er verlor drei Zehen. Er hat sich nicht einmal bewusst dafür entschieden, es so zu machen … Er war einfach so.«

Ich zog den Faden straff. Die Stoffnaht sah wie eine Narbe aus.

»Gleichzeitig waren wir immer auch Rivalen. Ich war der Liebling unserer Mutter, aber das störte ihn nicht sonderlich … bis zu dem Abend, als er uns abholen wollte. Er fing an, von den Lily Black zu erzählen und darüber, wie sie die Gesellschaft wieder aufbauten. Aber Mom hatte Gerüchte gehört, dass Jackson während des Kriegs den Einsatz von biologischen Kampfstoffen veranlasst und damit die halbe Türkei ausgelöscht haben soll. Sie hat ihm gesagt, er sei nicht mehr ihr Sohn.« Ein Muskel an Daniels Kiefer zuckte, und er blinzelte schnell. Ich schluckte und senkte den Blick. Ich stellte mir vor, wie sie um einen Küchentisch herumgesessen hatten, während die Mutter ihren Sohn verstieß. »Jackson antwortete: ›Weißt du, was Daniel getan hat, um an dein Insulin zu kommen? Er hat Leute zusammengeschlagen und bestohlen. Er hat sie aufgespürt und so lange auf sie eingeprügelt, bis sie es ihm gegeben haben. Aber ich nehme an, das geht in Ordnung, weil er dein Liebling ist. Ich schätze, er kann gar nichts falsch machen.‹ Sie sagte Jackson, dass er aus ihrem Haus verschwinden solle. Seinen Gesichtsausdruck werde ich nie vergessen. Er war zurückgekehrt, um uns zu retten, und nun wurde er rausgeworfen. Er war schockiert und konnte es gar nicht fassen. Ich glaube nicht, dass ich mich je so gekränkt gefühlt habe wie er in diesem Moment.« Daniel nahm die Hände vom Segel, um sich über das Gesicht zu wischen. Das Tuch flatterte wie ein gebrochener Flügel im Wind. Ich drückte es wieder nieder. »Also nahm er das Boot und das Insulin, das ich für sie besorgt hatte, und segelte damit davon. Ich verstehe es … Aber ich kann es ihm nicht verzeihen. Besonders wegen dem, was er jetzt tut. Ich kann nicht einfach danebenstehen und zusehen.«

»Damals … in der Kirche«, sagte ich. »Da hättest du fast erreicht, was du wolltest.« Ich ließ die Frage, die mir auf der Zunge lag, unausgesprochen.

Daniel schüttelte den Kopf. »Ich glaube, da ging es mir nicht mehr bloß um ihn und mich.«

Ich erinnerte mich daran, wie fassungslos und ängstlich Pearl an jenem Tag in der Kirche gewesen war. Ein Gefühl der Dankbarkeit ergriff mich, und ich nahm seine Hand. Die Berührung war wie ein Stromstoß, den ich bis in die Knochen spürte, und ich ließ ihn los, um mich wieder meinen krummen Nähten zu widmen.

Daniel sah zu Thomas und Wayne hinüber, die gerade die neue Rah zum Hauptmast trugen. »Du glaubst immer noch, du stehst allein gegen den Rest der Welt, Myra, und du denkst, du kannst geradewegs durch einen Sturm pflügen, wenn es sein muss. Ich werde schon eine Möglichkeit finden, dich dort hinzubringen, aber du musst mir vertrauen.«

Ich sah ihn finster an, mit dem missmutigen Gesichtsausdruck eines Kindes, dem klar ist, dass es sich irrt und jemand anders recht hat, und das darüber fast froh ist.

Er schüttelte den Kopf. »Ich würde alles für dich tun, und so, wie du mich anschaust, weißt du das auch.«

Er ließ mich nicht aus den Augen, also nickte ich knapp, mit einem kaum merklichen Rucken meines Kinns. Ich spürte, wie etwas in mir nachgab und sich die Sprünge in meinem inneren Schutzwall zu Rissen erweiterten. Ich sah auf seine Hände hinunter, die immer noch auf dem Segeltuch lagen, die Schwielen an den Handkanten, die lange Narbe, die sich an einem seiner Zeigefinger entlangzog. Ich wollte sie noch einmal berühren, doch stattdessen legte ich den Flicken auf das Segel. Dann stach ich mir die Nadel in den Finger und führte ihn an die Lippen, nur um irgendetwas zu schmecken.

Über eine Woche lang waren wir von morgens bis abends mit Reparaturarbeiten beschäftigt, aber als wir mit allem fertig waren, hatten wir immer noch das Gefühl, irgendetwas wäre nicht in Ordnung. Ich fragte mich, ob es an der Einsamkeit lag. Schließlich waren wir noch nie so lange unterwegs gewesen, ohne ein anderes Schiff zu sichten. Seit unserem Aufbruch von Broken Tree war inzwischen ein Monat vergangen.

Thomas half mir, altes Speerholz und Metallstangen zusammenzusuchen, mit denen wir den Downrigger wiederherrichten konnten. Marjan und ich nagelten die Holzstücke an den Sockel und befestigten die Stangen mit Draht am Schaft.

Als ich gegen die Apparatur stieß, gab sie unter dem Druck nach. »Eigentlich müsste der Schaft ausgetauscht werden.«

»Wir könnten ein Netz auswerfen und überprüfen, wie viel Gewicht er trägt«, schlug Marjan vor. »Dann sehen wir, wo die Belastung am größten ist, und bessern an den entsprechenden Stellen noch mal nach.«

Ich befestigte ein Netz am Downrigger und warf es über Bord. Wir setzten uns an Deck und sahen, dass sich die Konstruktion nach links neigte. Marjan holte ein Stück Holz, ich richtete den Downrigger auf, und sie nagelte es fest.

Dann setzten wir uns wieder hin. Er bog sich zwar unter dem Gewicht, aber er hielt. Während wir beide schwiegen, dachte ich an den Traum, aus dem ich in der Nacht zuvor aufgeschreckt war. Ich hatte geträumt, dass alles im Meer gestorben war, als wäre das Wasser mit einem Gift versetzt. Vielleicht war es auch zu warm oder zu kalt geworden, sodass es in diesem riesigen blauen Meer keinen Rückzugsort mehr gab. Das Wasser war mit einem Schlag komplett unwirtlich geworden, und kein Lebewesen schaffte es, mit den Veränderungen Schritt zu halten. Und so verendeten sämtliche Fische und sanken auf den Meeresgrund hinab, wo sie sich zu winzigen Bergen aufhäuften, kleinen Massengräbern unter den Wellen.

»Was ist, wenn es keine Fische mehr gibt?«, fragte ich Marjan. »Vielleicht verändert sich das Meer ja und wird lebensfeindlich. In letzter Zeit habe ich kaum noch etwas fangen können.«

Marjans Gesichtsausdruck blieb gelassen. Nur auf ihrer Stirn und zu beiden Seiten des Mundes waren leichte Fältchen zu erkennen. Ihre dunklen Augen blickten ins Leere, als befände sie sich an einem anderen Ort. Plötzlich wollte ich wissen, was sie getan hatte und woran sie sich erinnerte. Nicht nur, was sie in ihrem früheren Leben gemacht hatte, sondern auch, wozu sie sich danach gezwungen gesehen hatte.

»Dann werden wir nicht mehr fischen«, erwiderte sie nach einem Moment des Schweigens. Sie saß im Schneidersitz und hatte die Hände im Schoß.

Ihre Gelassenheit regte mich auf. »Du kannst das ja leicht sagen«, murmelte ich und zuckte sofort zusammen, nachdem mir die Worte über die Lippen gekommen waren. »Es tut mir leid. Ich …«

»Weil ich für niemanden verantwortlich bin?«, fragte Marjan. Ihre Stimme klang kalt, aber dann verzogen sich ihre Lippen zu einem leisen Lächeln. Sie schüttelte den Kopf. »Das macht es in gewisser Weise leichter. Aber gleichzeitig auch schwerer.«

Ich presste die Augen zusammen, stützte mich auf die Hände und lehnte mich zurück. Ich hatte das Gefühl, unter einer schweren Last zu ersticken, und holte tief Luft, um meinen Brustkorb zu weiten. »Entschuldige. Es ist nur … Manchmal weiß ich gar nicht, was ich tue. Ich versuche, sie zu retten, aber ich werde sie nicht beschützen können. Nicht in dieser Welt.«

»In keiner Welt.« Marjan ließ den Blick über das Deck schweifen und sah zu Thomas hinauf, der in den Wanten stand und einen kleinen Metallblock an die neue Hauptrah nagelte. Als sie sich wieder mir zuwandte und in die Sonne blinzelte, wirkte sie weicher und kleiner. »Meine Mutter hat immer gesagt, dass Leiden weise macht. Aber wenn ich überhaupt irgendeine Weisheit besitze, kommt sie nicht von dem, was mir widerfahren ist, sondern eher von dem Leid, das ich mir selbst angetan habe.«

»Wie meinst du das?«

»Meine Tochter … Als sie ertrank. Sie wurde mir nicht von einer Springflut aus den Händen gerissen, wie ich dir erzählt habe.« Ein trauriges Lächeln glitt über Marjans Gesicht. »Manchmal stelle ich mir bloß gerne vor, dass es so passiert ist.«

Ihre zögerliche, stockende Art zu sprechen erinnerte mich an meine Mutter. Der Rhythmus war wie der des Meeres, wenn es heranströmte und sich wieder zurückzog.

»Bevor die Schulen geschlossen wurden, war ich Lehrerin. Für Mathematik und Naturwissenschaften. Ich hatte von anderen Lehrern gehört, die ihre Schüler wie Kinder und ihre Kinder wie Schüler behandelten. Man unterrichtet seine Kinder und sorgt für die Schüler. Ich hatte immer geglaubt, ich selbst wäre nicht so. Aber das stimmte nicht. Vor allem im Umgang mit meiner einzigen Tochter. Ich habe immer mehr von ihr erwartet und sie andauernd unter Druck gesetzt. Nachdem wir während der Sechsjährigen Flut unsere Heimat verlassen hatten, sind wir für kurze Zeit in Kansas oder Oklahoma geblieben. Dort haben wir uns mit einer anderen Familie mit zwei Söhnen angefreundet. Sie fischten, und ihre Söhne trugen ihren Teil dazu bei, indem sie in den Untiefen nach Muscheln und anderen kleinen

Tieren tauchten. Sie teilten ihr Essen mit uns, und wir hielten es ebenso. Meine Söhne tauchten mit ihren Söhnen, aber meine Tochter wollte nicht mitmachen. Sie sagte, sie habe Angst unter Wasser. Aber ich erklärte ihr, dass sie sich ihren Ängsten stellen und auch ihren Beitrag leisten müsse. Dass das mittlerweile für uns alle gelte. Und ich sagte ihr, dass sie zusammen mit den anderen tauchen müsse.«

Mein Herz begann, schneller zu schlagen. Marjan legte eine Hand auf das Deck zwischen uns und spreizte die Finger. Ihre Knöchel waren vom Alter knotig. Ich versuchte, mich auf die Holzmaserung zwischen ihren Fingern zu konzentrieren.

»Eine Woche danach tauchten sie in einem alten Haus nach Fischen, und sie blieb darin stecken. Die anderen dachten, sie wäre bereits wieder aufgetaucht. Es gab einen Augenblick …« Marjan blinzelte, und ich wusste, dass sie in die Vergangenheit und an diesen Ort zurückkehrte. Vielleicht erinnerte sie sich sogar an das Wasser und daran, wie sich das Sonnenlicht auf seiner Oberfläche brach. »Einen Augenblick, in dem ich zu verdrängen begann … Und damit habe ich bis heute nicht aufgehört. Es heißt, Verdrängung sei nur eine Phase, aber das ist nicht wahr. Es fällt mir nach wie vor schwer, die Realität zu akzeptieren.«

Ich presste die Augen zusammen und spürte, wie mir der Schweiß auf dem Rücken ausbrach. Ich versuchte zu schlucken, aber mein Mund war ausgetrocknet. *Nein*, dachte ich. *Nein, so etwas hätte Marjan nicht zustoßen dürfen.*

»Weil ich sie dort hinuntergeschickt hatte, holte ich sie auch herauf.« Marjans Stimme war kaum zu hören. »Sie war so leicht im Wasser. Wie eine Feder. Als wäre sie gar kein echtes kleines Mädchen gewesen und ich hätte es nur geträumt.« Marjan drehte den Kopf zur Seite, und die Sonne überzog ihre schwarzen Haare mit einem blauen Schimmer. »Als herauskam, dass du uns alle opfern wolltest, um zu Row zu gelangen, fand ich das schrecklich. Und das ist es auch. Aber ich dachte auch, *sie ist dabei, sich selbst zugrunde zu richten*. Die Welt zerbricht dich sowieso, aber erst, wenn du es selbst tust, merkst du, dass es nie wieder besser wird.«

Ich schüttelte den Kopf. »Es war nicht dein Fehler.«

Marjan biss sich auf die Lippe. »Manchmal glaube ich das auch.«

Ich hörte Möwen mit wild schlagenden Flügeln Fische aus dem Wasser ziehen. Das Tau, an dem das Netz hing, war so straff gespannt, dass es die Reling zum Vibrieren brachte. Etwas regte sich in mir, ein Druck, der sich in meinen Adern aufbaute und ein Ventil finden musste. Da ich Marjan nicht ansehen konnte, beugte ich mich vor und betrachtete meine Hände. »Als Row geboren wurde, waren ihre Schultern ganz schmal. Sie waren fast nicht zu sehen, als hätte sich ihr Skelett noch nicht ganz ausgeformt. Als wäre sie vor der Zeit zur Welt gekommen.« Ich bekam einen Kloß im Hals. »Wie schaffst du es, dein Leben weiterzuführen?«

Marjan beobachtete mich einen Moment lang schweigend. Sie biss sich erneut auf die Lippe und verengte ihre Augen zu Schlitzen. »Du stellst dich der schwersten Aufgabe, die es gibt. Du tust das Unmögliche. Immer und immer wieder.«

Das würde ich nicht hinbekommen, dachte ich. Nicht so wie sie. Der Downrigger ächzte unter seiner Last und neigte sich so weit auf die Reling herab, dass es schien, als würde er jeden Moment über Bord gerissen. Keiner von uns beiden machte Anstalten, das Netz einzuholen. Ich blinzelte heftig gegen die Tränen an. Ich wollte ihre Hand nehmen, aber ich rührte mich nicht. Für so eine Reise gab es keine Wegbeschreibungen. Nur Menschen, die sie bereits unternommen und dabei für uns Nachkommenden Orientierungspunkte zurückgelassen hatten.

Ich erinnerte mich an einen Satz, den Großvater in seinen letzten Tagen, bevor er einschlief und nicht mehr aufwachte, ständig wiederholt hatte. *Aus dem Wasser sind wir geboren und zum Wasser kehren wir wieder zurück, unsere Lunge giert stets nach Luft, aber unser Herz schlägt wie die Wellen.* Damals waren mir diese Worte traurig und ominös vorgekommen, aber nun schienen sie mir tröstlich und lebensbejahend.

Marjan seufzte. »Myra, am Ende brauchst du weder die Fische im Meer noch trockenes Land so dringend wie ein Gefühl der Hoffnung. Du nimmst dir selbst die Luft zum Atmen.«

Ich sah zu ihr auf, und ihre dunklen Augen hielten meinen Blick. Ihr verzweifelter Gesichtsausdruck überraschte mich. Marjan wirkte angesichts von Schicksalsschlägen immer unerschütterlich und resolut, aber auch in ihr gab es dunkle Abgründe. Ich merkte, dass ich ungeachtet jeder Hoffnung immer auch verzweifelt sein würde über das, was ich erlebt und was ich getan hatte. Diese Dinge würde ich immer in mir tragen, zusammen mit meiner Hoffnung, die meine Erinnerungen weder nähren noch auslöschen würde.

Ich erinnerte mich daran, wie ich meinen erhängten Vater gefunden hatte. Er war so kalt gewesen, seine Gesichtshaut marmoriert. Mehr vom Leben zu wollen, als es einem zu bieten hatte, kam mir wie eine Schwäche vor. Ich hatte geglaubt, ich müsste akzeptieren, was es mir gegeben hatte, und weitermachen. Als wir ihn heruntergeholt hatten, sahen wir, dass das Seil ein Mal an seinem Hals hinterlassen hatte. Es sah aus wie eine Wasserstandsmarke, als wäre die Flut bis knapp unter sein Kinn gestiegen und er hätte nicht mehr länger schwimmen wollen.

Kapitel 46

Ich wusste nicht, welche Regeln an Bord noch galten. Also blieb ich eines Nachts lange wach und stellte im Kerzenschein Köder her. Aus Holzabfällen hatten wir eine schlecht sitzende Tür gezimmert, die mit jeder Welle rhythmisch gegen den Rahmen schlug.

Ich band tote Insekten an Haken und verknotete Stofffetzen mit einem Faden so, dass sie echten Insekten oder Würmern gleichen sollten. Mir ging allmählich der Faden aus, und ich überlegte gerade, wo ich Nachschub herbekommen konnte, als Daniel die Tür zum Hüttendeck öffnete.

»Verpetz mich nicht bei Abran«, murmelte ich.

Daniel warf einen Blick auf die Haken vor mir auf dem Tisch und zuckte die Achseln. »Das habe ich nicht vor.«

Er setzte sich neben mich. Im Kerzenlicht sah er älter und unnahbarer aus, seine Züge markanter. Seine hohen Wangenknochen waren unter einem Bart verborgen, der beinahe darüber hinwegtäuschen konnte, wie hager sein Gesicht inzwischen war. Mit seinem Schweigen und seiner Reglosigkeit wirkte er wie ein Mann aus einer längst vergangenen Epoche, die mir fremd war.

»Wie weit sind wir?«, fragte ich.

»Ungefähr sechshundert Meilen südwestlich vom Valley.«

Ich sog scharf die Luft ein. Wir waren fast da. Ich hatte geglaubt, ich würde mich darüber freuen, aber ich spürte nur eine eigenartige Beklemmung tief in mir.

»Was ist los?«, fragte Daniel und berührte meinen Arm mit den Fingerspitzen.

Ich schüttelte rasch den Kopf, wie um aufzuwachen. »Nichts.«

Von der Fliege, die ich zwischen zwei Fingern hielt und auf einen Haken zu spießen versuchte, fielen die Flügel ab. »Scheiße«, flüsterte ich. Ich holte tief Luft. Den ganzen Abend hatte ich über Jacob nachgedacht und mich gefragt, wie er sich nach all den Jahren seit seinem Verschwinden wohl fühlte. Bereute er es? Empfand er irgendwelche Schuldgefühle? Oder war er kurz nach seinem Aufbruch gestorben und hatte gar nicht mehr viel Zeit gehabt, etwas zu fühlen? Ich wollte mit Daniel darüber sprechen, wusste aber nicht, wo ich anfangen sollte. Die Sehnsucht, die ich gespürt hatte, während Daniel und ich das Segel reparierten, war mittlerweile noch brennender geworden, eine Flamme, die stetig anschwoll und nach mir züngelte.

»Weißt du noch, was du gesagt hast?«, begann ich und verstummte gleich wieder. Ich biss die Zähne zusammen und durchbohrte den Körper der Fliege mit dem Haken. »Darüber, dass man mit jemandem abrechnen möchte. Ich … ich wollte so lange glauben, dass Jacob zu mir zurückkommen wird. Ich habe gewartet. Und gewartet. Als er nicht kam, sagte ich mir, dass ihn irgendetwas aufhält.« Ich hob den Blick und sah Daniel mit brennenden Augen an. »Nichts hat ihn aufgehalten.«

Vor meinem inneren Auge sah ich mich selbst am Meeresboden, wo ich nacheinander Tiefseetiere vom Grund löste. Klauen, Fangzähne und Tentakeln. Dinge, die mir sehr vertraut waren und nun zur Oberfläche aufstiegen.

»Das weißt du doch nicht«, sagte Daniel und schob, ohne den Blick von mir zu wenden, seinen Stuhl näher an meinen heran.

Dass ich Row retten wollte, war das Einzige, was ich zugeben konnte. Aber gab es auch einen Teil von mir, der Jacob wiedersehen wollte? Wollte ich eine Gelegenheit bekommen, ihn zu zerstören, wie er mich zerstört hatte?

»Wenn er dort ist …« Ich konnte den Satz nicht beenden.

»Er ist immer noch ihr Vater«, sagte Daniel. Er sah mich an, als würde er meine Gedanken lesen. »Wie Eltern sich gegenseitig behandeln … ist wichtig.«

Ich sah die tote Fliege an, die in meiner Hand zitterte. »Natürlich, immer schön an die Kinder denken«, gab ich sarkastisch zurück.

»Ich werde an deiner Seite sein, Myra«, entgegnete Daniel leise.

»Du kannst dich nicht immer um alles kümmern«, fuhr ich ihn an.

»Ich weiß. Du erlaubst mir nie, mich um dich zu kümmern. Oder um Pearl.«

»Wir brauchen niemanden, der sich um uns kümmert.«

»Oh doch.« Daniel ließ mich nicht aus den Augen, und ich sah zur Seite.

Ich fühlte, wie sich eine schwere Last auf mich herabsenkte. Was im Valley geschehen würde, schien unausweichlich, wie etwas, das bereits seit langer Zeit vorherbestimmt war. Ich hatte das merkwürdige Gefühl, von meinem zukünftigen Selbst beobachtet zu werden, das mir ins Ohr flüsterte, dass ich bitte gut aufpassen solle.

Ich knotete einen Faden um die tote Fliege. Als ich mir über den Rücken strich, war meine Hand schweißnass. Ich war ganz durcheinander. Daniel musste gehen. Wenn ich ihn weiter so nahe an mich heranließ, folgte ich dem falschen Impuls und schürte ein Verlangen, das gestillt werden wollte.

Ich drehte mich leicht von ihm weg. »Ich weiß zu schätzen, wie sehr du mir geholfen hast« Ich räusperte mich und sah auf die Fliege hinunter. »Ich sollte das hier fertig machen.«

Daniels Stuhl schabte über den Boden, als er noch näher heranrückte. Er legte mir einen Daumen unter das Kinn und drehte mein Gesicht so, dass ich ihn ansah. »Mir geht es nicht darum, dir zu helfen. Ich bin nicht dein Helfer.«

Wir sahen uns tief in die Augen, und ich spürte, wie sich die Wärme in meinem Körper bis zu meinen Fußsohlen ausbreitete. Ich fühlte ein Ziehen in meinem Bauch und merkte, wie sich zwischen meinen Brüsten Schweißtropfen sammelten. Ich wusste noch, wie ich ihn in der grellen Mittagssonne an seinen langen schweren Gliedmaßen auf unser Boot gezogen hatte, wie seine dunklen Wimpern geflattert hatten, als er wieder zu Bewusstsein kam, und ich sah seine feuchte Haut vor mir, die im Sonnenlicht glitzerte. Bereits damals hatte ich bei seinem Anblick trotz meiner Angst eine Art ruhiger Gelassenheit gefühlt, die ich nicht verstehen konnte.

Daniel legte mir eine Hand an die Wange und strich mit der anderen am Hals hinab. Er nahm eine Haarsträhne und rieb sie leise raschelnd zwischen den Fingern. »Begreifst du es nicht?«, flüsterte er. »Ich will dich nicht verlieren.«

Als ich die Zärtlichkeit in seiner Stimme hörte, hatte ich das Gefühl, den Boden unter den Füßen zu verlieren. Ich beugte mich vor, und er küsste mich, drückte seinen Mund fest und hungrig auf meinen. Unsere Zungen suchten einander, und unser Atem vermischte sich.

Als sein rauer Bart über mein Gesicht strich, packte ich ihn am Nacken und spürte, wie sich seine Muskeln unter meiner Hand bewegten. Mein Puls beschleunigte sich und glich sich an seinen Herzschlag an.

Daniel hob mich auf den Tisch. Er ließ die Finger unter mein Hemd gleiten und zog es mir über den Kopf. Als seine Hand meine Haut berührte, spürte ich eine Regung zwischen meinen Beinen und bog mich ihm entgegen. Sein erregtes Glied drängte sich gegen meinen Bauch. Ich packte ihn am Hinterkopf. Sein Mund strich an meinem Hals hinab, und seine Haare glitten zwischen meinen Fingern hindurch.

Die Kanten seiner Zähne, die rauen Haare auf seinen Armen. Ein rauchiger salziger Duft an seinem Haaransatz. Seine schwere und warme Brust, der Geschmack seiner Haut. Ich hatte das Gefühl, nicht genügend Luft zu bekommen. Als würde ich mich verflüssigen und auflösen.

Seine Finger glitten zwischen meine Beine, meine Hüften drängten sich gegen ihn, mein ganzer Körper öffnete sich. Als er in mich eindrang, bog ich den Kopf zurück und entblößte meinen Hals. Der Raum schien fast auf dem Kopf zu stehen. Das Licht der Kerze wirbelte in der Dunkelheit. Er bewegte sich in mir, und mein Verstand trübte sich und wurde wieder klar, trübte sich und wurde wieder klar, bis ich nicht mehr weiter aufsteigen konnte und auf dem höchsten Punkt schwebte.

Langsam kehrte der Raum wieder zurück, als erwachte ich aus einem tiefen Schlaf. Ich fühlte raues Holz unter meinen Fingerspitzen und die Kälte, die aus dem Freien hereindrang. Es schien so kalt. Und die Nacht so still.

Kapitel 47

Nachdem wir eine Woche lang bei kühlem, aber gleichmäßigem Wind durch klare Gewässer gesegelt waren, gerieten wir in einen Nebel, der so dicht war, dass wir eine Sicht von unter einem Meter hatten. Der Horizont und die Sonne verschwanden.

Daniel ging fluchend im Hüttendeck auf und ab. »Wir könnten jeden Moment auf einen Eisberg stoßen«, sagte er zu mir, als ich eintrat, um eine Angelrute zu holen. »Der Karte zufolge kann es in diesen Gewässern je nach Jahreszeit welche geben.«

Ich berührte ihn an der Schulter und strich seine Haare zurück. »Uns wird schon nichts passieren«, antwortete ich ungewohnt optimistisch. Er legte eine Hand auf meine.

Während meine Zeit mit Abran wie eine Erholungspause von mir selbst gewesen war, fühlte sich die Verbindung mit Daniel an, als würde ich nach Hause kommen und zu mir selbst finden. Abran war für mich ein nützliches Werkzeug gewesen, aber er hatte mir auch etwas bedeutet. Sein Charisma hatte mich sofort angezogen, seine Selbstsicherheit, die gelassene Art, wie er sich über das Schiff bewegte, als wäre er darauf geboren worden. Ich hatte etwas von dieser Gelassenheit abhaben wollen. Als ich auf die *Sedna* kam, befand ich mich zum ersten Mal auf fremdem Territorium und verspürte eine ganze neue Art von Unsicherheit. Ich brauchte Abrans Berührung, um dieses Gefühl zu lindern.

Mit Abran zusammen zu sein war wie eines dieser Kinderspiele, die nur so lange spannend waren, wie man jemanden jagte, aber nicht mehr, sobald man ihn gefangen hatte. Bei denen es am schönsten ist, wenn man den Gejagten fast schon mit den Fingerspitzen antippt und der andere es gerade noch schafft, der Berührung auszuweichen. Und die Freude darin bestand, etwas zu wollen und nicht haben zu können.

Aber Daniel erfüllte mich mit einem tiefer gehenden Verlangen, nach einer Beziehung, einer gemeinsamen Zukunft, einem geteilten Leben. Vielleicht konnte ich mir eine Zukunft mit ihm vorstellen, weil er seit Großvater der erste Mensch war, bei dem ich mich sicher fühlte. Möglicherweise gab mir seine Liebe zu Pearl das Gefühl, dass wir von Anfang an Partner waren und dass wir uns an einem neuen Gestade gemeinsam etwas aufbauen konnten. Mein Verlangen nach Daniel war langsam und stetig gewachsen, bis es mich schließlich völlig eingenommen hatte, wie Moos, das sich auf einem Baum ausbreitet. Irgendwann ist der gesamte Stamm grün, und daran ändert sich auch nichts mehr, bis der Baum eines Tages auf den Waldboden fällt. Ich konnte ihn sogar in meinem Blut spüren, als dränge er tief in mich ein, wenn er mich nur ansah. Nach der Nacht im Hüttendeck hatte es keinen peinlichen Moment zwischen uns gegeben. Stattdessen war ein tieferes Verständnis geblieben, als hätten wir uns nach langem Schweigen ausgiebig miteinander unterhalten.

Ich begann wieder zu fischen und füllte die Salzfässer mit Dorschen, Heilbutten und kleinen grauen Fischen, die ich noch nie gesehen hatte und auch nicht vom Hörensagen kannte. Wir hatten Angst, dass sie giftig sein könnten, also bot Wayne freiwillig an, einen zu probieren.

»Ich bin der Vorkoster des Königs«, scherzte er, um die Stimmung zu lockern, aber keiner lachte, während wir ihm beim Kauen und Schlucken zusahen.

Als er einen Tag später immer noch keine Anzeichen von Krankheit zeigte, kochte Marjan sie mit unseren verbliebenen Kartoffeln, und wir versuchten alle, unsere erste richtige Mahlzeit seit Tagen zu genießen. Seit wir eine Woche zuvor angefangen hatten, unseren Proviant einzuteilen, hörte ich nachts um mich herum die Bäuche knurren.

Normalerweise las ich das Wasser, bevor ich mich ans Fischen machte, aber wir waren immer noch in dichtem Nebel unterwegs. Also fischte ich wie eine Blinde, warf die Angelschnüre über die Reling, hängte ein Netz an den Downrigger und holte es häufiger ein als früher, da die Apparatur nicht mehr viel Gewicht verkraftete. Das Tau, an dem das Netz befestigt war, begann auszufransen, aber es war das Einzige, das wir noch hatten. Da wir kein Ersatztau mehr hatten, um es zu flicken, konnte ich nur hoffen, dass es bis zum Valley halten würde.

Daniel ließ uns das Großsegel reffen, um Fahrt herauszunehmen. »Ich kann uns nicht durch Eisberge navigieren, die ich nicht rechtzeitig sehe«, sagte er immer wieder. Als ich ihm eine Hand auf die Schulter legte, fühlten sich seine Muskeln wie straff gespannte Drahtseile an. Er verbrachte den ganzen Tag entweder im Hüttendeck, wo er Entfernungen berechnete, oder er stand am Bug und bemühte sich, trotz des Nebels die Sonne zu sehen.

Eines Tages rief Marjan mich zu sich. Sie stand kurz vor dem Bug an der Reling und hielt das Fernglas in der Hand. Ich ging vom Downrigger weg und zu ihr hin.

»Schau«, sagte Marjan, während sie mir das Fernglas reichte und nach vorne deutete.

Ich spähte durch die Vergrößerungslinsen in den Nebel, konnte aber nichts erkennen.

»Was?«, fragte ich.

»Ich habe ein Schiff gesehen«, antwortete sie und zeigte erneut nach vorne.

Ich schaute noch einmal hin, sah aber immer noch nichts und wollte auch nichts entdecken. Ich hatte aufgehört, mir wegen der Lily Black Sorgen zu machen. Wir waren so lange allein gewesen und in allen Richtungen bis zum Horizont nur von Wasser umgeben, dass mir die Sichtung eines anderen Schiffes äußerst unwahrscheinlich schien. Doch trotz meiner Zweifel spürte ich, wie sich Angst in mir regte. »Bist du dir sicher?

Vielleicht hast du es dir ja nur eingebildet. In diesem Nebel hat man manchmal das Gefühl, da draußen wäre etwas, aber dann sind es doch nur irgendwelche Schwaden.«

Marjan schüttelte den Kopf und zog die Augenbrauen zusammen. Sie hatte dunkle Ringe unter den Lidern. Ich streichelte ihren Arm. Dass unser Proviant dahinschwand, traf sie am härtesten. Mittlerweile bemühte sie sich, Mahlzeiten aus dem Getreide zuzubereiten, das in den Maschen der leeren Säcke hängen geblieben war. Wir hatten zwar immer noch ein paar Zentimeter hoch Körner in den Fässern, und es waren auch ein paar Konserven übrig, aber wir konnten es uns nicht leisten, auch nur den kleinsten Krümel zu verschwenden. Schließlich wussten wir nicht, wie lange es dauern würde, bis wir beim Valley anlegten, und auch nicht, wie bald danach wir etwas zu essen finden würden.

Ich sagte Marjan, sie solle sich keine Sorgen machen.

Nachdem sie gegangen war, um das Abendessen zuzubereiten, kletterte ich zu Daniel in die Wanten. Er spähte in den Himmel und schrieb etwas in sein Notizbuch. Ich erzählte ihm, dass Marjan glaubte, ein anderes Schiff gesehen zu haben.

Sein Gesicht erstarrte, und er ließ den Stift sinken.

»Glaubst du, dass sie das sind?«, fragte ich. Der Wind wehte mir die Haare ins Gesicht, und ich musste sie immer wieder zurückstreichen. Als er nichts erwiderte, fügte ich rasch hinzu: »Das könnte doch sonst wer sein.«

»Wir könnten weiter nach Norden segeln«, sagte Daniel. »Und auf der anderen Seite den Anker werfen.«

»Die Karte sagt eindeutig, dass man am besten im Süden ankert«, erwiderte ich.

Laut Beatrice' Karte war das Valley nur von der Südseite der Insel aus zugänglich. Sowohl vom Osten als auch vom Westen aus würde man lange zu Fuß die Berge überqueren müssen, und die Küste im Norden war ein trügerischer Irrgarten aus Felsen und Eis. Im Süden ragten zwar ein paar steile Klippen auf, aber im Südosten gab es eine kleine Einbuchtung, in der wir vor Anker gehen und mit dem Kanu ans Ufer paddeln konnten. Dieser Abschnitt der Küste war relativ flach, und von dort würden es nur ein paar Kilometer bis zum Valley sein.

»Ich gehe nur die Alternativen durch«, antwortete Daniel kurz angebunden. Er strich sich über das Gesicht. Seine Nase war rot von der Kälte. »Erzähl noch niemandem von dem Schiff. Der Nebel wird bald aufklaren, und dann überlegen wir uns einen Plan.« Er sah mit zusammengekniffenen Augen in den Himmel hinauf. »Hoffe ich wenigstens.«

Ich kletterte aus der Takelage herunter und kehrte zum Downrigger zurück, um mein Netz einzuholen. Ich betätigte die Kurbel und legte mein ganzes Gewicht in jede Umdrehung. Die aufgeriebene Haut an meiner Hand brannte auf dem Holzgriff, und meine Finger waren bis auf die Knochen durchgefroren. Das Tau rieb sich knarzend an der Reling. Als das Netz aus dem Wasser auftauchte, stemmte ich mich noch stärker gegen die Kurbel, um das zusätzliche Gewicht zu halten.

Zähneknirschend beäugte ich das Tau. An seiner schwächsten Stelle lösten sich die Fasern auf, die einzelnen Stränge gingen entzwei. Schließlich riss es mit einem scharfen Knall, und das Netz fiel platschend ins Wasser zurück.

Panik ergriff mich, und ich sprang vor, um das Tau noch zu fassen zu kriegen, aber es verschwand bereits hinter der Reling. Ich sank auf die Knie und schlug fluchend mit den Fäusten auf das Deck ein.

»Mom?«

Ich drehte mich und sah Pearl hinter mir stehen. Sie trat auf mich zu, strich mir über die Haare und drehte sie mir im Nacken zu einem Dutt zusammen. Ihre kleinen Finger fühlten sich kalt an. Ich nahm sie in die Hände und hauchte warmen Atem auf sie.

»Ja, verdammt, ich habe die Schwachstelle im Rumpf kalfatert«, fuhr Jessa Wayne an.

»Heute Morgen war der Boden in der Unterkunft nass«, erwiderte Wayne. Sein gerader Schnurrbart stand zu beiden Seiten seines Mundes ab, und er versuchte, ihn mit der Hand glatt zu streichen.

»Hör auf, mir auf die Nerven zu gehen, ich kümmere mich ja darum«, grummelte Jessa.

Daniel stand mit verschränkten Armen am Fenster des Hüttendecks und hatte die Schultern bis zu den Ohren hochgezogen. In der Nacht zuvor hatte er nicht geschlafen. Er hatte sich immer wieder unruhig hin- und hergeworfen und mich dabei aus meinem leichten Schlummer aufgeschreckt. Vor dem Morgengrauen war er an Deck gegangen und hatte mit dem Fernglas den Horizont abgesucht. Der Nebel begann, sich aufzulösen. Der Rest der Mannschaft dachte, er hielte nach Eisbergen Ausschau.

Marjan und ich räumten das Frühstücksgeschirr ab und überlegten uns anschließend, wie wir unseren Proviant weiter strecken konnten. Da wir kein Netz zum Schleppfischen mehr hatten und unser Trockengut fast vollständig aufgebraucht war, würden wir unser Glück wohl oder übel mit den Angeln versuchen müssen.

»Mom! Mom!« Pearl kam ins Hüttendeck gerannt und zog mich an der Hand auf das Deck hinaus.

Als wir draußen in der kalten Luft standen, sah ich sie: die Berge von Grönland. Und dahinter das Valley.

Die Berge ragten erstaunlich grün aus dem Wasser, ihr Spiegelbild zeichnete sich so deutlich auf der Meeresoberfläche ab, dass es wie gemeißelt aussah. Es kam mir so vor, als könnte ich die Hand ausstrecken und sie berühren. Der Wind, der um die *Sedna* pfiff, hüllte uns von allen Seiten ein, als würde er uns hochheben, und ich hatte das berauschende Gefühl zu fliegen.

Pearl fasste mich an der Hand und sah lächelnd zu mir auf. Ich sank auf die Knie und zog sie in eine Umarmung.

»Wir sind fast da«, flüsterte sie in meine Haare. Sie klang begeistert, aber mich überkam plötzlich eine dunkle Vorahnung. Ich hatte erwartet, ausschließlich erleichtert zu sein, aber ich empfand auch Angst ... vor dem, was wir zwischen diesen Bergen finden würden.

Die anderen traten hinter uns aus dem Hüttendeck heraus. Ich hörte, wie sie nach Luft schnappten, klatschten und Jubelschreie ausstießen. Wayne schlug Thomas auf den Rücken. Marjan blies den Atem aus, schloss die Augen und verschränkte die Hände. Abran stemmte die Hände in die Hüften und stieß ein erleichtertes Lachen aus, bevor er Jessa umarmte.

Sogar Daniel konnte sich ein Lachen nicht verkneifen. Er drehte sich um, nahm mich in die Arme und hob mich auf die Zehenspitzen. Noch nie hatte ich ihn so breit grinsen sehen. Ich vergrub mein Gesicht an seiner Brust und atmete seinen Geruch ein. Die Freude aller anderen war so ansteckend, dass ich meine eigene Angst vergaß. Ich spürte, wie sich etwas in meiner Brust regte, und vor meinem inneren Auge tauchte wieder das Bild vom kleinen Haus am Meer auf. Aber diesmal sah ich darin Daniel zusammen mit Pearl, Row und mir. Stiefel am Herd, Kerzen auf dem Tisch. Getrocknete Wildblumen, die über den Rand einer gesprungenen Tasse hingen.

Wir lösten uns voneinander, und Daniel ging ins Hüttendeck, um das Fernglas zu holen, damit wir die Küste besser überblicken und die Einmündung finden konnten.

Ich zog meine Fellkapuze enger ums Gesicht. Seit den Wintern in Nebraska hatte ich meinen Atem nicht mehr Dampfwölkchen bilden sehen. Der Anblick erfüllte mich mit Nostalgie. Die Luft schmeckte wie ein Glas kaltes Wasser. Es wirkte, als würde alles in Ordnung kommen.

Um uns herum lichtete sich der Nebel. Als sich seine letzten

Schwaden auflösten, kamen vor uns Eisberge zum Vorschein, die an den Küsten entlangtrieben. Dass das Land leuchtend grün war, hatten wir sogar durch den Nebel erkennen können, aber nun sahen wir die Bergfalten und die Felsen vor der Küste noch deutlicher vor uns.

»Kommen wir durch die Eisberge?«, fragte ich Daniel, als er zurückkehrte.

Daniel ließ den Blick über das Wasser um uns herum gleiten und nickte. Sein Gesichtsausdruck war wieder gelassen, seine Stimmung gedämpft. »Wir sind so klein, dass wir es schaffen sollten. Wir müssen nur langsam machen. Ich werde Wayne bitten, das Großsegel noch mal zu trimmen. Wir brauchen vielleicht noch einen Tag.«

Wir glitten an einem Eisberg vorbei. Er sah strahlend weiß und ganz friedlich aus. Sein Anblick erinnerte mich an das Antlitz einer Frau, nur ohne Gesichtszüge.

Ich wandte mich vom Norden ab und blickte nach Süden zurück, auf das Meer, durch das wir blindlings gesegelt waren. Nur Wasser, keine Eisberge oder Bergvorsprünge. Wir hatten Glück gehabt. In dieser Richtung war in der Ferne immer noch Nebel zu sehen, der den Horizont bedeckte. Ich sah in den wolkenlosen grauen Himmel hinauf und entdeckte einen Vogel.

Es war keine Möwe. Dafür war sein Kopf zu klein und seine Beine zu kurz. Es war ein Landvogel. Ich kniff die Augen zusammen. Er war hellgrau und flog, als kämpfte er gegen den Wind an. Er konnte nicht auf den Luftströmungen gleiten wie die Möwen. Selbst wenn wir das Valley noch nicht gesehen hätten, wären wir bei seinem Anblick sicher gewesen, dass das Land nicht weit entfernt sein konnte. Dass ich ganz nah bei Row war.

Eine Taube. Wie die von Noah, dachte ich und lächelte. Ein Gefühl der Wärme breitete sich in meiner Brust aus. Hoffnung. Wie Marjan es gesagt hatte. Das war es, was ich brauchte.

Aus dem Südwesten flog ein Möwenschwarm heran. Er tauchte wie ein Gespenst ganz plötzlich aus dem Nebel auf. Die Möwen kreischten sich gegenseitig wild an und wirkten, als würden sie vor irgendetwas fliehen.

Sie flogen an der Taube vorüber und warfen einen Schatten auf die *Sedna*, als sie über uns hinwegzogen. Ich sah zu der Taube zurück, die in einer geraden Linie zu fliegen schien. Als hielte sie auf irgendetwas zu. Um eine Mission zu erfüllen.

Ich blinzelte. Es war gar kein wilder Vogel, sondern eine Zuchttaube, wie die, die ich in Ruenlock aus dem Käfig fliegen sah.

Der Nebel lichtete sich noch weiter, sodass ich bis zum Horizont sehen konnte, einem dunkelgrauen Streifen, schmal wie eine Klinge, wo das Meer und der Himmel aneinanderstießen. Und im Süden, direkt hinter der Taube, zeichnete sich ein dunkles Schiff am Horizont ab.

Kapitel 48

Daniel reichte mir das Fernglas. Der Segler war doppelt so groß wie die *Sedna* und sah aus wie ein altes Kriegsschiff, bestand jedoch nicht aus glattem Holz, sondern aus Plastik, alten Reifen und einer Metallverschalung. An seinem Bug glitzerte ein dicker Metallsporn in der Sonne. Eine schwarze Flagge mit einer weißen Lilie in der Mitte wehte im Wind, und auf dem Rumpf stand der Name des Schiffes: *Lily Black*. Daniels Bruder war nicht nur ein hochrangiger Kapitän bei den Lily Black, er kommandierte das Flaggschiff der Bande.

Das Schiff kam in voller Fahrt auf uns zu und wurde mit jeder Sekunde größer, seine Segel blähten sich im Wind. Ich hörte, wie jemand hinter mir nach Luft schnappte, dann herrschte wieder Stille. Ich konnte nicht atmen und fühlte, wie eine schreckliche Angst meine Wirbelsäule hinaufkroch. Mussten wir doch zur Nordseite dieses Bergs segeln? Dort war es zwar gefährlicher, aber Flucht schien unsere einzige Option zu sein. Da wir kleiner waren, würden wir besser durch das Eis kommen als sie.

»Sie sind auf Höhe des Horizonts, also ungefähr zwanzig Kilometer entfernt«, sagte Daniel.

Als ich mich umdrehte, merkte ich, dass die Mannschaftsmitglieder mich ansahen. Abran war so bleich wie das Eis, von dem wir umgeben waren. Er ging zur Reling, stützte die Hände darauf und ließ den Kopf zwischen die Schultern sinken.

Die anderen sprachen wild durcheinander. »Sind sie uns bis hierher gefolgt? Sie haben sich doch schon für Ruenlock gerächt.«

Ich warf einen Blick zu Daniel hinüber, doch keiner von uns beiden kommentierte seine beziehungsweise Abrans Verbindung zu den Lily Black. Daniel hatte gesagt, dass die Piratenmannschaft Abran verfolgen und die Kolonie übernehmen wollte, wohingegen Jackson Jagd auf Daniel machte.

»Vielleicht haben sie vor, die Kolonie der Lost Abbots im Valley zu übernehmen«, sagte Marjan. »Ich habe gehört, dass sie versuchen, den Norden zu erobern.«

»Bereits bestehende Kolonien sind ein einfacheres Ziel als neue Gemeinden«, stimmte Thomas ihr zu.

»Was bedeutet, dass wir nicht in diesem Schlamassel stecken würden, wenn wir von Anfang an gewusst hätten, dass das Valley eine Kolonie ist«, fuhr Wayne mich an.

»Wir sind kleiner als sie«, sagte ich, ohne auf Waynes Bemerkung zu achten. »Lasst uns zwischen den Eisbergen hindurchschlüpfen, nach Norden fahren und dort an Land gehen. Danach verstecken wir uns im Valley.«

»Im Norden ist das Eisfeld schlimmer«, erwiderte Wayne. »Was ist, wenn wir dort oben zwischen den Schollen und den Piraten in der Falle sitzen?«

Insgeheim hoffte ich darauf, dass die *Lily Black* in dem Eisfeld hängen bleiben würde, sodass wir wie geplant auf der Südseite der Berge landen konnten, wo wir in der kleinen Bucht vor den Wellen und den Felsen sicher wären. Aber falls die *Lily Black* es doch durch die Eisberge schaffte … Wayne hatte recht: Der Norden war keine sichere Alternative.

Ich sah durch das Fernglas zu dem anderen Schiff zurück. Es hatte einen doppelwandigen Rumpf, mindestens sechs Segel und Kanonenlöcher unter dem Hauptdeck. Es sah aus, als hätten darauf dreißig Leute Platz, vielleicht mehr, die Sklaven unter Deck nicht mitgezählt.

»Wir hätten nicht …«, flüsterte Abran. Die in der Höhle versteckten Vorräte. Der Tote im Saloon in Broken Tree. Behir.

Auch ich wurde von einem Gefühl des Bedauerns erfasst und versuchte, es zurückzudrängen. Mir wurde schwindelig.

Ich ballte mehrmals schnell hintereinander die Fäuste, um den Kopf frei zu bekommen.

»Sehen wir zu, dass wir durch das Eis kommen«, sagte ich zu Daniel.

Er nickte und ging zum Ruder.

Ich blickte zu Jessa, Thomas und Wayne. »Die Waffen.«

Sie rannten zum Luk, sprangen hindurch und ließen es knallend über sich zufallen. Wir hatten selbst gemachte Granaten, Gewehre, Messer, Pfeile und Bogen. Waffen, die für den Nahkampf gedacht waren, im Gegensatz zu den Kanonen unserer Feinde, die uns aus der Entfernung in Stücke reißen würden, oder ihrem Sporn, mit dem sie uns versenken konnten.

»Sichere das Wasser«, wies ich Marjan an. Sie ging ins Hüttendeck, um Plastikflaschen zu holen, in die sie das Trinkwasser aus den Zisternen füllen konnte.

Pearl hielt meine Hand so fest umklammert, dass sie allmählich taub wurde. Ich kniete mich vor sie hin.

»Nein«, sagte sie, bevor ich auch nur den Mund aufmachen konnte.

»Pearl …«

»Nein!«, schrie sie mich an. »Ich will nicht allein dort unten sein!«

Mir war so übel, dass ich glaubte, mich jeden Moment übergeben zu müssen. Sie sah mich herausfordernd an. Einen Augenblick lang schien ihr Gesicht vor mir zu erstarren, als wäre sie eine Fotografie, als wüsste ich, dass all dies bald nur noch eine Erinnerung wäre, und würde unbewusst versuchen, die Zeit anzuhalten. Ich nahm ihr Gesicht mit einer Intensität wahr, die mich erstaunte und ängstigte. Ich wollte sie nicht aus dem Blick verlieren.

Ich muss mich beeilen, ermahnte ich mich selbst und versuchte, meine Gedanken beiseitezuschieben. *Ich muss ihr etwas einpacken, für den Fall, dass wir getrennt werden.* Ich lief mit

Pearl ins Hüttendeck, wo ich einen leeren Rucksack nahm und die Regale durchforstete. Ich befüllte ihn mit einem Stabfeuerstein, einem dünnen aufgerollten Seil, einem Klappmesser, einer Wolldecke und ein paar von Marjans Wasserflaschen. Anschließend durchsuchte ich die Kombüsenschränke nach etwas Essbarem und fand eine kleine Dose Salmagundi und eine Packung Schiffszwieback.

Dann zog ich Pearl zum Luk. Sie packte meine Hände und versuchte, meine Finger von ihren Schultern zu lösen.

»Es wird nicht lange dauern«, behauptete ich. »Ich werde runterkommen und nach dir sehen.«

»Was, wenn Wasser eindringt?«

Ich malte mir aus, wie eine Kanonenkugel den Rumpf der *Sedna* aufriss und das eiskalte Wasser mit so viel Wucht hereinströmte, dass sich unter seinem Druck sogar Metall verbog. Und ich sah Pearls zierliche Gestalt vor mir, die in diesem dröhnenden Chaos herumgewirbelt wurde.

Ich spürte ein Stechen im Magen und biss die Zähne zusammen. Meine Sinne schienen zu schwinden, als kapselten sie sich von der Welt ab, wie eine Auster, die das Meer aussperrt.

»Das wird es nicht, und wenn doch, komme ich dich holen«, erwiderte ich, während ich mit ihr die Leiter hinunterkletterte.

»Hier ist das Wasser kalt«, sagte Pearl.

Ich hielt inne. Bislang hatte ich nur über Kanonenbeschuss, Gewehrkugeln und Feuer nachgedacht und die Entfernungen für die jeweiligen Angriffswaffen überschlagen. Aber wenn die *Sedna* sank, wären wir alle sofort tot. Das Wasser war so eisig, dass wir uns nicht an Holztrümmern festhalten und zu einem Felsvorsprung paddeln konnten, bevor uns das Blut in den Adern zu klappernden Eiswürfeln gefror.

Im Rumpf stank es nach Moder und Schimmel. Seit er während des Sturms leckgeschlagen war, war es hier unten immer muffig und feucht gewesen. Ich führte Pearl durch den kurzen

Korridor zum Proviantlager und ließ sie dort zwischen zwei fast leeren Getreidefässern Platz nehmen.

Über uns dröhnten Schritte. Ich musste wieder hinauf, um zu helfen.

Pearl packte mich am Arm. »Bleib bei mir«, flüsterte sie.

Ich küsste sie auf die Stirn und strich ihr die Haare aus dem Gesicht. »Ich wünschte, ich könnte, mein Schatz.«

»Das Wasser ist zu kalt, um darin zu schwimmen«, sagte sie mit zitterndem Kinn.

»Ich weiß, aber wir werden nicht sinken.« Die *Sedna* zitterte, und einen Moment lang dachte ich, sie hätte einen Eisberg gestreift, aber sie fuhr ungehindert weiter. Nur eine hohe Welle.

Ich versuchte, ruhig zu atmen. »Ich komme dich holen«, versprach ich.

»Okay«, erwiderte sie.

An Deck waren Thomas und Abran gerade damit beschäftigt, die Segel zu trimmen.

»Was machen sie da?«, rief ich zu Daniel hinüber, der am Ruder stand.

»Wir müssen das tun, wir sind zu schnell«, rief Daniel zurück. »So kann ich uns nicht durch das Eis steuern.«

Direkt vor uns trieb ein Eisberg, Daniel drehte nach Steuerbord ab. Jessa und Wayne waren im Hüttendeck, wo sie die Gewehre luden und die Granaten überprüften. Marjan verstaute die Wasserflaschen in Rucksäcken. Ich schlang mir ein Gewehr über den Rücken, steckte ein zusätzliches Messer in den Gürtel und trat an Deck hinaus.

Die *Lily Black* war rund anderthalb Kilometer von uns entfernt und raste von der Steuerbordseite auf uns zu. Mit seinen schwarzen Segeln sah das Schiff aus wie ein finsteres Ungeheuer, dass sich auf seine Beute stürzte. An Deck liefen mehrere mit Gewehren bewaffnete Männer und Frauen herum.

Daniels Bruder stand reglos wie eine Statue am Bug, der Wind wehte ihm die Haare aus dem Gesicht.

Zwei Frauen trugen eine Leiter mit gebogenen Enden. Sie war zum Entern gedacht. Wie die Leitern, die man verwendete, um Mauern zu erklimmen, nur dass diese zu unserer Reling führen würde. Sie wollten sie daran festhaken und zu uns herüberklettern.

Mir stockte der Atem, und meine Hände wurden feucht. Die Taube, die fast genauso schnell flog, wie die *Lily Black* segelte, war inzwischen fast über uns. Sie war so hell, dass sie vor der Sonne kaum zu erkennen war. Ich ließ den Blick zu dem Schiff dahinter weitergleiten. Aus einem behelfsmäßigen Kamin auf seinem Hüttendeck drang Rauch.

Ich rief Marjan zu mir. Über Brände an Deck machte ich mir keine Sorgen, da wir sie leicht löschen konnten. Allerdings ängstigte mich die Vorstellung, dass die Segel Feuer fingen und durch die vom Wind angefachten Flammen wie Kerzen Stück für Stück zu uns herunterbrannten.

Als Marjan aus dem Hüttendeck trat, deutete ich auf den Rauch, und wir liefen beide zum Heck, um die Eimer zu holen, die dort festgemacht waren. Wir ließen sie seitlich über Bord fallen und zogen sie an den Schnüren, die an den Griffen befestigt waren, wieder herauf. Anschließend gossen wir das Salzwasser in die inzwischen leere Zisterne, wo es schäumend hin- und herschwappte.

Als ich gerade meinen vierten Eimer in die Zisterne geleert hatte, fasste Abran mich am Arm. »Myra, wenn ich es nicht …«

Ich schüttelte den Kopf und versuchte, mich seinem Griff zu entwinden, aber er packte mich fester.

»Versuche bitte, das Versprechen zu halten, das ich meinem Bruder gegeben habe … wenn du es schaffst und ich nicht.« Seine Augen waren blutunterlaufen, die Haut darunter wirkte runzelig und aufgedunsen. Er sah aus, als hätte er seit Wochen nicht mehr geschlafen. Seine Haut war aschfahl.

Ich legte ihm eine Hand an die Wange. »Wir wollen das Gleiche«, sagte ich und dachte: *ein Zuhause, einen Ort, wo wir eine Zukunft haben, wie wir sie uns wünschen.* Ich verstand nicht, wieso ich das jetzt erst begriff: Rows Rettung war nicht das Ende. Danach würde es darum gehen, uns allen ein neues Leben zu ermöglichen.

Er nickte, nahm meinen Kopf in beide Hände und drückte mir einen Kuss auf den Scheitel.

Mein Blick fiel auf das Kanu hinter ihm, das an der Backbordseite des Hüttendecks festgebunden war. Da es nur vier Leute aufnehmen konnte, mussten wir uns abwechseln, wenn wir an Land paddelten. Damit war eine Flucht unmöglich. Selbst wenn wir alle hineinpassen würden, wären wir darin eine leichte Beute für die Lily Black.

Ein einzelner Schuss ertönte, und ich zuckte zusammen. Ein paar Meter von mir entfernt fiel die tote Taube auf das Deck, ihr Blut sickerte zwischen die Holzplanken.

An einem seiner Beine war ein zusammengerolltes Stück Papier befestigt. Ich kniete mich hin und machte es los.

Die anderen drängten sich um mich.

Als ich die Worte entzifferte, schlug mir das Herz bis zum Hals. *»Ihr habt einen von uns«*, las ich laut vor. *»Liefert ihn uns aus.«* Sie meinten Abran, dachte ich, aber Jackson würde nicht aufgeben, bis er Daniel erwischt hatte.

»Ich werde gehen«, sagte Daniel. Er ging zum Kanu und begann, die Halterung zu lösen.

»Daniel, warte!«, rief ich ihm zu. »Dich meinen sie doch gar nicht.«

Kälte breitete sich in meinen Adern aus. Row war so nahe. Ich konnte das Valley bereits sehen. Nach so langer Zeit befand sie sich endlich in Reichweite. Ich war zu weit gekommen, um mich jetzt noch von Kanonen aufhalten zu lassen. Pearl befand sich unter Deck. Mein Mund wurde trocken, und ich versuchte zu schlucken. Ich stellte mir vor, wie es wäre, Abran zu ihnen hinüberzuschicken, ihn durch das eiskalte Wasser in den Tod paddeln zu lassen.

Bei dieser Vorstellung überschlugen sich meine Gedanken. Es gab eine Linie, die nicht überschritten werden durfte, und Jacob hatte mir gezeigt, wo sie verlief. Ich dachte daran, wie er von mir verlangt hatte, Mutter und Großvater zurückzulassen und mit ihm zusammen zu verschwinden, bevor die Flut Nebraska erreichte.

Nun reagierte ich genauso wie damals – mit einem verkrampften Magen und einem widerstrebenden Gefühl in der Brust. Nachdem ich Mutter und Großvater verloren hatte, war ich davon überzeugt gewesen, dass ich nie wieder für irgendwen so empfinden würde. Aber nun zerrte die gleiche irrationale Loyalität an mir. Ein Gefühl der Verwundbarkeit. Die gleiche Verteidigungsbereitschaft. Wir würden keinen von uns ausliefern. Ich hatte vor, Row zu retten, und das würde ich auch tun. Und wenn ich eine Konfrontation mit den Lily Black überleben musste, um sie zu zurückzubekommen, dann war es eben so.

Die Mannschaftsmitglieder sahen einander an, und ich vermied es, Abran anzuschauen.

»Also ist irgendwer auf diesem Schiff ein Pirat?«, fragte Wayne mit misstrauischem Blick.

»Irgendwer auf diesem Schiff *war* ein Pirat«, korrigierte ich ihn. »Wir geben keinen von uns auf. Es ist auch nicht gesagt, dass sie uns danach nicht angreifen würden.«

Daniel machte sich wieder an der Halterung des Kanus zu schaffen. »Wir haben keine Chance, solange sie uns verfolgen. Ich werde gehen. Das hat mit mir begonnen, und es wird mit mir aufhören.«

Die anderen wechselten verwirrte Blicke.

»Was meint er damit?«, blaffte Wayne.

»Darum geht es nicht«, fuhr ich Daniel an.

»Das hast nicht du zu entscheiden«, sagte Wayne zu mir. »Abran, was meinst du …?«

Abran riss sich das Tuch vom Hals und entblößte die Narbe. »Ich war bei den Lily Black«, sagte er und deutete auf seinen Hals. Alle sahen ihn schockiert an. Sein üblicher stoischer Gleichmut bekam Risse, und auf seinem Gesicht zeigten sich Angst und Schmerz.

»Die ganze Zeit …«, sagte Wayne angespannt.

Jessa verschränkte die Arme, sah Abran mit zusammengekniffenen Augen an und wich einen Schritt zurück. Marjan zeigte keine Überraschung, Thomas fuhr sich mit einer Hand über das Gesicht. Alle schwiegen und schienen sich von ihm zu distanzieren.

Wir können uns nicht voneinander zurückziehen, dachte ich. Ich hatte mein ganzes Leben damit verbracht, mich von anderen fernzuhalten. *Wir müssen zusammenhalten.* »Wir ignorieren die Nachricht und machen wie geplant weiter, schließlich sind sie zu groß, um durch das Eis zu kommen«, sagte ich mit größerer Überzeugung, als ich empfand.

Abran sah traurig aus. Er schüttelte resigniert den Kopf. »Wir werden ihnen niemals entwischen, Myra.«

»Wenn er zu ihnen geht, lassen sie uns vielleicht ziehen«, sagte Jessa. Ihre Stimme klang schrill und ängstlich.

Abran nickte und ging um uns alle herum zum Kanu. Ich wollte ihn nicht am Bug der *Lily Black* hängen sehen. Mein Blickfeld verengte sich zu einem Tunnel. *»Nein!«*, schrie ich und schubste Abran so fest, dass er zu Deck fiel. Als ich mit erhobenen Fäusten zu den anderen herumwirbelte, wichen sie vor mir zurück. Ich bemerkte ihre schockierten und vorsichtigen Blicke. Sie sahen aus, als stünde ein Hund mit gefletschten Zähnen und aufgestellten Nackenhaaren vor ihnen. Ich wirkte wahrscheinlich wie eine Besessene. »Wir liefern keinen von uns aus«, sagte ich leise.

Die Mannschaftsmitglieder wechselten erneut Blicke.

Marjan nickte. »Dann gehe ich mal die Flagge holen.«

Kurz danach kehrte sie aus dem Hüttendeck mit der orangen Flagge zurück, mit der man ein Angebot ausschlug. Ab jetzt waren wir nicht mehr die *Sedna*, sondern der Widerstand. Orange wie der Himmel, bevor die Nacht hereinbrach.

Nachdem wir die Flagge aufgezogen hatten, herrschte ein paar Sekunden lang Stille. Dann ertönte ein Geräusch, als würde jemand scharf einatmen. Eine merkwürdige Spannung lag in der Luft, wie eine Schnur, die beide Schiffe verband. Als Nächstes eine kurze Vibration. Und dann nur noch Lärm.

Kapitel 49

Ich ging zu Boden, meine Ohren dröhnten von der Detonation. Holz splitterte, Wasser spritzte, und die *Sedna* stieg in die Höhe. Marjan lag mit den Händen über dem Kopf neben mir. Thomas warf einen Blick über die Reling und rief Daniel zu, er solle ans Ruder gehen. Wir trieben rasch auf einen Eisberg zu.

Dicker Rauch und ein metallischer Munitionsgeruch hingen in der Luft. Ich taumelte vorwärts, um mich hinter die Reling zu ducken. Neben meinem Fuß bohrte sich ein Brandpfeil in das Holzdeck. Ich zog ihn heraus und trat die Flamme aus.

Wayne und Jessa schossen mit ihren Gewehren über die Reling. Ich ging neben ihnen in Deckung und eröffnete ebenfalls das Feuer. Wegen des Wellengangs war es mir nicht möglich zu zielen, und ich war ohnehin keine gute Schützin. Es lag mir mehr, einen Feind mit einer Hand zu packen, während ich in der anderen ein Messer hielt. Einschüsse zerfetzten die Reling. Ich hob den Kopf aus der Deckung und sah, dass die Kanonenkugel die *Sedna* gestreift und ihre Spitze abgerissen hatte. Um uns herum trieben Holzstücke im Wasser, oben im Bug klaffte ein gähnendes Loch mit einem unregelmäßigen Rand aus gesplitterten Balken.

Abran und Marjan schütteten mehrere Eimer Wasser an die Wand des Hüttendecks, wo sich ein kleines Feuer ausgebreitet hatte. Die *Lily Black* verringerte indessen das Tempo, um zwischen zwei Eisenbergen hindurchzusteuern, aber sie war nur noch einen guten halben Kilometer von uns entfernt.

Die Gewehrkugeln waren zu klein. Wir brauchten Feuer. Wenn ich damit ihr Hauptsegel treffen würde, könnten wir sie in diesem Eiswasser ersäufen. Ich musste ins Hüttendeck.

Ich hängte mir das Gewehr vor die Brust und lief geduckt

los. Um mich herum bohrte sich ein Kugelhagel in die Holzplanken. Am Bug ertönte ein Schrei, aber das Hüttendeck versperrte mir die Sicht, und ich konnte nicht erkennen, wer ihn ausgestoßen hatte.

Ich stürmte durch die Tür und rannte in die Kombüse. Nach ein paar Anläufen gelang es mir, den Kienspan im Ofen mit einem Streichholz anzuzünden, und ich fächelte den kleinen Flammen Luft zu, bis sie sich zu einem stabilen Feuer entwickelten.

Zwischen den Waffen, die auf dem Kombüsentisch ausgebreitet waren, entdeckte ich einen Bogen und mehrere Pfeile. Ich nahm einen und umwickelte die Spitze mit einem Tuch. Mit zitternden Händen zog ich Marjans Reinigungsalkohol aus seinem Versteck in einem der Schränke. Dann goss ich ihn über das Tuch und hielt es an die Flamme, bis es Feuer fing.

Als ich aus dem Hüttendeck trat, schlug gerade die zweite Kanonenkugel ein. Der Aufprall ging mir durch Mark und Bein und erschütterte das Schiff. Als sich das Deck der *Sedna* hob, ging ich zu Boden und versengte mir die Brust an der brennenden Pfeilspitze.

Fluchend stemmte ich mich hoch und sah auf den erloschenen Pfeil hinunter.

Ich dachte an Pearl. Hatte die Kugel die Bordwand durchschlagen?

Ich hörte ein dumpfes Brausen, wie von einem reißenden Strom. Stimmen riefen durcheinander. Ich rappelte mich auf und wollte sofort in die Kombüse zurücklaufen, um den Pfeil neu zu entfachen.

Die *Lily Black* pflügte auf uns zu, links und rechts von ihrem Bug spritzte Wasser auf. Ihr Sporn würde uns volle Breitseite erwischen.

»Achtung!«, schrie Abran irgendwo hinter mir. Er packte mich am Arm und schleuderte mich auf das Deck.

Als die *Lily Black* die *Sedna* rammte, fühlte sich die Kollision wie ein Erdbeben an. Auf beiden Schiffen riss es die Besatzung von den Füßen. Unsere Segel drehten sich aus dem Wind und hingen schlaff am Mast. Die Schiffe neigten sich gemeinsam zur Seite, und ich dachte schon, wir würden umkippen und im Meer versinken, doch dann richteten sie sich wieder auf. Die Piraten warfen Enterhaken über unsere Reling und holten uns dichter zu sich heran. Die *Sedna* konnte sich nicht mehr befreien.

Sie werden uns gleich entern, dachte ich benommen.

Thomas rannte auf einen Enterhaken zu und durchtrennte das Seil mit seiner Machete. Sofort wurde ein weiterer herübergeworfen.

Ich steckte den gelöschten Pfeil in den Köcher auf meinem Rücken und hängte mir den Bogen vor die Brust. Dann kroch ich zum Luk, öffnete es und ließ mich in den Rumpf gleiten. Als ich mit den Füßen in das eiskalte Wasser eintauchte, stockte mir der Atem.

»Mom!«

Ich spähte angestrengt ins Halbdunkel und entdeckte Pearls Umriss im Korridor zwischen dem Proviantlager und der Mannschaftsunterkunft. Sie stand knöcheltief im Wasser und zitterte. Ein bitteres Geruchsgemisch aus Schimmel, Salzwasser und Sprengstoff stieg mir in die Nase. Es war, als hielte mir jemand eine dreckige Hand vors Gesicht.

Pearl umklammerte einen Sack, der sich an mehreren Stellen ausbeulte, während sich die Körper darin raschelnd umeinanderwanden. Sie war in die Unterkunft gegangen, um diese verdammten Schlangen zu holen.

»Es ist kalt«, flüsterte sie.

Ich ging platschend durch das Wasser und hob sie in die Höhe. Das Tosen des eindringenden Meeres übertönte alle Geräusche von oben, so als stünden wir unter einem Wasserfall. Ich rannte durch den Korridor zum Luk zurück und stieß sie vor mir die Leiter hinauf. Der einzige klare Gedanke in meinem Kopf war: *Ich muss sie von diesem Schiff herunterbekommen.* Das Kanu hing immer noch am Hüttendeck. Dort mussten wir schnell hin. Vielleicht würde sie ja bis zum Valley kommen, auch wenn wir anderen es nicht schafften.

Oben an Deck waberten so dichte Rauchschwaden, dass ich kaum noch etwas erkennen konnte. Ich hob den Kopf und sah, dass unser Hauptsegel brannte. Der Rauch, der über uns aufstieg, verdunkelte den Himmel. Marjan ließ sich von den Wanten hängen und goss einen Eimer voll Wasser auf das Segel. Einer ihrer Arme war blutverschmiert.

Um uns herum ertönten Schreie, stampfende Schritte und Gewehrfeuer. Wie die Glockenschläge einer Uhr unterteilten Granatenexplosionen das Chaos in Intervalle. Ein paar Männer von der *Lily Black* hielten die Enterleiter aufrecht. Sie versuchten, die Entfernung abzuschätzen, bevor sie sie fallen ließen und an unserer Reling einhakten.

Vor mir lud Jessa ihr Gewehr nach. Ein Schuss knallte. Im nächsten Augenblick ging ein Ruck durch ihren Körper, und sie brach wie eine Stoffpuppe auf dem Deck zusammen.

Ich rannte mit Pearl an der Backbordseite des Hüttendecks bis zu der Stelle, wo das Kanu hing. Mit tauben Fingern fummelte ich an den Knoten herum. Als ich sie endlich aufbekam, nahm Pearl ein Ende des Kanus und ich das andere.

Wir ließen es mit zwei Seilen seitlich an der Bordwand hinunter, bis wir sein Gewicht nicht mehr spüren konnten. Anschließend nahm ich die Strickleiter von der Wand des Hüttendecks, hängte sie an zwei Schäkeln an der Reling ein und entrollte sie.

Pearl trug die warmen Stiefel, die ich ihr gekauft hatte. Ich kniete mich vor sie hin und band ihr die Schnürsenkel zu. »Wenn du an Land bist und die nass geworden sind, machst du ein Feuer mit deinem Feuerstein und trocknest erst deine Füße, bevor du die Berge überquerst. Kann ich mich darauf verlassen?«

Pearl nickte.

»Beeil dich«, sagte ich und streckte die Hand aus, um ihr über die Reling zu helfen.

Pearl sprang einen Schritt zurück und schüttelte den Kopf. »Das Wasser ist kalt.«

»Du wirst nicht mit dem Wasser in Berührung kommen«, antwortete ich. Da ich merkte, wie meine Entschlossenheit ins Wanken geriet, bemühte ich mich um einen strengen Tonfall. »Steig jetzt auf die Leiter.«

Pearl zog die Augenbrauen zusammen, ihr Kinn bebte. »Ich will nicht allein gehen.«

Mein Puls raste. Als ich ihr in die Augen schaute, zerriss es mir das Herz. Also blickte ich aufs Meer hinaus und versuchte, mir vorzustellen, auf welcher Route sie durch die Eisberge hindurch ans Ufer paddeln würde.

Ich wünschte mir nichts mehr, als gemeinsam mit ihr das sinkende Schiff zu verlassen, ins Valley zu gehen und nach Row zu suchen. *Du hast Pearl versprochen, sie nie alleinzulassen*, dachte ich gequält. Ich spürte ein Ziehen in meinem Nacken und wie sich ein Druck in mir aufbaute, als würde ich gleich zerbersten.

Erinnerungen an die Nacht ihrer Geburt stiegen vor meinem inneren Auge auf. Die zuckenden Blitze, die hohen Wellen und der grollende Donner. Pearls Schrei, so hoch wie der eines nachtaktiven Tieres auf der Jagd. Wie sie erst mit Armen und Beinen zappelte und sich dann beruhigte, als ich sie eng in eine Decke einschlug. Ein schläfriger Ausdruck glitt über ihr Gesicht, als träumte sie sich wieder an den Ort zurück, von dem sie gerade gekommen war.

Während ich sie in den Armen hielt, war ich davon überzeugt, dass ich bei ihr versagen würde.

Ein Jahr nach ihrer Geburt lag Großvater im Sterben. Seine Hände waren so knotig wie Baumrinde, seine dünnen Haare trieften vor Schweiß. An dem Abend, als er von uns ging, hatte er noch viel zu sagen. *Die Welt ist mehr als all das hier,* hatte er erklärt. *Du wirst sehen, dass du mehr bist als all das hier.* Es hatte wie ein Versprechen geklungen.

Unmittelbar vor seinem Tod hatte ein erstaunlich zuversichtlicher Ausdruck auf seinem Gesicht gelegen. Es war, als wechselte er ganz sanft zu einem anderen Ort hinüber. Genauso hatte Pearl nach ihrer Geburt ausgesehen, als sie mit schweren Lidern dagelegen hatte, ihr Körper immer noch warm von der Umgebung, aus der sie gekommen war und in die sie im Schlaf wieder zurückkehren würde.

Möglicherweise werden wir alle mit Vertrauen geboren und verlieren es im Lauf unseres Lebens. Und vielleicht müssen wir es wiederfinden, bevor wir gehen.

Ich hatte die Mannschaft hierhergeführt und konnte sie jetzt nicht aufgeben. Ich war nicht mehr allein und ohne Ziel. Diese Person gab es nicht mehr. Zwar sehnte sich alles in mir danach, bei Pearl zu sein, aber ich spürte auch deutlich einen inneren Widerstand. Denn ich wusste, dass einige Entscheidungen wie Orte sind, an denen man sich niederlässt, und dass es Orte gibt, an denen man nicht leben kann. Also musste ich dorthin, wo ich es konnte. Zu Ende bringen, was ich begonnen hatte, und mich weiter um eine Zukunft bemühen, auf die ich nicht hoffen durfte.

»Ich kann die Mannschaft nicht im Stich lassen, Schatz«, sagte ich mit erstickter Stimme. »Such das Valley. Ich habe es dir auf der Karte gezeigt. Halt auf die Bucht zu. Wenn du am Ufer bist, überquerst du den Berg und gehst dann so lange weiter, bis du das Ziel erreichst.«

Tränen strömten ihr über die Wangen. Da ich nicht wollte, dass dieser Anblick meine letzte Erinnerung an Pearl war, hob ich ihr Kinn und wischte sie ihr mit dem Daumen aus dem Gesicht.

»Ich komme nach«, flüsterte ich. »Es wird nicht lange dauern.«

In Pearls Augen flackerte Hoffnung. »Ich weiß, dass du das tun wirst«, antwortete sie leise. Ihre Hingabe schlug wie eine Welle über mir zusammen und drohte mich zu ersticken, während sich in mir selbst Zweifel breitmachten, wie kleine Frakturen an all meinen Knochen, Sprünge und Risse, die sich mit jedem Atemzug erweiterten.

Dampfwölkchen bildeten sich vor unseren Gesichtern. Als ich sie in die Arme schloss, nahm ich ihren vertrauten Geruch nach Salzwasser und Ingwer wahr, so beständig und unveränderlich wie ihr Herzschlag. Ihr rotes Tuch ragte aus der Hosentasche. Während ich es hineinstopfte, dachte ich an den Moment, als es von Großvaters Gesicht aufgestiegen und vom Wind davongeweht worden war, bevor Pearl es auffing.

»Ich muss mich erst um das hier kümmern, bevor ich zu dir komme«, flüsterte ich ihr ins Ohr.

Sie nickte.

Ich half ihr, auf die Reling zu steigen. Sie schwang ein Bein hinüber, stellte den Fuß auf die erste Sprosse und begann mit dem Abstieg. Auf halbem Weg nach unten sah sie noch einmal mit liebevollem Blick zu mir hoch. Unter ihr trieb das Kanu und schlug sanft gegen die Bordwand.

Ich hätte mir am liebsten das Herz aus der Brust gerissen und ihr mitgegeben. *Das ist nicht das letzte Mal, dass ich sie sehe,* sagte ich mir immer wieder in Gedanken vor. Doch ich glaubte nicht wirklich daran.

Pearl setzte sich in das Kanu und nahm das Paddel in die Hand. Umgeben vom weiten blauen Meer, sah sie sehr klein aus in dem Boot. Selbst der Himmel und das Eis erstrahlten in hellstem Blau. Im Gegensatz zu allem um sie herum war sie so winzig, dass es schien, als könnte die Welt in ihrer allumfassenden Bläue sie einfach verschlucken.

Kapitel 50

Ich verdrängte Pearl aus meinen Gedanken und konzentrierte mich auf die *Sedna*. Wenn ich wieder zu ihr stoßen wollte, musste ich mich zusammennehmen.

Die Leiter der *Lily Black* war bereits an unserem Schiff festgehakt. Da wir keine Abwehrnetze hatten, würden sie uns schnell überrennen. Wir besaßen auch nicht genügend Munition und waren zu wenige, um in einem Kampf Mann gegen Mann zu bestehen. Panik stieg in meiner Brust auf und drohte mir die Luft abzuschnüren.

Ich war wie benebelt und bekam kaum Luft, als liefe ich durch einen dunklen Raum voller Watte. In Gedanken streckte ich die Hände aus und versuchte, in meinem eigenen Verstand wieder Platz für mich zu schaffen. Ich blickte aufs Meer hinunter. So blau. Ganz anders als in Nebraska, wo das Wasser immer schmutzig grün oder braun war.

Als ich mit dem Fischen begonnen hatte, hatte Großvater immer mit mir geschimpft, weil ich planlos vorging und die Schnüre ins Wasser warf, ohne es zuvor zu beobachten. Damals dachte ich, die Fische würden schon beißen, wenn sie den Haken sahen.

Beobachte das Wasser, hatte Großvater immer gesagt, während unser Boot in der Mittagssonne auf den Wellen tanzte. *Du musst dich darauf einlassen. Wehr dich nicht dagegen.*

Ich sah zwischen den beiden Schiffen hin und her. Unseres war nicht mehr zu retten, dachte ich benommen. Der Rauch vom herunterbrennenden Großsegel brachte mich zum Husten. Ich musste akzeptieren, dass die *Sedna* bereits für uns verloren war.

Mir fiel ein, dass Pearl gesagt hatte, wir würden sinken und im Wasser enden. Sie hatte recht, dachte ich grimmig. *Das Wasser ist kalt*, hatte sie immer wieder gesagt, als würde sie mir damit ein großes Geheimnis anvertrauen.

Ich starrte über unser Deck hinweg die *Lily Black* an. Wayne warf eine Granate hinüber, die in der Luft explodierte und einen unserer Gegner ins Wasser schleuderte.

Das Wasser. Das eiskalte Wasser. Wenn wir sie da alle hineinbeförderten, konnten wir mit der *Lily Black* in die Bucht einfahren und Pearl suchen.

Ich rannte ins Hüttendeck, wo die Granaten in Kisten auf dem Tisch lagen, und stieß auf Abran, der mit einem Streichholz in der einen Hand und einer Granate in der anderen herumhantierte.

»Hilf mir, sie hinüberzuwerfen«, sagte er.

Ich nahm ihm beides aus der Hand und rannte zur Tür hinaus, in geduckter Haltung, um dem Kugelhagel auszuweichen. Ich legte die Granate an die Reling, an der Stelle, wo die Leiter eingehakt war.

Gleich daneben kauerte Wayne und versuchte, die Piraten abzuschießen, die über die Leiter zu unserem Schiff herüberkletterten. Im Moment befanden sich zwei Frauen und ein Mann darauf, mit Macheten in den Gürteln und Gewehren auf dem Rücken. Wayne schoss daneben und betätigte gleich darauf noch einmal den Abzug, aber er hatte keine Munition mehr.

Ich riss das Streichholz an einer rauen Holzplanke an und steckte die Lunte der Granate in Brand. Dann sprang ich auf Wayne zu, packte ihn am Arm und zerrte ihn rückwärts von der Reling fort.

»Was zum Teufel tust du?«, schrie Wayne und versuchte, sich mir zu entwinden.

Ich stieß ihn Richtung Hüttendeck und schrie laut: »In Deckung!« Gleichzeitig zog ich Wayne mit mir zu Boden und schützte meinen Kopf mit den Armen.

Die Detonation schleuderte eine Kaskade aus Holzsplittern, Sägemehl und Rauch auf uns. Während die Schiffe laut knarrend ihre Position veränderten, rappelte ich mich schnell auf und rannte zwischen den Trümmern hindurch.

Wo ich die Granate platziert hatte, fehlte ein Stück der Reling. Die Enterleiter war zerstört, die Bruchstücke waren auf unserem Deck und im Meer verteilt. Ich sah den Mann, der auf ihr herübergeklettert war, im eiskalten Wasser zappeln.

Daniel erhob sich in der Nähe des Hauptmasts und legte Pfeil und Bogen an. Ich lief auf ihn zu und rief, dass er mir helfen solle.

Im Hüttendeck nahm ich unser letztes intaktes Seil aus einem Kasten, entrollte es und reichte Daniel ein Ende, während ich das andere selbst festhielt.

»Was hast du vor?«, rief er über den Lärm hinweg.

»Warte.« Ich legte ihm eine Hand auf die Brust und lugte durch die Tür hinaus.

Wie erwartet segelten nun weitere Enterhaken zu uns herüber und verfingen sich zu beiden Seiten des Lochs, das ich gesprengt hatte, an der Reling. Ich konnte fühlen, wie sie die *Sedna* zu sich herzogen. Sie holten uns so dicht, dass sie ohne die Leiter zu uns an Bord springen konnten.

»Duck dich hinter die Reling«, sagte ich und deutete auf die Stelle links vom Loch. »Ich gehe da hinüber.« Ich zeigte auf die andere Seite. »Wenn Sie herüberspringen, schleudern wir sie ins Meer.«

Daniel nickte, und wir kauerten uns an unsere Positionen. Das Seil lag in einem weiten Bogen zwischen uns an Deck. Der Rauch war mittlerweile wie dichter Nebel, in dem man kaum noch etwas ausmachen konnte.

Als der erste Mann auf die Lücke zusprang, nickte ich Daniel zu. Im Aufstehen strafften wir das Seil zwischen uns und stießen den Angreifer damit ins Meer, wo er schreiend in den Wellen versank.

Gleich darauf hockten wir uns wieder hin und ließen das Seil locker zwischen uns liegen. Ein weiterer Pirat sprang, und auch den schleuderten wir mit unserem Seil rückwärts ins Wasser.

Über uns schrie Marjan, und ich sah zu ihr auf. Sie stand mit einem Gewehr in den Wanten, von wo sie auf die Piraten gezielt hatte. Ein Pfeil ragte ihr aus der Schulter, auf ihrer weißen Bluse breitete sich ein dunkler Blutfleck aus. Sie versuchte, sich mit einem Arm festzuhalten, doch sie rutschte aus und wankte noch einen Moment lang in der verdrehten Takelage, bevor sie auf das Deck stürzte.

Ich schloss die Augen und zuckte zusammen, als ich hörte, wie sie aufschlug. Ich hielt die Lider noch ein paar Sekunden lang zusammengepresst, während Pfeile über meinen Kopf hinwegsurrten. »Verdammt«, flüsterte ich. »Verdammt.«

Ich spürte, wie das Seil in meiner Hand ruckte. Daniel hatte es bereits straff gezogen, und ich stand gerade noch rechtzeitig auf, um eine Frau abzufangen und ins Meer hinunterzuschicken.

Nun sprangen zwei Männer gleichzeitig. Sie hatten ihre Macheten gezogen, um das Seil zu durchtrennen, aber wir hoben es über die Köpfe und schlugen sie zurück, bevor sie es mit ihren Klingen erreichen konnten. Dann hockten wir uns wieder hin. Mittlerweile waren wir ganz außer Atem. *Sechs,* dachte ich. Wie viele würden noch folgen?

Wieder sprang einer. Wir stellten uns erneut hin und zogen das Seil straff, doch dieser Pirat duckte sich darunter weg und durchtrennte es mit seiner Machete. Als er sich mit erhobener Waffe auf Daniel stürzen wollte, bohrte sich ein Pfeil in seinen Rücken.

Ich sah, wie Abran sich hinter das Hüttendeck duckte und einen neuen Pfeil einlegte.

Ich zog mein Langmesser aus dem Gürtel und machte mich kampfbereit. Nun sprangen mehrere Piraten auf einmal herüber.

Ich musste mich ducken, weil einer sein Beil nach mir warf. Die Klinge zersplitterte die Reling hinter mir.

Der Mann zog ein Messer aus dem Gürtel und griff mich an. Ich machte einen Ausfallschritt, riss seinen Kopf an den Haaren zurück und schlitzte ihm die Kehle auf. Noch während er zusammenbrach, wich ich taumelnd zur Seite aus, da ein weiterer Pirat mit der Machete nach mir schlug.

Beim Hüttendeck ertönte ein Schrei. Ich wirbelte herum und sah Abran. Er war leichenblass und strich mit den Fingern über eine lange Klinge, die seinen Bauch durchbohrte. Jackson stand vor ihm. Er hielt das Schwert am Griff und riss es nun aus Abran heraus.

Blut troff aus Abrans Körpermitte, während er mit ausdruckslosem Gesicht auf die Knie fiel.

»Nein!«, schrie ich und machte einen Schritt auf ihn zu. Doch jemand riss mich an den Haaren nach hinten und brachte mich zu Fall. Über mir stand eine Frau mit erhobener Machete, und ich konnte gerade noch zur Seite wegrollen, bevor die Klinge sich genau dort in das Holz grub, wo ich einen Augenblick zuvor noch gelegen hatte. Ein Pfeil durchbohrte ihre Brust, und sie ging taumelnd zu Boden.

Ich blickte zu der Stelle zurück, wo Abran lag. In seiner Nähe sah ich Daniel, der rückwärts von Jackson fortkroch. Seine Hand hinterließ eine blutigen Streifen auf dem Holz. Jackson trat auf ihn zu.

Ich rannte zu ihnen und sprang über mehrere Leichen hinweg. Jackson hob gerade sein Schwert, den Blick fest auf Daniel gerichtet, und war nicht mal mehr einen Meter von ihm entfernt. Ich warf mich mit meinem ganzen Gewicht auf ihn. Wir rollten über das Deck. Er packte mich an der Kehle. Die Welt um mich herum schien sich zu verengen, während ich um Luft rang.

Ich trat ihm in den Bauch. Sein Griff lockerte sich, und ich rollte mich zur Seite weg. Dann packte ich ihn an den Haaren und bog seinen Hals zurück, um die Kehle für meine Klinge zu entblößen.

Aus dem Augenwinkel sah ich, wie Daniel mit seinem Messer in der unversehrten Hand auf uns zukam, als ihn plötzlich jemand rammte. Ein schriller Schrei. Blut spritzte über das Deck und raubte mir die Sicht.

Jackson packte mich am Hemd und zog mich von sich herunter. Ich rollte ein paar Meter, bevor ich zum Liegen kam. Jackson wirkte panisch und tastete blindlings mit rauen, roten Händen auf dem Deck nach seiner Waffe.

Ich zog mein zweites Messer aus dem Gürtel und sprang mit beiden Waffen in den Händen auf ihn zu. Meinen ersten Stoß, mit dem ich ihn am Hals treffen wollte, blockte er noch mit dem Unterarm. Doch da stach ich ihm bereits mein zweites Messer in den Bauch, zog es schnell heraus und schlitzte ihm damit den Hals auf.

Er beugte sich von mir weg und griff sich mit beiden Händen an den Hals. Blut strömte ihm über die Finger. Er versuchte, etwas zu sagen, brachte aber nur ein Gurgeln heraus.

Wie in der Stille, die unmittelbar auf einen Sturm folgt, brauchte ich einen Moment, um zu merken, dass mit einem Mal alles ruhig war. Keine Kugeln, Macheten oder Granaten mehr. Nur noch der Wind, der die *Sedna* langsam in Stücke riss. Das Ächzen und Knarren eines sinkenden Schiffes. Kleine Feuer und Rauch. Zerrissene Segel, die flatterten, und frei schwingende Taue. Überall um uns herum lagen Holzsplitter und Glasscherben verteilt, das ganze Schiff war eine einzige Waffe, die nur darauf wartete, jemanden zu schneiden. Alles war scharfkantig, bis auf die Körper, die in Haltungen dalagen, die eindeutig keine Ruhepositionen waren.

Daniel kämpfte sich auf die Füße hoch, sein Angreifer lag mit dem Gesicht nach unten. Er rutschte im Blut aus und fing sich auf den ausgestreckten Händen ab.

Als Jackson ihn aus dem Augenwinkel bemerkte, erschauderte er. Er sackte an der Reling zusammen und wirkte fest entschlossen, diese Welt zu verlassen, ehe sein Bruder zu ihm gelangen konnte. Kurz bevor er sich nicht mehr rührte, glaubte ich, Trauer in seinen Augen zu erkennen und dahinter eine große Leere, als wäre er aus seinem Körper herausgesaugt worden.

Ich wurde den bitteren und metallischen Geschmack auf meiner Zunge nicht los. Ich spuckte aus und wischte mir mit dem Ärmel über das Gesicht, um das Blut wenigstens aus den Augen zu bekommen. Anschließend drehte ich mich stockend im Kreis und hielt eines meiner Messer ausgestreckt, wie eine Kompassnadel, die keinen Norden kennt.

Daniel hockte neben Jackson und hielt sich die verletzte Hand an die Brust. Ein Finger hing nur noch an einer Sehne. Er legte seinem Bruder die andere Hand aufs Herz und hob sie dann, um ihm sanft die Augen zu schließen.

Eine atemlose, geradezu ekstatische Erleichterung stieg in mir auf, bis ich den Blick vom Deck hob und sah, dass wir viel zu schnell auf die Südwestküste zusteuerten. Die Wellen schoben uns voran und schleuderten uns auf die Felsen zu.

Kapitel 51

Der Bug der *Sedna* war unter Wasser, das Heck aufwärts geneigt. Daniel und ich mussten uns an der Reling entlanghangeln, als wir zur Steuerbordseite liefen.

Ich ließ die *Lily Black* nicht aus den Augen, da ich immer noch mit weiteren Piraten rechnete. Thomas hielt sich am Hauptmast fest und benutzte den Flaggenmast als Krücke. Die beiden Schiffe flogen förmlich auf die Felsen zu, doch die *Sedna* würde versinken, bevor sie an ihnen zerschellte. Da es wahrscheinlicher war, dass wir eine Havarie auf der *Lily Black* überlebten als den Untergang der *Sedna,* beschlossen wir, alle zusammenzutrommeln und schnell hinüberzuwechseln.

Ich rief Thomas und gab ihm ein Zeichen, dass er uns folgen solle.

Er hinkte auf uns zu. An einem seiner Hosenbeine war ein großer Blutfleck.

Daniel sah mich an. »Wo ist Pearl?«

Nach einem Moment der Verwirrung wurde mir klar, dass keiner mitbekommen hatte, wie sie ins Kanu stieg. Eine Taubheit breitete sich in mir aus, und ich hatte das Gefühl, dass mich jeden Moment ein Blitzschlag treffen würde.

»Ich habe sie ins Kanu gesetzt«, erwiderte ich mit bebender Stimme und spürte, wie mir die Knie weich wurden.

Daniel machte einen Schritt auf mich zu und stützte mich. »Wir werden sie finden.«

Ich nickte benommen und lehnte mich an ihn. Daniel schüttelte mich fest.

»Wir werden sie finden, Myra. Komm jetzt.«

Ein Sklave erschien an Deck der *Lily Black.* Wir sahen ihn alle wie erstarrt an. Ich packte mein Messer fester. Er wich zurück, bis er die Reling berührte, dann drehte er sich um und sprang ins eiskalte Wasser.

Daniel, Thomas und ich kletterten auf die andere Seite des Hüttendecks hinüber, wo Marjan zusammengesunken an der Wand lehnte. Ich rannte zu ihr hin und sank auf die Knie. Ihr Gesicht war aschfahl, und ihre Augenlider flatterten, als ich ihr Kinn anhob. Ich berührte den Gürtel, mit dem ihr Oberarm abgebunden war.

Abran. Er hatte versucht, sie zu retten, als Jackson ihn angriff.

Abran lag zu Marjans Füßen auf der Seite. Ich fuhr ihm durch die Haare. *Ich hätte ihm helfen sollen,* dachte ich. Mir lief es kalt den Rücken herunter. Wie hatte es nur so weit kommen können?

Ich erinnerte mich daran, wie er gelacht hatte, als wir miteinander im Bett lagen, an sein jungenhaftes Grinsen und seine verstrubbelten Haare. Wie er sich auf den Bauch gedreht und mir die Lieblingsstellen aus seinen Büchern vorgelesen hatte, wobei er Worte gebrauchte, die ich in den letzten Jahren kaum noch gehört hatte, wie *überschwänglich, prächtig* und *exquisit.* Ich dachte auch an seine dunklen Seiten, die Schatten auf seiner Seele. Aber vor allem dachte ich an die hoffnungsvolle Vision eines Dorfs, die dieser einnehmende Mann gehabt hatte. Sein Herz war so rein gewesen, dass es gar nicht anders konnte, als zu brechen.

Ich werde dich nicht enttäuschen, versprach ich ihm insgeheim und berührte erneut seine Haare.

Als Wayne aus dem Hüttendeck trat, stolperte er fast über Marjan und mich. Er hatte die Rücksäcke dabei, in die sie das Wasser und Proviant gepackt hatte.

Er ließ sie zu Boden fallen und kniete sich neben Marjan. »Ich trage sie«, sagte er zu mir. Daniel und ich schnallten uns unterdessen die schweren Rucksäcke um, und ich stemmte mich mühsam in die Höhe.

»Wir gehen auf das andere Schiff, Marjan.« Waynes raue Stimme klang ungewohnt sanft, während er sie sich auf die Schulter hievte. Die *Sedna* schlingerte, und ihr Bug versank tiefer im Wasser. Der Hauptmast ragte nur noch halb daraus hervor.

Die Enterhaken von der *Lily Black* zerrten an der Reling. Daniel schnitt die Seile durch, an denen sie befestigt waren, und drehte sich zu mir um: »Myra! Beeil dich!«

Wir versammelten uns alle an der Lücke, die ich in die Reling gesprengt hatte. Einer nach dem anderen stießen wir uns ab und landeten taumelnd auf der *Lily Black*. Daniel und ich stützten Wayne, als er auf dem Deck aufkam, damit er nicht mit Marjan hinstürzte. Dann drehte ich mich um, zückte mein Messer und sägte am Seil des letzten Enterhakens, bis es mit einem Knall auseinanderriss.

Das Meer gurgelte und zog die *Sedna* in die Tiefe. Der Fockmast verschwand unter der Oberfläche.

Ich suchte die *Lily Black* nach einem Anker ab, fand jedoch nur Trümmerteile. Mit einem Anker hätten wir unsere Landung verzögern und damit die unvermeidliche Kollision abmildern können. Doch dann fiel mir ein, dass wir stattdessen vielleicht wie ein Twistball an einer Schnur hängen und immer wieder gegen die Felsen krachen würden. Da erschien es mir doch besser, nur einmal mit voller Wucht aufzulaufen.

Die tosende Gischt brandete über das Deck und floss schäumend um unsere Füße. Die *Sedna* trieb weiter von uns fort und zerschellte an einem Felsvorsprung.

Während die Trümmer der *Sedna* in den finsteren Abgrund gezogen wurden, schoss die *Lily Black* weiter auf die Felsküste zu. Das Wasser schob uns, als wäre es die Hand Gottes.

»An den Mast!«, rief ich über das Donnern der Wellen hinweg. Wir rappelten uns mühsam auf und stützten uns beim Laufen immer wieder mit den Fingern auf dem Holzdeck ab, um nicht das Gleichgewicht zu verlieren.

Schließlich klammerten wir uns am Hauptmast und aneinander fest, während das Schiff um uns herum mit jeder kleinen Kollision weiter auseinanderbrach. Unter unseren Füßen rissen Felsen dröhnend den Rumpf auf. Auf der Backbordseite stieß das Schiff mit einem ohrenbetäubenden Knall gegen eine Klippe. Eisfontänen spritzten uns in die Gesichter.

Ich versuchte, meine aufsteigende Panik zu bezwingen. Wir rasten auf das Ufer zu. Ich biss die Zähne zusammen und dachte an Pearl, deren rote Haare sich wie eine Fackel von der grauen See und den weißen Eisschollen abhoben, den Bug ihres Kanus, der das Wasser durchschnitt. Die *Lily Black* erbebte so heftig, dass ich die Erschütterung bis in die Knochen spürte und fest die Augen zusammenpresste.

Als ich sie wieder aufschlug, füllte die rasch näher kommende Küste mein Blickfeld aus. Felsen, Sand, Brandung und der öde graue Himmel darüber. Walknochen am Ufer. Ich sah noch einmal hin. Das Skelett war ungefähr halb so groß wie die *Lily Black* und wirkte fehl am Platz, als wäre es aus Versehen dort abgelegt worden. Das Tier war vor uns an den Felsen zerschellt, ein Opfer von Wind und Wellen.

Ein letzter Stoß des Meeres beförderte uns aus dem Wasser und schleuderte uns wie ein Kinderspielzeug durch die Luft.

Als ich mich aufsetzte, tat mir alles weh. Ich hob Daniels Bein von meinem Arm herunter. Er blinzelte und schüttelte den Kopf, als wollte er Wasser aus seinem Ohr bekommen. Blut floss von seiner Schläfe über die Wange und tropfte ihm vom Kinn. Ich wischte es mit dem Daumen weg.

Ich rappelte mich mühsam auf. Im linken Bein hatte ich kaum noch Kraft. Es schmerzte unter meinem Gewicht.

»Wir müssen hier weg«, sagte Daniel. Er wirkte, als wäre er nicht ganz bei sich. Die Ebbe konnte das Wrack jeden Moment ins Meer zurückziehen.

Daniel hob Marjan auf die Schulter. Thomas humpelte auf Wayne gestützt vorwärts. Das Schiff sah aus, als wäre es mit einem Hammer zertrümmert worden.

Auf unserem Weg über das Deck mussten wir über zerbrochenes Holz, Metallschrott und herabgefallene Segel hinwegsteigen.

Ich sah nach vorn. Die felsige Küste war mit Moos und Flechten bedeckt. Zu unserer Rechten ragte eine rund fünfzehn Meter hohe Steilklippe auf. Linker Hand erhob sich ein sanfter, mit vereinzelten Espen bewachsener Berghang, an dem kleine Bäche herabflossen. Das Walgerippe lag am Fuß der Klippe und war völlig intakt. Es sah aus, als könnte es jederzeit sein Fleisch wieder anlegen und ins Meer zurückschwimmen.

Mehrere Seevögel pickten in Gezeitenbecken nach Nahrung. Ihre lauten Schreie erfüllten die Luft.

Wir hatten Glück, dass gerade Ebbe war. Die schäumende Brandung würde uns nicht mal bis an die Knie reichen, und die *Lily Black* grub sich unaufhörlich weiter ins Ufer. Es war so beißend kalt, dass ich immer wieder meine Finger anhauchen musste.

Ich half Daniel über die zerbrochene Reling, und er sprang in das seichte Wasser hinunter. Er landete stolpernd und fiel auf ein Knie, Marjans Kopf kippte vom Aufprall nach hinten. Als ich neben ihm im Wasser aufkam, hatte ich das Gefühl, meine Beine würden von Eisklingen durchbohrt.

»Wir müssen sie aufwärmen«, sagte ich zu Daniel und lief ans Ufer voraus, um nach Treibholz zu suchen. Marjan atmete flach und abgehackt und bemühte sich, die Augen aufzuhalten. Ich wusste, dass wir vielleicht nicht mehr würden tun können, als dafür zu sorgen, dass sie möglichst bequem lag.

Ich geriet im nassen Sand ins Stolpern und fiel fluchend auf die Knie. Wir waren mehrere Kilometer von der Bucht entfernt, zu der ich Pearl geschickt hatte. Abran war tot und Pearl verschwunden. Nichts war so, wie wir es geplant hatten.

Mir dröhnte der Kopf, und ich versuchte blinzelnd, die Augen scharf zu stellen. Die vor mir aufragenden Felsen schienen zu schaukeln, als befände ich mich noch immer auf dem Wasser. Der Lärm um mich herum löste ein Gefühl der Panik in mir aus. Selbst die Sonne schien aus irgendeinem Grund zu grell. *Nur die Ruhe,* ermahnte ich mich selbst. *Eins nach dem anderen.*

Ich sammelte ein paar Treibholzstücke auf. Wayne folgte mir und suchte nach Kienspan. Es ging ein so starker Wind, dass ich die Lider zusammenkneifen musste, um keinen Sand in die Augen zu bekommen, und war mir nicht sicher, ob wir ein Feuer in Gang bringen würden. Mit der Rückseite meiner Messerklinge schabte ich Flechten von den Steinen und stopfte sie mir in die Taschen.

Als ich den Blick von Osten nach Westen über die Küste gleiten ließ, konnte ich nirgends eine Spur von Pearl oder dem Kanu entdecken. Ich versuchte, es als gutes Zeichen aufzufassen, dass ich das Kanu nicht leer auf den Wellen treiben oder zerbrochen am Ufer liegen sah. Aber das flaue Gefühl in meinem Magen wurde immer stärker. Ich wollte die anderen zurücklassen und nach Pearl suchen.

Beruhige dich und denke nach. Ich muss mich erst mal orientieren. Außerdem werde ich Hilfe brauchen. Ich zwang mich dazu, den Blick zu senken und weiter nach Treibholz zu suchen.

Daniel setzte Marjan sanft in einer Mulde auf dem Strand ab und half ihr, sich an einen großen schwarzen Findling zu lehnen. Auf der einen Seite schirmte ein im Sand liegender Baumstamm die Stelle gegen Wind ab, auf der anderen wuchs ein Dornbusch. Thomas ließ sich vorsichtig neben Marjan nieder und streckte sein verletztes Bein aus. Ich legte das Treibholz und die Rucksäcke neben sie und wühlte in einem von ihnen nach Streichhölzern. Daniel entfernte ganz behutsam das

Hemd von der Wunde an Marjans Schulter. Ihre Augen blieben geschlossen, und sie verzog keine Miene. Offensichtlich driftete sie bereits von den Schmerzen weg.

Ich kniete mich vor Marjan hin und schichtete das Treibholz zu einer Pyramide auf. In die Zwischenräume stopfte ich Flechten und trockenes Laub. Die ersten drei Streichhölzer waren zu feucht, aber das vierte ließ sich entzünden. Ich barg die Flamme zwischen den Händen, hielt sie an die Flechten und blies darauf, damit sie auf das Holz übersprang.

Daniel riss Marjans Hemd in Stücke und verband damit, so gut es ging, ihre Schulter. Ich wollte meine Jacke ausziehen, um sie damit zuzudecken, aber Daniel hielt mich zurück. »Lass, mir ist bereits warm.« Er zog seine eigene aus und legte sie eng um Marjans Oberkörper.

Lügner, dachte ich. Als ich sah, dass über ihrer Hüfte frisches Blut austrat, beugte ich mich vor und tastete die Stelle vorsichtig ab. Sie zuckte zusammen und wich vor meiner Berührung zurück. Ihr Gesicht war so weiß wie antikes chinesisches Porzellan. Meine Fingerspitzen stießen an das gesplitterte Ende eines abgebrochenen Pfeils, der aus ihrem Rücken herausragte. Dabei hatte ich geglaubt, das ganze Blut stammte aus ihrer Schulterwunde.

»Über ihrer Hüfte steckt eine Pfeilspitze«, flüsterte ich Daniel zu und hoffte, dass Marjan es nicht hörte. »Der Schaft muss abgebrochen sein, als sie aus der Takelage gefallen ist.«

»Kein Wunder, dass sie so viel Blut verloren hat«, murmelte Daniel und strich sich mit der Hand über das Gesicht. »Tu, was du kannst. Wayne und ich suchen das Schiff nach Proviant ab, bevor es in der Brandung auseinanderbricht.«

Marjan drehte mir den Kopf zu und versuchte, etwas zu sagen. Doch ihre ausgetrocknete Kehle machte es ihr unmöglich. Ich führte eine Wasserflasche an ihre Lippen, und sie nippte daran. »Pearl?«, brachte sie schließlich heraus.

Ich schüttelte den Kopf. »Sie ... Ich habe sie verloren. Sie ist nicht hier.«

Marjan nahm meine Hand und drückte sie. »Es gibt keine schwerere Aufgabe«, flüsterte sie.

Ich nickte und kämpfte gegen eine Woge aus Emotionen an, die in mir hochbrandete. Ich hatte das Gefühl, die zertrümmerte *Sedna* zu sein, die gegen die Felsen prallte und in unzählige Stücke zerbrach, die sich nie wieder zusammenfügen und allesamt versinken würden.

»Bestattet mich auf See«, sagte Marjan. »Wo ich mit den anderen vereint bin.«

Ich stellte mir vor, wie Marjan in dem Haus ihre Tochter gefunden hatte. Hatte sie sich in den Vorhängen des Wohnzimmers verwickelt? War sie in einem Badezimmer ohne Fenster gefangen gewesen? Ich malte mir aus, wie sie ihre Tochter unter Wasser umdrehte und die Haare des Kindes sie beide wie eine Wolke einhüllte, als Marjan ihm ins Gesicht schaute.

Ich dachte an die Flüchtlingstrecks und daran, wie ich einmal an einem Baby vorbeigekommen war, das an der Brust seiner kurz zuvor verstorbenen Mutter saugte. Was bedeutete es, ein neues Zeitalter ohne markierte Gräber zu beginnen?

Aber ich nickte und erwiderte ihren Händedruck.

Marjans Lider flatterten. Ihre Lippen bewegten sich und formten geisterhafte Worte, die ich nicht hören konnte. Es fühlte sich an, als versuche sie, ein letztes Mal mit mir in Kontakt zu treten. Ich streichelte mit dem Daumen über ihren Kopf. Ihre dunklen Augen fixierten mich, aber ich wusste nicht, was sie mir mitteilen wollten. Ich suchte nach einem Vorwurf in ihrem Blick, doch sie sah mich nur fragend an, so als wollte sie ihren eigenen Namen erfahren.

Mit der anderen Hand hielt sie die Halskette umfasst, ihre Finger glitten über die vier Perlen.

Ich hörte Schritte hinter mir.

»Wir haben Decken gefunden«, verkündete Daniel. Ich hatte das Gefühl, dass er eigentlich noch mehr sagen wollte, aber er verstummte und legte schweigend einen Stapel neben mich.

Marjans Lider flatterten, ihre Hand sank von der Kette auf ihren Schoß hinunter. Die andere erschlaffte in meinem Griff.

Ich beugte mich vor und strich ihr die Haare aus dem Gesicht. Nach all diesen Jahren fühlte sich ihre Haut überraschend weich an. Ich versuchte, mich flüsternd von ihr zu verabschieden, aber brachte kein Wort heraus. Ich konnte nicht sprechen, weil ich mich nicht selbst hören wollte, sondern ihre melodische Stimme … Ich wollte ihre Worte.

Ein graues Gefühl wuchs in meiner Brust und breitete sich bis in meine Arme und Beine aus. Ich setzte mich auf die Fersen und blickte aufs Meer hinaus. Ein Vogel hockte am Rand eines Gezeitenbeckens. Etwas Lebendiges wand sich in seinem Schnabel.

Kapitel 52

Daniel und Wayne bargen eine Tür aus den Trümmern der *Lily Black*, auf der wir Marjans Leichnam aufbahrten. Ein Stück vom Ufer entfernt entdeckte ich kleine violette Blumen im Gras. Ich pflückte einen Strauß und legte ihn ihr in die Hände. Anschließend tauchte ich ein Stück Stoff in die Brandung und wischte ihr damit das Blut von der Haut. Blass, klamm und kalt lag sie da, wie eine Blume, die unter Wasser blühte.

Thomas legte zwei flache Kieselsteine auf ihre Lider. Ich blieb bei Marjan, während die anderen ihre Bestattung vorbereiteten. Wenn ich die Augen schloss, konnte ich immer noch ihr Gesicht vor mir sehen. Ich fühlte mich leblos, als ob meine Seele meinen Körper verlassen und sich an einen anderen Ort begeben hätte.

Dicht gefolgt von Thomas und mir trugen Wayne und Daniel sie auf eine Felszunge, die ein Stück ins Meer hinausragte. Ich hatte Angst, dass eine Welle sie auf die Steine zurückschleudern würde, sobald wir sie dem Meer übergeben hatten, doch inzwischen hatte die Flut eingesetzt, und die Brandung kam zur Ruhe, während das Wasser langsam stieg.

Daniel und Wayne kletterten über die Felsen hinunter und legten die Tür auf das Wasser. Das Meer zog sie von uns weg. Wir beobachteten einen Moment lang, wie sie davontrieb, dann schlug eine Welle über ihr zusammen und verschluckte sie. Wir sahen sie nicht wieder auftauchen.

Anschließend wurde die Meeresoberfläche wieder ganz ruhig und glatt. Über unseren Köpfen kreisten Möwen. Mehrere von ihnen stürzten herab und tauchten dort ins Wasser, wo sie verschwunden war. Ich dachte an den Mann, den Pearl und ich ins Meer geworfen hatten, bevor all das hier losgegangen war. Nachdem er mir erzählt hatte, dass Row im Valley sei. Damals, als es noch niemanden außer Pearl und mir gegeben hatte. Aber vielleicht hatte es sogar schon vorher begonnen. Möglicherweise war etwas in mir voreingestellt gewesen, wie ein Alarm, der nur darauf wartete, zu irgendeinem Zeitpunkt loszugehen. Aber darüber nachzudenken erschien mir müßig, als wäre es etwas, das in einem anderen Leben einer anderen Person zugestoßen war.

Wir redeten nicht, während wir zum Feuer zurückkehrten. Wayne legte neues Treibholz auf die glühenden Kohlen. Thomas wickelte sich in eine Decke ein. Ich versuchte derweil, einfache Handgriffe zu erledigen, damit mein Verstand zur Ruhe kam. Ich wusch den Stoff, mit dem wir Marjan bandagiert hatten. Dann kniete ich mich neben Thomas und reinigte den Schnitt an seinem Bein. Ich hoffte, dass das Salzwasser einer Infektion vorbeugen würde, bis wir medizinisches Material auftreiben konnten.

Daniel häufte alles, was er auf dem Schiff fand, neben dem Feuer auf. Sardinenbüchsen, Mehlsäcke, Behälter mit Trinkwasser, verschiedene Jacken und ein Paar Stiefel. Streichhölzer und eine kleine Dose Kerosin. Nicht so viel, wie wir erhofft hatten, aber der zerschmetterte Rumpf war zu tief versunken, um dort hineinzugehen. In dem eiskalten Wasser würde jedem das Herz stehen bleiben, bevor er etwas fand. Daniel hatte lediglich das Hüttendeck durchsuchen können.

Allmählich gestattete ich mir wieder, das Meer und das Land nach Pearl abzusuchen. Dabei betete ich andauernd leise vor mich hin und hoffte, sie hinter einem Fels oder einer Biegung auftauchen zu sehen.

Ich berührte Daniel am Arm. »Es wird Zeit.«

Er nickte. »Wenn wir zurückkommen, sollten wir uns das Bauholz vom Schiff holen.«

Ich begriff, was er meinte, und sah zu den wenigen dürren Espen am Berghang hinauf. Seit wir an Land gegangen waren, hinkte ich gedanklich hinterher. Wenn ich etwas betrachtete, dauerte es oft eine Weile, bis es mir zu Bewusstsein kam. Und ich brauchte ungewöhnlich lange, um Zusammenhänge zu erfassen, die eigentlich auf der Hand lagen. Jetzt bemerkte ich, dass wir hier festsaßen. Wir hatten zu wenig Holz, um ein neues Schiff zu bauen. Falls wir im Valley nicht fanden, was wir brauchten … Ich wagte es nicht, diesen Gedanken zu Ende zu führen.

»Ich muss Pearl suchen«, sagte ich zu Wayne und Thomas.

»Wo ist sie?«, fragte Wayne mit gerunzelter Stirn.

»Ich habe sie ins Kanu gesetzt«, erwiderte ich.

Wayne sah aufs Meer hinaus. Offensichtlich bezweifelte er, dass sie noch lebte.

»Ich habe ihr gesagt, dass sie ins Valley gehen soll«, erklärte ich. Wieso versicherten sie mir nicht einfach, dass sie dort war und unversehrt?

»Was ist mit der Pest?«, fragte Wayne. »Grassiert sie noch?«

Die Frage machte mich nervös. Zwar wusste ich nicht, wie lange Pestepidemien in den Dörfern anhielten, aber ich hatte gehört, dass Flöhe die Erreger länger trugen als Menschen und Nagetiere. »Kann sein«, entgegnete ich. »Aber wir brauchen einen Unterschlupf und müssen dieses Risiko eingehen.« Ich kauerte mich vor das Feuer und stocherte mit einem Stock in der Glut herum. »Wir sollten losgehen, bevor es noch dunkler wird.«

»Nur wir beide werden gehen, Myra«, erwiderte Daniel leise.

»Was?« Ich sah zu ihm auf. »Wir brauchen Unterstützung gegen die Wächter der Lost Abbots. Es sind wahrscheinlich immer noch einige da.«

»Sollten wir nicht zusammenbleiben?«, wandte sich Wayne an Daniel. »Immerhin hat sie uns da hineingezogen.«

Ich stand auf und wischte mir den Sand von der Hose. »Ich wollte nicht, dass all das passiert.« Ich wusste nicht, wie viel von unserem Unglück auf meine Kappe ging, aber ich spürte die gesamte Last wie einen schweren Stein in meinem Magen, den ich nicht loswerden konnte. Gleich unter meinem Herz, das panisch schlug, wenn ich an Pearl dachte.

»Es ist nicht allein ihre Schuld«, sagte Daniel.

Ich hob eine Hand, um ihn zum Schweigen zu bringen. Ich konnte die Schuldfrage zwar nicht genau aufdröseln, aber ich war eindeutig dafür verantwortlich, dass wir diesen Kurs eingeschlagen hatten. »Doch, ist es.«

Wayne sah mich überrascht an und drehte sich kopfschüttelnd wieder zum Meer um. »Ich wusste es. Ich wusste von Anfang an, dass es noch einen anderen Grund geben musste, wieso du auf Teufel komm raus dorthin wolltest. Aber ich habe mich trotzdem darauf eingelassen, weil ich dachte, dass etwas Gutes dabei herauskommen könnte.« Er ging ein paar Schritte aufs Wasser zu und kickte einen Stein hinein. Dann wandte er sich mir zu, als würde er mich zum ersten Mal wirklich wahrnehmen und dabei etwas sehen, das er nicht erwartet hatte.

»Thomas kommt nicht weit mit diesem Bein«, sagte Daniel. »Er muss sich aufwärmen und erholen. Außerdem sollte jemand hier an der Küste Wache halten.« Daniel und Wayne wechselten einen Blick. Es war jederzeit möglich, dass ein Schiff mit Lost Abbots zwischen den Eisbergen auftauchte, die hier anlegten, um ihre Abgaben einzusammeln.

Thomas blickte aufs Meer. Er war blass, und seine Arme zitterten, entweder vor Kälte oder aus Erschöpfung. »Ich komme hier gut allein zurecht. Wie wollt ihr beiden eigentlich Pearl finden und mit den Wachen fertigwerden?«

»Du bist zu verletzt, um allein gelassen zu werden«, erwiderte Daniel. »Und wenn es Schwierigkeiten gibt, schaffst du es ohne Hilfe nie und nimmer über die Berge. Vielleicht können wir Pearl ja finden, ohne die Wachen aufzuschrecken, und uns unbemerkt rein- und wieder rausschleichen.«

Wayne schüttelte den Kopf. »Unwahrscheinlich. Neuankömmlinge werden sie sofort bemerken.«

»Wir haben keine Zeit, uns auf alles vorzubereiten«, sagte ich und hob meinen Rucksack an. »Wir müssen es so nehmen, wie es kommt.«

Wayne sah mich an und nickte. »Thomas und ich werden hierbleiben und weiter das Schiff ausschlachten. Ihr beiden zieht ohne uns los, damit wir euch nicht aufhalten.«

Daniel zog die Karte des Valleys aus einem der Rucksäcke und faltete sie auseinander. »Wir müssen die Route über den Berg nehmen.« Er sah zu den Klippen zu unserer Rechten hinüber. »Die da sind zu steil für eine Besteigung.«

Ich blickte hinauf zum Rand der Klippe und sah eine Möwe, die sich ins Wasser hinunterstürzte. Von dort kamen sie also, wenn sie an der Küste jagten.

Ich nahm Daniel die Karte aus der Hand und deutete darauf. »Sollten wir nicht zuerst zur Bucht gehen und nachsehen, ob Pearl dort ist?« Ein Teil von mir wollte noch nicht ins Valley, aus Angst, was ich dort vorfinden würde. Außerdem war Pearl vielleicht wirklich in der Bucht, und wir verpassten sie, wenn wir uns direkt zum Valley begaben. Wir hatten verabredet, dass wir in der Bucht ankern würden. So war das nie geplant gewesen. Behir, Jessa, Abran, Marjan – alle tot. Pearl – verschwunden. So war das überhaupt nicht geplant gewesen. Mein Verstand versuchte hartnäckig, die Realität zu leugnen und stattdessen etwas anderes für wahr zu halten. *So darf es für uns einfach nicht enden,* dachte ich.

»Das sind mindestens zwanzig Kilometer«, antwortete Daniel und zeigte auf das Küstenstück, das zwischen uns und der Bucht lag. »Du hast ihr gesagt, sie soll zum Valley gehen. Und so, wie ich sie kenne, ist sie bestimmt schon dort.«

Schon dort. Allein in der Kälte.

Ich biss die Zähne zusammen und nickte. Dann drehte ich mich zum Feuer um und kniete mich vor unsere Vorräte. Ich nahm eine Jacke vom Stapel und rollte sie zusammen. »Na gut, dann hilf mir mal. Wir werden ein paar von diesen Sachen mitnehmen müssen.«

Kapitel 53

Daniel und ich kletterten zwei Stunden am Stück, bevor die Dunkelheit hereinbrach. Hier oben gab es so wenige Bäume, dass wir das Gefühl hatten, wir wären das Einzige, was zwischen dem Berg und dem schwarzen Himmel existierte. Der Wind scheuerte unsere Haut wund und raubte uns den Atem.

Moos und nackte Felsen waren die einzigen Gerüche, die mir in die Nase stiegen. An Land roch ich oft Holzrauch, gepökelte Fische und die Körper anderer Menschen in einer Hafenstadt. Aber hier fühlte es sich an, als wären wir allein auf der Welt, die beiden letzten Überlebenden.

Auf der Karte betrug die Entfernung zwischen dem Punkt, wo wir angelegt hatten, und dem Valley rund zehn Kilometer. Daher waren Daniel und ich davon ausgegangen, dass wir die Strecke in ein paar Stunden bewältigen würden. Doch die Kälte und das anspruchsvolle Gelände laugten uns schneller aus als erwartet. Ich konnte mein Gesicht, die Hände und die Zehen nicht mehr spüren. Daniel hielt eine kleine Laterne vor uns hin, die noch vor dem Morgengrauen erlöschen würde. Wolken bedeckten die Sterne, und der Mond war eine dünne Sichel, die nur einen schwachen Lichtschimmer erzeugte.

»Wir müssen eine Weile Rast machen«, sagte Daniel.

Ein paar Meter von uns entfernt rannte ein Tier über einen Fels ins Gebüsch. Vom Geräusch aufgeschreckt starrte ich ihm in der Dunkelheit hinterher, sah aber nur Schatten.

»Lass uns weitergehen«, sagte ich und zog die Karte aus meiner Tasche. Meine Hände zitterten, als ich versuchte, sie ins Laternenlicht zu halten.

Daniel riss sie mir aus der Hand. »Wir werden erfrieren,

wenn wir nicht hier und jetzt ein Feuer anzünden. Da drüben ist ein Fels. Dahinter ist es windgeschützt.«

Der Wind blies mir gegen den Rücken, und ich schwankte wie ein junger Baum im Sturm, während ich mich dagegenstemmte. Etwas Heißes stieg in meiner Kehle auf, und ich fühlte, wie mir der Schweiß über den Nacken rann.

»Hey«, sagte Daniel und berührte mich sanft am Arm. »Wir werden schneller bei ihr sein, wenn wir eine Pause einlegen und uns orientieren.«

Es war, als würde gegen meinen Willen etwas in mir brechen, und ich spürte, wie meine Entschlossenheit schwand. Ich nickte und ließ mich hinter einem hohen zerklüfteten Felsen auf den Boden sinken. Rechts davon wuchsen ein paar kleine stachelige Bäume, die etwas Schutz vor dem Wind boten. Wir zündeten ein Feuer an, wickelten uns von Kopf bis Fuß in Wolldecken und hockten uns davor. Daniel studierte im Schein des Feuers die Karte. Er nahm seinen Kompass zur Hand und prüfte die Position des Mondes. Ich beugte mich unterdessen dicht an das Feuer heran und ließ mir von den Flammen das Gesicht wärmen.

»Wir sind auf dem richtigen Weg«, sagte er. »Es dauert wahrscheinlich nur noch eine Stunde.« Er reichte mir die Flasche. »Trink etwas.«

Ich hielt sie kraftlos in der Hand und stellte mir Pearl allein in der Kälte vor. Was hatte sie noch mal angehabt, als ich sie ins Kanu gesetzt hatte? Einen dünnen blauen Pullover, eine braune Hose und die Stiefel, die Daniel ihr gekauft hatte. Ihr kleines rotes Taschentuch hatte aus ihrer Gesäßtasche herausgeragt. Eine Wollmütze. An Handschuhe konnte ich mich nicht erinnern. Mit geschlossenen Augen schnitt ich eine Grimasse. Ich ballte die Hände zu Fäusten, öffnete sie wieder und hielt sie so dicht ans Feuer, dass ich ein Brennen spürte.

»Myra«, fuhr Daniel mich an. Er beugte sich vor, nahm meine Hände und zog sie zurück. »Hör auf damit.«

Ich möchte etwas spüren, dachte ich und suchte seinen Blick.

»Damit wirst du auch nichts ändern«, sagte er, als könnte er meine Gedanken lesen.

»Ich brauche sie mehr als sie mich«, sagte ich. Die Worte waren mir unbeabsichtigt herausgerutscht.

Im ersten Moment sagte Daniel nichts. Er beobachtete das Feuer, und ich begann mich zu fragen, ob er mich überhaupt gehört hatte.

»Das stimmt nicht«, antwortete er schließlich sanft.

Meine Hoffnung, dass Pearl, Row und ich wieder alle zusammen sein würden, konnte sich nicht bewahrheiten. Sie war blödsinnig und unbegründet. Ein Vogel ohne Flügel.

Es wollte mir einfach nicht in den Kopf gehen … Die Reise, der Sturm, der Überfall. Wie ich die anderen Mannschaftsmitglieder anfangs belogen hatte. Dass wir den ganzen Weg wegen Row hierhergekommen waren und ich inzwischen Pearl verloren hatte. Es fühlte sich gerecht und grausam an, wie ein uraltes Gebot. Wenn es zur Anwendung kam, schickte Sedna Meeresungeheuer aus der Tiefsee herauf, um die Geschicke der Menschen zu lenken.

»Was hast du gefühlt?«, fragte ich. »Als dein Bruder …?«

Das Gras bog sich im Wind, und ein Stück weiter unten am Hang bogen sich die Bäume.

Daniel pflückte eine Beere von einem Busch neben uns und drückte sie zwischen Daumen und Zeigefinger, bis sie platzte. »Es fühlte sich nicht richtig an … unvollständig. Leer. Ich wollte wiedergutmachen, was ich verloren hatte.« Daniel schüttelte den Kopf. »Man kann nicht alles wiedergutmachen. Man kann immer nur wiederaufbauen.« Er schürte das Feuer mit einem Stock, Asche löste sich vom Treibholz und wurde vom Wind davongetragen.

»Was ist, wenn ich keine von beiden wiederfinde?«, fragte ich stockend.

»Das wird nicht passieren«, antwortete Daniel. Er rührte sich nicht. Sein Gesicht wirkte unbewegt, wie in Stein gemeißelt. Der Feuerschein ließ Schatten darauf tanzen. Der Ruf einer Eule durchbrach die Stille, ein paar Meter entfernt sah ich ihre gelben Augen in einem Baum leuchten.

»Jessa … Abran … Marjan …«, begann ich.

»Du hast keine Schuld daran.«

Ich sah ihn durchdringend an. Er tat, als spielte nichts davon eine Rolle. Wenn es nicht mein Fehler war, ergab für mich alles noch weniger Sinn. Wenn ich die Verantwortung für alles übernahm, konnte ich es als die Wahrheit akzeptieren. Nur so fühlte ich mich nicht völlig hilflos und ausgeliefert.

»Natürlich bin ich schuld«, schnappte ich.

»Was du getan hast … dass du sie belogen hast … Ja, dafür trägst du die Verantwortung. Aber nicht für den ganzen Rest.«

Ich schüttelte den Kopf. Wegen dem, was ich getan hatte, war nun Pearl weg. Das war meine Bestrafung.

»Es hat Zeiten gegeben, in denen ich noch nicht mal Mutter sein wollte«, flüsterte ich. Ich presste die Augen zusammen und spürte ein dumpfes Ziehen in den Knochen. »Ich wollte nicht für ihr Leben verantwortlich sein. Es hat Zeiten gegeben, in denen ich sie weggewünscht hatte.«

Ich hatte Angst gehabt, sie zu verlieren, aber in manchen Momenten hätte ich es als Gnade empfunden. Wenn ich sie los wäre, könnte ich aufgeben, hatte ich mir eingeredet. Ich könnte mich ins Wasser gleiten lassen und müsste nicht mehr kämpfen und so tun, als wäre ich stark.

Aber nun hatte ich beide verloren und konnte immer noch nicht aufgeben. Der Atem in meiner Lunge fühlte sich wie ein Fluch an. Er kam und kam, bildete Dampfwölkchen vor meinem Gesicht und verspottete mich. Mein eigener Körper handelte gegen mich.

»Ich kann nicht mehr«, sagte ich zu Daniel und sah ihn mit brennenden Augen an. »Ich kann nicht. Ich habe keine Kraft mehr.« Unwillkürlich hob ich die Hände an die Brust, kratzte an meiner Jacke und versuchte, an die Haut darunter zu gelangen. »Es kommt mir so vor, als würde ein Stück nach dem anderen von meinem Herz weggeschlagen werden.«

So wie die anbrandenden Wellen die Form eines Felsen verändern und ihn zu etwas Neuem umgestalten.

Ich zerrte an meiner Jacke. Als ich sie mir endlich vom Körper gerissen hatte, krallte ich die Fingernägel in mein Schlüsselbein und den Hals. Die kalte Luft und der stechende Schmerz waren eine Erleichterung.

Daniel packte mich an den Handgelenken. »Myra. Stopp, Myra!«

»Ich möchte, dass es vorbei ist.« Schluchzend sank ich an ihn. Mein Körper fühlte sich schwer und kraftlos an.

Daniel barg meinen Kopf an seiner Brust und drückte mich an sich.

»Ich habe nichts mehr, ich habe kein Herz mehr«, murmelte ich.

»Myra, dir geht es nicht so schlecht, weil du kein Herz hast, sondern weil du noch zwei weitere in dir trägst. Du wirst sie immer in dir haben und mit dir herumtragen müssen. Sie sind ein Geschenk und eine Bürde.«

Ich schüttelte den Kopf, der immer noch an seiner Brust lehnte, meine Haare hingen als wirres Knäuel vor meinem Gesicht. Ich konnte nicht weitermachen. Ich glaubte nicht, dass ich noch dazu fähig war. Ich wusste nicht einmal, in welche Richtung ich gehen oder wie ich mich vorwärtsbewegen sollte.

Du stellst dich der schwersten Aufgabe, die es gibt, hatte Marjan gesagt.

Du musst zu jemandem werden, der du noch nicht bist. Ich wusste nicht, woher dieser Gedanke kam, und stellte mir fliegende Fische vor, die ihre Flossen wie Flügel bewegten und vom Wasser in den Himmel aufstiegen.

Ich dachte an meinen Vater und daran, wie verzweifelt er gewesen sein musste. Nicht nur darüber, was geschehen war, sondern auch wegen der Person, die er nicht mehr sein konnte.

Ein Jahr bevor er sich erhängt hatte, war er in der Fabrik, wo er arbeitete, in ein Feuer geraten. Ein Unfall, bei dem ein Lichtbogen aus Elektrizität seine Augen getroffen hatte, woraufhin er halb erblindet war. Danach verwandelte sich die Welt, in der er lebte, in einen Ort voller Schatten.

Eine ungebetene Erinnerung tauchte vor meinem inneren Auge auf. An einem Frühlingstag nach dem Unfall hatte ich im Gras gesessen und nach Würmern gesucht, die ich als Köder verwenden wollte. Meine Mutter saß auf der Eingangstreppe, als mein Vater gerade zurückkehrte, nachdem er von früh bis spät nach neuer Arbeit gesucht hatte. Jeden Tag ging er durch die Straßen, klopfte an die Türen von vernagelten Geschäften oder bat um einen Platz in einem Landarbeitertrupp.

Als er an diesem Tag nach Hause kam, blieb er einen Meter vor meiner Mutter stehen. »Jetzt erst kann ich dein Gesicht sehen«, sagte er leise.

Sie presste die Lippen zusammen, warf mir einen Blick zu und holte tief Luft. Ich wusste schon damals, dass sie versuchte, die Tränen zurückzuhalten. Sie stand auf, nahm ihn bei der Hand und führte ihn ins Haus.

In diesem Jahr nahm auch ich ihn oft an der Hand, führte ihn herum und erzählte, was ich sah. Mir machte das Spaß. Es war ein Spiel. Für ihn muss es gewesen sein, als würde er in den Schoß seiner Mutter zurückkriechen. Die Geräusche und Umrisse wurden immer undeutlicher, je mehr er sich in sich selbst zurückzog und darüber nachdachte, was er alles nicht mehr tun konnte.

Der Wind wehte pfeifend über die Felsen, die Wolken glitten vor dem Mond vorbei. Erst war es dunkel, dann fiel ein schwaches Licht auf uns herab. Es fühlte sich an, als säßen wir am Rand der Welt.

Ich fand es schön, deine Augen zu sein, dachte ich. *Wir haben uns gegenseitig gebraucht. Wenn ich dir genügt hätte, wärest du geblieben.*

Plötzlich regte sich Widerstand in mir. Ich war nicht so weit gekommen, damit irgendwer mir erzählte, was ich wert war. Ich hatte nicht diesen weiten Weg auf mich genommen, nur um mich jetzt nicht mehr vom Fleck zu rühren. Vielleicht war ich immer noch dieses Kind, aber ich war auch jemand anders. Wie der Himmel, der dem Meer weichen musste, während der Horizont stetig anstieg.

Ich lehnte mich an Daniel. Allmählich wärmte das Feuer uns beide auf. Ich ließ mir Zeit. Nach einer Weile legte ich die Hände auf den Fels und stemmte mich in die Höhe. Die Wolken zogen weiter nach Osten, Sternenlicht erhellte die Landschaft. Zwischen den Felsen wuchsen Inseln aus kleinen Blumen. Der dunkle Abstieg in das Valley streckte sich zu einem langen Schatten.

Kapitel 54

Wir erreichten unser Ziel vor dem Morgengrauen. Der schwach rosa leuchtende Horizont versorgte uns mit genügend Licht, um etwas zu sehen, als wir vom Berg herunterstiegen. Aus der Ferne wirkte das Valley wie ein vor Kurzem aufgegebenes, nebelverhangenes Dorf. Auf den Straßen lagen Eimer herum, eine verwilderte Katze streunte auf dem Rand eines Brunnens entlang, Türen standen offen, in den Vorgärten waren Kleidungsstücke und Haushaltsgegenstände verstreut, aus den Kaminen drang kein Rauch, die Stille war deutlich wahrnehmbar.

Als wir näher herankamen, roch ich den Tod. Ein durchdringender und schwerer Geruch, den nicht einmal der Wind vertreiben konnte. Ich schluckte schwer. Bislang sahen wir noch kein Zeichen von den Wächtern der Lost Abbots.

Überall im Dorf bemerkten wir Scheiterhaufen. Ein steinernes Fundament, ein Haufen verkohltes Holz, Knochen und Asche. Von einem stieg ein dünner Rauchfaden in den Himmel. Über einem weiter entfernten kreiste ein Rabe. Nach einer Weile stürzte er sich auf etwas am Boden und verschwand hinter einer Hütte.

Einige Hütten am Rand der Siedlung sahen aus, als wären sie im Schnellverfahren errichtet worden. Sie bestanden aus Metallblenden, die an Holzbrettern festgenagelt waren. Andere Gebäude weiter in der Mitte des Dorfes waren aus Stein und hatten reetgedeckte Dächer. Manche Fassaden waren in verschiedenen Farben gestrichen, leuchtend rot, gelb oder knallblau. Sie wirkten zu bunt für diese graugrüne Landschaft. Deplatziert. Ihr hübscher Anblick vermischte sich auf irritierende Weise mit dem Todesgeruch und bekam dadurch etwas Desorientierendes.

Wir stiegen den Berg auf einem schmalen Trampelpfad hinab,

der zwischen den Felsen hindurchführte. Die violetten Blumen, die ich Marjan in die Hände gelegt hatte, wuchsen auch hier am Fuß des Berges. Von da, wo wir standen, erstreckte sich das Dorf ungefähr anderthalb Kilometer nach Osten.

»Du gehst auf der Südseite, ich auf der Nordseite«, sagte Daniel. »Am östlichen Ende treffen wir uns wieder.«

Die streunende Katze sprang vom Brunnen herunter. Während ich mich ihm näherte, drehte es mir den Magen um. Der Brunnen war zwar mit Brettern vernagelt, aber der Gestank eines verwesenden Körpers drang noch immer durch die Ritzen.

»Okay«, sagte ich.

»Myra.« Daniel nahm meine Hand und drückte sie. »Wir werden sie finden.«

Ich nickte und erwiderte den Händedruck. Die Entschlossenheit in seinem Blick hielt mich aufrecht. Er glaubte wirklich daran.

Unsere Wege trennten sich. Ich ging zum südlichen Rand der Stadt hinüber und bog Richtung Osten ab. Dicht am Brunnen stand ein Gebäude mit Metallwänden. Auf eine davon hatte jemand mit leuchtend roten Blockbuchstaben LEICHE IM BRUNNEN geschrieben.

Ich erinnerte mich an die Ladenbesitzerin in Harjo, von der ich zuerst von dem Überfall auf das Valley gehört hatte. Wie ihre Stimme geklungen hatte, als dränge sie aus weiter Ferne an mein Ohr. Mein plötzliches Engegefühl zwischen all den Regalen in dem Geschäft.

Ich ließ den Blick über das Dorf schweifen und schlich hinter eine bröckelnde Steinwand. Die Luft war so dick, dass ich das Gefühl hatte, durch Wolle zu atmen. In einem nahe gelegenen Haus bewegte sich ein Schatten hinter der offenen Vordertür. Vorsichtig näherte ich mich dem Eingang und blieb auf der Schwelle stehen, von wo aus ich mit der Hand auf dem Messer in das dunkle Haus hineinspähte.

Ein knarzendes Dielenbrett zerriss die Stille. Als ich eintrat, dauerte es einen Moment, bis sich meine Augen an das Halbdunkel anpassten. Sonnenlicht fiel durch Spitzengardinen. Jemand musste sie, als das Wasser stieg, aus tieferen Lagen heraufgebracht haben. Merkwürdig, was die Leute auf ihrer Flucht in die höheren Regionen alles mitgenommen hatten.

In dem Raum stand eine merkwürdige Ansammlung von Möbelstücken, darunter ein alter Esszimmertisch und eine kleine Couch. An der Decke hingen mehrere Kerosinlampen. Das Haus roch nach Müll, Fäkalien, Urin und verdorbenem Essen. Sämtliche Oberflächen starrten vor Schmutz. Ich streckte das Messer vor mich hin und betrat das Schlafzimmer.

Auf dem Bett saß eine dünne Frau, ungefähr in meinem Alter. Sie riss die Augen auf und hob beide Hände. »Bitte«, nuschelte sie in einem Akzent, den ich nicht erkannte. »Bitte.«

»Ich werde dir nicht wehtun«, sagte ich und senkte die Klinge. »Ist sonst jemand hier?«

Sie schüttelte den Kopf, aber ich blickte dennoch in alle Ecken und behielt das Messer in der Hand.

»Hast du ein kleines Mädchen gesehen?«, fragte ich. Ich hielt die freie Hand auf Höhe meiner Brust, um zu zeigen, wie groß Pearl war. »Mit roten Haaren und leicht gebräunter Haut. Sie trägt einen blauen Pullover.« Mir wurde bewusst, wie absurd es war, all diese Einzelheiten aufzuzählen. In einem Dorf, dessen Bevölkerung von einer Krankheit ausgelöscht worden war, würde jedes fremde Mädchen sofort auffallen.

Die Frau schüttelte erneut den Kopf, aber wie mir schien, eher aus Angst, als um meine Frage zu beantworten. Ihre Augen wirkten plötzlich verhangen, und ich hatte das Gefühl, dass sie sich von mir entfernte und an einen Ort tief in ihrem Inneren begab. Sie ließ die Hände auf den Schoß sinken und saß völlig reglos da.

Ich zog mich zurück und verließ das Haus. Die Sonne hatte den Nebel verscheucht, und es wurde allmählich wärmer. Ich ging weiter an leeren Häusern vorbei und hielt Ausschau nach einem Zeichen von Pearl. Einen kurzen Moment lang vergaß ich, dass ich den ganzen Weg hierhergekommen war, um nach Row zu suchen.

Als ich hinter dem Fenster eines anderen Hauses erneut eine Bewegung sah, packte ich mein Messer fester und wartete ab, ob jemand aus der Tür trat. Aber niemand erschien. Vielleicht war es ein Tier gewesen. Oder die Person versteckte sich vor mir. Es konnte aber auch sein, dass sie mich verfolgte.

Die Hälfte der Strecke bis zum östlichen Ende des Dorfes hatte ich bereits zurückgelegt. Auf dem Rest des Weges würde ich noch an ein paar weiteren Häusern vorbeikommen. Und noch ein Stück weiter, am südöstlichsten Ausläufer des Dorfes, sah ich ein einzelnes Haus, das rund zweihundert Meter von den anderen entfernt stand. Hinter diesem Haus erhob sich ein steiler Hang … Ich sah auf der Karte nach. Dieser Hang führte zu der Klippe, die in der Nähe jener Stelle aufragte, wo wir gestrandet waren.

Ich ging an den übrigen Häusern vorbei, auf das letzte, allein stehende zu, das mich auf unerklärliche, fast magnetische Weise anzog. Als ich den Fuß des Hangs erreichte, entdeckte ich ein grellrotes Stück Stoff auf dem Rasen. Ich sah genauer hin. Es war Pearls Taschentuch. Ich bückte mich, hob es auf und rieb das Gewebe zwischen den Fingern.

Dann schlich ich auf das Haus zu und lauschte. Wenn die Lost Abbots Pearl erwischt hatten und im Inneren des Gebäudes gefangen hielten, musste ich sie überraschen. Aber ich hörte nur die Meeresvögel, die auf der Klippe miteinander kommunizierten, während sie das Wasser beobachteten und sich auf ihre Beute hinabstürzten.

Abgesehen von diesen Vögeln herrschte eine unnatürliche Stille. Selbst der Wind schien in diesem Teil des Valleys nicht zu wehen.

Wie bei fast jedem Gebäude bisher stand auch hier die Vordertür offen. Das Haus war aus glatt geschmirgelten, perfekt ineinander verfugten Holzbrettern erbaut, zwischen denen keine mit Lehm, Moos und Holzspänen ausgestopften Spalten zu sehen waren.

»Eines Tages werde ich uns ein Haus bauen«, hatte Jacob vor Jahren erklärt. Bei einem Picknick am Missouri River, nachdem er mich gefragt hatte, ob ich ihn heiraten wolle. Das war das Romantischste, was je irgendwer zu mir gesagt hatte. Bis dahin hatte er nur Möbel für uns angefertigt, aber er träumte davon, ein Haus zu errichten. Ich hatte an seinen Traum geglaubt, und in meinen eigenen Tagträumen hatte Jacobs Haus fast genauso ausgesehen wie dieses hier. Ein kleines und schlichtes Gebäude, das an einem ruhigen Ort stand.

Ich hörte den Puls in meinen Ohren, während ich näher schlich und leise die Vordertreppe hinaufstieg. Eine der Stufen knarzte, und ich hielt inne, um in die Stille zu lauschen. Ich glaubte, Stimmen zu hören, wusste aber nicht, ob ich sie mir nur einbildete.

Ich stand auf der Schwelle und lugte hinein. An einer Wand standen selbst gebaute Möbel – ein Couchtisch und ein Schaukelstuhl. Sie waren so unverwechselbar wie der Geruch eines Menschen … Möbel, die Jacob gezimmert hatte.

Die Stimme, die ich vorhin zu hören geglaubt hatte, wurde nun lauter. Es war Pearl.

Ich fühlte mich, als wäre ich unter Wasser und würde versuchen, an die Oberfläche zu schwimmen. Mein Bedürfnis nach Luft wurde immer stärker, meine Lunge pumpte, aber das Vakuum füllte sich nicht.

Ich folgte ihrer Stimme durch das Wohnzimmer und rannte in die Küche. Pearl saß mit ihrem Vater am Küchentisch und hielt eine Teetasse in der Hand.

Kapitel 55

Jacob. Ich sah ihn erstarrt an und keuchte unwillkürlich auf. Meine Hand fuhr zu meiner Brust, als wollte sie meinen Herzschlag verlangsamen. Mein Rückgrat versteifte sich, mein Verstand setzte aus. Ich stand in meiner brennenden Haut da und konnte den Blick nicht von ihm abwenden.

Ich schüttelte mich. »Stell sie hin«, sagte ich zu Pearl.

Erschrocken gehorchte sie und stellte die Teetasse vorsichtig auf den Tisch. Ich rannte zu ihr, schlang sie in die Arme und atmete ihren Geruch ein, während ich weiter Jacob ansah. Ich stellte Pearl wieder ab und legte ihr so die Hand auf die Schulter, dass sie ein wenig hinter mir stand. Sie hatte immer noch ihren Sack mit den Schlangen dabei.

Die Küche war vollgestopft mit Geschirr, das auf einem kleinen Wagen und Regalbrettern stand. An den Holzwänden hingen zahlreiche Kinderzeichnungen. Sonnenlicht fiel durch ein Fenster über dem Tisch, das auf den Grashang hinausblickte. Vom Himmel war nichts zu sehen, sodass es schien, als würde jeden Moment eine Welle aus Gras über uns zusammenschlagen. Ich sehnte mich nach Seegang und wollte nicht mit einem einzelnen Mann in einem Raum festsitzen, in dem alles so stabil und unbewegt war.

Jacob hatte sich nicht verändert, außer dass er dünner geworden war und zerbrechlicher aussah. Seine Haare waren immer noch kastanienbraun, sein Gesicht faltenlos, seine Augen braun und sanft. »Hallo, Myra«, grüßte er mich leise.

Als ich ihn sprechen hörte, fühlte ich mich schwächer, als würde ich gegen meinen Willen in meiner Wachsamkeit nachlassen. Ich hatte Mühe, in seiner Gegenwart die Fassung zu wahren. Seine vertraute Gestalt, sein Kinn, die Art, wie er vorgebeugt und mit leicht erhobenen Augenbrauen am Tisch saß, als wollte er seinem Gesprächspartner gerade eine persönliche Frage stellen.

Pearl sah mich an. »Er sagt, er ist mein Vater. Ich habe ihm gesagt, mein Vater ist tot.«

»Myra, ist sie …« Jacob konnte den Satz nicht zu Ende führen. Seine Wangenknochen stachen hervor, sein Gesicht war hager. »Sie bezeichnete mich als einen Freund der Familie. Du … musst ein Foto haben.«

Ich erinnerte mich an das Foto von Row und Jacob, das Großvater und ich jahrelang in allen Handelsposten vorgezeigt hatten. Pearl hatte es sich immer gerne angesehen.

»Sie sagte: ›Du musst Moms Freund sein. Wo ist Row?‹ Ich habe sie mir genauer angesehen. Ich … konnte es kaum fassen. Dass sie hier stand. Ich dachte … sie wäre ein Geist, eine Erscheinung. Ich fragte, wer ihre Mutter ist, und sie nannte mir deinen Namen.« Jacob sah mich an, in seinen Augen glitzerten Tränen.

»Er ist umgefallen«, sagte Pearl.

Jacob lachte, eine Träne rollte an seiner Wange herab und tropfte auf den Tisch. »Es ist ein Wunder.«

»Du bist nicht wichtig für sie«, sagte ich. »Du bist nicht wichtig.«

Jacobs Mund verzog sich zu einem dünnen Strich, und er nickte knapp. »Wir sind nie sehr nett zueinander gewesen, oder?«, fragte er.

Ich wusste nicht, was ich darauf sagen sollte. Dass er Pearl und mich im Stich gelassen und verraten hatte, war manchmal alles, an das ich mich erinnern konnte. Es war nicht schwer, all die egoistischen und apathischen Momente zu vergessen, in denen wir uns voneinander abgewendet hatten. Wenn er das Haus verlassen und sich tagelang mit Leuten herumgetrieben hatte, die ich nicht kannte, anstatt uns bei den Reisevorbereitungen zu helfen. Wenn er über seine Zweifel und Sorgen sprechen wollte und ich so tat, als würde ich ihn nicht hören. Daran wollte ich denken, denn diese Erinnerungen brachten alles durcheinander und vernebelten meinen Verstand.

Ich richtete das Messer auf Jacob. Die Klinge zitterte. Wut ergriff mich, der Raum schien mich einzuengen. Neben dieser Wut spürte ich eine zunehmende Verletzlichkeit, Sehnsucht, die wie ein zarter Pflanzentrieb ans Licht drängte. Ich wollte alles wissen und alle meine Fragen beantwortet haben. Aber gleichzeitig wollte ich ihn auch zum Schweigen bringen. »Wo ist Row?«, verlangte ich zu wissen.

Ein schmerzhafter Ausdruck huschte über sein Gesicht, und er senkte den Blick. Ich hatte das Gefühl zu fallen. Ich wollte den Aufschlag spüren. Ich musste es wissen. Vielleicht war das der einzige Grund, weswegen ich gekommen war.

»Wo ist sie?«, fragte ich noch einmal.

»Die Krankheit …«, sagte Jacob. Er sah aus wie früher, aber seine Stimme hatte sich verändert. Sie war leiser. Die Stimme eines gebrochenen Mannes. Er sah zu mir auf, und ich schloss die Augen. Der Klang seiner Stimme höhlte mich aus wie ein Messer, das die Innereien aus dem Bauch eines Fisches schabt. Ich stand wie schwerelos da und fühlte eine Leere in mir vibrieren.

Er stand auf. »Ich zeige es dir.«

Nachdem wir aus der Tür getreten waren, führte er uns hinter das Haus. Dort sah ich einen Baumstumpf, in dem eine Axt steckte, und daneben einen Stapel Feuerholz. Unter einem Fenster mit einem kaputten Klappladen lagen ein paar Werkzeuge.

Der Wind hatte aufgefrischt und schlug Wellen im Gras, während er den Hang herabstrich. Meine Haare wehten mir ins Gesicht. Der Himmel wurde dunkler, aber das Gras leuchtete golden und hell.

Als wir um einen kleinen Garten und einen angebauten

Schuppen herumgingen, sah ich auf halber Höhe des Hangs einen Steinhaufen und ein Holzkreuz.

Als wir das Grab erreichten, fiel ich vor den Steinen auf die Knie und wartete auf den Aufprall. Wartete auf eine neue Dimension der Trauer. All die Jahre hatte ich mich gegrämt, weil Row nicht bei mir gewesen war, aber den Verlust ihres Lebens hatte ich nicht betrauern können. Nun war ich auf der anderen Seite angekommen und kannte das volle Ausmaß meines Verlusts.

Ich wartete und wartete, aber nichts passierte.

Pearl kniete sich neben mich hin und nahm meine Hände in ihre. Als ich ihre Berührung spürte, brach ich innerlich zusammen, wie ein Eisberg, der ins Meer kalbte und langsam ausgelöscht wurde. Ich drehte mich zu ihr, legte den Kopf auf ihre schmale Schulter und schluchzte. Sie strich mir über die Haare.

Ich erinnerte mich an Rows Gesicht, wie sie ihre Nase krausgezogen hatte, wenn sie lächelte. Ihre Zähne waren so klein gewesen, dass ich mich immer gefragt hatte, wann sie wachsen würden. Ihre Stimme war so hoch, dass sie wie Vogelgezwitscher klang. Ich kramte nach weiteren Erinnerungen, um mit ihnen die Zeit zurückzudrehen.

Ich hielt Pearl fest und atmete immer wieder ihren Geruch ein, bis ich allmählich ruhiger wurde. Als ich mich schließlich auf die Fersen setzte, sah ich aus dem Augenwinkel Jacob, der ein Stück von uns entfernt stand, mit den Händen hinter dem Rücken und gesenktem Kopf. So hatte ich es mir nicht vorgestellt … dass ich in Jacobs Gegenwart an Rows Grab knien würde. Ich hatte mir Row, Pearl und mich zusammen vorgestellt. Ohne Jacob. Ganz so, als hätte er nie existiert.

Allmählich wich meine Benommenheit dem vertrauten Gefühl der Wut. Ich sah Jacob finster an, aber sein Gesicht war ausdruckslos, als er mit einem elenden Zug um den Mund und erschöpften Augen meinen Blick erwiderte.

»Wann?«, fragte ich.

Jacob biss sich auf die Lippe und sah zu Boden. »Ich habe das Grab vor vier Tagen ausgehoben. Sie wollten sie mitnehmen – damit sie auf dem Schiff arbeitet. Aber sie wurde krank.«

Wenn wir nur ein bisschen früher hergekommen wären, hätte ich sie halten können. Ihre Haut fühlen, als sie noch warm war, ihr in die Augen sehen. Ihre Stimme hören. Wie sehr ich den Schwung ihrer Wimpern zu schätzen gewusst hätte, die raue Haut an ihren Ellbogen. Ich hätte all das in meinen Erinnerungen abgespeichert und etwas gehabt, von dem ich jeden Tag hätte zehren können. Wie damals, als sie jünger gewesen war und ich sie in alle Fingerspitzen gekniffen hatte, damit wir gemeinsam beobachten konnten, wie das Blut wieder in sie zurückfloss. Wir waren beide von ihrem Körper hingerissen gewesen. Sie hatte wissen wollen, wie man die einzelnen Körperteile nannte und mit welchen Begriffen sie ausdrücken konnte, was sie fühlte. Ich hatte zufrieden dabei zugesehen, wie sich ihr Leben entfaltete. In meinem eigenen Körper hatte es längst nicht mehr so intensiv gewirkt, dafür jedoch in ihrem, und das war ein überwältigendes Erwachen für uns beide gewesen. Sie war meine zweite Erweckung, meine Wiedergeburt.

Jacob kauerte sich hin und korrigierte die Position eines Steins auf dem Grab. Um ihn herum wogte das Gras, seine rotbraunen Haare hoben sich intensiv vom grauen Himmel ab. Er schüttelte den Kopf und fuhr fort: »Die Epidemie war gar nicht vorbei, wie wir dachten. Sie ließen mich nicht … ihren Körper haben. Sie haben sie zusammen mit den anderen verbrannt. Ich habe ein paar von ihren Lieblingssachen vergraben.«

Ich war schockiert und stand auf. Pearl erhob sich ebenfalls und klopfte sich den Staub von der Hose. Sie hasste Dreck. Sie war nicht daran gewöhnt. Alles hier schien nach Staub, Matsch und den unförmigen Tieren zu riechen, die sich durch das Erdreich gruben.

»Du warst nicht bei ihr?«, fragte ich.

»Sie haben sie mir vor Monaten weggenommen. Sie haben alle Mädchen in ihrem Alter geholt und in eine Zelle gesperrt.« Jacob blickte den Hügel hinunter, zu ein paar kleinen Steingebäuden in der Nähe der Dorfmitte. »Anfangs durfte ich sie noch besuchen, aber dann sagten sie, sie sei krank geworden und müsse in Quarantäne. Ich hatte gar nicht gewusst, dass sie gestorben war. Sie haben es mir erst gesagt, nachdem sie ihre Leiche bereits verbrannt hatten. Ich habe versucht, sie aufzuhalten, als sie sie holten, aber sie haben mich so brutal verprügelt, dass ich fast gestorben wäre. Ich habe es versucht, Myra, ich habe es versucht.« Jacob spreizte die Hände zu einer flehenden Geste, zwischen seinen Augenbrauen bildete sich eine Falte.

»Wenn du es wirklich versucht hättest, wärst du nicht mehr hier«, erwiderte ich. Row hatte in ihren letzten Tagen niemanden gehabt, der sich um sie kümmerte. Niemanden, der ihr die Hand hielt. Ein kalter Wind fuhr durch das Gras. »Wieso bist du immer noch hier?«

Ein verletzter Ausdruck glitt über sein Gesicht.

»Woher weißt du …?«, setzte ich an.

»Es haben keine Brutschiffe angelegt. Ich habe Ausschau gehalten.« Jacob nickte zu den Klippen hinüber, von wo man die gesamte südliche Küstenlinie im Blick hatte. »Eines Morgens stieg Rauch von einem Scheiterhaufen in den Himmel, und die Zelle war fast leer. Row und ein anderes Mädchen waren über Nacht gestorben. Sie hatten keinen Grund, mich zu belügen.«

Ich stellte mir vor, wie sie in einem der Gebäude, an denen ich vorübergekommen war, auf einer schmutzigen Pritsche lag. Vielleicht in einem Betongebäude mit nur einem Raum oder einer Steinhütte mit zu wenigen Fenstern. Ich malte mir aus, dass sie Durst gehabt hatte und wie ihr kleiner Körper vor Kälte zitterte. Wachen standen an der Tür, das Essen bekam sie auf einem Tablett, das auf dem Boden in die Zelle geschoben wurde.

Nein, dachte ich. *So kann ihr Leben nicht geendet haben.*

Ich wollte nach meinem Messer greifen, aber ich tat es nicht. Stattdessen wischte ich die Hände an meiner Hose ab und versuchte, ruhig zu atmen. Ich hatte gewusst, dass Jacob in seiner Rückgratlosigkeit skrupellos sein konnte, aber mir war nie bewusst gewesen, wie weit er gehen würde. Und wie übel die Folgen für mich wären.

»Sie haben gesagt, dass ich es nur schlimmer für sie machen würde, wenn ich mich weiter gegen sie auflehne«, sagte Jacob, »verstehst du es nicht?« Jacob drehte sich um und deutete mit erhobenen Armen auf das Valley, die Klippen und das Meer dahinter. »Wir sind jetzt ganz allein. Es ist nicht mehr so wie früher.«

Ich hätte ihm sagen können, was ich inzwischen wusste: dass er sich genauso dafür entscheiden konnte, allein zu sein, wie für alles andere auch. Und nichts in der Welt änderte je etwas daran, dass es seine eigene Entscheidung war. Die Hoffnung würde nie an die Tür klopfen. Man musste ihr nachjagen und sie herausreißen und festhalten, wenn sie zwischen all den persönlichen Verlusten, die man erlitt, wie Unkraut den Kopf herausstreckte.

Aber ich sagte es ihm nicht. Ich konnte kaum sprechen, so sehr schnürte der Zorn mir die Kehle zu. »Du hast nie an Pearl und mich geglaubt«, stieß ich hervor. »An keine von uns beiden.« Ich verengte die Augen, und mein Körper verspannte sich wie ein Tau, das durch einen Block gezogen wurde. »Also hast du uns zum Sterben zurückgelassen.«

Das goldene Gras bog sich in einer Böe, die über die Klippe strich und weiter den Hügel hinunterwehte. Der Geruch von Pflanzen, die in der Winterkälte vertrockneten, stieg vom Boden auf und hüllte uns ein. Bald würde dieser Hügel von Schnee bedeckt sein.

Jacob sah zu Boden. »Es gab nicht genügend Platz.«

»Nicht genügend Platz?«, flüsterte ich tonlos.

Jacob hielt sich mit beiden Händen den Kopf und ließ sie dann sinken. Als er zu sprechen begann, klang es, als rezitierte er eine Geschichte, die er vor langer Zeit auswendig gelernt hatte. »Es war Davis' Boot … Ich hatte ihn ein paar Wochen vor dem Dammbruch kennengelernt. Er und seine Familie hatten vor zu fliehen, und er sagte, sie hätten nur noch Platz für zwei Leute. Ich fragte ihn … Ich fragte ihn, ob nicht auch einer mehr ginge, damit ich dich und Row mitnehmen konnte, aber er sagte Nein. Er drohte damit, uns überhaupt nicht mitzunehmen. Vor allem, als er herausfand, dass du schwanger warst …« Jacob verstummte und sah Pearl an. Ihre Arme hingen locker herunter. Sie erwiderte ausdruckslos seinen Blick. Etwas regte sich in ihrem Sack.

»Außerdem habe ich dich gefragt, ob du mitkommen willst. Du hast an dem Tag das Unkraut im Gemüsebeet gejätet, und du hast dich geweigert. Ich konnte nicht warten, bis dein Großvater mit dem Boot fertig war. Ich wurde verrückt. Ich habe die Nerven verloren. Weil ich wusste, dass der verdammte Damm brechen würde.«

Unten am Meer schlugen regelmäßig Wellen gegen die Felsen. Zwischen den einzelnen Brechern war es so still, dass man das leise Heulen des Windes hören konnte.

»Du hättest warten können«, erwiderte ich. »Du hättest noch mal etwas sagen können.«

»Du hast mir nie zugehört, Myra!«

»Versuchst du jetzt, mir den Schwarzen Peter zuzuschieben? Du hattest vor abzuhauen. Und da soll es meine Schuld sein, dass du den Plan durchgezogen und uns im Stich gelassen hast?«

»Es ist nicht deine Schuld. Es ist nur so … Du hast immer darauf gewartet, dass ich wie dein Vater werde.«

Ich verspannte mich, als er meinen Vater erwähnte. Meine Nackenhaare stellten sich auf, meine Handflächen wurden feucht. Weiter unten im Valley ertönte der Schrei eines kleinen Tieres. Es wurde gejagt. Vielleicht von einem Falken, der seiner Beute die Krallen in den Bauch bohrte. Ich schüttelte den Kopf, wusste jedoch, dass Jacob recht hatte.

Er sprach rasch weiter: »Du hast mich immer behandelt, als wäre ich schwach und nicht vertrauenswürdig. Du hast mich immer so angesehen wie jetzt gerade.«

»Wie denn?«, fragte ich.

»Als ob du damit rechnetest, dass ich dich enttäusche.«

»Diese Erwartung hast du ja auch immer erfüllt.«

Jacob schloss die Augen und seufzte. »Nachdem ich dich verlassen hatte, haben mich meine Schuldgefühle fast umgebracht. Ich wollte sterben, aber ich blieb am Leben, um für Row zu sorgen.«

»Das hast du ja auch wirklich toll hinbekommen«, stieß ich aus. Ich verachtete mich selbst. Wie hatte ich ihn je lieben können?

»Es tut mir leid, Myra. Es tut mir leid, aber ... Es gab für mich keine Alternative.« Er zuckte die Achseln, breitete die Arme aus und ließ sie dann sinken. »Es gibt überhaupt nichts Richtiges mehr in dieser Welt.« Jacobs Kinn zitterte, er blinzelte gegen Tränen an. Ein Vogel flog über uns hinweg und landete auf dem Kreuz an Rows Grab.

»Du hast den leichten Weg gewählt«, entgegnete ich. »Du hast immer den leichtesten Weg gewählt.«

Jacob schloss die Augen, und als er sie wieder aufschlug, sah ich die Panik darin. Er ließ den Kopf wieder hängen und rieb sich mit den Fingerknöcheln über die Augen. Er sah den Hang hinunter und ließ den Blick über das Valley gleiten, als suchte er irgendetwas. Ich hatte plötzlich das merkwürdige Gefühl, dass er auf jemanden wartete.

Der Vogel trat ungeduldig von einem Fuß auf den anderen und krallte sich im Holzkreuz fest. Ich sah ihn an. Er betrachtete uns mit geneigten Kopf, als erwartete er, etwas zu bekommen, eine Belohnung für eine erfüllte Aufgabe.

Er trug an einem Bein eine Metallschnalle. Der Anblick traf mich wie ein Schlag.

»Du hast es ihnen gesagt«, flüsterte ich und sah wieder zu Jacob zurück. Er hatte die Wächter der Lost Abbots benachrichtigt, dass Fremde im Valley gelandet seien. Damit sie kamen und uns holten.

Kapitel 56

Ich hielt mein Messer in der Hand, bevor mir bewusst wurde, dass ich es gezogen hatte. Als ich vorwärtsstürmte, stolperte er einen Schritt nach hinten, drehte sich um und raste den Hügel hinauf.

Ich setzte ihm nach. Während er rannte, sah er über die Schulter zu mir zurück. Seine Haare lösten sich aus dem Zopf und wehten hinter ihm her. Die Angst in seinen Augen spiegelte meinen eigenen Schrecken wider, als mir allmählich bewusst wurde, was ich vorhatte. Nach ein paar Dutzend Schritten hatte ich ihn eingeholt und stürzte mich auf ihn. Ich erwischte ihn hinten am Hemd und riss ihn zu Boden. Wir rollten über Steine und trockenes Gras. Kurz erinnerte ich mich daran, wie wir einmal zu Hause in Nebraska auf unserem Bett um einen Brief gerungen hatten, den er mir nicht zeigen wollte. Dabei hatten wir die Beine umeinandergeschlungen und uns tief in die Augen geschaut.

Ich rollte unter ihm hervor und rammte ihm den Ellbogen in den Rücken. Dann kniete ich mich mit meinem ganzen Gewicht auf ihn. Er rang nach Luft und griff nach meinem Bein, konnte es aber nicht erreichen.

Ich packte ihn an den Haaren, riss seinen Kopf zurück und legte ihm seitlich das Messer an die Kehle. Entsetzt erkannte ich, dass ich mir auch das gewünscht hatte. Fast genauso sehr, wie ich Row wiedersehen wollte. Ich wollte verändern, was geschehen war, nicht mehr die Hilflose sein.

»Tu's nicht«, krächzte Jacob.

Meine Hand packte das Messer fester, und mein Körper spannte sich an. Er fixierte etwas am Fuß des Hügels, und ich folgte seinem Blick.

Pearl stand unter uns am Hang neben dem Grab ihrer Schwester. Sie hob das Kinn und machte ein paar Schritte auf uns zu. Das Gras wogte um ihre Knöchel, ihre Gestalt war das Einzige, was sich vor dem grauen Himmel bewegte.

Ich hatte das Gefühl, erneut auf einem zerschmetterten Schiff auf die Küste zuzurasen. Als würde ich durch die Luft geschleudert. Der Wind wehte Pearls rote Haare auf. Ich sah ihr wunderschönes Gesicht. Hörte die Stimme aus dieser kleinen Kehle.

Sie hatte nichts von alldem verdient. Zu sehen, wie ihre Mutter ihren Vater tötete … Wie viel hatte sie bereits mitbekommen, was ihr besser erspart geblieben wäre? Ein Schluchzen stieg in mir auf, und ich stieß einen kehligen Klagelaut aus, ganz kurz nur, um die Dunkelheit in mir loszuwerden. Es war, als triebe ich damit meine Mordlust aus. In der Leere, die danach zurückblieb, machte sich sofort Trauer breit.

»Lass mich helfen«, flüsterte Jacob. Er versuchte, eine Hand vom Boden zu heben, aber sie zitterte so heftig, dass er sie gleich wieder sinken ließ. »Ich lenke sie ab, damit ihr abhauen könnt.«

»Ich glaube dir kein Wort«, knurrte ich. Ich drehte ihn auf den Rücken, damit ich ihm ins Gesicht sehen konnte, hielt aber weiterhin mein Messer auf ihn gerichtet.

»Myra, als sie zu meinem Haus kam, wusste ich nicht …«

»Dass sie deine Tochter ist? Ein anderes Kind hättest du ihnen überlassen? So etwas tust du? Sie herbeirufen, wenn jemand hier an Land geht?«

Jacob schloss erneut die Augen. »Ich bin auf nichts, was ich getan habe, stolz. Als ich merkte, wer sie ist …« Jacob verstummte und biss sich auf die Lippe. Dann erklärte er mir, wie er sie in der Ferne entdeckt und eine Nachricht an die Wächter geschickt hatte. »Sie foltern mich, wenn ich nicht Wache halte. Deswegen lassen sie mich hier draußen leben. Ich halte vom Hügel und von den Klippen aus nach herannahenden Schiffen Ausschau. Als sie vor meinem Haus stand, hatte ich das Gefühl, einen Geist zu sehen. Sie spukt seit Jahren in meinen Gedanken herum.« Jacob schüttelte den Kopf. »Lass mich nur diese eine Sache tun. Damit ihr beide davonkommt. Seit Row tot ist, möchte ich irgendetwas tun. Ich glaube, ich habe die ganze Zeit auf euch gewartet.«

Ich sah ihm in die Augen und erkannte, dass er es ernst meinte. Jacob hatte oft die Wahrheit vor mir verborgen, aber er konnte mir nicht ins Gesicht lügen. Für eine überzeugende Täuschung besaß er nicht genügend Courage und Selbstsicherheit.

Anstelle von Dankbarkeit empfand ich ein Gefühl von Macht. Ich konnte ihm alles verwehren, so wie er es mit mir getan hatte. Ich wusste noch, wie ich auf der *Sedna* darüber nachgedacht hatte, dass es mir um eine Mischung aus Rache und Vergebung ging, aber das wollte ich jetzt nicht mehr. Ich wollte ihm gar nichts geben. Ich wollte ihm alle Optionen nehmen und ihn am Boden zerstören.

»Du kannst es nicht wiedergutmachen, Jacob«, sagte ich.

Jacob zog die Augenbrauen zusammen. »Ich weiß«, murmelte er. »Ich kann euch nicht retten. Aber ihr könnt es selbst tun. Sie werden jeden Moment hier sein, Myra.«

Plötzlich schwangen sich die Seevögel wild flatternd in die Luft, als würden sie auf einen unhörbaren Ruf reagieren. Weiße Bäuche, schwarze Schwingen, ein oranger Streifen über ihren Schnäbeln. Sie schlugen mit den Flügeln, reckten die Hälse und blickten auf etwas hinter uns.

Du stellst dich der schwersten Aufgabe.

Pearl stieg den Hügel zu uns herauf. Im Gras neben Jacob zitterten die Blütenkelche kleiner violetter Blumen. Mir wurde bewusst, dass sie genau wie die Blumen aussahen, die er mir damals zusammen mit dem Frühstück auf einem Tablett ans Bett gebracht hatte. Ich hatte sie ganz vergessen, den Duft nach Honigtau, ihr sanftes Violett, wenn ein Sonnenuntergang in Dunkelheit überging. Außerdem hatte ich verdrängt, dass wir uns in der Nacht zuvor gestritten hatten. Worüber, wusste ich nicht mehr. Irgendeine Auseinandersetzung über Rationen oder Row oder wie wir mit Flüchtlingen auf der Durchreise umgehen sollten.

Er hatte versucht, sich mit mir zu versöhnen, dachte ich, damit wir unseren Streit hinter uns lassen konnten, worum auch immer es dabei gegangen war. Er hatte nicht viele Stärken gehabt, aber er war gut darin gewesen, nach einem Streit den ersten Schritt zu machen.

Ich musste nach vorne schauen. Und Pearl musste das auch. Ihn abzustechen würde dabei nicht helfen. Pearl blieb neben mir stehen und wartete ab, was ich tun würde. Ich ließ Jacob los und setzte mich auf die Fersen zurück. Aber ich ließ ihn nicht aus den Augen und hielt weiter das Messer auf ihn gerichtet.

»Das ändert nichts an dem, was du getan hast«, sagte ich.

Jacob kroch rückwärts vor mir davon. Er deutete auf eine Ansammlung von Büschen und jungen Bäumen ein paar Meter den Hang hinunter. »Versteckt euch dort. Ich werde ihnen sagen, dass ihr da herüber gelaufen seid.« Er deutete in die entgegengesetzte Richtung. Dann sah er zu seinem Haus, aus dem Stimmen drangen. »Scheiße, sie sind schon da. Ich kann nicht alle drei erledigen, aber ich werde versuchen, Zeit für euch herauszuschinden. Wenn sie mich töten, müsst ihr davonlaufen. Runter ins Valley. Versteckt euch in leeren Häusern. Geht jetzt.«

Ich packte Pearl an der Hand und zog sie auf die Büsche zu. Nachdem wir uns durch die Schösslinge gezwängt hatten, legten wir uns hinter einem Strauch voller Beeren flach auf den Boden.

Jacob ging den Hang hinunter auf die Piraten zu. Sie waren alle drei gekommen. Eine glatzköpfige Frau führte die Gruppe an, und zwei Männer folgten ihr, ein hinkender Dürrer und ein Großer mit Tonnenbrust. Wir konnten sie durch die Beeren und Zweige zwar sehen, aber nicht hören, was sie sagten, als sie zu sprechen begannen.

Die Frau ließ mit irritiertem Stirnrunzeln eine kleine Axt kreisen. Sie sagte etwas zu Jacob und deutete mit dem Kinn den Hang hinauf, auf die Stelle, wo ich Jacob angegriffen hatte. Entsetzt merkte ich, dass sie uns gesehen hatte. Vermutlich hatte sie uns vom Haus aus beobachtet, als wir ohne Deckung am Hang gestanden hatten.

Jacob gestikulierte, er wedelte mit beiden Händen und widersprach offenbar dem, was sie gerade sagte. Ihre Miene blieb ungerührt, ihr Mund war ein dünner Strich. Mir wurde übel.

Der große Mann trat ungeduldig von einem Fuß auf den anderen und wischte sein Messer an seinem Hemd ab.

Der Hagere wischte seines an Jacob ab, doch der sprang zurück und zog sein eigenes Messer aus dem Gürtel. Der Jacob, den ich gekannt hatte, war jemand gewesen, der vor einer Auseinandersetzung davonlief. Zum ersten Mal wirkte er wie Pearls Vater. Er hatte eine Haltung eingenommen, die ich auch von ihr kannte, breitbeinig und mit zurückgenommenen Schultern, als wollte er der Welt aufrecht gegenübertreten, auch wenn er wusste, dass sie ihm niemals gehören würde.

Als die Frau die Axt nach ihm schwang, duckte er sich und stürzte sich auf den größeren Mann. Er schlang ihm die Arme um die Brust und versuchte, ihn zu Boden zu reißen.

Pearl packte meine Hand und drückte sie. Als ich ihren Blick sah, merkte ich, dass sie es auch wusste: Wir würden ihn hier sterben sehen. Doch abgesehen davon konnte ich in ihren dunklen Augen nichts erkennen, es war, als hätte sie sie mit Jalousien verschlossen. Mein Atem ging abgehackt und flach. Ich versuchte zu schlucken, aber mein Mund fühlte sich an wie mit Wolle ausgestopft.

Mir wurde klar, dass es nicht funktionieren würde. Jacob hatte recht: Er konnte nicht allein mit ihnen fertigwerden.

Wenn ich keinen Seegang spürte, war es mir nicht möglich, klar zu denken. Der Geruch der Erde und die Zweige über meinem Kopf bedrängten mich. Sie gaben mir das Gefühl, gefangen und hilflos zu sein.

Mir fiel ein, wie Jacob mich angesehen hatte, als wir am Tag unserer Hochzeit auf den Altar zugeschritten waren. Die Bewunderung auf seinem Gesicht. Wie er nervös die Hände aneinandergedrückt hatte.

Manchmal hatte ich mich gefühlt, als steckte ich in seiner Haut und müsste seine Unsicherheit und Sorgen ertragen. Ich beobachtete ihn, wenn er vor dem Fenster im Sonnenlicht stand, und wusste, dass er die Welt ganz anders wahrnahm als ich.

Ich erinnerte mich daran, wie er meinem Blick ausgewichen war, als er Row in das Boot hievte. Ich war deswegen immer noch genauso wütend auf ihn und konnte nicht einmal daran denken, ihm zu vergeben. Aber das änderte nichts daran, dass wir alle sterben würden, wenn ich nichts unternahm.

Jacob rang mit dem größeren Mann und versuchte ihn zu Fall zu bringen, doch dabei musste er einen Schlag von seinem Gegner einstecken und ging selbst zu Boden. Während er sich aufzurappeln versuchte, schlug die Frau mit der Axt nach seinem Bauch. Ich presste die Augen zusammen. Als ich sie wieder aufmachte, war Jacob auf den Knien, Blut strömte aus seiner Körpermitte.

Ich fühlte mich, als wäre man eigener Bauch aufgeschlitzt, packte eine Handvoll Gras und riss es aus dem Boden, wobei ein fremdartiger Duft aus der Erde aufstieg. Ich biss mir so fest auf die Lippe, dass ich Blut schmeckte. Versteckt euch in leeren Häusern, hatte er gesagt. Aber bis wann? Bis sie uns suchen kamen. Wir waren nur wenige Meter von ihnen entfernt. Diese Büsche würden sie als Erstes durchkämmen, da sie das einzige Versteck auf dem ansonsten kahlen Hang waren. Und wenn wir zum Valley hinunterliefen, würden sie uns sehen. Also musste ich die Angelegenheit hier und jetzt zu Ende bringen.

Kapitel 57

»Bleib hier«, sagte ich zu Pearl.

»Nein«, erwiderte sie und machte sich daran, aufzustehen.

Ich packte sie an den Schultern und drückte sie zu Boden. »Tu, was ich dir sage«, knurrte ich.

Sie schritten den Hang kreisförmig ab und hielten nach einem Zeichen von uns Ausschau. Ich kroch zwischen den Bäumen hindurch und trat aus den Büschen heraus in ihr Blickfeld. Als sie mich bemerkten, machten sie sich auf den Weg zu mir. Ich drehte mich um und ging den Hügel hinauf, fort von Rows Grab und weiter zum Klippenrand.

Einen guten Meter von der Kante entfernt blieb ich stehen. An dieser Stelle waren die Grashalme so trocken, dass sie teilweise unter meinen Füßen abbrachen und vom Wind, der vom Meer heraufblies, davongeweht wurden. Ich roch Holzrauch, der von unserem Lager am Fuß der Klippe stammte. Als er mir in die Nase stieg, schoss mir durch den Kopf, wie das Valley gerochen haben musste, als die Lost Abbots es zum ersten Mal überfielen. Und wie im Angesicht des Todes alles dunkel und schmutzig wird. Das Feuer, die Kanonen, die Leichen am Boden. Das Leben wird in so einer Situation zu einer Wolke, durch die man nicht hindurchblicken kann.

Zitternd zog ich die Schultern bis zu den Ohren hoch, streckte den Kopf nach vorn und schlug die Augen nieder, um mich so klein wie möglich zu machen.

»Meine Tochter«, hauchte ich, als sie nahe genug heran waren, um mich zu hören. »Sie ist runtergefallen.« Ich sah über den Klippenrand, als würde ich auf eine Leiche hinunterblicken.

Der Mann hatte eine Schnittwunde quer über der Stirn und rieb mit dem Arm darüber, um das Blut wegzuwischen.

Das Gesicht der Frau war faltig und blass. Sie hielt die Axt locker in der Hand und sah mit zusammengepressten Lippen ungeduldig zwischen mir und dem Rand der Klippe hin und her.

Ich fasste mir wie in tiefer Trauer an die Brust und taumelte auf die Kante zu.

»Hey«, sagte der Mann und trat vor, um mich zurückzuziehen.

Doch ich wand das Handgelenk aus seinem Griff, trat hinter ihn und stieß ihn von der Klippe. Ich hörte, wie die Frau nach Luft schnappte. Sein Fallen bekam ich gar nicht richtig mit, stattdessen verschwand er einfach und lag im nächsten Moment unten auf dem Strand.

Ich trat ein paar Schritte von der Klippe zurück und sah die Frau an. Da sie nun meine Absichten kannte, würde ich die luftige Höhe nicht noch einmal als Waffe einsetzen können. Also zog ich mein Langmesser aus der Scheide. Die Frau hob derweil ihre Axt und hielt sie mit beiden Händen, als wollte sie sie wie einen Baseballschläger schwingen.

Ein Kreischen schreckte mich auf, das wilde Brüllen eines Tieres, das in der Dunkelheit jagte. Von weiter unten am Hang rannte Pearl zu uns herauf.

Die Frau schlug mit der Axt nach mir. Ich duckte mich und versetzte ihr einen Schnitt am Hals. Nachdem sie die Wunde kurz mit finsterem Blick abgetastet hatte, hob sie die Axt erneut auf Schulterhöhe und trat einen Schritt auf mich zu.

Ich sah, dass Pearl hinter ihr immer näher kam. Als die Frau die Axt nach meinem Bauch schwang, sprang ich zurück. Die Klinge erwischte mich knapp über der rechten Hüfte. Ein reißender Schmerz durchzuckte mich, meine Knochen schienen plötzlich wässrig zu werden, und ich fiel hin.

Pearl hatte den Anstieg beendet und blieb in unserer Nähe stehen, ihre roten Haare wehten im Wind. Ihre Hände waren leer. Eine ließ sie seitlich herabhängen, die andere lag auf der Öffnung ihres Sackes.

Ich versuchte mich aufzurappeln und wollte die Frau umrennen, bevor sie Pearl erreichen konnte, aber meine Beine gaben unter mir nach, und ich brach erneut zusammen.

Blut tropfte von der Axtklinge. Die Frau hob sie noch höher und holte nach Pearl aus. Schweiß rann mir in die Augen, und ich warf mich mit zusammengebissenen Zähnen auf sie. Ich rammte mein Messer durch ihren Stiefel, als könnte ich sie mit der Klinge am Boden festnageln. Sie riss den Fuß hoch, in dem immer noch das Messer steckte, stolperte einen Schritt nach hinten und fiel um.

»Lauf, Pearl!«, schrie ich. Ich versuchte, mich erneut hochzustemmen, hatte aber keine Kraft mehr in den Beinen. Ich presste eine Hand an meine Wunde und stützte mich mit den Fingerknöcheln der anderen auf dem weichen Boden auf.

Pearl sah mich verärgert an. Sie griff in ihren Sack. Als sie die Hand wieder herauszog, wand sich eine Schlange darin. Es war eine, die ich noch nie gesehen hatte, und ich wunderte mich in meinem benebelten Zustand, wieso Pearl gerade jetzt mit ihren Schlangen angab.

Die Augen der Frau weiteten sich vor Angst. Sie stemmte sich auf die Ellbogen hoch und krabbelte so schnell rückwärts, dass ihre Absätze kleine Staubwolken aufwirbelten. Als Pearl mit der Schlange näher an sie herantrat, stieß sie erstickte Schreie aus. Sie hatte schreckliche Angst. Nun fiel mir auf, dass es eine Viper war. Pearl hatte sich die ganze Zeit meiner Anweisung widersetzt. Ich war verwundert und erleichtert. Pearl bewarf die Frau mit der Viper, die als brauner Streifen an mir vorüberflog. Sie landete auf ihrer Brust, und als die Frau die Hand hob, um nach dem Tier zu schlagen, spie es ihr sein Gift in die Augen.

Während die Frau sich schreiend ins Gesicht griff, verschwand die Viper im Gras und glitt davon. Pearl machte noch einen Schritt auf die Piratin zu und warf ihr eine weitere Schlange auf die Brust. Nachdem sie die Frau dreimal schnell in den Hals gebissen hatte, ließ sie sich von ihr herabfallen und verschwand ebenfalls im Gras.

Die Frau kroch rückwärts immer dichter an die Kante heran, bis sich ein paar Steine von der Klippe lösten und krachend auf die Felsen darunter aufschlugen.

»Diese hier ist Charlie, die mag ich am liebsten«, sagte Pearl höflich, als wollte sie die Frau und die Schlange miteinander bekannt machen. Sie hatte Charlie dicht hinter dem Kopf gepackt, in der anderen Hand hielt sie seinen aufgerollten Körper wie eine Teetasse.

Die Augen der Frau hatten sich zu Schlitzen verengt, die Haut drum herum war rot und angeschwollen. Mir fiel ein, was in den Merkblättern stand, die in den Hafenstädten auslagen. Ich hatte sie Pearl zum Lesen gegeben, damit sie lernte, welche Schlangen gefährlich waren. Das Gift einer Viper brannte wie Feuer. Es brachte das Blut in den Adern zum Stocken. Während der Körper zuckend versuchte, Sauerstoff aufzunehmen, breitete sich ein unsäglicher Schmerz im Rückgrat aus.

Auch ich konnte langsam nichts mehr sehen. Die Welt verflachte sich und entfernte sich von mir, während meine Sicht verschwamm. Ich nahm die Hand von meiner Seite, wo ich sie auf die Wunde gepresst hatte. Sonnenlicht schien auf meine knallroten Finger. Ich war überrascht, obwohl ich bereits wusste, dass mein Blut inzwischen außerhalb meines Körpers war.

»Es wird einen ganzen Tag dauern, bis du tot bist«, erklärte Pearl der Frau. »Aber weil du mehrere Bisse abbekommen hast, geht es vielleicht auch schneller.«

Als ich hörte, wie der Körper der Frau unten auf den Felsen aufschlug, brach ich auf dem Gras zusammen. Das Letzte, was ich sah, waren die Vögel über mir. Mehrere Möwen, die über die Klippenkante aufstiegen. Sie flogen erst über Pearl und mich hinweg und dann an Rows Grab vorbei, bis sie schließlich wie Gespenster hinter dem gegenüberliegenden Horizont verschwanden.

Kapitel 58

Ich erwachte in Jacobs Bett. Neben der Tür stand ein offenes Regal, in dem Jacob seine Flanellunterwäsche und seine dicken Hosen aufgestapelt hatte. Ein kleiner Strauß violetter Wildblumen lehnte schief in einer Tasse auf dem Nachttisch. Sonnenlicht fiel durch die offene Tür, die zur Küche führte.

Daniel betrat den Raum, seine Stiefelabsätze schabten über den Holzboden. Er stand leicht gebeugt und betrachtete mich durch eine Haarsträhne, die ihm vor den Augen hing. Um die Hand hatte er einen weißen Verband, und er hielt ein Glas Wasser, in dem sich das Sonnenlicht verfing. Ich atmete scharf ein. Daniel und das Wasserglas: Sie bildeten einen schönen Anblick, an dem ich mich lange nicht sattsehen würde.

Er hielt es mir an die Lippen, und ich trank. Die Flüssigkeit klärte meine Sinne und entfernte die Spinnweben in meinem Verstand. Er ging und führte Pearl in den Raum. Sie stand eine ganze Weile vor mir, ehe sie zu sprechen begann. In den Stunden, die wir voneinander getrennt gewesen waren, hatte sich ihr Gesicht verändert. In ihren Augen lag eine Schwermut, von der ich wusste, dass ich sie ihr nicht nehmen konnte.

»Ich hätte sie gerne kennengelernt«, sagte sie schließlich leise.

»Das hätte ich mir auch gewünscht«, erwiderte ich. *Sie hat bereits vor zu vielen Gräbern gestanden,* dachte ich, *sowohl im Meer als auch an Land.* Ich versuchte, den Kloß in meiner Kehle zu schlucken.

Pearl schlüpfte zu mir ins Bett und vergrub ihr Gesicht an meinem Hals. Ihr Rücken zitterte, und sie stieß einen Seufzer aus. Ich streichelte über ihre Haare und murmelte etwas Beruhigendes. Manchmal vergaß ich, wie klein sie noch war.

Als ich mich aufsetzte, konnte ich in die Küche sehen, wo Daniel und Pearl nach Essen suchten. Es war nicht mehr viel übrig, aber sie entdeckten eine verfaulte Tomate, einen halb leeren Mehlsack und zwei Eier in einer Kühlbox. Daniel schlug eins der Eier in einer Holzschüssel auf und roch daran, dann tat er dasselbe mit dem zweiten. Anscheinend waren sie noch in Ordnung, denn er zündete ein Feuer im Herd an und briet sie für uns. Nachdem er mit den Eiern fertig war, rührte er das Mehl mit Wasser zu einem Teig und machte uns eine Art klumpige Pfannkuchen in der Bratpfanne.

Wir aßen schweigend. Pearl leckte einen Daumen an, drückte ihn auf die Krümel und pickte jeden Einzelnen vom Teller. Ich blickte an Daniel und Pearl vorbei auf eines von Rows Bildern an der Wand. Es war eine Kohlezeichnung von einem Wal. Vielleicht war es das Tier, das auf dem Strand unter uns angeschwemmt worden war, denn der Wal, den sie porträtiert hatte, befand sich nicht im Wasser, sondern an Land.

Ich ruhte mich einen Tag lang aus und achtete sorgfältig darauf, mich nicht zu bewegen, damit der Schnitt an meiner Seite, den Daniel eng mit einem alten Bettlaken bandagiert hatte, nicht wieder aufbrach. Am Nachmittag des nächsten Tages sagte ich zu Daniel: »Wir sollten zu den anderen zurückkehren.«

»Schone dich noch ein paar Stunden.« Daniel erklärte mir, dass er ihnen Flaggenzeichen gegeben und eine Nachricht geschrieben habe, in der stand, dass wir in Sicherheit seien. Er hatte sie um einen Stein gewickelt und von der Klippe zu ihnen hinunterfallen lassen.

»Sie werden nirgendwo hingehen, und wir haben ihnen genügend Essen und Wasser dagelassen«, sagte Daniel. Er zog einen Stuhl ans Bett, setzte sich darauf und nahm meine Hand. »Pearl und ich schaufeln neben Row ein Grab für Jacob. Der Boden ist gefroren. Es wird also noch ein paar Stunden dauern, bis wir damit fertig sind.«

Ich nickte. Daniel beobachtete mich, als wartete er darauf, dass ich etwas dazu sagte, aber ich schwieg.

»Heute Morgen habe ich an meine Mutter gedacht«, ergriff er schließlich wieder das Wort. »Das Licht hier hat mich an sie erinnert. Während unserer letzten gemeinsamen Tage hat sie immer die Finger gehoben, um das Sonnenlicht zu berühren. Dann hat sie die Hand umgedreht, als wäre das Licht wie Wasser, das über ihrer Haut fließt.« Daniel schüttelte den Kopf und streichelte mit dem Daumen über meinen Handrücken. »Man gewöhnt sich an einen Verlust genauso wie an das Wasser. Irgendwann kann man sich gar nicht mehr vorstellen, wie es sich anfühlen würde, ohne ihn zu sein und ihn nicht mehr um sich zu haben.«

Ich dachte daran, wie während der Flut an jeder neuen Küste, die das Wasser geschaffen hatte, Leichen angeschwemmt worden waren. Die Sonne nahm ihnen die Haut und das Fleisch, die Wellen polierten die Knochen.

Row lebt nicht mehr, sagte ich mir in Gedanken immer wieder vor und versuchte, mich davon zu überzeugen, dass es stimmte. Ich würde lernen müssen, mich nach diesem Verlust selbst zu bemuttern. Ich würde sowohl der Trauer als auch der Hoffnung einen Platz geben müssen, damit beide ungehindert existieren und sich entwickeln konnten.

Daniel hatte einen blauen Fleck am Kinn. Als ich ihn vorsichtig berührte, zuckte er zusammen. Seine Augen waren so klar, dass mir sein Blick das Gefühl gab zu fallen. Er strich mir eine Strähne aus dem Gesicht. Ich beugte mich vor, ignorierte meine schmerzende Wunde und küsste ihn.

Am Nachmittag stand ich auf und probierte, ob ich das Gleichgewicht halten konnte. Durch das kleine Fenster konnte ich Daniel und Pearl sehen. Sie trugen Körbe voll Äpfel. Anscheinend gab es in der Nähe einen Obstgarten. Sie gingen Seite an

Seite. Als sie näher kamen, bemerkte ich Tränen auf Daniels Gesicht. Er hob das Kinn, damit Pearl nichts davon mitbekam, und wischte sie mit dem Handrücken weg. Mir war klar, dass er geglaubt hatte, wir würden Pearl vielleicht nie wiederfinden, und dass er mir seine Zuversicht in dieser Nacht auf dem Berg nur vorgegaukelt hatte.

Ich durchwühlte Jacobs Kommode nach weiteren warmen Kleidungsstücken. Ein kalter Wind pfiff über den Hang und rüttelte am Haus. Ich schob eine Wollhose beiseite und nahm einen dicken gelben Pullover aus der Schublade. Darunter kam eine Zeichnung zum Vorschein.

Es war eines von Rows Bildern, und es zeigte einen Fluss mit Kranichen. Er sah genauso aus wie damals vor vielen Jahren. Ihre Erinnerung war auch meine Erinnerung. Ein Kranich war mitten im Flug dargestellt, er zog über den Fluss hinweg und hielt auf die obere rechte Ecke des Blattes zu. Am unteren Rand stand in der fast unleserlichen Schrift eines Kindes das Wort *Mutter.* Ich stellte mir vor, dass sie diese Erinnerung an den gleichen Tagen wie ich hervorgeholt und an diesem Ort, den wir beide miteinander teilten, Trost gefunden hatte.

Ich fühlte mich atemlos, und mir war schwindelig. Ich lehnte mich an die Wand und rutschte daran herunter, bis mein Kopf auf den Knien ruhte. Das Bild fiel mir vor die Füße. Ich ließ meine Tränen kommen und vertraute darauf, dass der Boden mich hielt.

Ich fühlte mich wie die Erde während der Flut, weil so vieles auf mich niederging – nicht nur der Kummer, sondern auch die Sehnsucht, und ich wusste, dass ich sitzen bleiben und abwarten musste. Während sich alles aufeinanderhäufte und mich unter seinem Gewicht erdrückte, begann sich in meinem tiefsten Herzen etwas zu bewegen und neu zusammenzusetzen.

Als wir den Berg hinter uns gelassen hatten und auf das Lager am Strand zugingen, fing der Nebel an, sich zu lichten. Wayne und Thomas wirkten erleichtert, als sie uns kommen sahen. Sie sprangen auf und eilten auf uns zu, nahmen die Taschen von unseren Schultern und umarmten uns.

Die beiden hatten alles brauchbare Holz und sämtliche Taue aus der *Lily Black* geborgen und auf dem Strand zum Trocknen ausgelegt. Aber ich wusste, dass sie damit nicht ein neues Schiff bauen und in See stechen wollten. Dafür reichte das Holz nicht. Viel wichtiger war jedoch, dass wir das Meer satthatten. Wir gehörten jetzt hierher, und sei es nur, weil es der Ort war, an dem wir gestrandet waren. Wo wir uns etwas Neues aufbauen mussten.

Wir machten ein Feuer hinter einem großen schwarzen Fels und drängten uns dicht aneinander. Während wir weg waren, hatten Thomas und Wayne Muscheln in einem Eimer gesammelt, die wir nun über dem Feuer zubereiteten. Beim Essen sprachen wir über das Dorf.

Daniel und ich berichteten von den Folgen der Epidemie, den leeren Häusern, dem vergifteten Brunnen und den toten Wächtern der Lost Abbots. Wir sprachen darüber, dass die Piraten wieder auftauchen würden. Wahrscheinlich würden sie in der Bucht im Osten vor Anker gehen und den Berg überqueren, um im Valley ihre Abgaben einzusammeln. Darauf mussten wir uns vorbereiten.

Daniel hatte auf der Nordseite des Dorfes einen großen Garten mit einer Obstplantage gesehen, der im Moment verwahrloste, weil sich keiner darum kümmerte. Wir konnten ihn umgraben, die Zweige der Obstbäume beschneiden und wieder etwas wachsen lassen. Wir sprachen darüber, in ein paar verlassene Häuser zu ziehen und sie mit dem Holz aus dem Schiff zu renovieren. Wir konnten eine Leiter zimmern und sie über die Klippe hängen, damit wir einen leichteren Zugang zu den

Fischgründen an der Küste hatten. Wenn wir überfallen wurden, würden wir sie wieder heraufziehen.

Auf unserem Rückweg durch das Dorf hatten Pearl, Daniel und ich noch ein paar andere Menschen in ihren Häusern und den Straßen herumlaufen sehen. Sie bewegten sich, als hätten sie immer noch Angst, wenn auch nicht mehr ganz so viel, seitdem es keine Wächter mehr gab. Mit neugierigen Blicken sahen sie zu, wie wir das Dorf durchquerten.

Während wir gingen, hatte ich überlegt, wie ich das Gespräch mit ihnen eröffnen würde. Ich besaß zwar nicht Abrans Charisma, mit dem er die Menschen zusammenschmieden konnte, aber ich würde es trotzdem versuchen müssen. Wir würden ihre Hilfe benötigen, wenn wir den sicheren Hafen schaffen wollten, den sich Abran und sein Bruder erträumt hatten.

Aber es gab auch viele ungeklärte Fragen. Würden sie sich uns anschließen? Würden wir uns mit diesen Fremden sicher fühlen können? Welche Lebensgeschichten und Geheimnisse brachten sie mit, die das unausgesprochene Fundament unserer Gemeinschaft bilden würden?

Im Schein des Feuers blickte ich in jedes Gesicht um mich herum. Vor alldem hatte es nur Pearl und mich gegeben, wir waren ganz allein auf der Welt gewesen. Und mittlerweile war jedes dieser Gesichter für mich wie eine Boje im nächtlichen Meer. Thomas, dessen Wesen frei von dunklen Abgründen zu sein schien. Wayne, der sich bereitwillig in jede Schlacht stürzte. Daniel mit seiner Standhaftigkeit. Und Pearl, die wie ein wildes Tier war, das ich niemals zähmen wollte. Für jeden von ihnen empfand ich mütterliche Gefühle. Ich würde sie bei allem begleiten, was in der Zukunft auf uns wartete, und würde versuchen, mein Versprechen an Abran zu erfüllen. Als das Wasser die Erde unter sich begrub, hatten wir geglaubt, es würde uns alle ertränken und die Welt in ein einziges riesiges Grab verwandeln. Doch stattdessen würden wir mit dem Horizont aufsteigen, wenn er sich weiter dem Himmel entgegenreckte. Und wir würden dem Himmel unsere Umrisse aufprägen, bevor wir hinter dem Rand der Welt verschwanden.

Ich erinnerte mich an einen Tag, als ich Row auf einen Angelausflug mit Großvater mitgenommen hatte. Irgendwann hatten wir einen Fisch im Boot, der mit seinen Flossen in der Luft schlug.

»Flieg, flieg«, hatte Row gesagt.

Wir warfen ihn ins Wasser, und er schwamm davon.

Damals hatte ich gedacht, sie hätte es gesagt, weil sie wollte, dass wir ihn ins Wasser zurücksetzten. Ich war davon ausgegangen, dass sie den Unterschied zwischen *schwimmen* und *fliegen* nicht kannte. Aber inzwischen glaubte ich, dass sie vielleicht wirklich fliegen gemeint hatte, weil sie in allem einen Vogel sehen wollte. Ich sehnte mich auch danach, fliegen und mich über die Erde erheben zu können, über den sicheren Tod, damit etwas in mir immer weiter aufsteigen und über allem schweben würde, was ich verloren hatte.

Ein Teil von mir wollte verdrängen, wollte glauben, dass Row immer noch irgendwo dort draußen sein könnte. Aber ich wusste, dass das die Art Hoffnung war, die in die Irre führt. Eine Hoffnung, die nur eine Illusion ist und mit der man sich an die Sehnsucht fesselt. Ich brauchte eine Hoffnung, die auf echten Möglichkeiten basierte. Die Hoffnung, dass wir es hier schaffen würden, dass ich für diese Menschen sorgen konnte. Jacob hatte keinen Grund gehabt, mich zu belügen, und die Lost Abbots hatten wiederum keinen Anlass gehabt, Jacob anzulügen. Sie hätten Row, wann immer sie wollten, auf das Brutschiff bringen können. Das taten sie immer.

Es war an der Zeit, die Tatsachen anzuerkennen und herauszufinden, wie ich weitermachen wollte. Row war tot. Sie hatte den größten Teil ihres Lebens ohne mich verbracht. Das war die Wahrheit, die ich akzeptieren musste. Sie gehörte zu mir, und dann auch wieder nicht. Letzten Endes gehörte sie nur sich selbst. Und in unseren Erinnerungen waren wir genauso eng miteinander verbunden, wie unsere Körper es vor ihrer Geburt gewesen waren. Was sie war, würde immer wie ein Feuer in mir brennen.

Ich erkannte nun, dass ich mich nicht nur auf diese Reise gemacht hatte, um Row zu retten. Ich war auch losgesegelt, um einen Teil meiner selbst zu finden, der bei unserem Aufbruch noch nicht existiert hatte. Zu dieser Person bin ich hingesegelt, wie zu einem Geist aus der Zukunft, den ich erst noch erschaffen musste.

Ich hatte so lange darauf gewartet, mir endlich beweisen zu können, dass ich mich irrte. Ich hatte mir beweisen wollen, dass ich alles in mir aufnehmen konnte, was ich verloren hatte und noch verlieren würde, dass der Platz in meinem Herzen nicht mit jedem Verlust schrumpfte, sondern weiter wuchs. Und ich hatte nicht nur herausgefunden, dass es stimmte, ich hatte es selbst wahr gemacht. Ich bin nicht die Scherben eines zerbrochenen Glases, sondern das Wasser, das der Glasbruch freisetzt. Das Unfassbare, das nicht zerbricht oder kleiner wird.

Ich bemerkte, dass Pearl vom Feuer weggegangen war, und suchte das Ufer nach ihr ab. Schließlich sah ich sie vor dem Walgerippe tanzen. Ihre Füße schleuderten Sand auf. Sie drehte sich und drehte sich. Ihre Haare wirbelten um ihr Gesicht. Ihre Gestalt machte sich vor dem Skelett, dem grauen Himmel und dem Meer dahinter ganz winzig aus. Der Horizont war eine dünne, kaum zu erkennende Linie.

Wärme breitete sich in mir aus, und ich lächelte. Erst dachte ich, dass sie zu einer eingebildeten Musik tanzte, aber dann hörte ich es auch: Die Möwen hoch oben auf der Klippe tauchten nicht mehr nach Fischen. Der Wind trug ihre Stimmen heran, klar und einzigartig wie Glocken. Es klang, als würden sie singen.

Danksagung

Ich danke Victoria Sanders und Rachel Kahan dafür, dass sie an dieses Buch geglaubt haben und mir geholfen haben, es besser zu machen. Danke auch an Hilary Zaitz Michael, Bernadette Baker-Baughman, Jessica Spivey, Benee Knauer und das HarperCollins-Team. Ich freue mich riesig, mit euch allen zusammenarbeiten zu dürfen.

Danke an meine Schreibgruppe: Theodore Wheeler, Felicity White, Ryan Borchers, Amy O'Reilly, Bob Churchill, Drew Justice und Ryan Norris; an Kate Sims, weil sie eine großartige Buchkritikerin ist; und an meine Professoren, weil sie immer so großzügig waren.

An Adam Sundberg, für die umfassenden Informationen und Standpunkte zum Thema Klima. Alle Fehler habe ich selbst eingebaut, und sie gehören mir.

Vielen Dank an meine Familie, dass sie mich bei meiner Arbeit immer so unterstützt hat; an meinen Vater, weil er mir eine Staffelei gebaut hat, als ich noch ein Kleinkind war; an den einzigartigen Fetty, der mir das Lesen und Schreiben beigebracht hat und bis zum heutigen Tage immer mein Leser Nr. 1 ist.

Danke an Don für das Vertrauen.

Ich danke meinen Söhnen und meinem Mann für alles.

Abdruckgenehmigung

Wir danken dem Steidl Verlag, Göttingen, für die freundliche Erteilung der Abdruckgenehmigung des Zitats von Günter Grass aus »Rede vom Verlust«.